Mandoras Hell Fire

AF191853

Dieses Buch ist Teil 2 einer Reihe.
Bitte unbedingt zuerst Teil 1 lesen

Für alle, die Hoffnung haben.

Für alle, denen Liebe wichtig ist.

Für alle, die an das Gute im Menschen glauben.

Impressum

Copyright

Deutsche Erstveröffentlichung: 2025

E. M. Linski

Korrektur und Lektorat: Elke Wollinski

Verlag: BoD · Books on Demand GmbH, In de Tarpen 42,

22848 Norderstedt, bod@bod.de

Druck: Libri Plureos GmbH, Friedensallee 273,

22763 Hamburg

ISBN: 978-3-7693-5440-9

Covergestaltung: Lea Böttcher, LaB Buchdesign

Illustrationen. Mit KI erstellt von Elke Wollinski

Autorenlogo: Elke Wollinski

Bibliografische Information der Deutschen Nationalbibliothek:
Die Deutsche Nationalbibliothek verzeichnet diese Publikation in
der Deutschen Nationalbiografie; detaillierte bibliografische
Daten sind im Internet über http://dnb.de abrufbar.

E. M. Linsky
Bücher fürs Herz

Mandoras Hell Fire

Andy Lee

Damon

Nick

Jonathan

Brandon

John

Rock or Love
Band 2

When you left

Damon beginnt seine Welttournee ohne Jolene. Sie hat ihm
verschwiegen, dass sie schwanger ist und bleibt deshalb allein in
New Orleans zurück. Als sie durch einen Unfall eine Fehlgeburt
erleidet, bricht Damon die Tour ab und kommt zurück zu ihr.
Da Jolene sehr schwer verletzt wurde, dauert ihre Genesung fast
zwei Jahre. Damon kümmert sich aufopfernd um sie und dabei
gerät sein Leben völlig aus den Fugen. Beide kommen nur
schwer mit dem Verlust des Kindes zurecht und leiden unter
Schuldgefühlen. Die Band droht zu zerbrechen. Nur mit Mühe
gelingt es Damon, seine Gruppe zu einem zweiten Comeback zu
überreden. Als sich erneut Erfolg einstellt, wird Jolene wieder
schwanger und bringt eine gesunde Tochter zur Welt, die der
kleinen Familie alles bedeutet. Trotzdem ist Damon nicht bereit
in New Orleans dauerhaft sesshaft zu werden und die Ehe der
beiden wird auf eine harte Probe gestellt. Bald bestimmt Streit
ihren Alltag und sie entzweien sich immer mehr voneinander.
Da trifft Jolene die schwerste Entscheidung ihres Lebens...

1

Damon

Damals:

Kaum waren wir zu Hause, konnte ich auch schon die tollsten
Geschichten über uns, die Band, die Hochzeit und meiner neuen
Frisur lesen. Zum kotzen. Ich versuchte über den Dingen zu
stehen und bereitete unser lange geplantes Comeback vor. Andy
war wieder da. Es war ein Wunder, dass er diesen schrecklichen
Unfall überlebt hatte. Seine Wunden am Arm würden nie mehr
verheilen. Nicht ganz. Diese schrecklichen Narben würden ihn
sein ganzes Leben an diesen Tag erinnern. Das wollte er nicht
und deshalb entschied er sich für eine total beknackte aber
geniale Lösung, die mein kranker Kopf noch im Krankenhaus
ausgespuckt hatte. Er entschied einfach ein geiles Tattoo drüber
machen zu lassen. Mein bescheuerter Vorschlag, den ich ihm
damals ohne zu überlegen machte. Es war kaum noch Haut zu
sehen. Das Bild spiegelt seine Seele und seine Erlebnisse wieder.
Irgendwie litt ich mit ihm und beschloss, das auch am eigenen
Leib zu tun. Damals hatte ich diesen kranken Gedanken mich für
den Scheiß, den ich gebaut hatte, bestrafen zu wollen. Andys
Schmerz würde auch meiner sein. Ich wollte es so. Mit Jo konnte
ich darüber nicht reden. Sie hatte schon genug mit mir
mitgemacht, seit meinem Absturz. Ich rief John an um mit ihm
ein Motiv für meinen Rücken zu besprechen. Groß und gewaltig

sollte es sein. So wie ich mich auch wieder fühlen wollte. Stark. Unbesiegbar. Und ich weiß dass es total krank klingt, aber ich wollte leiden, büßen für alles was ich getan hatte.

„John, hi. Damon hier..."

Ich erklärte ihm, was ich vorhatte. Und auf meinen Freund war Verlass. So wie immer.

„Also, ich hätte da einen Vorschlag..."

Wir telefonierten ewig und mit John zu reden baute mich auf. Schließlich hatten wir die Lösung, was auf meinen Rücken sollte. Eine Woche später lag ich schon auf dem Tisch beim Tätowierer. Es tat höllisch weh und ich durchlebte Andys Schmerz, den er bei seinem Unfall durchgemacht haben musste. Aber ich wollte es so. Noch immer war ich der festen Überzeugung, dass alles nur meine Schuld gewesen ist. Ich glaube ich lag sechs oder acht Stunden da. Jo wird es lieben, war mein Gedanke, als ich das Ergebnis sah. Trotzdem war mir nicht ganz wohl als ich heim kam. Ich zog mir einen elend hässlichen Pulli über. Einen Wollpulli. Ich sah aus wie ein Bankangestellter oder Chemiestudent. Noch auffälliger unauffällig hätte ich nicht aussehen können. Jo sah mich so komisch an.

„Was ist denn mit dir los?"

„Ach nichts", versuchte ich mich herauszuwinden.

„Damon, ich kenne dich."

„Hilf mir mal mit dem Pulli."

Unter höllischen Schmerzen entledigte ich mich meines Pullis und wartete auf Jos Reaktion. Ich zeigte ihr meinen Rücken und sie sagte nur:

„Wow, sieht das scharf aus. Das Teil ist... gewaltig. Ein Drache...Verrückt."

Sie strich vorsichtig über meinen Rücken.

„Also magst du es?"

„Oh, Damon. Nur du hast so schräge Ideen, aber..."

„Aber?"

Sie küsste mich leicht auf mein geschundenes Schulterblatt.

„Aber ich liebe es."

Ich hatte es ja immer gewusst. Und jetzt war es endlich an der Zeit wieder voll durchzustarten. Andy war wieder fit und ich fühlte mich groß und mächtig, wie der Drache auf meinem Rücken.

Ich telefonierte in der Gegend herum und bekam ein paar Gigs in der Heimat. Shania half mir über ihren Sender meine erste Auskopplung aus dem Album in die Ohren der Menschen zu bringen. Ich besuchte sie in ihren heiligen Hallen in New York und beantwortete die Fragen der Fans telefonisch. Das war mal was anderes. Jo wollte damals nicht mit. Ich war ihr deswegen nicht böse. Sie wollte ihre Eltern besuchen um ihnen von unserer Hochzeit zu erzählen. Dafür hatte ich Verständnis. Schließlich hatte ich es ja schon versäumt, ihre Leute überhaupt zu informieren, geschweige einzuladen. Das wollte ich später nachholen bei einer zweiten Feier in Texas. Leider habe ich es bis heute nicht auf die Reihe bekommen. Vielleicht sollte ich es noch wagen. Ihr zeigen, dass es mir noch immer ernst ist und dass ich sie noch immer liebe wie am ersten Tag. Mal sehen.

Ich war etwa eine Woche in New York, besuchte meine Freunde. Ich traf mich mit John und den Jungs in Johns Bude. Dann kamen wir zum Grund unseres eigentlichen Treffens.

„Wo fangen wir an?", fragte Nick.

„Ich denke wir bleiben einfach hier. In New York. Lass doch alte Zeiten auferstehen. Wie wäre es bei Ethan...? ", sagte Andy.

So wollten wir es machen. Leider tat sich zunächst nicht viel. Ich flog zurück zu Jo. Natürlich wollte sie wissen wie es weitergeht. Dazu konnte ich ja selbst nicht viel sagen. Die paar Termine, die ich bekommen konnte, lagen noch in weiter Ferne. So hatten wir Zeit nach etwa zwei Monaten die nächste Single aus dem Album zu veröffentlichen. Na ja, besser als nichts.

Dann ging alles ganz schnell und die erste Platte schoss in mehreren Ländern auf Platz 1. Damit hatten wir nicht so schnell gerechnet. Wir waren wieder da. Und ich auch. Ich lebte wieder.

Ich wollte wieder hinaus. Unbedingt. Ich hatte lange genug meinen Dornröschenschlaf vollzogen. Es reichte mir jetzt mit dem Nichtstun. Ich ging zu meiner Frau und sagte ihr was passieren würde. Und was sagt mir meine Frau? Genau, sie wollte nicht mit. Aber ich wollte sie dabei haben. Ich bettelte wie ein kleines Kind, aber sie wollte nicht.

„Ich kann nicht. Bitte, sei nicht sauer. Ich vertraue dir, dass du diesmal auf dich aufpassen wirst."

„Jo, was ist los?"

„Nichts, alles okay. Geh deinen Weg. Ich werde hier sein und auf dich warten."

„Jo, bitte. Ich weiß, dass da was ist. Rede mit mir."

„Es ist nichts, Damon."

Jo ging einfach weg und ließ mich stehen. Diese Debatte hatten wir schon öfter gehabt. Ich wusste, sie hasste es, ohne mich zu sein. Ich spürte, dass etwas sie bedrückte, bekam aber nichts aus ihr heraus. Wir redeten ewig und es waren doch nur drei Monate in den USA. Das würden wir schon schaffen.

Sie blieb hart und so zogen die Fires ohne sie in den Krieg.

2

Jo

Damals:

Es war schlimm für mich. Ich würde wieder ewig allein herum sitzen. Aber ich sah wie sehr Damon sich freute wieder dabei zu sein. Und das wollte ich ihm nicht kaputt machen. Statt dessen sah ich zu wie er seine Tasche zum Wagen schleppte. Drei Monate, na ja ich hatte schon schlimmeres überstanden. Und ich wusste wie das geendet hatte. Damon musste stark sein. Ich wäre nicht da, um ihn aufzufangen. Es ging mir dreckig. Aber das sagte ich ihm nicht. Und er wäre nicht da um *mich* aufzufangen. Daran träfe ihn keine Schuld, weil er ja nicht wusste was mit mir los war. Ich wollte den richtigen Moment abwarten. Aber wann ist so ein Moment? Und außerdem war ich mir ja auch noch nicht sicher. Es war einfach eine Vermutung. Alles sprach dafür, dass ich ein Kind unter meinem Herzen trug. Ich hatte auch keine Ahnung wie Damon dazu stehen würde. Er hatte mal erwähnt, dass unser leeres Zimmer sicher ein hervorragendes Kinderzimmer abgeben würde.
Wir hatten nie mehr darüber gesprochen.

Die Band stand zur Abreise bereit in unserem Flur. Ich hatte keine Ahnung was wie wo und wann passieren sollte. Mir war nur klar, dass sich etwas in unserem Leben verändern würde.

Das spürte ich.

„Also dann. Du fehlst mir jetzt schon.Vielleicht kannst du doch noch einmal darüber nachdenken. James kommt dich holen. Ich liebe dich. Bis in drei Monaten."

„Ja, ich denke drüber nach. Passt auf euch auf. Und ruf mich an."

„Na klar."

Er drückte mich noch einmal fest an sich und ich versuchte, nicht zu heulen. Er sah mir noch einmal tief in die Augen. Dann drehte er sich um und ging zum Tor hinaus. Es war ruhig vor unserem Anwesen. Zumindest im Moment. Er stieg in den Bandbus, der vor unserer Einfahrt stand. Der Bus brachte die Band zum Flughafen. Der Motor wurde gestartet und Damon winkte mir noch einmal zu. Mit seinen Händen formte er ein Herz, das er mir zeigte. Lange stand ich noch am Gartentor, die Arme fest um mich geschlungen. Ich vermisste ihn schon jetzt. Seine Nähe, sein Lächeln und überhaupt war mein Leben leer und langweilig ohne ihn. Ich war allein und mein Herz zersprang in Tausend Scherben. Mir war übel und ich hatte keine Ahnung wie ich die Zeit ohne Damon überstehen sollte. Ich wusste noch nicht einmal wo er zuerst auftrat. Den ganzen Tag über ging es mir schlecht. Diane versuchte mir zu helfen wo sie konnte. Ihr erzählte ich aber nichts von meinem Verdacht. Was wäre wenn ich mich irrte? Dann hätte ich alle umsonst aufgeregt. Das wollte ich nicht. Also legte ich mich einfach auf das Sofa und starrte das Telefon an. Abends rief er mich an:

„Jo, ich bin angekommen. Alles okay bei dir?"

„Ja, klar. Warum nicht?", log ich. Nichts war okay. Damon erzählte mir wie der Flug verlaufen war und von seinen Plänen in den nächsten Wochen.

Von der Sache erzählt habe ich ihm trotzdem noch nichts.

Die ersten Tage bekam ich ganz gut hin. Die morgendliche Übelkeit war schon normal. Eigentlich wollte ich meine Eltern besuchen. Doch ich fühlte mich nicht gut genug dafür. Jeden Abend rief Damon mich an. Mein Herz hopste noch immer, wenn ich nur seine Stimme hörte. Einmal sang er mir sogar unser Lied vor, als ich im Bett lag mit dem Telefon am Ohr.

„Was machst du gerade?", fragte er mich.

„Ich bin schon im Bett. Es geht mir nicht gut."

„Oh, Jo. Ich wäre so gerne bei dir. Ich möchte dich in meinen Armen halten. Dir süße Worte flüstern und dir nah sein."

„Das wäre toll. Es ist schön wenigstens deine Stimme zu hören."

„Ach ja?"

„Ja. Ich liebe deine Stimme. Damon?"

„Was?"

„Kann ich dich um etwas total Bescheuertes bitten?"

„Hä? Ich tu alles für dich, egal wie bescheuert es ist. Was soll ich für dich tun?"

„Bitte sing mir unser Lied."

Und dann begann er zu singen:

„True Love is what ever I feel. Only for you. You're my heart, the only one I need. True Love..."

Ich lauschte seiner Stimme. Er fehlte mir.

„Das ist wunderschön."

„Ja, und es ist die Wahrheit. Als wir es komponierten hatte ich noch keine Ahnung, aber seit ich dich kenne ist alles anders."

„Bitte komm bald zurück,"

„Ich zähle schon die Tage, Stunden..."

„Damon?"

„Hm?"

„Ich muss auflegen. Mir geht es nicht gut. Bitte entschuldige."

„Jo, muss ich mir Sorgen machen? Ich komme sofort wenn es sein muss."

„Nein, nein. Schon gut. Bis morgen. Ich liebe dich."

Ich konnte gerade noch rechtzeitig ins Bad rennen, um die Kloschüssel zu umarmen. Mir ging es echt dreckig. Jeden Tag versuchte ich halbwegs klarzukommen. Doch ich war mir inzwischen ziemlich sicher, dass ich tatsächlich ein Baby erwartete. Ich musste mich endlich jemandem anvertrauen. Deswegen erzählte ich Ann davon.

Ich rief sie an:

„Jolene, das klingt aber ganz nach einem Baby. Lass uns zusammen zu einem Arzt gehen. Ich nehme morgen den ersten Flieger und komme zu dir, wenn es dir recht ist. Hast du es Damon schon erzählt?"

„Nein, er würde sich nur wieder Sorgen machen."

„Aber er ist der Vater. Findest du nicht, dass er ein Recht darauf hat es zu wissen?"

„Ja, wenn er heim kommt werde ich ihn damit überraschen."

„Okay, wenn du meinst."

Am nächsten Tag kam Ann gegen Mittag bei uns an. Matt holte sie vom Flughafen ab. Ich freute mich echt sie zu sehen. Unser letztes Treffen lag schon ewig zurück. Ann begleitete mich zu einem Arzt. Matt fuhr uns hin.

„Mrs.Mandora, sie sind schon in der 14.Woche. Sie sollten sich schonen. Sehen sie den kleinen Punkt? Das ist das Kind und da hinten blinkt sein kleines Herz. Sieht alles gut aus."

Der Arzt schob das Ultraschallgerät über meinen Bauch und wir alle starrten den Bildschirm an. Ich konnte es nicht glauben.

„Ich...was? Oh Mann. Mir fehlen die Worte. Das muss ich erst einmal verdauen."

„Wir sehen uns in einer Woche wieder."

Der Arzt ließ uns allein.

„Ich habe es dir ja gesagt. Du musst es Damon erzählen."

„Ich weiß."

Wie würde er wirklich reagieren? Ich wusste es nicht.

Ann blieb einige Tage bei mir und ich war echt froh darüber. Die Zeit war fast vorüber und ich zählte die Tage bis mein Mann endlich zurück kam. Doch alles kam ganz anders.

Ich weiß nicht mehr wann er mir sagte, dass er noch nicht heim käme. Die Termine in Asien standen noch aus. Er hatte sie ja damals nur verschoben. Die Veranstalter pochten nun plötzlich auf ihrem Recht und nervten ihn damit. Damon witterte gleich seine Chance. Als er mich abends anrief, merkte ich am Klang seiner Stimme, dass da was im Gange war.

„Jo. Ich... Ach Fuck. Keine Ahnung wie ich es dir sagen soll. Wir... Ich... Also."

„Du kommst nicht zurück, oder?"

„Ich, nein, ich meine ja. Scheiße. Du hast recht. Wir fliegen weiter nach Tokio."

„Damon, bitte nicht. Du weißt was damals passiert ist."

„Ja, aber ich habe es geschafft. Ich werde nicht übertreiben. Bestimmt nicht. Es ist nur... Du kennst mich doch. Ich bin zurück. Das ist unsere Chance wieder oben dabei zu sein. Diese Chance will ich nutzen. Vielleicht kannst du ja doch noch dazu kommen..."

„Nein..."

Ich versuchte alles damit er zu mir zurück kommen würde. Ich wollte ihm doch sagen, dass er Vater wird. Aber er kam nicht.

Aus drei sollten acht Monate werden, wenn das Unglück nicht passiert wäre, das Damon schließlich doch noch vorzeitig zu mir zurück brachte. Ich weiß nicht mehr warum ich es tat, aber eines Tages verspürte ich einfach Lust mit Danger auszureiten, obwohl mein Bauch schon eine leichte Wölbung hatte. Ich wollte einfach raus. Raus aus dem einsamen Haus. Ohne Damon lebte ich nicht richtig. Keine Ahnung wo er gerade war. Er hatte sich schon eine Weile nicht mehr bei mir gemeldet. Vermutlich wegen der Zeitverschiebung oder so. Ich denke nicht, dass es andere Gründe gab. Und wenn doch, so will ich es nicht wissen.

Ich war auf unseren Wiesen unterwegs. Es war ein schöner Tag, die Sonne brannte und ich fühlte mich wohl. Den Umständen entsprechend. Danger ist ein braves Tier und er konnte nichts dafür. Irgendwo knallte ein Schuss. Ich weiß bis heute nicht warum. Das Pferd erschrak und warf mich ab. Im hohen Bogen flog ich in die Büsche am Zaun unseres Grundstücks und blieb liegen. Danger rannte zurück zum Stall. Ich war unfähig mich zu bewegen. Mein Bauch tat mir weh. Mein Arm und überhaupt. Keine Ahnung wie lange ich in dem Busch gelegen hatte bis Matt mich dort fand. Er war dabei die Hecke zu schneiden. Ich hörte Schritte. Jemand kam angerannt. Matt.

„Mein Gott. Jo. Alles okay?"

„Matt. Gott sei Dank. Das Pferd, der Schuss. Keine Ahnung. Es tut so weh..."

„Wir bringen das in Ordnung. Alles wird gut."

„Kannst du Damon anrufen. Ich muss ihm dringend etwas sagen."

„Klar. Aber zuerst musst du in ein Krankenhaus."

„Nein, bitte. Ich brauche ihn jetzt."

„Er wird bald da sein. Ich verspreche es."

Er hob mich hoch und setzte mich auf den Rücksitz seines Pick up. Matt jagte den Wagen so schnell er konnte durch den Verkehr. Mir war übel und alles tat mir so weh. Irgendwann wachte ich in einem Krankenhausbett in New Orleans auf. Niemand war da. Ich war allein in einem weißen Zimmer. Mein Bein steckte in einem Gips, mein Arm auch. Um den Kopf hatte ich einen Verband und diese Schmerzen waren echt nicht auszuhalten. Ich rief nach Damon. Er sollte kommen. Mir helfen, mich trösten. Aber er war nicht da. Dann betrat der Arzt das Zimmer. Und ich erfuhr das Schrecklichste, was einer Frau passieren kann.

„Mrs. Mandora. Sie hatten einen schlimmen Unfall. Arm und Bein sind gebrochen. Es wird etwas dauern, die Frakturen sind etwas komplizierter. Sie hatten noch Glück, dass sie in den Busch gefallen sind. Sonst hätte es tödlich enden können. Wir kriegen das wieder hin. Aber eine Sache ist da noch. Ich... also... Es tut mir leid..."

Der Arzt druckste herum und ich spürte, dass er mit sich rang, mir etwas Schlimmes mitzuteilen.

„Bitte, sagen Sie mir die Wahrheit."

„Na ja, wie schon gesagt. Sie hatten echt Glück im Unglück. Sie werden wieder in Ordnung kommen, aber für ihr Baby konnten wir nichts mehr tun. Es tut mir wirklich leid."
Er drückte meine gesunde Hand und verließ das Zimmer. Ich brauchte eine Weile um zu verstehen was er mir gerade mitgeteilt hatte. Ich hatte mein Baby verloren. Ich hatte es umgebracht. Unser Baby, meins und Damons. Und nur weil ich unbedingt ausreiten wollte. Diese Erkenntnis traf mich wie ein gigantischer Blitzschlag. Mein Mann würde mich hassen. Sein Kind. Er würde es nie zu sehen bekommen. Vielleicht sollte ich ihm erst gar nichts davon erzählen.tausend Gedanken jagten durch meinen Kopf. Ich begann hysterisch zu schreien. Ich war so allein. Und ich brauchte ihn. Immer wieder schrie ich seinen Namen. Die Schwestern und Ärzte hatten zu tun mich zu beruhigen. Es ging nicht. Ich war dem Ende nah. Damon. Er war der einzige Mensch, den ich überhaupt in meiner Nähe haben wollte. Matt und Diane kamen mich besuchen. Stundenlang saßen sie an meinem Bett. Sonst war niemand da. Keiner wusste von der Sache. Zum Glück.

„Ich versuche stündlich ihn zu erreichen. Ich weiß nicht wo er ist. Es tut mir leid", sagte Matt. Sam und Daryl waren auch da. Aber selbst sie schafften es nicht meinen Mann zu finden. Ich weiß nicht mehr wann es war, aber Sam sagte mir, dass unser Anrufbeantworter voll war mit Damons Nachrichten. Er wollte, dass ich zu ihm kam. Und ich erfuhr wo er war. In Taipeh. Am anderen Ende der Welt.
„Ich werde ihn finden, egal wie. Das verspreche ich dir."
Sam sah echt besorgt aus.
„Versuche John zu erreichen. Er weiß sicher wo Damon steckt. Bitte bring ihn heim."
Meine Stimme brach. Sam stand vom Bettrand auf und nickte mir zu. Dann war ich wieder allein. In diesem öden Zimmer. Mit meinen Problemen, der Sehnsucht nach Damon und ohne mein Baby.

Damon und Jolene

3

Damon

Damals:

Unsere erste Station war New York, meine Heimat. Wir fanden
uns in alten Ecken wieder. Wir machten unsere Sache gut und es
kam mir vor als wäre es nie anders gewesen. Die Zeit in den USA
verging wie im Flug. Eigentlich wollte ich zurück zu ihr. Aber
ein Anruf änderte wieder alles. Wir bekamen Stress, weil noch
die Asientermine ausstanden. Ich hatte ganz vergessen, dass ich
sie verschoben hatte. Bis auf Weiteres. Ohne festen neuen
Termin. Und jetzt war es für die Veranstalter optimal uns im
neuen Glanz zu präsentieren. Und ich dachte, dass es uns ja auch
nicht schaden konnte. Also entschied ich einfach diese Termine
anzuhängen. Weitere fünf Monate würde ich nicht bei Jo sein.
Keine Ahnung wie ich ihr das beibringen sollte. Ich nahm allen
Mut zusammen und rief sie an. Ich hatte mir alles genau überlegt.
Aber als ich ihre Stimme hörte war alles weg. Ich stotterte mir
was zurecht. Obwohl ich nichts gesagt hatte, wusste Jo sofort was
los war. Sie kennt mich eben.
Sie sagte etwas von *ich muss auflegen, es geht mir nicht gut.*
Dann war das Gespräch beendet. Da war etwas in Jos Stimme.
Ich war mir sicher, dass sie etwas belastete. Und ich fragte mich
ob es das alles wirklich wert war. Und ich erinnerte mich an Jos
Gesicht als ich ging. Sie hatte was auf ihrem Herzen. Sie trug

etwas mit sich herum. Ich kannte sie. Auch bei unseren anderen Telefonaten klang sie nicht wie meine Jo. Irgendetwas lag in der Luft. Hin und wieder überfiel mich der abstruse Gedanke, ob vielleicht ein anderer Typ dahinter stecken könnte. Dann schalt ich mich selber für diese dummen Gedanken. Jo würde mir nie so etwas antun. Und wenn doch, so war ich selbst schuld daran.

Wir flogen nach Tokio und wer weiß wo noch überall hin. Jeden Abend der gleiche Zirkus, gefolgt von einsamen Nächten in den Hotels dieser Welt. In Taipei hielt ich es nicht mehr aus. Ich wollte Jo noch einmal überzeugen zu mir zu kommen. Ständig lief nur unser Anrufbeantworter. Wo war sie nur? Vielleicht bei ihren Eltern. Wäre ja normal gewesen, wenn sie nicht ständig allein in unserem Haus sein wollte. Ja, so musste es sein. Trotzdem versuchte ich es immer wieder bei ihr. Jo ging eigentlich selten ans Telefon. Nur dann wenn ein bestimmtes Klingelzeichen erklang, das nur unsere Freunde und Verwandten kannten. Aus Angst sie bekäme Anrufe von wütenden Fans oder so. Sie konnte sich da richtig rein steigern. Ich glaube nicht, dass irgendein Fan unsere Nummer überhaupt hatte. Trotzdem verstand ich ihre Angst und nahm die Gespräche selbst entgegen, wenn ich da war. Keine Ahnung wie viele Nachrichten ich ihr hinterlassen hatte. Ich versuchte gelassen zu bleiben. Es gäbe sicher einen Grund dafür. Alles normal, redete ich mir ein. Keine Ahnung was da los war. Dann rief mich Sam an. Er war total daneben.

„Damon? Sam hier. Endlich erwische ich dich mal. Mein Gott, du bist ja schwerer zu erreichen als der Papst."
„Sam, hey. Was geht? Alles okay bei euch? Du klingst ja so komisch."
„Ich … also es ist... wie soll ich es dir sagen? Es ist was passiert. Was Schlimmes. Jo... sie..."
„Sam? Was ist da los bei euch?"
Mein Herz schlug mir bis zum Hals.
„Jo. Um Gottes willen. Was ist mit ihr?"

„Du musst die Tour abbrechen. Sofort! Komm so schnell du kannst her. Jo. Sie ist im Krankenhaus und es sieht schlimm aus. Sie..."

„Sam? Sie ist was? Mein Gott sag schon."
Meine Stimme war nur noch ein Flüstern.

Jo. Oh mein Gott. Sie ist allein. Ich muss zu ihr.

Die Gedanken in Dauerschleife. Ich musste nach Hause, und zwar sofort.

„Es geht ihr den Umständen entsprechend. Ein Unfall. Sie kommt wieder in Ordnung aber... das Baby... sie braucht dich jetzt."

„Baby?"

„Du wusstest es nicht, richtig?"

„Nein. Ich... ich meine... Baby?"
Meine Gedanken überschlugen sich. Ich versuchte ruhiger zu werden.

„Sam. In ein paar Stunden bin ich da."

„Ja, das ist das einzig Richtige. Um alles andere kümmern wir uns schon. Bis dann."

Ich knallte das Telefon aufs Bett und rannte zum Schrank um meine Klamotten zu holen. Es war mir egal was heute oder morgen oder wer weiß wann von mir erwartet wurde. Ich würde sofort aufbrechen. Während ich James anrief versuchte ich meine Gedanken zu ordnen. Sam hatte was von einem Reitunfall gesagt. Und von einem Baby. Baby? Welches Baby? Was zum Teufel...? Baby. Baby. Ich hatte das Gefühl verrückt zu werden. Etwa mein Baby? Nein, das konnte nicht sein. Jo hätte es mir doch gesagt. Das hätte sie sicher, oder etwa nicht? Warum nicht?

Ich schnappte meine Tasche und rannte zum Fahrstuhl. James wartete im Flugzeug auf mich.

Im Flughafen angekommen rief ich John an.

„John? Es ist etwas mit Jo passiert. Ich muss weg..."
Ich rasselte die ganze Geschichte so schnell runter, dass John

nicht einmal antworten konnte. Er sagte mir nur, dass er und die anderen die letzten Auftritte ohne mich machen würden. Und dass es schon irgendwie gehen würde. Ich war ihm so unendlich dankbar. Ohne ihn und meine Freunde war ich doch sowieso ein Niemand. Ich bin zwar der Kopf der Band, aber ohne die Jungs bin ich nur Ich.

Verdammt warum bekamen wir keine Starterlaubnis? Musste das Schicksal mich denn schon wieder so hart strafen? Ich bin kein schlechter Mensch. Ich wollte zu Jo. Mein Kopf dröhnte und ich kam nicht klar. Die Sache mit dem Baby war noch nicht ganz bei mir angekommen. Keine Ahnung wann wir endlich starten durften. Ich tigerte hin und her wie ein Wahnsinniger. James kam zu mir und brachte mir eine Beruhigungstablette. Und Tee, wie ekelhaft.

„Es wird dir gleich besser gehen. Ich denke wir können bald starten. Anthony kommt noch dazu. Wir tun was wir können.Tut mir sehr leid."
„Danke, James. Ist ja nicht deine Schuld. Ich verstehe einfach nicht, warum sie es mir nicht gesagt hat. Wir werden daran zerbrechen. Vor allem Jo. Ich weiß wie sehr sie sich Kinder wünscht. Ich sehe sie an wenn Jonathan mit seinem Sohn Jakob spielt. Dann bekommen ihre Augen immer so einen feuchten Glanz. Ich hätte es merken müssen. Ich bin ein Trottel."
„Damon, du konntest es doch nicht wissen. Du musst dich beruhigen. Wir alle sind für euch da. Ich war damals auch total durcheinander als ich erfuhr, dass wir unser erstes Kind erwarteten. Es kommt alles in Ordnung. Ihr beide seid doch noch so jung. Sei einfach für sie da. Ah, da kommt Anthony. Wir können sicher gleich starten."
„Das hoffe ich. Ich muss zu ihr. So schnell es geht. Was mache ich überhaupt hier in Taipei? "

James klopfte mir noch einmal tröstend auf die Schulter. Dann ging er Anthony entgegen. Endlich ging es los. Ich war ein reines

Nervenbündel. Ständig sah ich die übelsten Bilder vor mir. Jo. Was sie gerade wohl durchmachte? Und ich war nicht da. Ich bin nie da wenn man mich braucht. Was bin ich nur für ein Mensch?

Der Flug kam mir wie Jahre vor. Nein Lichtjahre. Ich brauchte ein schnelleres Flugzeug. Besser noch eine Rakete. Auf jeden Fall. Den ganzen Flug lang überschlugen sich meine Gedanken. Meine Sorge um Jo und die Erkenntnis, nichts kapiert zu haben, traf mich wie ein Hammer mitten auf den Kopf.

Endlich landeten wir in New Orleans. Daryl holte mich mit meinem Chevy ab, während Sam wohl bei Jo war. Der Bandbus blieb am Flughafen wenn die anderen ankämen. Keine Ahnung warum heute so ein Verkehr war. Das war mir nie so aufgefallen. Rote Ampeln, Stau und all der Scheiß, den ich nicht brauchen konnte. Ich griff an das Kreuz an meinem Hals und sah nach oben. Wenn es dich gibt, dann tu was, brabbelte ich vor mich hin. Mit quietschenden Reifen hielt Daryl vor der Klinik an. Noch bevor der Wagen stand sprang ich aus dem Auto und rannte wie ein Irrer zur Information.

„Wo ist meine Frau. Wie geht es ihr? Ich muss zu ihr. Ich...“
„Oh, Mr.Mandora. Ich bringe sie hin. Aber sie darf sich nicht aufregen.“
„Ja ja. Kein Problem“, brummte ich und wünschte die Schwester würde schneller laufen.
„Es ist die zweite Tür rechts.104“
„Danke!“
„Gerne. Aber bitte regen sie sie nicht auf, okay?“
„Keine Angst. Ich will sie nur sehen.“

Ich klopfte an die Tür und lauschte. Alles still. Sicher schlief sie. Leise öffnete ich die Tür und da lag sie. Jo. Mein Gott. Meine Augen sammelten Wasser, welches ich dann in Strömen wieder abgab. Jo schlief. Sie sah so zerbrechlich aus. Ich setzte mich an ihr Bett und nahm ihre gesunde Hand in meine. Ich berührte mein

Kreuz am Hals mit der anderen Hand erneut und betete. Er soll *mich* holen. Nicht sie. Nicht sie. Nein nicht sie.

„Jo, ich bin hier bei dir. Bitte wach auf. Komm zu mir zurück. Jo. Jo. Bitte, ich brauche dich."

Ich rasselte alle Gebete herunter, die ich kannte. Wenn es ihn wirklich gab, dann sollte er jetzt verdammt nochmal seinen Dienst aufnehmen. Nicht meine Frau. Niemals. Keine Ahnung wie lange ich an ihrem Bett gesessen habe. Tage, Stunden. Vielleicht auch Wochen. So kam es mir jedenfalls vor. Irgendwie muss ich eingenickt sein, während ich ihre Hand hielt. Eine leise Stimme sagte meinen Namen.

„Damon, du bist da. Endlich."

„Jo, mein Gott. Du bist wach."

Ich gab ihr vorsichtig einen Kuss auf die Stirn, versuchte noch immer ruhig zu bleiben. Trotzdem wurden meine Augen immer feuchter. Was war nur aus uns geworden? Wir hätten eine Familie sein können. Und nun lag meine Frau schwer verletzt in diesem Krankenbett. Ich dankte Gott dafür, dass sie noch lebte. Sam hatte mir erzählt wie schlimm es hätte enden können, wenn Jo nicht in den Busch gefallen wäre und wenn Matt sie nicht gefunden hätte. Ich hätte Gott meine Seele gegeben, wenn er sie dafür hätte haben wollen, Jo gesund werden zu lassen.

„Damon, es tut mir leid. Ich weiß nicht warum ich auf das Pferd gestiegen bin. Ich wollte nur..."

„Hey. Ich bin hier und ich gehe nicht mehr weg. Du musst mir nichts erklären. Du musst wieder gesund werden."

„Es tut mir leid, das ich es dir nicht gesagt habe. Ich war mir nicht sicher was du sagen würdest. Und ich wollte dir deine Tour nicht versauen. Ich …"

„Schon gut. Rede nicht so viel. Ich bin da und bleibe so lange es nötig ist. Ich werde nicht gehen."

Schwach lächelte sie mich an. Dann sah ich Tränen an ihren Wangen entlang laufen, die ich ihr mit meinem Daumen weg wischte. Und wieder hasste ich mich – für alles.

Jo blieb drei oder vier Wochen in der Klinik. An den letzten Tagen dort konnte ich sie schon mit hinaus nehmen. Ich schob sie in einem Rollstuhl durch den Park und versuchte alles, die Sache nicht an die Öffentlichkeit gelangen zu lassen. So ganz gelang es mir leider nicht. Irgendwie wissen die Leute immer wo gerade eine Schlagzeile lauert:

DAMON MANDORAS FRAU KNAPP DEM TOD ENTKOMMEN.

ATTENTAT AUF DAMON MANDORAS FRAU.

UNBEKANNTER SCHÜTZTE ZIELT AUF JOLENE MANDORA.

EHEFRAU VON ROCKSTAR DAMON MANDORA BEDROHT.

Usw. Ich dachte, dass niemand davon gewusst hätte. Na ja, falsch gedacht. Einer schaffte es sogar in Jos Zimmer und machte ein Foto von ihr wie sie im Bett lag. Am liebsten hätte ich ihm eins auf de Fresse gegeben. Diese Typen kennen kein Mitgefühl. Das war schon damals bei mir so gewesen, als ich in Prag meinen ersten Zusammenbruch hatte. Ich postierte Polizisten vor ihrem Zimmer. Wenn ich mit ihr draußen war, nahm ich Sam mit. Daryl blieb beim Haus. Die Jungs meldeten sich täglich, um sich nach Jos Befinden zu erkundigen. Sie brachten die Auftritte ganz gut hinter sich. Nick übernahm jetzt meinen Part. Brandon seinen und Andy Brandons. Die Jungs sind einfach klasse. Ich war ständig bei ihr im Krankenhaus und Diane musste mich fast zwingen wenigstens zum essen und duschen nach Hause zu gehen. Ich wollte Jo nicht eine Minute allein lassen. Die Wunde am Kopf war inzwischen gut verheilt. Die Knochenbrüche würden noch etwas Zeit brauchen und der seelische Schmerz heilt wahrscheinlich nie. Den Rollstuhl brauchte sie dann nicht mehr. Statt dessen bekam sie Krücken verordnet. Die Zeit als sie noch im Krankenhaus war, hatte sie an Gesprächsrunden teil genommen. Es sollte ihr helfen, den Verlust des Kindes besser zu verarbeiten. Aber ich glaube so etwas bleibt immer in einem, egal wie oft und mit wem man darüber redet.

Ich durfte sie endlich nach Hause holen. Matt erledigte das für mich. Ich versteckte mich auf dem Rücksitz seines Wagens. Wir durften zum Personaleingang fahren. Ich wollte einfach nicht, dass sie uns zerrissen, wenn wir die Klinik verließen. Ich wartete im Büro des Arztes auf Matt und Jo. Diane holte Jos Gepäck ab. Dann konnte ich sie endlich wieder in die Arme schließen. Sie sah schon viel besser aus ohne die hässlichen Verbände um den Kopf. Dann brachten wir sie zurück in unser Anwesen. Jo war die ganze Fahrt über ruhig gewesen. Doch jetzt kam wieder alles hoch, als sie an Dangers Box vorbei kam und als sie den Busch am Zaun sah, der jetzt abgeknickt war. Sie gab sich die Schuld an allem. Und ich mir. Die ersten Tage waren schwer für sie. Ich versuchte alles um sie abzulenken. Ich telefonierte mit John und fragte ihn um Rat. Mein Freund weiß immer was zu tun ist. Ich hoffe, ich kann es ihm irgendwann einmal zurück geben.

Irgendwann konnte Jo mit mir darüber reden, ohne zu weinen. „Damon. Ich wollte es dir sagen, wenn du heimgekommen wärst."

Ich setzte mich neben sie und legte ihren Kopf an meine Brust. Ich streichelte ihr Haar.
„Wir werden wieder glücklich. Das verspreche ich dir.", versuchte ich ihr und mir einzureden.

Jetzt:

John ist gerade gegangen. Ich sitze noch immer hier und halte
mein Bier fest. Ich bin auf dem Weg mich abzuschießen. So
vieles geht mir durch den Kopf. Mir fällt die Geschichte mit Jos
Fehlgeburt ein. Dieser Reitunfall. So grausam. Ich war nicht da.
Und jetzt bin ich es auch schon wieder nicht. Sie hat mir gesagt
was sie fühlt. Sie klang so traurig. Unser Kind wäre heute 18.
Und Alanah hätte eine große Schwester, Bruder, was auch
immer. Ich kippe den Rest der Flasche in meinen Hals und
schlucke anschwemmende Tränen gleich mit hinunter.

4

Jo

Damals:

Als ich aufwachte war er da. Er saß schlafend an meinem Bett
und hielt meine Hand. Mein Herz zerriss. Er hatte mir so gefehlt.
Dieser Mann ist einfach unglaublich. Ich versuchte mit ihm zu
sprechen, aber meine Stimme war so schwach. Dann muss er
mich doch gehört haben. Mit Tränen in den Augen sah er mich
an. Ich war froh ihn endlich bei mir zu haben. Ich brauchte ihn
wie noch nie. Seine starken Arme, die mich halten sollten. Seine
Stimme, die mich beruhigen sollte. Er gab mir die Kraft, die ich
brauchte, um gesund zu werden. Nach einiger Zeit fuhr er mich
in einem Rollstuhl durch den Park. Alles ohne die Öffentlichkeit.
Nicht ganz, aber er schaffte es, alles Negative von mir
fernzuhalten. Die fetten Schlagzeilen sah ich erst viel später. Er
hatte alles vor mir versteckt, was in den Zeitungen gestanden
hatte. Dafür war ich ihm sehr dankbar. Und ich weiß wie viel
Kraft ihn das alles gekostet hatte. Keine Ahnung wie er das
gemacht hatte. Er konzentrierte sich auf mich, die Ärzte und
darauf, wie er mir helfen konnte. Es tat mir gut. Nur er und ich.

Wieder eine Zeit später kam mein Gips am Arm ab und für mein
Bein bekam ich Krücken. Reiten konnte ich erst einmal
vergessen. Ich gebe den Tieren keine Schuld. Damon hat alles
versucht um heraus zu bekommen, wer warum geschossen hat.
Damon war so sauer auf diesen mysteriösen Schützen. Die

Ermittlungen der Polizei verliefen ins Leere. Der Schütze wurde nie gefasst. Vermutlich war es jemand aus der Nachbarschaft, der geschossen hatte, weil ein Hund seine Rinder angegriffen hatte. Aber genau wusste es niemand. Es hätte eh nichts geändert. Unser Kind durfte nicht existieren. Wir versuchten die Tage normal zu verleben. Damon tat alles um mich auf andere Gedanken zu bringen. Jeden Tag brachte er mir das Frühstück ans Bett, stellte mir frische Blumen auf den Nachttisch und abends hockte er auf der Bettkante und sang mir seine Lieder bis ich einschlief. Er sprach kein einziges Mal über die Tour oder die Band. Ich wusste nur, dass John und die anderen alles geregelt hatten. Meine Eltern waren natürlich geschockt von der Sache. Leider konnten sie mich damals nicht besuchen, weil mein Vater arbeiten musste. Ich hätte meine Mutter gerne da gehabt. Nur Mütter können so etwas verstehen und fühlen. Damon bemühte sich, mir all meine Leute zu ersetzen und beklagte sich nie. Am meisten freute mich seine Bemühung den Tieren die Bewegung zu geben, die sie täglich brauchten. Obwohl er zunächst sauer auf das Pferd gewesen war. Er sprach sogar davon es zu verkaufen.

„Was wenn es wieder geschieht? Das ist lebensgefährlich. Ich will nicht, dass dir so etwas noch einmal passiert. Ich finde schon jemanden, der sich angemessen um die Pferde kümmert. Das geht so nicht."
„Damon, bitte. Es war nicht Dangers Schuld..."
Wir redeten ewig. Ich konnte ihn aber schließlich doch noch davon überzeugen, dass das Pferd ja nichts dafür gekonnt hatte.
„Na gut. Ich werde nichts unternehmen. Wir behalten das Tier. Aber falls noch jemals etwas passieren sollte …"
„Es war ein Unfall. Danger ist nicht böse. Und das weißt du auch."
„Ja. Trotzdem. Du bist mir wichtiger als dieses Pferd."
Er suchte das Zaumzeug zusammen und stand etwas hilflos herum.
„Wie geht das überhaupt?"

„Matt kann das doch auch..."

„Nein, ich mach das schon" , unterbrach er mich.
Manchmal konnte er echt stur sein. Irgendwie fand ich das
ziemlich süß. Nach einer Weile war Danger fertig aufgezäumt.
Matt hatte sich Heaven geholt. Ich stand am Zaun und sah zu.
Matt erklärte Damon alles und ich staunte nicht schlecht wie gut
er sich schlug. Er wusste was mir die Pferde bedeuteten, obwohl
er noch immer skeptisch war. Manchmal versuchte er sogar zu
reiten.

„Du willst dir das echt antun? Und wenn du wieder runter
rutschst?"

„Ach was, mein Hintern hält eine Menge aus. Ist doch noch ganz
gut in Form, oder?"
Grinsend klopfte er sich auf seine knackige Kehrseite und ich
musste zum ersten Mal seit dem Unfall wieder herzhaft lachen.
Irgendwann würde es sicher erträglicher werden. Es musste
einfach. Er war so fürsorglich und er hielt was er mir versprochen
hatte. Jeden Tag kam er besser zurecht.

„Hey Damon, wenn du so weiter machst, kannst du dein Geld
bald als Dressurreiter verdienen", rief ich ihm zu als er schon
wieder seine Runden über die Wiesen drehte.

„Na klar", grinste er und hob den Daumen. Es war schon ein
heißer Anblick, ihn mit nacktem Oberkörper, Jeans und Stiefeln
auf dem edlen Pferd zu sehen. Ein schönes Motiv für das nächste
Poster. Aber das sagte ich ihm natürlich nicht.

Danger und Heaven

Die Tage vergingen und ich dachte nicht mehr so oft an das was passiert war. Vielleicht weigerte ich mich auch darüber nachzudenken. Damon war bei mir. Er ging nicht weg. Das versicherte er mir fast täglich. Die Band hatte die Tour in Asien ohne ihn beendet. Brandon sang die alten Hits genau so gut wie die Neuen. Nicks Stimme passte zu seiner wie zu der von Damon. Andy konnte ebenfalls hervorragend singen.

„Hey, die schaffen das auch ohne dich. Bist sicher bald arbeitslos", versuchte ich Damon zu necken. Ich sah ihn nur noch selten lachen. Und ich spürte wie schwer ihm das alles fiel. Doch er beklagte sich nie. Diane und Matt kümmerten sich ebenfalls fast rund um die Uhr um mich, dass es mir schon unangenehm war. Ich brauchte noch immer die Krücken, wenn die Strecke etwas länger war. Im Haus konnte ich teilweise schon so laufen. Es war einfach scheiße. Ich wollte niemandem zur Last fallen, aber es ging nicht. Mein Bein war so kompliziert gebrochen gewesen. Schrauben und wer weiß was befanden sich darin. Es hätte aber auch schlimmer enden können. Ich hoffte einfach, dass es wieder ganz in Ordnung kommen würde.

Ein Jahr hatte ich Zeit. Danach mussten die Schrauben wieder raus und dann könnte ich wieder nicht laufen. Na ja. Ich bin wieder fit und das alles ist ja schon ewig her.

Damon war gerade dabei Futter in die Tröge zu füllen. Ich war unglaublich stolz auf ihn. Ich humpelte auf ihn zu und sah ihn an. „Lass´ das doch Matt machen. Das ist doch nichts für dich. Du siehst blass aus. Deine Hände sind nicht für so etwas gemacht. Sie sollten eine Gitarre halten, oder mich."
„So so, das denkst du also. Ich bin nicht gut genug für deine Tiere? Sehr nett. Sei nicht so frech zu deinem Krankenpfleger."
Er streckte mir die Zunge raus und ließ mich einfach stehen um in die Sattelkammer zu verschwinden.
Ich humpelte hinter ihm her.
„Warte. Küss mich. Sonst werde ich nie mehr gesund."

„Ist das so? Tatsächlich? Ich weiß nicht ob das so eine gute Idee ist."

Er lächelte mich unverschämt an und drehte sich wieder zum Sattelzeug um.

„Bitte heute eine doppelte Dosis. Das steht im Rezept und es ist überlebenswichtig", jammerte ich gekünstelt herum. Seine Augen blitzten und für einen kurzen Moment war der alte Glanz wieder in ihnen. Er befreite sich aus meiner Umarmung und hängte das Halfter, das er in der Hand hatte, wieder an den Haken.

„Ich brauche sofort Hilfe", jammerte ich weiter. Er kam auf mich zu und stellte meine Krücken an die Wand. Auf seinen starken Armen trug er mich auf das Sofa in meinem Atelier. Er wusste, dass ich dieses Zimmer über alles liebte. Sanft setzte er mich ab.

„Was machen wir hier?"

„Die Behandlung sollte an einem Ort stattfinden, an dem man sich wohl fühlt. Sonst schlägt sie nicht an", grinste er.

„Ja, das ist absolut richtig, Herr Doktor."

Dann saßen wir nebeneinander auf dem Riesensofa und sahen uns in die Augen. Damon begann mit seiner Behandlung, dass mir Hören und Sehen verging.

„Und wirkt es schon?"

„Nur wenn ich jeden Tag diese Dosis bekomme."

Es war so schön ihm wieder so nah zu sein. Unser Leben war wieder etwas besser geworden. Er küsste mich und hielt mich fest. Einfach schön.

Wir alberten noch eine Weile ungezwungen herum. Dann wurde er ernst und wir sprachen lange über den Verlust des Kindes. Ich merkte wie sehr ich alles verdrängt hatte. Es musste alles raus. Viel zu lange hatten wir geschwiegen. Eng an Damon gekuschelt weinte ich bis ich keine Tränen mehr hatte. Uns war klar, dass wir in jedem Fall ein Kind wollten. Irgendwann.

Jetzt:

Noch immer versuche ich zu begreifen, dass ich das eben alles nur geträumt habe. Noch immer liege ich hier und suche Damon neben mir. Und ich bin allein. Noch immer. Ich will das nicht mehr. Ich nehme mein Handy und rufe ihn an.

„Damon Mandora. Wer ist dran?", lallt er.

„Ich bin´s, Jo. Hast du getrunken? Hallo?"

„Was? Jo! Nein, na ja ein Bier."

„Wie?"

„Oder zwei, vielleicht vier, ich habe nicht mehr mitgezählt. Mit John. Warum? Ich habe gerade an dich gedacht. An dich und an unser Kind. Ich meine das andere Kind. Entschuldige. Ich... Ach Scheiße."

„Oh. Ich habe auch an dich gedacht. Und von dir geträumt. Du warst da. Wir haben uns geliebt. Es war so real. Ich bin verwirrt. Ich will nicht mehr allein sein. Wann kommst du? Wie lange habe ich dich nicht mehr gesehen? Ich weiß schon fast nicht mehr wie du überhaupt aussiehst."

„Jo, echt?"

„Ja"

„Oh. Scheiße. Fuck, entschuldige. Ich … bin … fertig."

„Damon?"

„Was? Shit! Ja. Bald, Jo. Bald. Oh, mein Kopf dröhnt."

„Mach keinen Mist."

„Nein, ich …"

„Damon?"

„Es ist nur... Ich... Ich versuche bald für drei Wochen zu euch zu kommen."

Seine Stimme klingt schon fast wieder klar, obwohl er ziemlich gebechert haben muss.

„Echt? Das würdest du tun?"

„Natürlich, ich muss euch sehen. Ich halte das nicht mehr aus."

„Geht es nicht früher? Was ist mit Alanahs Geburtstag? Der ist schon nächste Woche. Es würde ihr sehr viel bedeuten. Gib dir einen Ruck. Die Jungs schaffen sicher ein paar Tage ohne dich. Du fehlst mir."

„Ich weiß. Du mir auch. Ich werde mit den Jungs reden. Es gibt sicher eine Lösung. Ich will bei euch sein. Ich will sehen wie schön meine Frau ist und wie erwachsen mein Kind schon ist und überhaupt..."

„Ja, das wäre toll. Was machst du gerade?"

Seine Stimme klingt so traurig.

„Ich telefoniere mit einer hübschen Frau. Und du?"

„Ich verzehre mich nach einem wunderbaren Mann."

„Oh, wer ist der Typ?"

„Er heißt Damon. Kennst du ihn?"

„Ich glaube ich sollte mal mit ihm reden und ihn fragen warum er dich so hängen lässt. Der Typ ist doch nicht ganz dicht."

„Ist er nicht?"

„Nein. Er sollte bei dir sein."

„Ja"

„Und warum zum Teufel macht er so was?"

„Weil er seine Musik mehr liebt als mich", schluchze ich.

„Jo. Nein, nein. Das tut er nicht. Ganz sicher nicht".

Damon bemüht sich echt mich zu beruhigen.

„Wenn du ihn siehst kannst du ihm dann sagen, dass ich ihn liebe und dass er bitte zu mir zurückkommen soll. Es wäre das Schönste für mich ihn endlich wieder spüren zu können. Er fehlt mir so. Kannst du das für mich tun?"

Pause. Ich weiß nicht ob er noch dran ist.

„Ich werde ihm in den Arsch treten, wenn er nicht zu dir kommen will" flüstert er plötzlich.

„Ja?"

„Ja, verdammter Idiot. Ich hasse ihn."
„Oh."

Mir fehlen die Worte, weil er so viele Emotionen in unser
Gespräch packt.
„Bist du noch dran?"
„Ja, ich denke nach über all die Scheiße, die hier gerade läuft. Ich
stehe wieder am Abgrund. Aber mache dir keine Sorgen."
„Bitte nicht. Ich kann das nicht."
„Nein, nie wieder."
„Aber du hast getrunken."
„Ja."
„Und jetzt?"
„Ich werfe alles hin und komme zu euch. Bald."
„Das wäre schön."
„Ja."
Die Tür fliegt auf und Alanah ist wieder da.
„Ist das Dad?"
Sie sieht mich erwartungsvoll an.
„Ja."
„Ich möchte mit ihm reden."
Ich mache den Lautsprecher an und höre was er ihr zu sagen hat.
„Dad? Kommst du heim? Bitte, Dad. Bald ist doch mein
Geburtstag. Bitte feiere mit uns, mit Mom, Jack und mir."
Wir hören wie seine Stimme bricht. Es geht ihm nicht gut.
Das spüre ich.
„Alanah. Mein Schatz."
Er unterdrückt ein Schluchzen.
„Ja, das möchte ich, unbedingt. So schnell es geht..."
„Dad? Geht es dir gut?"
„Nein. Du und deine Mom fehlt mir so sehr."
Ich knipse mir schon wieder die Tränen weg, als ich höre wie
Damon mit gebrochener Stimme mit Alanah spricht und mein
Herz zerbricht. Zwei Jahre. Eine Ewigkeit. Wir haben nicht

einmal ein aktuelles Foto von ihm. Alanah scheint meine Gedanken zu lesen und fragt ihn:

„Dad?"

„Ja, mein Schatz. Ich bin noch dran.Tut mir leid was ihr gerade durchmachen müsst. Wegen mir."

„Nein, das ist es nicht. Kannst du uns ein Foto von dir schicken? Wir haben dich so lange nicht gesehen. Ich will wissen wie mein Dad jetzt aussieht."

„Natürlich, mein Schatz. Sofort nach unserem Gespräch. Hast du noch die Nummer von deinem Handy, oder eine Neue?"

„Nein, noch immer die Gleiche. Warum hast du mich nie angerufen?"

„Ich weiß es nicht. Ich..."

Damons Stimme ist nur noch ein Flüstern und ich spüre wie schlecht er sich fühlt. Ich weiß, dass er sich sicher am Abgrund befindet. Ich habe Angst um ihn. Er ist ein Teil von mir.

„Dad? Alles okay?"

„Ja, mach dir keine Sorgen. Ich liebe dich, mein Schatz. Mach´s gut. Und gebe deiner Mutter einen Kuss von mir. Wir sehen uns bald wieder. Ich verspreche es."

„Ich dich auch, Dad. Bis bald."

Damon hat aufgelegt und in mir kehrt diese Leere zurück.

5

Damon

Ich habe gerade mit Jo und Alanah telefoniert. Mein Herz ist
schwer wie Blei und das Gespräch hat mich so richtig runter
gezogen. Die Stimme meiner Tochter klang so erwachsen. Und
Jos so traurig. Ich öffne die Bilderdatei in meinem Handy und
suche ein aktuelles Foto aus, um es meiner Tochter zu schicken.
Da finde ich eins von letzter Woche. Da waren wir am Great
Barrier Riff. John und ich waren tauchen und abends saßen wir
am Strand beim Feuer wie die Gestrandeten eines gesunkenen
Bootes. John hat ein Foto gemacht, als ich verträumt auf einem
Stein saß und ins Meer starrte. Ich denke, da war mir auch schon
im hintersten Eckchen meines Herzens klar, was mir fehlt. Auf
dem Bild sehe ich gut aus. Älter, aber noch gut. Ich suche die
Nummer meiner Tochter, schicke ihr das Bild und noch einige
andere, die die Rowdys während der Auftritte gemacht haben.
Fotos von Australien. Auf einem bin ich sogar mit einem
Känguru, und auf einem anderen mit einem Koalabären zu sehen.
Ich wollte meine Familie wäre hier. Was mache ich hier
eigentlich? Ich rufe John an. Obwohl er eben erst zur Tür raus ist.
Ich weiß nicht was ich hier mache. John muss mir helfen. Ohne
meinen Freund komme ich nicht zurecht. Er passt auf mich auf.
Das hat er schon getan als wir noch Kinder waren. An meinem
ersten Schultag damals in der neuen Schule. Da bin ich John zum

ersten Mal begegnet. Er hat mich beschützt vor den Prügelknaben aus meiner neuen Klasse. Seit dem sind wir schon befreundet. Eine echt lange Zeit. Da war ich 12 und John 15.

Ich sehe Alanah vor mir. So wie sie vor zwei Jahren aussah. Und ich stelle fest, dass sie sich sicher auch verändert hat.

„John? Jo hat mich angerufen. Ich habe mit Alanah gesprochen...“

„Und?“

„Was und?“

„Was wirst du tun?“

„Ich weiß es nicht. Ich habe ihr Fotos geschickt. Alanah weiß nicht einmal mehr wie ich aussehe. Das sollte mir doch zu denken geben, oder?“

„Okay.“

„Nicht okay. Ich bin am Arsch. Tot. Kaputt. Scheiße“, schreie ich und werfe die Bierflasche an die Wand.

„Damon? Was geht da ab bei dir?“

„Fuck.“

„Hä?“

„Ich sagte Fuck.“

„Das habe ich verstanden. Wie geht jetzt weiter? Du hast ihr Fotos geschickt. Und das ist alles, was du ihr geben willst?“

„Keine Ahnung. Ich bin am Ende. Ich …“

„Danke für das Gespräch. Ich regele das.“

Es klickt in der Leitung und John weiß jetzt was zu tun ist. Mein Handy summt. Ich nehme mein Telefon und öffne die Post. Ich sehe ein Foto von Alanah. Und eins von Jo. Alanah hat es mir geschickt. Meine Tochter ist eine junge hübsche Frau geworden. Und der junge Mann neben ihr muss wohl Jack sein. Er sieht nett aus. Er ist gut zu ihr. Oder? Er muss. Mein Herz tut mir weh und mein Magen rebelliert. Warum habe ich mich nie bei ihr gemeldet? Mein Herz wird immer schwerer und ich heule wie ein Schlosshund. Ich versinke im Sumpf des Selbstmitleids und werfe den vollen Aschenbecher der Flasche hinterher.

Alanah, Damons und Jolenes Tochter

2016

Damals:

Jos Genesung ging langsam voran. Sie gab nie auf. Ich tat alles was mir möglich war für sie. Und mir war klar, dass ich jetzt nicht weg konnte. Trotzdem versuchte ich neue Songs zu schreiben, wenn Jo schlief oder malte. Ich ertappte mich, dass ich weinend in Dangers Box auf dem Boden saß und meine Nerven am Ende waren. Ich heulte in mich hinein. Das sensible Pferd stupste mich an der Schulter. Es kam mir vor als wollte das Tier sich entschuldigen. Ich hatte Angst nicht mit allem fertig zu werden. Jo humpelte noch immer und ihr Arm war etwas steif. Der Unfall lag schon Wochen zurück. Die Band war inzwischen auch zu uns zurückgekehrt. Alles war gut gegangen. Ich telefonierte mit der Band und wollte wissen wie es in Asien war

„Hey John. Wollte mal wissen wie es war. Wir haben noch gar nicht über die Asientour geredet...“
„Wir sind gut zurecht gekommen. Und bei euch? Wie geht es Jo?“
„Wir versuchen die Sache zu verarbeiten. Stell dir vor, ich bin zum Farmer aufgestiegen.“
„Was? Ach du Scheiße. Soll ich dir helfen? Ich könnte ein paar Tage oder Wochen zu euch kommen. Wie wäre das? Dann werde ich eben auch ein beschissener Farmer. Was soll´s.“
„Das wäre toll. Wann kommst du?“
„Ich melde mich. Bis dahin bau keinen Mist, okay.“
Ich fühlte mich schon viel besser. Wenn John da wäre, würde alles leichter werden. Ich fieberte dem Tag seiner Ankunft entgegen. Es sollte noch zwei oder drei Wochen, dauern bis John Zeit für uns hatte. Seine Freundin Nicole musste damals beruflich nach Europa zum modeln. Das kam mir gemeinerweise sehr gelegen.

Ich weiß dass ich ein Mistkerl bin. Bis dahin versuchte ich Jo auf andere Gedanken zu bringen. Das war nicht so leicht. Die Sache mit dem Baby war das Schlimmste. Wir wussten beide, dass der andere ständig daran dachte. Aber keiner von uns wollte mehr darüber reden. Ich ging in die kleine Kirche auf dem Hügel hinter unserem Haus. Manchmal verbrachte ich Stunden da. Ich musste da raus. Weg von all dem Scheiß. Und ich betete für mein Kind, das nie leben durfte. Wegen einem Arschloch, das wahllos in der Gegend herum geballert hatte.

„Ich kriege dich. Du verdammtes Arschloch. Ich werde dich in Stücke reißen. Du hast mir mein Kind genommen und fast meine Frau. Wer auch immer du bist, ich hasse dich.", schrie ich über den Hügel. Wie ein Irrer raste ich den Hügel hinauf zur Kirche. Fast jeden Tag. Dem Frieden entgegen, den ich trotzdem nicht fand. Ich stellte ein weißes Kreuz in die Ecke der Wiese wo es passiert war. Für mein Kind, das ich liebte, obwohl ich es nie sehen durfte, weil dieses verfickte Arschloch es getötet hat. Ich betete für Jo. Dass sie wieder richtig laufen konnte und alles. Ich pflegte sie so gut ich konnte. Wirklich. Meine Kraft ging zu Ende. Dann kam endlich John.

Ich war gerade dabei Stroh in die Pferdeboxen zu werfen, als John plötzlich im Eingang des Stalls stand und mich dumm angrinste:

„Du hast das voll drauf, was?"

„Was? Scheiße, John! Wie lange siehst du mir schon bei der Scheiße zu. Bin tief gesunken was?"

„Lange genug um zu sehen wie beschissen es dir geht. Wo ist Jo? Geht es ihr gut?"

„Na ja, jeder Tag wird besser als der davor."

„Und bei dir genau anders herum, wie ich sehe. Mann, siehst du beschissen aus."

„Danke, FREUND", knurrte ich John an.

„Komm her, Trottel. Schön dich zu sehen."

Wir fielen uns in die Arme und ich begann in meinen Augen

schon wieder Wassermassen zu produzieren. Wir hielten uns
Minuten lang fest. Ich klammerte mich fast an John. Wer uns sah,
und nicht kannte, hätte sicher gedacht, dass wir ein schwules Paar
wären. Das war mir so scheiß egal. Endlich hatte ich jemanden
um mich, dem ich außer Jo voll vertraute.
Ich brauchte echt Hilfe.
John zog in eines der Gästezimmer ein und blieb etwa drei
Wochen bei uns. In dieser Zeit ging es mir eigentlich ganz gut.
Ich machte aus meinem Freund auch einen beschissenen Farmer
auf Zeit. Ihm gefiel das. Ich konnte ihn sogar überzeugen auf ein
Pferd zu steigen. Heaven war sehr geduldig mit ihm und John
nahm es mit Humor, wenn er bis zum Knöchel im Pferdemist
steckte. Trotz allen Übels war es eine schöne Zeit. War mal was
anderes, meinte er damals. Die drei Wochen waren leider viel zu
schnell vorbei. Dann flog John zurück nach New York weil seine
Freundin auch wieder da war und er sie ja ewig nicht gesehen
hatte. Das konnte ich ja verstehen, aber trotzdem...
John umarmte uns alle noch einmal. Dann brachte Matt ihn zum
Flughafen und ich war wieder allein.

Die Tage darauf waren beschissen. Aber Jo ging es jeden Tag
etwas besser und ich wusste wofür ich das alles tat. Ich versorgte
die Tiere, mistete die Ställe aus, schrieb Songs und versuchte zu
reiten, ja sogar zu kochen.

„Damon, mach mal eine Pause. Ich sehe doch, dass es dich
auffrisst."
Jo klang besorgt, aber ich konnte ihr nicht sagen, dass sie recht
hatte.
„Ist okay, wirklich."
„Ich weiß nicht. Wo ist mein lebenslustiger Mann geblieben?
Bitte lass dir helfen. John ist fort und du kackst hier ab."
„Nein. Ich schaffe das. Wirst sehen."
Sie kam auf mich zu gehumpelt und nahm mir die Mistgabel aus
der Hand, als ich wieder einmal versuchte Heavens Box in

Ordnung zu bringen.

„Bitte stell′ das jetzt weg. Hör′ auf damit."

„Lass mich. Ich muss das jetzt machen. Ich muss dir helfen. Du musst wieder gesund werden. Ich schaffe das... Es ist sowieso alles nur meine Schuld. Verdammte Scheiße."

„Bitte hör′auf..." , weinte sie, aber nichts kam bei mir an. Ich brabbelte wie von Sinnen vor mich hin. Keine Ahnung. Ich war dem Wahnsinn nahe. Diane und Matt halfen uns ebenfalls, aber meine kranke Seele konnte niemand rein waschen. Ich steigerte mich da hinein, dass alles nur meine Schuld war. Weil ich nicht da war, wie immer. Wäre ich da gewesen, hätte ich auf sie aufgepasst. Sie wäre nicht gestürzt. Und wenn ich gewusst hätte, dass sie schwanger ist, hätte ich sie erst gar nicht auf das Pferd steigen lassen. Mein Gott, warum hatte sie es mir nur nicht gesagt? Ich bin ein Scheiß Egoist. *Meine* Tour, *mein* Leben, *mein* Comeback. Verdammte Scheiße. Immer nur *mein mein mein.* Und das Schlimmste ist, ich habe es noch immer nicht begriffen. Nicht wirklich. Ich frage mich wann ich endlich aufhöre? Was will ich eigentlich? Ich bin seit über 30 Jahren unterwegs. Ich habe alles gesehen. Wo ist das Ziel meines Weges? Ich weiß es nicht. Es macht mich fertig und ich mache trotzdem weiter. Ich glaube ich bin bescheuert oder so. Da sind zwei Menschen, die mich lieben, mich brauchen, mich vermissen und was mache ich? Meine Lieder singen als wäre alles nur ein Spiel. Fuck! Ich kann nicht mehr sagen wie lange ich mich um alles gekümmert habe, gebetet habe, gejammert und mich selbst bemitleidet, zerstört, gepeinigt habe, bis Jo wieder fast gesund war. Verdammt ich war es ihr einfach schuldig. Ich glaube es müssen ein, oder auch fast zwei Jahre gewesen sein. Ich weiß nicht mehr. Ich nahm ab und sah aus wie ein alter Penner. Immer wenn ich in den Spiegel sah, blickte mir ein dünner blasser Mann entgegen. Ich sah so furchtbar aus und hätte auch als Drogenkonsument durchgehen können. Genau so wie jetzt hatte ich auch zu meinen besten Drogenzeiten ausgesehen. Gruselig.

Mein Glanz verschwand um mich herum. Ich war ein Schatten, mehr nicht. Und die Sucht endlich wieder hinaus zu können wucherte. Trotzdem hielt ich durch. Für Jo, für mich, für uns. Ich wollte meine Strafe ertragen. Alles hat seinen Sinn im Leben.

„Damon? Rede mit mir. Es geht mir gut. Ich komme zurecht. Hör auf dich für etwas zu bestrafen, wofür du nichts kannst."

Jo hatte mich überall gesucht und in meiner kleinen Kirche gefunden. Ich saß teilnahmslos auf dem Boden vor dem kleinen Altar. Meine Hände zerschunden, meine Jeans dreckig, meinen Kopf in den Händen vergraben, verheult, fertig.

Damons kleine Kirche, hinter seinem Haus

„Damon, hörst du mich? Was machst du überhaupt hier?"
„Jo. Bitte verzeihe mir. Ich …"
„Was?"
Sie setzte sich neben mich, ihre Arme um mich gelegt.
„Du musst damit aufhören. Ich lebe und es geht mir gut. Fange an zu leben. Du bist ja nicht mehr du. Ich will meinen Mann zurück. Wo ist er geblieben? Ich vermisse deine dummen Ideen, dein Lächeln, deine unglaubliche Stimme, die Leidenschaft in ihr, wenn du deine Lieder singst und deine Fröhlichkeit. Bitte hör´ auf dich zu quälen. Komm zurück zu mir, so wie ich dich liebe."
Sie war so ruhig und brachte mich zurück auf die Erde. Mit dem Kopf auf ihrem Schoß ließ ich meinen Tränen freien Lauf. Diese Frau bedeutet mir alles. Obwohl sie fast wieder die Alte war, hörte ich noch immer nicht auf mich zu strafen. Die Band versuchte uns am Leben zu erhalten. Für diese Zeit war Nick ihre Stimme. Wir streuten das Gerücht, ich hätte Probleme mit den Stimmbändern und müsse eine Weile pausieren. Die Wahrheit kannte niemand. Klar, war etwas durchgesickert. Schon das Foto aus dem Krankenhaus ging um die Welt, damals. Und jemand hatte von dem Schuss gehört. Vielleicht habe ich auch zu laut geschrien, wenn ich zur Kirche rannte. Trotzdem war es nach einer Weile wieder ruhiger um uns. Und das war auch gut so. Ich wollte nicht, dass sie Jo wegen des Unfalls auseinander nahmen. Und mich weil ich nicht da war als es passierte. Von dem Kind weiß auch keiner. Ich würde gerne wissen ob es ein Sohn oder eine Tochter gewesen wäre. Dann hieße es nicht „Es", sondern hätte einen Namen. Ein Gesicht. So schön wie das der Mutter.

6

Jo

Jetzt:

Ich sitze hier, noch immer, und versuche meine Gedanken zu ordnen. Ich glaube Damon geht es nicht gut. Ich habe es an seiner Stimme gehört. Und er hat getrunken. Das hat er ewig nicht getan. Zumindest nicht in dieser Menge, die ihn offenbar völlig aus dem Konzept gebracht hat. Alanah ist auch irgendwie durcheinander. So lange hat sie nichts von ihrem Dad gehört. Es muss was passieren. Sonst gehen wir alle vor die Hunde. Alanah sitzt neben mir. Ihr Handy hat eben gesummt. Damon hat uns Fotos geschickt.

„Mom, sieh dir das an. Die sind von Dad."

Da wo er jetzt ist, ist es schön. Er sieht nachdenklich aus auf diesem Bild. Und wir stellen fest, dass er noch immer sehr attraktiv ist.

„Er hat es wirklich gemacht. Ich habe ihm auch welche von uns geschickt. Vielleicht kommt er doch früher zu uns. Wirst sehen."

„Ja, und jetzt fehlt er mir noch mehr. Zärtlich streiche ich über Damons Gesicht auf dem Display. Noch immer ist er eine Augenweide. Dieser Mann ist mein Leben. Und ohne ihn sterbe ich jeden Tag ein wenig mehr.

Damals:

Während meiner Genesung war er für mich da. Ich fand es zunächst schön ihn bei mir zu haben. Aber nach einiger Zeit merkte ich wie es an seinen Kräften zehrte. Immer öfter fand ich ihn oben in der Kirche. Seinem Rückzugsort. Ich stand am Eingang des Gotteshauses und sah ihn nur an. Es tat mir weh, ihn so zu sehen. Fertig, dünn, zerstört, seinen Lebenstraum durch meinen Leichtsinn kaputt gemacht. Ich habe meinem Mann sämtliche Lebensfreude geraubt, ihn vom Weltstar zum Stallburschen und Krankenpfleger degradiert. Seine schönen Gitarrenhände geschunden wie die eines Bauern. Damon war nur noch ein Schatten seiner selbst und all das war nur meine Schuld. Ich lauschte seinen Gebeten und mein Herz zerriss. Ständig hielt er sich dort auf. Einmal fand ich ihn sogar heulend und total am Ende auf dem Boden vor dem Altar sitzend. Es war furchtbar für mich. Er war doch noch so jung. Dieser wunderbare Mann war gebrochen. Das hatte ich doch nie gewollt. Es gab keine Möglichkeit für mich an ihn heranzukommen. Ich wusste, er log, wenn er mir sagte alles sei in Ordnung. Nichts war in Ordnung. Manchmal hatte ich den Eindruck er war wieder nah dran zu versinken. Das konnte ich nicht zulassen.
Ich betrat das Gotteshaus:

„Damon, was ist los mit Dir? Ich mache mir Sorgen. Bitte komm mit nach Hause. Du musst etwas essen. Hör´ auf mit der Schufterei. Bitte."
„Ich brauche das hier. Bitte nimm es mir nicht weg. Es tut mir gut, wenn ich hier oben bin. Bitte lass mir etwas Zeit für mich. Sei nicht sauer. Okay?"
„Schon gut. Ich verstehe. Ich mache mir nur Sorgen. Bitte pass´ auf dich auf."

Ich verließ die Kirche und habe es nicht verstanden. Trotzdem ließ ich ihn allein dort zurück. Natürlich brauchte er Zeit um mit allem fertig zu werden. Und ich war ja froh, dass sein Glaube ihn von allem Bösen weg hielt. Einen weiteren Absturz hätte ich nicht verkraftet. Und Damon würde es das Leben kosten, denn sein Körper hatte einiges einstecken müssen. Teilweise waren seine Organe schwer beschädigt gewesen durch den Drogenkonsum. Auch wenn es schon lange zurück lag, war es noch tief in unseren Köpfen verwurzelt. Seine Drogenzeit hat uns geprägt und uns aufmerksamer und dankbarer für das Leben gemacht. Und deshalb musste ich auf Damon Acht geben. Er durfte nicht wieder dahin zurück gelangen. Schon gar nicht wenn es wegen mir passiert wäre. Ich könnte nie damit leben, wenn er meinetwegen wieder damit angefangen hätte. Er hat es nicht getan. Und ich danke Gott dafür, dass er auf Damon aufgepasst hat. Nichts und niemand konnte meinen Mann davon überzeugen, dass ihn an alledem keine Schuld traf. Ich auch nicht. Damon litt. Und ich machte mir Vorwürfe. Ich allein hatte ihm alles versaut. Warum musste ich auch reiten in meinem Zustand. Das war doch Wahnsinn. Ich brauchte ziemlich lange um halbwegs auf die Beine zu kommen. Mein Mann war fast zwei Jahre an meiner Seite nach dem Unfall. Es muss die Hölle für ihn gewesen sein. Für ein paar Tage war John bei uns und Damon ging es etwas besser. Ich hatte mich schon daran gewöhnt, dass er neben mir lag wenn ich die Augen aufschlug. Wir versuchten so normal wie möglich miteinander umzugehen. Und es lief gut. George kümmerte sich um unsere kranken Köpfe. Langsam drang der Arzt zu ihm durch. Damon begann zu verstehen, dass es nicht seine Schuld war. In diesen zwei Jahren veränderte mein Mann sich total. Aus dem glanzvollen Rockstar wurde ein einfacher Typ. Sein Leben wurde langweilig und eintönig. Er ließ sich sogar etwas gehen. Unrasiert und emotionslos schlich er auf unserem Grundstück herum. Er schuftete wie ein Schwein. Besessen davon zu büßen. Es war schrecklich.

Eigentlich hätte ich ja froh sein müssen, endlich zu bekommen was ich wollte. Er immer bei mir. Toll, aber nicht so. Das hatte ich mir anders vorgestellt.

Die Band versuchte kleinere Projekte ohne ihren Sänger zu starten. Nick hatte mit seinem Soloprogramm zu tun und war richtig erfolgreich damit. Brandon tourte mit seinen ehemaligen Kollegen herum, obwohl er noch immer zu den Fires gehörte. Bis heute ist das so. Jonathan verbrachte viel Zeit bei seiner Familie. Was die anderen so trieben weiß ich nicht mehr. In den Medien sprach keiner mehr über uns. Wir hatten sie mit falschen Informationen versorgt. Sie hatten es geschluckt. Die Fires waren tief unten. Kaum jemand opferte uns auch nur eine Zeile in den Zeitschriften. Vor unserem Haus war es ebenfalls ruhig geworden. Selten kamen noch Leute um einen Blick hinter den Zaun zu werfen. Mir gefiel das. Ich vermisste die Menschen nicht. Ein Leben wie ich es immer wollte. Aber mein Traum war nicht Damons Traum gewesen. Er sah krank und total abgearbeitet aus. Und ihm brannte es unter den Nägeln wieder aufzutreten. Manchmal sah ich ihn den ganzen Tag nicht. Dann raste er mit seinem Motorrad durch die Gegend oder verbrachte Stunden in der Kirche. Das Tonstudio verwaiste im Keller, obwohl Damon genügend Songs zu Papier gebracht hatte. So verging eine ganze Zeit bis er keine Nerven mehr hatte ständig in unseren vier Wänden zu hocken.

„Ich muss hier raus. Es hat nichts mit dir zu tun, Jo."

„Ich verlange zu viel von dir, ich weiß."

„Nein, das ist es nicht. Ich mache das gerne für dich. Aber ich glaube wir brauchen einen Tapetenwechsel. Ich dachte wir könnten noch einmal ein paar Tage in die Karibik. Du bist doch immer gerne dort und ich käme mal hier raus. Ich habe schon ewig keine andere Luft mehr geatmet als diese hier. Und schließlich steht das heilige Fest vor der Tür. Wir könnten Weihnachten am Strand verbringen. Nur wir zwei, ganz allein. Wir bleiben bis zum neuen Jahr und dann sehen wir weiter.

Was denkst du?"

„Klingt gut. Wir brauchen mal eine Auszeit", sagte ich.

„Dann lass uns von hier verschwinden. Ich würde alles für dich tun, Jo."

„Nicht alles", versuchte ich zu scherzen, aber ich meinte es so.

Einige Tage später waren wir wieder in unserem kleinen Inselhaus. Viel zu lange hatte dieses wunderbare Haus verwahrlost da gestanden. Als wir unten an der Treppe zum Haus ankamen, sah alles ganz normal aus. Doch weiter oben wucherte das Unkraut unseren Weg zu.

„Was zum Teufel...?"

„Wir bringen das wieder in Ordnung. Zusammen."

Damon nahm meine Hand und lächelte mich an als wir den Flur unseres Hauses betraten. Dann sahen wir die blanke Katastrophe. Das Haus war verwüstet. Jemand war eingebrochen. Alle Möbel waren umgeworfen worden, die Schränke standen offen. Da wo einmal ein von John gefertigtes Gemälde an der Wand hing, war jetzt ein unschönes Loch. Das Aquarium lag zertrümmert auf dem Boden. Die toten Fische und Pflanzen verteilten sich auf dem Teppich. Das Sofa hatte einen langen Riss. Jemand hatte es aufgeschlitzt

„Was ist denn hier los? Ich hatte doch Isaac beauftragt nach dem Haus zu sehen. Dieser verdammte Scheißkerl. Haben wir nicht schon genug durchgemacht. Herrgott nochmal."

Wütend trat Damon gegen den kaputten Schrank, der eh schon seitlich auf dem Boden lag. Unser Fernseher und die Anlage waren weg, das Piano zerkratzt und die Fensterscheiben zum Haupteingang zerschlagen. Eine Spur der Verwüstung zog sich durch das Haus.

„Oh mein Gott. Was sollen wir jetzt machen?"

„Bleib hier stehen. Ich schau nach ob noch jemand im Haus ist."

Damon sah sich mit einem Baseballschläger bewaffnet im Haus um und wir stellten fest, dass auch viele Privatsachen von uns fehlten. Kein Zweifel, jemand hatte unser Paradies gefunden. Es hört nie auf, dachte ich. Wie weit würden diese Menschen noch gehen? Die Polizei kam und wir gaben unsere Verluste an. So hatten wir uns unsere Erholung und den Tapetenwechsel nicht vorgestellt. Es zeigte sich wieder was es aus uns machte, Damons Job, meine ich. Von Isaac Jones, der unser Housesitter war, fehlte jede Spur. Wir vermuteten, dass er sich mit unseren Sachen, die er mit Sicherheit verkaufte, ein besseres Leben finanzierte. Obwohl Damon ihn gut bezahlte. Die Menschen sind so schlecht. Neid, Wut, wer weiß was. Und wieder verfluchte ich die Tatsache, dass wir kein normales Ehepaar waren. Damon war so sauer wie ich ihn noch nie erlebt hatte. Außer als Dick ihn damals so genervt hatte. Und während unseren ersten Streits damals Trotzdem versuchte ich ihm zu helfen, ihn zu beruhigen.

„Wir bringen das wieder in Ordnung. Wir könnten das Haus auch verkaufen. Ich brauche das alles nicht."
„Niemals. Ich lasse mir mein Paradies nicht kaputt machen. Ich werde diese Schweine finden. Und dann Gnade ihnen Gott. Aber ich bin froh, dass wir nicht hier waren. Wenn dir etwas passiert wäre..."
Dann rief er sofort alle möglichen Firmen an, die unser Haus in Ordnung bringen sollten, es sichern sollten. Nach einer Woche sah alles wieder normal aus. Noch schöner als es zuvor gewesen war. Und Damon beruhigte sich wieder. Jetzt waren wir hier sicher. Leider kamen wir auch hier nicht mehr ohne Kameras zurecht. Ein goldener Käfig. Wie zuhause in New Orleans. Irgendwo auf der Welt musste es doch einen Platz für uns geben, wo wir unbekannt waren. Ich hoffte es so sehr.
„Brauchen wir das alles wirklich, Damon?"
„Ich weiß es nicht. Ich habe dir ein schönes Leben versprochen. Bis jetzt läuft es wohl nicht so gut, was?"
„Ach, scheiß drauf. Lass uns etwas Schönes tun. Das haben wir uns verdient. DU hast es dir verdient."
„Ich hätte da so eine Idee..."

Damons Karibik Haus

Wir blieben etwa drei Wochen dort. Und ich liebte dieses Haus. Langsam beruhigte Damon sich wieder und er begann sich zu entspannen. Ruhe war das Einzige was er brauchte. All die Zeit nach meinem Unfall hatte Spuren bei ihm hinterlassen. Ich wollte endlich meinen verrückten sexy Rocker zurück. Wir lebten in den Tag hinein und ich merkte, dass es mir wirklich gut tat. Das Fest war ruhig. Nur wir beide und ein schönes Festmahl, das Damon uns hatte liefern lassen. Sonst nichts. Mein Mann lächelte endlich wieder. Das war das schönste Weihnachtsgeschenk für mich. Wir hatten diesmal nicht viel Aufsehen um das ganze Geschenke gemacht, was mir sehr recht war. Wir schenkten uns einander eine schöne gemeinsame Zeit und entschieden uns für einen Strandspaziergang. Es war der Silvesterabend. Und es war nicht nur das. Es war die Nacht zum neuen Jahrtausend. Millennium. Das neue Jahr würde sicher besser werden. Es musste einfach. Die Sonne ging unter und unser Haus erstrahlte auf dem Hügel. „Sieh dir das an. Es ist wunderschön. Und es gehört uns." Damon sah in die Richtung in der unser Haus stand. „Ja. Nur wir beide. Dort allein, für immer. Das wäre..." Er verschloss meinen Mund mit einem sehnsüchtigen Kuss. Ich bekam fast weiche Knie. Dann überkam mich die pure Lust. Ich drängte mich an Damon. Das Meer klatschte gegen die Felsen, die Vögel kreischten über uns. Sie Sonne war blutrot und verschwand langsam im Meer. Ich spürte Damons Hände überall an meinem Körper und war wie elektrisiert. „Diese Nacht wird ganz besonders. Wir werden das neue Jahrtausend hier begrüßen. Überall auf der Welt wird gefeiert. Laut und fröhlich. Das will ich nicht. Denn es ist das Schönste für mich, diesen besonderen Tag hier mit dir allein zu feiern. Wir werden unsere eigene Geschichte schreiben. Unsere eigene kleine Historie. Nur du und ich." „Das klingt wunderbar. Was ist mit New York? Solltest du nicht dort sein? Bei deinen Freunden?" „Nein. Es ist gut so wie es ist."

Er schob mich weiter zum Ufer.

„Ich will dich. Zu lange habe ich verzichtet. Ich wollte dir nicht weh tun."

„Ja. Ich weiß. Und jetzt hör auf zu reden", hauchte ich. Und mir war klar, dass jetzt etwas folgen würde, das uns noch mehr miteinander verband. Damals ahnte ich ja noch nicht was das Schicksal mit diesem wunderbaren Abend vorhatte. Ich wollte ihn auch. Ich legte meine Hände in seinen Nacken und er küsste mich wilder.

„Jo, lass es uns tun. Hier. Sofort. Ich kann nicht mehr warten."

Er nahm meine Hand und zog mich in den Sand. Die Sonne war jetzt ganz verschwunden. Nur das Rauschen des Meeres war zu hören. Ich setzte mich auf den Boden, Damon neben mir. Er drückte mich sanft in den Sand. Seine Lippen waren überall. Das war der Damon, den ich immer wollte. Verführerisch, wild und doch zärtlich. Bereitwillig legte ich mich hin. Ich streifte ihm das Shirt über den Kopf. Er war älter geworden, aber er war so anziehend für mich wie noch nie. Sein Haar, sein Körper, die wunderbaren blauen Augen und diese Muskeln. Ich stand auf sein Drachentattoo auf seinem Rücken. Und überhaupt machte er mich verrückt. Ich berührte ihn am Bauch und spürte wie er sich leicht anspannte. Ich spürte wie hart er war und ich schmolz nur so dahin. Wir wälzten uns im Sand. Seine Hände erforschten jeden Zentimeter meines Körpers. Seine Lippen erreichten meine Knospe und quälten mich. Ich drückte seinen Kopf immer fester gegen mich. Ich war einige Male kurz vor der Explosion, aber er bremste mich um mich dann erneut hochzubringen. Ich zog an seinem Haar und Damon wurde so wild wie ich ihn nie zuvor gesehen hatte. Ich krallte mich in seinen Rücken und grub meine Nägel in den Drachen, während er seine Zunge meinen Körper erforschen ließ.

„Jo, ich steh drauf wenn du mich kratzt."

Wir puschten uns hoch und höher. Dann konnte ich es nicht mehr aushalten. Ich zog ihn zu mir hoch.

„Ich will dich."
Damon gehorchte. Er stieß in mich, hart, schnell. Unsere Körper klatschten aneinander. Unsere Schreie erfüllten die Luft. Dann erreichten wir den Höhepunkt. Verschwitzt aber glücklich blieb er auf mir liegen. Die bunten Raketen erhellten den Himmel und begrüßten das neue Jahrtausend. Die Welt stand Kopf und ich hatte das Gefühl, dass sie in jener Nacht uns zu Füßen lag.
An diese Nacht sollten wir uns ewig erinnern.

Dann kam der Tag, der irgendwann kommen musste.

„Ich möchte weitermachen, wieder eine Tour machen", sagte er mir beim Frühstück in die Stille hinein.
„Was heißt das? Du wirst wieder verschwinden, ja?"
„Ich weiß nicht. Die letzten zwei Jahre waren hart. Nicht, dass ich es nicht gerne getan habe. Nein, ich bin gerne bei dir. Und es macht wohl keinen Sinn zu fragen was du davon hältst."
„Nein, nicht wirklich. Ich dachte es wäre vorbei. Ich dachte du bleibst."
„Das dachte ich auch. Ich kann es dir nicht erklären. Ich habe in der ganzen Zeit einige brauchbare Songs geschrieben und wollte das mit den Jungs besprechen. Immerhin gehöre ich ja wohl noch zur Band. Es ist mein Leben."
„Ich weiß. Und du bist meines."
Dann schwiegen wir. Eiszeit.
Die letzten Tage auf der Insel plätscherten so dahin und ich spürte, dass es vorbei war. Tag für Tag fand ich Damon draußen. Er stand einfach nur da, rauchte eine nach der anderen und starrte hinaus aufs Meer. Ich kam einfach nicht mehr an ihn heran. Die Zeit war reif. Wir mussten zurück. Damon hatte sich anscheinend einiges vorgenommen. Er wollte sein altes Leben zurück und dafür wollte er alles tun. Und ich wusste, ich könnte ihn niemals davon abbringen. Wir flogen zurück nach New Orleans. Lieber wäre ich noch ein paar Tage im Paradies geblieben. Gerade wo unser Urlaub doch noch so schön geworden war. Es ging zurück

nach Hause. Den ganzen Flug über schwiegen wir. Irgendetwas stand da plötzlich zwischen uns.

Wir erreichten unser Haus. Still stand es da.Total friedlich. Diane empfing uns herzlich.

„Mr.Mandora. Hallo Jo. Schön dass sie wieder da sind. Sie sehen schon viel besser aus. Richtig erholt."

„Hi, Diane. Wie lange kennen wir uns jetzt? Acht Jahre? Zehn? Länger? Damon, einfach Damon, okay?"

„Ich werde mich wohl nie daran gewöhnen, schätze ich, Chef. Aber egal, Kaffee und Kuchen warten bereits."

Der Nachmittag verging wie im Flug und es war bereits dunkel, als mein Mann vom Tisch aufstand.

„Damon? Wo gehst du hin?"

„Hab was zu erledigen."

Ich hörte ihn nach unten gehen, in sein Tonstudio.

„Was hat er denn?", fragte Diane.

„Wenn ich das wüsste. Er war in den letzten Tagen schon so schräg drauf."

Ich entschuldigte mich bei Diane und folgte ihm hinunter. Er telefonierte. Ich sah ihn durch die Glastür unruhig hin und her laufen. Er versuchte seine Band ausfindig zu machen. Das konnte ich daraus entnehmen wie das Gespräch verlief.

„...ja wir sind heute morgen hier angekommen. Stell dir vor, jemand hat eingebrochen. Schweine. Dein Gemälde ist auch weg. Ich könnte sie alle umbringen. Wo sind die Jungs? ..."

Sicher sprach er mit John. Damons Blick wurde immer finsterer im Laufe des Gesprächs. Die Sache war sicher nicht so einfach. Ich wartete vor der Tür bis er das Telefonat beendet hatte. Unruhig lief er hin und her. Ich ging zu ihm.

„Mit wem hast du gesprochen?"

„Mit John. Ich wollte mal wissen was so läuft."

„Und?"

„Sie sind alle unterwegs. Nick macht sein Sololing, Brandon ist mit den Punks in Kanada und Jonathan bei seiner Familie. Wo Andy steckt wissen wir nicht. Ich weiß nicht ob es uns überhaupt noch gibt. John will Nicki begleiten."

„Und was heißt das jetzt?"

„Keine Ahnung. Die Fires sind am Ende wie es aussieht."

Ich sah, dass es ihm echte Beherrschung abverlangte, nichts zu zerschlagen. Statt dessen holte er sich einen Scotch aus dem Schrank.

„Tu das nicht. Das bringt doch nichts. John wird schon wissen was zu tun ist. Die Jungs sind deine Freunde. Sie lassen dich nicht hängen. Sie haben auch noch ein Leben ohne Mandoras Hell Fire. Ihr habt alles erreicht. Du kannst nicht immer bestimmen was läuft. Und wenn es das Ende ist, geht das Leben trotzdem weiter."

„Ich will das nicht hören. Wir sind nicht tot. Ich habe alles in diese Band investiert. Es ist mein Lebenswerk. Das lasse ich mir nicht nehmen. Auch nicht wegen eines beschissenen Unfalls. Zwei Jahre Pause sind genug. Es reicht. Es gibt so viel mehr als Pferdemist und Natur. Grillfeste oder keine Ahnung was. Das ist nicht das was ich will."

Er schrie fast und drückte seine Hand so fest um das Glas, dass es fast zerbrach. Mir traten die Tränen in die Augen.

„Zwei Jahre, die du für mich da warst. Tut mir leid, Damon, dass ich deine kostbare Zeit in Anspruch genommen habe. Tut mir leid, dass ich nicht laufen konnte. Ich dachte ich falle mal vom Pferd, damit ich dir dein Leben versauen kann."

Ich brüllte ihn an. Heiße Tränen drängten an die Oberfläche. Mein Herz schlug wild um sich und meine Hände zitterten. Wir starrten uns an. Minutenlang. Auge um Auge.

„Red keinen Scheiß, Jo", schoss er zurück.

„Doch, so ist es. Wegen mir geht alles den Bach herunter. Weil du hier bei mir warst und nicht auf den Bühnen dieser Welt, wo dein Platz ist. Ich hätte auf meine Mutter hören sollen und mich nicht darauf einlassen sollen. Deine Karriere geht dir über alles. Das war schon immer so."

„Du spinnst doch. Wo wären wir ohne all das? Schonmal darüber nachgedacht, woher all das hier kommt? Wessen Geld das alles gekostet hat? Unser Haus hier. Die anderen Häuser, meine Autos, DEIN Wagen. Die Tiere. ICH habe dafür gearbeitet, verdammt nochmal."

Er zeigte auf sich. Seine Stimme schwoll immer mehr an. Sein Gesicht rot vor Zorn, die Lippen verzerrt wie bei einem wütenden Tier. Beinahe bekam ich ein wenig Angst vor ihm.

„Und ich will verdammt nochmal auf nichts davon verzichten. Es ist MEIN Leben."

Drohend kam er auf mich zu, seine Faust erhoben. Sie zitterte, aber er würde mich nie schlagen.

„Natürlich, Damon. Ich sauge dich nur aus. Lebe auf deine Kosten. Ich habe nichts auf die Reihe gekriegt. Ich bin erbärmlich", schrie ich ihn an.

„Was soll das, Jo? Du liebst dieses Leben. Genau wie ich. Gib es doch einfach zu. Meine Kohle macht auch dein Leben schöner. Ist es nicht so? Sag es, Jo, los, sag es. Du liebst dieses Leben genau so wie ich. All unsere Besitztümer, dein Schmuck, alles was sich hier um uns herum befindet... alles ist auf meinem verdammten Mist gewachsen."

Er schlug seine Faust auf den Tisch, warf den Scotch an die Wand und starrte mich wütend an.

„Ja, Damon, deshalb wollte ich dich. Wegen dem scheiß Geld. Weißt du was? Steck es dir wohin. Ich brauche nichts davon. Wie konnte ich nur glauben, dass du mich liebst. Jedenfalls nicht so wie du die Bühne liebst. Ich bin da, wenn du was fürs Bett brauchst. Schon klar, Damon."

„Was soll der Scheiß? Dazu brauche ich keine Beziehung, Jo. Die Weiber stehen Schlange."

„Trink doch noch mehr, Damon. Mach dich kaputt, nur zu. Den ganzen Fickmäuschen da draußen ist das egal, wenn du nur mit

ihnen machst was sie wollen. Dein Geld ist gut angelegt."
„Ich habe nie etwas Derartiges getan."
„Woher soll ich das wissen, Damon? Was holt dich immer raus in
die Welt? Du sagst die Kraft der Musik, die Fans, die Kohle,
deine Bestätigung? Du bist toll, Damon. Sicher. Und die Welt
hört auf sich zu drehen, wenn du den Bühnen dieser Welt
entsagst. Meine Mutter hatte wohl Recht. Rockstars ficken sich
durchs Leben."
Ich konnte meine Gemeinheiten nicht mehr steuern, die ich ihm
an den Kopf knallte.
„Bist du bescheuert? Wofür hältst du mich? Für eine männliche
Schlampe? Mensch, Jo. Hier geht es doch nicht um Sex oder so.
Ich bin Sänger und kein Callboy. Glaubst du wirklich was du da
sagst? Ich frage dich also noch einmal: Für was hältst du mich?"
„Ich weiß es nicht, Damon. Für einen beziehungsunfähigen
Egoisten? Keine Ahnung. Ich habe mich wohl getäuscht. Mach
du deine Musik oder was immer du tun musst. Ich werde dir
dabei nicht mehr im Weg stehen. Lass gut sein. Ich... Ich... Ach
vergiss es."
Heulend rannte ich nach oben in meine Bibliothek. Noch nie
hatten wir uns so gestritten. Ich fühlte mich so elend. Meine
Worte taten mir leid, aber das, was er gesagt hatte, ging mir unter
die Haut. Er konnte das doch nicht so gemeint haben. Das war
doch nicht Damon. Mir war klar, dass ich den Bogen überspannt
hatte und nichts von dem, was ich ihm an den Kopf geworfen
hatte, war wahr. Nie hatte er mich betrogen. Er tat alles für mich.
Ich kam mir schäbig vor. Nutzlos. Wie eine dicke Null. Er hatte
recht. Alles was uns umgab, gehörte ihm. Ich fühlte mich so
wertlos. Immer mehr Tränen brachen sich Bahn und
Heulkrämpfe schüttelten mich so heftig wie nie zuvor. Ich hörte
ihn rufen, aber das war mir egal. Ich schloss die Tür hinter mir
ab. Ich wollte ihn nicht sehen. Sollte er seine blöde Karriere
wieder auferstehen lassen. Ohne mich.
Dann hörte ich Schritte vor meiner Tür.

„Jo?"

Es klopfte.

„Jo? Es tut mir leid. Mach auf. Ich verstehe dich ja. Ich wollte das nicht sagen."

„Geh einfach."

„Was soll das heißen?"

„Dass du verschwinden sollst. Ich kann nicht glauben, dass du so von mir denkst, Damon."

„Und was ist mit dem, was du mir gerade an den Kopf geworfen hast? Glaubst du nicht, dass mich das auch verletzt hat?"

Meine Tränen kamen noch heftiger zurück.

Er hämmerte gegen die Tür.

„Mach diese verdammte Tür auf, bevor ich sie eintrete. Sieh mir in die Augen und sage mir was du von mir hältst. Bin ich so ein Typ? Wirklich? Du weißt, dass es nicht so ist. Ich liebe dich, Jo. Manchmal sagt man eben Dinge, die man nicht so meint. Mach auf. Lass uns darüber reden. Verdammt, Jo!"

Wütende Fäuste prasselten unaufhörlich gegen die Tür.

Seine Stimme war noch immer laut.

„Es tut mir leid. Wir können so nicht weitermachen."

„Nein. Das können wir nicht. Ich passe nicht in dein Leben. Habe ich noch nie. Geh einfach, Damon. Tu was du tun musst. Ich werde dich nicht mehr aufhalten."

Ich warf mich auf das Sofa, vergrub mein Gesicht in die Kissen. Ich hörte wie er von außen an der Tür entlang rutschte. Dann war es ruhig. Ich lauschte. Langsam schien er sich zu beruhigen. Auch ich kam wieder zu mir. Dennoch wollte ich ihn nicht sehen. Zu tief hatten seine Worte mich getroffen. Dann plötzlich ein Flüstern. Ein Scharren am Holz der Tür.

„Bitte, lass uns reden."

„Später vielleicht. Gib mir etwas Zeit. Ich …"

„Ist schon okay, Jo. Du weißt wo du mich findest."

Ich hörte wie er sich von meiner Tür entfernte.

Von meiner Tür und auch von mir.

Ich weiß nicht mehr wie lange ich in meiner Bibliothek gewesen bin. Jedenfalls war Damon nicht da als ich nach unten kam. Diane war inzwischen schon weg und Matt war auch nirgends zu sehen. Ich war allein in diesem Riesenhaus. Mir tat unendlich leid was zwischen Damon und mir vorgefallen war. Ich konnte ihn ja verstehen. Die Zeit nach meinem Unfall war für ihn wahrscheinlich eine der Härtsten überhaupt. Abgesehen von seinem Drogenentzug damals. Ich beschloss im Tonstudio auf ihn zu warten. Wenn er heim kam, würde er als erstes dorthin gehen. Das tat er meistens. Ich setzte mich an seinen Schreibtisch. Überall lagen Texte herum. Genug Material um ein neues Album zu produzieren. Teilweise sehr gefühlvolle Lieder, teilweise auch politisch orientierte. *NO WAR,* hieß ein Titel. *WE ARE REBELLS,* ein anderer. Zu gerne hätte ich die Melodien dazu gehört. Mein Mann hatte sehr viel Zeit darin investiert und ich fand, dass ich ihm das nicht kaputt machen durfte. Keine Ahnung warum ich ihn so beleidigt hatte. Es ist einfach so passiert und ich bereute jedes einzelne Wort davon. Ich nahm die Texte mit und legte mich auf das große schwarze Ledersofa um sie zu lesen. Irgendwann muss ich beim Lesen einfach eingeschlafen sein. Es war schon nachts als ich erwachte. Im Haus war es ruhig. Damon war noch immer nicht zurück. Langsam begann ich mir Sorgen zu machen. Warum war ich auch so gemein zu ihm gewesen? Ich legte die Blätter wieder an ihren Platz zurück und ging ins Bett. Die Sonne ging schon wieder auf als ich das vertraute Geräusch eines Motorrads hörte. Das Tor schob auf und Damon fuhr auf unser Grundstück. Ich stellte mich ans Fenster und wartete. Ich fühlte mich so schlecht. Er nahm seinen Helm ab und schüttelte seine Mähne aus, die schon wieder relativ lang geworden war. Wenn wir uns nicht so derbe gestritten hätten, wäre ich vermutlich sofort über ihn hergefallen. Auch mit Mitte 30 war er für mich noch immer der perfekteste Mann, den ich je gesehen hatte. Er schob seine Fire in die Garage. Die Haustür schloss sich und dann war es ruhig. Wir mussten dringend reden.

Doch ich hatte keinen Mut dazu. Was sollte ich ihm sagen? Eine banale Entschuldigung war hier wohl längst nicht genug. Ich sollte noch warten. Den richtigen Moment abpassen. Irgendwann würden wir uns gegenüber stehen. Ich fand keinen Schlaf mehr in dieser Nacht. Ich wollte das alles nicht. Schon früh machte ich mich daran ein Frühstück zu machen. Meine Gedanken waren noch immer bei unserem Streit. Es machte mich fertig. Noch nie hatten wir einen solchen Streit gehabt. Gegen neun Uhr schlurfte Damon in die Küche. Ich sah ihm schweigend zu als er den Kühlschrank öffnete und ohne sich etwas herauszunehmen wieder schloss. Er zündete sich eine Zigarette an und sah mir in die Augen.

„Was ist?"

Damon lehnte sich lässig an den Tresen unserer Küche. Mit nacktem Oberkörper, ohne Schuhe. Nur eine Jeans und seine Kette zierten seinen Körper. Ich musste mich echt zusammenreißen.

„Wo warst du? Ich habe mir Sorgen gemacht."

„Unterwegs. Den Kopf frei bekommen."

„Hast du getrunken?"

„Nein, verdammt!"

„Schon gut. Wir müssen dringend reden."

„Ja, das müssen wir wohl."

„Ich war im Tonstudio und habe deine Texte gelesen, während ich auf dich gewartet habe. Sie sind echt gut."

„Und was bringt mir das? Wir sind tot. Wirf den Scheiß weg."

„Was redest du da? Ich möchte mich entschuldigen. Es tut mir leid, was ich gesagt habe. Ich war so wütend, weil du gesagt hattest, dass zwei Jahre reichen. Ohne meinen Scheiß wäre alles okay. Ihr wärt noch oben dabei und ich habe alles zerstört, dich und die Band gleich mit."

„Darum geht es doch nicht, Jo. Ich habe die ganze Nacht über alles nachgedacht als ich mit der Fire unterwegs war."

„Doch darum geht es. Es ist alles meine Schuld."

„Ich war auch nicht gerade fair zu dir."
„Nein, aber ich kann dich verstehen. Vielleicht kommt die Band doch wieder zusammen. Lass John deine Texte lesen. Lass uns nicht mehr streiten. Bitte, Damon. Ich kann das nicht."
„Ich auch nicht, Jo."
Er drückte seine Kippe aus und kam auf mich zu.
„Ich war in der Stadt. Überall und nirgends. Bin einfach so rum gefahren. Die ganze Zeit sah ich dein Gesicht vor mir. So verzweifelt, gekränkt und traurig. Ich war gemein. Natürlich weiß ich dass ich Mist geredet habe. Verzeih mir, Jo."
„Mir tut es auch leid. Ich habe die ganze Nacht gehofft dass du zu mir kommst. Du hast mir gefehlt, Damon."
Er grinste mich an:
„Ich wollte nicht so einfach nachgeben, obwohl mich das echt Mühe gekostet hatte. Ich habe auch nicht geschlafen. Ich war im Stall und habe Danger voll getextet."
„Deshalb siehst du so wild aus."
„Ja, so wie du mich am liebsten siehst, oder?"
Er zog mich an sich und küsste mich.
„Ja, das stimmt. Deine Taktik geht auf. Du kennst mich ziemlich gut, hm?"
„Ich denke schon."
Er kam noch näher. Unsere Zehen berührten sich bereits. Er sah mich hungrig an.
„Ich kann mich nicht dagegen wehren."
„Das ist gut. Würde auch sehr an meinem Ego kratzen, wenn du es könntest."
„Spinner."
„Hexe."
Diese Versöhnung dauerte den ganzen Tag.

7

Damon

Damals:

Als wir aus der Karibik zurück kamen, war es irgendwie anders. Meine Leben war hohl und leer. Obwohl das neue Jahrtausend überall freudig empfangen worden war ging es mir schlecht. Jo und ich hatten die Nacht unseres Lebens am Strand gehabt.Trotzdem war alles irgendwie nicht richtig. Ich musste dringend etwas dagegen unternehmen. Seit jenem Frühstück in unserem Haus, der Tag an dem ich Jo gesagt hatte, dass es weitergehen musste, herrschte zwischen Jo und mir totale Eiszeit. Wir sprachen kaum noch miteinander. Ich zog mich zurück und grübelte. Diese drei Wochen hatten uns gut getan. Der Einbruch und alles war schon fast wieder vergessen. Trotzdem war ich nicht ich. Ich wollte und konnte nicht akzeptieren, dass hier und jetzt vielleicht alles vorbei war. Mein Lebenswerk zerstört, meine Freunde weg. Nicht nach all der Zeit. Ich musste dringend in Erfahrung bringen was lief. John teilte mir mit was er wusste.

Nachdem ich das Telefonat mit ihm beendet hatte war mir irgendwie tief innen drin klar, dass die Jungs mich nicht mehr brauchten. Ja, so kann es kommen. Ich erfuhr wer wo was tat und ich fühlte mich beschissen. Als Jo dann auch noch meinte, es wäre ja nicht das Ende der Welt, habe ich Rot gesehen. So einen beschissenen Streit hatten wir noch nie gehabt. Wir knallten uns

Dinge an den Kopf, die vor Gemeinheit kaum noch zu toppen waren. Ich musste da weg. Weg von ihr. Vor meinem beschissenen Leben davon laufen. Das konnte ich schon immer gut. Ich schnappte mein Motorrad und raste durch die Gegend. So wie immer, wenn mir der Kragen zu eng wurde. Erst zum Morgengrauen war ich zurück. Ich hatte die Zeit gebraucht um einen klaren Kopf zu bekommen. Natürlich wollte ich zu Jo, aber ich war zu angepisst um sie zu sehen. Trotzdem quälte mich die Sehnsucht nach ihr. Falscher Stolz, ich weiß. Ich verbrachte die halbe Nacht im Pferdestall. Danger musste meine Laune ertragen. Dann hielt ich es nicht mehr aus. Ich sah Jo in der Küche werkeln, als ich den Stall verließ. Meine wunderschöne Frau sah so traurig aus. Meine Brust zog sich schmerzhaft zusammen. Ein klärendes Gespräch war unumgänglich. Also machte ich mich auf den Weg ins Haus. Ich wollte möglichst cool und unnahbar rüber kommen. Warum auch immer wollte ich es ihr nicht zu leicht machen. Schließlich hatte auch sie mich tief verletzt. Als ich die Küche betrat, bewusst aufreizend, spürte ich Jos hungrigen Blick in meinem Rücken. Mir war klar, dass sie mich genau so wollte. Aber sie sollte ruhig auch ein wenig leiden. Das war zwar gemein, aber damals fand ich es richtig. Sie ergriff das Wort und ich versuchte wie ein kalter Stein zu reagieren. Nicht einfach, aber es klappte. Jo sprach davon, dass sie meine Texte gelesen hatte. Sie interessierte sich also noch immer für das was ich tat. Ich hatte diese Lieder geschrieben, während Jo ihre Rehamaßnahmen machte. Ich wollte einmal gesellschaftskritische Texte verfassen und so kam ich auf die Idee zu *NO WAR*. Als ich es schrieb war ich mir ziemlich sicher dass es das war was die Menschen in dieser Zeit hören wollte. Die Zeit der Schnulzen sollte der Vergangenheit angehören. Aber nun war alles anders. Was wollte ich denn ohne die Band anfangen? Jedenfalls hielt ich meiner vorgetäuschten Coolness nicht lange stand. Ein Blick von Jo bringt mein Blut jedes mal zum Kochen. Wir hielten uns nicht lange mit Entschuldigungsgesülze auf.

Ich schnappte sie mir einfach und trug sie in unser Bett.

„Was wird das?"

„Ich dachte wir müssen reden?"

„Hier?"

„Ja, du redest und ich höre zu. Also, worüber möchtest du mit mir reden?"

„Damon, ich meine es ernst."

„Ich auch", hauchte ich ihr ins Ohr und drückte sie ins Kissen.

„Du lenkst mich ab."

„Aha?"

„Bleib doch mal ernst."

„Bin ich doch, absolut."

Ich spürte wie sie mit sich rang mir nicht die restlichen Klamotten vom Leib zu reißen. Ich liebe es wenn sie so cool bleiben will. Es macht mich verrückt.

„Wir müssen über gestern sprechen. Wo warst du? Und warum?"

Sie zuckte unter meinen Berührungen zusammen.

„Und... Damon, was machst du?"

Ihre Stimme war nur noch ein Flüstern.

„Ich höre dir zu."

Langsam begann ich damit zärtliche Küsse auf ihren Hals und dann abwärts zu platzieren. Ihr Atem wurde schneller und machte mich nur noch mehr an.

„Ich kann mich nicht mehr konzentrieren. Ich, ich muss... ich..."

„Hmmm."

„Damon. Scheiße, du machst mich wahnsinnig."

„Das ist meine Absicht."

Ich begann damit meine Hand unter ihr Shirt zu schieben.

„Damon, oh Gott."

„Was? Beschwerden? Hab´ ich eine Stelle vergessen? Vielleicht diese hier?"

Ich drückte einen Kuss auf ihre Schulter.

„Oder hier?"

Meine Lippen berührten ihr Schlüsselbein, dann ihre Brust.

„Damon..."

„Ja?"

„Bitte..."

„Sag mir was du möchtest."

„Ich kann nicht. Meine Gedanken... ich bin ganz durcheinander."
Meine Hand war jetzt in ihrem Hosenbund. Ich verteilte meine
Küsse auf ihrem Bauch, öffnete die Jeans. Quälend langsam
natürlich. Ich wollte sie wahnsinnig machen. Diese Leidenschaft
hatte mir so gefehlt. Unser Streit war schon längst kein Thema
mehr. Inzwischen hatte ich ihre Jeans ein wenig zur Seite
geschoben. Bereitwillig hob Jo ihr Becken, damit ich sie ganz
abstreifen konnte. Oh Mann, dieser süße schwarze Slip. Meine
Küsse wanderten tiefer und tiefer. Ich erreichte den oberen Rand
des Höschens. Jo atmete noch schneller. Meine Hose drohte zu
platzen, aber ich wollte sie noch nicht erlösen. Noch nicht. Dann
war es für Jo zu spät. Schnell griff sie in mein Haar und drückte
mich tiefer.

„Sag mir was du willst."

Sie schwieg. Also unterbrach ich.

„Damon?"

„Hm?"

„Ich..."

„Was? Sag es mir."

„Scheiß egal was du tust, aber lass mich nicht mehr warten."

„Du musst mir schon helfen. Hier oder hier?"
Ich schob ihren Slip zur Seite. Ihre Augen wurden glasig. Ich
wollte unbedingt die Nerven behalten. Ich rieb zärtlich an ihren
Beininnenseiten, ließ aber die heißen Stellen aus.

„Tu das nicht, Damon."

„Warum nicht? Ist es hier besser?"
Ich ließ meine Finger näher zur Mitte wandern. Dann ging alles
ganz schnell. Jo setzte sich auf, drehte mich auf den Rücken und
machte sich an meiner Hose zu schaffen. Sie riss an meinem
Gürtel herum, war so ungeduldig. Meine Hände griffen in ihr

Haar. Na ja, meine Geduld hätte ich eh nicht mehr lange im Griff gehabt. Meine Hose war jetzt weg und ich war so was von bereit. Ich griff an den Rand des Slips und riss ihn einfach entzwei.

„Ich will dich reiten, Damon."

Ich liebe es wenn sie das tut. Jo ließ sich auf mir nieder. Sie fühlte sich so gut an. Seit unserer Nacht am Strand war nicht mehr viel gelaufen. Sie saß aufrecht auf mir und drückte ihren Rücken durch. Meine Hände hielten sie gefangen und drückten sie immer fester auf mich. Tiefer und tiefer.

„Ich liebe dich, Damon."

„Ich liebe dich auch, Jo."

Ihre Bewegungen wurden schneller.

Gemeinsam erreichten wir den Höhepunkt und ich wusste nicht mehr wo meine Sinne standen.

„Ich glaube wir sollten öfter streiten, findest du nicht?"

„Wenn die Versöhnungen dann immer so ausfallen, gerne. Komm her, Hexe."

Jo kletterte von mir herunter und kuschelte sich an mich als wäre ich ein Rettungsboot im tiefen Meer. Wir verbrachten den restlichen Tag damit ständig über uns herzufallen.

Am Tag danach rief ich noch einmal John an:

„Jo sagt die Texte sind gut. Ich vertraue ihr."

„Worum geht es dabei?"

„Politische Dinge, Herzschmerz und böse Gossentexte über den Teufel Alkohol usw."

„Und wie viel hast du?"

„12. Das reicht für ein Album. Ich hätte auch schon einen Titel dafür. *Life is not easy,* finde ich gut."

„Okay. Klingt doch viel versprechend. Aber das kann ich nicht allein entscheiden. Kannst du in zwei Wochen nach New York kommen?"

„In zwei Wochen?"

„Ja, bin mit Nicole unterwegs. Südfrankreich. Oder sprich mit

Andy. Der ist da. Baut sein Hotel weiter aus. Der Trottel hat das Nachbargebäude gekauft. Er will dort sein eigenes Tonstudio einrichten. Dann müssen wir nicht immer zu dir nach New Orleans kommen."

„Oh!"

„Alles okay?"

„Ja, ja klar. Ich rufe ihn an. Wo ist Nick?"

„Europa, England, glaube ich. Sein Ding läuft gut."

„Cool. Und Brandon?"

„Kanada, mit den Punks. Hör´ zu, Damon. Ich muss los. Nicki und ich wollen essen gehen und so, na ja du weißt schon."

Und da hatte John auch schon aufgelegt. Was zum Teufel... Mein Freund hatte auch ein eigenes Leben. Ob wir jemals wieder zusammen finden würden? Ich wollte nicht glauben, dass es so war wie es war. Ich rief Andy an. Alles was Andy mir erzählte fühlte sich für mich an als würde die Welt in zwei Teile brechen. Ich sprach mit ihm über alles was mich beschäftigt hatte. Andy war zunächst einmal nicht abgeneigt, sich meine Songs anzuhören. Zum Glück. Die Melodien und Riffs konnten wir alle ja noch gemeinsam ausbauen. Mir war nur wichtig wieder ins Geschäft zu kommen. Die zwei Wochen bis John zurück war dauerten ewig. Dann war es soweit. Ich flog nach New York. Jo wollte nicht mit. Ihr ging es nicht so gut, aber darüber machte ich mir natürlich mal wieder keine Gedanken. Ich würde die paar Tage bei Andy verbringen. Ich war zu neugierig auf sein neues Hotelhaus und allem drum und dran. Und meine Wohnung war ja eh nicht mehr komplett. Der Flügel fehlte. Meine Gitarren auch. Und überhaupt hasste ich es allein dort zu sein. Ich machte mich auf den Weg zu Andys Hotel. Ein großes Gerüst stand davor und überall hörte ich die Handwerker hantieren. Die Haustür war nur angelehnt und so konnte ich ins Haus schlüpfen. Ich sah Andy im Untergeschoss im Türrahmen stehen. Er reichte einem Maler die Werkzeuge an. Ich musste grinsen.

„Hey, alter Sack. Steht dir gut, der Handwerker."
Erschrocken drehte Andy sich um, sah mich an und lachte:
„Ja. Immer wenn man Brandon mal gebrauchen kann reist er durch die Welt. Damon, schön dich zu sehen."
Wir umarmten uns so heftig, dass es schon schmerzte.
„Wie geht es dir?"
„Könnte besser sein. Deshalb bin ich hier. Ich habe dir ja schon erzählt worum es geht. Es wird Zeit wieder durchzustarten."
„Hm. Lass mal bei einem Bier drüber reden. Gehen wir rüber in den fertigen Teil des Hauses. Die oberen Zimmer sind fertig."
„Cool."
„Bleib doch einfach hier. Kannst die ganze Etage haben."
Andy zeigte mir seine Baupläne und was er sonst noch so mit dem alten Haus geplant hatte. Heather machte ein Zimmer für mich zurecht. Ich fühlte mich gleich wieder besser. Wir verbrachten die erste Nacht bei Ethan. Bei einem Glas Bier verkrochen wir uns in den hinteren Teil der Kneipe. Ethan kam sofort auf mich zu:
„Heilige Scheiße. Dass es dich noch gibt...."
Ich war echt froh ihn zu sehen. Schließlich verdankte ich ihm meinen Erfolg zum Teil auch.
Er klopfte mir auf die Schulter und verschwand hinter seinen Tresen. Andy war schon vorgegangen und wartete auf mich. Meine Texte hatte ich dabei und ich war gespannt was mein Freund davon halten würde. Ich beobachtete ihn wie er konzentriert Zeile für Zeile las.
„Sehr tiefsinnig, Damon. Ich finde sie gut. Wissen die anderen davon?"
„Nein. Ich weiß nicht wo sie stecken. Nur mit John habe ich darüber geredet. Er meinte dass ich zuerst mit dir sprechen soll."
„Na dann. Pass auf. Hier bauen wir ein fettes Riff ein und an dieser Stelle macht Jonathan ein Solo. Ich denke die ersten Takte sollten er und John spielen. Vielleicht kann Brandon den dritten Part singen. Du und Nick ab hier..."

Andy zeigte auf die entsprechende Textstelle und sah mich an.
„... abwechselnd. Siehst du? Dieser Refrain braucht Bass. Lass
mal proben bei Furb. Er hat das alte Abbruchhaus von früher
gekauft. Du wirst die Bude nicht wieder erkennen. Wir
könnten..."
Andy war kaum zu bremsen. Ich spürte wieder Hoffnung. Er
würde mich nicht hängen lassen.
Schon einen Tag später besuchten wir besagten Furb, der
eigentlich Marc Furbusson heißt. Der Typ aus Birmingham hatte
die alte Bude von früher gekauft und wollte nun einen Liveclub
daraus machen. Andy hatte recht behalten. Ich hätte das alte Haus
nicht mehr erkannt. Hier waren wir früher zum Proben. John und
ich, später noch Nick und Andy. Furb hatte alles was wir
brauchten in seinem Keller. Der Kerl hatte früher selbst in einer
Band gespielt. The Broken. Aber nach dem tragischen Drogentod
des Sängers hatte die Gruppe sich aufgelöst und Furb ist nach
New York gekommen. Ich hatte keine meiner Gitarren
mitgenommen. Die borgte ich mir von Andy und Furb. Er war
echt in Ordnung. Der hatte was drauf. Vielleicht konnten wir ihn
ja irgendwann einmal brauchen. Die nächsten Tage verbrachten
wir wie in alten Zeiten im alten Abbruchhaus. Ich fühlte mich
fast in meine Jugend zurück versetzt. Mir war es schleierhaft wie
schnell man innerhalb von nur zwei Jahren in Vergessenheit
geraten konnte. Niemand störte uns beim üben. Für Furb waren
wir Freunde, obwohl er wusste wer wir einmal waren. *NO WAR,*
hatten wir als erstes fertig. Und Andy und ich hofften natürlich,
dass die anderen mit dem Ergebnis einverstanden waren, sofern
es die Fires überhaupt noch einmal geben würde.

Mandoras Hell Fire Alben

Noch einige Tage später besuchte ich Jonathan. Er war bei seiner Familie. Jakob war schon ziemlich groß geworden. Als ich ihn sah schmerzte mein Herz. Der Gedanke mein Kind wäre auch schon zwei Jahre alt, traf mich wie ein Pfeil mitten ins Herz. Aber dennoch wollte ich wieder glücklich sein. Noch war es nicht zu spät für eine Familie. Jonthan hatte sich eine hübsche Stadtvilla gekauft. Ein sehr schönes Haus. Jo würde ihr Herz aufgehen wenn sie es sehen würde. Das Haus befindet sich mitten in Queens. Susan öffnete uns die Tür.

„Damon, hallo Andy. Jonathan ist oben. Jakob wollte unbedingt seinen Chemiekasten ausprobieren. Was führt euch zu uns?"

„Susan hey. Siehst gut aus."

„Damon, Lügner. Willst du mir wieder meinen Mann entführen?"

Oh oh, da käme Stress auf mich zu. Vorausgesetzt Jonathan war überhaupt noch dabei.

„Nein. Ich möchte ihn nur besuchen, okay."

Das klang bissiger als beabsichtigt.

Als wir im Kinderzimmer ankamen saß Jonathan neben Jakob auf dem Boden und las die Beschreibung durch.

„Hi Fulltimedaddy."

„Arsch, oh Sorry. Damon was geht?"

Ich beschrieb in drei kurzen Sätzen den Grund unseres Besuchs und hoffte, dass Jonthan noch dabei war.

„Und ihr habt schon einen Song fertig?"

„Ja, der klingt saugut. Könnte die erste Auskopplung werden. Lass es uns noch einmal versuchen."

„Ach, Damon. Unsere Zeit ist vorbei. Da stehen andere jetzt. Ich bin eigentlich mit meinem Leben zufrieden."

Zärtlich struffelte er Jakob durchs Haar. Ich wollte das nicht glauben. Jonathan hatte uns schon aufgegeben?

„Und das ist alles was du brauchst? Dein Ernst?"

„Ja. Es ist perfekt."

„Was sollen wir bitte ohne Drummer machen?"

„Drummer gibt es wie Sand am Meer."

„Aber keiner ist wie DU. Wir sind Mandoras Hell Fire, nicht irgendwer aus Hinterhof soundso. Ich dachte wir sind noch da, wir ALLE."

„Ich weiß nicht, Damon. Die Zeiten haben sich geändert. Wir haben alles erreicht was geht. Was willst du noch?"

„Die Band ist mein Leben, unser aller Leben. Ihr steckt da mit drin. Ich bezahle euch."

„Du meine Güte, Damon. Die ganze Knete reicht noch für meine Urenkel. Bleib locker."

„Du steigst aus? Echt?"

„Ja, sieht so aus. Meine Familie hat schon viel zu lange auf mich verzichtet. Jakob, gehst du kurz zu Mom rüber?"

„Klar Dad, bis später."

Jakob und Susan, Jonathans Familie

1993

Ich sah wie der Junge den Raum verließ. Das hieß Jonathan würde jetzt Klartext reden. Der ruhige Jonathan würde jetzt ausflippen. Ich hatte einen meiner Freunde meinen Eskapaden geopfert. Schon wieder.

„Hör zu, Damon. Ich weiß was dir der ganze Scheiß bedeutet, aber das ist nicht der Inhalt eines ganzen Lebens. Wir haben viel geschafft, etwas erlebt. Man soll immer dann aufhören wenn es am schönsten ist. Die letzten paar Fans werden uns so in Erinnerung haben wie wir zu unseren Glanzzeiten waren. Ich brauche den Mist nicht und mein Sohn ganz sicher auch nicht."

Jetzt mischte sich auch Andy ein.

„Joki, mach keinen Scheiß. Die Songs sind genial. Wie für uns gemacht. Sie treffen den Zahn der Zeit. Ich wette wenn Nick davon hört ist er dabei. Brandon sowieso. John ist sicher auch dabei. Er kommt übermorgen zurück. Wir sind sechs. Nicht vier, oder sonst was. Mandoras Hell Fire muss wieder auferstehen. Ich weiß, dass ich auch damals rum gezickt habe. Aber ich bereue es nicht eine Sekunde, dass ich es mir damals anders überlegt habe. Sieh dir Damon an. Er hat genug geopfert. Und Jo kann doch nichts dafür, dass es so gekommen ist."

„Das sagt ja auch niemand. Ich glaube einfach nicht, dass es reicht. Wir sind durch. Viele neue geniale Bands können es locker mit uns aufnehmen. Wir sind älter geworden."

„Die Stones noch älter. Aber diese Jungs haben Feuer. Was soll der Scheiß, Joki."

„Damon, vergiss es, okay? Ich muss jetzt runter. Meine Familie braucht mich."

„Nicht zu fassen. Und was jetzt?"

„Keine Ahnung. Vielleicht kann Furb ja einspringen bis Jonathan wieder klar im Kopf ist."

„Da komme ich extra her mit dem Koffer voller genialer Songs und ER macht einen auf Superdaddy. Andy lass uns von hier verschwinden."

Ich war so sauer damals. Tatsächlich war ich so egoistisch dass ich überhaupt nicht begriffen habe worum es ging. Später habe ich dann ja am eigenen Leib erfahren, was läuft, wenn man Kinder hat.

Andy und ich erreichten Furbs Abbruchhaus. Ich wollte ihn nicht fragen. Sicher war er gut, aber er war nun mal nicht Jonathan. Wir konnten nichts machen. In einer Woche käme Nick zurück. Ich hoffte, dass er Jonathan überzeugen konnte, es noch einmal zu versuchen. Jetzt galt es erst einmal John zu überzeugen. In zwei Tagen wäre er aus Südfrankreich zurück. Am Telefon klang er ja ziemlich zuversichtlich. Bis dahin verbrachte ich meine freie Zeit mit feiern, saufen und Billard. Wie in alten Zeiten. Erst jetzt spürte ich wie sehr ich New York und mein altes Leben vermisst hatte. Zwei Tage später meldete sich John bei Andy. Er wusste ja, dass ich bei ihm unter gekrochen war. Bald darauf trafen wir John in Andys Haus.

„Also ich finde es gut."

John nickte zuversichtlich und meinte:

„Wenn Jonathan raus ist müssen wir die Drums eben technisch einspielen. Was ist mit diesem Furb?"

„Ich will Jonathan. Er ist ein Fire."

„Mensch Damon, er ist nicht dein Leibeigener. Nick ist auf dem Heimweg. London war gestern seine letzte Station. War ein halbes Jahr unterwegs. Aber der ist ja noch irrer als du, Damon."

„Wenn du das sagst. Am Freitag fliege ich zurück. Mit Jo ist was, das spüre ich."

„Wegen des Babys? Noch immer? Ich dachte es wäre okay."

„Nein, keine Ahnung. Lass Billard spielen."

In meiner alten Wohnung ließen wir es krachen und warteten auf Nicks Ankunft. Keine Ahnung wie spät es war als es an meiner Tür plötzlich Sturm läutete.

„Scheiße was geht?", stöhnte Andy.

„Oh mein Schädel, was zum Teufel...Wieso liege ich hier auf Damons Teppich?", jammerte John.

„Und wer malträtiert meine Klingel um diese Zeit?"

„Es ist fast drei am Nachmittag. Oh Mann was für eine Scheiße. Ich denke wir haben da wohl etwas übertrieben was. Wir sind schließlich keine zwanzig mehr."

„John, Opa, halt die Klappe. Damon lass wen auch immer rein. Diese Klingel ist ja tödlich."

„Okay okay, ich geh´ ja schon."

Nick stand vor meiner Tür. Der hatte sich ja verändert. Sein schwarz-weißer Schopf war echt lang geworden. Auf seinem Kehlkopf prangte jetzt eine Spinne. Die Turnschuhe waren punkigen Stiefeln gewichen und die Jeans einer engen glänzenden Lederhose. Darüber ein dünnes schwarzes Netzhemd und einen langen Ledermantel. Zunächst fehlten mir echt die Worte. Wow.

„Hi, Damon, alles okay."

„Nick Fenley, unser Sporty ist jetzt ein Punky. Sieh´ an. Komm rein. Wir haben gefeiert. Alle sind hier, außer Brandon und Jonathan."

„Und wo stecken diese beiden Idioten?"

„Joki ist raus und Brandon noch in Kanada. Sieht so aus als brauchen wir einen neuen Drummer."

„Joki ist raus? Ich dachte hier läuft ein Riesending."

„Das dachten wir auch. Aber DU bist dabei?"

„Klar. Meine Tour ist gerade zu Ende. Lass mal hören."

Andy, John und ich gaben unsere bisherigen Kompositionen zum Besten.

„Bin dabei. Gibt es noch ein Bier?"

Jonathan

8

Jo

Damals:

Damon flog für einige Tage nach New York. Ich hoffte dass sich
alles wieder einrenkte. Es würde ihn zerstören. Er rief mich
abends an und erzählte mir was so alles in New York los war.
Jonathan war raus und Brandon anderweitig beschäftigt.
Mandoras Hell Fire waren nur noch zu viert. Na ja, nicht das was
Damon wollte, aber immerhin ein Neuanfang.
Knapp zwei Wochen später kam er zu mir zurück.

„Jo! Bin wieder da. Wo steckst du denn?"

Auf der Toilette. Es ging mir nicht so gut. Aber das sagte ich ihm
nicht. Er hatte jetzt den Kopf voll mit Plänen. Als ich aus dem
Bad kam stand er da. Gut gelaunt und richtig erholt. Die paar
Tage mit seinen Freunden hatten ihn wieder aufgebaut. Er
erzählte mir was in New York passiert war.
„Und nun wollt ihr es trotzdem versuchen?"
„Ja, aber wir wollen noch mit Brandon reden. Ich hoffe er ist
noch dabei. Aber lass uns jetzt über etwas anderes sprechen. Hast
du heute schon was vor?"
„Hm, ich wollte eigentlich mit einem total heißen Kerl ins Bett."
„Aha, muss es unbedingt der sein, oder kann ich ihn vertreten?"
„Ich bin sehr anspruchsvoll. Glaubst du du kriegst das hin?"
„Aber so was von. Sie werden nicht enttäuscht sein,
Mrs.Mandora."

„Okay, dann muss ich diesem Damon wohl einen Korb geben."
Wir verbrachten eine weitere heiße Nacht miteinander.
Am nächsten Tag holte uns das Telefon aus dem Schlaf.
„John, hi. Moment, Damon versucht noch wach zu werden. Er ist
ziemlich erledigt."
„Was zum Teufel hast du mit ihm angestellt?"
„Wir haben nur unser Wiedersehen ausgiebig gefeiert."
„Verstehe. Erspare mir die schmutzigen Details. Ich kenne diesen
Kerl ziemlich gut, weißt du?"
„Keine Angst. Oh, da kommt er gerade."
„Wer holt mich da aus dem Himmel um diese Zeit?"
„John."
Über Lautsprecher konnte ich das Gespräch mit verfolgen.
„Ich habe mit Brandon gesprochen. Die Punks sind Ende des
Monats zurück. Dann wollen sie eine Weile Pause machen, um
neue Songs zu schreiben. Brandon ist dabei."
„Yes, wir sind wieder da. Danke Bro."
„Kein Ding. Mach weiter mit was auch immer ihr gerade
beschäftigt wart."
Damon reckte siegessicher die Faust in die Luft und ich musste
lachen. Alles würde gut werden.

Etwa einen oder zwei Monate später traf die Band ohne Jonathan
bei uns ein. Die Jungs hatten sich echt verändert. Nick war kaum
zu erkennen. So düster und schwarz hatte ich ihn noch nie
gesehen. Das Spinnentattoo auf seinem Kehlkopf war der
Hammer. Andy hatte seinen Schopf an den Seiten raspelkurz
rasieren lassen und er war nicht mehr ganz so hellblond wie
vorher. An der Seite seines Halses lugte eine tätowierte
Skeletthand heraus, die aussah als würde sie nach ihm greifen
wollen, um ihn zu würgen. Brandon war fast noch derselbe. Nur
dass sich in seinem Haar jetzt Perlen und Schnüre befanden.
Eingewoben am Unterhaar des Genicks. Auf den Fingern,
oberhalb der Knöchel, prangte jetzt der Name Sky und ein Ring

zog sich durch seinen Nasenflügel. Ich war so froh, dass sie alle bei uns waren.

„Das wird das genialste Comeback aller Zeiten. Aber wenn ich euch so ansehe komme ich mir beinahe brav vor."
„Der Boss und brav, oh je. Die Stillen sind die Schlimmsten."
„Das stimmt, John."
Die Männer lachten und ließen ihre Bierflaschen aneinander klicken. Wir alle hatten lange draußen gesessen und Pläne gemacht. Schon am nächsten Tag fanden sich alle in unserem Tonstudio wieder. Ich konnte die ausgelassenen Männer bis oben hören. Das war Damons Welt. Es dauerte nicht lange, bis die Songs eingespielt waren. Es waren sehr emotionale Lieder, in denen Damon seine Gefühle und Ängste verarbeitete. Teilweise auch die politischen Texte, die an manchen Stellen etwas verändert worden waren. Hier und da haben Nick und Andy etwas korrigiert, aber am Ende waren es sehr gute Songs geworden. Ohne Jonathan war es nicht mehr dasselbe, aber ich sah, dass es Damon irgendwie zurück brachte. An den Tagen der Aufnahmen fühlte ich mich manchmal überflüssig. Trotzdem war ich froh ihn glücklich zu sehen. Es wäre ja nur am Anfang so. Alles würde sich finden.

Die Veröffentlichung des neuen Albums stand unmittelbar bevor. *NO WAR* war die erste Auskopplung daraus. Nick hatte ein Hammerriff eingebaut und Brandon hatte die Drums teilweise übernommen. Einige Parts musste der Computer übernehmen. Einem Laien wäre das nie aufgefallen. Die Jungs waren ein eingespieltes Team und so bemerkte zunächst niemand, dass Jonathan fehlte. Er hatte sich nicht mehr bei der Band gemeldet. Damon und die anderen kamen einfach nicht mehr an ihn heran. Damon konnte Andys Freund Furb überreden Jonathan bei dem Auftritt zu vertreten. Dem Publikum wurde es als kurzfristige Notlösung wegen eines privaten Notfalls präsentiert. Für eine Weile würde das funktionieren. Dieser Auftritt fand in einer

Spielshow statt. Er wäre sehr wichtig für den Neuanfang der Band. Damon sang natürlich live. Es wurde ein Riesentheater gemacht weil seine Stimme trotz aller „Schwierigkeiten" noch immer die Welt verzauberte. Unser Gerücht hatte uns den Arsch gerettet. Schlagzeilen wie

DAMON MANDORA HAT SCHWERE KRANKHEIT BESIEGT

oder

COMEBACK EINER TOTGEGLAUBTEN BAND.

Es war schon merkwürdig. Anscheinend hatte man die Gruppe nicht ganz vergessen. Keine Ahnung was da los war. Aber wir waren froh, dass nicmand die ganze Wahrheit kannte. Die Sache mit Furb und Jonathan lief besser als angenommen und niemand stellte Fragen. Oder weil alles schon zu lange her gewesen war erinnerte sich niemand mehr an den Unfall und überhaupt. So hofften wir jedenfalls. So war es besser. Für uns alle.

Nach Ende des Auftritts trafen sich alle in der Kantine des Senders. Ich spürte wie erleichtert Damon und seine Freunde waren. Es war eine erneute Feuertaufe gewesen. So wie damals als Brandon neu dazu gekommen war.
„Hat doch ganz gut geklappt. Hey Furb, danke für deine Hilfe. Willst du nicht doch noch bei uns mitmachen?"
„Oh nein, Leute. Ich eröffne einen Club. Da bin ich der Boss. Nichts für Ungut, Damon. Musik, Alkohol, Miezen ohne Ende. Was will ich mehr?"
Er grinste und wackelte mit seinen Augenbrauen. Ich konnte ihn sofort gut leiden. Furb ließ uns wieder allein, um beim Umbau seines Clubs dabei zu sein. Wir kamen wieder in New Orleans an. Die Gruppe befand sich auch auf dem Heimweg nach New York. Wir aßen zu Abend. Ich sah, dass Damon etwas beschäftigte. Sicher die Sache mit Furb und Jonathan und wie es jetzt weitergehen sollte. Ich beschloss mir einfach Klarheit zu

verschaffen, auch um meinetwillen:
„Furb hätte gut zu euch gepasst. Denkst du Jonathan ist endgültig raus?"
„Ach Jo, wenn ich das wüsste. Nie hätte ich gedacht, dass einer von uns jemals aufgeben würde. Alles ist so anders geworden seit damals."
„Jetzt komm mir nicht wieder so. Ich weiß ja, dass es meine Schuld war. Ich hätte..."
„Jo, bitte. Hör´ auf damit. Ich kann so was jetzt nicht gebrauchen. Es wird schon weitergehen. Egal wie. Notfalls machen wir eben zu fünft weiter."
Dann schwiegen wir und ich hatte mehr Angst vor der näheren Zukunft als mir lieb war. Wie erwartet, dachte Damon gar nicht daran aufzugeben. Im Gegenteil, er veröffentlichte das nächste Lied des Albums *LIFE IS NOT EASY*. Es hieß *END OF TIME*. Irgendwie hatte ich das Gefühl, dass Damon seine Angst alles zu verlieren in diesen Text gepackt hatte. Auch dieser Song kam ziemlich gut an. Von Jonathan noch immer kein Lebenszeichen. Trotzdem trafen sich die Männer auch weiterhin bei uns. Und dann ließ es sich nicht mehr aufhalten. Die neue Tour zum neuen Album wurde geplant. Und diesmal wollte ich ihn noch einmal begleiten. Schon weil er in den letzten zwei Jahren für mich da war. Wir wollten klein anfangen, fünf oder sechs Konzerte in der Nähe. Am Anfang war es ja auch so. Und Damon fing wieder Feuer. Mehr, länger, weiter. Schon kurze Zeit später stand fest wohin die Reise ging. Und ich war wieder dabei. Für ihn und auch für mich. Ich hatte schon vergessen wie es sich anfühlte mitten drin zu sein.
„Ich werde dich begleiten. Ich lasse dich nicht mehr allein."
„Oh Jo etwas Schöneres hättest du mir nicht sagen können. Wir sind zurück. Es wird schon. Ich habe dir heute noch nicht gesagt wie sehr ich dich liebe."
„Nein aber der Glanz deiner Augen und dein Dauergrinsen entschädigen mich für alles."

9

Damon

Damals

:

Wir brauchten eine Weile um alles zu planen. Die Tage in New York waren echt nötig gewesen. Nick, Brandon, Andy, John und ich. Wir waren die neuen Fires. In meinem Haus spielten wir die Songs ein. Nick und Andy hatten aus meinen Entwürfen echte Hammerhits gemacht. Das erste Lied *NO WAR* kam ziemlich gut an. Bei einem Liveauftritt wurden wir gefeiert wie die Helden eines siegreichen Krieges. Es lief gut für uns. Vor allem weil Furb uns damals aus der Klemme geholfen hatte. Leider wollte er nicht dauerhaft Mitglied unserer Band bleiben. Es sollte nicht sein. Jo war wieder gesund und ich spürte, dass in mir etwas brodelte. Zwei Jahre ohne den Rausch der Bühne, meine Band, meine Freunde. Ich wollte es noch einmal versuchen. Der Auftritt hatte mich neu infiziert. Und ich wusste was mir gefehlt hatte. Jetzt sogar noch mehr als zuvor schon. Ich wollte mein altes Leben zurück. Definitiv. Die Entscheidung war gefallen. Ich wollte noch einmal eine Tour machen. Und beim Frühstück brach es dann aus mir heraus. Einfach so. Ich konnte Jos Blick nicht deuten, aber sie sah irgendwie traurig aus. Ich weiß nicht, ob Jo sich am Anfang unserer Beziehung bewusst war, was auf sie zu kommen würde. Sie war immer zufrieden. Jetzt waren wir unten und ich wollte wieder oben sein. Jo spürte das. Und so planten

wir ein paar Konzerte in den USA. Nichts Welt bewegendes, aber es brachte mich zurück. Ein Neuanfang.
Wir flogen nach New York in meine alte Bude. Bei John wurde alles genau besprochen. Mann, hatte ich meine gute alte Hütte und diese unglaubliche Stadt vermisst. Endlich wieder in New York. Ich lebte wieder.
Wir erreichten Johns Loft.

„Damon, mein Gott. Der alte Farmer. Wie geht es euch?"
Ich fiel meinem Freund um den Hals wie ein Kleinkind. Ich glaube ich habe damals sogar ein paar Tränen verdrückt.
„Nun erzähl mal. Was ist passiert?"
Ich erzählte ihm was seit dem letzten Treffen alles passiert war. Auch in New York hatte sich einiges getan. John erzählte uns von seiner Kunstausstellung und dass er schon einige seiner Werke Gewinn bringend verkauft hatte. Wir verbrachten den ganzen Tag bei John. Am nächsten Tag besuchten wir Nick auf seinem Hausboot. Es lag am Hudson und war schon eine kleine Sensation.

„Wie kommt man denn auf eine solche Idee?"
„Der Typ war schon immer anders. Aber er ist einer meiner wichtigsten Menschen in diesem beschissenen Leben."
„Das Boot ist wunderschön."
„Damon, sieh an, der Boss ist zurück..."
Nick holte uns an Deck und schob den Bierkasten in die Mitte. Gegen Nachmittag tauchten John und Andy auf. Brandon war noch in Detroit. Ihn wollten wir dort treffen. Bis in die Nacht hinein hatten wir auf Nicks Boot gesessen.

Einige Tage später brachen wir nach Detroit auf. Unser Termin dort wurde groß in den Medien angekündigt. Die tot geglaubte Band haute wieder voll rein. James war froh, dass er endlich wieder fliegen konnte. Die tourlose Zeit war auch für ihn schwer gewesen. Sicher habe ich ihn auch weiter bezahlt, aber auch er wollte wieder hinaus. Genauso wie Anthony. Wir kamen bei unserer Maschine auf dem New Yorker Flughafen an. Das Flugzeug sah richtig eingestaubt aus. Irgendwie war es nun doch dort untergebracht worden, damit meine Band Zugriff darauf hatte, wenn ich in New Orleans geblieben bin. Auch wenn die Unterbringung dort um einiges billiger gewesen war. Das Flugzeug ist Eigentum der Band, nicht nur meins.

Wir luden unsere Sachen in den Flieger. Der Flug nach Detroit dauerte nicht so lange. Am Flughafen warteten Brandon und Sky auf uns. Sie hatten wir ja auch schon ewig nicht gesehen. Die kleine Punkerin hatte sich kaum verändert. Ich umarmte die beiden stürmisch. Sky grinste mich geheimnisvoll an.

„Ich werde diesen Deppen begleiten", erklärte sie lächelnd.

Sie nahm Brandons Hand und ich dachte, was ist denn da los? Anscheinend lief doch was zwischen den beiden. Warum auch sonst sollte ihr Name auf seinen Fingern stehen?

Wir erreichten unser Hotel, das für die nächste Woche unser Heim sein sollte. Nicht mehr so luxuriös wie ich es gewohnt war, aber das war mir egal. Wir waren wieder am Anfang. Dann traf auch Brandons Gruppe ein. Ich freute mich auf die gemeinsame Zeit. Schon am nächsten Morgen trafen wir uns alle im Easy Club, wo unsere erste Station war. Die Punks bestritten fast eine Stunde ihr Programm und ich fand sie einfach nur genial. Dann ging es endlich los. Brandon blieb auf der Bühne stehen und bereitete seine Fans auf uns vor. Es war schon komisch von Brandon angekündigt zu werden, aber es war ein schönes Gefühl.

„Nach langer Pause und voller Energie. Endlich wieder on Stage, meine Freunde. Mandoras Hell Fire", brüllte Brandon übermütig ins Publikum. Die Leute tobten und ich traute meinen Augen nicht, dass sie noch immer zu uns gehalten hatten. Wir betraten die Bühne. Als wir unsere Positionen einnehmen wollten, nahm Brandon das Mikrofon vom Ständer. Keine Ahnung was er vorhatte.

„Bevor wir anfangen möchte ich Euch und auch meine Kollegen hier überraschen. Es ist mir etwas gelungen, was mein Chef Damon nicht geschafft hat. Ich hatte Mühe dieses Geheimnis bis heute zu bewahren. Aber jetzt muss ich es raus lassen. Ihr alle kennt die Fires und ihr alle wisst was läuft. Eigentlich sind wir zu sechst. Unsere Nr.1 Damon Mandora Vocals, John Brannigan an den Keys, ist die 2. Nick Fenley, Gitarre Nr.3. Und Andy Lee Mc.Fadden die 4. Dann wäre da noch ich am Bass, die 5 und jetzt ist es soweit. Die Nr.6, Mr.Jonathan Smith an den Drums. Begrüßt mit mir Jonathan."

Jubel in der Halle. Brandon grinste mich viel sagend an. Sein Blick sagte nur: wie hab ich das gemacht? Mir blieb die Stimme weg. Ich hätte die Welt umarmen können. Dieser verrückte Junior hatte Jonathan tatsächlich überzeugt weiterzumachen. Ich war total von der Rolle. In meinem Hals bildete sich bereits ein dicker Klos. Es ging nicht anders. Ich musste zu Jonathan.

„Scheiße bin ich glücklich. Hat der Kerl dich bedroht oder was?"
„Nein. Aber Mandoras Hell Fire ohne Helldrums? Ich bitte dich. Und jetzt lass uns endlich anfangen. All diese Menschen haben Geld bezahlt um dich Kasper zu sehen. Also schnapp dir dein verdammtes Mikro und los geht´s. Leute macht euch bereit. Wir starten mit *NO WAR*."

Der Klos in meinem Hals war noch immer ziemlich dick. Nick und Andy holten mich da raus. Scheiße nein. Ich war so was von überwältigt. Wir knallten einen Song nach dem anderen hinaus. Die zwei Stunden vergingen wie im Flug und ich war so aufgedreht, dass ich Bäume hätte ausreißen können.

„Ich habe es dir doch gesagt. Alles wird gut. Sie haben euch nicht vergessen. Schließlich warst du nur krank für sie, auch wenn das nicht so ganz stimmt. Sie verzeihen eine ganze Menge."
Da hatte Jo wohl recht. Der Club leerte sich und ich spürte wieder Hoffnung.

Im Anschluss trafen wir uns alle in einer angrenzenden Bar. Ich musste dringend mit Jonathan reden. Was war passiert, dass er seine Meinung doch noch geändert hatte? Als Jo und ich zu den anderen stießen war die Party schon voll im Gange. Meine Freunde umringten Jonathan wie den Präsidenten.

„...und plötzlich steht dieser Knirps in New York im Kinderzimmer meines Sohnes und liest mir die Leviten wie noch keiner es getan hat. Nicht mal Damon. Ich konnte kaum antworten, so in Rage war unser Junior. Und dann plagte mich mein Gewissen und all die Erinnerungen an die letzten Jahre mit euch Trotteln kamen in mir hoch. Ich dachte mir, dass ich diese Typen nicht allein lassen kann. Und hier bin ich. Ich danke dir, Brandon, dafür dass du mir den Kopf gewaschen hast."

Dann startete unsere Minitour und alles lief super. Bald kam es mir so vor als hätte es die letzten zwei Jahre nicht gegeben. Wir waren etwa acht Wochen unterwegs. Ich war mit den Ergebnissen voll zufrieden. Alles lief gut. Die alten Fans standen zu uns. Wir zogen durch die Großstädte der USA. Und die Hallen waren voll. Dann kam die Zeit, in der wir in Louisiana drei Termine hatten. Wir flogen am nächsten Morgen nach dem Konzert in Chicago ab.

Dann erhellten die Lichter des Louis Armstrong Airports den Himmel über New Orleans. Jo hatte noch immer keine Ahnung wo wir uns befanden. Erst als wir tatsächlich aufsetzten sah Jo mich fragend an.

„Was schaust du mich so an?"
„Was machen wir hier?"
„Ein paar Tage Pause. In unserem Haus. Nur wir zwei."
„Was? Echt? Mein Gott, Damon. Wie hast du das gemacht?"
„Hab doch gesagt, dass ich für dich alles tue. Weil ich dich liebe."

Jetzt:

Ich weiß nicht wie lange ich schon diese verdammte Wand
anstarre und die Scherben der zerbrochenen Flasche. Hoffentlich
kann John mir helfen. Ich glaube ich muss hier raus. Noch immer
starre ich die Fotos auf dem Handy an. Alanah ist so groß und
hübsch geworden. Ich möchte ihr so viel sagen. Ihr zeigen wie
sehr ich sie liebe und vermisse. Und ich möchte Jo an mich
drücken. Sie küssen und überhaupt. Meine Nerven sind mal
wieder am Ende. Das muss endlich aufhören. Ich schnappe meine
Jacke und verlasse mein Hotelzimmer. Keine Ahnung wo ich hin
will. Morgen sind wir in Sydney. Und danach in Darwin. Keine
Ahnung was danach ansteht. Ich habe den Überblick verloren.
Während ich einsam durch die Straßen schleiche, denke ich an
das Gespräch mit Jo. Ich höre die Stimme meiner Tochter als sie
mich fragte wann ich heim käme. Ich würde sie so gerne an mich
drücken und ihr endlich der Vater sein, den sie verdient und der
für sie da ist. Ich bin kein Vater. Ich weiß nicht was ich bin.
Vielleicht ein Karriere süchtiger, alternder Rocker. Ich weiß nicht
was ich will. Auf jeden Fall werde ich diesmal an ihrem
Geburtstag dabei sein. Egal wie ich das anstellen muss.

Wind kommt auf, aber es stört mich nicht. Ich laufe und laufe.
Ohne Ziel. Mir ist es egal ob ich mich in Gefahr begebe, oder
nicht. Sam und Daryl sind bei Jo. Bei ihnen ist sie sicher. Was
mit mir ist, ist mir egal. Da ist ein kleiner Pub am Ende der
Straße. Was wäre wenn ich einfach hinein gehen würde? Würde
ich mich wieder vergessen? Nein. Ich muss mich zusammen
reißen. Und außerdem habe ich schon genug getrunken. Ich
werde Ärger mit dem Hotel bekommen wenn sie die Bescherung
in meinem Zimmer sehen. Ich muss jetzt meine Gedanken
zusammen halten.

10

Jo

Jetzt:

Ich weiß nicht was ich tun soll. Und ich weiß nicht, ob Damon wirklich kommt. Aber ich weiß, dass ihn etwas belastet. Ich hoffe er fängt nicht wieder mit den Drogen an. Das könnte ich nicht noch einmal ertragen. Ich überlege ob ich ihn suchen soll. Ich muss ihn sehen. Will ihn spüren. Noch immer denke ich an das Foto auf Alanahs Handy. Er ist noch immer sehr attraktiv. Ich will ihn zurück. All die Weiber auf diesem Planeten sollen ihn nicht haben. Wir gehören uns. Es macht mich einfach fertig je mehr ich an ihn denke. Und ich sehe Alanah. Mein Kind braucht seinen Vater. Viel zu lange muss sie schon auf ihn verzichten. Selbst Jack kann die Lücke in ihrem Herzen nicht füllen. Und er ist sehr bemüht um sie. Um ihre Sicherheit. Und er liebt sie. Er behandelt sie gut und ich hoffe, dass die beiden das besser hin bekommen als Damon und ich.

Ich wandere durch mein Haus. Alles erinnert mich an ihn. Irgendwie lande ich in meinem Schlafzimmer. Gerne würde ich Zeit mit ihm hier verbringen. Ich nehme meine Gitarre. Sie steht in der Ecke neben dem Schrank. Schon ewig hatte ich sie nicht mehr in den Händen.
„Mom?“
Alanah sucht nach mir.

„Mom, bist du da drin?"

„Ja, ich bin hier. Ich weiß nicht was ich tun soll. Ich mach mir Sorgen um deinen Vater. Ich hoffe er baut keinen Mist und dass er wenigstens nächste Woche zu deinem Geburtstag kommt."

„Er hat doch gesagt, dass er es auch will. Ich vertraue ihm. Hey, die ist echt cool. Ist das die, die dir Dad früher geschenkt hat?"

„Ja, ich habe sie schon ewig nicht mehr raus geholt. Dein Dad hat mir beigebracht zu spielen."

Ich denke wieder an jenen Abend und mein Herz zerreißt immer weiter.

„Darf ich auch mal spielen? Zeigst du es mir?"

„Klar, komm setz dich zu mir."

Ich zeige ihr alles, was Damon mir damals vor unserer ersten Nacht beigebracht hat. Alanah hat Talent. Sie erwärmt mein Herz. Wenn Damon sie jetzt sehen könnte. Wir sitzen zusammen und komponieren. Vielleicht hat sie ja doch ein paar Gene ihres Vaters geerbt, was die Musik betrifft.

„Ich überlege ob ich zu ihm soll. Meinst du es macht Sinn?"

„Nein, du findest ihn nicht und morgen ist er wieder wo anders. Wir müssen warten. Er kommt. Ganz bestimmt, Mom. Und er liebt dich. Das weiß ich."

Sie stellt die Gitarre auf den Ständer und legt ihren Arm um mich. Ich drücke mir die Tränen weg. Mein Kind ist so erwachsen, viel stärker als ich es bin.

Damals:

Wir starteten unsere Tour. Nach zwei Jahren. Es war ein komisches Gefühl. Zeitschleife. Ja ich muss sagen, es machte mir wieder Spaß. Ich fühlte mich wieder jung. Damon ging völlig darin auf. Am Bühnenrand konnte ich es sehen. So war er. Und er wird es immer sein. Es waren nur einige Städte. Aber es entfachte Damons Feuer neu. Ich war überrascht als er einen Stopp in New Orleans einlegte. Wir konnten nach Hause. Für ein paar Tage frei sein. Er und ich. Ich fand es schön wieder in den eigenen vier Wänden zu sein. Wir hatten zwei Wochen Pause. In dieser Zeit genossen wir unser Haus. Es war Sommer und unsere Wiesen waren satt grün. Matt hatte aus unserem Garten ein kleines Paradies gemacht. Und ich stellte fest, dass mir das absolut reichte um glücklich zu sein. Wir besitzen noch zwei weitere Häuser, außer dem in der Karibik. In Miami (das Haus hatte Damon vor einigen Jahren gekauft, als ich ihm sagte wie sehr mir der Strand von Miami Beach gefällt, wobei ich mir nichts weiter gedacht habe. Ich liebe die lockere Lebensweise der Menschen und den Art Deko Style dieser Stadt). Und ein Haus in Kanada, in den Bergen von Calgary (weil Damon unbedingt ein Winterziel haben wollte. Zum Ski laufen und Snowboarden. Er hatte es sich gekauft, in einer Zeit als er vor sich selbst davon gelaufen ist. Vor sich und vor unseren Problemen, nachdem ich ihn verlassen hatte.) Er sagt es ginge um Wintersport, wer es glaubt...

Aber ich wollte immer nur DIESES in New Orleans. MIT Damon. Die anderen Häuser werden von Damons Eltern oder seiner Schwester abwechselnd bewohnt, wenn sie Zeit haben, damit sich jemand darum kümmert. Manchmal fragt auch einer der Jungs aus der Band ob er ein paar Tage zum abschalten hin darf wenn gerade nichts ansteht. Klar, schließlich sind sie wie unsere Familie. Wir sind kaum noch da und Damon auch nicht. Ich habe ja schon gesagt, dass er alles für mich getan hat. Nur nicht das was ich mir bis heute wünsche.

Wir schliefen lange und frühstückten einfach im Bett oder mitten in der Wiese auf einer Decke neben den Pferden. Wir lagen nebeneinander auf dem Rücken, an den Händen haltend, den Wolken zu sehen und den Geräuschen der Natur lauschen. Manchmal hörten wir die Glocken der kleinen Kirche auf dem Hügel hinter unserem Haus. Der Klang beruhigte Damon. Es war so entspannend.
„Ich fühle mich sauwohl gerade. Genau das ist es was ich will. Dich, Sonne, Erfolg und Gesundheit. Alles perfekt."
„Ja das ist es. Aber du musst mir versprechen auf dich aufzupassen. Ich will nicht dass du wieder abstürzt weil du nicht genug bekommst. So ist es genug. Bitte versprich es mir."
„Natürlich. Ich will ja schließlich noch einige schöne Jahre hier mit dir verbringen. Du bist das Beste was mir je passiert ist. Ohne dich kann und will ich nicht mehr sein."

Seine Worte bedeuteten mir so viel. Irgendwie fühlte ich mich trotzdem an manchen Tagen schlecht. Ich schob es dem Stress der letzten Wochen zu. Dass meine Periode nicht immer pünktlich war wusste ich und machte mir auch keine Sorgen als sie gar nicht mehr kam. Damon sagte ich nichts davon. Er hatte schon genug für mich geopfert und ich wollte dass er wieder glücklich ist. Er sollte sich keine Sorgen machen. Ich beschloss noch ein paar Tage zu warten, bis wir wieder aufbrachen. Dann wollte ich George fragen was er dazu meinte.

Die zwei Wochen Unterbrechung hatten uns neue Kraft gegeben. Wir würden wieder abreisen. Schon am übernächsten Tag waren wir in Atlanta. Langsam begann ich mir doch Gedanken zu machen. Was wäre wenn ich erneut schwanger wäre. Gemischte Gefühle und Angst vor der Zukunft. Noch einmal könnte ich das alles nicht ertragen. Es war zwar schon so lange her aber ich glaube diese Art von Schmerz bleibt ein Leben lang. Auch wenn Damon nie darüber sprach, weiß ich dass er genau so litt wie ich. Von Atlanta aus ging es weiter nach Memphis. Und es ging mir immer schlechter. Das Konzert in Memphis konnte ich nicht mit machen. Den ganzen Tag über war mir ständig übel.

„Jo. Was stimmt nicht mit dir? Du siehst so blass aus."

„Es ist nichts. Morgen geht es mir sicher wieder besser. Mach dir keine Sorgen. Es ist alles in Ordnung", versuchte ich ihn zu überzeugen.

„Hm, wenn du das sagst. Wenn du reden willst..."

Ich wollte ihm nicht sagen was ich vermutete, bevor ich nicht Gewissheit hatte. Ich musste unbedingt mit George sprechen. An diesem Abend blieb ich im Hotel und hörte mir den Livemitschnitt des Konzerts im Radio an. Damon kam erst sehr spät zurück. Ich war schon lange eingeschlafen. Ganz wage nahm ich seine Stimme wahr.

„Hey. Wie geht es dir? Besser? Du hast mir gefehlt."

Ich spürte Damons Atem in meinem Nacken. Er küsste meinen Hals und strich mir sanft über die Schultern. Sekunden später spürte ich seine Erregung an meinem Po, als er zu mir ins Bett kletterte. Er drückte sich immer fester an mich. Ich wollte in so gerne spüren, aber es ging mir so dreckig.

„Es tut mir leid. Ich kann nicht. Kannst du einfach nur bei mir sein?"

„Natürlich. Das weißt du doch. Ich werde dich nie verlassen. Nicht in tausend Jahren. Was bedrückt dich? Habe ich etwas getan was dich verletzt hat? Bitte sag mir was los ist."

„Bleib einfach nur bei mir und halte mich."

„Klar", hörte ich ihn noch sagen bevor ich in seinen Armen einschlief.

Jetzt:

„Komm, Mom. Ich werde dich jetzt etwas ablenken von deinen
trüben Gedanken. Lass uns ausreiten. Ich werde dich heute nicht
allein lassen. Ich bleibe heute einfach hier."
„Was? Das geht doch nicht."
„Ist mir egal ob das geht. Du bist mir wichtiger als Algebra oder
Geografie. Du bist meine Mom. Und ich mache mir Sorgen. Ich
werde Dad später noch einmal anrufen. Ich sage ihm, dass er bald
kommen soll und wie scheiße es dir im Moment geht."
„Ach Lana. Ich hab dich so lieb, weißt du das?"
„Ich dich auch, Mom. Ich möchte nicht dass es dir schlecht geht."
Ich bin so niedergeschlagen. Fast schon depressiv. Alanah reicht
mir ihre Hand und schaut mich erwartungsvoll an. Sehe ich sie
an, sehe ich Damon. Sie ist so hübsch geworden. Und so
erwachsen. Ich hoffe sehr dass Damon tatsächlich bald kommt
um sie zu sehen.
Wir gehen zum Stall und machen die Pferde fertig. Ich bin froh,
dass mein Kind da ist und mich vor Dummheiten bewahrt. Ich
hoffe nur, dass auch jemand auf Damon aufpasst. Ich denke ich
werde später John anrufen, wenn wir zurück sind.

11

Damon

Damals:

Mit der Unterbrechung der Tour und der freien Zeit in unserem Haus hatte ich Jo voll umgehauen. Sie strahlte mich an und ich liebe es wenn sie so glücklich ist. Wir verbrachten sehr schöne Stunden dort. Frühstücken im Bett. Romantische Stunden auf dem Sofa, kuscheln beim gemeinsamen Kochen und manchmal traute ich mich sogar noch einmal aufs Pferd. An einem Tag besuchten wir ein Jazzfestival. Das war mal ganz was anderes. In den Straßen von New Orleans spielte sich der ganze Zauber ab. Ich mietete für ein Wochenende ein Zimmer, quasi eine kleine Ferienbude mit allem drum und dran, sogar eine kleine Küche, in einem uralten Haus einer schwarzen Lady. Lady Harlow. Eine gemütliche, rundliche alte Dame, die uns nicht wirklich kannte. Sie hatte eine kleine 1 Zimmer-Wohnung unter dem Dach des Hauses. In ein edles Hotel wollten wir nicht weil wir das ständig hatten. Es sollte einfach und gemütlich sein. Und das war es auch. Von dort aus hatten wir eine wunderbare Aussicht auf die Parade. Ein bunter Haufen schwarzer Jazzmusiker tobte durch die Straßen.

„Das ist ja toll. So was habe ich ja noch nie gesehen obwohl wir schon so lange hier in New Orleans wohnen."
Jo war begeistert von der ausgelassenen Stimmung.

„Ja, die Jungs sind echt cool. Vielleicht sollte ich mal einen von ihnen anheuern für unser nächstes Album..."

„Oh nein. Ich meine die Musik ist cool. Aber bitte bleibt ihr bei Rock. Ihr seid die Fires."

Irgendwie fühlte ich mich geschmeichelt. Ich nahm Jo in den Arm und vom Balkon aus sahen wir zu wie sich der bunte Lindwurm vorarbeitete. Ich begann ihren Nacken zu küssen.

„Du findest also ich sollte bei Rock bleiben, ja?"

„Auch."

„Auch? Was meinst du mit auch?"

„Wenn du so hinter mir stehst lässt es vermuten dass du noch andere Dinge sehr gut kannst außer singen und Gitarre spielen."

„Hmmm. Zum Beispiel?"

Ich schob ihr Haar nach vorne und legte ihren Hals frei um einige Küsse darauf zu platzieren.

„Das weißt du nicht?"

„Nein. Sag es mir."

Ich arbeitete mich weiter vor. Meine Hände an ihren Hüften, meine Lippen unterhalb ihres Ohrläppchens. Jos Atem ging stoßweise.

„Damon, du lenkst mich ab. Ich wollte die Parade sehen."

„Mmmmhmmm. Ist das so? Sag schon, worin bin ich noch gut?"

„Damon!"

Ich drehte sie zu mir um und hob sie hoch. Ihre Beine umschlossen meine Hüften und ich hatte echt zu tun mich zu beherrschen. Schon so lange hatten wir keine Zeit für uns gehabt. Jo umklammerte meinen Nacken.

„Du bist gut darin mich um den Verstand zu bringen."

„Aha?"

„Damon..."

„Hm?"

Ich trug sie vom Balkon weg in die Wohnung, Richtung Kochnische.

„Was hast du vor?"

„Ich bringe dich um den Verstand. Darin bin ich gut, hast du gesagt."

„Oh"

Ich setzte Jo auf die Arbeitsplatte. Noch immer hielten ihre Beine mich gefangen. Langsam streifte ich ihr Top hoch. Jos Hände lagen locker neben ihr auf der Arbeitsfläche. Sie sah mich abwartend an.

„Was schaust du mich so an?"

„Ich sehe endlich wieder den Mann den ich so liebe. So wie er ist. Diesen Mann habe ich vermisst."

„Ich bin hier. Für immer werde ich da sein."

Dann ging alles ziemlich schnell. Schnell hatte Jo meine Hose geöffnet. Ich schob meine Hände in ihren Slip und hob ihren Po sanft an. Den Rock hatte ich schon hoch geschoben. Bereitwillig ließ sie sich an die Kante der Arbeitsplatte ziehen. Draußen war es laut und niemand hörte unsere lüsternen Schreie als ich sie nahm. Sie drückte mich so fest an sich als ich mich in ihr ergoss. Das war der absolute Wahnsinn.

„Scheiße, Damon-oh mein Gott."

„Wir sollten wohl öfter zu Paraden gehen, findest du nicht?"

„Küss mich lieber..."

Wir verbrachten den Rest des Tages damit uns zu lieben. Dann ging es wieder zurück in unser eigenes Haus. Noch immer waren wir allein da. Und das störte uns überhaupt nicht. Einer der schönsten Tage war der als wir ein Picknick im Garten hinter der hohen Hecke unseres Grundstücks machten. Einfach so, im Schlafanzug, mit einem Korb voller Leckereien. Jo fütterte mich mit Weintrauben und ich sie mit kleinen Keksen. Wir schmusten auf unserer Wiese herum und ich hatte das Gefühl im Himmel zu sein. Mittlerweile trieben sich nicht mehr so viele Menschen vor unserem Haus herum. Das war echt befreiend. Ich versuchte die kurze Zeit zu genießen. Nur Jo und ich. Zwei Wochen sind eben nur zwei Wochen.

Die Tour ging weiter. Die Termine standen und eigentlich wollte ich auch nichts daran ändern. In Memphis spürte ich, dass Jo etwas bedrückte. Sie war krank. Damals hatte ich keine Ahnung was da los war. Sie sagte mir nur, dass sie an diesem Abend nicht dabei sein würde. Das war doof, aber ich konnte sehen, dass es ihr wirklich nicht gut ging. Bis dahin war sie jeden Abend an meiner Seite gewesen. Am Bühnenrand, so wie früher. So wollte ich es haben. Ich machte meine Show, aber meine Gedanken waren nur bei ihr. Die Zeit schien nicht vergehen zu wollen. Normalerweise ist so ein Konzert in zwei, oder manchmal auch drei Stunden gehalten, aber dieses Mal kam es mir vor als müsse ich eine Woche am Stück gute Laune verbreiten. Es fiel mir schwer mir nichts anmerken zu lassen, wo wir gerade wieder Fuß gefasst hatten. Die neuen Songs kamen super an. Und wir waren wieder auf dem Weg nach oben. Gleich nach dem Verstummen der letzten Töne verzog ich mich hinter die Bühne. Die Rufe nach Zugaben ignorierte ich. Die Jungs gingen noch einmal kurz hinaus. Ich nicht. Ich musste wissen was mit Jo war. Als ich im Hotel ankam schlief sie schon. Ich sah ihr zu wie sie in ihre dicke Decke gekuschelt schlief. Ein Traum wie ihr Haar über die Bettdecke floss. Vorsichtig näherte ich mich ihr und küsste ihren Nacken, dann langsam den Hals entlang. Ich vernahm ein leises Seufzen. Dann erwachte sie. Am liebsten hätte ich sie sofort noch verführt. Statt dessen kuschelte ich mich an ihren Rücken. Ich war bereit wie noch nie, aber Jo war irgendwie … na ja, verstört. Ich weiß es nicht. An diesem Abend bat sie mich einfach nur bei ihr zu sein. Und das tat ich. Ich hielt sie ganz fest in meinen Armen, sagte ihr, dass ich sie nie verlassen würde. Dann schlief sie in meinen Armen ein. Auch am Morgen danach sah sie blass aus. Ich küsste sie zärtlich auf die Nase um sie zu wecken.

„Morgen Schafmütze. Geht es dir besser?"
„Hey, Rockstar. Wie spät ist es?"
„Gleich zehn. Ich habe Frühstück gemacht."
„Du? Allein? Das ist...wow."

„Hexe. Nein, nicht ganz. Erwischt. Ich habe es bestellt. Aber den Kaffee hab ich selbst gemacht. Na komm, mein Höllengebräu wird kalt."

Ich erntete ein schiefes Lächeln, als ich sie sanft auf die Füße zog. Der Tag fing eigentlich gut an. Doch nach dem Frühstück sprang sie einfach vom Tisch auf und verschwand im Bad. Ich hörte, dass sie sich übergab.

„Jo? Alles okay? Ich mach mir Sorgen. Kann ich rein kommen?"
Ich klopfte an die Tür.

„Geht schon wieder. Alles gut. Ich komme sofort."

Mehr bekam ich nicht aus ihr heraus. Auch in den darauf folgenden Tagen lief es ähnlich. Egal an welchem Ort wir uns gerade befanden. Ich hatte keine Erklärung dafür. Natürlich nicht. Ich beschloss George zu informieren und rief in an:

„George. Wir brauchen deine Hilfe. Es geht um Jo..."
„Ich komme zu euch rüber. Ich hätte da so einen Verdacht..."

Und kurze Zeit später traf er bei uns ein. Er bat mich mit Jo allein sprechen zu dürfen. Klar, keine Frage wenn ich dann endlich wüsste was ihr fehlte. Wir waren jetzt schon wieder einige Wochen unterwegs und ich schob es auf den Stress. George sagte mir nichts weil Jo ihn darum gebeten hatte. Wir machten weiter. Nach Chicago, nach Detroit (Wo Brandon endlich auch einmal zu seiner Familie konnte), Minneapolis, dann bis nach Albuquerque, Phoenix und schließlich Seattle. Ich weiß nicht mehr wie lange das alles gedauert hat. Ich weiß nur, dass ich Jo zu viel zugemutet hatte. Jetzt, wo ich den Grund dafür kenne, sowieso. Es hat Wochen gedauert bis ich es endlich erfahren hatte. Sie war schwanger. Bereits im 5. Monat. Ich vergesse nie den Abend als ich das Konzert in Seattle hatte. Jo war kaum noch dabei. Sie erwartete mich jeden Abend in irgendeinem Hotel. An jenem Abend saß sie an dem kleinen Tisch in unserer Suite, hatte Kerzen an und unser Lied spielte als ich heim kam.

„Hey. Gibt es was zu feiern?"

Sie lächelte nur und bat mich nur mich hinzusetzen. Ich war echt froh, dass es ihr an diesem Tag gut ging.

„Na ja, es gibt tatsächlich etwas zu feiern. Ich weiß nicht wie ich es dir sagen soll, aber wir sind bald zu dritt. So, jetzt ist es raus." Dann sah sie mich an und ich war unfähig mich zu bewegen. Ich brauchte einige Minuten um das gerade gehörte zu verarbeiten. Über zwei Jahre waren vergangen seit dem Unfall und jetzt erwarteten wir wieder ein Baby. Ich kann nicht in Worte fassen was ich fühlte. Ich sprang vom Stuhl auf, so heftig, dass ich beinahe den ganzen Tisch um geschmissen hätte und hob Jo auf meine Hüfte.

„Jo. Mein Gott das ist … Oh Mann. Einfach … mir fehlen die Worte. Ich liebe dich."

„Ich kann es selbst nicht glauben. Damals dachte ich dass wir nie eine Familie haben werden. Und jetzt... Ich bin so glücklich."

„Und ich erst. Ich kann es kaum erwarten diesen kleinen Menschen zu halten."

„Ja das wird sicher toll."

Sie schmiegte sich an mich und ich fragte mich warum ich nicht selbst darauf gekommen bin. Alles hatte schließlich darauf hingedeutet. Irgendwie fehlt mir wohl die Antenne für so etwas. So bin ich. Ich freute mich darauf, keine Frage. Ich malte mir schon alles genau aus. Die Frage war nur wie es jetzt mit unserer Tour weiter laufen sollte. Ich wollte beides. Die Tour und meine Frau. Und diesmal werde ich auf sie Acht geben. Es würde noch eine Weile dauern bis wir in New Orleans ankommen würden. Bis dahin musste einfach alles gut gehen. Jo schafft das schon. Sie ist eine starke Frau, sagte ich mir immer wieder. Aber jeder Idiot versteht was in einer Frau passiert, wenn sie ein Baby unter ihrem Herzen trägt. Nur ich nicht. Jo meinte ich solle auf jeden Fall die Tour zu Ende bringen. George wäre ja da und sie würde es schon schaffen. Ich glaube ihr war nicht klar wann wir wirklich wieder nach New Orleans kamen.

Und mir auch nicht.

Jetzt:

Noch immer wandere ich ziellos umher. Es hat angefangen zu regen. Keine Ahnung wann es hier zuletzt überhaupt geregnet hat. Ich glaube der Himmel verhöhnt mich gerade. Morgen bin ich in Sydney. Mein Handy klingelt.

„John. Hi."
„Wo steckst du?"
„Ach, keine Ahnung. Überall. Bin draußen."
„Was soll das heißen? Allein? Ohne Ken und Wayne?"
„Ja, wollte mal raus aus der stickigen Bude."
„Damon, du spinnst. Was glaubst du wie lange es dauert bis dich jemand erkennt? Die Zeiten sind vorbei, wo du einfach so herum wandern konntest. Kehr um, Mann."
„Nein."
„Bist du total bescheuert? Hast du getrunken?"
„Vielleicht bin ich das. Ja, zu viel."
„Wo bist du? Ich komme zu dir. Lass uns reden. Ich habe mit den Jungs gesprochen. Wir werden für drei Wochen unterbrechen, wenn Darwin vorbei ist. Nur noch zwei verdammte Konzerte. Reiß dich zusammen."
„John?"
„Was!"
„Sagt dir little creaturs was?"
„Nein. Warum?"
„Ich stehe davor und überlege ob ich mich abschießen soll."
„Mensch, Damon. Was ist das? Eine Bar, ein Club? Hau da ab."
„Ich weiß es nicht. Es lockt mich. Die Teufel rufen nach mir. Der Abgrund kommt und die Wände rücken näher."
„Was redest du da? Bist du high oder so?"
„Nein. Nur einsam. Verflucht einsam. Es tut weh."

„Damon, was soll der Scheiß? Bleib da weg."

„Nur auf einen Drink oder so. Ich weiß nicht weiter. Fuck."

„Das hatten wir schon. Bleib draußen und warte auf mich. Bin in zehn Minuten da. Wo ist diese beschissene Spelunke überhaupt? Wo bist du Damon?"

„Weiß nicht."

„Oh Mann, das kann doch nicht dein Ernst sein."

Es klickt in der Leitung. Mein bester Freund wird mir hier raus helfen.

12

Jo

Jetzt:

Ich war mit meiner Tochter draußen. Wir waren mit den Pferden unterwegs und es tut mir gut wenn mich jemand ablenkt, auch wenn sie dafür die Schule geschwänzt hat. Ich habe keine Ahnung wie spät es in Melbourne ist, aber ich rufe John an. Er weiß sicher was mit Damon los ist.

„John. Jo hier."

„Jo, mein Gott. Du rufst genau im richtigen Moment an. Ich wollte dich auch schon anrufen."

„Warum? Ist was passiert?"

„Ich bin unterwegs, auf der Suche nach Damon."

„Was heißt das?"

„Er hängt ja völlig daneben. Läuft allein und unbewacht ziellos durch die Straßen."

„Wie meinst du das?"

„Ich habe ihn vorhin gesprochen. Am Telefon. Ich war an seinem Zimmer. Er war nicht da und da hab ich ihn angerufen."

„Aha. Und wo ist er jetzt?"

„Ich weiß es nicht. Ich glaube er ist betrunken. Er will sich abschießen, hat er gesagt."

„Was? Ich meine, was ist passiert?"

„In den letzten Tagen dreht er völlig am Rad. Seit er diese Fotos von euch beiden in seiner Brieftasche fand. Und jetzt die Bilder auf dem Handy, das Gespräch mit Alanah. Er hat mir davon erzählt. Er sagte mir, dass ihr telefoniert habt und dass er deine Stimme so traurig gefunden hatte. Ihr beide seid alles was er hat. Ich weiß nicht was mit ihm los ist. Seine Auftritte bekommt er ganz gut hin, aber dann...“

„Oh nein. Und sonst?“

„Er schläft seit dem nicht mehr, isst fast nie, knallt Bierflaschen an die Wand und raucht wie ein Schornstein.“

„Bitte pass´ auf ihn auf. Er darf nicht wieder abstürzen.“

„Das verspreche ich dir, Jo. Er ist mein bester Freund. Ich denke ihn quält die Sehnsucht nach euch. Als er das Bild von Alanah bekommen hat ist er bald zusammengebrochen. Sie hat bald Geburtstag, nicht wahr?“

„Ja, ihren 16. Und sie möchte, dass Damon mit uns feiert. Und er hat versprochen uns bald zu besuchen.“

„Das hat er mir auch gesagt.“

„Was hast du jetzt vor?“

„Ich habe mir den Namen der Kneipe notiert und mir schon ein Taxi gerufen, das mich dorthin bringt. Ich werde ihn finden und ihn davon abhalten wieder Mist zu bauen. Mensch, zwanzig Jahre hat er keine Scheiße mehr gebaut. Er braucht euch. Euch beide. Wir versuchen alles ihn zu beruhigen. Aber er ist so was von durch. Heilige Scheiße. Fuck. Sorry... Ich wollte nicht...“

„Ist schon okay, John.“

„Jo, wir kommen kaum noch zu ihm durch.“

„Oh, John. Ich habe es gespürt, dass da was vor sich geht als ich mit ihm sprach. Alanah hat es auch gemerkt. Mein Gott. John. Was ist nur aus uns geworden?“

„Ich weiß es nicht. Seit du weg bist ist alles anders. Ich weiß, dass es ja nicht erst seit gestern so ist. Bisher hatte ich geglaubt Damon käme gut klar damit. Aber scheinbar kann er noch immer ziemlich gut schauspielern.“

„Aber warum hat er sich denn so lange nicht gemeldet? Wir dachten schon dass er ... na ja ... eventuell...“

„Jo, bitte denke so was nicht von ihm. Niemals würde er eine andere Frau so ansehen wie dich. NIEMALS. Verstehst du, Jo?“

„Er hat nicht angerufen, kein Brief, nichts.“

Ich kann meine Tränen nicht aufhalten und meine Stimme bricht. Ich sehe Damon vor mir. Ich sehe Alanah und unser Leben zieht gedanklich an mir vorbei. Meine Augen tun weh und ich habe keine Tränen mehr. John ist noch dran, aber ich kann nicht reden.

„Jo? Bist du noch dran?“

„Ja...“

Meine Stimme versagt schon wieder weil ein dicker Klotz in meinem Hals festsitzt.

„Ich finde ihn. Mach dir keine Sorgen.“

„Okay.“

„Okay. Es wird schon gutgehen. Ihr beide liebt euch noch immer. Und das wird euch die Kraft geben die ihr braucht. Ich melde mich wieder. Bin jetzt in der Nähe der Kneipe die er mir genannt hat. Bis dann.“

„Bis dann.“

John hat schon aufgelegt. Ich werde Alanah nichts davon erzählen. Bisher verlief unser beider Leben halbwegs normal. Aber jetzt? Ich habe keine Ahnung wann, ob, und wenn ja in welchem Zustand ich Damon sehen werde.

Damals:

Damals habe ich ihm nicht gleich erzählt was los war. Ich weiß nicht warum. Ich bat auch George, Damon nichts zu erzählen. Das wollte ich zu einem geeigneten Zeitpunkt selber tun. Der Abend nach dem Konzert in Seattle war perfekt dafür. Den ganzen Tag über ging es mir gut. Ich war schon in der 20. Woche und wenn ich nicht bald etwas sagen würde, dann würde mein Bauch mich eh verraten. Ich entschied so lange wach zu bleiben bis Damon zurück kommen würde. Mir war klar, dass er dann am Ende seiner Kraft sein würde, aber ich dachte mir, dass ich es ihm genau heute sagen müsse. Also bereitete ich unser Hotelzimmer vor. Ich machte es etwas gemütlicher und wartete. Nach Mitternacht hörte ich wie er endlich die Tür auf schloss. Als er mich sah lächelte er sofort. Ich war so froh, dass er da war. Endlich. Es brannte in mir ihm endlich davon zu erzählen. Ich bat ihn nur sich zu setzen. Dann verließ mich kurz der Mut. Wenn er einen so ansieht kann man die Welt um sich herum glatt vergessen. All die Jahre die ich an seiner Seite war, gelang es mir nie die Hypnose dieser wunderbaren Augen zu durchbrechen.

Jetzt:

Ich bin zum Glück allein im Haus. Alanah ist schon eine Weile mit Buster unterwegs. Zum Glück hat sie mein Gespräch mit John gerade nicht mitbekommen. Unruhig laufe ich von Raum zu Raum. Damon hat getrunken und es kann schlimmer werden. Viel schlimmer. Hoffentlich findet John ihn bald. Ich stehe in meinem Schlafzimmer – schon wieder. Da hängt ein Foto von Damon wie er mir direkt ins Herz lächelt. Daneben eins von Alanah. Total gleich. Und mir fällt wieder der Tag ein als ich ihm sagte, dass wir ein Baby erwarteten. Alanah.

Damals:

Ich nahm all meinen Mut zusammen und platzte einfach damit heraus. Damon sah mich nur an, bewegte sich nicht um dann plötzlich wie von einer Tarantel gestochen vom Stuhl auf zu springen und mich hochzuheben. Er bog meine Beine um seine Hüften und stammelte wirres Zeug. Ich fand ihn so süß damals. Trotzdem war da ja noch die Tour. Und die wollte ich ihm auf keinen Fall vermasseln. Ich entschied, ihn auch weiterhin zu begleiten. Wenn ich auch nicht mehr jeden Tag am Bühnenrand stehen konnte, so wollte ich auf jeden Fall bis zum Ende durchhalten. Es ging ja auch nicht nur um Mandoras Hell Fire, sondern auch um Dark Punk. Die Jungs waren schon so weit gekommen. Ich wollte ihnen allen nicht im Weg stehen. Es würde schon irgendwie gut gehen. Jeden Tag erkundigte Damon sich nach meinem Befinden, was ich jedes Mal mit gut bewertete. Sogar Brandon und Sky kamen jede freie Minute zu mir. Ich konnte noch immer nicht glauben, dass Sky sich letzten Endes doch noch für die männliche Spezies entschieden hatte. Sie machte Brandon einfach glücklich. Ich hatte ja schon immer vermutet, dass da mehr war von seiner Seite aus. Sie hatte ihr Studium einfach sausen lassen, für Brandon. Und sie begleitete uns ebenfalls überall hin. Ich war endlich nicht mehr die einzige Frau im näheren Umfeld der Band.

Während der Tour nahm ich einiges an Gewicht zu und man konnte schon eine kleine Rundung erkennen. Vor der Öffentlichkeit hielten wir alles geheim. Erst wenn das Kind auf der Welt war wollten wir darüber berichten. Ich hatte ja auch keine Ahnung ob ich es diesmal behalten würde. Damon umsorgte mich so gut er konnte, nahm sich Zeit für mich soviel ihm möglich war. Zwischen all der Organisation, Presse, Fotos usw., versuchte er bei mir zu sein. Manchmal wollte er einfach nur sein Ohr auf meinen Bauch legen. Ich kann nur sagen, so wollte ich ihn. Nur ohne das ganze drum herum. Ich brauchte das nie. Und deshalb sitze ich hier. Und er da.

John sagte, dass Damon wieder in Begriff ist abzustürzen. Wo ist sein Glaube? Seine Liebe? Diese Liebe, die er damals schon unserem ungeborenen Kind gab. Ich hoffe John bekommt das hin und ich wünsche mir, dass Damon endlich aufwacht. Genug ist genug. Wir wollten zusammen alt werden, und zwar am gleichen Ort.

13

Damon

Jetzt:

Ich hocke auf der Mauer am Straßenrand und ringe mit mir was
ich tun soll. Die Kneipe ist gleich gegenüber. John will nicht,
dass ich hinein gehe. Sicher hat er recht. Es ist einfach zu
gefährlich. Ken und Wayne (zwei meiner neuen Leibwächter, die
ich eingestellt habe, weil Sam und Daryl ja bei Jo geblieben
sind), haben heute ihren freien Abend. Es macht mir nichts aus
allein zu sein. Ich glaube, ich will es zur Zeit sogar. Ich rauche
schon wieder Kette und meine Hände zittern. Niemand soll mich
so sehen. Den großen Damon Mandora am Abgrund. Schmal und
blass, betrunken und irgendwie neben der Spur. Ich wäre ein
gefundenes Fressen für die Klatschpresse. Man würde
spekulieren und sich Dinge ausdenken, die mich noch wütender
machen würden. Verdammte Scheiße. Ich bin ein Mensch mit
Gefühlen und keine beschissene Musikmaschine. Oder doch?
FUCK! FUCK! FUCK!

Damon vor dem little creatures

2016

Dieser Wind nimmt nicht ab. Und es ist kalt hier. Ich bin am anderen Ende der Welt. Allein. Alles steht Kopf. Mein Leben ist Chaos und Chaos ist mein Leben. Alles kommt mir so fremd vor. Das ist ja auch kein Wunder. Hier ist die Welt falsch herum und das passt gerade zu meiner. Meine Welt ist nicht mehr perfekt. Es ist so lange her als sie es noch war. Zehn verdammte Jahre. Zehn Jahre ohne Jo.

Ich sehe einen schwarzen Wagen am Ende der Straße stehen. Das Licht brennt noch. Jemand steigt aus und kommt auf mich zu. John. Er wird mir meinen kranken Kopf zurecht rücken. Scheiße. John ist sauer. Richtig sauer. Ich sehe ihn doppelt. Verdammte Scheiße.

„Damon. Was machst du hier? Ich bin durch die halbe Stadt gefahren. Wie zum Teufel bist du hierher gekommen? Bist du total durchgeknallt, oder was?"

„John!"

Trotz all der Scheiße muss ich lachen. Es ist zu komisch. Ich lache so irre, dass John zusammen zuckt.

„Was zum Teufel soll der Mist? Das ist nicht komisch, Damon."

„Doch hahaaaaa, das ist es tatsächlich."

„Du spinnst doch, Alter. Falls es dich interessiert. Ich habe gerade mit Jo gesprochen. Sie macht sich Sorgen. Ich hoffe sehr für dich, dass sie nicht wirklich einen Grund dazu hat."

Mir vergeht das Lachen und mein Gesicht erstarrt zu einer Maske.

„John. Ich weiß es nicht. Ich sitze einfach hier und rauche wie ein Schornstein. Du hast mit Jo gesprochen? Warum?"

„Bist du so doof oder tust du nur so? Beweg´ deinen verdammten Arsch in dieses Taxi und komm mit zurück. Du bist ja dicht wie ein Amtmann. Was zum Teufel hast du dir nur dabei gedacht?"

„Ich weiß nicht... Ich... hahaaaaa..."

„Oh, mein Gott. Womit habe ich das verdient? Damon, verdammt. Reiß dich endlich zusammen. Deine Frau ist am Ende.

Sie konnte kaum reden weil sie um dich weint. Ist es das was du willst? Ja, fantastisch, Damon. Ganz toll. Wärst du nicht so hilflos würde ich dir jetzt genau in diesem Moment eins auf deine verdammte Nase hauen. Steh´ jetzt auf.“

„Nein, trink´ einen mit mir. Oder zwei, vier oder siebzehn Bierchen. Hallelujahaaaaa!“

Mein Kopf dröhnt und mir ist so kalt. John steht direkt vor mir und sieht auf mich herab.

„Einen Teufel werde ich tun. DU kommst jetzt mit. Die anderen sind längst in ihren Zimmern und haben bereits eingepackt. Wir haben noch einiges vor. Morgen spielen wir in Sydney. Das solltest du wissen. Immerhin hast DU diese Tour geplant. Also?“

„Hä? Shit mein Kopf brummt.“

„Wie viel hast du getrunken?“

„Weiß nicht mehr. Ist doch egal. Hihiiii.“

„Oh, Mann.“

John reicht mir seine Hand.

„Los komm schon, Spinner.“

Ich versuche seine Hand zu erreichen, während sich die Welt um mich herum wie verrückt zu drehen scheint. Mir ist schlecht.

„Wann brechen wir auf nach Sydney?“

„Morgen früh, das heißt in ein paar Stunden. Also, sieh zu, dass du deinen Hintern jetzt in dieses verdammte Auto bewegst und mit mir zurück kommst.“

„Ich habe keine Lust mehr. Es geht mir scheiße. Etwas passiert in mir. Ich kann es nicht erklären...“

„Damon, du bist besoffen. So ist es nun mal. Und was glaubst du wessen Schuld das ist?“

„Rülps.“

„Na klar. Nur zu.“

„Scheiße was ist da los?“

„Du hast Liebeskummer, bist krank vor Sehnsucht. Und das kann ich zum Teufel nochmal verstehen. Echt. Aber welchen verdammten Grund gibt es die Zimmerbar auf Ex zu plündern, und dann ziellos zu einer Spelunke zu laufen, um deren Bar dem Erdboden gleich zu machen? Du bewegst dich auf sehr dünnem Eis mein Freund. Meine Faust juckt und ich möchte sie verdammt nochmal nicht auf deinem Auge parken. Also was ist? Je schneller du alles hinter dich bringst, je eher siehst du sie endlich wieder. Ich verstehe nicht wie du zwei Jahre einfach so umher reist, ohne dass du hin und wieder mal zu ihnen gefahren wärst. Ich bin allein. Kein Problem. Aber DU hast eine Familie. Zwei Jahre, Damon. Denk doch mal nach."

„Ich weiß es nicht John. Hicks."

Ich halte ihm mein Handy hin.

„Hier sieh dir das an. Hat mir Alanah geschickt. Ein Kind ist sie nicht mehr. Als Jo damals mit Alanah ging dachte ich, ich würde es locker schaffen. Doch als ich diese Fotos fand, mit Alanah gesprochen habe und natürlich mit Jo, kam alles wieder hoch. Und jetzt das hier."

Ich deute auf das Bild auf dem Handy.

„Ich denke, ich habe alles einfach ausgeblendet. Ich bin ein verdammter Egoist, nicht wahr?"

„Sie ist hübsch und ich denke nicht, dass sie es verdient hätte, ihren Dad hier so abgefuckt zu sehen. Ich habe die Fotos doch schon gesehen. Das war gestern. Oh Mann, Damon."

„Hä? Gestern? Nein. Nein. Nein! Ich bin ein Arsch, oder?"

„Nein, bist du nicht. Na ja, manchmal. Jetzt im Moment schon. Und jetzt komm endlich."

John reicht mir erneut die Hand um mich von dieser verdammten Mauer wegzuziehen. Irgendwie erreiche ich Johns Hand. Sein Griff ist hart und sein Blick so böse. Der Fahrer des Wagens trommelt ungeduldig mit den Fingern auf das Lenkrad.

„Hey Leute, wird das heute noch was? Ich habe noch andere Fahrten zu machen."

„Ja ja", knurre ich und erhebe mich schwankend von der Mauer. John zieht mich fluchend hinter sich her und verfrachtet mich auf

den Rücksitz. Keine Ahnung wie spät oder früh es ist. Ich muss jetzt mit John gehen. Mein Freund bringt mich sicher sonst um. „Hicks. Püüüüh!"
Fuck. Ich bin so fertig. Und so müde. Schlafen kann ich eh vergessen. Ich werde es im Flugzeug tun. Ich muss eh kotzen. Ganz bestimmt. Shit. Ich muss ein wenig schlafen. Auch wenn der Flug dafür viel zu kurz ist. Das ganze Equipment ist sicher schon fast verladen. Andy und die anderen schlafen sich aus und ich blase Trübsal. Wäre John nicht hier kann ich nicht sagen wie der heutige Tag verlaufen würde. Vermutlich würde er für mich in irgendeiner Straßenrinne enden oder auf dem Polizeirevier in einer Ausnüchterungszelle. Witz. Ich sitze im Wagen und hoffe, dass die nächsten Tage schnell vergehen. Während mein leerer Blick durch das Fenster stiert kämpfe ich darum meinen Mageninhalt in mir zu behalten.

Damals:

Die Tage und Wochen vergingen schnell, nachdem ich erfahren hatte, dass wir ein Baby bekamen. Jo war sehr tapfer. Ich spürte schon, dass es sie sehr anstrengte. Doch sie sagte mir alles wäre gut. Ab und zu legte ich mein Ohr auf ihren Bauch und ich konnte ein seltsames Glucksen hören. Zu gerne hätte ich gewusst ob es ein Junge oder doch ein hübsches Mädchen werden würde. Es sollte noch eine Ewigkeit dauern bis ich es endlich erfahren würde. Wir tourten quer durch die USA und jeder Tag war für Jo eine echte Herausforderung. Auch für uns als Band. So einen Fall hatte wir bis dahin noch nicht. Jonathans Frau gebar ihr Kind in New York und war auch die gesamte Schwangerschaft dort. Andy hatte noch keine Kinder und Brandon hatte noch nie darüber nachgedacht. Nick wollte noch warten. Nicht der richtige Zeitpunkt, war seine Standartrede. Ich hatte keine Ahnung wie es wäre wenn das Kind da war. Ich wollte nicht, dass es allein ist wie Jonathans Sohn. Ich sah wie Jakob sich fühlte und wie Susan darum kämpfte, dass Jonathan sie öfter besuchen sollte. Jakob war damals etwa 12 und hatte kaum etwas von seinem Vater. Das wollte ich auf keinen Fall. Ich konnte ja nicht ahnen, dass mir das Gleiche blühte. Nie hätte ich gedacht, dass Jo geht, tatsächlich geht und Alanah mitnimmt. Sie hat mein Leben mitgenommen. Und ich kann es ihr nicht verdenken. Für Alanah ist es besser so gewesen. Sie braucht ein geregeltes Leben und keine Presse, die ihr auflauert, wenn sie etwas ganz Normales tun will, wie Kino oder Eis essen mit Jack. Meine Frau hat alles richtig gemacht. Ich hingegen versuche noch immer zu begreifen was ich eigentlich will.
Wir beendeten die Tour in Boston. Dort hatten wir einige Termine in, und um Boston herum. Ich weiß nicht mehr wie lange wir unterwegs waren. Jos Bauch war gewachsen und ich

fand, sie sollte in Boston unbedingt in ein Krankenhaus gehen, um alles genau untersuchen zu lassen.
So haben wir es dann auch gemacht.

„Du musst in ein Krankenhaus. Ich muss wissen, dass es dir gut geht. Dir und dem Kind. Wenn es zu viel für dich wird, können wir dich auch zurück nach New Orleans bringen."
„Nein, ich schaffe das schon."
„Ich werde nicht zulassen, dass dir etwas passiert. George kann dich gut unterbringen. Wenigstens ein paar Tage. Bitte, Jo. Ich kann das nicht. Zu tief sitzt der Schmerz. Noch immer. Auch wenn ich nicht darüber rede. Es vergeht nie. Und diesmal werde ich da sein."
„Es geht mir gut, Damon. Sky ist doch auch da. Sie kümmert sich um mich und George sowieso. Aber damit du Ruhe gibst, ich rufe George an. Dann kann er einen Termin in der Klinik ausmachen. Ich werde mich komplett durchchecken lassen und du mach deinen Job."
„Klingt schon besser."

Bald darauf erreichten wir eine Privatklinik in Boston. George, Sky und ich begleiteten Jo zum Gynäkologen. Meine Nerven lagen blank. Ich war so nervös. Keine Ahnung wie Frauen mit so was umgehen. Jo war total ausgeglichen und keine Spur von Nervosität zu sehen.
„Guten Tag. Ich bin Dr.Cougar. Wenn sie mich bitte begleiten würden. Sie sind Damon Mandora, nicht wahr?"
„Ja, aber das tut nichts zur Sache."
Keine Ahnung warum ich ihn so blöd angemacht habe. Es ging mir ziemlich auf den Geist. Ich bin Sänger einer verdammten Rockband und kein Gott oder so.
„Schon gut. Damon, bitte."
Jo drückte meine Hand und sah mich finster an. Dann erreichten wir den Behandlungsraum. Oh Mann, war ich aufgeregt. Ich half Jo sich hinzulegen. Sky hielt ihre Hand und der Arzt erklärte uns

was nun passieren würde. Bis dahin hatte ich mit so was noch nie zu tun gehabt. Wann auch? Wie gebannt starrte ich auf den Bildschirm und musste mir echt die Tränen verkneifen als ich das kleine Herz blinken sah.

„Es ist alles in Ordnung. Die Kleine ist kräftig und so wie es sein soll. Machen sie sich keine Sorgen."
Die Kleine? Scheiße nein. Wahnsinn. Wir erfuhren, dass wir eine Tochter bekommen würden.

„Eine Tochter. Oh, wie süß. Ich gratuliere euch beiden. Ich glaube ich muss mal mit Brandon reden..."

Jo und ich sahen uns nur an und mussten lachen. Brandon und Sky? Ein Baby? Oh je.

„Es ist aber nicht nötig, dass ihre Frau hier bleibt. Sie kann ruhig mit ihnen nach Hause gehen. Aber sie muss sich schonen. Und keine Aufregung, bitte. Viel Ruhe und kein Alkohol. Ach, Entschuldigung Mr.Mandora. Wäre es vielleicht möglich ein Autogramm für meine Tochter zu bekommen?"
„Was? Oh ja sicher, kein Problem."

Ich kritzelte schnell eine Widmung auf ein Blatt Papier: *für Patty* und dann wollte ich nichts wie weg von dort. Der Gedanke an meine kleine ungeborene Prinzessin ließ mich nicht mehr los. Daryl holte uns ab. Im Hotel angekommen war ich völlig von der Rolle und trommelte sofort die Band zusammen. Es war schon später Nachmittag als wir uns alle an der Bar des Hotels trafen.

„Hey Damon, was geht? Du hast dich ja am Telefon angehört als stünde eine Krise vor der Tür", rief Andy.
„Nein ich muss euch was sagen. Wie ihr sicher schon gesehen habt geht es voran. Seht euch diese kleine süße Kugel an. Zärtlich strich ich über Jos Bauch. Es wird ein Mädchen. Ist das nicht der Hammer?"

„Was? Scheiße. Wir bekommen eine Sängerin. Darauf lasst uns einen heben."

Typisch Nick. Meine Band umzingelte uns und jeder drückte Jo einen fetten Schmatzer auf die Wange.
„Unser Boss kann also nicht nur rocken. Alle Achtung. Hau weg."
„Halt die Klappe, Brandon. Ach übrigens, Sky hat da noch Pläne..."
„Damon, sei still..."
„Erst Reden schwingen und dann kneifen. Brandon wird der Superdaddy und er könnte die Wiege selber bauen."

Wir alle brachen in Gelächter aus. Es war ein Super Abend. Dann merkte ich wie Jo still wurde. Sie war ganz blass und ich kam sofort auf den Boden der Tatsachen zurück. Keine Aufregung hatte der Doc gesagt und daran würde ich mich verdammt nochmal halten. Ich verließ meinen verrückten Haufen und brachte Jo in unser Zimmer. Sie war total erschöpft. Auch wenn ich keine Ahnung von alle dem hatte wusste ich, dass sie mich brauchte. Es würde noch schwer genug werden.

„Ruh dich aus. Ich bleibe hier bei dir."
Zärtlich deckte ich sie zu und sah ihr in die Augen.
„Geh ruhig zu den Jungs und feiert noch ein wenig. Ich wollte dir nicht den Abend verderben."
„Scheiße, nein. Ich werde nirgendwo hingehen."
„Danke. Ich liebe dich, Damon."
„Und ich liebe dich. Und dieses kleine Wesen hier drin sowieso."
Ich küsste ihren Bauch.
„Glaubst du sie mag Musik?"wollte ich wissen.
„Was? Wie kommst du denn darauf?"
„Vielleicht kann ich ihr etwas vorsingen. Mädels stehen auf meine Stimme, oder?"
„Oh Mann. Das klingt jetzt überhaupt nicht eingebildet."

Jo lächelte.

„Also? Was sagst du, Mummy?"

„Spinner. Aber wenn sie nicht mag, ich auf jeden Fall. Sing für mich, Damon."

„Was möchtest du hören?"

„ *Hot pretty girl,* oder *for ever mine,* egal. Hauptsache ich kann deiner Stimme lauschen und dann sehen wir was die Kleine mag."

„Okay. Ist einen Versuch wert."

Ich krabbelte zu Jo ins Bett. Sofort legte sie sich in meinen Arm, den Kopf an meiner Schulter. Ich küsste ihren Kopf und begann zu singen:

„ *The Moment when i see you i fall in love. I know you're the right for me. I don't wanna loose you. Be mine be mine, for ever mine. I wanna give you all my love and all i ever had. Don't leave me don't leave me. But... be mine, be mine, forever mine...* "

Ich spürte etwas feuchtes an meiner Schulter.

„Das war wunderschön. Nur für mich. Oh Gott ich bin so eine Heulsuse."

Mit dem Zeigefinger hob ich ihr Kinn an und sie sah mich an, die Augen glänzend, blind vor Tränen.

„Hey hey, alles okay. Ich bin hier. Weine ruhig."

Ich drückte Jo noch fester an mich. Es war so still im Zimmer.

„Damon, hey..."

„Warum flüsterst du?"

„Ich glaube deine Tochter protestiert. Sie mag deine Stimme. Sie tritt mich. Mach mal die Decke weg."

„Was? Oh shit." I

Ich schnellte hoch und riss die Bettdecke zur Seite.

„Sieh´ dir das an. Diese kleinen Beulen hier und da. Die bewegen sich. Holy shit. Was soll ich denn machen?"

„Sing weiter."

„Echt?"

Jo lächelte und ich beugte mich über ihren Bauch und sang ganz leise eine meiner Balladen.

„Es hört auf zu treten. Sie mag deine Stimme."
„Ganz die Mama, was?"
„Bestimmt. Wer diese Stimme nicht liebt ist geschmacksverirrt."
„Uuuuhhhh!"

Es war ein unglaublicher Augenblick und meine Liebe zu dem ungeborenen Kind wuchs jede Minute mehr. Jo entspannte sich wieder etwas und kuschelte sich fest an mich. Ich sang so lange weiter bis sie einschlief. Dann ging ich noch einmal zu den Jungs in die Bar. Wir ließen es krachen. Wie in alten Zeiten. Am nächsten Morgen trafen wir uns alle ziemlich verkatert in der Lobby des Hotels.

„Boss, alles okay?"
„Bei mir schon, und bei euch? Junge seht ihr scheiße aus."
„Danke, genau das wollte ich hören", jammerte Nick.
„Mit Jo alles in Ordnung?"
„Ja, es geht ihr gut. Sie kommt gleich runter. Aber stellt euch vor, meine Tochter liebt meine Stimme."
„Hä? Woher willst du das wissen?"
Ich erzählte der Band von der vergangenen Nacht und Brandon grinste wie ein Honigkuchenpferd.
„Das ist cool."
„Jep. Also gibt es einiges zu tun für dich und Sky."
„Arsch."

Wir besprachen noch den Ablauf der letzten Konzerte. Bald ging es zurück nach New Orleans. Und für die Band nach New York. Ohne mich. Am liebsten wäre ich sofort nach New York zurück geflogen. Meine Heimat fehlte mir noch immer. Nach all den Jahren bin ich noch immer kein Südstaatler geworden.

Jetzt:

Das Taxi schaukelt vor sich hin und all das Bier will raus. Nicht nur das Bier. Keine Ahnung wie weit ich gelaufen bin. Ich zappe durch die Fotos auf meinem Handy. Frust. Ich schiebe das Handy wieder in die Jackentasche zurück und glotze die vorbei rasenden Autos an. Im Radio dudelt elende Mucke und mir ist schlecht. Viel los am Ende der Welt. Meine Welt ist zerbröselt wie ein altes Brot. No Future, but pain. Wow, ein neuer Songtitel. Meine Gedanken rasen und ich kann nichts dagegen tun. Ganz hinten höre ich John und den Taxifahrer reden. Ich will nicht hier sein. Ich schließe meine Augen und versuche mich zu beruhigen.

Damals:

„Geschafft. Give me five."

Nick knallte seine Hand gegen meine. Das letzte Konzert lag hinter uns. Das Letzte für unbestimmte Zeit. Wir verließen die Bühne. Fünf Zugaben haben wir gespielt. Genialer hätte es nicht laufen können. Keith und die Punks waren schon vor einer Stunde nach Detroit zurück. Sie haben unser Konzert nicht mehr bis zum Schluss verfolgt. Kein Wunder. Die Jungs waren ja auch schon einige Zeit länger als wir unterwegs gewesen. Brandons Jungs waren mir echt ans Herz gewachsen. Coole Typen. Versonnen starrte ich die Bühne an. Noch eben haben wir hier richtig Gas gegeben. Ich hörte Schritte hinter mir.
„Was ist los?"
Das war John.

„Vorbei. Die Tour ist vorbei. Wahnsinn."
„Ja, nie hätte ich gedacht, dass es doch noch so gut läuft. Du hattest recht. Wir sind nicht tot. Aber jetzt pack´ deine Gitarre ein und kümmere dich um deine Frau."
„Ja, lass uns von hier verschwinden."

Ich raste in die Garderobe und wollte nur noch weg. Zwar etwas wehmütig, aber auch erwartungsvoll und voller Vorfreude auf das was uns erwartete. Es klopfte an der Tür. Jonathan.

„Joki. Was gibt´s ?"
„Anthony hat schon angefangen zu laden. Die Bühne ist schon fast leer. Es geht nach Hause. Man bin ich froh meinen Jungen zu sehen."
„Ich kann dich jetzt viel besser verstehen, Jonathan. Auch wenn unser Kind noch nicht auf der Welt ist. Ich danke dir für alles. Echt. Hätte nie gedacht, dass du doch noch einmal mitmachen würdest."
„Ach, Damon, so bin ich. Fires for ever. Es geht nicht ohne euch Idioten. Und jetzt komm. Ich will zu meiner Süßen."
Ich schlug Jonathan freundschaftlich auf den Rücken und dann machten wir uns auf den Weg zu unserem Fahrer. Sky hatte Jo schon früher zum Flugzeug gebracht. Noch immer machte ihr der Fanwirbel um uns zu schaffen. Ich stellte fest, dass sie noch immer eifersüchtig auf die weiblichen Fans war. Zu niedlich, wenn sie ihren bösen Blick abschoss. Eine Stunde später saßen wir schon im Flugzeug Richtung Heimat. Jo hatte sich im hinteren Teil des Fliegers hingelegt. Der Rest der Band lümmelte im vorderen Bereich herum.

„Man bin ich froh wieder auf mein Hausboot zu kommen. Der Kahn hat mir echt gefehlt."
„Ja, und ich muss meine Bude weiter ausbauen."
„Ich werde mit Jakob nach Orlando fliegen. Das habe ich ihm schon lange versprochen."
„Und ich werde mit Sky herausfinden welche Pläne sie hat...."

„Hört hört..."

„Jungs, es war geil. Aber jetzt möchte ich endlich mein Baby sehen."

„Uuuhh, Damon wird brav."

„Klappe Andy."

Wir landeten in New York. Schweren Herzens musste ich mich von meinen Jungs verabschieden. Brandon wollte noch einige Tage mit Sky bei John bleiben. Dann würden die beiden auch zurück nach Detroit fliegen.

„Macht´s gut Jungs. Wir hören voneinander. Ich denke ich werde bald kurz rüber kommen. Ich habe Heimweh. Und auch wegen Shanias Geburtstag. Ich habe da was gutzumachen."

Einer nach dem anderen verließ das Flugzeug. Nur Jo, Anthony, James und ich blieben übrig. Und Cathy.

„Das war´s, Boss. Urlaub was?"

„Hmmm."

Ein letztes Mal für längere Zeit startete James die Maschine. Ich war natürlich froh, dass alles so gut gelaufen war. Aber dennoch konnte ich es nicht glauben, dass ich keine Ahnung hatte wie es jetzt weitergehen würde, mit mir, dem Kind, Jo und der Band. Den ganzen Flug über verschwand ich in meinen Gedanken. Jo war total geschafft und die ganze Zeit über schlief sie tief und fest.

„Wir machen uns zur Landung fertig."

Das war James. Die Zeit war wie im Flug vergangen, tolles Wortspiel. Ich konnte die Lichter des Louis Armstrong Flughafens sehen. Heimat, na ja – bedingt. Schließlich bin und bleibe ich New Yorker mit allem was ich habe.

„Damon? Wo sind wir?"

„Fast geschafft, Schatz."

Jo kam aus dem hinteren Teil des Flugzeugs zu mir herüber auf mein weißes Sofa.

„Geht es dir gut?"

Ich zog sie zu mir herüber auf meinen Schoß.

„Na klar. Solange du bei mir bist immer."

„Okay", hauchte ich ihr ins Ohr und küsste sie zärtlich.

„Ich liebe dich, habe ich dir das heute schon gesagt?"

„Ähm, nein aber ich glaube das weiß ich. Ich liebe dich auch, und diesen kleinen neuen Erdenbürger hier sowieso."

Ich hielt meine Hand auf Jos Bauch und spürte mein Kind. Diesmal bin ich da. Es wird meiner kleinen Familie nichts passieren. Es war wie ein Mantra, das ich in meinem Innersten ständig wiederholte. Und ich würde mich daran halten, egal was käme.

Dann wurde das Fahrwerk ausgefahren und bald darauf bestätigte ein Poltern auf New Orleans Boden unsere Ankunft. Ab jetzt würde alles anders. Die Maschine kam zum Stehen. Anthony steuerte unsere Halle an. Für zwei Tage würde das Flugzeug hier stehen bleiben. Dann wollten meine Piloten auch zurück zu ihren Familien nach New York. Matt stand schon bereit unsere Sachen in einen großen Lieferwagen zu bringen. Meine Gitarren, meine Schätze.

„Schön, dass sie wieder da sind, Mr.Und Mrs. Mandora."

„Oh Mann, Matt. Damon und Jo, wann kommt das bei dir an? Ich freue mich auch auf euch."

„Klar Boss-ups."

Ich zog meinen Kumpel (er war mehr als nur der Gärtner geworden), an mich und stellte fest, dass mir diese Leute tatsächlich gefehlt hatten. Diane kam auch auf uns zu und umarmte mich so fest als sei sie meine Mutter.

„Es gibt Ihr..., ähm ich meine DEIN Lieblingsessen. Steak und Pommes mit selbst gemachter Kräuterbutter und Vanilleeis mit fett Sahne drauf."

„Diane, ich liebe dich."

Meine Haushälterin ist der Hammer. Als alles verladen war rumpelte der Wagen in Richtung unseres Hauses.

„Ich bin so müde, aber froh wieder hier zu sein. Wie geht es weiter", fragte Jo.

„Ich weiß es nicht, aber ich werde noch einmal kurz nach New York fliegen. Ich möchte einfach noch ein paar Tage in meiner alten Bude verbringen.Vielleicht besuche ich P.J. Oder die alten Ecken. Ich habe Heimweh. Und ich möchte zum Geburtstag meiner Schwester da sein. Ich möchte sie überraschen und ihr danken für alles was sie für mich und die Band getan hat."

Ich nahm Jos Hand und drückte sie ganz fest.

„Das verstehe ich doch. Ich komme mit, wenn ich es schaffe."

Wir erreichten unser Haus. Irgendwie war ich ja doch hier zuhause. Buster raste wie ein Besessener den Weg herunter. Als ich die Tür öffnete roch es schon herrlich. Diane hatte sicher schon den ganzen Tag gewerkelt. Während Matt unser Zeug in den Flur brachte schlurfte ich an meine Bar um mir einen guten Bourbon zu holen. Den hatte ich mir echt verdient. Diane verschwand in der Küche und Jo in der Wanne. Dann gab es das beste Essen seit ich zur Tour aufgebrochen war. Herrlich.

Wir blieben etwa zwei Wochen in New Orleans. Jos Frauenarzt und auch George waren mit der Schwangerschaft zufrieden. Alles cool. In einer Woche hätte Shania Geburtstag. Ich brauchte noch ein Geschenk für sie.

„Wovon träumt eine junge Frau?", fragte ich deshalb Jo, weil sie öfters mit meiner Schwester unterwegs gewesen war.

„Ich weiß, dass sie voll auf coole Autos steht. Als ich mal mit ihr shoppen war, stand ein weißer Porsche an der Ampel. So ein schickes Cabrio. Sie war hin und weg davon. Schenke ihr doch ein Wochenende in einem solchen Wagen. Für sie und Dean. Das wäre doch cool, oder?"

„Jo, das ist es. Aber ich wäre nicht Damon Mandora, wenn mir da nicht noch etwas Tolleres einfallen würde. Ich KAUFE ihr einen solchen Wagen. Einen weißen Porsche Carrera. Jawohl."

„Damon... soooo war das nicht gemeint..."

„Oh doch. Sie ist meine Schwester."
Die Sache war beschlossen und ich hängte mich ans Telefon um
Andy anzurufen. Der kannte sich mit so was aus. Schließlich
hatte er einmal Rennen gefahren.
„Kein Ding. Jefferson Palmer verkauft die. Ich sehe mich mal
um. Melde mich."
„Cool. Danke, Andy."

Schon einen Tag später rief Andy mich an. Er hatte einen Wagen
für Shanni gefunden. Ich musste nach New York. Mir war klar,
dass das jetzt nicht mehr so oft vorkommen würde. Ich würde
diese Stadt mit allem was sie hatte noch einmal aufsaugen und
dann ein guter Vater werden. So der Plan. Na ja...

„Wie geht es meiner kleinen Prinzessin da drinnen?"
Ich klopfte sanft aufs Jos Bauch.
„Sie findet, sie braucht einen Namen, denkst du nicht?"
„Ja, das stimmt. Eine Idee?"
Das Radio dudelte alte Rocksongs. Und dann kam uns die
Erleuchtung. Ich bin ein Rocksänger. Viele Gruppen haben
Sänger. Aber was ist mit guten Sängerinnen? Just in diesem
Moment erklang *Love is* von Alannah Myles im Radio. Wir
sahen uns an und sagten gleichzeitig:
„Das ist es."
Schnell waren wir uns einig. Unser Kind sollte so heißen.
Allerdings nur mit einem N in der Mitte, denn sie ist nicht SIE.
Unsere Tochter ist etwas Besonderes.
Alanah Mandora. Klingt doch gut oder?

Einige Tage später flogen wir noch einmal nach New York in
meine alte Wohnung. Wahrscheinlich zum vorerst letzten Mal für
längere Zeit. Wir kramten in Erinnerungen wie alles begonnen
hatte. Das war schon ewig her und unsere Liebe zueinander war
unzerstörbar, sogar bis heute. Das weiß ich. Sonst würde ich
mich ja jetzt nicht so beschissen fühlen.

Dann war schon Freitag und ich machte mich auf den Weg zu
Andy, um mit ihm zu Palmer zu gehen, wegen des Autos für
Shania. Mit ihm zusammen ging ich zum Autohändler und
verliebte mich sofort in das Teil. Genau das Richtige für meine
Schwester. Ich ließ eine dicke rote Schleife drum binden und
stellte den Wagen in Johns Fabrikhalle unter. War ja nur bis
Samstag. Dann kam Shanias großer Tag. Die Band organisierte
eine Party in Ethans Kneipe. Nur für uns und Shannis Freunde.
Dean half uns dabei alle ausfindig zu machen. Von dem Wagen
erzählten wir ihm nichts. Jo schlüpfte soweit möglich in ein sexy
schwarzes Kleid, welches mich sofort um den Verstand brachte.
Gar nicht so einfach in einer solchen Situation einen kühlen Kopf
zu behalten. Aber ich habe das hinbekommen. Wir trafen uns alle
bei John. Dean gelang es alle zu Ethans Bar zu locken. Wir
nahmen unsere Instrumente mit. Als wir ankamen waren Shanni
und ihre Leute schon da.

„Damon, was geht hier vor? Warum sind wir hier?"
„Shanni, alles Gute zum Geburtstag. Wir wollen nur ein wenig
feiern. Alles gut."
Ich drückte meine kleine Schwester so fest an mich als sei ich am
Ertrinken. Sie hatte mir so viel gegeben. Und jetzt wollte ich ihr
einfach nur danken.
„Großer Bruder, ich kenne dich, dieses verschrobene Grinsen und
überhaupt. Und deine Jungs zappeln herum wie ein Sack Flöhe.
Was geht hier vor?"
„Ich schlage vor, du setzt dich jetzt hier hin und lässt mich
machen."
„Aber..."
„Okay, okay, alles super. Beweg dich nicht vom Fleck. Bin
gleich zurück."
Die Band baute ihre Instrumente hinter dem Vorhang auf Ethans
alter Bühne auf. Jo gesellte sich zu den anderen Gästen und
versuchte Shania so gut es ging abzulenken. Dann waren wir
bereit für unseren großen ganz privaten Auftritt. Keine tausende

Menschen, die uns anfeuerten. Keine riesiges Stadion der Anonymität. Nur WIR. Ethan kündigte uns an wie in alten Zeiten, als wir noch unbekannte Typen waren. Dann schob er den Vorhang zur Seite und ich sah eine Handvoll Menschen. Etwa 50 oder 60 Personen. Das glückliche Gesicht meiner Schwester. Tränen kullerten über ihre Wange und Jo war bei ihr. Die Menschen, die ich am meisten liebte, waren alle hier in diesem Raum. Meine Eltern und sogar mein alter Onkel Edward aus Michigan war da. Ihn hatte ich gefühlte 100 Jahre nicht mehr gesehen. Wahnsinn. Jonathan stimmte den ersten Song an.

We are Rebells.

Und das waren wir wirklich. Rebellen für immer. Song um Song hämmerten wir auf Mitternacht zu. Noch eine halbe Stunde. Dann wäre der Geburtstag vorbei. Wir machten eine kurze Pause, die Shania nutzte sofort zu uns auf die Bühne zu stürmen: „Das ist das beste Geschenk aller Zeiten. Mein großer Bruder gibt ein Konzert nur für mich und meine Freunde. Oh Mann, Damon. Ich bin gerade, glaube ich, die glücklichste Person auf diesem Planeten. Danke. Du bist der Hammer. IHR ALLE seid der Hammer."
Dann schnappte sie sich das Mikro:
„Leute, das ist mein Bruder. Der Typ hat so einen Knall, aber ich liebe ihn über alles."

Die Menge tobte und meine Jungs nutzten die Gelegenheit kurz zu verschwinden, um aus Johns Bude den Wagen zu holen.
„Dein Geburtstag ist in ca.15 Minuten vorbei. Und es wird Zeit dir dein Geschenk zu geben."
„Was? Ich dachte das Konzert ist das Geschenk. Damon?"
„So ähnlich. Moment, muss kurz mal raus..."
„Was? Wo willst du hin? Damon?"

Ich konnte mir ein Grinsen nicht verkneifen als ich vor die Kneipe trat und ein brüllendes Motorengeräusch hörte. John war da, mit dem Porsche. Er parkte auf der gegenüberliegenden Straßenseite. Leider hatte die rote Schleife um den Wagen ungewollte Aufmerksamkeit erregt. Aber da musste ich jetzt durch. Ich ging zur Kneipe zurück und winkte Jo zu mir.

„Hast du den Schal dabei?"

„Klar."

„Gut, dann bring Shanni dazu ihn vor ihre Augen zu binden. John ist da."

„Okay."

Ich postierte mich am Ausgang und blockierte die Sicht nach draußen bis Shania den Schal vor ihre Augen gebunden hatte. Jo hob den Daumen in meine Richtung und hakte meine Schwester unter.

„Damon? Was wird das?"

„Überraschung. Komm rüber zu uns und bleib hier stehen. Augen zu."

„Okay!?"

Ich gab meiner Band ein Zeichen zum Akapella von Happy Birthday und wir sangen uns die Seele aus dem Leib.

„Augen auf, alles Gute zum Geburtstag, Schwesterherz."

Ich drückte meiner Schwester eine dicken Schmatzer auf die Wange, während ich gleichzeitig den Schal von ihren Augen nahm:

„Für dich. Weil ich dich liebe und weil ich dir danken möchte. Hier sind die Schlüssel."

Ich wedelte mit den Autoschlüsseln vor ihrer Nase herum und war gerührt von dem wie sie so dastand und sich die Schluchzer zu verdrücken versuchte.

„Du meinst..."

„Drück auf den Knopf und du siehst welches Auto aufgeht. Na los."

„Heilige Scheiße. Damon, bist du irre? Das Teil kostet ein Vermögen. Ich meine... oh mein Gott, ist der schön."
„Schon okay. Ohne deine Hilfe wären wir im Meer der Vergessenen versunken. Danke, Shania. Für alles. Und nun los. Steig ein. Dean, du auch. Der Wagen gehört euch."
Es war so ein schönes Gefühl meine Schwester so glücklich zu sehen. Wir feierten bis die Sonne wieder aufging und der neue Tag anbrach.

In New York blieben wir nicht lange. Einige Tage in meiner alten Heimat. Besuche bei Freunden und auch meine Eltern hatten wir seit Ewigkeiten nicht mehr gesehen. Außer auf der Party meiner Schwester. Eigentlich ist mein Verhältnis zu ihnen immer gut gewesen. Leider habe ich viel zu wenig Zeit sie zu besuchen. Aber wir telefonieren öfter. Jo fährt ab und zu mal hin. Oder mein Vater besucht die beiden in Texas wenn ihn eine Tour in diese Gegend führt. Er arbeitet noch immer viel und gerne. Nötig war, und ist es nicht, aber er wollte es so. Und dabei habe ich genug Geld meinen Eltern einen angenehmen Lebensabend zu ermöglichen. Jetzt ist mein Vater 74 und manchmal juckt es ihn noch immer mit einem Truck zu fahren und alte Kollegen zu begleiten. Wenn es ihm Spaß macht ist das okay für mich. Jedenfalls mussten wir bald zurück nach Louisiana. In New Orleans hatten wir schließlich noch einiges zu tun. Zum Beispiel für Alanah ein Kinderzimmer einrichten. In unserem Haus stand schon seit wir es gekauft haben ein Zimmer leer. Dieses Zimmer wollten wir für unsere kleine Prinzessin einrichten.

Jetzt:

Ich sitze im Wagen und starre auf die Straße. Leider finde ich keine Ruhe. Ich muss dringend schlafen. John und der Fahrer haben ihr Gespräch unterbrochen, weil ein Funkspruch eingeht. Jetzt redet John wohl mit mir, denke ich. Ich höre gar nicht richtig zu was er mir sagt.

„Damon? Hey! Hörst du nicht? Dein Handy summt."
„Was? Oh. Damon Mandora. Hallo?"
„Dad?"
Sofort bin ich wieder voll da. Alanah ruft mich an.
„Dad? Was machst du gerade?"
„Ich bin auf dem Weg zum Hotel, Schatz. Morgen fliegen wir weiter nach Sydney. Wo ist deine Mom?"
„Deshalb rufe ich ja an. Sie schläft etwas. Ich habe sie gesehen wie sie auf ihrem Bett liegt mit deinem Foto neben sich. Es geht ihr nicht so gut, glaube ich. Die Fotos sind übrigens sehr schön. Ich wünschte ich wäre auch in Australien."
„Das tut mir leid. Die Bilder von dir und deiner Mutter sind auch sehr schön. Du bist so groß und hübsch geworden. Jack hat echt Glück, was?"
„Ja, Jack ist toll. Er möchte dich gerne mal kennenlernen. Er kennt dich nur aus dem Radio oder Fernsehen oder aus irgendwelchen Zeitschriften. Ich wünschte du würdest ihn mal sehen. Und Mom ist so traurig. Bitte Dad, mach dass sie wieder glücklich ist. Kommst du bald?"
„Ich versuche es. Ich bin schon die ganze Woche nicht mehr zu gebrauchen. Mein Freund John ist bei mir. Den kennst du doch noch, oder?"
„Klar, Dad. Mom ist froh, dass John auf dich Acht gibt. Wie geht es dir?"

„Ging mir schon besser aber ich halte durch."
Mein Herz schlägt mir bis zum Hals, wenn ich höre was meine
Tochter mir über Jo erzählt. Und ich stelle mir auch die Frage
warum ich in den letzten zwei Jahren nicht einmal bei meiner
Familie war.

„Ich denke oft an euch beide. Ihr fehlt mir, weißt du? Und Buster,
ja sogar er fehlt mir. Er ist schon so alt. Oh Gott, wenn ich daran
denke als ich ihn deiner Mom geschenkt habe. Das ist schon ewig
her."
Ich merke wie ich lächle und das Telefon krampfhaft festhalte,
als hinge mein Leben davon ab.

„Dad, ich hab dich lieb. Ich sehe mal nach Mom. Bis bald."
„Ja, mach das, mein Liebling. Ich hab dich auch lieb. Bis bald."
John schaut mich fragend an. Ich sage nichts und starre wieder
aus dem Fenster.

14

Jo

Damals:

Am Ende der Tour kamen wir nach New York zurück. Ein Stück
Heimat für Damon. Irgendwie spürte ich dass ihm das alles
fehlte. Es gab einiges zu erledigen. Besuche bei Freunden und
natürlich die dicke Geburtstagsfeier für Damons Schwester. Da
war was los damals. Eine sehr schöne Zeit. Ich erinnere mich
gerne und oft daran. In Boston hatte ich erfahren, dass wir eine
kleine Tochter bekämen. Wir beschlossen die kleine Alanah zu
nennen. Ganz spontan. Zu Ehren einer coolen Musikerin und
Rocksängerin Alannah Myles. Nur mit einem N in der Mitte.
Weil unsere Tochter sie und nicht SIE ist und etwas Besonderes.
Damals kam ein sehr zutreffendes Lied von besagter Sängerin im
Radio, *LOVE IS.* Und da war uns beiden sofort klar wie unser
Kind heißen soll. Aus Liebe gezeugt und sie sollte alle Liebe
erfahren, die Damon und ich zu geben hatten. Damon beschloss
sofort, so bald es möglich war, zurück nach New Orleans zu
fliegen. Er sagte mir, dass er das leer stehende Zimmer im
Obergeschoss des Hauses für Alanah einrichten wollte. Ich fand
ihn so euphorisch. Als wolle er alles nachholen, was uns für
unser verlorenes Kind nicht möglich gewesen war. Nach etwa
zwei Wochen in New York konnten wir damit anfangen. Damon
ließ eine Architektin kommen. Über verschiedene Empfehlungen
waren wir auf die junge Frau aufmerksam geworden.

Melanie Faber, eine deutsche Architektin aus München, hatte geniale Ideen. Wir hatten einen Termin ausgemacht und die junge Frau behandelte uns völlig unvoreingenommen, normale Kunden eben. Das fand ich toll. Und Damon auch. Er war ein werdender Vater und ich trug unser Kind unter meinem Herzen. So wie normale Leute eben auch. An einem Nachmittag stand Melanie vor der Tür. Mit einem Block voller Ideen und Zeichnungen. Heute hätte man wahrscheinlich Entwürfe auf irgendwelchen Laptops, aber die Architektin hatte dem Zimmer mit ihrem Bleistift echtes Leben ein gehaucht. Kein Computer hätte es besser darstellen können. Melanie sah sich das zukünftige Kinderzimmer an und maß aus. Fast 40 qm stünden zur Verfügung. Ein Paradies würde hier entstehen. Die Kleine würde sich hier wohl fühlen.

„Wie soll das Kind denn heißen? Ein Mädchen richtig?"
„Ja, sie wird den Namen Alanah tragen und sie wird eine kleine Prinzessin sein", schwärmte Damon.
„Dessen bin ich mir sicher. Ich hätte folgenden Vorschlag. Hier zum Beispiel könnten wir..."
Die junge Frau wuchs über sich hinaus. Ich merkte sofort wie viel Spaß ihr ihr Beruf machte. Auf jeden Fall würden wir Empfehlungen für sie aussprechen. Soviel war klar. Wir verbrachten den Tag fast bis zum Abend hin mit Melanie und wir mochten sie von Anfang an.
„Also dann, alles Gute für sie und ihr Kind. Die Kleine fühlt sich hier wohl, das weiß ich genau. Ach, und übrigens, ich bin ein großer Fan..."
Melanie grinste uns an, vor allem Damon, und machte sich auf den Weg zur Tür. Also doch, dachte ich. Aber na ja. Damon war eben Damon. Mittlerweile konnte ich halbwegs damit umgehen. Musste ich ja. Ich wusste er gehörte zu mir.
Nachdem Melanie gegangen war steuerten wir wieder ins zukünftige Kinderzimmer.

„Das wird sicher das schönste Zimmer, das die Welt je gesehen hat. Noch ein paar Wochen. Dann hast du es geschafft. Ich freue mich so sehr auf das Kind. Geht es dir auch wirklich gut, Jo?"
„Ja, alles bestens. Mach dir keine Sorgen. Ich schaffe das schon. Alle Frauen dieser Welt schaffen das."
„Ich will dich nicht verlieren. Du bist alles was ich habe."
Damon drehte mich zu sich um und umfasste meine viel zu runden Hüften. Ich umschlang seinen Nacken und suchte seine Lippen. Auch in meinem Zustand verspürte ich noch unbändige Lust auf ihn.
„Jo, scheiße. Bist du sicher? Ich meine, das Baby... Ich ... fuck, ich bin so geil."
„Damon, es ist okay. Tu es. Jetzt. Ich kann und will nicht verzichten. Bring mich in den Himmel. Bitte, Damon."
Ich drängte mich an ihn. Er hob mich hoch als sei ich total leicht.
„Bett?"
„Boden?"
„Garten?"
„Scheiße, nein. Oh Gott, schon der Gedanke bringt mich zum Schwitzen. Wiese oder der Stall?"
„Stall. Wir sind ganz allein hier. Niemand wird uns stören."
„Verrückte Hexe. Schon geht´s los. Festhalten."
Wir stolperten zur Treppe hinunter. Ich in seinen Armen. Dick wie ein Kugelfisch, aber so was von scharf. Wir erreichten den Stall. Es war schön draußen und die Tiere waren auch nachts auf der Wiese.
„Niemand da. Warte hier."
„Okay."
Sanft setzte Damon mich auf einem Strohballen ab. Einige Minuten später kam er mit verschiedenen Decken und einer Flasche Wein zurück. Er legte mehrere Ballen nebeneinander und aufeinander. Es entstand ein kleines Liebesnest, das er mit den Decken gemütlich ausstattete.
„Wenn du mich willst musst du schon herkommen."

Damon klopfte vor sich auf die Heuballen, auf denen er saß, die Beine auseinander gespreizt, so dass ich dazwischen passte. Ich lehnte mich rücklings gegen ihn und Damon packte uns beide mit den mitgebrachten Decken ein. Dann entkorkte er die Weinflasche. Gläser hatten wir nicht, aber gerade das fand ich so lustig. Wie die Landstreicher tranken wir abwechselnd aus der Flasche. Nicht viel wegen meiner Schwangerschaft, aber ein paar Schlucke waren schon für mich drin. Es musste einfach sein. Ich fühlte mich so unglaublich wohl und gesund an diesem Tag. Damon stellte die Flasche neben sich auf den Balken neben dem Stalleingang und legte mein Haar zur Seite. Ich spürte seinen heißen Atem an meinem Ohr und unten regte sich was. Nicht nur bei mir, wie ich es deutlich hinter mir spürte. Er begann meinen Nacken zu küssen, knabberte an meinem Ohrläppchen herum.

„Alles okay? Wir müssen nicht..."

„Sch... alles in Ordnung. Es geht mir gut. Dem Baby auch, fühl mal. Sie schläft sicher."

„Meinst du das bleibt so? Ich meine du kennst mich..."

„Damon, es ist okay. Ganz sicher. Küss mich."

„Nichts lieber als das. Du fühlst dich so gut an. Du bist wunderschön. Schon immer. Ich liebe diese frechen Augen, deine weichen Lippen und diesen süßen Busen."

Unsere Zungen trafen sich. Damons Hände waren überall. Mir war nicht mehr kalt im Stall. Ich drehte mich zu ihm um und drängte ihn nach hinten.

„Leg dich hin."

„Jo! Was..."

Ich legte ihm meine Finger auf die Lippen. Er blinzelte mich atemlos an. Ich konnte ihn nicht schnell genug von seiner Jeans befreien. Auch Damon wurde langsam ungeduldig und pellte mich aus meinen Klamotten.

„Ich liebe dich wie nichts auf dieser Welt. Du bist der unglaublichste Mann, den ich kenne."

Er wackelte mit seinen Augenbrauen:

„Hab ich schon öfter gehört" flüsterte er.

Langsam senkte ich mich auf ihn herab und Damon schlang die weichen Decken um uns.

„Ich habe das alles so vermisst."

Ich drehte fast durch und erhöhte mein Tempo. Seine Härte füllte mich voll aus und der Himmel kam näher. Dann fielen alle Sterne herab und ich sank in seine Arme.

„Das war so was von galaktisch. Wow."

„Galaktisch? Was ist das denn für ein Wort? Spinner."

„Also ich finde, wenn alle Sterne fallen, und ich trotzdem noch immer im Himmel bin, ist das galaktisch, oder nicht?"

Frech grinste er mich an, während er mir mein verschwitztes Haar aus der Stirn strich.

„Okay, wenn du das sagst", nuschelte ich nur und drückte mich so fest an ihn bis wir im Stall einfach einschliefen.

Ganz hinten in meinem Kopf hörte ich Hufgetrappel. Mühsam öffnete ich die Augen. Etwas pikste mich an einer ungünstigen Stelle. Und dann war ich hellwach. Langsam wurde mir klar wo ich mich befand. Ach du Scheiße. Ich drehte mich zur Seite und sah Damon neben mir liegen. Anmutig und höchst reizvoll schlummerte er im Heu. Ruhig hob sich seine Brust auf und ab. Die langen Wimpern ruhten auf seinen oberen Wangen. Er sah so süß und engelhaft aus. Ich hätte ihm noch ewig zusehen können wie er schlief. Das Hufgeklapper kam näher. Matt kam mit einem der Pferde auf den Stall zu. Was sollte er denn von uns denken? Sanft stupste ich Damon an seiner Schulter:

„Hey, Damon. Wach auf."

„Hm? Was ist los?"

„Du musst aufwachen. Wir müssen aus dem Stall verschwinden. Matt kommt."

„Was? Stall? Hä? Komm her zu mir."

„Das geht nicht. Wir liegen nackt im Heu. Ich weiß nicht ob Matt das sehen will."

Da schlug er die Augen auf und sah mich erschrocken an. Dann lachte er aus vollem Herzen:
„Scheiße, ja. Skandal. Wir sind so furchtbare unzüchtige Personen. Na na...“
Ich fiel mit in sein Gelächter ein. Wir waren so was von geliefert, aber das war uns egal. Damon hob die Decke hoch und empfing mich in seinen Armen. Wir blieben ganz still liegen bis Matt sich wieder vom Stall entfernte. Er hatte Danger herein gebracht und den Trog gefüllt. Bis er mit Heaven zurück wäre hatten wir Zeit zu verschwinden. Als die Luft rein war klaubten wir unsere Sachen zusammen und schlichen ins Haus zurück. Niemand hatte etwas davon mitbekommen. Matt hatte nur geschimpft warum eine Flasche Rotwein im Stall lag und welcher Idiot so etwas dahin gelegt hatte.
„Das war knapp“, meinte mein Mann, als wir unser Schlafzimmer erreichten.
„Das kannst du laut sagen. Matt klang ziemlich sauer. Sicher wird er dir von dieser Flasche erzählen und den Einbrecher fangen wollen.“
Wieder konnten wir uns kaum halten vor lachen.

Die Tage danach waren sehr turbulent. Es ging daran Alanahs Reich fertig zu machen. Viel Zeit blieb uns nun nicht mehr. In etwa acht Wochen würde das Kind kommen. Alanah ist ein Millenniumbaby. Im Jahr 2000 wurde sie geboren. Im September. Ich kann mich auch noch an die Silvesternacht zu 2000 erinnern. Wir glauben, dass es die Nacht war, in der Alanah entstand. Millennium. Ein Riesenhype wurde darum gemacht. Die ganze Welt stand Kopf. Meine und Damons sowieso. Wir wären eigentlich auch am berühmten Timesquare gewesen. Die ganze Band war dort. Sogar Sky und Brandon. Eigentlich alle wichtigen Menschen, außer meiner Familie natürlich. Aber wir hatten uns ja Gott sei Dank für unsere kleine Insel entschieden. Zum Glück, denn auch so war es eine sehr ereignisreiche Nacht. Damon hatte sich später doch ein wenig darüber geärgert, dass wir nicht zusammen mit der Band gefeiert hatten. Aber nicht lange. Unsere Nacht war so viel besser als die berühmte Kugel am Time Square es je hätte sein können. John hatte aber ein Video davon gemacht um uns zu ärgern. Was uns alles entgangen sei und überhaupt. Auch noch Tage später liefen überall Berichte darüber. Die Kugel, the Balldrop, erstrahlte um Mitternacht und machte die Nacht zum Tag bis sie hinter einer Wand verschwand. Trotzdem war es die größte Party aller Zeiten, die New York und der Rest der Welt je gesehen hatten. Die Menschen feierten alle Zeitzonen durch. Es war einfach unglaublich. In New York war es lausig kalt damals und auch deswegen war es auf unserer Insel wesentlich besser. Das beste Silvester aller Zeiten. Damon und ich waren nun schon 12 Jahre zusammen. Die Zeit war so wahnsinnig schnell vergangen. Soviel hatten wir in dieser Zeit gemeinsam durchgestanden. Fast keinen Tag getrennt. Und noch immer verliebt wie am ersten Tag. Wir waren älter geworden, aber keineswegs erwachsen. Werden wir wohl nie. Vor allem nicht Damon. Mein geliebter Chaot.

Der Umbau des Zimmers begann. Mein Mann bestellte einen Schreiner und ließ die kleinen Möbel nach Melanies Entwürfen bauen.

„Sieh dir diese süße Bettchen an. Sie wird darin schlummern wie ein kleiner Engel. Melanie hat echt ganze Arbeit geleistet."

Er war total aufgeregt und strich über das Holz des Bettchens. Mir traten fast die Tränen in die Augen als ich ihn so glücklich sah. Dann wurde mir schlecht. Vermutlich doch vom Wein des letzten Abends. Oder es war einfach nur die Aufregung. Keine Ahnung. Den Tag verbrachte ich im Bett und Damon versorgte mich so gut er konnte. Schon bald ging es mir wieder besser.

„Es gibt noch einiges zu tun. Ich muss raus aus diesem Zimmer."

„Jo, bitte. Ruh dich aus. Ich mach das schon."

„Oh je. Du weißt wie sehr ich dich liebe und dir vertraue. Aber in Sachen Deko bist du eine echte Niete."

„Hey hey, das war böse."

Er grinste mich an.

„Schaffst du es denn aufzustehen und mit mir in die Stadt zu kommen?"

„Unbedingt. Ich liebe es Babysachen zu kaufen. Bitte, lass uns bummeln gehen."

„Schau mich nicht so an. Jo , TU DAS NICHT."

Ich klimperte mit dem Wimpern und zog eine Schnute, dass Damon zu tun hatte sich das Lachen zu verkneifen.

„Okay Okay, gewonnen. Aber versprich mir Bescheid zu sagen wenn es dir nicht so gutgeht. Dann verschwinden wir sofort nach Hause, okay?"

„Jaaahaaa, ich verspreche es. Es geht mir gut."

Wir fuhren in die Stadt, möglichst unauffällig, so gut es eben ging, und kauften Unmengen an Babywäsche, Cremes, Babykitsch und jede Menge Spielzeug. Wir räumten den halben Babymarkt leer.

„Sieh dir dieses Kleid an. Wie eine kleine Dame."

„Oh, Damon, wir brauchen Strampelhosen und Windeln, 2000 Stück, oder so."

„Echt? Scheiße, ja. Es wird furchtbar duften im Haus. Umpf." Seine kraus gezogene Nase sah zum Brüllen aus. Ich liebte diesen Mann noch immer wahnsinnig. Zu gerne hätte ich ihm schon jetzt dabei zugesehen wie er die Windeln wechselt oder ein Fläschchen zubereitet. Bis dahin dauerte es ja noch ewig. Ich musste noch zwei Monate durchhalten bis zur Geburt.

Nach etwa drei Wochen war Alanahs Reich fertig. Oft fand ich Damon in diesem Zimmer. Er suchte Ruhe dort. Und er freute sich so auf das Kind. Mir fielen die letzten Wochen echt schwer. Ich hatte über 20 KG zugenommen und kam mir vor wie ein Fass. Damon wich nicht von meiner Seite.

„Ich werde auf dich aufpassen. Euch beiden wird nichts geschehen. Den Fehler mache ich nicht noch einmal."

Er half mir so gut er konnte. Natürlich reihten sich jetzt auch wieder viele Termine ein. Und die musste er auch einhalten. Er hatte Fototermine für ein Starmagazin, die Tourplakate für das nächste Jahr wurden entworfen. Es würde weitergehen. Das war uns klar. Die Fires waren wieder da. Die Tour war voll eingeschlagen und Damon wieder da wo er immer sein wollte. Ich hatte keine Ahnung wie ich das mit einem Baby unter einen Hut bringen sollte. Wären wir überhaupt zu Hause? Wozu hatte er das Zimmer herrichten lassen? Ich schob die Gedanken an das nächste Jahr erst einmal bei Seite und genoss meine Zeit, die mir mit meinem Mann blieb. Mir war klar, dass es nicht viel sein würde.

Die letzten Wochen vor dem errechneten Termin vergingen relativ schnell und ohne Zwischenfälle. Dann war Damon zu einer Besprechung wegen des neuen Bühnenbildes zur Tour im nächsten Jahr. Er hatte große Visionen. Es sollte gigantisch werden. Er verbrachte viel Zeit in seinem Büro und zeichnete wie ein Besessener. Mit diesen Entwürfen ging er zu seinen Technikern, um zu besprechen in wie weit seine Ideen zu realisieren waren. Das Meeting dauerte ewig. Ich weiß nicht mehr wann ich in dieser Nacht die ersten Wehen bekam. Ich hatte noch nicht einmal eine Ahnung ob es überhaupt welche waren. Mir ging es schlecht und ich hatte Schmerzen. Trotzdem wollte ich Damon nicht anrufen. Es war ihm so wichtig alles genau zu planen. Sein weiterer Erfolg würde davon abhängen. Ich schleppte mich durch das Haus, wanderte von Raum zu Raum. Das Atmen fiel mir schwer und mir war schlecht. Es war schon weit nach Mitternacht, aber Damon kam nicht. Dann ging es irgendwie so schnell. Das Baby würde heute Nacht zur Welt kommen. Dessen war ich mir sicher. Ich überlegte ob ich ihn doch anrufen sollte. Den Weg zum Telefon schaffte ich nicht mehr. Diane und Matt hatten längst Feierabend und waren bei ihre eigenen Familien. Sam und Daryl waren privat unterwegs. Ich war ganz allein und niemand konnte mir helfen. Dann muss ich ohnmächtig geworden sein. Ich weiß nur noch, dass ich im Bad auf dem Boden lag als Damon mich damals fand.

15

Damon

Damals:

Als wir in unserem Haus ankamen war alles super. Ich bekam eine Empfehlung für eine deutsche Architektin, die in den USA Fuß fassen wollte. Ich erzählte meiner Frau davon, doch Jo lächelte nur. Ich sah ihr an, dass es sie sehr anstrengte. Ich möchte nicht in der Haut einer Frau stecken, wenn sie ein Kind unter dem Herzen trug. Kaum zu glauben wie das Wunder des Lebens funktioniert.

Die Architektin kam schon drei Tage später zu uns. Eine junge Frau, die uns wie ganz normale Kunden behandelte und ein kleines Paradies für unser Kind erschuf. Ihre Ideen waren einfach genial. Im Geiste sah ich mich schon mit der Kleinen dort spielen. Als Melanie ging war es fast 19 Uhr. Wir hatten ziemlich lange mit ihr gequatscht und schließlich hatte sie sich doch noch als Mandora Fan geoutet.

„Ich freue mich echt auf den Auftrag Mr. Mandora", sagte Melanie und steuerte die Tür an.

An diesem Abend und in der Nacht war Jo wie ausgewechselt. Wir verbrachten sogar eine leidenschaftliche Nacht im Heu unserer Pferdeställe.

Am nächsten Tag versuchte ich Melanies Pläne zu verwirklichen und hängte mich ans Telefon, um nach Handwerkern zu suchen. Über Brandons Vater bekam ich Kontakt zu Trevor Burton. Er war ein Schreiner aus Kanada und machte alles perfekt. Während der Bauphase wohnte Trevor bei Daryl im Haus. Meine Wachleute halfen ihm sogar beim Bauen. Brandon war leider nicht dabei. Er war mit Sky zu seinen Eltern nach Detroit unterwegs. Das Zimmer war innerhalb weniger Tage fertig. So etwa drei Wochen hatte der Umbau gedauert. Es war sehr schön und als Jo und ich auch noch Leben in das Zimmer brachten, in Form von Deko, Kleidung, Spielzeug usw., war es einfach perfekt. Die Kleine konnte kommen. Ich freute mich unheimlich auf die schönen Tage, die uns das Baby bescheren würde. Ich saß oft in dem kleinen Zimmer und dachte über unser neues Leben nach. Wie es weitergehen sollte wusste ich nicht. Mir war klar, dass es nicht einfach werden würde. Doch damit wollte ich mich einfach nicht auseinander setzen. Dann musste ich zur Besprechung für das nächste Jahr. Ich hatte Großes vor. Wir hatten noch kein Cover für das Album. Andy hatte sich zwar schon einige Gedanken gemacht, aber wir waren uns noch nicht einig wie es aussehen sollte. Und ich wollte etwas Großes wagen. Ein riesiges Bühnenbild, mit einer Technik, die noch nie da war. Deshalb war ich an manchen Tagen spät oder gar nicht zu Hause. Für einige Tage war ich sogar in New York. Dort hatte ich noch alte Geschäftspartner, deren Hilfe ich gebrauchen konnte. Und dann passierte es. Ich mache mir noch immer Vorwürfe deswegen. Ich hätte es wissen müssen. Ich kam erst morgens um 5 zurück. John kam mit nach New Orleans. Er wohnte damals in einem kleinen Hotel am Stadtrand, weil er uns nicht zur Last fallen wollte. So ein Quatsch. Aber so ist er halt. Mit John konnte ich alles Mögliche besprechen und ich war immer froh, wenn einer meiner Freunde in meiner Nähe war. Besonders John fehlte mir immer am meisten. Also kam ich allein zurück. Im Haus war es still und ich dachte, dass Jo sicher schon schläft. Aber in unserem Bett war sie nicht. Ich suchte sie in der Galerie, in ihrer Bibliothek. Wenn sie Ruhe brauchte war sie immer da, aber diesmal nicht. Sogar im Stall habe ich nachgesehen, obwohl das um diese Uhrzeit völliger Schwachsinn war.

„Jo? Jo! Wo bist du? Ich bin da. Geht es dir gut?"

Es blieb ruhig im Haus. Nur Buster winselte vor der Badezimmertür.

„Hey, alter Junge. Was ist los mit dir? Musst du raus?" Buster sah mich an und hüpfte aufgeregt hin und her. Ich tätschelte seinen Kopf. Buster kniff mich sanft in meine Hand. Dann zog er an mir, hin zur Tür des Bads. Ich begriff gar nichts. Wie immer. Unser Hund hatte mehr Verstand als ich. Das war die reine Wahrheit. Ich versuchte die Tür zu öffnen. Abgesperrt.

„Jo? Bist du da drin?"

Ruhe. Buster bellte wie von Sinnen die Tür an.

„Jo?"

Keine Ahnung was da in mir passierte. Mit einem kräftigen Tritt öffnete ich die Tür. Jo lag am Boden, neben der vollen Badewanne. Eine merkwürdige Flüssigkeit lief über den Boden. Ich rannte auf sie zu, Buster mit mir.

„Jo, mein Gott. Was soll ich machen? Jo! Bitte! Um Himmels Willen..."

Buster ist der klügste Hund der Welt. Warum? Weil er mir das Telefon brachte. Ich war völlig fertig. Unfähig zu sprechen als ich die Nummer des Notarztes endlich gewählt hatte. Jo hing schlaff in meinen Armen. Ich hatte keine Ahnung was ich tun sollte. Das Baby. Ich war so ein Esel. Warum war ich nie da, wenn sie mich brauchte? Ich hatte das Gefühl, Tage seien vergangen, bis ich die Sirene des Rettungswagens endlich hörte. Das blaue Licht vor unserem Tor. Das Tor ist immer zu. Und wieder war es Buster, der mir die Fernbedienung dafür brachte. Dieses Tier ist Gold wert. Ich drückte auf den Knopf und ließ den Wagen auf unser Grundstück. Zum Glück war in dieser Nacht niemand in der Nähe unseres Hauses. Buster begleitete die Ärzte zum Bad. Ich saß noch immer wie versteinert da mit Jos Kopf auf meinem Schoß.

„Mr. Mandora. Guten Tag. Ich bin Dr. Sterling. Was ist passiert?"

„Ich weiß es nicht. Sie... Wir... das Baby. Ich .. weiß nicht. Bin gerade erst gekommen und fand sie am Boden. Ich... Bitte helfen sie ihr. Bitte."

Ich war völlig aufgelöst.

„Wir nehmen ihre Frau jetzt mit. Dem Kind geht es gut. In ein paar Stunden wird es das Licht der Welt erblicken. Machen sie sich keine Sorgen."

Dann haben sie Jo mitgenommen. Ich war nicht in der Lage mit in den Rettungswagen zu steigen. Statt dessen rief ich John an. Ich stammelte mir was zurecht und hörte John nur sagen:

„Bin in fünf Minuten da. Bleib wo du bist und reiß dich zusammen."

„Schnell, John... bitte..."

„Bin unterwegs."

Es dauerte nicht lange bis er bei mir ankam. Ich war völlig daneben. Hoffentlich ging alles gut. Dem Baby und Jo durfte einfach nichts passieren.

„Was ist los? Wo ist Jo?"

Ich hatte ihm nur gesagt, dass er dringend zu uns kommen sollte. Ich konnte nicht reden und heulte wie ein kleines Kind. Immer wieder sah ich vor mir wie sie da gelegen hatte. Keine Ahnung, all das Blut, oder was auch immer es war. John blieb die ganze Zeit bei mir und versuchte mich zu beruhigen.

„Hier nimm, ein Bier geht immer. Das wird schon. Sie ist stark."

„Danke, Kumpel."

Ich nahm die Flasche und kippte sie auf Ex hinunter.

„Wow", kam es von John.

„Geht es ihr wirklich gut? Scheiße, John. Ich mache mir Sorgen. Ich will keinen der beiden verlieren."

„Das wirst du nicht."

Minuten fühlten sich wie Stunden an. Wirklich. Rastlos lief ich im Raum umher. Morgens um 8, oder so, klingelte das Telefon.

Der Arzt sagte mir, dass es jetzt bald los ging und ich mich beeilen sollte, wenn ich dabei sein wollte.

„Was? Oh mein Gott. Holy sh... ähm, Sie meinen?... Scheiße nein, ich meine, ja. Fuck. Oh, sorry. Ich..."

John sah mich fragend an.

„Ja, selbstverständlich. Ich komme sofort... "

Jo hatte nach mir gefragt. Sie wollte unbedingt, dass ich dabei war. Ich schnappte meine Jacke und rannte zu meinem Wagen. John dicht hinter mir.

„Was zum Teufel treibst du da? Warte doch, Trottel. Damon..."

„Ich muss sofort zu ihr."

„Ich komme mit."

„Danke, John."

Zum Krankenhaus brauchte man normalerweise eine halbe Stunde. Ich schaffte es in 10 Minuten. Keine rote Ampel konnte mich stoppen und John wurde blass bei meinem Fahrstil. Ich hielt direkt vor dem Eingang der Klinik und bat John noch im Rennen meinen Wagen irgendwo zu parken. Ich rannte durch die gefühlten 200 Gänge des Krankenhauses.

„Junger Mann, das ist ein Krankenhaus. Ich bitte Sie..."

„Ja ja. Wo ist meine Frau?"

„Mr. Mandora, das ist ja eine Überraschung. SIE hier? Das ich das noch erlebe..."

„Ja, verdammt. WO IST MEINE FRAU?"

„Damon mach doch keinen Scheiß. Beruhige dich. Es geht ihr gut. Ganz bestimmt."

„Shit. John, meine Nerven..."

„Ist ja gut."

„Bis zum Fahrstuhl, dann 2.rechts. Sie müssen in den Privatbereich. Sie... Mr. Mandora, warten Sie..."

„Warum textete diese dumme Schwester mich so voll? Jo. Verdammte Scheiße. Ich versuchte mich daran zu erinnern wohin die Frau mich geschickt hatte. John blieb dran. Wie eine Sau raste ich die Flure herunter. Zimmer 112. Ja genau. Einige

Minuten später war ich bei ihr. Jo sah verschwitzt und blass aus. Ihr Haar war ganz verklebt und ihr wunderschönes Gesicht schmerzverzerrt.

„Damon. Endlich. Es tut so weh."

„Du schaffst das. Ich bleibe hier."

Ich hielt ihre Hand, während ich ihr mit meiner anderen Hand über die Wange strich. John blieb am Eingang stehen:

„Ich bin unten, wenn du mich suchst. Ich glaub ich brauch einen Scotch."

Damit war John verschwunden. Ich bekam Panik als Jo schrie. Sie drückte meine Hand, dass sie bald blau anlief. Eine Schwester betrat das Zimmer.

„Wir bringen sie jetzt in den Kreißsaal. Es wird nicht mehr lange dauern. Kommen sie mit? SIE sind der Vater? Mr. Mandora. Ich... oh mein Gott."

„Ja, der bin ich. Bitte helfen sie ihr. Bitte."

Jo schrie schon wieder. Dann entschuldigte sie sich sofort dafür, um danach erneut zu schreien. Mir brach der Schweiß aus und ich begriff was es für eine Frau bedeutet ein Kind zu bekommen. Ich konnte jetzt verstehen warum viele Frauen das nicht wollten. Keinen Plan wie lange so was dauert. Ich verlor jegliches Zeitgefühl und litt mit Jo. Es tat mir genau so weh wie ihr und ich wollte ihr so gerne die Schmerzen abnehmen.

„Damon, mach dass es aufhört. Es tut so verdammt weh."

„Du bist so tapfer. Ich liebe dich so sehr. John wartet unten in der Halle. Wir wollen ihm doch unsere Tochter zeigen. Du bekommst das hin. Du hast es bald geschafft. Wirst sehen."

Ich versuchte an meine eigenen Worte zu glauben. Dann schrie sie wieder. Mittlerweile hatten wir den Kreißsaal erreicht. Ein schrecklicher Raum. Irgendwie erinnerte er mich an eine Metzgerei, obwohl es hier bunt und locker gestrichen war. Trotzdem war mir schlecht.

„Damon, es tut weh. Mach dass es aufhört."

Sie drückte meinen Arm. Unglaublich wie viel Kraft eine Frau in dieser Situation aufbringen kann. Sie tat mir so leid. Ich konnte die Tränen nicht mehr aufhalten.

„Nur noch ein wenig Geduld. Sie schaffen das. Ihr Mann ist hier. Und noch einmal..."

Mir kam die Sache wie ein monotoner Singsang vor. Jetzt schien alles schnell zu gehen. Jo schrie und schrie. Ich war fix und fertig. Jo presste und mir wurde schlecht als die Ärztin diesen Schnitt machte (wozu auch immer das gut sein sollte). Es knackte als würde man den Thanksgivingtruthahn teilen. Heilige Scheiße. Mir war furchtbar übel und ich konnte nicht hinsehen. Am liebsten wäre ich einfach abgehauen. Doch das konnte ich ihr nicht antun. Minuten waren Stunden und Stunden waren Tage. Etwa acht Stunden dauerte Jos Leid. Dann erfüllten Alanahs erste Schreie den Raum.

„Herzlichen Glückwunsch. Sie haben es geschafft. Das ist ihre Tochter. Kommen sie, Mr. Mandora. Hier abschneiden. Es tut ihr nicht weh. Nur zu."

Sie reichte mir eine Klemme, Schere, ach was weiß ich. Ich trennte unser Kind von seiner Mutter und konnte nicht mehr aufhören zu heulen. So überglücklich war ich. Die Ärztin hielt ein kleines beschmiertes Bündel in die Luft. Es war so winzig, zerbrechlich. Ich küsste Jo auf die Stirn und dann weinten wir beide hemmungslos. Das war der emotionalste Moment, den ich je erlebt habe. Dieser kleine Mensch, mein Fleisch und Blut. Ich konnte es noch immer nicht fassen.

„Sie ist wunderschön. Wie du. Ich liebe sie. Und dich werde ich immer lieben, Diamond."

„Ja, sie ist einfach perfekt So wie du. Ich liebe dich, Damon. Und danke, dass du es mit mir aushältst, auch wenn ich dir fast den Arm gebrochen habe. Es tut mir leid."

Jo lächelte mich schwach an. Die Strapazen der letzten Stunden waren ihr deutlich anzusehen. Die Ärztin legte dass frisch gewaschene Baby in Jos Arme und sie sah so glücklich aus. Die Kleine blinzelte uns an. Und ich musste schon wieder heulen.

16

Jo

Jetzt:

Ich bin in meinem Garten. Die Sonne scheint und es ist ein guter Tag die Blumenbeete in Ordnung zu bringen. Ich war in der Stadt und habe viele verschiedene Pflanzen besorgt. Buster liegt neben mir faul in der Sonne. Ich bin so in Gedanken versunken, dass ich nicht wirklich registriere, dass vor meinem Tor ein Taxi angehalten hat. Ich denke an Damon und glaube sogar ihn zu spüren. Das ist Quatsch, ermahne ich mich. Er ist am Ende der Welt und macht was er tun muss. Ich kann ihn riechen, sein Aftershave. So intensiv als wäre er da. Ganz weit im hinteren Teil meines Verstandes sehe ich Bewegung vor meinem Tor. Da ist nichts, denke ich. Du spinnst Jo. Ich schließe für einen Moment die Augen und halte mein Gesicht in die Sonne. Dieser Tag ist so schön. Irgendwas ist anders heute. Jemand steht hinter mir. Ich spüre es. Oder bilde ich mir da was ein? Er hält mir meine Augen zu und ich spüre zarte Küsse an meinem Hals.
Dann rieche ich Damons Aftershave.
„Ich bin da. Und ich gehe nie wieder fort. Es ist vorbei. "
Er hat seine Hände von meinen Augen genommen und ich kann ihm direkt in seine sehen. Er sitzt neben mir im Blumenbeet und lächelt mich an. Seine Tasche steht in der Einfahrt.

Ich habe ihn ewig nicht gesehen.
„Du bist da. Ich habe so lange darauf gewartet."
Ich sehe ihm direkt in seine schönen blauen Augen. An den Seiten
haben sie kleine Fältchen bekommen. Und sein Haar hat einen
leicht grauen Hauch. Er sieht noch immer unverschämt gut aus.
Ich sehe ihn nur an und mein Herz schlägt mir noch immer bis
zum Hals wenn er bei mir ist. Seine Hand liegt an meiner Wange.
Ich schließe wieder die Augen und genieße seine Berührung.
„Wir haben jetzt alle Zeit der Welt. Lass uns jede Sekunde davon
genießen", haucht er mir ins Ohr. Ich spüre seinen Atem an
meinem Nacken, an meinem Hals. Seine Lippen streicheln mich.
Ich lege meine Hände um seine Hüfte und ziehe ihn noch näher
zu mir. Buster hat seine Freude ihn zu sehen überwunden und
sich im Schatten unter einen Baum verkrochen. Wir sind allein.
Alanah ist in der Schule. Seine Küsse bedecken mein Dekolletee,
als er mich sanft in die Wiese drückt.
„Du hast mir so gefehlt", stöhne ich leise.
„Ich weiß – du mir auch, Jo. Ich liebe dich noch immer wie am
ersten Tag. Und mir ist klar geworden was ich verpasse, wenn
ich nicht bei dir bin."
Er streift meine Bluse von der Schulter. Seine Hände
umklammern mein Becken, während er mich auf den Bauchnabel
küsst. Ich verfange mich in seinem Haar und ziehe leicht daran.
Ein leises Zischen dringt an mein Ohr. Ich hebe mein Becken
leicht an und lasse ihn mir meinen Slip abstreifen. Seine Lippen
verwöhnen meine empfindlichste Stelle und ich kralle mich an
ihn. Nur kurz unterbricht er, weil er sein Hemd ausziehen will.
Ich starre auf seinen Rücken als er sich kurz umdreht. Sein
Tattoo fasziniert mich noch immer. Dieser gewaltige Drache
macht mich noch mehr an. Ich muss ihn einfach dort streicheln.
Damons Gesicht ist jetzt über meinem. Ich sehe seine Kette mit
dem großen silbernen Kreuz an seinem Hals baumeln. Mein Herz
rast als hätte ich mich gerade erst frisch verliebt. Ich versuche
seine Jeans zu öffnen. Sie hat statt einem Reißverschluss viele

Knöpfe und ich werde ungeduldig. Damon atmet schnell.
„Beeil dich, Jo. Ich bin so hart wie Stahl und ich habe so lange
darauf gewartet dich wieder zu spüren."
Ich schaffe es ihm die Jeans endlich abzustreifen. Er hat noch
immer einen schönen Körper. Seine Bauchmuskeln spannen sich
an und ich habe das Gefühl, dass wir noch immer jung sind.
Damon hat nichts von seiner Anziehungskraft verloren. Er ist so
attraktiv. Ich kippe ihm meine Hüften entgegen und dann senkt er
sich auf mich herab. Ich hatte schon fast vergessen wie es sich
anfühlt, wenn er in mir ist. Sanft bewegt er sich auf und ab. Ich
genieße jede Sekunde. Ich verlange nach ihm. Alles was geht,
will ich von ihm. Ich sage ihm was ich will. Er stößt heftiger zu
und ich schlage meine Nägel in seinen Rücken. Bei mir ist es
vorbei mit sanft.
„Damon, gib mir was ich brauche. Mach mit mir was du willst",
brülle ich durch den Garten. Unsere verschwitzten Körper
klatschen aufeinander und Damon gibt animalische Töne von
sich. Ich umklammere ihn mit meinen Schenkeln. Er soll noch
tiefer in mich hinein. Wir peitschen uns mit schmutzigen Worten
bis ganz nach oben bis Damon laut sein Ende des Weges
ankündigt. Bei mir ist es genau so und wir erreichen gemeinsam
den Himmel, den wir so lange nicht gesehen haben. Damon
bleibt erschöpft auf mir liegen. Ich halte ihn noch immer
gefangen. Ich habe Angst, dass er wieder geht.

Ich wache langsam auf und merke, dass ich meine Bettdecke
ganz fest an mich drücke. Ich habe von ihm geträumt, von uns –
schon wieder. Langsam rappele ich mich auf und versuche meine
Gedanken zu ordnen. Es fühlte sich so echt an. Ich brauche einige
Minuten um zu begreifen, dass er nicht bei mir ist. Ich bin allein.
Langsam kehre ich in die Realität zurück. Nach dem Telefonat
mit John hatte ich mich nur für ein paar Minuten hinlegen wollen.
Ich bin wohl eingeschlafen. Das Gespräch mit John hat mir
irgendwie Angst gemacht. Wer weiß wo Damon steckt.

Damals:

Als ich aufwachte hatte ich keine Ahnung wo ich war. Ich sah
mich um und stellte fest, dass ich im Krankenhaus lag. Langsam,
fiel mir wieder ein was da los war. Und schon bekam ich wieder
Schmerzen. Eine Schwester kam ins Zimmer und klärte mich auf
wie es um mich und das Kind stand. Ich erfuhr, dass ich mit
meiner Vermutung recht hatte. Unser Kind wollte auf die Welt.
Wo steckte Damon nur? Wieso war er nicht bei mir? Und dann
brach ich in Tränen aus.

„Mrs. Mandora. Ich werde ihren Mann anrufen. Er kommt sicher
gleich."
„Ja, bitte. Ich brauche ihn hier an meiner Seite."
„Natürlich, Mrs. Mandora. Ich werde sehen was ich tun kann.
Machen Sie sich keine Sorgen."
„Danke, Schwester."
„Dafür bin ich doch da."

Mit diesen Worten verschwand sie aus meinem Zimmer und ich
war allein. Keine Ahnung wie lange ich da lag als die Tür
aufflog. Es kam mir wie eine Ewigkeit vor. Endlich kam er zu
mir. Er sah völlig verstört und fertig aus. Er hatte geweint. Das
konnte ich an seinen roten Augen sehen. Alles egal. Hauptsache
er war bei mir. John war auch kurz da. Ich denke ohne ihn wäre
Damon damals gar nicht klargekommen. John ist wie ein Bruder,
den Damon braucht. Eine tiefe Männerfreundschaft, die schon
ewig besteht. Seit der Schule hängen die beiden ständig
zusammen. John ist einfach ein Mann zum Verlieben und ich
verstehe nicht warum er zur Zeit allein ist. Und das schon eine
ganze Weile. Seit er sich von Nicole getrennt hatte gab es keine
andere Frau mehr in seinem Leben. Schade eigentlich. Wie auch
immer. Ich freute mich jedenfalls dass John damals dabei war.

Dass er für Damon da war. Es ging mir echt beschissen, aber John würde Damon etwas davon ablenken. Ich wollte diese Schmerzen irgendwie durchstehen. Damon sah mich an und kam auf mich zu. Die Liebe zu ihm machte alles erträglicher. Die Wehen kamen immer schneller und ich bekam Angst. Er blieb an meiner Seite. Es war die Hölle. Er hielt die ganze Zeit meine Hand. Ich schrie und drückte seinen Arm so fest, dass er fast blau war. Dann eilten eine Schwester und ein Pfleger herbei. Sie brachten mich in den Kreißsaal. Kein Zurück mehr. Das Baby wollte auf die Welt.

Nach einigen Stunden konnte ich unsere Tochter in den Armen halten. Wir waren so glücklich und ich hatte Damon noch nie so weinen sehen.
„Mein Gott, sieh dir das an. Ist sie nicht süß. Und diese kleine Nase. Sie haut später die Kerle reihenweise aus den Socken", schluchzte er.
„Und ihre Augen sind wie deine. Dieses Blau ist so selten und unverwechselbar. Das haben wir gut hin bekommen, nicht wahr?"
„Ja, du warst so tapfer. Wäre es mein Job gewesen wäre das übel ausgegangen."
„Und jetzt ist dein Arm blau. Es tut mir echt leid, Damon."
„Ach, scheiß drauf."
Lange saßen wir schweigend am Bettchen unserer Tochter und waren einfach nur glücklich. Er blieb den ganzen Tag bei mir. Sogar noch die folgende Nacht über. Er blieb auf einem Stuhl sitzen, der neben meinem Bett stand. Mein Mann war total erschöpft, aber er wollte nicht weg. An den darauf folgenden Tagen kam er schon morgens in die Klinik und Diane versorgte ihn mit Essen. Sie betrat das Zimmer mit einem Korb voller Leckereien. Matt kam auch dazu. Und John natürlich. Auch er war die ganze Zeit im Krankenhaus geblieben.

„Heilige Scheiße. Damon, bist du sicher, dass du so was Bezauberndes hinbekommen hast? Ein süßes Baby. Wenn Nicole das sieht, oh je. Dann muss ich ran, glaub mir."

„Hi, John, klar. Eine Meisterleistung. Aber die Schönheit stammt definitiv von Jo."

„Das wäre ja noch schöner, wenn das nicht der Fall wäre."

Ich sah wie sich die beiden Männer fest umarmten. Mir wurde ganz warm ums Herz. Dann kamen Matt und Diane an das Bettchen der Kleinen.

„Oh, wie niedlich. Wenn ich so daran denke, dass meine Söhne Brad und Shane auch so klein waren. Oh je, das ist lange her. Ich bin steinalt, Mr. Mandora."

„DAMON, okay?"

„Ja, ich gewöhne mich in 100 Jahren nicht daran. Schließlich bist DU mein Boss."

„Ach Diane, du bist meine zweite Mom", grinste Damon nur.

Ich fand es schön alle bei mir zu haben. Am meisten aber fehlten mir meine Eltern. Ich hatte sie schon so lange nicht mehr gesehen. Irgendwie waren wir ständig unterwegs oder wenn nicht dann genossen wir ein wenig Zeit in unserem Haus. Zeit zu zweit war selten geworden. Ich hoffte aber, dass sich das jetzt mit dem Kind ändern würde. Ich hatte meine Eltern noch nicht einmal über meine Schwangerschaft informiert. Keine Ahnung warum das so war. Ich hatte wohl einfach keinen Gedanken daran. Matt, Diane und die beiden Leibwächter waren jetzt meine Familie.

Na ja, sobald es ging wollte ich meine Eltern besuchen und ihnen von Alanah erzählen. Sie wären sicher total von der Rolle. Wir alle waren hin und weg von unserer Tochter. Sogar noch als ein etwas unrühmlicher Duft eines Tages den Raum erfüllte.

„Jo, sie stinkt."

Wir alle mussten lachen als Damon sein Gesicht verzog und mir unser Baby entgegen hielt.

„Da musst du wohl durch, Superdaddy", lachte John.

„Komm erst mal so weit, Kumpel. Im Ernst, wie kann ein solch

kleines Wesen so... bäh."
Alle im Zimmer mussten lachten und selbst Alanah gab glucksende Laute von sich. Irgendwie schafften wir es dann ihre Windeln zu wechseln. Diane zeigte uns wie das ging.
„Ist nicht so schwer wie es aussieht, nicht wahr, kleine Maus?"
Zärtlich strich Diane ihren Finger über Alanahs Nase und unsere Tochter grinste sie an.
„Schon besser. Jetzt kann ich sie wieder haben, ja?"
„Ist klar. Jetzt kommt Daddy wieder ins Spiel, wenn die Hose rein ist. Du bist ja ein Vogel. Schäm´ dich."
„Klappe, Onkel John."
Damon grinste seinen besten Freund an und mir wurde warm ums Herz. Onkel John. Ja, irgendwie war er das tatsächlich. Ich dachte mir, dass er sicher ein guter Patenonkel werden würde. Irgendwann wollte ich ihm den Vorschlag machen. Aber das hatte noch Zeit. Im Moment war ich einfach nur glücklich. Viele mir wichtige Menschen, leider nicht alle, waren den ganzen Tag bei mir. Wunderbar. Die Stunden vergingen wie im Flug. Es wurde Abend und alle verließen mein Zimmer.
„Jo, Damon, wir machen uns jetzt auf den Weg. Es gibt noch einiges zu tun. Ich muss die Pferde noch füttern."
„Ja und ich werde mich um ihren, ähm...DEINEN, Freund hier kümmern. Mr. Brannigan kommt mit zu uns. Wenn es recht ist. Und dann bekommt er zunächst einmal eine vernünftige Dusche und ein richtiges Essen. Nicht wahr, John?"
Diane war echt unbezahlbar und sie brachte es tatsächlich fertig John zu überreden einige Tage, bis ich und Alanah heim kämen, bei uns zu wohnen.
„Da kann man nicht Nein sagen. Danke, Diane."
„Ach was. Los geht´s. Wir kommen morgen wieder. Gute Nacht, süße Maus"
Zärtlich strich sie über Alanahs Wange.
„Und Damon, das Gleiche gilt auch für dich. Essen und so könnte dir auch nicht schaden. Bis morgen."

Und schon hatte Diane ihr kleines Gefolge, Matt und John, aus der Tür geschoben. Wir waren allein. Damon wollte nicht weg.

„Sie ist das Süßeste, was mir je begegnet ist. Außer ihrer Mutter natürlich."

„Ja. Sie hat deine schönen Augen. Ich schätze wenn sie mal groß ist stehen die Typen Schlange bei ihr."

„Ich werde aufpassen wie ein Schießhund. Kein Kerl wird gut genug für sie sein."

„Spinner."

Ich sah zu wie er unsere Tochter in ihrem Bettchen ansah. So liebevoll.

„Denkst du sie möchte raus?"

Wie auf Kommando erwachte sie und schrie Herz zerreißend.

„Ja, definitiv."

„Okay. Pass auf, kleine Prinzessin. Daddy wird dich jetzt da raus holen. Komm her mein kleiner Schatz."

Es war zu niedlich wie Damon sich über das Bett beugte um das Baby herauszunehmen.

„Sch... sch... ist ja gut."

Dieses kleine Wesen in seinen großen Händen. Mein Rocker mit diesem kleinen Baby.

„Sie mag meine Stimme. Sieh her. Sie weint nicht mehr."

Damon begann für Alanah zu singen, während er sie eng an sein Herz gedrückt hielt und durch das Zimmer trug. Es waren wunderschöne Momente damals. Und jetzt verpasst er fast nahezu jeden Geburtstag seiner Tochter.

Jeder Tag lief ähnlich ab. Man musste ihn praktisch zwingen zu essen oder zu duschen.

„Damon, du solltest echt einmal etwas schlafen. Und du brauchst dringend eine Rasur."

„Ich werde hier bleiben. Bei meiner kleinen Prinzessin. Ich möchte sie nicht mehr aus der Hand geben. Ich liebe dieses kleine Wesen. Sieh sie dir doch an."

Alanah schlummerte selig auf Damons Bauch, als dieser sich einfach mit in mein Bett gequetscht hatte. Eine Weile betrachtete ich die beiden. Er hielt die Kleine ganz fest und schlief schließlich selbst ein. Schon ewig war er wach gewesen. Dann kam die Schwester ins Zimmer:

„Hinreißend nicht wahr? Ganz anders als wenn ihr Mann über die Bühne tobt. Sie haben echt Glück, Mrs. Mandora."

„Ja, ich liebe ihn über alles. Ohne ihn würde ich sterben. Er ist das Beste was mir je passiert ist."

„Ja, das kann ich verstehen. Ich hatte leider nicht so ein Glück. Blake war voll die Niete, ein Säufer und Spieler. Aber na ja..."

Ich redete noch eine Weile mit der Schwester. Sie schien nett zu sein und irgendwie tat sie mir leid. Dann nahm sie vorsichtig das Kind aus Damons Armen und legte es in sein Bettchen. Grinsend sah ich ihm dabei zu wie er sich wohlig grummelnd zusammen rollte. Die ganze Sache hatte ihn doch mehr geschafft als er je hätte zugegeben.

Mittlerweile war unsere Tochter schon fast eine Woche alt. Bald konnte ich zurück in unser Haus. Darauf freute ich am meisten. Jeden Tag im Krankenhaus war ein verlorener Tag, aber ich hatte ständig Menschen um mich herum. Keine Zeit zum Grübeln. Die anderen Bandmitglieder kamen in die Klinik. Sogar P.J.kam einmal mit. John hatte ihm erzählt dass wir eine Tochter bekommen hatten. Ich freute mich echt Damons alten Kumpel noch einmal zu sehen. Nach zwei Wochen konnten wir unser Kind mit nach Hause nehmen. Mein Mann war noch aufgeregter als ich. Es würde Leben in unser Haus kommen. Und ich hoffte, dass Damon nun öfter zu Hause wäre. Ich sollte mich irren.

„Wir schaffen das schon. Ich werde eine Nanny einstellen."

„Nein, Damon. Ich schaffe das schon. Alle Frauen schaffen das. Ich muss es nur lernen. Ich bekomme das hin. Oder vielleicht kann meine Mutter für einige Tage kommen, oder Anne."

„Wie du willst. Ich möchte es nur leichter für dich machen."

„Ich weiß. Du bist der beste Daddy der Welt."
„Uuuuhhh."

Kaum im Haus angekommen, nahm er die Tragetasche mit dem Baby an sich.
„Ich will ihr ihr kleines Reich zeigen."
Ich musste grinsen als er mit dem Kind die Treppe hinauf stapfte. Dieses Baby hatte ihn irgendwie verändert. Zumindest für kurze Zeit. Mir war klar, dass das nicht das Ende des Weges war, aber ich freute mich über jeden schönen Moment mit meiner kleinen Familie. Ich folgte ihm die Treppe hinauf und blieb in der Tür stehen. Ich war hin und weg wie behutsam er das Kind in seine Wiege legte. Alanah blinzelte ihren Vater an und gab glucksende Geräusche von sich.
„Es gefällt ihr. Sie lächelt. Sieh her."
Damon sah so glücklich aus.
„Ihr Dad hat eben Geschmack."
„Oh jaaaa. Vor allem mein Geschmack was sexy Mütter betrifft."
Ich schritt auf ihn zu. Er legte seine Arme um mich. Eng umschlungen standen wir an Alanahs Wiege und sahen einfach nur zu bis sie einschlief.
„Glaubst du wir können sie allein lassen?"
„Natürlich. Es gibt so was wie den Mutterinstinkt, und eine Erfindung, namens Babyfon."
„Wenn du das sagst. Dann sollte ich mich wohl jetzt ein wenig um die Mummy kümmern, was?"
„Hmmmhmmm. Ich werde langsam eifersüchtig auf die kleine Maus, weißt du?"
„Uuuuuhhhh, das klingt gar nicht gut. Wie kann ich das wieder gutmachen?"
„Ich bin mir sicher da fällt dir was ein."
„Ich hätte da so eine Idee..."

Die ersten Tage verliefen ziemlich turbulent. Alanah weinte und wir hatten keine Ahnung was zu tun war. Mein Mann konnte nicht mehr ständig bei mir sein. Die Termine für das Albumcover häuften sich noch immer. Die ganze Sache hatte sich verschoben, weil Damon dauernd bei mir in der Klinik gewesen war. Schon wieder hatte ich sein Leben durcheinander gebracht. Erst spät in der Nacht kam er meistens heim. Dann schlief ich schon und Alanah natürlich auch. Wenn sie nachts weinte stand er sofort an ihrem Bettchen. Er machte ihr ein Fläschchen und trug sie durch das Haus. Manchmal hörte ich ihn singen. Ich setzte mich im Bett auf und war jedes Mal total gerührt von seiner Fürsorge. Er liebte dieses Kind mehr als alles auf dieser Welt. Das hätte sogar ein Blinder gesehen. Diane half mir wo sie konnte. Schließlich hatte sie ja schon zwei erwachsene Kinder. Dann kam die komplette Band noch einmal für einige Tage vorbei und jeder brachte uns Sachen für die Kleine mit. Dieses Mal blieben alle bei uns im Haus. Diane war voll in ihre Element wenn sie für die ganze Horde kochen konnte. Andy war hin und weg von unserer Tochter. Jonathans Augen wurden glasig als er das Kind sah: „Wenn ich bedenke wie groß Jakob schon ist. Oh Mann. Und ich habe nichts davon mitbekommen. Jedenfalls fast. Die Zeit rinnt uns durch die Finger und schon sind die Kinder selber Eltern. Pass gut auf dein Kind auf. Und sei ein besserer Vater als ich. Mach nicht den gleichen Fehler."

Sein Versprechen, genau das zu tun, hat er leider nicht eingehalten.

17

Damon

Wir kommen am Hotel an. Uns bleiben nur noch wenige Stunden. Dann geht es weiter nach Sydney. Ich werde das schon schaffen. Wenn das Konzert in Darwin vorbei ist werde ich tun was John gesagt hat. Ich werde Jo überraschen. Ich bin so neugierig auf mein Kind. Ich frage mich wo die letzten 15 Jahre überhaupt geblieben sind. Und daran merke ich wie alt ich bin.

„Wir sehen uns später", reißt John mich aus meinen Gedanken. „Ja sicher. Danke für alles. Es tut mir leid. Ich meine... es war nicht okay. Keine Ahnung. Ich fühle mich so beschissen." „Wir finden einen Weg. Und nun sieh zu dass du klarkommst." „Ja, das muss ich wohl."

John lässt mich allein und ich fühle mich leer. Jetzt bin ich wieder in meinem Zimmer. Einigermaßen klar im Kopf. Ich bin froh, dass John mich davor bewahrt hat Mist zu bauen. Meine Tasche liegt noch da. Ich sollte mich Packen beeilen.

Damals:

Als ich Jo endlich abholen konnte freute ich mich auf alles was
da kommen sollte. Das Baby würde es gut haben. Ich wollte alles
dafür tun, habe es aber nicht hin bekommen. Nur in den ersten
Wochen schaffte ich es den Ehemann des Jahres abzugeben. Und
es gefiel mir ja auch. Diane half uns mit dem Kind. Ich hatte von
George eine Empfehlung bekommen, von einer Hebamme, die
uns auch zweimal in der Woche half. Sie zeigte Jo wie sie das
Baby baden sollte, was zu tun war wenn es schrie usw. Ich fand,
dass sie das super machte. Ich hatte manchmal Angst die Kleine
überhaupt nur an zufassen. Sie war so winzig. Ich sah ihr zu wie
sie in ihrem kleinen Bettchen schlief. Stundenlang saß ich neben
ihr und sah sie einfach nur an. Ab und zu trug ich das Kind durch
das Haus, wenn Jo zu erschöpft war. Manchmal ertappte ich mich
sogar dabei, dass ich ihr etwas vor sang. Ich glaube sie liebte
meine Stimme, wie ihre Mutter. Nach einigen Wochen lief es gut.
Jo kam super zurecht. Ich beschloss, sie zu überraschen und lud
ihre Eltern zu uns ein. Sie waren noch nie bei uns gewesen und
wir hatten sie auch schon ewig nicht mehr gesehen. Wie auch,
wenn wir nie da waren. Auch so eine Sache worüber ich nie
nachgedacht hatte. Schon immer war ich zu sehr mit mir selbst
beschäftigt. Aber dann bat ich Matt die beiden am Flughafen
abzuholen. Ich wollte ihnen den Flug zu uns bezahlen. Unser
Flugzeug stand ja noch in New York. Es wäre knapp geworden
das alles zu organisieren. Ich buchte zwei First Class Tickets in
einem normalen Linienflugzeug und sagte Jo natürlich nichts
davon. Heimlich telefonierte ich mit meinen Schwiegereltern.
Unsere Hochzeit in Texas hatten wir noch immer nicht
nachgeholt. Irgendwie kam es nie dazu. Bis heute nicht. Ich sollte
mich echt schämen. Einige Tage später bat ich Jo mich zu
begleiten. Wohin sagte ich nicht.

„Was hast du vor?"

„Nichts. Ein kleiner Ausflug. Nur wir drei. Wie eine normale Familie."

„Okay."

Jo zog ihre Augenbraue hoch und sah mich fragend an. Ich nahm meinen Jeep und bat Matt uns damit zum Flughafen zu bringen.

„Damon, sag mir nicht wir fliegen heute noch."

„Nein viel besser. Wir holen jemanden ab."

„Was? Wen denn?"

„Überraschung."

Ich drückte ihr einen Kuss auf die Nase und legte ihr meinen Arm um die Schulter. Alanah grinste mich an als hätte sie alles verstanden. Matt brachte uns zum Ankunftsbereich des Flughafens. Ich konnte sehen, dass der Flug aus San Antonio bereits gelandet war. Es blinkte an der Tafel. Jo hatte es zum Glück nicht gesehen. Ich war so gespannt auf Jos Reaktion, wenn sie ihre Eltern endlich wieder sah. Ich hatte das Gefühl Stunden seien vergangen als sich endlich die Tür öffnete und Jos Eltern in die Wartehalle traten.

„Mom, Dad. Was macht ihr denn hier? Damon, wie hast du das gemacht?"

Jo fiel mir um den Hals und dann stürmte sie auf ihre Eltern zu. Es wärmte mein Herz sie so glücklich zu sehen. Es war einige Zeit vergangen als wir uns zum letzten Mal gesehen hatten. Die beiden hatten sich kaum verändert.

„Damon, na alter Rocker. Ich hoffe du kümmerst dich gut um meine einzige Tochter", sagte Scott. Ich gab ihm meine Hand.

„Sie ist das Beste was ich auf dieser Welt habe. Und dieses kleine Geschöpf."

Ich zeigte auf Alanah, die in ihrem Wagen lag und lächelte.

„Wir sind Großeltern und wussten es nicht einmal. Warum habt ihr nichts gesagt? Ich bin etwas enttäuscht", meinte Elaine.

„Es ist soviel passiert in letzter Zeit. Keine Ahnung. Aber jetzt seid ihr ja hier. Kommt mit. Matt bringt uns in unser Haus. Ich habe ein großes Gästehaus auf meinem Grundstück. Da könnt ihr wohnen so lange ihr wollt."

„Na dann kann man mit der Singerei ja doch etwas verdienen, wie mir scheint. Wo ist übrigens deine Mähne hin? Auf den Postern in Jolenes Zimmern siehst du anders aus und als du letztes Mal bei uns warst, hattest du sie auch noch", zog mich Scott auf.

„Was? Die hängen noch immer da. Oh je. Ich denke mit über 30 bin ich wohl zu alt für so was. Wir sind nicht mehr so wild. Meine Band kommt sicher noch zu uns solange ihr da seid. Ihr werdet sie mögen."

„All diese Typen auf den Bildern?"

„Ja, nur Brandon ist noch dazu gekommen. Der ist da nicht drauf. Locker bleiben, Scott."

Ich schlug meinem Schwiegervater freundschaftlich auf die Schulter.

„Wenn du das sagst."

Wir verließen die Ankunftshalle. Es war echt kompliziert sich davonzuschleichen. Ich bat Matt das Gepäck zu verladen. Daryl hielt die Augen offen ob es neugierige Fotografen auf uns abgesehen hatten. Die Menschen wussten zwar von unserem Kind, aber niemand hatte es bis dahin zu Gesicht bekommen. Das wollten wir nicht.

Wir brauchten etwa eine halbe Stunde bis wir an unserem Haus ankamen. Zum Glück ohne irgendwelche Zwischenfälle. Buster bellte wie ein Verrückter, gab aber auf, als Elaine ihn an den Ohren kraulte.

„So da wären wir. Das ist unser Haus. Lasst es euch gut gehen. Wenn ihr etwas braucht sagt Diane Bescheid."

„Wow. Das ist aber riesig. Du meine Güte. Was ist mit New York? Ich dachte ihr lebt da?"

„Nicht mehr. Ist zu viel für Jo. Hier sind wir etwas anonymer. Ich fliege ab und zu mal rüber. Heimweh. Ich behalte mein

Penthouse. Ich liebe New York und das wird ewig so bleiben. Es gibt keine lebhaftere Stadt auf diesem Planeten. Für Jo würde ich alles tun. Hier ist sie sicher. Aber nun kommt doch erst einmal herein."

Diane kam aus dem Haus und gab den beiden die Hand.

„Hallo. Ich bin Diane. Ich kümmere mich ein wenig um ihren chaotischen Schwiegersohn. Er ist ein lieber Kerl. Mein dritter Sohn sozusagen."

„Hallo. Ich bin Scott und das ist Elaine, meine Frau. Ich muss sagen meine Tochter hat ein schönes Leben. Ich bin stolz auf sie. Obwohl ich nie gedacht hätte, dass aus dieser Schwärmerei etwas wird. Meine Tochter war erst 14 als sie sich Damon ausgeguckt hat."

„Sie hat eine gute Wahl getroffen. Ich arbeite schon ziemlich lange für ihn. Meine Familie und ich sind wegen ihm aus New York weg gegangen. Ich brachte es nicht über mein Herz diesen jungen Mann ziehen zu lassen. Für mich ist er wirklich wie ein Sohn."

„Aber sie schafft es noch immer nicht, mich bei meinem Vornamen zu nennen. Nicht wahr?"

„Ich arbeite daran, SOHN. Mein Chef ist ein verrückter Kerl, wissen sie, Scott?"

„Das dachte ich mir."

Matt kam zu uns.

„Matt kennt ihr ja schon. Er ist eigentlich unser Gärtner. Aber irgendwie auch mein zweiter Dad."

„Ich bin beeindruckt. Du bist keine schlechte Partie, Damon. Schade dass wir uns eigentlich noch gar nicht richtig kennen. Nach all den Jahren. Echt traurig."

„Es tut mir wirklich leid. Ich weiß nicht warum das so ist. Wir waren viel unterwegs. Diese vielen Konzerte und alles sind ziemlich zeitaufwendig. Man verliert jegliches Zeitgefühl. Ich habe noch so viel vor. Im nächsten Jahr wollen wir wieder touren. Für länger. Ich bin dabei das Cover für das neue Album zu planen, die Stadien zu buchen und all der Kram drumherum. Seit ich meinen Manager gefeuert habe bleibt fast alles an mir hängen. Aber ohne all das hätte ich nichts. Und ich will für Jo nur das Beste."

„Ich habe doch dich, das reicht mir. Doch dafür bist du ja blind. Komm, Dad, ich zeige euch das Haus. Diane macht uns was zu essen und kümmert sich sicher kurz um Lana."

„Natürlich. Genieße die Zeit mit deinen Eltern. Ihr seht euch viel zu selten."

„Wem sagen sie das."

Jo zeigte ihren Eltern das Haus und ich stellte eine gute Flasche Whiskey auf den Tisch. Nach dem Essen machten wir es uns im Wohnzimmer gemütlich. Scott erzählte mir bei einem Glas Bourbon wie Jo damals war. Ich konnte es mir nicht vorstellen. Jo im Alter von 14, das war total verrückt. Schon damals war ihr klar dass sie mich wollte. Unglaublich. Wir sprachen über alte Zeiten. Über die Anfänge meiner Karriere. Zu dem Zeitpunkt hätten wir nie geglaubt dass wir es bis ganz nach oben schaffen würden. Und all der Scheiß, der passiert war. Oh Mann. Jo hätte sich auch einfach von mir trennen können. Drogen, Alkohol, Weiber, keine Ahnung. Mein Leben war nie einfach gewesen. Nicht alles passiert im Hochglanzmagazin. Das hatte Jo schnell verstanden. Trotzdem blieb sie immer an meiner Seite. Erst jetzt wo ich sie mit ihren Eltern sah begann ich zu begreifen wie viel ich ihr von ihrem Leben genommen hatte. Genau genommen hatte ich sie voll aus ihrem Leben gerissen. Nie war mir der Gedanke gekommen. Bin ich eigentlich bescheuert oder so? Das musste sich jetzt ändern. Auf jeden Fall. Ich war älter geworden, hatte jetzt eine eigene Familie. Es hatte sich soviel verändert. Aber irgendwie auch nicht. Elaine war ganz verzückt von Alanah. Und Jo strahlte mich an. Ich sagte ihr, dass Scott und Elaine für vier Wochen unsere Gäste wären.

„Das ist die coolste Überraschung, die ich je bekommen habe." Sie fiel mir um den Hals. Etwas Feuchtes kullerte an meinem

Hals herab. Tränen der Freude und des Glücks. Wieso war mir nie aufgefallen wie sehr Jo ihre Familie vermisste? Sie sprang mir auf die Hüfte und ich fiel fast um weil sie so stürmisch war. Ich liebe diese Frau.

Der Tag verging sehr schnell. Am späten Abend wollten Jos Eltern zu Bett gehen. Die Reise hatte sie doch sehr erschöpft. Ich zeigte ihnen das Gästehaus und dann wollte ich nur noch zu Jo. Diane hatte Alanah längst versorgt und wir hatten Zeit für uns. Ich kam ins Haus und hörte die Dusche. Ich konnte nicht anders als ins Bad zu gehen. Ich sah Jos wunderbaren Körper durch das Glas der Duschkabine. So erotisch wie sie sich einschäumte, ihr Haar wusch und überhaupt. Schnell zog ich meine Klamotten aus. Ich wollte bei ihr sein und schlüpfte in die Dusche zu ihr.

„Hey. Soll ich dir helfen?"
„Damon. Was für eine Frage. Den Rücken bitte."
Sie war so verführerisch. Ich begann ihren Rücken zu waschen. Ich küsste ihren Nacken. Dazu musste ich ihr langes Haar zur Seite schieben. Ich liebe ihr Haar. Ich stellte das Duschgel weg und streichelte ihre Brust. Sie war schon ganz erregt und ich hart.
„Jo. Ich will dich. Hier. Jetzt. Sofort."
Sanft drückte ich sie gegen die Wand. Das warme Wasser floss ihre Brust herab. Ihr Haar tropfte und ich stehe auf ihren Körper, wenn er vor Nässe glänzt. Ich drehte sie um und stellte mich hinter sie. Liebkoste ihre Rundungen.
„Damon."
„Sch... genieße."
„Meine Eltern sind hier. Es ist nur..."
„Hey hey, die beiden sind im Gästehaus. Niemand wird uns stören. Ich habe schon den ganzen Tag auf diesen Moment gewartet. Ich kriege nie genug von dir."
„So so."
„Dreh dich um."

„Was hast du vor?"

„Das etwas andere Programm."

Ich bog sie nach unten und nahm sie von hinten. Ich hielt sie fest vor mir, während das heiße Wasser auf uns herab prasselte. Geil. Normalerweise stehe ich nicht darauf, aber an diesem Tag wollte ich es so. Es machte mich an, zu sehen wie das Wasser ihren Körper hinab lief. Ihre Kurven glänzten und sie duftete nach Vanille.

„Halte dich an der Stange fest."

„Hey, so kenne ich dich ja noch gar nicht."

„Ich liebe diesen Hintern. Willst du das auch wirklich?"

„Mach mit mir was du willst. Ich vertraue dir. Ich liebe dich, Damon."

Ich war kaum zu bremsen. Sie reckte mir ihren Po entgegen. Jo hielt sich am Gestänge der Dusche fest. Das Wasser suchte sich seinen Weg entlang ihrer Kurven. Ich war so scharf. Dann konnte ich mich nicht mehr zurück halten.Vorsichtig näherte mich ihr.

„Tut es weh?"

„Nein, ich will dich spüren. Gib mir mehr."

Ich umschlang sie so fest ich konnte. Ich rammte in sie hinein. Sie war so eng. Ihr Körper fühlte sich so heiß und glatt an. Wir kamen gewaltig unserem Ziel nah. Sie brüllte meinen Namen, laut und animalisch. Ich ergoss mich in ihr und mein ganzer Körper zitterte wie Espenlaub. Es war so gewaltig gewesen.

„Heilige Scheiße. Das war... "

Sie sagte nichts und küsste mich nur. Dann blieben wir einfach auf dem Boden der Dusche sitzen. Das Wasser regnete weiter auf uns herab, aber ich hatte keine Kraft mehr aufzustehen. Jo drückte sich an mich und ich streichelte ihre Wangen. Ihre Lippen waren ganz geschwollen und überhaupt hätte ich am liebsten noch einmal von vorne angefangen.

Dann riefen die Verpflichtungen. Meine Welt war trotzdem noch da. Die Techniker hatten meine Pläne überarbeitet und ich sollte mir in der Montagehalle die Resultate ansehen. Die Jungs hatten ganze Arbeit geleistet. Alles war so geworden wie ich es haben wollte. Mit diesem Bühnenbild würde ich mich unvergessen machen. Jo kam mit dem Baby vorbei. Ihre Eltern waren auch dabei.

„Hey, na ihr beiden. Hey, Scott, Elaine. Was sagst du dazu? Genial. Oder? Ich freue mich dem Publikum diese Effekte um die Ohren zu hauen. Ich werde nächstes Jahr noch einmal durch Europa touren. Und ihr beide kommt mit."

„Ist echt cool. Aber ob ich mitkomme weiß ich noch nicht. Alanah ist noch zu jung für so was."

Ich wusste ja, dass Jo recht hatte, aber ich konnte mir einfach nicht vorstellen sie nicht zu sehen. Bis dahin würde ja noch viel Zeit vergehen. Und ich wäre bei meiner Familie. Jo erwartete es von mir. Jeder andere Mann hätte gar nicht mit dem Gedanken gespielt, ein Jahr allein durch Europa zu ziehen, wenn er ein kleines Kind hat und eine Frau, die ihn braucht. Aber ich habe wieder nichts kapiert. Wie immer. Scott und Elaine sahen sich in der riesigen Halle um und staunten welche Arbeiten vor einer großen Tour anfielen. Ich führte sie herum und zeigte ihnen was ich womit vor hatte.

„Mir ist völlig egal womit du dein Geld verdienst, Damon. Hauptsache du passt auf meine Tochter und meine Enkelin auf. Bist ein guter Kerl, glaube ich."

Ich war froh, dass ich mit Scott so gut zurecht kam. In der Zeit, während sie bei uns blieben, versuchten wir viel mit den beiden zu unternehmen. Ich hatte leider nicht immer Zeit, aber Jo, Sam und Daryl waren ja da. Elaine wollte eh lieber bei der Kleinen bleiben. Sie war ganz vernarrt in sie. Etwa zwei Wochen später traf der Rest der Band bei uns ein. Es brannte mir unter den Nägeln sie meinen Schwiegereltern vorzustellen. Wir saßen auf der Terrasse und frühstückten als der Bandbus vor unserem Tor anhielt. Matt war schon früh losgefahren um die Jungs

abzuholen. James, Anthony und sogar Cathy waren mit dabei.
„Wer ist denn das?", fragte Scott.
„Der Rest von Mandoras Hell Fire. Meine Jungs. Ihr werdet sie
mögen. Die sehen nur düster aus. Sind aber ganz zahm. Vor
allem Brandon."
„Da bin ich aber mal gespannt."
Ich drückte das Tor auf und wartete. Als erster kam Matt durch
das Tor, gefolgt von Andy, dann Nick, Jonathan, Brandon. Cathy
zwischen den beiden Piloten. Zum Schluss John.
Andy schlug mir auf die Schulter und schaute in die Runde:
„Hallo Leute. Ich bin Andy Lee Mc. Fadden. Jetzt weiß ich
endlich warum Damons Frau so hübsch ist. Sie sind sicher Jos
Mutter?"
Andy reichte allen nach der Reihe die Hand.
„Ja, die bin ich. Sie sind wohl ein Charmeur der alten Schule,
was?"
„Andy, einfach Andy. Und ja, ich gebe mir Mühe, Manieren zu
zeigen."
Die Jungs bemühten sich echt nicht laut loszulachen. Auch Elaine
musste schmunzeln.
„Hi. Ich bin Brandon Cample, der Neue. Na ja, vielleicht nicht
mehr so neu, aber … "
Scott erhob sich vom Stuhl und ging auf die Band zu. Er sah am
hünenhaften Brandon hoch und bekam den Mund nicht mehr zu.
Brandon ist noch größer als ich und ich bin schon fast 1,90.
„Wow, da hat Damon ja nicht zu viel versprochen. Gewagter
Look, würde ich sagen. Ich bin Scott, Jolenes Vater."
Scott starrte Brandon an. Kein Wunder. Er sah noch verwegener
als sonst aus. Sein schwarzes wildes Haar reichte ihm
mittlerweile fast bis zum Po und die Perlen darin schimmerten
bunt zwischen den unteren Haaren hindurch. Er trug schwarze
enge Lederhosen mit Flicken an Po und Knien und vor seinem
besten Stück, sowie ein zerfetztes Muscleshirt in fahlem Weiß,
welches seine bunten Arme, einschließlich seiner Körperseiten,

frei ließ. Die Augen dick schwarz umrandet und an jedem Finger einen Totenkopfring.Trotzdem wirkte er eher schüchtern und trat schnell zur Seite um Jonathan Platz zu machen:

„Jonathan Smith, Drummer."
„Nett Sie kennenzulernen."
„Freut mich auch, echt."
„Ich bin Nick Fenley und ziehe die Saiten am Bass. Freut mich."
„Hallo Mr. Fenley."
„Oh bitte, nur Nick. Ich fühle mich so steinalt wenn man mich siezt."
Gelächter.
„Und wer sind sie, junge Dame?"
„Cathy Wheeler, Stewardess der Band. Sehr erfreut."
Scott sah mich an und ich ahnte was er sagen wollte:
„Ihr habt eine Stewardess?"
Doch er sprach es nicht aus.
„Wir sind die Piloten. Das hier ist Anthony, und ich bin James."
„Piloten? Du meine Güte. Mein Schwiegersohn lebt aber auf der Überholspur, was? Für welche Fluggesellschaft arbeiten sie denn?"
„Ähm, genau genommen für keine. Nicht mehr, früher Pan Am", sagte Anthony.
„Jetzt für Mandoras Hell Fire."
„Was soll das heißen?"
„Na ja, die Band besitzt ihren eigenen Flieger. Das wissen sie nicht?"
„Ich dachte immer Jolene machte einen Witz, wenn sie uns davon erzählt hat. Ein EIGENES Flugzeug? Das ist... zu viel für mich. Alle Achtung. Ich bin ... beeindruckt. Wow."
„Ja, wir bringen die Jungs rund um den Globus. Alles cool. Freut mich... "
Wieder wurden Hände geschüttelt. Scott war ganz blass geworden. Mir war gar nicht klar gewesen wie wenig Jos Eltern über uns und unser Leben wussten, echt nicht. Zögerlich kam

eine Unterhaltung in Gang und endlich trat auch John näher.
„Scott, Elaine. Das hier ist John Brannigan, Keyboarder und mein bester Freund."

Meine Augen begannen schon wieder Wasser zu produzieren. Ich hatte sie alle so vermisst, obwohl alle ja erst kürzlich da waren und John mir sogar in der Nacht von Alanahs Geburt zur Seite gestanden hatte.
„Hallo Mr. Brannigan. Von Ihnen habe ich schon viel gehört. Sie sind wohl der, der auf alle aufpasst, was?"
„Liegt wohl daran, dass ich der Älteste von all den Chaoten hier bin. Ich muss Reife zeigen..."
„Hört ihn euch an. Der Brüller", schrie Nick.
„Unser Kindergärtner", meinte Andy. Wir begannen uns gegenseitig aufzuziehen und ich hatte den Eindruck, dass Scott und Elaine meine Crew sofort mochten. Wir verbrachten den ganzen Tag draußen, sogar die halbe Nacht und grillten, soffen und sangen. So liebte ich mein Leben. So könnte es für immer bleiben.
Meine Band blieb drei Tage in New Orleans. Dann mussten sie zurück um ihre eigenen Sachen am Laufen zu halten. Viel Zeit blieb ihnen ja eh nicht mehr dafür. Dann waren wir wieder allein und ich spürte wie gut es Jo tat, ihre Eltern hier zu haben. Die vier Wochen vergingen wie im Flug und Daryl brachte Jos Eltern zurück zum Flughafen. Jo war so traurig damals und ich versprach ihr, dass sie ihre Eltern öfter sehen könnte. Ich wollte mir etwas einfallen lassen.
„Das war echt eine tolle Zeit. Danke, Damon. Und das Wochenende mit den Jungs war einfach cool. Meine Eltern mögen sie. Das weiß ich. Aber wer könnte diese Irren nicht mögen?"
„Hey hey. Vorsicht, ich bin der Oberirre von ihnen. Ich bin gefährlich und total verrückt... nach dir. Grrrrr... "

175

Jetzt:

Ich falle wieder. Als ich vorhin mit meiner Tochter sprach, hat es mich innerlich zerrissen. Jetzt ist Jack für sie da. Und ich als Vater versage auf ganzer Linie. Jo ist die Liebe meines Lebens. Und Alanah die Krönung des Ganzen. Und ich sollte mein Glück festhalten.

Meine Tasche ist fertig. Ich hocke an meinem Schreibtisch und warte bis John mich abholt. Er hält mich zusammen, baut mich auf. Ohne ihn läge ich jetzt sicher irgendwo herum, dem Abgrund nahe. Es klopft an der Tür. Ich bin wie weggetreten. Mir ist echt alles egal gerade. Es klopft noch einmal. Lauter, schneller.

„Damon? Bist du da? Damon? Mach die verdammte Tür auf. Muss ich mir Sorgen machen? Ich dachte wir hätten alles geklärt. Damon. Damon! Verdammte Scheiße."

John steht vor meinem Zimmer und ist ganz offensichtlich angepisst.
„Ist offen, komm rein. Bin fertig. Kann losgehen."
Er bleibt im Eingang stehen und schaut mich komisch an:
„Alles okay bei dir? Hast du wieder alle Sinne zusammen oder ist das Gegenteil der Fall? Muss ich den Inhalt dieser Zimmerbar prüfen?"
„Nein, natürlich nicht. Verdammt. Sehe ich aus wie ein beschissener Alki?"
„Ehrlich gesagt? Ganz ehrlich? Zur Zeit definitiv ja. War echt eine scheiß Aktion von dir. Das weißt du, oder?"
„Ja, das weiß ich. Aber ich musste hier weg."
„Man kann nicht vor sich selbst davon laufen. Du kannst saufen oder sonst was. Aber wenn der Rausch weg ist hat sich nichts, absolut gar nichts, verändert. Im Gegenteil. Es könnte schlimmer

werden. Ich kann und will es nicht mehr erleben, Damon. Das schaffe ich nicht. Ich bin dein Freund. Immer für dich da. Aber ich bin auch nur ein Mensch. Auch meine Kraft ist nicht unerschöpflich. Verstehe mich nicht falsch. Ich weiß, nein ... ich spüre, wie es in dir aussieht. Dazu kenne ich dich schon viel zu lange."

„Ich weiß, John. Und ich kann nicht ständig nur verlangen dass du für mich da bist. Das ist schon immer so. Es tut mir wirklich leid."

„Schon gut. Nach Regen folgt Sonne, hat meine Mom immer gesagt. Bist du soweit?"

„Damit hat sie sicher recht. Wann werden wir da sein?"

John kommt herein und hockt sich vor mich hin. Er sieht mir in die Augen und ich erkenne Sorgen darin.

„Denke gegen Mittag. Um 17.00 Uhr ist Probe. Die Instrumente und das Bühnenbild sind schon da. Sie haben es gestern noch hingebracht. Die Jungs sind schon Richtung Flughafen. Fehlen nur noch wir beiden Idioten. Nun komm schon. Je eher wir da sind, je eher sind wir auch wieder weg. Also?"

„Hmmm, klingt gut."

„Na bitte."

John steht auf und reicht mir seine Hand.

„Hau rein", brüllen wir gleichzeitig und schlagen unsere Hände gegeneinander. Ich bin froh, dass es John gibt.

18

Jo

Damals:

Als Alanah endlich bei uns war veränderte sich alles. Es brauchte einige Zeit bis ich klarkam und Damon tat alles für mich und das Kind. Dann überraschte er mich damit, dass er meine Eltern vier Wochen zu uns einlud. Sogar die Band war für ein komplettes Wochenende bei uns zu Gast. Meine Eltern staunten nicht schlecht mit welchem verrückten Haufen wir unsere Zeit verbrachten. Sechs irre Rockmusiker und ich mitten drin. Ich hatte echt ein Wahnsinnsleben damals. Damon hatte heimlich alles organisiert. Ich fand es einfach nur schön. Damit hätte ich nie gerechnet. Meine Eltern hatten inzwischen akzeptiert mit wem ich mein Leben verbrachte. Sie liebten Damon wie einen eigenen Sohn. Obwohl meine Mutter anfangs überhaupt nicht einverstanden war mit dem was ich tat. Keiner hätte überhaupt jemals geglaubt, dass ich ihn wirklich treffe und ihn sogar heirate. Ist ja auch eigentlich nicht die Regel, aber so ist es nun mal. Und ich werde ihn nicht aufgeben – niemals.
Ich kann mich noch gut daran erinnern wie fertig mein Vater war, als er erfuhr wie wir lebten. Es hatte eine Weile gedauert bis er sich den Jungs etwas geöffnet hatte. Nach einigen Gläsern Bier und Steaks wurde er schon lockerer. Es war noch ziemlich warm. Sogar am Abend noch. Und der Alkohol machte die Sache nicht einfacher. Es gibt drei oder vier Dinge, die Damon total glücklich

machen. Dazu zählt vor allem die Musik, die Band, Autos, Zigaretten, Motorräder, Gitarren, Bourbon, ich hoffe dass ich auch dazu gehöre, und natürlich eine Partie Billard mit seinen Freunden. Da mein Vater ja jetzt auch einer von ihnen war, musste er jetzt ran.

„Bin dabei Schwiegersohn, zieh´ dich warm an", meinte mein Vater.

„Hört hört, er fordert mich heraus."

Schnell war geklärt wer welche Kugeln erhielt und schon ging es los. Nach einigen Treffern von Damon sah mein Vater schon ziemlich blass aus. Mein lieber Mann hüpfte umher wie ein kleiner Junge.

„Verdammt warm heute", sagte er und zog sein Shirt aus. Dann drehte er sich um so dass mein Vater einen Blick auf seinen Rücken bekam.

„Was zum … ? Heilige Mutter Gottes. Was ist das denn da auf deinem Rücken?", fragte mein Vater und ließ den Billardstock fallen.

„Hä? … ach das. Hab ich schon lange. Musste sein. Und Jo steht voll drauf."

„Eine Drache? Wow... das. Na ja."

„Das ist normal. Wir sehen alle so aus. Brandon ist viel bunter als ich."

„Ist mir nicht entgangen. Und ihr anderen?"

„Dad … "

Irgendwie war mir als ob mein Vater nun einen falschen Eindruck von uns bekäme.

„Nur so. Kann ich mal sehen?"

„Klar", meinte Andy und schob seinen Hemdärmel hoch.

„Du hast deinen ganzen Arm voll?"

„Ja, es verdeckt meine Narben. Ein Rennunfall. Ist schon eine Weile her. Es sind Brandnarben. So sieht es cooler aus und niemand sieht meine vernarbte Haut darunter. War Damons Idee."

„Rennunfall? Leute, was habt ihr getrieben?"
Mein Vater war durcheinander.
„Meins ist hier. Na ja, eines von … einigen"
Nick band sein Halstuch ab und die Spinne auf seinem Kehlkopf
war in voller Pracht sichtbar. Meine Mutter zog scharf Luft ein.
Ich musste irgendwie schmunzeln. Johns Tattoo war auf dem
rechten Brustkorb: Der Sensenmann, der einen abgetrennten
Kopf in die Höhe hält und in der anderen Hand die Sense. Und
Jonathan hatte den Namen seines Sohnes mit Geburtstag des
Kleinen innen auf seinem Unterarm geschrieben. Er ist der
Harmloseste von allen.
„Jungs, darauf brauch ich noch einen", sagte meine Vater und
allgemeines Gelächter brach aus. Das Eis war nun endgültig
gebrochen und mir wurde immer klarer, dass meine Eltern voll
und ganz hinter mir und meinem Leben mit einem Rocksänger
standen. Es waren schöne Tage mit meinen Eltern. Damon zeigte
ihnen wie wir lebten und was er tat, damit wir so leben konnten.
Es will schon etwas heißen, wenn er jemanden, der nicht zur
Band gehört, in sein Tonstudio lässt. Mein Vater verbrachte
einige Stunden mit ihm dort, während ich mit meiner Mutter die
Pferde besuchte.
„Das sind wunderbare Tiere."
„Ja, das sind sie. Damon hat sie vor dem Tod gerettet. Ich habe
ihn solange genervt bis er die beiden ihrem alten Besitzer
abgekauft hat."
„Er hat ein gutes Herz, dein Damon, hm?"
„Ja, er ist der wunderbarste Mann, den man sich nur wünschen
kann."
„Ich sehe dass du mit ihm glücklich bist, Schatz."

Meinen Eltern war es egal ob Damon reich oder berühmt war,
oder nicht. Ihnen war nur wichtig wie er mich behandelte. Und
jetzt war noch das Baby da. Meine Mutter liebt Alanah und sie ist
froh, dass wir heute in ihrer Nähe sind. Meine Mutter hat nichts
gegen Alanahs Vater, oder das was er tut. Aber sie findet genau

wie ich, dass er öfter bei uns sein sollte. Alanah war oft bei meinen Eltern als wir gerade zurück in Texas waren. Ist etwa zehn Jahre her. Sie fragte oft nach ihrem Vater und meine Mutter hat nur gesagt, dass er sie liebt und sicher bald zurück kommt. Es tat meiner Mutter weh wenn Alanah geweint hatte, wenn Damon nach einigen Tagen wieder ging. Ein Kind liebt seine Eltern bedingungslos. Aber wir kommen zurecht. Was bleibt uns außer der Hoffnung?

Nach vier Wochen musste ich Abschied von meinen Eltern nehmen. Es war schlimm für mich. Mir war noch nie aufgefallen wie sehr ich sie eigentlich vermisst hatte. Damon versprach mir aber, ich könnte sie so oft sehen wie ich es wollte. Er hätte da so eine Idee. Ich hatte keine Ahnung was er damit meinte, damals.

Nachdem meine Eltern wieder in Texas waren, ging es Schlag auf Schlag. Unser Telefon stand nicht still. Es ging um die Tour. Mein Mann hatte schon einige Dinge erledigt. Ich erfuhr, dass es sich um eine größere Sache handeln würde. Amerika, Europa und Nahost. Es war ein Schock für mich. Und dazu kam, dass ein Reporter uns die ganze Zeit begleiten wollte um hinter die Kulissen zu schauen. Und das war der Anfang vom Ende. Das denke ich jedenfalls heute, denn wir hatten unseren nächsten handfesten Streit. Es ging um die Tour und unseren ständigen Begleiter für ein ganzes Jahr.

„Muss das echt sein?"
„Ja, ich mache das für uns. Es soll dir und dem Kind an nichts fehlen."
„Wir haben alles was wir brauchen. Warum zum Teufel willst du das tun?"
„Weil es uns weiterhilft. Und weil ... "
Ich unterbrach ihn sofort, weil ich es einfach nicht verstehen konnte.
„Und dieser Mensch schnüffelt ein Jahr in unserem Privatleben herum, ja?"

„Was? Nein. Er berichtet über die Band, die Tour und die Städte, wo wir gerade sein werden. Das wird toll. Es wird ein Buch geben. Eine Art Tourtagebuch. Das wird super. Mit Fotos, Berichten und... "

„Nein, Damon."

„Wie nein?"

„Nein - ich sage nein."

„Was zum Henker soll das?"

„Was ist an NEIN nicht zu verstehen?"

„Du meine Güte, Jo. Es ist kein Nacktmagazin oder so. Nenne mir einen Grund, nur einen."

„Alanah. Grund genug?"

„Was hat das Kind denn damit zu tun?"

„Ich werde denen unsere Tochter nicht zum Fraß vorwerfen."

„Was soll das heißen?"

„Es heißt, dass NIEMAND, aber auch wirklich NIEMAND, Kohle mit Fotos unserer Tochter machen wird."

„So ist es."

„Denkst du dabei auch einmal an das Kind?"

„Natürlich. Was glaubst du wovon sie leben soll, wenn sie einmal erwachsen ist?"

„Von ehrlicher Arbeit, Damon. Wenn sie erwachsen ist soll sie selbst entscheiden was sie will. Sie werden uns und dem Kind überall auflauern. Du kennst meinen Standpunkt dazu."

„Ehrliche Arbeit? Was denkst du was das Musikgeschäft ist? Jo. Wo wären wir ohne das alles?"

„Diese Debatte führe ich nicht schon wieder, Damon."

„Debatte? Bist du noch bei Trost? Ich finde schon dass man darüber reden sollte. Sie ist auch meine Tochter."

„Eben, deshalb verstehe ich ja nicht wie du dein Kind so verheizen kannst. Wirklich nicht, Damon."

„Ver ... Verheizen? Ach du Scheiße. Ich kann nicht glauben dass du so über mich denkst. Das bist doch nicht du, Jo."

Damon begann nervös auf und ab zu rennen. Er raufte sich die Haare und wurde rot vor Wut. Das kam nicht oft vor.

„Ich liebe mein Kind und ich liebe DICH, verdammt nochmal. Ich werde diese Tour machen. Und Mr. Houston, vom Crown Magazin, wird uns begleiten. Ob es dir nun passt oder nicht. Ich habe bereits unterschrieben."

„Du ... du hast ... UNTERSCHRIEBEN? Ich glaube es einfach nicht. Hättest du mich nicht VORHER fragen können, anstatt mich ins kalte Wasser zu werfen?"

„Es sind MEINE Geschäfte, Jo."

„Ja, Damon, das ist so. Aber WIR sind nicht dein Eigentum, das du an eine Zeitung verkaufen kannst."

Ich war so sauer dass ich ihn einfach stehen ließ.

„Verkaufen? Wie meinst du das? Ich bin doch kein Menschenhändler. Deine Fantasie geht mit dir durch. Du solltest nicht so viel Klatschpresse lesen. Ich lasse mir mein Lebenswerk nicht kaputt machen, verlass dich drauf", schrie Damon mir noch hinterher und verschwand mit knallender Tür in seinem Büro.

Davon wurde Alanah geweckt und schrie bitterlich.

Schnell rannte ich ins Kinderzimmer.

„Sch ... sch … ist schon gut, mein Schatz."

Ich nahm das Kind hoch und drückte es an mich. Noch immer konnte ich nicht glauben was Damon im Begriff war zu tun. Nicht nur die Tour, die über ein Jahr dauern sollte, dass ich Alanah mitnehmen sollte. Nein. Am Schlimmsten war für mich der Gedanke, dass ein wildfremder Mann uns Tag und Nacht filmen würde. Die Welt würde sich auf unser Kind stürzen. Alanah weinte noch immer. Meine Gedanken überschlugen sich. Ich konnte meine Tränen nicht mehr aufhalten. Dann hörte ich wie Damon die Treppe hinunter rannte. Die Haustür wurde zugeworfen. Dann schob das Tor auf. Ich schritt zum Fenster und sah ihn auf der Black Fire sitzen. Es war mal wieder soweit. Mir war klar dass ich ihn heute nicht mehr sehen würde. Langsam beruhigte sich Alanah wieder. Ich mich aber nicht.

„Was soll ich nur machen? Hm? Dein Dad ist ein Hitzkopf, weißt du das?"
Zärtlich strich ich über Alanahs Köpfchen. Sie blinzelte mich an als hätte sie verstanden um was es ging. Ich machte sie zur Nacht fertig und verzog mich in mein Atelier. Ich hatte noch viel zu tun, denn ich hatte den Auftrag von Damon bekommen, die Band für das Songtextheft, welches zur neuen CD gehörte, zu malen. Ich hatte Fotos von jedem einzelnen Gruppenmitglied an meiner Pinnwand hängen. Meine Bilder sollten innen in das Heft gedruckt werden, daneben jeweils ein Songtext. Andy und Nick hatte ich schon fertig. Derzeit war ich dabei Brandon zu malen. Seine wilden Tattoos bekam ich einfach nicht auf die Leinwand. John wollte mir bei der Gestaltung der Hintergründe und den Instrumenten helfen. Leider war er in New York und ich konnte mich diesmal nicht bei ihm aus heulen. Ich arbeitete wie eine Besessene und es war schon Mitternacht vorbei als ich das nächste Mal auf die Uhr sah. Damon war noch nicht zurück und ich begann mir Sorgen zu machen. Manchmal bekam er so kleine Ausraster und ich wollte nicht, dass es in Alkohol endete. So wie meistens. Ich fühlte mich mies. So wie ich mich jetzt auch fühle. Ich weiß nicht wo er ist, so wie damals. Ich weiß nicht wann er kommt, so wie damals. Gegen 3 Uhr morgens hatte ich Brandon ziemlich gut auf der Leinwand getroffen. Am Freitag wollte Damon nach New York fliegen um John die Bilder zu geben, damit er sie vervollständigte. Bis dahin musste ich noch Jonathan, John und ihn selbst malen. Nicht mehr viel Zeit, denn es war schon Montag. Müde setzte ich mich auf mein Sofa, welches unter dem Fenster im Atelier stand. Ich wollte unbedingt auf meinen Mann warten, weil ich mir Sorgen machte. Er kam nicht.
Am nächsten Morgen wachte ich auf jenem Sofa auf, im Sitzen. Im Haus war es still. Es war 7 Uhr. In einer Stunde käme Diane zur Arbeit. Alanah schlief noch und ich hatte Lust auf einen saustarken Kaffee. In der Küche angekommen hörte ich einen

Schlüssel im Haustürschloss.
„Jo, schon wach? Alles okay?"
Das war Diane. Sie war früh dran heute.
„Wo ist Mr. Mandora, … ähm, Damon. Wo ist er?"
„Ich ... ich weiß es nicht. Er... wir, wir... hatten Streit. Einen
Großen sogar. Er... ist abgehauen. Mit dem Motorrad. Gestern
schon. Diane, ich mache mir Sorgen. Ich hätte ihn nicht so
anbrüllen sollen."
„Oh je, Schätzchen. Das tut mir leid, aber weißt du, ein Streit
gehört dazu. Die Welt ist nicht immer rosa. Er kommt sicher bald
zurück. Ganz bestimmt. Ich mache uns einen Kaffee und dann
höre ich dir zu, okay?"
Diane nahm mich in den Arm wie es meine Mutter immer getan
hatte, wenn es mir schlecht ging.
„Danke, Diane."
„Na komm, sag mir alles..."
Ich schüttete der Haushälterin mein Herz aus und sie tröstete
mich so gut sie konnte. Von Damon fehlte jede Spur. Bis zum
Abend sah ich ihn nicht. Ich spielte mit dem Gedanken meine
Mutter oder Ann anzurufen, aber das war sicher keine gute Idee.
Zumal mein Vater ja jetzt von meiner Ehe überzeugt war. Ich
malte die noch ausstehenden Bilder von John und Jonathan, was
mir überraschend gut gelang. Nur noch Damons Bild. Dann war
ich fertig. Es war schon fast dunkel als ich ein leisen Klicken
wahr nahm. Buster raste wie ein Irrer, laut kläffend, im Zimmer
umher. Damon war zurück. Gott sei Dank war ihm nichts
passiert. Ich war so froh und unheimlich erleichtert. Trotzdem
wollte ich es ihm nicht so leicht machen. *Er* sollte zu *mir*
kommen. Schritte auf der Treppe. Poltern an der Wand entlang.
Wieso hatte ich das Motorrad nicht gehört?
„Scheiße. Warum habe ich zwei Hunde? Buster, hast du einen
Bruder? Hihiiiii, einen Bruuuuderrrr."

Ach du scheiße. Damon war betrunken. Ich wollte ihn so nicht
sehen. Ich starrte auf das Bild, das ich gerade gemalt hatte. Dieser

wunderbare, hübsche Mann dort auf dem Foto hatte sich mal wieder abgeschossen. Warum tat er das jedes Mal, wenn wir uns stritten? Im Treppenhaus war es ruhig. Was war passiert? Buster winselte noch immer vor meiner Tür und wollte hinaus. Ich dachte mir dass da was nicht stimmen kann. Als ich die Tür öffnete sah ich zunächst einmal nichts. Buster raste nach unten und ich hinterher. Da lag Damon mitten im Flur vor der Treppe und schlief seinen Rausch aus. Trotz allen Übels musste ich lachen.

„Buster sieh dir dein Herrchen an. Was machen wir mit ihm?"
Das Tier legte den Kopf schief und rannte ins Wohnzimmer. Kurze Zeit später kam er mit einer Kuscheldecke hinter sich her zerrend zurück und legte mir diese vor die Füße.

„Ist das dein Ernst?"
Buster bellte mich an und verschwand in seinen Korb. Und so kam es, dass ich Damon eben mit jener Kuscheldecke zudeckte und vor der Treppe liegen ließ.

19

Damon

Jetzt:

Wir landen in Sydney. Im Flugzeug habe ich etwas Schlaf
nachgeholt. Es geht mir wieder besser. Es ist jetzt 14.00 Uhr und
wir fahren ins Hotel. Es liegt in der Nähe des Allianz Stadium,
wo wir heute Abend auftreten werden. Keine Ahnung wo ich hier
bin. Fraser Suites, Sydney. Scheint ein gutes Haus zu sein. Ich
kann mich nicht mehr erinnern was ich überhaupt gebucht habe.
Ich habe echt den Überblick verloren. Manchmal wünsche ich
mir Dick wäre noch da. Ich habe ihn gehasst, aber jetzt könnte
ich einen wie ihn gebrauchen. Einen Typen, der keine Gefühle
kennt. Mein Zimmer ist okay. Ich habe keine Ansprüche. Jede
Hütte wäre toll, wenn Jo da wäre. Also werfe ich meine
Klamotten in den Schrank und hoffe, dass alles schnell vorbei
geht. John ist nebenan. In zwei Stunden ist Probe. Um 21.00 Uhr
geht es los. Ich weiß nicht ob ich Lust dazu habe.

Damals:

Als Jos Eltern wieder abgereist waren fing für mich der Stress an. Das Bühnenbild ging in Auftrag. Ich hing stundenlang am Telefon um geeignete Stadien für uns im nächsten Jahr zu finden. Eigentlich alles wie immer. Die typischen Städte, die ich alle schon kannte. Na ja nicht die Städte, nur die Stadien. Es ist schon traurig, dass ich um die Welt reise und doch nichts davon sehe. Was soll das eigentlich? Ich verbrachte viele Stunden in meinem Büro. Tage. Wochen. Langsam bekam unsere Tour ein Gesicht, einen Plan. Die Termine standen und ich war froh, endlich alles erledigt zu haben. Dann bekam ich einen Anruf.

„Guten Tag. Mein Name ist Houston..."

„Mr.Houston? Womit kann ich ihnen helfen?"

„Mr. Mandora. Es geht um ihre Tour im kommenden Jahr. Ich arbeite für das Crown Magazin. Es wäre uns ein Vergnügen eine Sonderausgabe, die ihre Band beträfe, herauszubringen. Es würde wie folgt ablaufen. Ich begleite sie bei ihrer Tour und führe ein Tagebuch. Am Ende werden wir einen wunderschönen Bildband über ihre Bandgeschichte haben. Wir honorieren eine sechsstellige Summe... "

„Wann können wir uns treffen? Ich hätte da noch ein paar Fragen."

„Ich bin ab Montag für drei Tage in der Gegend. Es geht um die Louis Armstrong Ausstellung in New Orleans. Da könnte ich kurz bei ihnen vorbei kommen."

„Geht klar. Montag 20 Uhr Queens Garden Restaurant. Ich werde da sein. Ich denke wir kommen ins Geschäft."

„Das würde mich sehr freuen, Mr. Mandora. Also bis dann."

„Bis Montag."

Ich war total neugierig auf diese Idee. Es würde meiner Karriere wieder ein wenig auf die Sprünge helfen. Ich telefonierte mit John und den anderen. Meine Band hatte dem Ganzen nichts entgegenzusetzen. Dann machte ich mich daran die Fotos für unser Songtextheft auszusuchen. Jo sollte die Bilder in Öl abmalen und ich würde sie zu John nach New York bringen, damit er sie zu Ende malen konnte. Dort würden sie auch in den Druck gehen. Vielleicht könnte ich die Bilder auch noch teilweise für die Konzertplakate verwenden. Mal sehen. Mit Jo sprach ich auch darüber. Die Idee mit den Bildern war ganz ihr Ding, die Sache mit dem Reporter als ständige Tourbegleitung eher nicht. Trotzdem fuhr ich am Montag zum Treffpunkt, um mich mit Mr. Houston zu unterhalten. Bei einem Glas Wein wurden die Einzelheiten besprochen. Kurz um, ich unterschrieb den Vertrag. Jetzt musste ich es nur noch Jo erklären. Klar kannte ich ihre Meinung dazu, aber ich dachte mir nichts Schlimmes dabei. Heute weiß ich es besser. Du bist Eigentum der Öffentlichkeit. Sie verfolgen dich. Sie filmen alles. Auch wenn du zuvor etwas ganz anderes vereinbart hast. Ich meine, der Bildband ist sehr schön geworden. Von Alanah sind nur zwei Bilder drin. Da konnte ich gerade noch Schlimmeres verhindern. Trotzdem weiß ich jetzt was Jo damals gemeint hatte. Wir scheuten uns intim zu werden, aus Angst er lauert irgendwo mit scharfer Linse herum. Zum Glück gibt es solche Fotos nicht. Zumindest ist mir nicht Derartiges bekannt. Wie auch immer. Jedenfalls bekam ich Streit mit Jo, der wie immer damit endete dass ich abgehauen bin. Mit dem Motorrad zur Kirche. Vorher noch in den Weinkeller. Ich habe mir drei Flaschen Rotwein und einen Cognac mitgenommen. Dann bin ich in die Kirche. Hab mich da ausgekotzt. Anschließend bin ich in die Wanderhütte zum sinnlosen Besaufen gegangen. Mein Motorrad habe ich vor der Kirche stehen gelassen. Es tat mir leid wie es zwischen Jo und mir gelaufen war, aber ich konnte nichts mehr daran ändern. Die Tour und alles war in trockenen Tüchern und Mr. Houston wäre ein gutes Jahr unser Schatten. Ich hockte mich auf den Boden der

Hütte und entkorkte die Flasche mit meinem Schweizer Taschenmesser, das ich immer in der Satteltasche der Fire habe. Man kann ja nie wissen wozu es gut ist. Und jetzt war es gut dass ich es hatte. Ich kippte alles in mich hinein was ich dabei hatte und pennte auf den Holzdielen der Hütte ein. Gegen Abend machte ich mich auf den Heimweg. Zu Fuß. Eigentlich wollte ich mich bei Jo entschuldigen und mein Kind ins Bett bringen wie ein guter Vater es tut. Doch dazu war ich nicht in der Lage. Keine Ahnung wie was und wann. Ich fand mich vor der Treppe auf dem Boden liegend wieder. Mit Jos Kuscheldecke über mir. Ich weiß nichts mehr. Ich glaube ich will es auch nicht. Der Ast auf dem ich saß drohte abzubrechen. Jetzt sitze ich schon wieder auf einem solchen Ast. Ich lerne es nie. Die Teufel sind allgegenwärtig und ich bin schwach. So war es eigentlich schon immer. Weglaufen und saufen bis nichts mehr geht wenn es Probleme gibt. Ich habe meine Familie verspielt. Mein Leben vergiftet mit meinem Ego. Ich bin schon ein toller Typ, habe alles im Griff. Natürlich habe ich das...

Nach unserem Streit fühlte ich mich mies. Ich hatte Kopfschmerzen und irgendwie ging es mir dreckig. Trotzdem musste ich mein Ding weitermachen. Ich schlich in die Küche um mir ein Glas Wasser zu holen. Es würde noch ein paar Monate dauern bis es endlich losgehen würde. Es war jetzt Mitte November und die Tour sollte im Februar beginnen. Das Fest stand schon fast vor der Tür und ich hatte Streit mit meiner Frau. Und dabei sollte es doch so schön werden. Ich musste das unbedingt wieder hinbiegen. Egal wie. Im Haus war es noch still. Keine Ahnung wie lange ich vor der Treppe gelegen hatte. Mir tat alles weh, nicht nur der Kopf. Die Uhr zeigte 5 Uhr morgens. Na toll. Ich sprang kurz unter die Dusche und danach sofort zu Jo. Sie schlief und sah so hinreißend aus. Trotzdem war ich noch immer ziemlich angepisst. Ich ließ meine Frau in Ruhe, denn zum diskutieren hatte ich keine Lust. Die Sache war jetzt eh nicht mehr zu ändern. Also begab ich mich in mein Büro. Zumindest hatte ich vor dahin zu gehen. Es kam anders. Natürlich. Auf dem Weg dahin kam ich am Atelier vorbei. Die Tür war offen, was eigentlich nie der Fall war. Ich ging hinein und stellte fest, dass Jo schon ziemlich viel geschafft hatte was unsere Bilder für das Album betraf. Die fertigen Bilder standen auf ihren Staffeleien an der Wand. Meine Frau hat echt Talent. Sie hatte uns alle super getroffen. Genau wie auf den Fotos, die als Vorlagen dienten und an das jeweilige Bild an den oberen Rand geklebt waren. Die Bilder sahen so lebendig aus. Sogar meines. Obwohl ich mich zur Zeit alles andere als lebendig fühlte. Der Typ, der mir vorhin im Bad aus dem Spiegel entgegen gestarrt hatte, sah bei Weitem nicht so aus wie dieser hier auf dem Bild. Ich war schon wieder dabei Mist zu bauen. Irgendwie kann ich noch immer nicht die Probleme normal angehen ohne Alkohol ins Spiel zu bringen. Das beste Beispiel ist noch keine zwei Tage her. Seufzend, mit einer Flasche Bier in der Hand starrte ich das Bild an. Es zeigte mich so wie ich sein sollte. So wie sie mich wollte.

„Fuck."

Ich brüllte wie ein Irrer in Jos Atelier herum und warf die Flasche an die Wand. Auch das konnte ich mir bis heute leider nicht abgewöhnen. Ich bin nicht perfekt. War ich noch nie. Auch wenn Jo das immer anders gesehen hat. Vielleicht auch nur am Anfang unserer Beziehung. Es war viel passiert seit dem. Wir haben uns verändert. Ich konnte meine Tränen nicht aufhalten und blieb einfach auf dem Boden vor meinem Gemälde sitzen. Ganz hinten in meinem Kopf registrierte ich Busters Bellen. Dann Schreie aus Alanahs Zimmer. Was hatte ich nur getan?

„Was machst du hier? Warum wirfst du eine Flasche durch mein Zimmer?"

Meine Frau betrat ihr Zimmer mit dem Baby auf ihrem Arm. Alles tat mir leid, aber trotzdem konnte ich nicht aus meiner Haut und schwieg. Jo sah sauer aus. Sie WAR sauer. Definitiv.

„Es ist nichts. Lass mich einfach, okay."

„Was stimmt nicht mit dir, Damon? Sind wir jetzt ein solches Ehepaar, hm? So wollten wir nie sein. Lass uns reden."
„Es gibt nichts zu reden."

Alanah begann zu weinen. Mein Herz zerriss. Trotzdem ließ ich Jo einfach stehen und ging hinunter ins Wohnzimmer. Direkt zur Bar. Bourbon. Jawohl. Das würde helfen. Aber zunächst einmal musste ich mein Motorrad holen.

„Wo gehst du hin, Damon?"
„Ich muss nachdenken. Warte nicht auf mich."

Ich schnappte meine Flasche, meine Jacke und natürlich meinen Motorradschlüssel. Jo war mir bis hierher gefolgt und hielt mich am Unterarm zurück.

„Wo willst du hin?"

Wütend drehte ich mich zu ihr um:

„Die Fire holen."
„Wo ist das Motorrad? Und wozu brauchst du die Flasche? Damon, verdammt nochmal. Was ist bloß los mit dir?"
„Ich bin okay, Jo. DU hast damit angefangen."
„ICH?"
„Ja. Du weißt was von uns erwartet wird. Wir sind wieder oben. Wir haben ein Kind und du weißt womit ich mein, nein, UNSER Geld verdiene. Fakt ist, dass DU immer alles schlecht redest, was mit meinem Beruf zu tun hat. Und Fakt ist auch, dass es MEIN Unternehmen ist. ICH entscheide was gemacht wird und was nicht. Das war schon immer so. Auch als Dick noch da war. Und ich habe mich nun mal dazu entschieden, dass Mr. Houston uns auf dieser Tour begleiten wird. Ich kann mir nicht vorstellen, dass er böse Absichten hat. Er wird unsere weitere Karriere positiv beeinflussen. Niemand will dir, mir, der Band oder unserem Kind etwas antun..."

„Spinnst du? Das habe ich nicht behauptet. Ich möchte einfach nicht, dass Alanah in der Öffentlichkeit zerrissen wird. Sie ist noch ein Baby. Geht das nicht in deinen verdammten Schädel?"

„Eben. Sie ist ein Baby. Sie weiß noch nichts von der Welt."

„Und so soll es auch bleiben. Bis jetzt ist es uns gelungen, sie von der Öffentlichkeit fernzuhalten. Und daran soll sich nichts ändern."

„Mr. Houston ist Fotograf und Reporter. Er ist doch kein Kinderschänder."

„Oh Mann, Damon. Verdammt. Was, wenn die ersten Idioten sich hier vor unserem Haus wiederfinden? Was dann? Jeder Schritt von uns wird dokumentiert. Das habe ich oft genug erlebt. Erst recht nach unserer Bekanntgabe damals. Das hast du alles verdrängt, nicht wahr?"

„Habe ich nicht vergessen. Und ich verstehe dich ja auch. Aber du musst es positiv sehen. Es bringt Kohle. Und zwar sechsstellig. Ich bekomme 620000 Dollar dafür. Es ist nur ein Tourbericht, keine Offenbarung oder wer weiß was du darüber denkst. Ich habe unterschrieben. Im nächsten Jahr geht es los. Wir starten in New York. Nach den Feiertagen werden wir uns dorthin begeben. Wir werden über unsere Anfänge dort berichten. Mit Fotos aus den alten Ecken. Nichts Privates. So lautet der Vertrag. Und ich möchte, dass du und Alanah mich begleiten. Wir sind eine Familie. Und die geht immer zusammen. Egal wohin. Und jetzt lass mich bitte vorbei. Die Fire steht noch an der Kapelle."

„Du meinst das wirklich ernst. Nicht zu fassen. Ich sage dir hier und jetzt, und auch nur EINMAL: Wenn Alanah irgendetwas passiert, gebe ich allein DIR die Schuld. Niemand wird dieses Kind auch nur anschauen, wenn ich nicht dabei bin. Ist das klar? Niemand! Ich komme mit. Sobald mir etwas daran nicht gefällt, breche ich die Tour ab und komme zurück nach New Orleans. Und darüber diskutiere ich nicht mehr mit dir. Und nun hol dein verdammtes Motorrad und schieße dich ab oder was immer du mit dieser Flasche da zu tun gedenkst."

„Was geht es dich an? Warte nicht auf mich."

Ich verschwand. Nur fort von dort. Fort von Jo, Alanah und allen Problemen. Ich war völlig am Ende, aber ich wollte nicht nachgeben. Schon bald erreichte ich die Kapelle. Mein Motorrad stand noch da wo ich es zurückgelassen hatte. Ich setzte mich in die erste Reihe der Bänke vor den kleinen Altar und ließ meinen Tränen freien Lauf.

20

Jo

Damals:

Ich wachte auf als ich ein lautes Poltern hörte, welches aus
meinem Atelier kam. Dann hörte ich Damons Stimme. Er schrie
und brüllte herum. Alanah wurde natürlich auch wach. Sofort
rannte ich in ihr Zimmer und nahm die Kleine auf den Arm.
Damon schrie noch immer. Dann fand ich ihn sitzend vor dem
Bild, das ich von ihm gemalt hatte in meinem Atelier. Er sah
völlig zerzaust aus. Fertig, verheult, unrasiert, sein Haar noch
nass von der Dusche. Hätten wir nicht so derbe gestritten hätte
mich der wilde Look sicher angemacht. Aber so wie er jetzt hier
vor mir saß war es einfach nur erbärmlich. Wir stritten erneut und
ich kam einfach nicht mehr an ihn heran. Er wollte oder konnte
mich nicht verstehen. War ihm denn unser Privatleben und
Alanah völlig egal? Das konnte nicht sein. So war er nicht.
Nachdem ich ihm meinen Standpunkt eindeutig klar gemacht
hatte, verschwand er wieder. Und er hatte Alkohol
mitgenommen. War ja klar. Ich habe nie geschafft ihn ganz
davon abzubringen. John auch nicht. Immer wenn es Probleme
gab griff er zur Flasche. An anderen Tagen aber auch nicht. Es
hatte mit seiner Tageslaune zu tun. Manchmal genügte eine
Stunde mit dem Sandsack, manchmal quälte er seine Gitarren bis

der Verstärker drohte schlapp zu machen. Und ab und zu spielte er noch immer auf seinem Flügel, aber eher selten. Ich hatte keine Ahnung wo wir uns in unserer Beziehung befanden. Bis zu Alanahs Geburt war alles okay. Oder ich hatte es mir nur eingeredet? War das der Traum vom perfekten Leben? Mein *perfekter* Mann veränderte sich immer mehr. Oder erst jetzt merkte ich was wirklich wichtig für ihn war. Mein Traum begann zu wackeln.

Den Tag und die folgende Nacht verbrachte ich allein. Ich habe Damon den ganzen Tag nicht gesehen. Natürlich machte ich mir Sorgen. Schon wegen des Alkohols. Ich bat Matt ihn zu suchen. An der Kirche war Damon nicht mehr. Das Motorrad stand in unserer Garage. Doch von ihm fehlte jede Spur.

„Er ist wie vom Erdboden verschwunden", sagte Matt als er zurück kam.
„Wo ist er hin? Ich mache mir Sorgen. Ich will nicht dass er wieder trinkt oder sonst einen Scheiß anstellt. Ich werde John anrufen."
„Okay. Ich fahre in die Stadt. Vielleicht … "
„Nein, da geht er nie hin. Höchstens zu Diane."

Und schon war Matt auch wieder weg. Ich rief John an und schilderte ihm was passiert war.
„Nein, hier ist er nicht. Er hat sich schon länger nicht mehr gemeldet. Seit die Sache mit der Tour steht habe ich nichts mehr von ihm gehört. Eigentlich sind wir erst für Freitag verabredet. Da wollte er deine Bilder mitbringen, damit ich sie fertig machen kann. Aber ich melde mich. Passt auf euch auf."
„Danke, John."
Nachdem ich das Gespräch mit John beendet hatte rief mich besagter Mr. Houston an.
„Mandora."
„Houston. Es geht um die Tour. Ihr Mann ist hier bei mir. Er sagte mir es gäbe Unstimmigkeiten bezüglich des Vertrages. Sie

brauchen sich keine Sorgen zu machen... "

„Er ist bei IHNEN? Wo sind sie?"

„In New Orleans. Geschäftlich. Wir haben uns noch einmal getroffen um alles genau zu besprechen."

„Und warum weiß ich nichts davon?"

„Das klären sie mit Mr. Mandora selbst."

Unser Gespräch verlief ruhig und plausibel. Mit Damon selbst sprach ich nicht. Mr. Houston erklärte mir was genau er vorhatte. Ich hoffte dass das alles ein gutes Ende nahm. Kurze Zeit später kam mein Mann zurück. Noch immer kam er mir verstimmt vor. Es war eine Zeit in der wir uns irgendwie voneinander entfernten. Wir redeten nur das Nötigste miteinander. Manchmal schlief er auf dem Sofa in seinem Büro oder bei Alanah, einfach auf dem Fußboden. Es war furchtbar, wohin sich unsere Ehe entwickelt hatte. Ich glaubte immer mehr daran, dass es der Anfang vom Ende war. Ich wollte es mir aber nicht eingestehen. Meine Liebe zu ihm war noch immer ungebrochen. Und wie man so schön sagt: die Hoffnung stirbt zuletzt.

Dann war es Zeit für ihn nach New York zu fliegen. Meine Bilder waren fertig.

„Sie sind echt gut."

Mehr sagte Damon nicht.

„John verpasst ihnen noch den letzten Schliff. Wie lange wirst du fort sein?"

„Bis Dienstag schätze ich. Ich rufe dich an."

Er drückte mich noch einmal kurz an sich und es fühlte sich anders an als sonst. Kühl.Trotzdem erwiderte ich seine Umarmung:

„Pass auf dich auf."

„Mach ich. Bis Dienstag. Ciao, Bella."

Er drückte Alanah noch einen zarten Kuss auf das Köpfchen. Dann ging er. Abends meldete er sich aus New York. Er würde in den nächsten Tagen bei John bleiben. Dieser hatte mich sofort angerufen, nicht mein Mann selber, als Damon bei ihm angekommen war. So wusste ich wenigstens dass er mich nicht belogen hatte. Nicht dass das je der Fall gewesen wäre, aber trotzdem. Irgendwie hatte unsere Beziehung einen Knacks bekommen. Ich ärgerte mich, dass er mich so einfach sitzen gelassen hatte. Zum ersten Mal hielt er sein Wort, mich sofort anzurufen, nicht. Das Wochenende verbrachte ich mit Diane und ihrer Familie bei ihr im Haus. Ich wollte nicht allein sein und über Probleme nachdenken.

„Alles okay bei euch? Hat sich Mr. Mandora wieder beruhigt?"
„Ach, Diane. Keine Ahnung. John sagte mir am Telefon, alles sei ganz normal. So wie früher. Damon wäre so fröhlich und guter Dinge. Vielleicht interpretiere ich ja doch zu viel in die Sache hinein."
„Ich würde mich auch nicht wohl fühlen, wenn ich ständig unter Beobachtung stünde. Aber ich weiß auch ganz genau, dass Damon gut auf seine kleine Familie aufpassen wird. Er ist im Grunde seines Herzens ein liebevoller Vater und Ehemann. Ein guter Kerl. Ihr liebt euch und ihr gehört zusammen. Da kann auch kein Skandal oder was weiß ich etwas dran ändern."

Ich war so froh mit jemandem über meine Ängste sprechen zu können. Meine Eltern waren weit weg und ich wollte auch nicht dass sie sich Sorgen machten. Erst recht nicht wo es jetzt Alanah gab. Ich blieb den ganzen Tag bei Diane zuhause. Ich fühlte mich wohl bei ihr in ihrem kleinen gemütlichen Haus. Sie war eine gute Seele und noch immer, obwohl sie schon Rentnerin ist, kommt sie zweimal pro Woche zum Haus in New Orleans um nach dem rechten zu sehen, obwohl es meistens leer steht.

Als ich zurückkam war Damon noch immer nicht wieder da. Keine Ahnung was mit ihm nicht stimmte, aber ich fühlte mich beschissen. Ich brachte Alanah ins Bett und blieb die ganze Zeit im Kinderzimmer. Das Baby schlief so friedlich und es tat mir in der Seele weh was bei uns passierte. Die Zukunft des Kindes konnte alle möglichen Richtungen einschlagen. Auf jeden Fall würde ich sie vor allem schützen was ihr schaden könnte. Irgendwann begab ich mich doch in das Atelier. Ich dachte an meine Bilder, die jetzt in New York waren. Sie waren ziemlich gut geworden und John würde sie perfektionieren. Ich hatte alle Bandmitglieder gut getroffen. Auch Damon. Trotzdem hatte ich das Gefühl, dass die Bilder nicht die Wahrheit zeigten. Jedenfalls nicht was meinen Mann betraf. Der Mann auf dem Gemälde strotzte nur so vor Leben und hatte mit dem von jetzt echt nicht mehr viel gemein. Mir traten die Tränen in die Augen weil ich es einfach nicht verstehen konnte. Warum war mein Mann nicht in der Lage wie ein normaler Familienvater bei uns zu sein? Wegen des Geldes ganz sicher nicht.

Irgendwann in der Nacht zum Mittwoch kam er zurück. Ich lag auf dem Sofa und bin dort eingeschlafen. Ich hörte wie er die Tür öffnete und Buster auf ihn zu stürmte. Ich rappelte mich auf um meinen Mann zu begrüßen. Noch immer war da eine unsichtbare Wand zwischen uns.

„Wo warst du, Damon?", fragte ich und schritt langsam auf ihn zu. Buster machte es sich in seinem Korb bequem und beobachtete uns argwöhnisch. So als wüsste er dass noch nicht alles gesagt war. Damon blieb stehen. Der Abstand zwischen uns war so unendlich groß. Kein Kuss für mich, keine Umarmung – nichts. Sein Blick eiskalt, gefühllos, wütend. Ich weiß es nicht. Endlich antwortete er mir:
„In New York. Tu nicht so als wüsstest du es nicht. Die Sache ist klar. Die Verträge stehen. Ich habe John die Bilder gebracht. Sie sind gut, fast fertig."
„Und wie geht es jetzt weiter?"
„Wir beginnen unsere Tour wie besprochen hier in den USA. In New York. Es hat sich nichts geändert."
„Bitte überlege es dir doch noch einmal. Bitte, Damon. Denke an unser Kind."

„Das tue ich. Dauernd. Sage mir nicht Alanah wäre mir nicht wichtig."

„Das behaupte ich doch auch gar nicht. Aber wenn sie dir so wichtig ist, lass sie wie ein Kind leben. Das Leben, das du führen möchtest, ist nichts für ein Baby."

„Ich bin nicht bereit, diese Diskussion jetzt schon wieder zu führen. Ich hatte einige anstrengende Tage und eigentlich möchte ich nur noch duschen und dann ins Bett."

Und damit ließ er mich einfach stehen.

„Damon, warte! Du kannst nicht einfach abhauen. Wir müssen darüber reden."

„Es ist vier Uhr in der Nacht. Ich bin müde. Bitte lass mich jetzt in Ruhe. Ich möchte nicht streiten."

„Ich auch nicht, Damon. Ich auch nicht", flüsterte ich als er schon lange das Zimmer verlassen hatte.

Der nächste Tag begann für Damon erst mittags. Ich war gerade dabei Alanah zu füttern als er in die Küche kam. Wie immer nur in Jeans, oben nackt, Haare wild durcheinander, sexy. Aber in dieser Richtung würde jetzt nichts passieren. Sein Blick war noch immer eisig. Er sah mich finster an, sagte aber nichts. Er kam näher, drückte Alanah einen sanften Kuss auf die Stirn, während er zärtlich ihr kleines Köpfchen streichelte. Dann drehte er sich wortlos um und verschwand in sein Tonstudio. Ich kam einfach nicht mehr an ihn heran. Ein Kind sollte die Krönung einer Liebe sein, aber bei uns lief das anders seit Alanah da war. Ich ließ Damon in Ruhe. Wenn ich ihn jetzt zum Reden zwingen würde, würde er sich sofort die Fire schnappen und aus dem Staub machen. Diesen Fehler hatte ich schon oft genug gemacht. Er sollte selbst entscheiden wann er was mit mir besprechen wollte oder nicht. Ich entschied mich mit dem Baby die Pferde zu besuchen. Im Stall fand ich Ruhe und das Kind liebte die weichen Nüstern der Tiere. Also machte ich die Kleine fertig zum Spaziergang. Es war schönes Wetter und alles hätte so einfach sein können. Als ich an der Kellertreppe vorbei kam hörte ich

Teile der neuen Songs, die mein Mann zu schreiben begonnen hatte. Es sollte ein *best of* Album geben, worauf auch gleichzeitig vier neue Lieder zu hören sein sollten. Noch immer fand ich seine Stimme wunderschön. Und noch immer schaffte er es mir leise Schauer über den Rücken zu jagen, wenn er seine Balladen sang. Oder wenn er harte Refrains brüllte. Damon schaffte es seine Stimme innerhalb von Sekunden von klar bis düster, dann zu böse zu verändern, so dass man dachte es handele sich um zwei verschieden Sänger. Wahnsinn.

„Hör zu, Schatz, das ist dein Daddy", flüsterte ich meiner Tochter ins Ohr, während wir an der Glastür zum Studio vorbei liefen. Alanah zappelte auf meinem Arm herum und lauschte der Stimme ihres berühmten Vaters. Dann machten wir uns auf den Weg zu den Ställen. Inzwischen war es schon fast Nachmittag und von meinem Mann war noch immer nichts zu sehen. Statt dessen dröhnten harte Gitarrenklänge durch das Haus. Er hatte die Verstärker bis zum Anschlag aufgedreht um sich Luft zu machen. Ich kannte ihn lange genug um zu wissen wann er ein Ventil brauchte. Jetzt war so ein Zeitpunkt. Ich sah ihn an diesem Tag nicht mehr.

21

Damon

Damals:

Seit ich die Sache mit dem Tourtagebuch angeleiert hatte, herrschte Eiszeit zwischen Jo und mir. Noch immer versuchte sie, mich von meinem Plan abzubringen. Aber ich gab nicht nach. Ich bin ein Dickkopf. Schon immer. Noch immer. Wir stritten häufig und irgendwie war ich auch nicht bereit darüber zu reden. Lieber verpisste ich mich wenn mir die Decke auf den Kopf fallen wollte. Ich hatte Houston noch einmal getroffen und da war alles geklärt. Dann brachte ich die Bilder zu John nach New York. Der Abschied von Jo und der Kleinen war nicht einfach für mich und deshalb war ich mir jetzt noch sicherer, dass die beiden mit kommen mussten. Ich hätte es nicht ausgehalten meine Familie ewig nicht zu sehen. Kurz und knapp sagte ich Jo wie lange ich weg wäre. Dann machte ich mich auf den Weg zu John. In meine Wohnung wollte ich nicht. Keine Ahnung warum. Es war nicht mehr dasselbe wie damals als Jo bei mir war. Da war alles noch schön. Einfach. Anthony holte mich ab. Niemand außer Cathy war bei ihm. Es war seltsam allein in meinem riesigen Flugzeug zu hocken. Aber so hatte ich Zeit all den Papierkram und wer weiß was zu erledigen. Der Flug verlief ruhig und dauerte auch nicht so lange. Ich kam in New York an. Sofort fühlte ich mich wieder besser. Ich liebe meine Heimat. Schon immer war ich im Herzen New Yorker.

Gäbe es Jo nicht wäre ich hier nie weg gegangen. Ich habe meine Heimat für sie aufgegeben. Es musste sein, aber eigentlich ist hier mein Zuhause, so schön unser Haus in New Orleans auch ist. John wartete schon in unserer Halle auf uns.

„Hey. Alles okay? Siehst scheiße aus", sagte John und sofort krallte ich mich an meinen Freund wie ein Mädchen. Ich brauchte ihn jetzt. Allein kam ich nicht klar. Nie.

„Ich erzähle es dir später."

„Schon gut. Ich kann es mir denken. Es geht um den Tourbericht, richtig?"

„Ja. Jo denkt ich würde damit unser Kind in Gefahr bringen. Das ist doch völliger Blödsinn."

„Na ja. So ganz Unrecht hat sie nicht."

„Jetzt fall du mir auch noch in Rücken... "

Wir begaben uns zu Johns Ferrari und machten uns auf den Weg zu seiner Fabrik. Dort angekommen übergab ich ihm sofort die Bilder, um vom Thema abzulenken. Dieses Gespräch verlief irgendwie nicht so, wie ich es wollte.

„Die sind echt gut. Da muss ich nicht mehr viel machen. Nur noch die Hintergründe."

„Ja. Wie lange denkst du wirst du dafür brauchen?"

„Nächste Woche bin ich soweit. Ich werde sie mit Andy zum Druck bringen. Was würdest du sagen wenn wir für das *best of* Album auch Fotos verwenden würden? Aber die lassen wir dann so. Man könnte zwar hier und da gemalte Elemente zufügen aber ich denke der Fokus sollte auf den Fotos liegen."

„Warum nicht. Aber wie kommst du drauf?"

„Ich hatte da so eine Idee. Die ist mir neulich gekommen als ich bei Jonathan war."

„Joki?"

„Ja. Jacob hat eine Spielzeugrakete bekommen. Mit allem drum und dran. Spacig."

„Und was hat das mit uns zu tun?"

Ich konnte John nicht folgen und überhaupt drohte mein Kopf zu platzen weil er voll von Gedanken an Jo und Alanah war.

„Na ja. Ich dachte wir könnten das Album unter einem Motto laufen lassen. Alles was das All betrifft. Wir könnten ein Doppelalbum rausgeben. Ein *best of* zusammen mit dem *Space-Album*. Einen Titel hätte ich auch schon."

„Ach. Wie denn?"

„*Space Adventure*. Nick hatte schon einige gute Ideen als wir ihm davon erzählt haben. Da du ja nicht immer bei uns bist und jetzt deine Familie hast, dachten wir wir könnten ja auch einmal was ausprobieren. Ist nur eine Idee. Du bist der Boss... "

„Schon gut, John. Alles okay. Ich habe schon einige Titel fertig. Wir könnten ja die Besten raus suchen und sie zu einem Album zusammen fügen."

„Klar."

Dann sah John mich komisch an:

„Ihr habt Streit, richtig?"

„Ja. Ziemlich übel sogar. Denkst du ich sollte die Tourbegleitung doch wieder absagen?"

„Es gibt Verträge, Damon. So einfach ist das nicht. Du hast immerhin schon unterschrieben. Natürlich hat auch Houston sich an die Abmachungen zu halten. Er darf nur das filmen was du ihm erlaubst. Ansonsten macht er sich strafbar. Ich denke wenn Jo sieht was wirklich passiert wird sie sich schon noch mit dem Gedanken anfreunden."

„Vielleicht hast du recht. Aber nun lass mal hören was ihr euch da überlegt habt... "

John erzählte mir von der Idee mit dem neuen Spacealbum und die Vorschläge dazu gefielen mir echt gut. Mal was anderes. Vor allem würde es auch ein Bühnenbild geben, das die Welt noch nicht gesehen hatte. Wir wollten Altes und Neues in ein Album packen. Brandon war inzwischen neben dem Golf spielen auch noch zur Fotografie gekommen. Sein Spezialgebiet war die Schwarz-weiß-Fotografie und John hatte einige Fotos von ihm da. Die Idee war, unsere Band in Astronautenoutfits in schwarz-weiß zu fotografieren. Dazu alles was mit der Raumfahrt zu tun hatte. Ich hatte einige Bücher über das Thema und ich war mir sicher dass uns das nutzen würde. Am liebsten hätte ich sofort mit dem Komponieren angefangen. Schon immer war ich einer der Ungeduldigen und noch heute werde ich nervös wenn ich meine Ideen nicht sofort zu Papier bringen kann. Natürlich hatten wir auch damals noch keine Lieder dazu, aber das wäre das kleinste Problem. Nick hatte schon einige Strophen und Songtitel zu Papier gebracht. Andy hatte ihm dabei geholfen. Sogar Keith, von den Punks, hatte sich mit eingebracht. Die beiden Gruppen waren inzwischen gut befreundet. Am folgenden Tag wollten wir Nick auf seinem Hausboot besuchen. Es würde noch eine Menge Arbeit auf uns zukommen. Und Jo wäre noch saurer auf mich als eh schon. Aber darüber wollte ich mir jetzt keine Gedanken machen. Ich musste mich auf jeden Fall mit ihr aussprechen, denn ich hasste es mit ihr zu streiten.

Ich blieb bis Dienstag Abend bei John. In dieser Zeit war die Band wieder rund um die Uhr zusammen, so wie früher. Und das war es was ich eigentlich wollte. Allein ihre Gesellschaft fehlte mir in New Orleans. Die gemeinsamen Touren durch den Big Apple und überhaupt war alles besser mit meinen Jungs. Natürlich ist das Jo gegenüber nicht gerecht, aber es war die Wahrheit. New Orleans würde niemals meine Heimat werden.

In der Nacht zum Mittwoch kam ich in unserem Haus an. Jo schlief schon und als ich den Raum betrat wachte sie auf und kam sofort zu mir. Sie war wohl auf dem Sofa eingeschlafen. Klar hatte ich sie vermisst. Und meine kleine Tochter natürlich auch. Kühl trat ich ihr gegenüber. Noch immer war ich nicht ich selbst. Und ich wollte verdammt nochmal nicht nachgeben. Noch immer nicht. Und Jo wollte reden. Ich nicht. Nur noch ins Bett, sonst nichts. Ich war erledigt. Als sie sich näherte machte ich dicht. Keine Ahnung warum. Lieber hätte ich ein ausgiebiges

Wiedersehen mit ihr gefeiert, aber... Egal. Ich ließ meine Frau stehen und flüchtete in mein Büro. Dort hielt ich mir zunächst einmal eine Flasche Bourbon an den Hals. Jo kam nicht zu mir. Sie wusste dass es so besser war, denn manchmal bin ich einfach unberechenbar, wenn ich sauer bin.

Ich nahm noch eine Dusche und knallte mich auf das Sofa in meinem Büro. Ins Schlafzimmer wollte ich nicht, weil ich wusste, sie wollte reden. Sofort schlief ich ein, denn die Tage mit meinen Jungs hatten mich ganz schön dran gekriegt.

Der nächste Tag begann erst wieder mittags für mich. Irgendwie kam das immer häufiger vor. Ich verpasste ja nichts wenn ich länger schlief. In letzter Zeit ließ ich mich echt gehen. Früher wäre mir das nie passiert. Da hatte ich viel zu viel Angst der Tag könnte zu kurz für meine Pläne sein. Es hatte sich einiges verändert. Also rappelte ich mich auf und schlich in die Küche. Jo war dort mit der Kleinen auf ihrem Schoß. Mein Herz quoll beinahe über als ich verstohlen um die Ecke schaute und sah wie liebevoll meine Frau mit unserer kleinen Tochter umging. Inzwischen war das Kind schon zehn Wochen alt. Sie war schon ein wenig gewachsen und ihre Augen waren jetzt schon so blau wie meine. Wachsam verfolgte sie jede Bewegung ihrer Mutter und ich hatte Mühe nicht zu heulen. Wollte ich wirklich riskieren dass die halbe Welt dieses Glück zu Gesicht bekam? Ich lehnte mich in den Türrahmen und sah einfach zu. Die glucksenden Laute meiner Tochter entlockten mir ein Lächeln. Jo bemerkte mich nicht. Zu sehr war sie mit Alanah beschäftigt. Wir mussten wirklich reden. Meine Liebe zu Jo war jetzt noch größer und um nichts auf der Welt wollte ich sie verlieren. Na ja, hat nicht ganz geklappt. Dann entdeckte sie mich und ihr Lächeln erstarb.

„Darf ich reinkommen?", flüsterte ich und mein schlechtes Gewissen nagte an mir. Sie nickte nur, sagte aber nichts. Warum war ich so abweisend zu ihr gewesen?

„Du hast recht. Wir müssen reden. Es tut mir leid, Jo."

Ich ging auf sie zu, sie sagte noch immer nichts. Alanah war inzwischen auf ihrem Arm eingeschlafen. Dieses Baby bedeutete mir alles auf dieser Welt. Nie würde es etwas Böses erfahren. Dafür wollte ich sorgen.

„Klar können wir reden. Wenn Du wieder DU bist, Damon."
Dann ließ sie mich einfach stehen. Verblüfft sah ich ihr nach wie sie die Treppen hoch ging um das Kind schlafen zu legen. Ich eilte ihr hinterher.

„Jo, es tut mir leid. Wirklich. Bitte hör mir zu."
Behutsam legte sie die Kleine in ihre Wiege. Ich stand einfach nur da. Mein Herz zerriss. Hatte ich es wirklich geschafft unserer Beziehung den Todesstoß zu geben? Vermutlich ja. Ich denke es war der Anfang vom Ende. Ich erwachte aus meiner Starre und stellte mich neben meine große Liebe. Zögerlich legte ich meinen Arm um sie. Sie ließ es geschehen.

„Ich liebe dich, Jo. Bitte wirf uns nicht weg. Ich weiß ich bin kompliziert. Aber das war ich schon immer. Sieh dir unser Kind an. Ihr beide seid alles was ich habe."
Sie sah mir in die Augen. Ihr Blick war voller Schmerz.

„Damon, du bist der wichtigste Mensch in meinem Leben. Du und Alanah. Warum verstehst du nicht, dass ich für euch beide nur das Beste will?"

„Das tue ich. Aber..."

„Es gibt nicht nur Shows und Bühnen auf dieser Welt. Du hast jetzt ein Kind. Und du solltest für deine Tochter da sein."
Natürlich hatte sie recht. Das war mir ja bewusst, aber ich konnte es nicht mehr ändern. Sie lehnte sich an mich und grub ihr Gesicht an meine Brust. Mein Herz schlug wild um sich. Noch immer begehrte ich sie. Ich drückte meine Frau an mich. Jetzt fing ich doch zu heulen an.

„Es tut mir leid, Jo. Lass uns runter gehen. Wir werden das schaffen. So wie immer."

„Ja."

Ich ließ sie los und drückte meiner Tochter einen Kuss auf ihr kleines Köpfchen. Sie wusste noch nicht was ich für ein mieser Vater war. Zum Glück. Ich habe ihre ganze Jugend versäumt. Dafür gibt es keine Entschuldigung.

Hand in Hand machten wir uns auf den Weg ins Wohnzimmer. Wir waren allein hier weil die Angestellten Besorgungen zu machen hatten. Ich setzte mich auf unser riesiges Sofa und zog Jo auf meinen Schoß. Fest umfasste ich ihre Hüften. Sie legte einen Arm um meinen Nacken. Fast wie in alten Zeiten.

„Ich möchte mich entschuldigen, Jo. Ich weiß nicht warum ich so gemein zu dir war. Du kannst ja nichts dafür."

„Schon gut. Wie geht es jetzt weiter? Wir haben ein Jahr vor uns. Ein Jahr unter dem wachsamen Blick eines Reporters. Ich weiß dass du dir nichts dabei gedacht hast. Und es ist ja jetzt nichts mehr zu ändern, obwohl ich noch immer dagegen bin."

„Passiert etwas, was wir nicht erlaubt haben, jage ich den Typen zum Teufel. Falls alles gut geht sind wir um einen guten Batzen Geld reicher. Ich lasse nicht zu dass euch beiden etwas passiert." Mein Griff um sie wurde fester. Beinahe panisch klammerte ich mich an Jo.

„Das weiß ich, Damon. Darum geht es doch nicht. Du bist eben ein Hitzkopf und machst manchmal eben Dinge ohne zu überlegen. So bist du. Und deshalb liebe ich dich."

Sie sah mir in die Augen. Dann kamen ihre Lippen näher. Ich reckte mich ihr entgegen. Meine Tränen trockneten wieder. Unsere Münder trafen sich. Noch immer brachten ihre Küsse mich um den Verstand. Ich hatte schon fast vergessen wie gut es sich anfühlte sie zu küssen. Ihre weichen Lippen waren einfach berauschend. Sanft drückte ich sie auf das Sofa. Ihre Hände umschlangen meinen Nacken noch immer.

„Damon..."

„Ist schon okay. Lass uns nicht mehr streiten. Dazu bist du viel zu schön. Ich habe dich vermisst."

„Ich dich auch..."

Ich begann ihre Bluse aufzuknöpfen. Ihre Brust hob und senkte sich hektisch. Jo hatte schon wieder ihre Figur zurück, die sie vor der Schwangerschaft gehabt hatte. Noch immer war sie für mich die perfekteste Frau, die ich je gesehen hatte. Ich schob die Bluse über ihre Schultern und bedeckte ihren Oberkörper mit sanften Küssen.

„Das alles hat mir so gefehlt. Du hast kaum noch Zeit für mich, Damon."

„Bitte verzeih mir. Das wird sich ab sofort ändern..."

Ich schob meine Hand in ihren Hosenbund. Noch immer suchten meine Lippen ihre. Ich spürte ihre Hand an meinem Bauch. Sie schob mein Shirt hoch und zog es mir sofort aus. Direkt war ich wieder bei ihr.

„Damon..."

Ich knöpfte ihre Hose auf. Gerade als sie ihr Becken anheben wollte um mir zu helfen, schloss Diane die Tür zum Flur auf. Mist. Schlechtes Timing. Sofort sprang ich vom Sofa auf und tigerte zu meiner Bar. Da war ich meistens zu finden und es würde mich nicht verraten. Gerade noch rechtzeitig rückte Jo ihre Klamotten zurecht und steuerte auf Diane zu.

„Ah. Mr. Mando... "

„Damon."

„Klar. Wieder da? Wie war es in New York?", grinste Diane und sah mich komisch an.

„Alles bestens. Wir werden ein Doppelalbum raus bringen..."

Während ich noch berichtete sah Jo mich an und grinste. Mit ihrer Hand rieb sie sich über ihre Wange und deutete mir hinter Diane stehend, dass ich da was auf meiner Wange hätte. Lippenstift. Fuck. Aber ein Gutes hatte die Sache: das Eis zwischen mir und meiner Frau war endlich getaut.

22

Jo

Damals:

In jener Nacht sprachen wir nicht mehr miteinander. Ich hielt es für besser ihn nicht zu bedrängen. Das ging meistens nach hinten los. Aber am nächsten Tag war er wie ausgewechselt. Es war als ich unser Kind in der Küche versorgte. Damon kam zu uns und ich merkte dass ihn der Streit zwischen uns ziemlich mitgenommen hatte. Er schaffte es über seinen Schatten zu springen und sich zu entschuldigen. Eigentlich waren unsere Versöhnungen immer ziemlich leidenschaftlich gewesen, aber diesmal machte Diane uns einen dicken Strich durch die Rechnung. Wir wurden erwischt als sie vom Einkaufen heim kam. Damon verzog sich in sein Büro. Unsere Versöhnung musste noch warten. Leider. Ich ließ ihn in Ruhe und kümmerte mich um die Pferde. Sicher hatte er mir noch einiges zu erzählen und er wusste genau wie meine Meinung dazu aussah. Ein neues Album also. Davon hatte ich noch nichts gewusst. Ich hoffte einfach dass er die Arbeiten dafür noch ein wenig aufschieben würde, da ja bald Weihnachten vor der Tür stand. Das erste Fest mit unserem Baby. Da musste er einfach dabei sein.

Ich war schon eine Weile im Stall als Damon plötzlich die Box betrat. Sofort kam er auf mich zu.
„Hey, was machst du denn hier?"

„Beenden was ich angefangen habe."

„Aha? Und was hast du dir da so gedacht?"

Sein Blick glitt frech nach oben zum Heuschober, der sich über uns befand.

„Los komm, nur wir beide. Lass uns wieder jung sein..."

„Was? Oh, Damon. Du bist verrückt."

„Ja. Nach dir. Noch immer."

Er trat auf mich zu, nahm mir die Mistgabel aus der Hand und zog mich zur Leiter, die nach oben zum Schober reichte.

„Wir sind allein. Matt macht einen Termin beim Schmied und Diane kümmert sich um Lana. Na komm, gib dir einen Ruck. So wie früher. Bitte, Jo."

Oh, dieser Dackelblick. Den hatte er noch immer drauf. Schnell kletterte er zur Leiter hinauf und nahm mich oben in Empfang. Sofort, als ich oben ankam, schubste er mich ins Heu. In einer Ecke lagen noch Pferdedecken. Die breitete Damon für uns im Stroh aus. Sofort begannen wir damit weiterzumachen, wo wir vorhin unterbrochen wurden. Auch nach all den Jahren brannte unsere Leidenschaft füreinander noch immer. Die Versöhnung im Heu dauerte bis zum Sonnenuntergang. Nackt, erschöpft, aber glücklich blieben wir auf der Decke im Stroh liegen. Erst als Matt die Tiere von der Wiese holen wollte, verschwanden wir kichernd aus dem Stall. Ich fühlte mich um einige Jahre zurück versetzt als wir unser Haus gekauft hatten. Das war schon so lange her und es hatte sich eine Menge verändert seit dem. Erst beim gemeinsamen Abendessen fing Damon an über seine weiteren Pläne zu reden. Aber auch nur weil er Diane auf ihre Fragen antworten wollte.

„Und was genau haben sie..."

„Habe ICH ... DAMON..."

„Okay. Also was hast DU geplant.?"

„John hatte da so eine Idee. Und ich finde sie fantastisch. Zwei Alben in einem. Damit halten wir alte Fans und finden Neue. Sofort im neuen Jahr werde ich beginnen die Songs dafür zu

schreiben. Alles wird unter dem Motto des Weltraums stehen..."
„Wie kommt John denn auf so was...?"
„Frag lieber nicht. Wegen Jakobs Spielzeug", grinste Damon und fuhr mit seinen Erzählungen fort:
„Ich habe auch schon eine Lokation für Brandons Fotos."
„Ach."
„Ja. Direkt am Cape Canaveral. Die Basis ist erst wieder ab April besetzt. Wir könnten also die Videos dort drehen und für die Fotos hätten wir authentische Hintergründe. Ich habe schon mit der Verwaltung der Basis telefoniert. Gegen eine kleine Forschungsspende dürfen wir etwa vier Wochen dort arbeiten. Für diese Zeit habe ich ein Hotel in Cape Canaveral reserviert. Das wird toll..."

Mein Magen zog sich auf ein Minimum zusammen.
Schon wieder wollte er früher fort als geplant.
„Ich dachte wir sind erst ab Februar unterwegs."
„Ja. Das stimmt. Daran hast sich nichts geändert. Der Dreh muss bis dahin im Kasten sein. Das *Spacealbum* wird auch vorher fertig. So könnten wir während der Tour auch die neuen Songs daraus vorstellen. Ich habe John schon angerufen. Er trommelt die anderen zusammen. Gleich morgen beginne ich mit den Texten zum Thema. Ich denke wir brauchen 10 oder 12 Lieder um das Album auch für die neuen Fans interessant zu machen..."

Mein Mann war völlig von der Rolle was seine Pläne der näheren Zukunft betraf. Ich schwieg lieber, weil ich nicht schon wieder mit ihm streiten wollte. Die Idee an sich fand ich sogar gut, aber mit einem Baby in einer Raketenbasis zu sein behagte mir überhaupt nicht. Wir beendeten das Essen. Ich sagte nichts mehr dazu und hörte nur der Unterhaltung zwischen Damon und Diane zu. Nachdem unsere Tochter zur Nacht versorgt war begaben wir uns zum ersten Mal seit Tagen gemeinsam in unser Schlafzimmer. Die Tage, als er in New York war, und an denen davor, war ich hier allein gewesen. Alles hatte sich verändert seit wir uns zum ersten Mal begegnet sind. Damals wichen wir keine Minuten von der Seite des anderen. Nie wollte ich leben wie ein altes eingefahrenes Ehepaar, aber dennoch...

„Wann werden wir nach Florida reisen", fragte ich als ich mich im Bett auf seine Brust legte.

„Sofort im neuen Jahr. Die Basis steht uns ab dem 20. Januar zur Verfügung. Natürlich sind wir nicht allein dort, aber wir dürfen an Originalorten drehen."

Versonnen streichelte er über meine Schulter und erzeugte noch immer ein heißes Kribbeln auf meiner Haut. Ich drückte mich an ihn. Schon ewig waren wir uns nicht mehr so nah gekommen, außer vorhin im Heu.

„Wo werdet ihr das Album aufnehmen?"

„Mal sehen. Nicht hier. Ich will versuchen alles an einem Ort zu erledigen. Das wäre einfacher und für Alanah..."

„Sie ist noch ein Baby, Damon. Vielleicht sollten wir beide hier bleiben."

„Nein. Die Tour findet gleich im Anschluss statt. Deshalb möchte ich ja alles miteinander verbinden. Mache dir keine Sorgen."

Er drückte mir noch einen Kuss auf die Schläfe und dann schliefen wir ein.

Der Morgen begann ruhig für uns. Noch immer klebte ich an Damon als könnte er verschwinden, wenn ich ihn loslassen würde. Er schlief noch friedlich als ich mich aus seinen Armen befreite und zu Alanah ins Zimmer ging. Die Kleine war schon wach und strahlte mich an.

„Na, gut geschlafen, mein Schatz?"

Die Kleine zappelte auf meinem Arm herum und gab glucksende laute von sich. Die Welt schien wieder in der Spur zu sein. Na ja, für diesen einen Moment jedenfalls. Ich begab mich zurück in unser Schlafzimmer, wo Damon noch immer selig schlummerte. Ich krabbelte zu ihm ins Bett und legte unsere Tochter zwischen uns. Sofort streckte sie ihre kleinen Hände nach ihrem Vater aus.

Als Damon leicht grummelnde Geräusche von sich gab gluckste
Alanah noch lauter und griff in sein Haar, das sich wild auf dem
Kissen ausgebreitet hatte, weil es schon wieder etwas länger
geworden war.

„Hey, wen haben wir denn da. Guten morgen Prinzessin. Hast du
deinen Daddy vermisst? Komm her mein kleiner Engel."

Damon rappelte sich auf um die Kleine an sich zu nehmen. Er
legte sie auf seinen Bauch und strich ihr zärtlich über ihr
Köpfchen. Und wieder wünschte ich mir dass es immer so sein
sollte. Und das sagte ich ihm auch, was sich als grober Fehler
herausstellte, denn wir stritten schon wieder.

„Sieh sie dir an. Willst du das alles mit der Welt teilen? Diese
Momente sollten nur uns gehören, findest du nicht?"
„Jo. Bitte. Es ist alles geregelt. Fang nicht schon wieder damit
an."
Noch immer liebkoste er unsere Tochter bis sie auf seinem Bauch
einschlief.
„Das weiß ich, Damon. Ich möchte nur nicht..."
„Bitte hör jetzt auf. Ich möchte nicht darüber reden. Warum
zerstörst du diesen wunderbaren Moment mit deiner Skepsis?"
„Damit dir klar wird was diese Momente bedeuten, wenn sie
nicht mehr uns gehören."
Damit verließ ich unser Zimmer. Schon wieder begann ich zu
heulen. Es wollte mir nicht in den Kopf was mit uns passierte. Ich
lief ins Bad und versuchte meinen Probleme mit heißem Wasser
fortzuwischen. Noch immer war ich am Boden und noch immer
hörte ich nicht auf zu heulen. Keine Ahnung wie lange ich unter
dem heißen Wasserstrahl gestanden hatte. Es muss eine Ewigkeit
gewesen sein, denn als ich in unser Zimmer zurück kam war
Damon nicht mehr dort. Nur Alanah lag mitten in unserem
riesigen Bett. Er hatte sie gut mit Decken und Kissen eingepackt,
damit sie nicht hinaus fallen konnte. Ich stellte das Babyphon auf
und begab mich in die Küche. Diane war nicht hier, denn es war

ihr freier Tag. Ich begab mich daran ein Frühstück auf die Beine zu stellen als ich Damons Gitarre aus dem Studio schallen hörte. Ich lauschte einer neuen Melodie, während ich an der Kaffeemaschine herum fummelte. Die Melodie klang irgendwie mystisch und aggressiv. Laut, aber dennoch wunderschön. Das Frühstück war schon längst fertig, aber Damon kam nicht hinauf. Ich wusste nicht was ich davon halten sollte und beschloss das herauszufinden, indem ich eine Tasse Kaffee zu ihm brachte. Leise öffnete ich die Glastür zum Tonstudio und lehnte mich in den Türrahmen. Ich sah den Mann den ich so sehr liebte. So wie er war als er mein Herz im Sturm eroberte, oben ohne, in heißen Jeans, mit seiner Gitarre auf dem Schoß. So wie damals in New York auf seiner Dachterrasse, als ich ihn dort mit seiner alten Gitarre habe sitzen sehen. Er schien mich nicht zu bemerken, denn er spielte dutzende Male die selbe Tonfolge. Dann flog sein Blick zu seinen Textnotizen, die vor ihm auf dem Pult lagen.

„The world is dying. save it, save it. No more war. The world is bleeding. save it..."

Ich sah zu wie er versuchte die Worte mit der Melodie zu verbinden. Immer wieder veränderte er Kleinigkeiten bis die ersten Zeilen ihn zufrieden stellten.

„Das klang gut", flüsterte ich und ging auf ihn zu. In meiner Hand noch immer den dampfenden Kaffee. Unsere Blicke trafen sich:
„Jo. Hey. Findest du?"
„Ja, natürlich. Aber vielleicht solltest du den Refrain etwas sanfter singen. Ich finde der Text sollte die Menschen zum Nachdenken anregen und durch eine ruhigere Stimme kann man ihn besser verinnerlichen. Was denkst du?"
„Hm. Vielleicht hast du recht. Warte..."
„Hier. Trink den. Dann klappt es von selbst", sagte ich und reichte ihm die heiße Tasse.
„Das liebe ich an dir. Du weißt immer was ich gerade brauche",

215

meinte Damon und von unserem kleinen Streit von vorhin war nichts mehr zu merken. Dann veränderte er die Eingaben an seinem Verstärker und die Gitarre verlor etwas an Bass. Mein Herz schlug schneller als ich seine ruhigere, aber trotzdem raue Stimme hörte. Der Text klang jetzt noch viel besser und erzeugte leise Schauer, die mir über den Rücken rieselten. Es dauerte etwa zwei Stunden bis er mit dem fertigen Lied zufrieden war. Dann spielte er über den Computer die Instrumente der anderen Bandmitglieder ein. Jetzt klang es perfekt.

„Genial. Wenn die Jungs die Töne genau so treffen...“

„Ja. Wie soll das Lied denn heißen?“

„ The dying world. Ich habe schon einige Titel für das neue Album ausgesucht. Nur die Songs dazu muss ich noch schreiben. Ich denke Andy und Nick haben da was im Petto.“

„Dann ist das neue Album sicher fast fertig?“

„Bald. Ich dachte so an etwa zehn oder zwölf Songs. Alles andere wäre zu wenig um das Ergebnis ALBUM zu nennen.“

„Und die Fotos?“

„Im Stützpunkt. Wie besprochen ab Januar. Aber bis dahin ist noch Zeit.“

Mehr sagte er nicht und wendete sich wieder seiner Arbeit zu. Noch immer liebte ich diese Hingabe, die er in seine Lieder steckte. Und noch immer konnte ich darin vergehen, wenn er sang und dabei seine Augen schloss, so wie in diesem Moment. Nie konnte er sich abgewöhnen nur in Jeans und barfuß zu spielen wenn er zuhause war. Und noch immer machte mich dieser Anblick einfach verrückt.

23

Damon

Damals:

Ich war froh dass der Streit zwischen Jo und mir aus der Welt
war. Unsere Versöhnung fand im Heu statt. Wunderbar. Am
nächsten Morgen wurde ich von meiner kleinen Tochter geweckt,
als ich ihre kleinen Hände im Gesicht hatte. Die Kleine machte
mich einfach glücklich und ich war mir sicher, dass es niemanden
auf der Welt gab, der mehr Glück hatte als ich in diesem
Moment. Ich hatte alles was ich brauchte. Eine tolle Frau, ein
süßes, gesundes Kind, Geld genug, Immobilien, meine Familie
und vor allem meine Band. Der Tag hatte so schön begonnen bis
meine Frau wieder meine Pläne infrage stellte. Und dann noch
die Sache mit der Basis und den Alben, die wir noch vor der Tour
heraus bringen wollten. Klar hieß das für mich volles Programm,
aber ich wusste, es würde sich auszahlen.
Irgendwie begann die Situation wieder an Schärfe zu gewinnen.
Jo verließ unser Schlafzimmer fluchtartig. Sicher war ihr klar,
dass es wieder eskalieren würde, wenn sie im Zimmer geblieben
wäre. Und Streit vor dem Kind würde es nicht geben. Darüber
waren wir uns immer einig. Ich blieb noch eine Weile im Bett
und spielte mit Alanah bis sie eingeschlafen war. Dieses Kind
war der Inbegriff von Frieden und allem was ich brauchte. Ich
kletterte aus dem Bett und baute meiner Tochter ein sicheres,
gemütliches Nest, bevor ich mich zu meinem Studio aufmachte.

Die Zeit war knapp und kostbar. Und vor allem juckte es in meinen Fingern endlich mit dem Komponieren anzufangen. Ich hatte mir schon auf dem Rückflug einiges überlegt und jetzt wurde es Zeit Nägel mit Köpfen zu machen. Ich sprang in meine Jeans und eilte ins Studio. Meine Gitarren lauerten mich an als würden sie es kaum erwarten können mir meine Songs zum Leben zu erwecken. *The dying world,* sollte der erste Song heißen. Ein wenig Text hatte ich schon zu Papier gebracht. Es galt dem Text eine Melodie zu geben. Ich hatte noch keinen Plan ob ich es ruhig oder rockig versuchen sollte. Die Fires können beides. Aber es ist nicht immer leicht das zu erschaffen was die Fans wollen. Die Zeiten ändern sich und wir hatten genug Konkurrenz am Rockhimmel. Also tat ich zunächst das was die Fires berühmt gemacht hatte. Harte Rockmusik, böse Stimme und düstere Riffs. Ich dachte mir es ist ein düsteres Thema und so soll es auch bei den Menschen ankommen. Aber da lag ich wohl falsch, denn Jo war nicht einer Meinung mit mir, als sie ins Studio kam um mir Kaffee zu bringen. Ihr verdanke ich dass dieser Song kein Reinfall geworden ist, weil sie meinte, ich solle meine ruhige Stimme in die Ohren der Menschen bringen und sie damit zum Nachdenken zu bewegen. Meine Frau ist einfach klasse. Nach zwei Stunden war das erste Lied für das *Space* Album fertig. Ich nahm das Demo auf und schickte es an Andy. Dessen Studio in seinem Haus war inzwischen fertig und so konnten die Fires in New York bleiben um an den Songs zu basteln, während ich hier mein Unwesen trieb. Ich arbeitete den ganzen Tag und bis tief in die Nacht hinein. Zwischendurch versorgte Jo mich mit Steak und Pommes. Bei meinem Lieblingsessen läuft mein Hirn immer auf Hochtouren und schon bald waren vier Songentwürfe fertig. Die Endergebnisse würde ich mit den Jungs besprechen müssen.

Auch die folgenden Tage verliefen ähnlich. John rief mich an und sagte mir dass Andy die Computereinstellungen der anderen

Instrumente überarbeitet hatte. Die Band hatte es geschafft, den Computer fast eins zu eins zu kopieren. Live klingt immer besser.

Schließlich sind wir eine ehrliche Band und keine aus der Retorte. Wir hatten uns auf den Albumtitel *Space adventures* geeinigt und zehn Lieder zusammen, noch bevor das Fest vor der Tür stand. Dieses wollten wir bei Diane und ihrer Familie verbringen. Und so passierte es dann auch. Durch die ganze Songschreiberei hatte ich völlig vergessen mich um Baum und all den Kram zu kümmern. Wegen Alanah kam auch Jo nicht wirklich dazu sich darüber Gedanken zu machen. Und deshalb stand Diane eines Tages unten im Studio. Das kam nie vor und mir war klar dass es einen Grund dafür geben musste.

„Mr.Man...“

„Damon, noch immer...“

Wir beide sahen uns an und mussten lachen. Keine Ahnung warum meine Haushälterin noch immer Probleme hatte mich bei meinem Vornamen zu nennen.

„Was gibt´s? Was führt dich in meine heiligen Hallen?“

„Das Fest steht vor der Tür. Ich schätze das ist wohl in der Vergesskiste gelandet oder?“

„Oh. Tatsächlich?“

„Es ist schon der 22., und ich denke DU hast ...“

„... es verpennt. Shit. Jo ist sauer, oder?“

„Ein wenig. Aber ich habe die Sache gebügelt. Wir werden bei mir feiern, wenn es recht ist. Mein Mann und ich würden uns freuen wenn ihr unsere Gäste wärt.“

„Diane, ich könnte dich knutschen. Klar kommen wir. Ich mache es euch wieder gut. Versprochen.“

„Schon gut, SOHN“, grinste sie und ließ mich allein. Schöne Scheiße. Wie immer hatte die Musik mein übriges Hirn lahm gelegt. Ohne meine Frauen wäre ich am Arsch. So ist es und so wird es bleiben.

Der heilige Abend kam schneller als mir lieb war. Ich hatte noch nicht einmal an Geschenke gedacht. So eine Scheiße. Und dabei war es das erste Fest mit unserem Baby. Ich würde mir etwas einfallen lassen. Und zwar schnell. Das habe ich natürlich nicht geschafft. Jedenfalls nicht rechtzeitig. Ich würde es nachholen, wenn wir in Florida waren. Jedenfalls war es eines der schönsten Weihnachtsfeste ever. Schon allein wegen der strahlenden Augen meines Kindes, als es die bunten Baumkugeln in Dianes Wohnzimmer bewunderte. Diese Kinderaugen machten mich so glücklich. Auch Dianes Söhne waren mit ihren Familien da. Irgendwie war es schön NORMAL zu sein. Und ich verstand jetzt was Jo so beunruhigte. Würde unser Kind sein Leben wirklich in einem goldenen Käfig verbringen müssen? Das wollte ich nicht, aber hatte ich denn eine Wahl? Ich musste auf meine Familie aufpassen. So langsam bekam ich doch einige Zweifel, was die Tourbegleitung durch Mr. Houston betraf. An jenem Tag kam das Thema nicht auf den Tisch. Und auch sonst wurde über meinen Job und die Band so gut wie nicht gesprochen. Wir waren so frei wie schon lange nicht mehr und es fühlte sich verdammt gut an.

Jetzt:

Es ist der 28. August. In einigen Tagen wird meine Tochter ihren 16. Geburtstag feiern. Eine Woche habe ich Zeit mein verdrehtes Leben ein wenig zu ordnen. Der 2. September. Dieser Tag ist verplant. Egal was von mir erwartet wird. Wir werden heute Abend hier spielen. Ich werde meine Gefühle in der hintersten Ecke meiner Seele abstellen. Niemand soll den wahren Damon Mandora am Ende sehen. Ich schleiche mich aus dem Zimmer, begebe mich zur Akustikprobe. Die Zeit rinnt mir durch die Finger. Noch immer spüre ich den Alkohol in mir. Noch immer komme ich nicht klar und renne fast vor ein Auto, als ich das Hotel verlassen will. Eine schwarze Limousine bringt mich zum Stadion. John ist schon voraus gegangen. Ich bin allein. Meine Probleme und ich sind unzertrennlich. Ich erreiche das Stadion. Auch wenn ich heute schon zum sechsten Mal hier spiele kommt es mir vor als wäre alles neu. Ich kenne nichts außer der Garderobe und dieser Bühne hier, die wie alle anderen dieser Welt, mein Leben beherrscht. Ich sehe die Jungs. Sie sind noch immer voll dabei. Zumindest lassen sie sich nichts anmerken wenn es nicht so ist. All die Jahre funktionieren wir wie eine komplexe Maschine. Jeder Handgriff sitzt und jeder weiß was er zu tun hat. Wir ergänzen uns und nur zusammen sind wir Mandoras Hell Fire. Und dennoch weiß ich dass ich nächste Woche nicht bei ihnen sein kann. Ich will es einfach nicht. Andy kommt auf mich zu. Er sieht jung und frisch aus im Vergleich zu mir.

„Hey Boss, hast du dich wieder ein gekriegt? Ich dachte schon du wolltest in Melbourne bleiben. Junge Junge, dich hat es aber erwischt. Wir kriegen das hin. John hat uns alles erzählt. Nur noch Darwin..."

„Ich schaffe das schon. Es ist nur eine Krise, schätze ich."
„Die habe ich auch dann und wann. Heather wartet auch auf
mich. Wir werden diese Tour beenden. Auch wenn du dich kurz
ausklinkst."
„Danke, Andy. Was wäre ich ohne euch."
„Ein einsamer Spinner. Nun komm schon. Drake will die
Leinwände optimieren. Da musst du ihm schon sagen wo was hin
soll. Die Jungs und ich kümmern uns um den Ton. Bis gleich."
Und schon lässt Andy mich stehen. Ich nähere mich der Bühne.
Irgendwie bin ich nicht bei der Sache. Noch immer höre ich
Alanahs Stimme. Sie hat mir von Jo erzählt. Ich muss mich jetzt
zusammenreißen. Herrgott nochmal. Zwei verdammte Konzerte.
Das sollte ich doch wohl hin bekommen.

24

Jo

Damals:

Einige Tage verschanzte Damon sich im Keller. Ich bekam ihn kaum noch zu Gesicht. Bald hatte er schon einiges an Material für das Album fertig. Dann kam das Weihnachtsfest. Natürlich hatten wir alle völlig vergessen uns um irgendwas zu kümmern. Zum Glück bot sich Diane an, die Feier bei sich zuhause zu machen. Diese Idee war einfach genial. So kam es dass wir das Fest ruhig und besinnlich bei ganz normalen Menschen verbrachten. Den Silvestertag verbrachten wir dann wieder bei uns. Nur wir, Diane und Matt, samt Familien und die Bodyguards. Lieber hätte ich das neue Jahr zusammen mit meinen oder Damons Eltern begrüßt, aber na ja. Inzwischen hatte ich mich schon daran gewöhnt sie so selten zu sehen. Damon hatte mir versprochen, dass sich das ändern würde. Er hat dieses Versprechen irgendwann eingelöst, indem er das Haus in Texas kaufte, in dem ich heute lebe. Eigentlich war es als Ferienhaus gedacht, aber das Schicksal hatte wohl andere Pläne damit. Ich bin hier glücklich. Ich habe alles was ich brauche. Fast.

Jetzt:

Ich bin noch ganz benommen, versuche mich zu sortieren. Ich
höre das Telefon und schnelle aus dem Bett hoch wie von einer
Tarantel gestochen. Ich hetze ins Wohnzimmer und komme
schlitternd vor der Anrichte zum Stehen.
„Mandora, hallo"
„Jo, John hier."
„John. Hast du ihn gefunden?"
„Ja. Es war knapp, aber ich habe ihn erwischt, bevor er in diese
Spelunke abtauchen konnte. Wir sind jetzt in Sydney. Er hat das
Zimmer neben mir. Ich behalte ihn im Auge."
„Na Gott sei Dank. Ich kann so nicht mehr weitermachen. All die
Jahre dachte ich dass ich es schaffe. Aber es geht nicht. John bitte
kümmere dich um Damon. Bitte sag ihm was er uns bedeutet. Es
sind nur noch ein paar Tage bis Alanah Geburtstag hat. Es wäre
schön wenn er diesmal mit dabei wäre."
„Ich habe mit ihm geredet. Er fühlt sich mies. Ich denke nach
Darwin können wir eine kurze Pause machen. Die Konzerte
danach sind erst in sechs Wochen oder so. Neuseeland, so weit
ich weiß."
„Denkst du wirklich dass er es ernst meint und zu uns kommen
will."
„Absolut. Er ist fertig wie noch nie. Ich habe es in seinen Augen
gesehen als er im Taxi mit Alanah sprach."
„Sie hat mit ihm gesprochen?"
„Ja. Sie sagte ihm dass du schläfst und sie sich um euch sorgt.
Dann wollte sie nach dir sehen. Es geht ihm wirklich an die
Substanz zur Zeit."
„Und warum gerade jetzt?"
„Wenn ich das wüsste. Aber langsam wird es auch Zeit dass er zu
schätzen lernt was er an euch beiden hat. Hör zu Jo, gleich ist

Akustikprobe. Ich muss los. Ich melde mich wieder. Mach dir
keine Sorgen."
„Danke John. Bis dann."
Es klickt in der Leitung und ich fühle mich ein wenig besser.
Wenn John bei ihm ist, ist er in Sicherheit.

Damals:

Das neue Jahr startete ruhig. Drei Tage vor unserer Abreise nach
New York besuchte Mr.Houston uns noch einmal. Natürlich war
er inzwischen informiert worden was noch alles vor der Tour
passieren sollte. Es war der 7. Januar als Damon und ich beim
Frühstück saßen. Wie schon die ganze Zeit über, war er in seinen
Sachen gefangen. Er wälzte seine Bücher, die zum Thema All
und Universum passten. Er las Berichte über den Stützpunkt und
was uns dort erwarten würde.
„Damon, iss was. Du hast dein Frühstück nicht einmal
angerührt."
„Später. Sieh dir das an. Es wäre doch cool wenn wir in den
Raketenstartraum kommen würden. Mr. Houston wollte sich
darum kümmern. Diese Dinger sind so gewaltig..."
Er zeigte auf das entsprechende Foto in seinem Magazin.
„...Ich meine es wäre doch viel authentischer..."
„Damon. Bitte..."
Ich konnte nicht weiter reden weil es am Tor klingelte. Diane
kam zu uns herein und kündigte Mr. Houston an:
„Damon, ein Mr. Houston ist hier."
„Ah. Fantastisch. Ich komme sofort."

Und schon raste Damon wie ein Irrer zur Einfahrt wo sich das
Tor gerade auf schob.

„Guten Morgen, Mrs. Mandora. Ich darf mich Ihnen persönlich vorstellen. Ich bin Mr. Houston", stellte der Reporter sich mir vor, als er über unsere Schwelle trat
„Hallo. Ich habe nicht damit gerechnet Sie hier zu treffen."
„Folgen Sie mir", sagte Damon und schob den Mann in unser Wohnzimmer.
„Das war auch nicht geplant. Aber ich habe gute Neuigkeiten bezüglich des *Space adventure albums*. Ich habe die Genehmigungen bekommen im Kennedy Space Center an Originalschauplätzen unter Ausschluss der Öffentlichkeit die Band filmen zu dürfen. Sie dürfen ihre Videos dort drehen und ich werde alles genau für das Crown Magazin dokumentieren. Entsprechend der veränderten Situation wird sich Ihr Honorar selbstverständlich erhöhen. Wir zahlen 850000 Dollar für diese Dokumentation. Das heißt wir werden schon ab dem 10. diesen Monats die Band begleiten. Die Dreharbeiten werden wie besprochen bis Ende März im Stützpunkt erlaubt sein. Ab April können wir leider nicht mehr hinein. Zuvor werden wir noch kleinere Promotiontouren durch Florida machen."
„Das ist perfekt. Wir werden ab 10. Januar in New York sein. Dort werden die Songs überarbeitet und dann bringen wir sofort das *best of* raus. Am 20. können wir schon am Drehort sein. Ab April wird es eine Sonderausgabe des *best of-Albums* geben, worin sich dann unsere Fotos vom Stützpunkt, nebst dem dazugehörigen *Space album* befinden werden. Es wird eine Art Doppelalbum sein. *The dying world* wird als erstes erscheinen. Das Video dazu wird im Stützpunkt der Nasa entstehen. Habe ich das richtig verstanden, dass wir vollen Zugriff auf die Originalschauplätze haben werden?"
„Selbstverständlich, Mr. Mandora. Es ist alles unter Dach und Fach. Wir können sofort nach New York aufbrechen und dann direkt weiter nach Florida..."
„Bitte entschuldigen Sie mich", brachte ich mühsam hervor und schlich mich aus dem Esszimmer. Ich wollte noch immer nicht

jeden Tag unter den Augen eines Kameramannes verbringen. Und jetzt sollte es noch früher als geplant beginnen. Mein Magen zog sich auf ein Minimum zusammen. Ich kannte Damon nicht mehr wieder. Und dabei hatte ich gedacht er würde vielleicht doch noch einlenken und die Sache abblasen. Aber nein, wir würden ein ganzes Jahr lang auf dem Präsentierteller stehen. Klar, das Geld war schon verlockend. Aber mein Kind sollte all diesen Rummel nicht mitmachen müssen. Ich würde wieder Streit mit Damon bekommen.

Irgendwann verabschiedete Mr. Houston sich wieder und ich sah wie mein Mann ihn zum Tor brachte. Die Sache war nicht mehr aufzuhalten. So viel war klar. Ich verzog mich in mein Atelier und malte einfach drauflos. Diane hatte das Kind versorgt und Damon sich einen Scotch gegönnt. Er war in Feierlaune was mich nur noch mehr ärgerte. Wir hatten uns verändert. Und das tat weh. Keine Ahnung wie lange ich im Atelier war als ich plötzlich Schritte vor der Tür hörte:

„Jo, bist du da drin? Können wir reden?"
Damon. Es würde wieder eskalieren. Und das wollte ich auf keinen Fall.
„Komm rein."
„Was machst du hier? Warum bist du abgehauen?"
„Das fragst du noch?"
„Ja. Warum? Rede mit mir."
„Was soll ich sagen. Du willst es nicht verstehen."
„Was redest du da?"
„Tu nicht so ahnungslos. Houston. Jetzt hängen wir schon vier Wochen früher in seinen Klauen."
„Ja und?"
„Und? Ich will es einfach nicht."
„Das hatten wir schon. Es ist aber jetzt nicht mehr zu ändern. Und außerdem sind über 800000 Dollar eine Menge Kohle."
„Wir brauchen das Geld nicht."

„Geld stinkt nicht. Ich möchte dieses Thema nicht mehr durchkauen, Jo. In drei Tagen werden wir in New York sein. Und zwar wir alle: DU, ICH UND ALANAH. Ende der Debatte." Und dann verschwand er. Aus meinem Zimmer. Aus dem Haus. So wie immer.

Damons Strandhaus in Florida

25

Damon

Damals:

Das neue Jahr war da und eigentlich begann es so wie das alte aufgehört hatte. Nämlich im Streit mit Jo. Noch immer das leidige Thema. Ich hätte nie gedacht, dass so ein Scheiß meine ganze Ehe durcheinander bringen würde. Aber gut. Inzwischen habe ich verstanden warum es ist wie es ist. Und dennoch hatte ich damals nicht den Hauch einer Ahnung. Wäre es heute so würde ich vieles anders machen. Aber nicht alles, denn mein Leben hatte mehr Schöne als schlechte Zeiten. Als Houston uns beim Frühstück überraschte und mir positive Nachrichten brachte, bekamen Jo und ich erneut Streit. Irgendwie war da ein Riss in unsere Beziehung gekommen. Keine Ahnung warum das so war. Aber ich denke dass ein großer Teil der Geschehnisse auf mein Konto gehen.
Ich machte mich vom Acker. Wie immer. Hin zur Kirche. Schon länger war ich nicht dort gewesen. Aber jetzt musste all mein angestauter Kummer raus. Ich hockte mich vor den kleinen Altar und klagte mein Leid. Es war still hier. Nur ich, Gott und all meine Sorgen waren da. Ich betete dass alles wieder gut werden würde. Dass er sich um meine Tochter kümmert, über sie wacht und Jo beschützt wenn ich einmal gehen muss. Kann gut sein dass das bald der Fall sein wird, wenn ich weiter saufe oder sonstigen Mist veranstalte. So wie schon einmal. Damals hatte

ich es geschafft. Durch Jo. Meine Liebe zu ihr war stark, aber nicht unzerstörbar. Meine Frau ist alles für mich. Aber so wie ich drauf bin, mache ich den Rest, der uns noch bleibt, auch noch kaputt.
Ich verweilte fast zwei Stunden in der kleinen Kirche. Niemand suchte nach mir. Inzwischen wusste Jo mit meiner Wut umzugehen.

Die nächsten beiden Tage verbrachte ich damit Bücher und Magazine über Cape Canaveral zu verschlingen. Es gab so vieles, das zum Thema passte und ich wollte am liebsten alles in meinen Videos unterbringen. Jo und die Kleine waren meistens im Kinderzimmer oder bei den Tieren. Irgendwie hatte ich das Gefühl, dass sich die Kluft zwischen uns immer weiter auftat. Daran musste ich dringend etwas ändern. Wenn wir in New York wären würde ich mich darum kümmern. Die wenige Zeit die mir mit meiner Familie blieb wollte ich nutzen und meine Ehe wieder zurecht rücken. Ob all der Scheiß es wert war mein Glück mit Füßen zu treten war fraglich.

Der Tag der Abreise kam schnell. Schon früh um sechs stand Matt draußen und wartete auf uns. Buster konnte diesmal nicht mit weil das Mitnehmen von Tieren innerhalb der Basis nicht erlaubt war. Jo fiel der Abschied von ihrem zweiten Kind so zu sagen, sichtlich schwer. Der Hund war ihr so wichtig geworden. Alanah strahlte uns an als ob sie gewusst hätte, dass ein großes Abenteuer auf sie wartete.
„Ich werde mich gut um Buster kümmern. Ich nehme ihn mit zu mir. Macht euch keine Sorgen."
„Danke, Diane. Bis in einem Jahr", sagte Jo und fiel meiner Haushälterin um den Hals als wäre sie wirklich ihre Mutter gewesen. Mein Gott was für eine Scheiße. Warum war mir nie aufgefallen was ich da eigentlich angerichtet hatte?
Dann brachte uns Matt zum Flughafen, wo Anthony schon wartete. Die Band war nicht dabei. Nur Cathy und Lara, die neue

Stewardess, die ich vor kurzem noch eingestellt hatte. Meine Gitarren fanden ihren Platz im Bauch der Maschine. Und all der andere Kram, der in den Lagerhallen gelegen hatte. Mein neues Bühnenbild, die Boxen und all der Mist, den wir brauchen würden, um das Programm unseres Lebens zu meistern. Klar war das nicht die erste Tour. Aber die erste Richtige mit allem drum und dran und die, wo nur wir eine Rolle spielten. Die Welt lag wieder richtig herum. Es ging wieder aufwärts. Die Fires waren wieder voll da. Die Punks kamen diesmal nicht mit uns.

Wir erreichten New York gegen Mittag. Hier war es lausig kalt im Gegensatz zu New Orleans. Aber als meine Jungs uns in Empfang nahmen war ich wieder gut drauf.

„Hey Leute. Bin ich froh euch zu sehen. Endlich sind wir alle wieder zurück. Das wird das Jahr unseres Lebens."
„Hey, Boss. Hi, Jo. Hallo kleine Maus. Willkommen im Chaotenclub. Junge ist sie gewachsen. Donnerwetter", meinte Jonthan und schnappte sich unsere Tochter sofort. Er ist der geborene Superdad.
„Schön dass es endlich wieder losgeht. Mir war echt langweilig auf dem Hudson."
„Klar, Nick. Ein Boot ist keine Bühne, oder?"
„Wohl wahr."

Wir redeten noch einen Weile und machten uns dann auf den Weg zu Johns Loft. In den nächsten Tagen würde ich bei ihm wohnen. Jo und Alanah wollten lieber in meine alte Wohnung um noch ein wenig Ruhe vor der Tour zu haben.

Am nächsten Tag bekam ich einen Anruf von Houston. Auch er war bereits in New York eingetroffen. Sein Kameramann und noch vier weitere Personen des Magazins waren bei ihm. Da wir nicht wollten dass er wusste wo und wie wir alle lebten (außer meinem Haus kannte er noch keines der anderen Bandmitglieder), trafen wir uns bei Ethan. Die alte Kneipe galt

sowieso als unser Sprungbrett in die Musikwelt. Meine Band und ich erzählten ihm von unseren Anfängen und dem wenigen Publikum das uns am Anfang eine Chance gegeben hatte. Jo und Alanah waren nicht dabei. Alles wurde akribisch notiert. Ich achtete sehr darauf, dass seine Geschichte nichts als die Wahrheit enthielt. Alte Fotos und Plakate, die noch immer an den Wänden in Ethans Kneipe hingen, dienten als Filmmaterial. Wir führten Interviews und gaben Solos zum Besten. Dann war der erste Tag der Jahresdoku schon vorbei und ich konnte endlich zu meiner Familie zurück. Die Nächte verbrachte ich bei Jo und dem Baby, die Tage bei John. Wir blieben etwa 10 Tage in New York. Dann machten wir uns auf den Weg nach Florida. Hier war es schon richtig warm. Von Winter keine Spur. Fast wie in New Orleans. Ich quartierte uns im Hilton Cocoa Beach Hotel ein. Es befand sich nicht weit von Kennedy Space Center entfernt und so konnten Jo und das Kind in Ruhe durch den Tag gleiten wenn sie nicht beim Dreh dabei sein wollten. Es war nicht der Luxus der uns sonst umschwirrte, aber es gab alles was wir brauchten. Immerhin blieben wir ja einige Wochen hier, bis die eigentliche Tour begann. Unser erster Tag in der Basis war diente nur dazu sich zurechtzufinden. Millionen Vorschriften und Sicherheitsbestimmungen erschwerten uns unsere Arbeit. Umso erstaunter war ich als Jo doch mitkommen wollte.
„Du kommst mit?"
„Ja. Ich will sehen was ihr so treibt und außerdem ist es etwas Besonderes hier zu sein."
„Super. Die Kostümschneiderin ist schon dort. Sie wird uns unsere Astronautenoutfits anfertigen. Das wird cool. Wir dürfen sogar Fotos innerhalb des Raumfahrtmuseums machen. Ich finde Johns Idee einfach geil. So etwas hat es noch nie gegeben."
„Ja. Das stimmt."
Hand in Hand betraten wir das Gelände. Alanah hatte ich auf meinem anderen Arm. Mr. Barrak, der Fotograf, richtete schon seine Linse auf uns. Sofort verkrampfte Jo sich an meiner Hand.

Aber wir ließen uns nichts anmerken. John und die anderen waren bereits in der Halle um die Outfits auszuwählen, die die Schneiderin fertigen sollte. Dann kamen die Techniker und verlegten die Schienen für unseren ersten Videodreh. *The dying earth* sollte als erstes zum Film gemacht werden. Das Lied war die erste Veröffentlichung des neuen Albums. Danach *out of space* und danach *dark sun* und evtl. noch *black hole*. Insgesamt vier Videos wollten wir dort drehen. Mehr würde der Zeitplan nicht hergeben. Ich begab mich in die Halle und machte mich sofort über die Kostümvorschläge her. Geile Teile waren dabei und wir alle würden darin richtig heiß aussehen. Tag für Tag ackerten wir auf dem Nasagelände herum. Ich bekam Einblicke in die Raumfahrt, worüber meine Bücher mich niemals hätten informieren können. Ich war voll zufrieden mit meinem Leben. Dann waren die Raumanzüge für unsere Fotos und Filme endlich fertig. Die Schneiderin hatte ganze Arbeit geleistet.

„Du siehst heiß aus, Damon", flüsterte Jo mir ins Ohr, bevor ich unter dem riesigen Helm verschwand. Langsam entlud sich der Krieg zwischen uns wieder. Wir stritten nicht mehr. Es ging mir gut. Bis jetzt lief lief alles nach Plan. Auch Houston und seine Kollegen hielten sich an den Vertrag. Jedenfalls bis dahin.

„Heilige Scheiße, sehe ich geil aus. Ich hätte doch mein Studium beenden sollen", brüllte Brandon und wir alle mussten lachen als er sich in den Raumanzug schob. Dann waren wir alle bereit für die Fotos, die in das Inlay der CD kommen sollten. Die Fotos wurden wie besprochen in schwarz-weiß gemacht. So wirkte es etwas mystischer. Wir posierten vor den unterschiedlichsten Hintergründen und am Ende sah es tatsächlich so aus als hätten wir eine Mondlandung hinter uns gebracht. Einfach genial. Inzwischen war unser anderes Album schon voll eingeschlagen und auch Jos Bilder auf dem Plattencover fanden großen Zuspruch. Die Fires gaben wieder richtig Gas.
Wir waren wieder da.

Fotostrecke
Space Adventure Album

26

Jo

Damals:

Der Tag der Abreise kam. Wir machten uns auf den Weg nach
New York. Es gab viel zu tun für Damon und die Band. Den
ganzen Tag über war er bei John. Die anderen ebenfalls, weil
Johns Fabrik den meisten Platz für alle bot. In den Nächten war
er bei mir und Alanah in seinem Penthouse. Einerseits war ich
froh wieder in New York zu sein, andererseits auch nicht. Lieber
wäre ich zu meinen Eltern geflüchtet, weil Houston und sein
Gefolge ständig präsent waren. Es ging mir noch immer gegen
den Strich nicht zu leben wie ich wollte, immer auf der Hut zu
sein, den Reportern keine fetten Schlagzeilen zu liefern. Ich
beschützte unser Kind vor der Welt da draußen. Vielleicht
reagierte ich auch überempfindlich, aber trotzdem. Die Tage in
New York flogen nur so dahin. An einem Tag schaffte Shania es,
sich mit uns zu treffen. Sie hatte ihre kleine Nichte bis dahin auch
noch nie gesehen. Genau wie Damons Eltern. Sie konnte ich
nicht besuchen, da sie zu diesem Zeitpunkt schon in New Jersey
lebten. Wir hätten keine Zeit gefunden, kurz dort vorbei zu
schauen. Außerdem wären auch sie in den Fokus der Reporter
geraten. Das wollten wir nicht.
Dann ging es nach Florida. Wir hatten etwa sechs Wochen Zeit
vier Videos zu drehen und den neuen Bildband für das CD Inlay

zu machen. Die Truppe um Houston war echt professionell und ich musste zugeben, dass mir die Fotos, die Mr. Barrak gemacht hatte, doch sehr gefielen. Damon sah immer super aus. Egal was er trug. Der Fotograf verstand es einfach die Band ins richtige Licht zu rücken. Alles sah so authentisch aus, als wären sie echte Astronauten gewesen. Die Videos waren ziemlich spektakulär. Effekte, die die Welt noch nie gesehen hatte. Eine völlig neue Technik machte jedes von ihnen zum Highlight. Auch die Sache mit Alanah funktionierte besser als ich gedacht hatte. Die ganze Band kümmerte sich um die Kleine, wenn sie Zeit dazu fand. Auch Sky war mit uns gekommen. Und darüber war ich echt froh. Inzwischen waren wir echt gute Freundinnen geworden.

Nachdem wir die Arbeiten am Raketenstützpunkt beendet hatten begann unsere eigentliche Tour. Die Welttournee. Ein ganzes Jahr würden wir nun wieder aus dem Koffer leben. Und ein ganzes Jahr würde Houston unser Schatten sein. Es war jetzt schon Ende März und Alanah bekam schon ihre ersten Zähne. In dieser Zeit weinte sie viel und ich war nahe dran aufzugeben. Aber George wusste immer was zu tun war.

Als erstes steuerten wir Miami an. Hier gefiel es mir so gut, dass Damon dann kurzerhand dort ein Haus kaufte. Leider waren wir nicht allzu oft dort. Meistens ist Shania dort zu finden, wenn sie und Dean einige Tage Zeit für sich haben. Sie lieben die Sonne Floridas und uns ist es nur recht wenn sich jemand um das Strandhaus kümmert. In den USA bereisten wir die üblichen Großstädte wie Chicago, Washington D.C., Boston, Denver, San Diego, Minneapolis und Seattle, wo Sky ihre alte Uni besuchte. Insgesamt zehn Städte standen auf dem Tourplan. Natürlich war es spannend wieder dabei zu sein, aber dennoch nervte es mich zu wissen, ich kann mich nicht frei bewegen, wenn Houston oder Barrak in der Nähe waren. Immer wieder ertappte ich einen der beiden dabei, wie sie heimlich versuchten intime Momente zwischen Damon und mir aufzufangen. Alanah schirmte ich so gut ich konnte vor den beiden ab. Nach den USA-Terminen ging es nach Afrika. Dort hatten wir fünf Konzerte. Danach Europa. Auch hier das Übliche: Paris, London, Wien, Rom, Kopenhagen, Stockholm, Dublin und Amsterdam. Inzwischen war es schon Sommer. Ende Juli. Die Band zeigte erste Erschöpfungen, aber trotzdem meisterten sie jeden Abend ohne Probleme. Dann gab es eine längere Pause im Terminkalender. Diese nutzten Houston und seine Leute um eine ganz private Fotostrecke zu machen. Und da habe ich die Reißleine gezogen. Es geschah an einem Abend irgendwo in Schweden. Ich begab mich mit Alanah und Damon in den Hotelpool. Ich spürte dass Damon Ruhe brauchte. Seine Stimme war in den letzten Wochen zu echten Höchstleistungen gezwungen worden. Schon wie auch früher war er blass und dünn geworden. Dennoch machte er weiter. Nie hätte er zugegeben dass es ihm zu viel geworden war. Ich überredete ihn dazu, sich im Pool ein wenig zu entspannen. Endlich lenkte er ein und ließ den Pool für die anderen Gäste an jenem Tag sperren. Manchmal war es doch ganz praktisch berühmt zu sein. Da konnte man sich so einiges erlauben, was dem normalen Volk verwehrt blieb. Wir erreichten den Pool. Nur wir drei: Damon, Alanah und ich. Noch immer begehrten wir uns. Und natürlich waren wir auch nur Menschen mit Bedürfnissen.

„Es ist schön mal wieder ein paar Stunden nur für uns zu haben."
„Ja. Das stimmt. Ich denke das Ganze ist doch eine Nummer zu groß für mich. Ich habe mich überschätzt. Aber lass uns etwas Schönes tun. Dieser Pool gehört nur uns. Komm rein. Das Wasser ist warm. Alanah schläft selig in ihrem Kinderwagen. Wir sind ganz allein. Komm schon, Jo."
Den Dackelblick beherrschte er noch immer. Und so stieg ich zu ihm in den Hotelpool. Sofort schmiegte ich mich an ihn. Ich vergaß alles um uns herum. Es gab nur noch uns beide. Zunächst bemerkte ich die Bewegung hinter einer Kunstpalme nicht. Erst als Damon mich auf seinen Schoß schob und in mich eindrang hörte ich ein surrendes Geräusch. Immer wieder klickte und

surrte es hinter uns. Und dann war genau das passiert wovor ich
am meisten Angst gehabt hatte: Barrak hatte uns beim Sex
gefilmt. Erschrocken drehten wir uns um und sahen Barrak um
die Ecke verschwinden.

„Dieses verdammte Schwein", brüllte Damon und schoss aus
dem Wasser hoch um die Verfolgung aufzunehmen. Mir kamen
die Tränen. Ich hatte es doch gewusst. Diese Typen schrecken
vor nichts zurück.

„Damon, warte! Damon..."

Doch er hatte sich schon seine Klamotten übergeworfen und raste
dem Fotografen hinterher. Alanah wachte auf und sofort hob ich
das Kind in meine Arme.

„Ist schon gut, mein Schatz. Alles ist gut..."

Ich drückte sie panisch an mich. Wer konnte schon wissen was
noch alles kommen sollte. Ich bekam immer mehr Panik jemand
könnte sich an unserem Kind vergreifen und beschloss diese Tour
nicht weiter zu begleiten. Ich raste zu unserem Zimmer zurück
und rief Wayne an. Der kam sofort und hörte meinem Bericht zu.

„Ich finde diesen Bastard. Bleibt ihr beide hier. Wo ist Damon?"

„Hinter ihm her. Bitte pass auf, dass er nichts Dummes macht.
Bitte, Wayne."

„Mach dir keine Sorgen. Diese Typen bekommen was sie
verdienen. Bleibt hier drinnen, ja."

„Ja. Sei vorsichtig."

„Klar."

Dann ließ Wayne uns allein. Ich zitterte am ganzen Körper.
Würde Barrak diesen Film womöglich veröffentlichen? Ans
Fernsehen verkaufen? Mir wurde schlecht und ich musste mich
übergeben. Ich weiß nicht mehr wie lange ich im Bad war und
Freundschaft mit der Toilette geschlossen hatte, als die Tür
geöffnet wurde und Damon zu mir kam.

„Alles okay? Geht es dir gut? Jo es tut mir leid. Ich..."

„Ich kann das nicht mehr. Das muss aufhören."

Ich warf mich in seine Arme und heulte bis ich keine Tränen mehr hatte. Damon drückte mich so fest an sich wie er konnte. Immer wieder strich er mir über den Rücken.

„Das wollte ich nicht. Wirklich nicht. Ich...“

Dann begann auch er zu weinen. Natürlich konnte niemand ahnen was diese Bande tatsächlich mit uns vorhatte. Aber dennoch konnte ich Damon verstehen, dass er sich die Schuld an dieser Situation gab. Es dauerte eine kleine Ewigkeit bis wir uns ein wenig beruhigt hatten.

„Hast du ihn erwischt?“

„Nein. Wayne und der Hoteldetektiv sind dran. Das wird eine fette Klage nach sich ziehen. Barrak wird seine Lizenz verlieren. Schlechte Karten für das Crown Magazin. Wobei ich noch immer nicht verstehe warum sie zu fünft sind. Es war nur von Houston und seiner Assistentin die Rede. Barrak, Blyde und Johnson wurden bei Vertragsabschluss mit keiner Silbe erwähnt.“

„Denkst du die gehören nicht wirklich dazu? Wie kann das sein, wenn es so ist?“

„Schmiergelder. Keine Ahnung. Houston vertraue ich nach wie vor. Nie hat er etwas berichtet was nicht der Wahrheit entsprach. Ich werde meinen Anwalt einschalten. Dieser Film wird niemals an die Öffentlichkeit kommen. Das verspreche ich dir.“

In dieser Nacht ließ mein Mann uns nicht mehr aus den Augen. Dicht zusammen gedrängt schliefen wir ein. Alanah zwischen uns. Schon früh am Morgen klingelte das Telefon. Das Hotelmanagement war leider erfolglos geblieben Barrak zu fassen. Er war wie vom Erdboden verschluckt und die Angst in mir wuchs weiter. Houston und seine Assistentin, Mrs. Pearl, waren selbst geschockt als sie von dem Vorfall im Pool gehört hatten.

„Ich hatte ja keine Ahnung dass Barrak kein offizieller Mitarbeiter des Magazins ist. Er sagte er wäre neu eingestellt worden und dies sei seine erste Großreportage. Es tut mir wirklich leid, Mr. Mandora...“

„Raus. Sofort. Bevor ich mich vergesse."

Damon sprang auf den Mann zu und ballte seine Fäuste. Er war rot vor Zorn und sein Atem ging hektisch.

„Es tut mir wirklich leid. Ich wusste es nicht..."

„Das ist mir egal. Ich habe Ihnen vertraut. Auf Ihre Erfahrung gesetzt. Ich habe nur gute Berichte über Ihre Arbeiten bekommen. Deshalb war ich mir sicher, dass Sie DER Mann für uns sind. Statt dessen treten sie unser Leben mit Füßen und verdienen sich eine goldene Nase an unserem Privatleben. Das war nicht der Deal. Es sollte ein positive Promotion für mich und meine Band sein. Aber nein ... verschwinden sie. Auf der Stelle."

„Ich..."

„Rauuuus."

Damon schoss noch näher auf den Kerl zu. Ich hatte Panik er würde ihn behandeln wie seinen alten Sandsack zuhause in New Orleans.

„Damon, nicht! Das macht es nur noch schlimmer. Bitte tu das nicht. Damon..."

„Ich bringe sie um, alle."

Mit einer forschen Bewegung fegte er die Kristallgläser und sämtliche Alkoholflaschen von der Bar. Der kostbare Whiskey ergoss sich über den Hotelteppich, was uns damals eine dicke Anzeige und eine noch dickere Geldsumme gekostet hatte. Die Tür wurde geschlossen und Houston außer Reichweite für Damon. Langsam bekam er wieder seine normale Gesichtsfarbe und seine Atmung stellte sich ebenfalls auf Normal ein. Innerhalb von Minuten hatte er das ganze Zimmer verwüstet. Ich stellte mich hinter ihn. Umschlang seine Hüften. Noch immer stieß er wütende Flüche aus. Seine geballten Fäuste zitterten noch immer. Dann begann er schon wieder zu weinen. Er sackte in sich zusammen, kniete vor mir auf dem von Whiskey verklebten Boden. Ich spürte dass ihm diese Sache wirklich leid tat. Sicher hatte er sich nie etwas Schlimmes gedacht, als er beschloss, diesen verdammten Tourbericht zuzulassen. Wir klammerten uns

aneinander. Damon zitterte am ganzen Körper. So wie ich.
„Ich werde zurück nach Hause fliegen. Alanah nehme ich mit.
Bitte versteh mich. Ich kann das nicht."
„Bitte bleib. Bitte bleib hier. Ich brauche euch beide in meiner
Nähe."
Er klang so verzweifelt und krampfte sich heulend auf dem
Boden zusammen. Irgendwie tat mir alles ja auch leid. Dennoch
war die Sache für mich klar. Ich würde hier abbrechen. Ich hatte
es ihm ja schon vorher gesagt. Aber er wollte ja nie etwas davon
hören. Jetzt war es zu spät.

27

Damon

Damals:

Die Tour lief super. Alles bestens. Inzwischen waren wir schon fast ein halbes Jahr auf unserem Wahnsinnstrip. Wir waren in Europa unterwegs. Danach sollten Asien, Russland und Australien folgen. Die Zeit war wie im Fluge vergangen. Alanah begann zu krabbeln. Ich konnte hören wie sie vergnügt quietschte wenn Jo mit ihr spielte. Mir war klar, dass ich nicht viel Zeit für meine Familie hatte. Aber das was ich hatte, nutzte ich. Ich genoss jede Minute mit meinem Kind. Die ersten Zähne brachen schon durch und sie war ein wenig größer geworden. Ihr Haar und ihre Augen wurden meinen immer ähnlicher. Bis dahin war alles gut verlaufen. Bis an jenem Tag genau das passierte wovor Jo mich gewarnt hatte. Verbotene Fotos und Filme über unsere intimsten Momente. Es gab Streit zwischen Jo und mir. Stress mit den Typen von der Zeitung. Und all das zog nach sich, dass Jo die Tour nicht weiter begleiten wollte. Bald mussten wir Schweden verlassen und uns nach Asien aufmachen. Aber wie weiter? Ich hatte keine Ahnung. Die Stimmung zwischen uns war wieder gekippt. Und dieser Riss in unserer Beziehung ließ sich vermutlich nicht mehr reparieren.
Dann kam die Stunde der Wahrheit. Ich musste wissen wie es zwischen Jo und mir stand. So wie ich mir das vorstellte würde es

sicher nicht laufen. Und so kam es auch: Jo entschied, mich nicht weiter zu begleiten. Sie blieb bei ihrer Meinung. Keine Chance. Aus und vorbei. Sie buchte einen Linienflug zurück nach New Orleans. Ich schickte Wayne mit. Zu groß war meine Sorge den beiden könnte unterwegs doch noch etwas zustoßen. Schließlich war sie allein für Alanahs Erziehung zuständig, außer mir natürlich. Jo hasst Kindermädchen. Sie sagte, sie habe nicht ein Kind geboren damit andere es erzogen wie sie wollten. Und ich denke, dass sie damit recht hat. Jo ist eine tolle Mutter. Also versuchten wir unsere elterlichen Pflichten zu erfüllen. Alanah war noch zu klein um zu verstehen was da vor sich ging. Da war es ihr noch egal wo sie war und mit wem. Am Anfang der Europatour war ja auch noch alles gut gewesen. Als erstes stand Paris an. Jo erinnerte sich noch an alles was wir vor Jahren dort erlebt hatten. Dann weiter nach London, Madrid usw. Wie gehabt. Und Alanah kam gut damit zurecht nicht in ihrem eigenen Zimmer zu sein. Es erstaunte mich, wie ein kleines Kind das Leben nimmt wie es gerade ist. Wie gesagt in der ersten Zeit funktionierte das. Und ich muss sagen, dass die Europatour ja nicht die Letzte war. Jedenfalls ging alles gut bis wir in Schweden einige Tage Pause einlegen konnten. Natürlich wollte ich noch immer so viel Zeit wie möglich mit meinen Mädels verbringen. Und das tat ich dann auch, im Hotelpool. Und dann geschah das Unfassbare mit den Fotos. Zwei Tage später packte meine Frau ihre Klamotten, schnappte sich unsere Tochter und flog nach New Orleans zurück. Inzwischen war schon fast Ende August. Am 2. September würde das Kind schon ein Jahr alt werden. Und ich wäre nicht dabei.

„Pass auf dich auf. Komm gesund heim. Es tut mir leid, Damon.“
„Schon gut, Jo. Ich verstehe dich ja. Es wird sich alles klären. Diese Bilder wird niemand sehen. Das verspreche ich dir. Und du bist sicher dass du allein zurück willst?“
„Ja, es ist das Beste.“

Sie drückte mich noch einmal fest an sich. Dann nahm sie Alanah auf den Arm und dicke Tränen kullerten über Jos Wangen. Mein Herz war schwer wie Blei, aber trotzdem musste ich sie gehen lassen. Ein Taxi brachte sie, Wayne und Alanah zum Flughafen nach Stockholm. Und dann überkam mich die Einsamkeit. Die Sorgen um alles was noch kommen könnte. Ob meine Mädels daheim wirklich sicher waren. Was wäre, wenn ich heim kommen würde? Ich hatte keinen Schimmer, was ich nun tun sollte. Also tat ich das was ich immer mache, wenn ich nicht mehr weiter weiß. Ich betrat unser Hotelzimmer und plünderte die Bar. Gerade erst waren wir in ein anderes Zimmer umgezogen, weil ich mich nicht unter Kontrolle hatte. Tausend Dinge schossen mir durch den Kopf. So langsam bekam ich echt Zweifel ob es das alles wert war. Ein halbes Jahr ohne meine Familie. Und dann noch der erste Geburtstag des Kindes.

„Scheiße, verdammte", fluchte ich und schoss die Bourbonflasche gegen die weiße Zimmerwand. Und dabei blieb es nicht. Es ging schon wieder los. Ich tobte wie ein Tornado durch das Zimmer, riss sämtliche Klamotten aus den Schränken. Ich warf die Bettwäsche durch die Gegend und kippte den Tisch um. Die Blumenvase flog durch das geschlossene Fenster und kam klirrend unten an, wo Passanten entsetzt aufschrien. Zwei Stühle mussten ebenfalls dran glauben. Ich kannte mich selbst nicht wieder, konnte aber mit dem Toben nicht aufhören. Irgendwann sackte ich einfach zusammen. Ich fühlte mich besser, was mir natürlich nicht half, aber Ärger mit sich zog. Ich hatte die nächste Edelsuite des Hotels in Schutt und Asche gelegt. Das Ergebnis war, dass wir sofort ausziehen mussten. Es gab eine Strafanzeige und eine fette Geldstrafe. Mehrere tausend Dollar wechselten den Besitzer. Toll gemacht, Mr. Mandora. Wieder ein kleines Vermögen einfach so verballert. Und die entsprechenden Schlagzeilen ließen natürlich auch nicht lange auf sich warten. Aber so war ich, und teilweise bin ich es noch immer.

Lange saß ich einfach nur doof dort herum. Inmitten der Trümmer, die nächste Flasche schon bereit. Ich setzte die Flasche an und trank sie fast zur Hälfte aus. In einigen Stunden wäre Jo zuhause. Und ich? Jagte noch immer meiner perfekten Welt nach. John und mein Anwalt besuchten mich, nachdem ich wieder halbwegs ansprechbar war. Beide hatten den Lärm aus meinem Zimmer mitbekommen. Klar, dass ich mir gleich eine Standpauke von John anhören musste.

Dann ergriff der Anwalt das Wort. Gute Nachrichten hatte er jedoch nicht für mich.

„Wir haben Anzeige erstattet. Leider ist Mr. Barrak nicht fest angestellt beim Crown Magazin. Er ist untergetaucht. Die Fahndung läuft. Sollte er diese Bilder verkaufen wollen, so werden wir es erfahren. Allerdings musst du wohl mit einer Anzeige wegen dem hier...“

Er zeigte auf das Ergebnis meiner Wutattacke an der Wand, und dem ganzen Rest, den ich verzapft hatte.

„...rechnen. Ich habe ein neues Hotel bis Freitag gefunden. In Asien läuft dann alles nach Plan.“

Großartig. Genau so hatte ich mir all das vorgestellt.

„Wir bekommen das hin“, meinte John und wanderte nervös auf und ab.

„Das hoffe ich, John. Es tut mir leid. Ich bin einfach ausgerastet. Ich mache mir Vorwürfe. Jo hatte recht. Zum Glück ist nichts mit Alanah.“

Und das war das Wichtigste. Beide wären in New Orleans sicherer als hier. Auch weil jetzt gleich drei Leibwächter auf die beiden aufpassten.

„Ruf sie an. Und jetzt pack´ dein Zeug zusammen“, meinte John und zog mich auf die Beine. Schon ewig hatte ich mich nicht mehr so beschissen gefühlt. Mein Magen rebellierte und überhaupt fühlte ich mich, als wäre ein Panzer über mich hinweg gerollt.

Am nächsten Tag zogen wir für zwei Nächte woanders ein. Jo rief mich an. Sie war gut zuhause angekommen und das beruhigte mich etwas. Noch drei Tage, dann würde meine Tochter ein Jahr alt werden. Was für eine Scheiße. Ich dümpelte vor mich hin. Noch immer nichts von Barrak. Dieser Typ schien unauffindbar zu sein. Ich verfolgte sämtliche Nachrichten, las Klatschpresse und alles worin ich eventuell etwas über uns vermutete. Nichts. In dieser Zeit war ich mal wieder für nichts zu gebrauchen. Ich stand kurz davor wieder schwach zu werden, und die Drogenkiste wieder zu öffnen. Nur der Gedanke an meine Familie hielt mich davon ab. Und dabei hatte alles so gut angefangen. Die Sache mit dem Space album und überhaupt.

Dann ging es weiter nach Asien. Shanghai war die erste Station. Hier war es schon sechs Stunden später als in Stockholm. Und somit schon der nächste Tag. Alanahs Geburtstag. Mein Magen dreht sich auf links. Zu gerne wäre ich bei meinen Mädels gewesen. Aber jetzt zahlte ich den Preis für meine Verbohrtheit. Ich würde den ersten Geburtstag meines Kindes nicht miterleben. Und viele weitere danach ebenfalls nicht.

Das Konzert schaffte ich einigermaßen. Ich bin manchmal echt ein Schauspieler. Sehe ich eine Bühne, schiebe ich den wahren Damon in eine Kiste, und packe ihn erst wieder aus, wenn die Lichter erloschen sind. Und so ist es seit über dreißig Jahren. Houston war noch immer unser Schatten. Gegen ihn hatte ich nichts in der Hand und er hielt sich ja auch an die Verträge. Trotzdem war unser Verhältnis schwer angekratzt.
Ich telefonierte mit Jo, obwohl es hier schon mitten in der Nacht war. In New Orleans erst mittags. Ich erfuhr dass sie für einige Tage bei ihren Eltern unter gekrochen war. Und das war ja auch okay. Lieber dort als in Gefahr.Von meiner Abrissaktion erzählte ich ihr lieber nichts. Davon würde sie noch früh genug aus den Zeitungen dieser Welt erfahren.

ROCKSTAR RASTET AUS

DAMON MANDORA VERWÜSTET KOMLPETTE
HOTELETAGE

STRAFANZEIGE GEGEN DAMON MANDORA:

IST DAMON MANDORA NOCH ZU RETTEN?

150000 DOLLAR STRAFE WEGEN VANDALISMUS

ROCKSTAR AM ENDE

DAMON MANDORA ERLITT TOBSUCHTSANFALL

WAS IST AUS DIESEM MANN GEWORDEN?

EHEFRAU FLÜCHTET VOR ROCKSÄNGER DAMON
MANDORA usw. usw.

Viele dieser Schlagzeilen trübten den gerade erst neuen Ruhm.
Ich sprach mit Jo, die von alledem noch nichts wissen konnte.

„Wie geht es meiner Kleinen?"

„Alles okay. Aber es würde uns besser gehen wenn du hier
wärst."

„Ich weiß. Es tut mir noch immer leid wie alles gekommen ist."

„Es ist ja nicht deine Schuld..."

„Doch. Ich hätte auf dich hören sollen..."

Wir redeten ewig und ich fühlte mich noch beschissener als
vorher. Ich verging in Einsamkeit und Selbstmitleid. Ich bekam
meinen Hintern kaum noch hoch, ließ mich gehen und
funktionierte nur noch. Irgendwie. Dann folgten die Termine in
Peking, Taipei Seoul usw. Alles lief gut. Ich beruhigte mich
wieder etwas. Die regelmäßigen Telefonate mit Jo hielten mich
zusammen. Und dann kam der Tag, der die Welt in den totalen
Schockzustand versetzte, der 11.September 2001. Wir waren
damals in Hong Kong als uns die Nachricht traf. Wir hatten das
Konzert hinter uns gebracht und waren hoch zufrieden. Das

wollten wir feiern. So wie immer. Es lenkte mich von meinen Problemen ab, denn noch immer hatte ich an der Sache zu knabbern. Als wir im Hotel ankamen war dort irgendwie Unruhe. Sämtliche Menschen hetzten zur Hotelbar, wo es viele Fernsehgeräte gab.

„Was ist denn da los?", wollte Brandon wissen.

„Keine Ahnung. Fußball oder so? Lass uns einen heben gehen. Auf den geilen Abend."

„Auf den geilen Abend", stimmten alle Andy zu. Wir gesellten uns ebenfalls in die Bar. Niemand nahm Notiz von uns, was selten vor kam. Ein Raunen ging durch die Menge. Entsetzte Gesichter drängelten sich immer dichter vor die Geräte. Und dann blieb mir fast das Herz stehen als ich sah wie ein Flugzeug in den 2.Tower des WTC knallte. Alle hielten den Atem an, als die Szene immer wieder gezeigt wurde.

„Heilige Scheiße. Ich muss nach New York."

Panisch krallte ich mich an John fest. Auch ihm war sämtliche Farbe aus dem Gesicht gewichen. Meine Band war noch nie so still wie an jenem Tag.

„Großer Gott..."

All die Menschen in der Bar starrten fassungslos auf die Bildschirme. Es war 8.46 Uhr Ortszeit New York, als das erste Flugzeug einen der Türme traf, den Nordturm. In Asien war es schon zwölf Stunden später. Ich war wie gelähmt als der Vorgang immer wieder in Dauerschleife gezeigt wurde. Dann der Südturm, 9.03. Dann das Pentagon. Um 10 Uhr Ortszeit stand der Südturm nicht mehr und um halb elf stürzte auch der Nordturm ein. In der Bar war es totenstill.

„Wir brechen ab. Ich muss Jo anrufen. Und Shanni..."

Ich war völlig von der Rolle und wusste überhaupt nicht wo mir der Kopf stand. New York, meine Heimat unter Beschuss. Meine Familie, meine Bude und überhaupt. Nichts hielt mich mehr in der Bar. Meine Freunde auch nicht. Die Piloten stürzten zu uns, leichenblass. Da klingelte auch schon mein Handy. Jo war völlig fertig und heulte wie ein Schlosshund.

„Ich komme nach Hause. Bleibt in New Orleans. Ich fliege sofort nach New York. Dann komme ich direkt zu Euch. Ich liebe Dich mein Schatz. Pass auf Alanah auf."
„Komm schnell heim. Ich liebe dich. Passt auf euch auf."

Und dann ging alles ziemlich schnell. Wie die Irren raste meine gesamte Truppe in ihre Zimmer. Unsere Bühne war schon fast wieder abgebaut um den nächsten Termin in Bangkok wahrzunehmen. Aber das alles war mir jetzt völlig egal. James war schon auf dem Weg zum Flughafen um beim Beladen zu helfen. Die gesamte Belegschaft schuftete wie wahnsinnig um unser Zeug so schnell wie möglich einzupacken. John kam zu mir ins Zimmer. Ich raste von Ecke zu Ecke. Immer wieder das Bild des Unglücks vor meinem geistigen Auge. Die Trümmer, der Staub und all die Menschen, die in diesen Stunden ihr Leben verloren hatten. Hektisch warf ich meine Klamotten in die Reisetasche. Ich zitterte am ganzen Körper und hoffte, dass es meiner Familie, und allen, die mit mir in New York lebten, gut ging. Vor allem meine Schwester. Später erfuhr ich, dass sie nicht in der Nähe der Türme unterwegs gewesen war.

„Es wird ihnen nichts passiert sein. Meine Eltern waren in der Nähe der Radiostation wo Shanni arbeitet als es passierte. Ich habe gerade mit meiner Mutter gesprochen. Deine Schwester lebt. Sie war nicht dort. Und Heather und Susan geht es auch gut. Karen haben wir noch nicht erreicht. Nick bleibt dran. Nicole ist eh in Paris. Sie ist sicher."
„Danke John. Aber jetzt lass uns verschwinden..."

New York an 9/11

2001

28

Jo

Ich kam in New Orleans an. Noch immer hatte ich Wut im Bauch wegen der Fotos. Ich hoffte einfach, dass Damon das Schlimmste verhindern würde. Im Haus war niemand. Warum auch wenn keiner von uns drin wohnte. Diane hatte frei und Matt kam nur einmal in der Woche um den Rasen zu mähen oder mittags um die Pferde zu versorgen. Buster war bei Diane zuhause und so war ich mit Alanah allein hier. Ich rief Damon an und ließ ihn wissen wie es uns geht. Dann machte ich mich auf den Weg zu meinen Eltern. Schon am nächsten Tag buchte ich einen Flug nach San Antonio. Ich wollte nicht allein in diesem Riesenhaus hocken und ein halbes Jahr auf Damon warten.

„Jolene, wie schön dass du uns besuchst. Und die kleine Maus hier ist ja schon ziemlich groß geworden..."

Meine Mutter war hin und weg von unserer Tochter. Den ersten Geburtstag verbrachte sie bei meinen Eltern. Ohne ihren Vater. Damals hatte ich ja noch keine Ahnung dass noch viele solcher Geburtstage folgen würden. Wir blieben einige Tage dort. Ann und Julie besuchten mich auch bei meinen Eltern und ich fühlte mich schon etwas besser. Ich erzählte allen nichts von den Dingen, die in Schweden passiert waren. Auch über unsere dauernden Streitereien erzählte ich ihnen nichts. Ich hoffte, dass sich alles wieder einrenken würde. Es hätte meine Eltern nur noch mehr beunruhigt. Am 10. September war ich schon wieder zurück in unserem Haus. Und dann passierte das Schlimmste was den USA jemals widerfahren war. Terroranschläge auf New York. Damons geliebte Heimatstadt. Diese Katastrophe war nicht in Worte zu fassen. Wie konnte das passieren? Ich hatte nie etwas für Politik übrig. Für Kriege und Kämpfe schon gar nicht. Und jetzt war meine zweite Heimat ein Trümmerfeld. Damon hatte versprochen sofort die Tour abzubrechen. Und das hat er auch getan. Ich rief ihn an, konnte mich kaum beruhigen. Immer wieder sah ich die Maschinen in die Türme rasen. Die Bilder gingen um die Welt und ich hatte keine Ahnung, ob Damons Wohnung, und auch die der anderen Bandmitglieder, überhaupt noch standen. Ob all unsere Freunde noch lebten und wie es weitergehen sollten, wenn es nicht so war. Drei Tage nach den Anschlägen war Damon wieder bei uns in New Orleans. Zuvor hatte er noch in New York noch nach dem Rechten gesehen. All unseren Freunden war zum Glück nichts passiert. Auch Damons Wohnung und die Häuser der anderen waren in Ordnung. Nur die dicke Staubschicht, die beim Einsturz der Türme entstanden war, lagerte sich überall in der Stadt ab. Der Platz, auf dem das WTC einst stand, war ein einziges Trümmerfeld. Es sah dort aus wie in einem Krieg. In gewisser Weise war es ja auch einer. Damon wollte nicht, dass ich das sehe uns deshalb blieb ich auch in New Orleans. Er hingegen flog dann noch noch einmal für einige Wochen hin. Klar, es war seine Heimatstadt. Er ist mit allem was er hat noch immer New Yorker. Und ich weiß, dass er nur meinetwegen dort fortgegangen ist.

„Ich muss den Menschen helfen. All die Kinder, die jetzt ohne ihre Eltern da stehen..."
„Ich weiß. Tu was du tun musst. Du hast ein großes Herz."

Mein Mann war völlig fertig. In dieser Zeit interessierte ihn sogar seine Tour nicht mehr. Trotzdem wollte er irgendwie helfen. Und wenn nicht mit Musik?, womit dann? Mit Geld UND Musik. Die Lösung hieß Benefizkonzerte. Und Geld hatten wir genug, um einiges davon an Bedürftige abzugeben.

Dann machte er sich auf den Weg. Er spendete Geld für die Hinterbliebenen. Etwa 100000 Dollar. Viele andere Stars taten es ihm nach und zum ersten Mal in meinem Leben war ich froh über Damons Reichtum und die Presse, die ausnahmsweise mal bei der Wahrheit geblieben war und den korrekten Werdegang abgedruckt hatte. Das Unglück hatte weit über 3000 Tote hervorgebracht, 6000 Verletzte und über 3200 Waisen. Für diese Kinder wollte mein Mann unbedingt weitere Benefizveranstaltungen machen. Hauptsächlich weil es sich hier um Kinder handelte. Jetzt wo er Vater war, sah er die Sache etwas anders. Deshalb war Damon etwa sechs Wochen in New York. Die Konzerte brachten sechsstellige Summen ein, die sofort in den Wiederaufbau New Yorks investiert worden waren. Die Aufräumarbeiten dauerten bis zum Mai des nächsten Jahres. Selbstverständlich verdienten wir nichts an diesen Veranstaltungen. Im Gegenteil, Damon ließ kleine Häuschen bauen, in denen einige Familien vorübergehend Unterschlupf fanden. Die Kirche war auch daran beteiligt, was meinem Mann durchaus gefiel. Sein angeschlagener Ruf wegen des zerstörten Hotels hatte sich dadurch wieder erholt. Die Welt und die Musikszene schaute zu ihm auf und tat es ihm nach. Der Schock hielt uns ziemlich lange in seinen Klauen. Damon blieb bei uns, nachdem er eine Weile in seiner Heimat gewesen war. Diese Zeit hatte ihn viel Kraft gekostet. Er war dünn und krank geworden. Mental kam er kaum gegen diese Situation an. Ich machte mir Sorgen, dass er wieder im Krankenhaus enden würde. Zum Glück war das nicht der Fall. Zu weiteren Auftritten fühlte er sich aber trotzdem nicht in der Lage. Die Band legte eine längere Pause ein, die allen Mitgliedern gutgetan hatte. Die Asientermin wollte er irgendwann noch nachholen, aber derzeit hatte er einfach keinen Kopf dafür. Und so passierte bis zum Frühjahr 2002 nichts. Auf eine perfide Art war ich froh darüber. So hatte Alanah endlich etwas von ihrem Vater. Sie begann zu krabbeln und bald auch zu laufen. Damon war fast täglich im Kinderzimmer zu finden. Irgendwann wurde er wieder ruhiger. Er erholte sich und auch jetzt war er wieder bei Alanah und ich zuckte zusammen, als er mich rief:

„Jo, scheiße, sieh dir das an. Sie läuft."

Ich stürmte nach oben wo ich im Türrahmen stehen blieb.

„Na komm zu Daddy. Du schaffst das, Prinzessin."

Ich drückte mir meine Tränen weg als Alanah ihrem Vater entgegen lief. Sie schaffte es ihn von seinem Kummer über die Anschläge abzulenken. Ich denke, es ist unsere Tochter zu verdanken, dass Damon nicht wieder im Drogensumpf gelandet ist.

„Sie ist schon so groß geworden."

„Ja. Und sie wird jeden Tag hübscher. So wie ihre Mutter."

Und genau in dem Moment sprach unsere Tochter ihr erstes Wort: DADDY.

„Heilige Sch..."

„Damon, benimm dich, sie hat schon ein Wort gelernt..."

„Ja. Fuck, sie hat Daddy gesagt..."

„Damon..."

„Fuck", grinste Alanah und darüber mussten wir so schallend lachen dass wir all den Mist um uns herum völlig vergaßen.

„Ich hoffe das bleibt das einzige böse Wort, das sie lernt."

„Klar, Mummy."

„Mummy Mummy Mummy..."

Zu süß, unsere Kleine.

Diese Zeit war eigentlich die, in der Damon sich am besten um Alanah kümmerte. Der Drang, seine Band irgendwann wieder weiter um den Globus zu jagen, schwoll trotzdem nicht ab. Im Spätsommer 2002 erreichte uns dann die Nachricht, dass unsere Tourdoku fertig war. Barrak war inzwischen gefunden worden und die Filme von uns vernichtet. Die Sache hatte den Verlag eine hübsche Summe gekostet. Insgesamt war der Tourbericht ordentlich verfasst worden. Von Alanah gab es nur zwei harmlose Fotos, auf denen Damon sie als stolzer Vater auf seiner Schulter umher getragen hatte. Ich war auch nur ein paar Mal zu sehen und der Text entsprach der Wahrheit. Das *Spacealbum* stürmte bereits die Charts und die Videos liefen auf allen bekannten Musikkanälen rauf und runter. Das Honorar haben wir trotz des vorzeitigen Tourabbruchs bekommen. Schon als Entschädigung für die Unannehmlichkeiten mit Barrak. In dieser Zeit war ich voll zufrieden mit unserem Leben. So hatte ich es immer haben wollen. Leider war unsere Heileweltfamilie nicht von Dauer und dann brach schon wieder ein neues Jahr an. Alanah war schon zwei geworden. Diesen Geburtstag hatte Damon bei uns verbracht. Tatsächlich hatte er darauf bestanden, alle Termine vor, oder nach diesem Tag zu legen. Er wollte nicht schon wieder mit Abwesenheit glänzen. Und so passierte es, dass wir es schafften seine und meine Eltern zum Geburtstag unserer Tochter an einen Tisch zu bekommen. Nach all den Jahren war dieses tatsächlich das erste Treffen unserer Eltern. Unglaublich, aber wahr. Damon schien seine Vaterrolle jetzt wirklich zu genießen und ich hoffte, dass es so blieb, was sich als Luftschloss erwies. Für einen kurzen Zeitraum jedoch war es so und ich liebte jede Minute davon. Zwischendurch besuchte uns die Band, aber alles in allem blieb Damon ruhig. Die Anschläge hatten ihn irgendwie zum Nachdenken gebracht. Noch immer stand unser Land unter Schock und die Suche nach den Verantwortlichen lief in vollem Gange.

Und dann nahm mein Traum von einem Leben mit Damon zuhause ein jähes Ende. Es war beim Frühstück, als er mir sagte, was er plante:
„Es wird Zeit wieder zu leben. Ich werde ein Spendenalbum machen. Der halbe Erlös wird dem Wiederaufbau des neuen WTC zukommen."
Und da wusste ich, dass die Zeit als Familie vorüber war. Ich hatte es immer verdrängt, aber tief in mir drin, hatte ich ja gewusst, dass mein Mann die Bühne niemals aufgeben würde.

„Wissen die Jungs davon?"

„Noch nicht, aber ich denke da die Sache einem gutem Zweck dient, sind sie dabei."

„Hast du schon eine Idee? Ich meine: Songs?, Texte?"

„Ja. Alles wird sich um den Frieden drehen. *Peace is the answer.* So soll das Album heißen. Ich werde mich mit Nick treffen."

„Wann?"

„Bald."

„Ich meine, wann fliegst du nach New York?"

„Sobald alle verfügbar sind."

„Und die Tour? Wann soll sie beginnen?"

„Das weiß ich noch nicht. Vielleicht im Sommer"

„Ich werde nicht mitkommen."

„Was? Warum?"

„Noch immer aus den schon bekannten Gründen. Alanah. Wie lange wirst du fort sein?"

„Vielleicht drei Monate oder so. Asien steht noch an. Und Australien und Russland. Die Menschen haben ein Recht für ihr Geld eine Show zu bekommen. Die Karten sind noch immer gültig. Das Unglück ist schon ein Jahr her. Ich muss im Jetzt leben, nicht in der Vergangenheit. Und das Geld wird helfen aus New York wieder eine Stadt zu machen."

„Gut. Dann ist das so, aber ohne mich. Damon, das letzte Jahr war schön. Unsere kleine Familie war hier glücklich. Auch wenn das durch nicht so schöne Umstände entstanden ist. Ich möchte dass du deine Tochter gemeinsam mit mir aufwachsen siehst."

„Ich komme doch zurück. Ich will ja nicht auswandern oder so. Und diesmal sind nur wir da. Keine Jungs von der Zeitung oder sonst was. So wie früher. Nur die Band. Es ist noch immer mein Job. Warum ist das auf einmal ein Problem für dich?"

„Weil wir jetzt eine kleine Tochter haben, die uns beide braucht. Wir sind Eltern, Damon. Aber da kann ich auch mit der Wand reden. Es ist immer dasselbe. Ich werde hier bleiben und unserer

Tochter ihre Kindheit so einfach wie möglich machen. Komm damit klar oder lass es. Ich geh schlafen."

Damit ließ ich Damon zurück und verschwand im Schlafzimmer. Wir hatten die halbe Nacht geredet, aber es hat mich nicht weiter gebracht. Entgegen meiner Erwartung folgte Damon mir. Diesmal hatte er nicht vor sich wieder zu betrinken. Schweigend legte er sich neben mich. Rücken an Rücken. Niemals zuvor waren wir soweit von einander getrennt, obwohl wir im gleichen Bett lagen. Keine Berührung, kein Kuss. Nichts.

„Du meinst das Ernst, oder?", sagte er plötzlich.

„Natürlich."

„Warum entfernen wir uns immer mehr voneinander?"

„Ich weiß es nicht, Damon. Ich wollte nie zu diesen Leuten gehören. Was hat sich geändert?"

„Ich habe keine Ahnung. Ich weiß nur dass das nicht das ist was ich will."

Dann drehte er sich zu mir um, umfasste zaghaft meine Hüfte. „Ich will dich nicht verlieren, Jo. Niemals. Ich liebe dich noch immer. So wie am ersten Tag. Daran wird sich nie etwas ändern. Mein Job sollte ein Job bleiben und nicht zwischen uns stehen."

„Das tut er ja auch nicht. Warum kannst du nicht Songs aufnehmen und hier bei uns bleiben? Warum musst du durch die halbe Welt reisen?"

„Weil das mein Leben ist. Du hast mich so kennengelernt."

„Wir sind älter geworden. Nichts ist für die Ewigkeit. Bitte bleib hier."

„Das kann ich nicht."

Er drückte sich noch fester an meinen Rücken. Ich spürte seinen heißen Atem in meinem Nacken. Wäre die Situation anders gewesen hätte ich ihn sofort umgedreht um ihn zu reiten, aber an jenem Tag war ich nicht in der Stimmung.

„Ich kann nicht, Damon."

„Was? Warum? Liebst du mich nicht mehr?"

„Doch, aber es geht mir so vieles durch den Kopf."

Er küsste meinen Hals.

„Denk nicht mehr darüber nach."

Seine Hände strichen an meinen Seiten entlang. Mein Herz schlug schon wieder schneller. Trotzdem war ich noch immer der Meinung dass wir unsere Probleme nicht mit Sex lösen sollten. Er küsste meine Schulter.

„Du bist noch immer wunderschön, Jo."

„Damon..."

„Ich liebe dich."

Sein Atem an meinem Ohr. Seine Hand an meinem Bauch, hinauf zum Busen. Seine Lippen an meinem Ohrläppchen.

„Sieh mich an."

Er setzte sich auf und drehte mein Kinn zu sich hin.

„Küss mich, Jo. Du fehlst mir. Jeden Tag mehr. Ich will nicht so enden wie ein altes zermürbtes Ehepaar."

„Ich auch nicht, Damon", schluchzte ich. Sofort drückte er mich an seinen Brustkorb. Immer wieder strich er über mein Haar. Dann hauchte er zarte Küsse auf meinen Kopf. Ich klammerte mich an ihn. Noch immer hatte er einen perfekten Körper.

„Wir werden wieder zueinander finden. Das haben wir immer getan. Ich verspreche es, Jo."

Dann sahen wir uns in die Augen. Der Mond strahlte ins Zimmer und ich konnte das schöne Blau seiner Augen sehen. Sie glänzten wieder so geheimnisvoll. So wie ich sie liebte.

„Das hoffe ich. Damon?"

„Hm?"

„Bitte lass mich heute nicht los, ja?"

„Niemals."

29

Damon

Jetzt:

Die Bühne steht. Der Ton ist perfekt. Meine Jungs am Start. Die Proben haben super geklappt. In vier Stunden bin ich wieder hier. Ich werde nicht der sein der ich gerade bin. Diesen Typen will nämlich keiner sehen. Mir bleibt noch Zeit meine Frau anzurufen. Es ist mir egal wie spät oder früh es ist. Ich brauche sie, ihre Stimme. Sie gibt mir die Kraft, die ich brauche, um diese beiden Konzerte hinter mich zu bringen. Übermorgen steht Darwin an. Und dann bin ich frei. Wenn auch nur für ein paar Tage.

„Jo?"
„Damon. Alles okay? Wie geht es dir?"
„Wieder besser. Ich wollte deine Stimme hören."
„John hat mir alles erzählt. Warum wolltest du in diese Kneipe?"
„Ich weiß es nicht. Ich bin so einsam."
„Kommst du denn her?"
„Ja. Ich werde da sein. Ich verspreche es."
„Ehrlich? Das ist toll. Alanah wird sich freuen. Und du lernst endlich Jack kennen."
Ich kann sie fast lächeln sehen. Mein Herz rast, wenn ich an meine wunderschöne Frau denke.

„Ich freue mich auf den Kerl, der meiner Tochter den Kopf verdreht. Verdammt sei er, wenn er ihr wehtut. Hoffentlich ist er anders als ich."

„Ach Damon. Sei nicht so hart zu dir selbst. Alles wird gut. Ich glaube an dich und dein Versprechen."

„Ach ja?"

„Hm."

„Ich enttäusche euch nicht. Diesmal nicht. Das habe ich mir geschworen."

„Wann wirst du hier sein?"

„Ich weiß es nicht, aber ich werde da sein."

„Okay, ich freue mich auf dich."

„Ich muss jetzt auflegen. Es geht bald los."

„Ja. Gib dein Bestes. Bis bald. Wir warten auf dich."

„Ich freue mich auch auf euch. Bis bald, Schatz."

Jetzt fühle ich mich besser. Ich schnappe mir meine Bühnenklamotten. Noch schnell unter die Dusche und dann meine zerdrückte Seele in den Schrank stellen.

Diese Show wird der Hammer.

Damals:

Als ich in New York ankam, sah ich schon das Ausmaß der Katastrophe von Weitem. Da wo einst das WTC stand, war nur noch Schutt und Asche. Dicke graue Staubfelder verteilten sich in den Straßen. Sogar auf meiner Dachterrasse lag das Zeug herum. Bei John sah es ähnlich aus, obwohl er ja ziemlich weit vom Geschehen wohnte. Zum Glück war nichts ernsthaft beschädigt und all unsere Leute waren unverletzt.

Schon eine Landeerlaubnis zu bekommen stellte sich als echtes Problem heraus. Kein Wunder. Wie gesagt, meine Stadt glich einem Kriegsgebiet. Ich blieb nur einen Tag dort. Dann wollte ich meine Familie sehen. Jo war inzwischen wieder aus Texas zurück.Wir fielen uns in die Arme als ich das Grundstück betrat und flennten wie die Kinder. Wir alle waren geschockt.

„Alles okay zu Hause?", wollte Jo wissen. Ich berichtete ihr alles was ich an diesem einen Tag zu sehen bekommen hatte. Es war schrecklich, zu sehen, was einer so großen Weltmacht, wie den USA nur innerhalb weniger Stunden widerfahren konnte. Diese Terroristen waren unberechenbar. Ich hoffte, dass sie alle ihrer Strafe niemals entkommen würden. Es zerriss mich einfach. Nie hätte ich gedacht, dass so etwas überhaupt möglich war. Ich muss sagen, dass meine eigene kleine Welt sich auch nie mit solchen Dingen auseinander gesetzt hatte. Ich war irgendwie für alles blind, was nichts mit meiner Musik zu hatte.
Und noch immer hat sich nichts daran geändert.

Die Aufräumarbeiten liefen auf Hochtouren. Menschen aus aller Welt spendeten Geld. Ich fragte mich warum Gott diese Zerstörung zugelassen hatte. Ich begriff es einfach nicht. Also beschloss ich ebenfalls zu helfen. Ich wollte einige

Wohltätigkeitskonzerte abhalten und den Erlös zur Hälfte in den Wiederaufbau des neuen WTC stecken. Außerdem lag es mir sehr am Herzen all die Waisenkinder irgendwie zu unterstützen. Dieser Schmerz war für mich kaum auszuhalten. Ich dachte an den Verlust unseres eigenen Kindes und konnte quasi fühlen, was diese Leute mitmachten, während sie um ihre Verstorbenen trauerten. Vor allem die Kinder taten mir unglaublich leid. Ich hatte meine Tochter und würde sie mit meinem Leben beschützen. Mein Entschluss stand. Ich würde dabei helfen, meine Stadt und mein Land wieder aufzubauen.

Und dann machte ich mich wieder auf den Weg nach New York. Für sechs Wochen blieb ich dort. Ich konnte einfach nicht anders. Meine Heimatstadt ging mir über alles. Eigentlich habe ich sie nie verlassen. Mit meinem Herzen war ich immer dort. Noch immer hänge ich am Big Apple.
Ich bin und bleibe New Yorker.

In jener Zeit vergingen die Tage wie im Flug. Überall war das Ausmaß der Katastrophe zugegen. Es gab soviel zu tun und ich gab alles was ich konnte. Meine Band ruhte. Auch sie konnte das Ganze kaum realisieren. Jonathan ließ seine Familie nicht mehr aus den Augen. Sogar Brandon und Sky blieben bei uns in New York, um zu helfen. Er hatte seinen Vater und zwei seiner Mitarbeiter zu sich geholt. Alle halfen wo sie konnten und bauten nach und nach die zerstörten Gebäude wieder auf. Sie alle blieben bei John. Wochenlang wohnten die Männer in Johns Fabrik. Wir hielten zusammen.
Und das tun wir noch immer.

Nach meiner Rückkehr war ich zunächst einmal für nichts zu gebrauchen. All der Scheiß in New York hatte mir meine letzten Kräfte geraubt. Auch die anderen Bandmitglieder waren fertig mit der Welt. Wir entschieden, eine lange Pause einzulegen. In dieser Zeit stand meine Familie für mich im Vordergrund. Vor allem meine Tochter, die langsam zu sprechen begann. Und sie konnte schon laufen. Ich verbrachte sehr viel Zeit mit ihr. Jo war froh, mich endlich bei sich zu haben. Ich denke, das war es, was sie eigentlich wollte. Eine Familie, die sesshaft war, alles teilte und zusammen alt werden würde. Wir stritten nicht mehr so häufig. Höchstens, wenn unsere Art der Kindeserziehung zu weit auseinander klaffte, und ich Alanah alles erlaubte, während Jo versuchte, Grenzen zu ziehen. Ich wollte meinem Kind eine schöne Jugend bieten. Ohne Sorgen und voller Liebe. Leider klappte das nicht ganz. Ich schöpfte wieder Hoffnung, dass wir uns einander wieder annähern würden. Eine Weile ging es auch gut. Ein Jahr vielleicht. Und dann war es wieder Zeit in die andere Realität zurückzukehren. In MEINE WELT, die irgendwie schon immer an erster Stelle gestanden hatte. So furchtbar sich das auch anhört, aber so war es tatsächlich. Genau wie Jo immer gesagt hatte. Für meine Musik war ich bereit alles zu tun. Am Ende sogar bereit, meine Familie zu opfern.

Noch immer standen die Konzerte aus, die am anderen Ende der Welt geplant waren, bevor der Terror Amerika heimsuchte. Ich beschloss auch diesen Leuten ihr Programm zu liefern. Und auch dieses Geld sollte in den Wiederaufbau des neuen WTC gebracht werden. Ich hielt es für eine gute Sache. So schlimm alles auch war, das Leben ging weiter. Ich musste etwas tun. Ich WOLLTE etwas tun, denn mir fiel mal wieder die Decke auf den Kopf. Ich hatte genug vom braven Familienfrieden. Ich musste auf die Bühne. Und zwar schnell, bevor ich wieder ausrasten würde. Meine Frau war natürlich nicht davon begeistert, dass ich wieder für einige Monate nicht zu Hause sein würde. Es kam was kommen musste. Wir stritten erneut und entfernten uns immer weiter voneinander. Für Jo brach ihre heile Welt auseinander. Und für mich ging die Sonne wieder auf. Es musste weitergehen.

Im Juli 2003 machte ich mich auf den Weg nach Asien. Diesmal rief ich meine Frau jeden verdammten Tag an. Ich konnte sogar schon ein wenig mit Alanah sprechen. Mein Herz ging mir auf, als ich ihre niedliche Stimme durch das Telefon hörte. Sie würde schon bald drei Jahre alt werden. Ich fragte mich, wohin die Zeit verschwunden war. Alles lief gut, bis ich irgendwo in Japan (ich weiß nicht mehr wo es war) eine hübsche Asiatin in meinem Bett im Hotelzimmer fand. Keine Ahnung wie sie dorthin gekommen war. Als ich meine Suite aufschloss, lag sie einfach da. Nackt, liebreizend. Und in MEINEM Bett. Ich erstarrte zur Salzsäule, glotzte sie nur an.

„Hey", sagte sie und winkte mich mit ihrem Zeigefinger heran. Endlich gehorchte meine Stimme mir wieder.

„Wer sind Sie? Und was machen Sie in meinen Zimmer?"

„Ich will nur eine Nacht."

„Was?"

Sie lächelte mich an. Ja, sie war verdammt hübsch und wenn es nicht gewesen wäre wie es war, na ja... Aber ich war Jo immer treu. Immer. Und auch diese Dame hatte keine Chance. Sie begann sich in meinem Bett zu räkeln. Ihre großen dunklen Augen glitten an meinem Körper hinab. Sie musterte mich, als wäre ich irgendein Zuchtbulle oder so. Dann ließ sie das Bettlaken elegant zu Boden gleiten. Sie war tatsächlich völlig nackt und wirklich wunderschön.

„Ich bin Lao Ming. Ich liebe Amerikaner. Komm doch näher. Es bleibt unter uns, Mr. Mandora."

Sie stieg aus dem Bett und kam näher. Ich wich zurück.

„Raus hier. Sofort!"

Ich wühlte in meiner Jackentasche nach meinem Handy. Wo steckten meine Bodyguards nur? Die Dame schritt grazil auf mich zu.

„Gefalle ich dir etwa nicht? Du stehst doch auf schwarzhaarige Frauen mit Mandelaugen, oder? Deine Frau..."

„Rede nicht über sie. Verpiss dich. Hier gibt es nichts für Dich"

Die Sache begann mich zu überfordern. Hatte ich denn noch nicht genug Titelblätter mit Skandalen gefüllt?

Ich ging rückwärts in Richtung Tür zurück, behielt die Frau im Auge. Sie kam noch näher. Ihr Duft war betörend und sie war wirklich eine Augenweide. Dennoch tat ich nichts in dieser Richtung. Ich liebte meine Frau wie nichts auf dieser Welt. Egal ob wir gerade Streit hatten oder nicht. Es würde nie eine andere für mich geben. Ich bekam den Türgriff zu fassen. Lao war ganz jetzt ganz dicht bei mir.

„Küss mich, Damon. Ich werde dir alles geben was du verlangst."
„Nein. Raus hier!"

Schon spürte ich ihre Lippen auf meinen. Die Tür sprang auf und das Schlimmste, was passieren konnte, geschah. Das, wovor ich mich am meisten gefürchtet hatte, und was ich überhaupt nicht gebrauchen konnte. Gerade jetzt, wo mein Image wieder einigermaßen hergestellt war: Ein Paparazzi machte ein Foto und verschwand. Ich schubste die Frau zur Seite. In diesem Moment tauchte Wayne auf. Hinter ihm der Hotelsecurity.

„Was ist hier los?", fragte Wayne.
„Hinterher. Er...fuck. Da war nichts."
„Das sah aber anders aus", kommentierte der Sicherheitsmann des Hotels.
„Wie kommt sie in mein Zimmer? Machen sie ihren Job, verdammt nochmal und suchen Sie diesen Kerl."

Noch immer stand die nackte Frau neben mir. Zumindest hatte sie sich jetzt das dünne Laken geschnappt und sich ein wenig verhüllt.

„Damon, alles okay?"
John öffnete seine Zimmertür. Er wohnte neben mir.
„Wer ist das?", wollte er wissen.
„Niemand. Bringt sie mir aus den Augen. So was kann ich nicht gebrauchen."
Erschöpft sank ich auf das Bett, als Wayne die Frau hinaus gebracht hatte.

„Du hast doch nicht etwa..."

„Nein. Verdammt. SIE hat MICH geküsst. Und dieser Typ hat ein Foto davon. John ich bin geliefert."

„Fuck."

„Genau."

Wir redeten und redeten, aber kamen zu keiner Lösung, wie ich da sauber rauskommen sollte. Dieses Foto sollte mir später noch eine Menge Ärger einbringen. Ich habe die Frau nie mehr gesehen. Die Sache verlief zunächst im Sande. Die Tour wurde fortgesetzt. Russland, Australien. Alles wie immer. Sogar ohne weitere Zwischenfälle. Als wir in Kiew waren rief mich Jo an. Sie war völlig außer sich.

„Damon?"

„Jo. Hey. Alles okay bei euch? Wir sind bald zuhause..."

„Spar dir das Geschwafel, Damon. Nie hätte ich gedacht, dass du mir so was antun würdest."

„Hä? Was soll ich denn getan haben?"

„Schaust du nicht fern? Du und deine Asiaschlampe. Ihr seid auf allen Kanälen. Wie konntest du nur?"

Ich hörte meine Frau weinen und es zerriss mir das Herz.

„Was?"

Ich hatte keinen Schimmer wovon sie sprach. Die Sache mit der Frau lag schon mindestens acht Wochen zurück. Und ich hatte wirklich nichts mit ihr. Wirklich nicht. Das schwöre ich beim Leben meines Kindes. Eigentlich war ich davon ausgegangen, sie hätten den Kerl geschnappt. Aber ich wurde eines Besseren belehrt. Ich schaltete das TV ein. Jo hatte einfach aufgelegt. Keine Chance mich zu erklären. Mein Magen krampfte sich zusammen, als ich feststellte, dass es nicht nur dieses Foto gab. Und dabei war es nur dieses eine Mal als ich Lao begegnet war. Man hatte alles Mögliche zusammen geschnitten. Die Bilder waren so gut gemacht, dass keinem Laien die Manipulation aufgefallen wäre. Selbst in den angezeigten Lokalen war ich nie gewesen. Ich wusste nicht einmal wo diese Orte überhaupt waren. Aber der Typ auf den Bildern war ich. Definitiv. Und die Frau war Lao. Ich war fassungslos. Kein Wunder, dass meine Frau durchdrehte. Die Bilder waren verdammt gut gemacht. Ich rief sie an:

„Jo. Bitte leg nicht auf. Das ist nicht das wonach es aussieht...“
„Der Standartspruch. So ist es nie. Wie ist es denn dann, Damon? Warum? Sag mir warum?“
Ihre Stimme brach. Sie weinte bitterlich. In meinem Hals schwoll ein fetter Kloß an.
„Jo. Da war nichts. Ich kenne die Frau nicht. Du musst mir glauben.“
„Ach ja? Und warum klebt ihr zusammen wie siamesische Zwillinge. Was habe ich falsch gemacht?“
Sie weinte dass mir mein Herz in tausend Stücke zerbröselte.
„Jo. Nie würde ich dir so etwas antun...“
Ich redete mich um Kopf und Kragen, aber sie glaubte mir kein Wort.
„Lass uns reden wenn ihr zurück seid. Ich kann das nicht, Damon. Nicht jetzt.“

Dann legte sie einfach auf. Ich brach zusammen. Ich schrie wie ein Irrer in meinem Zimmer herum. Natürlich musste auch dieses Zimmer dran glauben. Innerhalb weniger Minuten hatte ich es mal wieder komplett zerlegt. Mir war schlecht. Und diese Hitze in mir schwoll immer mehr an. Mein Herz raste und ich zitterte vor Wut. Ich sank zusammen, krümmte mich auf dem Boden vor meinem Bett. Dann hämmerte John an meine Tür.
„Was zum Teufel machst du da? Mach auf. Damon!“

Es klopfte wieder. Ich war nicht in der Lage zu öffnen. Und dann rastete mein Freund aus. Er trat diese verdammte Tür einfach ein. Das TV lief noch immer. Ich spürte den Schmerz in jeder Faser meines Körpers. Ich würde Jo verlieren. Und mein Kind.

„Was ist hier los. Was ist das denn?", wollte John wissen und starrte auf den Bildschirm.

„Ich habe das nicht getan. Ich verstehe das alles nicht. Wie kann so was sein?"

Mein Freund schaltete das Gerät ab und kniete sich vor mir hin. Ich konnte ihn nicht einmal ansehen. Ich zitterte am ganzen Körper. John hob mich vom Boden auf und hängte mir meine Decke um die Schultern. Er starrte das zerstörte Zimmer an, sagte aber nichts. Ich wimmerte wie ein Kleinkind, war kaum in der Lage ruhig zu atmen. Der Nervenzusammenbruch würde nicht mehr lange auf sich warten lassen. Plötzlich fand John seine Stimme wieder:

„Technik. Großer Gott Damon. Da sitzen wir aber in der Scheiße. Ich dachte sie hat dich geküsst und das war's?"

Meine eigene Stimme arbeitete sich nach oben.

„So ist es ja auch. Glaubst du mir etwa auch nicht? Das liegt doch schon Wochen zurück."

„Natürlich glaube ich dir. Wir waren doch fast ständig zusammen. Wo ist das überhaupt? Kennst du den Laden?"

„Nein. Nie gesehen. Keine Ahnung wo das ist. Jo wird mich verlassen..."

Schon wieder sackte ich zusammen, hielt mir den Magen fest, der heftig rebellierte. Dann übergab ich mich auf dem Teppich vor meinem Bett.

„Heilige Scheiße. Wir kriegen das hin. So wie immer. Bleib da liegen, okay?"

Meine Stimme versagte erneut. Ich nickte nur und starrte die Wand an. Dann holte John George zu mir. Die nächsten Tagen war ich richtig krank. Nervenzusammenbruch. Ich war am Ende. Fertig. Von Jo hörte ich nichts mehr. Sie ging nicht ans Telefon, wenn ich sie anrief. Und sie rief mich auch nicht an. Das Ende unserer Ehe war damit besiegelt. In den Zeitschriften tauchten die Bilder auch auf. Fette Schlagzeilen lauerten mich überall an.

DAMON MANDORA BETRÜGT SEINE FRAU.

HÜBSCHE ASIATIN VERDREHT ROCKSÄNGER DAMON MANDORA DEN KOPF.

EHE DES MANDORA SÄNGERS GESCHEITERT,

WAS WIRD AUS SEINEM KIND?

Usw. Diese Berichte wurden immer weiter ausgebaut und am Ende hatte ich ein waschechte Affäre mit Lao. Sogar im tiefsten Russland wusste man davon. Trotz allen Übels mussten wir die Tour zu Ende bringen. Ich konnte es mir nicht leisten wieder zu unterbrechen. Die Fans würden uns nicht ewig verzeihen. Genug ist genug. Noch immer keine Silbe von Jo. Ich hatte alles verloren. Ganz bestimmt. Es machte mich fertig. So fertig dass ich nichts mehr aß. Ich rauchte nur noch. Kaffee ohne Ende. Aber zum Glück hatte ich mich so weit im Griff, dass ich mich nicht erneut auf Drogen eingelassen habe. Allerdings war Teufel Alkohol wieder am Start. Ich soff bis zu Besinnungslosigkeit, aber immer wenn der Rausch vorüber war, war die Realität noch da. Die Presse wurde nicht müde mein Leben zu zerstören. Nicht nur meins, sondern auch das meiner Familie. Ich segelte dem Ende meiner Ehe entgegen. Das war´s.

Ich versuchte mein verdrehtes Leben halbwegs in den Griff zu bekommen. Ich hatte Verpflichtungen meinen Fans gegenüber. Und auch meinen Jungs, deren Leben ich ebenfalls dabei war zu zerstören. George stellte mich mit Tabletten ruhig. Sie ließen mich ein wenig ruhen. Es musste irgendwie weitergehen. Wir machten uns auf den Weg nach Moskau. Immer wieder versuchte ich Jo zu erreichen. Nichts. Sogar John hatte keinen Erfolg mit ihr zu reden. Sie ignorierte sämtliche Anrufe von uns. Das änderte sich auch nicht als wir in Australien ankamen. Hier blieben wir nur etwa zwei Wochen und waren nur in sechs Städten zu Gast: Canberra, Perth, Brisbane, Ottawa und Brasilia. Damals war es noch nicht so ein Riesending dort zu sein wie heute. Wir waren dort noch nicht ganz so bekannt, wie auf dem Rest der Welt. Es sollte mir nur recht sein. Ich war heilfroh als die letzten Töne in Perth verklungen waren. Ich wollte nur weg von dort und hatte einiges zu klären. Hoffentlich war meine Frau überhaupt noch da, wenn ich heimkam. Oder hätte ich schon bald den Scheidungsantrag im Briefkasten? Die ganze Band war am Ende ihrer Kraft. Sogar Sky hatte die Nase voll. Und dabei war sie immer am besten drauf von allen. Das lag sicher daran dass sie die Jüngste bei uns war. Und ohne Jo auch die einzige Frau, die ständig in unserer Nähe war. Wir alle waren dünn geworden. Meine Stimmbänder brauchten dringend eine Pause und überhaupt war mir klar, dass es jetzt erst einmal vorbei war. Und zwar für sehr lange Zeit, wenn ich meine Ehe retten wollte.

Wir erreichten New York. Hier verließ mich meine Band und meine Belegschaft. Sky und Brandon wollten weiter nach Detroit. Aber erst in einigen Tagen. James brachte mich zurück zu meiner Familie. Anthony würde Brandon und seine Freundin nach Detroit bringen. Danach sollte das Flugzeug wieder in unsere Halle nach New York gebracht werden.

Pause auf unbestimmte Zeit.

Während der Flüge war ich nicht sehr gesprächig. Noch immer fühlte ich mich krank. Sogar John drang nicht mehr zu mir durch. „Wenn du mich brauchst, du weißt wo ich bin. Ihr bekommt das wieder hin. Sie wird dir glauben. Wir sind der Beweis weil wir ständig mit dir unterwegs waren. MIR wird sie glauben."
„Danke, John."

Hoffentlich behielt mein bester Freund recht.

Dann ließ ich meine Band zurück.
Ich kam in New Orleans an. Niemand war dort. Nicht einmal Buster. Still und dunkel lag unser Haus da. Und dabei wusste Jo doch dass ich heute heim käme. Ich suchte überall nach ihr. Sie war nicht da. Im Haus lag ein Brief in dem sie mir mitteilte, dass

sie in Texas sei. Sie schrieb auch, dass sie ihren Eltern nichts sagen würde, falls sie es nicht schon längst aus dem TV oder der Presse erfahren haben sollten.

„Scheiße, verdammte Scheiße", brüllte ich und fegte all meine Bourbonflaschen von der Theke. Danach schoss ich meine Reisetasche durch das Zimmer. Dann die Blumenvase durch das geschlossene Fenster. Innerhalb von Minuten hatte ich unser halbes Wohnzimmer zertrümmert. Das war schon der vierte Wutanfall innerhalb weniger Wochen gewesen. Ich hatte mich nicht mehr im Griff. Erschöpft rutschte ich an der Wand neben dem Kamin auf den Boden. Meine Augen brannten, mir war übel und mein Herz ballerte um sich wie eine MP. Diese verdammten Schweine hatten mir meine Frau genommen. Warum habe ich überhaupt diese scheiß Tür geöffnet? Warum habe ich nicht die Polizei gerufen? Mein Kopf drohte zu platzen. Immer wieder sah ich die schmutzigen Fotos vor mir. Ich kam überhaupt nicht mehr klar. Keiner war da um mich aufzufangen. Keiner. Stunden um Stunden hockte ich auf diesem Boden und starrte die Wand mit unseren Fotos an. Die Hochzeit, die Band, die Oscarverleihung, die Filmpremiere und unser Kind in allen Lebenslagen. Mein Leben ging mal wieder den Bach herunter. Warum warum? Ich konnte es nicht verstehen.

Irgendwann rappelte ich mich auf und knallte mich auf das Sofa. Zwei meiner Bourbonflaschen hatten meinen Angriff überlebt und lagen direkt vor meiner Nase auf dem Boden. Ich sammelte sie auf, soff bis ich nicht mehr konnte.

Dann weiß ich nichts mehr.

30

Jo

Damals:

Damon startete allein nach Asien, Russland und Australien. Wir telefonierten fast täglich. Zumindest am Anfang. Dann immer seltener. Ich dachte mir nichts dabei wegen der Zeitverschiebung. Ich weiß nicht mehr wann genau es war. Jedenfalls war ich in der Küche und bereitete Brei für Alanah zu. Ich hatte den Fernseher eingeschaltet um Alanah mit Trickfilmen zu unterhalten, weil Diane zum Einkaufen war. Sie spielte in ihrem Laufstall und ich werkelte in der Küche herum. Ich hatte keine Ahnung wo Damon gerade war. Wir hatten schon einige Tage nicht mehr gesprochen. Plötzlich jauchzte die Kleine und rief immer wieder: „Daddy da. Daddy. Daddy."
Ich lugte um die Ecke und sah das Kind aufrecht stehen. Ihre kleinen Finger zeigten auf den Fernseher. Mir fiel die volle Breischüssel aus der Hand, als ich Damon an der Seite einer Asiatin auf dem Bildschirm entdeckte. Die beiden sahen aus als wären sie frisch verliebt. Meine Augen begannen zu brennen. Ich stellte den Ton lauter weil Alanah noch immer auf ihren Vater zeigte und nach ihm rief. Es wurde berichtet dass mein Mann seit einigen Tagen schon öfter an der Seite dieser jungen Frau gesehen worden wäre. Ich reimte mir alles Mögliche zusammen. Deshalb hatte er mich also nicht mehr angerufen. Ich stellte den Fernseher aus. Sofort begann Alanah zu weinen.

„Daddy. Weg. Daddy..."
Es dauerte ewig bis sie sich beruhigte. Ich versuchte mich zusammenzureißen. Das Kind sollte nicht merken was in mir vorging. Nachdem sie endlich eingeschlafen war rief ich Damon an. Als er den Ahnungslosen gab rastete ich völlig aus. Ich glaubte ihm kein Wort, denn die Fotos waren deutlich genug. Ich konnte nicht mit ihm reden. Seine Stimme, die mich sonst immer verzauberte widerte mich an. Diese Stimme würde jetzt dieser Schlampe heiße Worte ins Ohr flüstern. Ich konnte nicht glauben dass es so weit gekommen war. Ich legte einfach auf. Mein Puls jagte wie irre und mein Herz raste hinterher. Für mich hatte sich die Sache erledigt. Ich würde zu meinen Eltern gehen. Ich wollte ihm nicht begegnen wenn er heim kam. Als ich auf dem Weg nach oben war um meinen Koffer zu holen, klingelte das Telefon. Damon. Er versuchte sich mir zu erklären, aber es machte alles nur noch schlimmer. Wieder beendete ich das Gespräch. Immer wieder versuchte er Kontakt zu mir aufzunehmen, aber dazu war ich nicht bereit. Sogar Johns Nummer ignorierte ich, obwohl er ja gar nichts dafür konnte. Ich packe meinen Koffer, schnappte mir alles was ich für Alanah brauchte und buchte einen Flug nach Texas. Meinen Eltern erzählte ich nichts davon. Bei meiner Ankunft nahm meine Mutter mich sofort in den Arm. Ohne Worte. Sie muss es gewusst haben. Kein Wunder, die Geschichte war ja auch überall im Land präsent. Es würde noch drei Wochen dauern bis Damon zurück käme. Mir war klar dass wir darüber reden musste, aber ich wollte nicht. Ich konnte seine Nähe nicht ertragen. Seine Hände, die jetzt diese Frau berührten, seine liebevollen Worte nicht hören, die jetzt für jemand anderen bestimmt waren. Seine Lippen, die jetzt nicht mehr meine treffen würden. Es würde Zeit brauchen bis ich ihm wieder unter die Augen treten konnte. Meine Eltern stellten keine Fragen. Dann rief John bei meinen Eltern an. Keine Ahnung woher er ihre Nummer hatte.

„Wenn Damon dich beauftragt hat, vergiss es", sagte ich nur und wollte das Gespräch beenden.

„Jo, warte! Er weiß nichts davon. Ich habe die Nummer aus seinem Handy. Er hat nichts getan. Es ist alles eine Lüge. Diese Fotos sind Fake. Jemand hat aus verschiedenen Fotos diese Kollagen gemacht. Er hat nichts getan."

„Woher willst du das wissen?"

„Weil wir die ganze Zeit zusammen waren, wir alle. Nur einen Abend kam er in sein Zimmer. Und die Frau..."

„Ich will es nicht wissen, John."

„Sie war dort. Wir wissen nicht warum. Sie wollte ihn..."

„Sag es mir nicht."

„Sie hat versucht ihn zu küssen, das war alles. Ehrlich."

„Sie hat ihn GEKÜSST?"

„Mehr oder weniger. Er konnte nichts machen. Sie hat ihn bedrängt. Als ich dazu kam, war Wayne schon dabei die Frau hinauszubringen. Jo, du kennst Damon. Er würde dir so etwas niemals antun. Er ist krank vor Kummer."

„Aber die Bilder. Sie sehen so echt aus."

„Sie sind bearbeitet worden. Du musst genau hinsehen. Dann siehst du die unsauberen Ränder und außerdem ist Damons Haar wieder länger als auf den Bildern. Denk nach. Wann hat er zuletzt diese Klamotten getragen? Ich könnte wetten er hat sie nicht mal mitgenommen."

„Ich weiß nicht, John. Ihr seid schon lange weg. Ich weiß nicht wie er jetzt aussieht."

„Jo, bitte, er wird wieder abstürzen. Willst du das? Einen Nervenzusammenbruch hatte er schon. Soll er komplett zusammenbrechen?"

„Nein, natürlich nicht."

„Dann schau in seinen Schrank. Bitte, Jo."

„Okay."

Nachdem ich das Gespräch mit John beendet hatte war ich hin und hergerissen. Konnte so etwas sein? Gibt es Menschen, die so

einen Mist inszenierten, nur um Kohle zu machen? Ja. Definitiv.
Ich war jetzt schon fast drei Wochen hier. Noch immer hatte ich
kein Wort mit Damon gewechselt. Das Gespräch mit John lag
schon wieder einige Tage zurück. Morgen käme Damon zurück.
Noch immer dachte ich über Johns Worte nach. Sollte ich
wirklich prüfen welche Klamotten Damon mitgenommen hatte?
Ja. Jeder ist unschuldig bis das Gegenteil bewiesen ist. Ich buchte
einen Flug für den nächsten Tag. Ich nahm mir dann ein Taxi,
weil ich Matt nicht mit meinen Problemen belasten wollte. Meine
Eltern versicherten mir dass ich jederzeit zu ihnen zurück
kommen könnte, wenn es Schwierigkeiten geben sollte. Gegen
Abend betrat ich unser Haus. Alanah war auf meinem Armen
eingeschlafen. Ich brachte sie ins Bett. Im Haus war es still

„Damon? Bist du da? Damon?"

Nichts. Als ich das Wohnzimmer betrat, traf mich fast der
Schlag. Im Zimmer stand nichts mehr an seinem Platz. In der
Scheibe war ein Loch, die Flaschen aus der Bar lagen zersplittert
auf dem Boden. Kaputte Gläser daneben. Die Standvase fehlte.
Selbst die Blumentöpfe verteilten sich an den Wänden und auf
dem Boden. Vorhänge hatte ich auch keine mehr und unser
Teppich war übersät mit Splittern, Alkoholflecken und
Erbrochenem. Es stank fürchterlich.

„Großer Gott. Was ist hier los?"

Ich schritt weiter ins Zimmer. Damon lag auf dem Sofa.
Unrasiert. Auf dem Boden vor ihm ebenfalls Erbrochenes und
zwei leere Flaschen Whiskey. Sein Haar verklebt, die Augen
geschlossen. Seine Klamotten voll von Alkohol und Kotze. Sogar
seine Schuhe hatte er noch an.

„Damon? Was hast du getan. Hey, aufwachen."

Mein Herz raste und meine Augen begannen zu brennen. Schnell
rannte ich zu ihm. Ich fühlte seinen Puls, klopfte auf seine

Wangen. Er regte sich nicht. Ich rief den Notarzt. Der kam dann auch bald. Sie nahmen ihn mit. Alkoholvergiftung. Wegen Alanah konnte ich nicht mit zum Krankenhaus. Statt dessen erinnerte ich mich an Johns Worte und machte mich an Damons Schrank zu schaffen. Ich blätterte die Zeitungsartikel mit den entsprechenden Fotos auf und suchte nach den Bildern. Mir kamen die Tränen als ich die Sachen, die auf den Fotos zu sehen waren, im Schrank entdeckte. Ich begann zu heulen. Er hatte die Wahrheit gesagt und ich... Gott, wie konnte ich nur so von ihm denken. Wenn... Oh nein. Viele Leute hatten schon eine Alkoholvergiftung. So schnell stirbt man nicht. Ich rief die Klinik an. Damon lag auf der Intensivstation. Er schwebte in Lebensgefahr. Und ich hatte ihn dazu getrieben. Am nächsten Tag rief ich Matt an. Alanah blieb bei Diane. Ich wollte nicht dass sie ihren Vater so sehen musste. Matt brachte mich in die Klinik. Mein Mann lag allein in einem abgeschotteten Zimmer. Noch immer regte er sich nicht. Immerhin hatte man ihn gewaschen und in ein Krankenhemd gesteckt. Matt durfte nicht mit ins Zimmer, da er kein direkter Angehöriger war. Stattdessen versuchten unsere Angestellten das Haus wieder in Ordnung zu bringen. Damon hatte sich richtig ausgetobt. Ich sprach mit dem Arzt und erfuhr, dass er fast 3,8 Promille in sich hatte, als ich ihn fand. Noch ein wenig mehr und er hätte sterben können. So aber lag er an einem Tropf und wurde überwacht. Ich hockte mich neben sein Bett und heulte bis ich keine Tränen mehr hatte. Warum habe ich ihm bloß nicht geglaubt?
Es dauerte fast zwei Tage bis er die Augen aufschlug.
„Jo?"
„Ja. Was hast du gemacht?"
„Ich habe das n..."
„Ich weiß..."
Und dann war er auch schon wieder eingeschlafen. Ich verbrachte den ganzen Tag an seiner Seite.
Dann wachte er erneut auf.

„Jo. Ich dachte du bist in Texas...“

„Da war ich auch. Verdammt, Damon, es tut mir leid. Ich habe diesen Mist geglaubt.“

„Und jetzt nicht mehr?“

Er sah mich unsicher an. Ich hielt seine Hand und drückte sie sanft.

„Nein. Das haben wir John zu verdanken.“

„John? Warum?“

„Er hat mir gesagt, dass ihr immer alle zusammen wart. Und ich soll in deinen Schrank gucken.“

„Was? Versteh ich nicht.“

Trotz allem musste ich lächeln.

„Deine Klamotten. Die, die du auf den Fotos trägst.“

„Hä?“

„Du hast sie nicht mitgenommen. Und deshalb...“

Damon setzte sich ruckartig auf.

„Darüber habe ich noch gar nicht nachgedacht. Scheiße, ja.“

„Verzeihst du mir?“, flüsterte ich und setzte mich dicht neben ihn. Sofort rückte er zur Seite und zog mich zu sich heran.

„Klar. Du mir auch?“

„Bitte mach so einen Mist nie wieder, okay?“

„Abgemacht.“

Dann schlief ich einfach in seinen Armen ein.

Einige Tage später durfte ich ihn wieder nach Hause holen. Matt hatte inzwischen ein neues Fenster bestellt und unser Wohnzimmer wieder in Ordnung gebracht. Alanah stürmte sofort auf ihren Vater zu.

„Hey mein Engel...“

Sofort war er wieder in seinem Element. Er kümmerte sich rührend um unsere Tochter. Die beiden hatten sich so vermisst. Meine Welt schien wieder in Ordnung zu sein. Mein Mann erholte sich langsam und verbrachte fast die ganze Zeit mit seinem Kind. An einem Tag zerrte die Kleine ihn sogar hinter sich her. In den Keller. Dort steuerte sie sofort auf eine seiner Gitarren zu.

„Du weißt was mir fehlt, hm?"

„Musik?"

„Ich soll Musik machen?"

Ich musste mir das Lachen verkneifen als unser Kind an den Instrumenten herum fummelte.

„Schon gut. Ist ja okay. Komm her, mein Schatz."

Und dann setzte er unsere Tochter vor sich auf den Boden, schnappte sich die Gitarre, die Alanah ausgesucht hatte und begann für sie zu spielen. Ohne Verstärker. Es war so schön die beiden so zu sehen. Die Kleine klatschte in ihr Hände und mein Magen zog sich zusammen. So sah mein Glück aus. Aber eben nur meines.

31

Damon

Damals:

Ich wachte in einem Krankenzimmer auf. Keine Ahnung wie ich dort hingekommen war. Aber Jo war da als ich aufwachte. Sie wollte sich bei mir entschuldigen. Zum Glück hatte mein bester Freund die Sache wieder gebügelt. Ohne ihn wäre meine Ehe vermutlich am Ende gewesen. Auch ich bat Jo mir zu verzeihen. Jedes Mal baute ich Mist wenn ich nicht mehr weiter wusste. So ist es noch immer. Ich kann es einfach nicht abstellen.

Ich kam so langsam wieder auf die Beine. Die Tour und der vermeintliche Skandal hatten mich Kraft, Nerven, viel Geld und auch Fans gekostet. Ich musste Geduld haben und irgendwann würde Gras über die Sache wachsen. Eine längere Pause war jetzt dringend nötig. In jener Zeit kümmerte ich mich wieder ausgiebiger um mein Kind. Es war eine sehr schöne ruhige Zeit. Für kurze Zeit waren wir beinahe eine ganz normale Familie. Die Sache mit den Fotos verlor an Präsenz. Ich weiß nicht was wie wann passierte, aber die Presse fand andere Opfer, deren Leben sie zerstören konnte. Die Kleine wuchs und brachte frischen Wind in unser Haus. Ich vernachlässigte beinahe mein Studio im Keller, so sehr war ich in der Erziehung unseres Kindes involviert. Jo fand es gut. Aber inzwischen ist ja bekannt, dass dies nicht mein Ding auf Dauer war.

Ich rief meine Jungs an und irgendwann machten wir uns wieder auf neue Songs aufzunehmen. Allerdings war ich hier bei mir, und der Rest der Band in Andys Studio in New York. Die Demos wurden zusammen geschnitten und hin und hergeschickt. Live passierte in dieser Zeit nichts, was Jo freute. Ich hatte ihr ein Versprechen gegeben, mich zu ändern. Und verdammt nochmal, ich wollte es wirklich versuchen. Na ja...

Im darauf folgenden Jahr brachten wir unser 14. Album heraus. Und ich wollte noch mehr. Wieder hinaus. So wie immer. Was natürlich einiges an Planung bedurfte. Und das Einverständnis der Band. Und meiner Frau natürlich. Auch diesmal eskalierte die Sache wieder. Sie wollte einfach nicht verstehen, dass ich mein Leben nicht auf ewig ändern konnte. Es ging einfach nicht. Und außerdem wollte ich Kohle. Viel Kohle, die ich später für Alanah in ein führendes College investieren wollte. Die Verkäufe der Alben brachen etwas ein. Nicht zuletzt wegen des Skandals mit Lao, der noch immer bei einigen Menschen in den Köpfen festhing. Keine Ahnung, warum negative Schlagzeilen länger im Gedächtnis bleiben, als positive. Kann mir das bitte einmal jemand erklären?

Inzwischen waren wir schon über ein Jahr nicht mehr unterwegs gewesen. Es war das Jahr 2004. Wir einigten uns auf kleinere Projekte. Mehr konnte und wollte ich nicht wagen, wenn ich nicht alles, vor allem Jo und Alanah, verlieren wollte. Meistens nahmen wir an Festivals teil. Auf einigen davon waren auch die Dark Punks zu finden. Wir kamen uns wieder näher und brachten alte Zeiten wieder in unsere Gedanken, wenn wir alle gemeinsam abends in den Bars der Staaten saßen. Meine Familie begleitet uns wieder. Und darüber war ich ziemlich froh. Ich denke meine Frau war einfach vorsichtig was meine Vorliebe in Krisensituationen betraf. Der Teufel Alkohol schlägt noch immer um sich. Und, auch wenn Jo etwas anderes behauptet hatte, glaubte ich, sie traute mir nicht wirklich.

Warum zum Geier habe ich damals nicht die Polizei gerufen, als Lao in meinem Bett gelegen hatte? Warum ließ ich sie in meine Nähe? Ich weiß es nicht. Und ich denke, dass genau diese Fragen auch in Jos Kopf zu finden waren, und sie deshalb dabei war. Sie wollte einfach wissen, ob sie mir vertrauen kann oder nicht.

Ich versuchte mir Zeit für Jo und die Kleine zu nehmen. Sie sollte nicht das Gefühl haben an zweiter Stelle zu stehen. Hat leider nicht geklappt. Nie. Und mein Kind war auch dabei. Inzwischen war sie schon fast vier. Klar konnte Jo wegen unserer Tochter nicht an der Bühne stehen, so wie früher. Sie wartete in den Hotels auf mich. Heute weiß ich was ich verlangt habe. Meine Frau war einsam, obwohl ich bei ihr war, so oft es ging. Und mein Kind auch. In diesem Jahr wurde die Sache echt schwierig. Alanah konnte schon ziemlich gut reden und sie stellte mir Fragen. Ein kleines kluges neugieriges Kind. Oft kam sie zu mir auf die Bühne, bevor die Konzerte begonnen. Sie wollte alles Mögliche wissen, ausprobieren. Sie liebte unsere Instrumente und ich versuchte ihr tatsächlich das Gitarre spielen beizubringen. Unser Kind war aufgeweckt und neugierig. Wir schirmten es, so gut es ging, von der Außenwelt ab und ich merkte natürlich nicht, was unsere Tochter wirklich brauchte. Nämlich Freunde in ihrem Alter. Stattdessen kümmerte sich meine Band um die Kleine. Vor allem Sky, denn sie konnte Brandon noch immer nicht überreden über ein Kind nachzudenken. Der Typ war noch immer wild und so sollte es auch bleiben. Vor allem Jonathan nahm sich dem Kind an. Ich schätze er wollte an ihr gut machen, was er bei Jakob versäumt hatte. Alanah war überall dabei. Sie trommelte auf Jokis Schlagzeug herum und ich hatte damals das Gefühl alles sei okay. Aber ein Kind sollte mit Gleichaltrigen zusammen sein. Das habe ich ja schon erwähnt. Es fiel mir erst auf, als Jo in einem Hotel eine junge Frau kennenlernte, die mit ihrem Sohn Daniel dort war. Alanah verstand sich gut mit dem Jungen und weinte fürchterlich als die Dame abreiste. Jo sagte mir, dass es wohl besser sei wenn sie mit Alanah zurück nach New Orleans käme. Es war an jenem Tag in Tampa. Das Sommerfestival stand an. Über 25 Bands sollten dort innerhalb der nächsten drei Tage spielen. Ich war schon fertig umgezogen als Jo die Garderobe betrat. Alanah kam zu mir und kletterte an mir hoch.

„Hey mein Schatz, alles okay?"

Ich hob sie hoch.

„Wo ist Daniel?", wollte sie wissen.

„Sicher zurück nach Hause. Warum?"

„Er ist mein Freund", stammelte Alanah. Ihre Augen bekamen einen verdächtigen Glanz. Dann kullerten dicke Krokodilstränen ihre rosigen Wangen hinab.

„Hey hey, nicht weinen."

Meine Tochter zwinkerte sich die dicken Tränen fort. Dann drückte sie sich fest an mich, meinen Nacken umklammert.

„Wir müssen reden, Damon", sagte Jo

„Worüber?", antwortete ich und tupfte Alanah ihre Wangen trocken.

„Über das hier. Das geht so nicht. Ich breche ab. Ich fliege zurück nach New Orleans. Und ich nehme Alanah mit."

„Was soll das heißen, du reist ab?"

„Sieh dir unser Kind an. Merkst du nicht wie einsam sie ist?"

„Nein, das Gefühl habe ich nicht. Wie kommst du denn darauf?"

„Sie weint die ganze Zeit wegen Daniel. Sie kann nicht immer nur mit Erwachsenen zusammen sein."

„Ich möchte euch bei mir haben. Wir sind eine Familie."

„Nein, Damon. Ich habe es versucht, wirklich. Aber zu Hause ist sie besser aufgehoben als hier. Ich werde sehen dass sie einen Kindergarten besucht oder so."

„Nein."

„Doch."

„Nein. Das ist viel zu gefährlich."

„Sam wird sie hinbringen und auch wieder abholen. Wenn du willst, kann auch einer von ihnen den ganzen Tag in der Nähe der Einrichtung bleiben. Sam oder Daryl. Sie braucht Freunde."

„Hier ist sie sicher. Ich werde auf sie aufpassen. Wir könnten ein Kindermädchen einstellen. Es dauert ja nicht mehr so lange. Dann ist es geschafft. Wir waren schon viel zu lange weg. Ich ...“
„Jetzt hör schon auf. Es ist immer das Gleiche. Es zählt nur was DU willst. Hast du mal John oder Jonathan oder die anderen gefragt was für sie wichtig ist? Sie haben auch ein eigenes Leben. Jakob ist schon fast erwachsen.“
„Der Junge ist 16.“
„Eben. Und die Hälfte seines Lebens musste er ohne seinen Vater verbringen. Wegen dir, Damon. Du bist manchmal echt verbohrt, weißt du das?“
„Wie bitte? Es ist Jonathans Entscheidung. Er wollte doch wieder mitmachen.“
„Ja, weil DU ihm ein schlechtes Gewissen eingeredet hast. Aber ein Gutes hat die Sache.“
„So?“
„Jakob hat Freunde. Eine normale Jugend. Und das will ich für Alanah auch. Ich fliege morgen zurück. Ob es dir nun passt oder nicht. Es war falsch, es noch einmal zu versuchen. Nach deinem Absturz warst du der Mann den ich will. Und der Vater den Alanah verdient. Aber inzwischen ist mir klar, dass nichts und niemand deinen Job vom ersten Platz verdrängen kann. Noch nicht einmal dein Kind.“

Jo war außer sich und ich hatte das Gefühl für jeden Schritt vorwärts kamen drei rückwärts. Der Riss in unserer Beziehung wurde immer größer. Sie schnappte sich unser Kind und ließ mich einfach in voller Montur, zehn Minuten vor unserem Auftritt, in der Garderobe stehen. Ich konnte ihr nicht mehr hinterher. Aber wir mussten reden. Wie so oft. In letzter Zeit häuften sich die üblen Gespräche. Keine Ahnung warum das so war. Ich betrat die Bühne, hoffte Jo würde vielleicht doch noch kommen weil ich sie kannte. Ich wusste sie könnte niemals einschlafen wenn wir Streit hatten. Ich suchte den Raum rund um die Bühne ab. Nichts. Ich versuchte meine Sachen auszublenden und mein Ding zu machen. John sah mich komisch an. Ich schätze er wusste worum es ging. Mit ihm sprach Jo immer wenn sie jemanden zum Reden brauchte. Oder mit Sky. Aber sie kam nicht. Sky auch nicht, was ungewöhnlich war. Wir hauten unsere Hits raus, Alte und Neue. Der Zuspruch war nicht mehr ganz so groß wie früher, aber noch immer genügend, um noch oben dabei zu sein. Die Sache mit Lao hing anscheinend noch immer in den Köpfen der Menschen fest. Nie konnte die Sache aufgeklärt werden. Leider. Also war ich bei vielen Fans unten durch. Ein Ehebrecher. Mein Image war schwer beschädigt.

Sofort, nachdem wir unsere Zugaben gegeben hatten, machte ich mich auf den Weg zum Hotel. Meine Mädels schliefen schon tief und fest. Eigentlich hatte ich erwartet, dass Jo auf mich warten würde. Aber nein, diesmal nicht. Wir waren dabei uns immer mehr voneinander zu entfernen. Als ich mich ihr im Bett nähern wollte, rückte sie von mir weg.

„Jo, hey, bitte lass uns nicht streiten", flüsterte ich ihr ins Ohr, während ich sanft über ihre Arme strich.
„Ich will nicht streiten, Damon. Aber ich finde du solltest die Sache echt einmal neu überdenken."
Noch immer sah sie mich nicht an und wickelte ihre Decke fester um sich. So kalt war sie mir gegenüber noch nie gewesen.
„Was zum Teufel ist nur los mit dir, Jo?"
Ich erhob meine Stimme, ohne dass ich es eigentlich gewollt hätte.
„Nichts."
Mehr sagte sie nicht und rückte noch weiter von mir weg.
„Verdammt, Jo!", schrie ich und sprang aus dem Bett.
„Was passiert da mit uns, hm? Sind wir uns nicht mehr wichtig?"
Ich war wütend und begann eine Spurrinne in den Teppich zu rennen.
„Anscheinend sind wir dir nicht wichtig genug, sonst würdest du verstehen was zählt."

Jo setzte sich in ihrem Bett auf und schoss wütende Blicke auf mich ab.

„Ich kann nicht glauben, dass du so von mir denkst. Es hat sich nichts geändert."

„Doch."

„Red keinen Blödsinn. Wir sind schon ewig zusammen. Und alles was jetzt anders ist..."

„...ist unser Kind, verdammt nochmal. Warum bist du so verbohrt?"

„Ich bin nicht verbohrt!", schrie ich.

„Doch, Damon. Bist du. Du siehst nur dein Leben, alles andere blendest du aus."

„Was? Wieso sagst du so etwas?"

„Weil es so ist. Es kümmert dich nicht, dass deine Tochter einsam ist."

„Sie ist nicht einsam."

Meine Stimme erhob sich immer mehr. Wütend funkelte ich Jo an. Sie schoss ebenfalls wütende Blicke auf mich ab.

„Herrgott, Damon. Sie ist vier Jahre alt. Was glaubst du was Kinder in ihrem Alter tun sollten?"

„Was weiß denn ich? Mensch, Jo..."

„Du kannst dir nicht vorstellen, dass sie Freunde braucht? Dass sie die Welt kennenlernen sollte?"

„Kein Kind kommt so weit in der Welt herum..."

„Verdammt, Damon. Darum geht es doch nicht."

„Worum denn dann? Was willst du von mir, Jo?"

„Das weißt du genau!"

„Du hast alles, wovon viele Frauen nicht einmal zu träumen wagen. Häuser, Pferde, Geld, ein gesundes Kind und einen Mann der dich liebt wie nichts auf dieser Welt."

„Dann zeige es mir verdammt. Ich brauche kein Geld um glücklich zu sein. Wann kapierst du das endlich?"

Sie schrie mich an. Ihr Gesicht war zornesrot.

„Warum schreist du mich an, Jo? Tu das nie wieder."

„Weil?"

„Weil wir so nicht miteinander umgehen sollten."

„Das stimmt. Aber anders scheinst du ja überhaupt nichts zu verstehen. Ich will nicht schreien, Damon. Leider kommt nichts bei dir an, wenn ich normal mit dir reden möchte. Du BIST verbohrt, egoistisch und beziehungsunfähig. Deine Karriere geht dir über alles. Du gehst dafür über Leichen und opferst sogar uns beide. Mich und Alanah. Das ist... mir fehlen die passenden Worte. Wir sollten so nicht miteinander umgehen. Ja, das stimmt. Aber deinem Kind die Jugend zu nehmen ist in Ordnung, ja? Ich fliege morgen zurück. Es ist mir egal was du darüber denkst Damon. Und jetzt lass mich einfach in Ruhe."

Als sie mich dann auch noch mit meiner Drogensucht von früher konfrontierte sah ich rot. Dann drehte sie sich einfach mit dem Gesicht zur Wand und ignorierte mich. Ich war außer mir und schnappte meine Sachen. Ich musste hier weg. Keine Ahnung wo ich jetzt ein Ventil finden sollte. Keine Fire, kein Sandsack und keinen Alkohol. Super. Ich beschloss Jonathan zu nerven. Er war der Einzige, der auch ein Kind hatte. Vielleicht konnte er mir erklären was ich absolut nicht begreifen wollte.

Jetzt:

Ich erreiche das Stadion. Schon eine Menge los hier. Noch immer
strömen die Menschen in das Gebäude. Fast alle sind schon da,
nur John noch nicht. Ich finde meine Garderobe und starre in den
Spiegel. Man sehe ich scheiße aus. Noch immer sieht man mir
meine Eskapaden an.

„Damon?"

Es klopft an der Tür. John ist da. Ich habe keine Lust auf das
ganze Theater und so langsam bekomme ich Zweifel ob mein
schauspielerisches Talent ausreicht, um mich vor der Welt zu
verstecken. Der wahre Damon will an die Oberfläche. Der
Kaputte. Es klopft schon wieder. Ich reiße mich von meinem
Gegenüber im Spiegel los.

„Ich komme."
„Alles okay?", will John wissen und kommt in den Raum.
„Ich weiß es nicht, John. Jeder Tag wird schwerer als der davor."
„Na ja, es ist nicht einfach, aber dennoch hast du hier
Verpflichtungen deinen Fans gegenüber."
„Ja. Lass uns gehen. Scheiß drauf."
John hat recht. Ich muss mein Zeug jetzt zur Seite schieben.
„So ist es recht. Du musst stark sein. Für dich und... für sie. Für
beide. Bald ist es geschafft."
„Ja."
Wir gehen zur Bühne. Alle sind schon dort. George und unser
Masseur Tony kneten die Jungs noch einmal durch und dann höre
ich sie. Sie brüllen nach uns. Die Vorgruppe ist dabei ihren Kram
abzubauen. All die Menschen wollen uns sehen. Und zwar so wie
sie uns kennen. Rockig, laut und leicht verschroben. Auch wenn
wir schon zu den Dinos gehören, können wir es noch mit all den

neuen jungen Gruppen aufnehmen. Meine Lederhose passt noch immer und auch mit über 50 kann sich meine Figur noch sehen lassen. Vielleicht bin ich etwas schmal geworden, aber das macht nichts. Ich schnappe meine Gitarre, rücke meine Jacke zurecht und warte. Die Rowdys der Vorgruppe machen Platz für unsere Sachen. Es dauert einige Minuten bis mein Bühnenbild gewaltig vor den wartenden Menschen auftaucht. Die Beleuchtung wird gedimmt, die Nebelmaschine eingeschaltet. Die Rufe der Leute werden immer lauter. Mein Herz schlägt wieder in meinem Takt. Jedenfalls fast. Jonathan betritt die Bühne. Leise, im Dunkeln. Er setzt sich an sein Instrument und klickt die Sticks aneinander. Das Licht findet ihn und die Menge jubelt. Pfiffe schallen durch das Stadion. Andy hebt seine Gitarre über den Kopf und rennt zu seinem Platz. Die Frauen kreischen noch immer wenn sie ihn sehen. Man sieht ihm sein Alter auch nicht an. Dieser Typ hat sich kaum verändert in all den Jahren.

„Nick, rein mit dir", sagt Brandon und schiebt unseren Bassisten neben Andy. Ich starre auf die Bühne, aber eigentlich sehe ich nichts.

„Jetzt kack bloß nicht ab, Mann", pflaumt John mich an als ich anfange zu schwanken. Keine Ahnung was mit mir nicht stimmt."

„Reiß dich zusammen", kommt es von Brandon. Dann macht auch er sich auf den Weg. Noch immer wirkt er wie ein Satanist. Er ist seinem Style treu geblieben. Düster, unnahbar. Er eilt zum Bühnenrand und reicht all diesen Frauen die Hand. Meine Band hat alles im Griff. So wie immer.

„Ich hab dich im Auge, Damon. Versau es nicht, klar?"

„Nun geh schon, John. Ich bekomme das hin."

„Das hoffe ich für dich", sagt er und stellt sich an sein Keyboard. Meine Gedanken rasen. Ich bekomme den Kopf einfach nicht frei. Egal wie sehr ich mich bemühe. Der Trommelwirbel ertönt. Das ist mein Zeichen. Ich strecke meinen Körper, hole noch einmal tief Luft und setze meine Showmaske auf. Damon

Mandora, der Showman, betritt die Bühne. Die Bude scheint aus allen Nähten zu platzen. Und das am Arsch der Welt. Wir starten mit *We are rebells*. Auch wenn das Lied schon einige Jahre alt ist, bringt es die Menschen hoch. Ich sehe ihre Hände. Sie sind voll bei der Sache. Ich nicht. Heute bekomme ich nichts hin. Meine Stimme krächzt. Ich spüre Johns Blicke in meinem Rücken. Er sagt nichts, aber ich weiß, dass wir später reden werden. Wir sind schon beim dritten Lied. *The lost planet* vom *Space album*. Die Nummer ist ruhig und Nick hat den größten Gesangspart in diesem Song weil er es komplett allein geschrieben und produziert hat. Seine Stimme ist so kraftvoll wie noch nie. Mein Part ist eher klein und meine Stimme dünn. Aber ich werde es schon irgendwie überstehen. Es sind ja nur zwei Stunden. In meinem Kopf reift ein Plan.

32

Jo

Damals:

Eine Weile war alles okay. Mein Mann war bei uns und so sollte es auch bleiben. Zumindest für eine Weile. Natürlich hatte die Sache mit Lao seinem Ruf geschadet, weil sie nie geklärt worden war. Und deshalb hielt er es für besser eine Pause zu machen bis sich die Sache ein wenig entspannt hatte. Diese Pause dauerte ein knappes Jahr. In dieser Zeit schöpfte ich wieder Hoffnung, dass er vielleicht doch noch vernünftig werden würde. Aber nein. Irgendwann reichte es ihm wieder und er suchte den Kontakt zu seiner Band. Es gab lange Gespräche, vor allem mit John. Immer öfter zog Damon sich zurück. In der Öffentlichkeit und in den Klatschpressen waren jetzt andere im Vordergrund. Die Suche nach den Terroristen von 9/11 lief noch immer und auch sonst lief alles seinen Weg. Das Familiending funktionierte auch irgendwie. Eigentlich hätte es für immer so weitergehen können. Doch dann kam ein entscheidendes Telefonat mit Nick. Auch er hatte keine Lust mehr dauernd in New York zu bleiben und trommelte die anderen schließlich zu einem Gespräch zusammen. Dieses fand bei ihm auf dem Hausboot statt. Damon flog für einige Tage zu seiner Band. Sie kamen sich wieder näher und entschieden, dass sie wieder etwas auf die Beine stellen wollten. Worüber ich irgendwie nicht sehr erfreut war, obwohl ich wusste, was die Gruppe und seine Freunde meinem Mann bedeuteten. In

New York wurden auch die Einzelheiten besprochen. Es dauerte etwa zwei Wochen, bevor er zu uns zurückkam. Sofort stürzte er sich wieder in die Arbeit. Er hatte wieder Blut geleckt und seine Euphorie war kaum zu bremsen. Den ganzen Tag, und auch so manche Nacht, verbrachte er in seinem Tonstudio im Keller, oder in seinem Büro. Ich bekam ihn kaum noch zu Gesicht. Er bastelte an einer Tour und der danach und danach. Er würde es niemals müde werden, die Bühnen dieser Welt erobern zu wollen. Und schon bald ging es wieder los.

Die Band hatte sich geeinigt überwiegend an Festivals teilzunehmen. Ich entschied ihn noch einmal zu begleiten, aber wohl war mir nicht bei der Sache. Wir nahmen Alanah mit. Meine Mutter meinte ich könnte sie ja auch zu meinen Eltern bringen, aber das wollte ich nicht. Es war meine Tochter und ich wollte sie selbst erziehen, mit Damon gemeinsam. Und er versuchte es ja auch. Aber seine Zeit war knapp. Und die Touren rauschten an mir vorbei. Die Zeit rann nur so dahin. Es wurde immer bedeutungsloser für mich. Ich liebte meinen Mann, aber ich war so allein, obwohl er sich Zeit für mich nahm. Der Glanz der Show war für mich nicht mehr vorhanden. Es nervte mich einfach. So hatte ich mir das nicht vorgestellt. Er schoss sofort wieder von Null auf Hundert. Seine Fangemeinde wuchs wieder. Sogar die Jüngeren hatten die Fires für sich entdeckt. Die Festivals waren regelmäßig ausverkauft, nicht nur wegen Mandoras Hell Fire. Das war klar. Aber die Band blieb noch immer im Ohr, wenn man die alten, wie auch neuen Hits hörte. Und dann ging es wieder los. Überall wurde ihm aufgelauert. Es gab lauter dämliche Fotos, Gerüchte, erfundene Skandale, Klagen von irgendwelchen Frauen, die Damon belästigt haben sollte usw. Sogar Lao tauchte kurzfristig wieder in den Medien auf. Es war furchtbar. Dieser Belastung hielt ich nicht mehr lange stand und ich wollte nur noch weg. Wir stritten wieder häufiger. Mein Mann wollte von alle dem nichts hören. Er blendete uns scheinbar völlig aus.

Unsere Ehe verlor an Bestand. Und dabei hatten wir das nie gewollt. Unsere Liebe zueinander reichte schon lange nicht mehr aus, unsere Beziehung zu retten. Wir lebten nebeneinander her, nicht mehr gemeinsam, so wie vor Alanahs Geburt.

Und dann gab es diese Situation, die mich wach rüttelte. Ich stellte fest, dass Alanah total vereinsamte. Es fiel mir auf als sie einen kleinen Jungen kennenlernte, der mit seiner Mutter dort war. Alanah ging richtig aus sich heraus und freundete sich mit Daniel an. Die Kinder hatten sich sofort gut verstanden. Und unser Kind konnte wieder sein was es war, nämlich ein Kind. Die Mutter des Jungen machte kein Aufsehen darum, wer wir waren. Für sie waren wir einfach eine Familie, die eine kleine Tochter hatte. Alanah war wie ausgewechselt, wenn sie mit Daniel spielte. Die beiden sahen sich etwa eine Woche lang. Es gab eine kleine Spielgruppe im Hotel, wo die Eltern ihre Sprösslinge abgeben konnten, so lange sie Geschäftliches zu tun hatten. Wir nutzten diese Gruppe nur bedingt. Aus verständlichen Gründen. Daniels Mutter nahm uns als ganz normale Familie wahr, da sie aus Südafrika stammte und uns nicht wirklich kannte. Vielleicht hatte sie schon einmal etwas von uns gehört, ließ aber nichts darüber hinaus, falls es so war. Und ich genoss es einfach eine junge Mutter zu sein. Dann reiste das Kind ab und unsere Tochter weinte ständig deswegen. Ich spürte immer mehr, dass sie Freunde in ihrem Alter brauchte. Vielleicht sogar auch in einen Kindergarten geht und dass sie ein Zuhause hat. Ich sagte Damon, dass ich mit Alanah zurück nach New Orleans fliegen würde. Wir bekamen wieder einen heftigen Streit und diesmal gab ich nicht nach. Er auch nicht. Damon war richtig sauer damals.

„Was? Warum? Es geht uns gut hier. Wir haben alles was wir brauchen. Ich kann eine Nanny einstellen oder...“
„Damon, darum geht es doch nicht. Unser Kind braucht Freunde. Sie ist immer nur mit uns Erwachsenen zusammen. Sie muss in

einen Kindergarten. Ich werde mit der nächsten Maschine nach Hause fliegen. Daran kannst du nichts ändern."

Es war schrecklich mit ihm zu streiten. Zumal wir uns im Schlafzimmer befanden und wir beide es hassten zerstritten zu Bett zu gehen. Er näherte sich mir. Zärtlich wie immer, aber ich konnte jetzt nicht weich werden. Es ging um das Kind. Und das musste er endlich begreifen.

„Jo. Lass uns darüber reden. Bitte. Ihr beide seit das Wichtigste auf der Welt."
„Damon, es geht um deine Tochter, nicht um uns. Sie braucht Freunde. Sie ist so einsam. Siehst du das nicht? Ich werde ihr ein geregeltes Leben ermöglichen. Die Welt besteht nicht nur aus Glam und Rock. Damon wach doch endlich auf. Du hast jetzt eine Familie."

Ich klang total hysterisch. Wir brüllten uns an. Damon sprang aus dem Bett und rannte nervös umher.Trotzdem wollte ich hart bleiben.

„Jo, bitte tu das nicht. Nimm mir nicht unser Kind weg. Und ohne das was ich hier mache verdienen wir kein Geld. Schon mal drüber nachgedacht WOVON wir unser wundervolles Leben finanzieren? Nein, natürlich nicht. Das Geld ist einfach da, nicht wahr?"

Ich hatte Damon schon lange nicht mehr so wütend erlebt. Aber diese Diskussion hatten wir schon einmal gehabt. Trotzdem hatte er mir noch nie um die Ohren gehauen, dass ich von seinem Geld lebte. Jedenfalls nicht so direkt. Es stimmt ja, aber bisher war das nie ein Thema für ihn. Das dachte ich jedenfalls.

„Damon, das ist nicht fair. Es ging mir nie um dein Geld und das weißt du."
„Ach, keine Ahnung. Es läuft doch überall gleich. Die Weiber angeln dich. Wenn sie dich haben, bekommen sie ein Kind. Ein

Druckmittel. Dann wollen sie deine Kohle und verschwinden. Hätte nie gedacht, dass ich mich jetzt auch zu den Glücklichen zählen darf."

„Das ist doch nicht dein Ernst. Hör dir doch mal zu. Du glaubst den Scheiß doch nicht wirklich, den du mir gerade an den Kopf wirfst."

Wut stieg in mir auf. Alanah schlief zum Glück fest und bekam von dem Streit nichts mit.

„Was soll ich denn ohne euch machen?"

Damon sah wie es mir gerade ging und versuchte etwas ruhiger zu werden. Ich fühlte mich mies, aber ich blieb bei meiner Meinung.

„Was soll ich tun, verdammt? Sag es mir, Jo!"

Er wurde wieder lauter, raufte sich die Haare.

„Dann geh mit John saufen, geh´, ruf Dagger an und investiere in bunte Pillen. Sie machen dein Leben wieder schön. Ich werde dir alles zurück geben was ich je bekommen habe. Ich brauch den Schnick Schnack nicht", schrie ich ihn an und sofort taten mir meine Worte leid. Ich wollte das nicht sagen. Mir traten die Tränen in die Augen.

„Gut, wenn du das von mir denkst haben wir wohl alles geklärt. Guten Flug."

Damon schlug die Tür zu und rannte davon. Ich hatte keine Ahnung wo er hin wollte. Alanah wachte dann doch auf und rief nach ihrem Vater. Es tat mir so weh wie sie weinte. Ich habe ihn nicht mehr gesehen bevor ich abflog. Ich weiß dass er zu Jonathan geflüchtet ist. Das habe ich viel später erst erfahren. Ich beruhigte unser Kind wieder, legte mich ebenfalls ins Bett. Mein Mann kam nicht wieder. Am nächsten Morgen rief ich mir ein Taxi. Diesmal wollte ich ohne Bodyguard aufbrechen. Es war mir einfach zuwider mein Kind in einem goldenen Käfig aufwachsen zu sehen. Sie sollte ein normales Leben haben. Also schnappte ich mein Zeug und machte mich auf den Weg. Wir waren damals in Kapstadt. Der Flug dauerte ewig. Und ich saß in einer ganz normalen Linienmaschine. Es war ungewohnt für mich. Ich hatte mich schon an den Luxus des eigenen Flugzeugs gewöhnt. Die letzten Jahre flogen in meinen Erinnerungen nur so an mir vorbei. Den gesamten Flug drückte ich mir die Tränen weg und versuchte so normal wie möglich mit Alanah zu reden. Immer wieder fragte sie wann ihr Dad käme und ob er böse auf sie sei. Es war schrecklich nicht zu wissen wo er war. Ich hatte versucht John anzurufen, aber ich habe niemanden erreicht. Wenn Damon sauer war, war er unberechenbar. Es konnte gut sein dass er sich irgendwo wieder abgeschossen hatte, aber das weiß ich nicht. Ich weiß nur, dass er Jonathan damals um Rat gefragt hatte, weil der ja auch schon Vater war. Sein Sohn Jakob war immer in New York bei Susan gewesen. Sie hielt ihren Sohn immer fern von all dem Trubel und deshalb ging es dem Jungen relativ gut. Er war voll in seine Schule involviert, ohne Vorteile auf Grund seines berühmtem Vaters. Ein ganz normaler Schüler in einer normalen Schule, keine Privatlehrer oder sonst etwas. Das Einzige worauf Jonathan bestand, war ein Chauffeur, der den Jungen zur Schule brachte und ihn auch wieder dort abholte. Wegen Entführungsgefahr oder so. Klar musste man auch mit irgendwelchen Irren rechnen, die evtl. vorhatten, ein berühmtes Kind zu entführen um damit eine Menge Geld zu erpressen. Bis heute ist keinem von uns etwas passiert. Zum Glück.

Irgendwann erreichten wir den heimischen Flughafen. Niemand holte mich ab so wie sonst. Ich stellte fest, dass ich schon ziemlich verwöhnt war. Ich musste mir ein Taxi rufen. Der Taxifahrer erkannte mich, aber ich sagte ihm, dass er mich sicher verwechsele und ich hoffte, dass er mir glaubte. Im Falle des Falles wäre niemand bei uns gewesen um uns zu schützen. Daran musste ich mich wohl gewöhnen, wenn ich ein normales Leben führen wollte. Ich nannte dem Fahrer sicherheitshalber eine andere Adresse. Man konnte ja nie wissen. Ich schleppte meinen Koffer und Alanah an der Hand. Wir liefen fast eine halbe Stunde Tausend Umwege bis zu unserem Haus. Diane war erstaunt, mich und Alanah so zu sehen. Ich sagte nicht was passiert war, nur, dass ich dringend zurück musste und Damon nicht mitkommen konnte. Die Haushälterin stellte keine Fragen und nahm Alanah in Empfang. Der lange Flug hatte uns ziemlich geschlaucht. Deshalb legte ich mich zeitig hin. Noch immer nichts von Damon. Es tat mir leid wie alles gelaufen war, aber daran konnte ich nun nichts mehr ändern.

Ich war schon einige Tage zurück, aber von Damon hatte ich noch immer nichts gehört. Ich machte mir Sorgen ob er meinen bösen Vorschlag eventuell angenommen hatte. Ich rief bei ihm an und erfuhr, dass er an diesem besagten Abend allein im Stadion auf der Tribüne gesessen hatte, nachdem Jonathan ihm wohl gehörig den Kopf gewaschen hatte. Die ganze Nacht allein draußen mit sich und seinen Gedanken. Er sagte mir, dass er über alles nachgedacht habe und er fände, dass ich recht hätte. Er vermisste mich und er wollte so schnell wie möglich zurück kommen. In etwa drei oder vier Monaten sei alles vorbei und dann wollte er noch einmal mit mir sprechen.

„Es tut mir leid was ich gesagt habe. Ich habe es nicht so gemeint. Ich wollte nicht mit dir streiten. Bitte entschuldige."
„Ach Jo. Ich bin ein Idiot. Keine Ahnung warum ich so reagiert habe. Du fehlst mir."

Seine Stimme brach. Ich wusste nicht ob es richtig oder falsch war aber jetzt war ich hier und er da. Und es dauerte noch ewig bis er zurück kommen würde. Normalerweise.

33

Damon

Jetzt:

„Wenn das nächste Konzert so beschissen läuft wie die das gerade, dann können wir abdanken. Mensch Damon, was ist bloß los mit dir?"

Nick klingt echt sauer.

„Las ihn doch einfach in Ruhe. Nick, siehst du nicht wie es ihm geht?"

Andy mischt sich jetzt auch ein.

„Schon gut, Leute. Ihr habt ja recht. Ich bin gerade echt nicht zu gebrauchen."

Ich bin echt fertig und all der Scheiß geht mir auf den Zeiger. Ja es stimmt, dieses Konzert war das Übelste was ich je gemacht habe. Lauter Patzer. Meine Stimme, die mich des Öfteren mitten im Song im Stich gelassen hatte. Fast zwei Drittel der Songs haben Nick und Brandon gesungen. So etwas geht einfach nicht. Ich muss jetzt handeln.

Wir packen unser Zeug ein. Morgen steht noch Darwin an. Dann ist es erst einmal vorbei. Für kurze Zeit kann ich ich sein, mein Kind sehen, meine Frau küssen, sie lieben bis sie nicht mehr kann. Zwei Jahre. Eine verdammt lange Zeit. Ich haue meinen

Kram in die Tasche. Zum letzten Mal. Die Nacht ist kurz. Der nächste Tag beginnt früh, denn der Flug nach Darwin startet schon in vier Stunden. Ich pelle mich aus den Federn, schlurfe zur Dusche und denke nach was mir die nächsten drei Wochen bringen könnten. Wäre ich danach noch übler drauf als jetzt? Ich habe keine Ahnung. Alanahs 16. Geburtstag. Es soll eine besondere Feier für sie werden. Ich weiß so wenig über mein Kind dass es mir schon peinlich ist. Ich habe keinen Plan was ich ihr schenken könnte. Meine Güte, und so was nennt sich Vater. Ein Witz ist das.

Ich bestelle mein Frühstück, Kaffee, so viel rein passt. Ich denke ich frage sie einfach was sie sich wünscht. Ja, so werde ich es machen. Die Uhr rennt voran. Ich muss jetzt los. Die Mannschaft ist schon vor Ort. Das Flugzeug ist aufgetankt, die Piloten warten auf mich. Während des Fluges bin ich nicht sehr gesprächig. Die Jungs wissen dass es jetzt besser ist mir nicht auf die Nerven zu gehen. Die Band besteht gerade nur noch aus 5 Personen. Irgendwie bin ich ein Geist.

„Hör zu Damon. Ich kann den Gesang auch ganz...“
„Nein. Ich schaffe das. Ich bin der Sänger.“
Nick hebt abwehrend die Hände:
„Schon gut, schon gut. Ich mein ja nur. Wenn du noch einmal so einen Mist wie gestern ablieferst...“
„Werde ich nicht.“

Eisernes Schweigen während des ganzen Fluges. Ich entferne mich nicht nur immer mehr von meiner Familie. Nein, ich mache meine Jungs an. Zum Teufel, was ist nur aus mir geworden? Ein Wrack. Jawohl ich bin ein Wrack, sonst nichts.

Wir landen in Darwin. Ich habe mich ein wenig beruhigt. Die Vorfreude auf meine Mädels lässt mich wieder leben. Die Zeit ist mir davon gerannt. Schon eine ganze Weile hocke ich hier auf meinem Bett herum und verschwinde in einem anderen Leben.

Eines, in dem alles gut ist, wo ich bei meiner Familie bin. Der Blick zur Uhr lässt mich in die Realität zurückkehren. Ich muss mich umziehen. Ich habe nur noch eine Stunde um klarzukommen. Die Band ist sauer auf mich. Verständlich. Schließlich war ich derjenige, der alle nach hier gebracht hatte. Und wir stecken schon ewig hier fest. Keine Ahnung was ich mir dabei gedacht habe. Und dann verhaue ich ein Konzert. Schlimmer geht es wirklich nicht.

Die Vorgruppe spielt schon. Ich muss einen klaren Kopf bekommen. Es ist soweit. Ich setze mein Showlächeln auf und betrete die Bühne. Hoffentlich gelingt es mir heute besser. Wo meine wirklichen Gedanken sind geht keinen was an. Die Menschen dort unten haben ein Recht auf eine vernünftige Show. Und die werde ich ihnen verdammt nochmal jetzt liefern. Das bin ich ihnen und der Band schuldig.
Und dann verschwinde ich von hier.
Ja, genau das werde ich tun.

Damals:

Ich flüchtete fast aus unserem Zimmer. Jonathan hatte sein Zimmer vier Türen weiter. Ich hämmerte wie ein Idiot an seine Tür:

„Joki, ich muss mit dir reden. Mach auf. Ich bin´s, Damon. Joki...“

„Heilige Scheiße. Ich komm ja schon. Was geht denn bei dir, Mann?“

Mein Drummer sah mich komisch an.

„Ich brauche deinen Rat...“

„Hä? Bist du blau oder was? Komm rein.“

Ich stürmte an Jonathan vorbei und schmiss mich auf sein Bett.

„Was ist los?“

Jonathan hockte sich mir gegenüber und reichte mir ein Bier.

„Jo. Sie will abbrechen. Einfach so.“

„Dafür wird es sicher einen Grund geben, hm?“

„Wegen Alanah...“

Ich erzählte ihm alles worüber ich mit Jo gestritten hatte und was machte er? Er gab meiner Frau recht.

„Du musst an dein Kind denken. Stell dir vor Jakob wäre all die Jahre mit uns durch die Welt geflogen. Was soll denn aus den Kindern werden? Sie brauchen ein normales Umfeld...“

„Fall du mir auch noch in den Rücken.“

„Tu ich nicht. Mensch, dein Kind ist gerade vier. Was erwartest du denn? Soll sie sich ewig mit alternden Rockern rum schlagen? Jedes Kind braucht Freunde...“

„Hat Jo auch gesagt.“

Ich redete lange mit Jonathan, aber ich kam mit meiner Meinung auch bei ihm nicht weiter. Vielleicht war ich ja doch zu verbohrt um die Wahrheit zu erkennen. Irgendwann, tief in der Nacht, machte ich mich auf den Weg. Ich verließ Jonathans Zimmer, wollte aber nicht zurück in mein eigenes. Irgendwie musste ich Abstand von allem gewinnen. Ich entschied zum Stadion zu laufen. Keine Ahnung warum ich ausgerechnet dorthin wollte. Wahrscheinlich weil ich mich dort heimischer fühlte, als irgendwo sonst. Immerhin habe ich mein halbes Leben auf den Bühnen dieser Welt verbracht. Die Sonne ging schon fast wieder auf als ich das Stadion erreichte. Ich kletterte über den Zaun und setzte mich auf die Tribüne. Kein Mensch war mehr hier. Die Bühne normal. So als wäre hier nie etwas passiert. Ich dachte nach bis mir der Kopf rauchte. Ich heulte wie ein Mädchen. Bald wäre ich auf mich allein gestellt. Ich wusste, dass ich Jo niemals mehr umstimmen könnte. Jonathans Worte klangen noch immer in meinen Ohren. Sicher hatte er recht. Sein Sohn war inzwischen schon 16. Viel zu früh war er damals Vater geworden. Da standen wir noch am Anfang unserer Karriere. Es hatte nie zur Debatte gestanden, dass Susan und das Kind mit uns reisten. Nie.

Jakob, Jonathans Sohn

2005

Als ich mich endlich auf den Rückweg machte war es schon fast 10 Uhr morgens. Ich betrat unser Zimmer und stellte fest dass Jo und Alanah schon weg waren.

„Scheiße, verdammte", brüllte ich und stieß den Nachttisch um. Sie war tatsächlich fort. Mit meinem Kind. Ich rutschte an der Wand entlang auf den Boden. Aber ich hatte mir geschworen keinen Mist mehr zu bauen. Und das habe ich auch nicht getan. Na ja, außer dass ich dem Hotelzimmer mal wieder einen neuen Style verpasst habe. Was mich wieder teuer zu stehen kam. Die komplette Einrichtung war meiner Wut zum Opfer gefallen. Mal wieder.

Einige Tage später hielt ich es nicht mehr aus. Ich rief Jo an und sprang über meinen Schatten. Diese Sturheit und falscher Stolz würden mir eh nicht helfen. Jo lenkte ein und hörte mir zu. Und ich ihr. Ich versuchte zu verstehen warum es war wie es war. Wir schütteten uns unsere Herzen aus und schon wieder musste ich heulen. Ich erfuhr dass sie wieder bei ihren Eltern unter gekrochen war und dass sie in New Orleans schon auf der Suche nach einem Kindergarten war. Meine Frau zog das Ding echt durch. Knallhart. Und mir wurde langsam klar, dass es kein Zurück für sie mehr geben würde. Meine zukünftigen Reisen würde ich ohne sie machen müssen. Wenn ich meine Familie behalten wollte, musste ich mich ändern und ein braver Hausmann werden. Ich müsste mein Leben von Grund auf umkrempeln. Das würde ich niemals tun. Wollte ich mein Leben weiter leben so wie bisher, so würde es mich früher oder später meine Familie kosten, was ja auch so gekommen ist. Nun sitze ich hier und wünsche mir, ich könnte die Zeit noch einmal zurückdrehen. Vieles würde anders laufen, wenn ich das könnte.

Ich unterbrach für ein paar Tage die Tour, reiste ihr nach zu ihren Eltern. Natürlich hatte ich einiges zu erklären. Es war merkwürdig so zu tun als sei alles in Ordnung. Scott und Elaine blieben ruhig, hörten sich meine Version der Dinge an und taten ihre Meinung kund.

„Wir wissen was dieses Leben bedeutet, Damon. Bisher haben wir nichts gesagt, weil wir wissen, dass Jolene bei dir glücklich ist. Sie liebt dich. Schon immer. Die Sache mit dieser Asiatin hat uns ganz schön getroffen, auch wenn nichts geschehen ist. Wir glauben dir. Aber es könnte immer wieder passieren. Du solltest wirklich an dein Kind denken. Warum ist es so schwer für dich, einfach bei deiner Familie zu sein?"

Ich ließ die Standpauke über mich ergehen, versprach um meine Frau und das Kind zu kämpfen. Ich blieb eine kurze Zeit in Texas, nur um dann wieder zu verschwinden und meine Familie erneut zu enttäuschen. Es war Anfang Juni 2005 und ich hatte noch einige Konzerte vor mir. Das Verhältnis zu Jo war angekratzt. Noch immer. Deshalb wollte sie zunächst einmal in der Nähe ihrer Eltern bleiben. Ich war auch dafür und sah mich nach einem Haus um. Was ich auch relativ schnell fand. Es ist das Haus in dem Jo heute lebt. Hätte ich damals gewusst wie es kommt, dann hätte ich es vermutlich doch nicht gekauft. Eigentlich wollten wir es als eine Art Ferienhaus nutzen und es war nah an Jos Heimat. Ihre Eltern wären in der Nähe. Viel zu lange hatte ich ihr verwehrt sie zu sehen. Weil mir nie der Gedanke gekommen war, sie könnte Sehnsucht nach ihrer Familie haben. Feingefühl lag mir noch nie. Ich war mir sicher, es würde uns beiden guttun. Ich wäre sehr lange nicht zu Hause und ich wollte auf keinen Fall, dass Alanah außer auf mich, auch noch auf ihre Großeltern verzichten musste. Eine Lösung musste her. Also holte ich Jo bei ihren Eltern ab, als ich kurz Zeit hatte. Noch immer war unsere Beziehung nicht optimal. Dennoch erklärte sie sich bereit mir zuzuhören.
Ich blieb vor ihrem Elternhaus stehen, betrat es aber nicht.

„Damon, was machst du denn hier? Ich dachte..."
„Ich wollte dich sehen", unterbrach ich sie.

„Wir müssen reden. Ich habe eine Überraschung für dich. Komm mit."

Mehr sagte ich nicht, griff nach ihrer Hand und zog sie vom Haus fort. Ich wollte keine erneute Diskussion mit meinen Schwiegereltern. Ich hatte mir einen Mietwagen genommen. Mit diesem machten wir uns auf den Weg zum neuen Haus. Ich war gespannt auf Jos Reaktion und hoffte, dass ich alles so wieder in den Griff bekommen würde. Mir war meine Familie wichtig und das sollte Jo auch spüren. Viel zu lange hatte ich nur meinen Weg gepflastert, nicht ihren. Das wollte ich unbedingt ändern und ihr zeigen, dass ich doch ein Herz und keinen Stein in meiner Brust trug. Wir erreichten das kleine Anwesen. Es ist nicht zu vergleichen mit dem in New Orleans, aber es sollte ja auch eigentlich kein Hauptwohnsitz werden. Jo sah mich skeptisch an.

„Was soll das werden? Wo gehen wir hin?", flüsterte sie und umklammerte panisch meine Hand.

„Entspann dich. Lass dich überraschen, okay?"

„Wenn du das sagst..."

Alanah war damals bei Jos Eltern geblieben. Es hätte das Kind nur verwirrt, wenn ich wieder verschwunden wäre. Das wollte ich nicht, obwohl ich meine Tochter gerne in den Arm genommen hätte. Aber so war es besser.

Wir hielten vor dem kleinen Haus an. Stolz erhob das schwarze Dach sich vor uns und die Natur drum herum lud zum Verweilen dort ein.

„Es ist für dich. Dann kannst du so oft herkommen wie du magst. Hier sind die Schlüssel", sagte ich nur und drückte meine Frau an mich.

„Du hast dieses Haus gekauft? Einfach so? Warum? Ich kann doch auch bei meinen Eltern..."

„Nein. Ich möchte es so. Ich habe verstanden worum es dir geht. Mir ist jetzt klar geworden was dir fehlt. Nie habe ich gefragt was dir wichtig ist und du hast dich nie beklagt. Dieses Haus soll dir gehören. Wann immer du herkommen willst, bei deinen Leuten sein willst, hast du eine Bleibe. Du brauchst in keinem teuren Hotel unterzukriechen. Keine unpersönliche Pension buchen, oder bei deinen Eltern in deinem Kinderzimmer zu wohnen. Ich möchte dass es dir gut geht und dass Alanah ihre Großeltern öfter sehen kann. In diesem Haus hat sie alles was sie braucht. Wenn sie Freunde einladen will, so kann sie das machen. Wenn du dem Stress entfliehen willst, dann komme hier her. Bitte, lass uns wieder zueinander finden. Bitte, Jo. Die letzten Wochen haben mich echt fertig gemacht."

Entgeistert sah sie mich an. Dann das Haus, dann wieder mich.

„Ist das dein Ernst? Ich meine..."

„Es IST mein Ernst. Bitte gib uns noch eine Chance."

Ich nahm ihre Hände in meine und sah ihr tief in die Augen, die jetzt verdächtig glänzten.

„Schon gut, Damon. Ich hätte nicht so heftig reagieren sollen. Wir bekommen das hin. So wie immer."

„Du gibst uns also noch eine Chance?"

„Natürlich. Aber den Rest der Tour musst du allein machen."

„Klar. Komm her, mein Schatz. Ich trage dich über die Schwelle. Das Haus ist wie gemacht für dich."

„Spinner. Ich liebe dich noch immer. Weißt du das eigentlich?"

„Uuuuh, ist das so?"

„Ja. Und daran wird sich nie etwas ändern.

Jos Haus in Texas

34

Jo

Damals:

Als Damon zurück kam war ich noch immer in Texas. Der Streit zwischen uns und die Sehnsucht nach Alanah trieb ihn für vierzehn Tage zu uns. Meine Eltern wollten natürlich wissen was an der Sache mit Lao dran war und überhaupt musste Damon sich einer Menge Fragen meiner Eltern stellen. Zum Glück glaubten sie ihm damals die Sache mit Lao. Trotzdem war das Verhältnis zu ihnen etwas getrübt. Um Alanahs Willen wurde nicht mehr über das Thema gesprochen. Was mir auch recht war. Es war schon eine ganze Weile seit dem Vorfall vergangen. Und die Beweise waren ja auch eindeutig gewesen, dass Damon nichts Verbotenes getan hatte. Trotzdem. Allein der Kuss hätte schon nicht passieren dürfen.

Ich beschloss so lange in Texas zu bleiben bis die Tour endgültig vorüber wäre. Mein Mann wusste dass ich meine Meinung noch immer nicht ändern würde. Da kam Damon die abstruse Idee, Eigentum in San Antonio zu erwerben. Heute bin ich ihm sehr dankbar dafür. Schnell war ein geeignetes Haus gefunden. Irgendwie war es ihm gelungen all das heimlich zu veranlassen. Er hatte Lorna mit der Suche beauftragt und alles was sie anfasst gelingt auch. Das Haus hatte meinen Mann sofort überzeugt. Es ist zwar nicht so groß wie in New Orleans, aber groß genug für uns drei. Für die Tiere wäre auch noch Platz. Dennoch glaubte ich nie daran eines Tages gemeinsam mit Damon dort zu leben. Bis heute nicht. Ich bekam den Schlüssel und Damon brachte mich auf seinen Armen über die Türschwelle. Alte Erinnerungen kamen mir ins Gedächtnis. Es war schon so lange her als wir nach New Orleans gezogen waren. Damals war es der Anfang, und jetzt war es das Ende.

Ich blieb noch ein paar Tage bei meinen Eltern, er jedoch nicht. Allein um unsere Tochter nicht zu verwirren. Es fiel Damon schwer, sich von seinem Kind fernzuhalten, aber er tat es um ihres Willen und quartierte sich in einem kleinen Hotel ein, wo ihm niemand zu große Bedeutung beimaß. In dieser Zeit entspannte sich die Sache zwischen uns wieder etwas. Trotzdem kam es mir vor als stünde ständig ein dunkler Schatten zwischen uns. Eine unsichtbare Mauer, welche auch noch lange danach noch da war. Unsere Beziehung hatte sich verändert. Wir waren älter geworden. Was aber nicht hieß, dass mein Mann auch reifer oder erwachsener geworden wäre. Im Gegenteil. Noch immer war er der verrückte Rocksänger, dessen wildes Leben von Musik beherrscht wurde. Er gab sich Mühe uns ein guter Mann, bzw. Vater für Alanah zu sein. An seiner Liebe zu uns zweifele ich nicht. Ich hatte inzwischen gelernt, dass man einen Menschen nicht ändern kann, wenn er selbst es nicht will.

Nach zwei Wochen flog er zurück zum Ausgangspunkt, wo die Tour weitergehen sollte. Ich glaube es war irgendwo in Europa. Daran erinnere ich mich nicht mehr so genau. Ich begann währenddessen das neue Haus einzurichten. Ich wollte so lange dort bleiben bis er zurück käme. Ich hatte mich sofort in das kleine Häuschen verliebt. Es ist wunderschön, mitten in der Natur und nah bei meinen Eltern. Damon war es egal wie ich was machte. Er betrachtete das Haus ja eh nur als Ferienhaus, wo er sowieso wahrscheinlich nie zu finden gewesen wäre. Und so gestaltete ich das Haus ganz nach meinen Wünschen. Ich war mir ziemlich sicher, dass es Damon trotzdem gefallen würde. Meine

Eltern freuten sich riesig. So hatten sie ihre Enkelin endlich für länger bei sich. Und so blieben wir ziemlich lange in Texas. Zum Glück waren wir auch dort als einer der schlimmsten Hurricanes des neuen Jahrtausends die Südküste der USA traf.

Hurricane Katrina.

Es war der 23.8.2005. Der Sturm traf die Küste mit voller Wucht und erreichte Stärke 5. Er dauerte bis zum 31.8. und überrannte Louisiana, Mississippi, Alabama und Georgia. Mit 280 km/h jagte der Sturm durch den Süden und erreichte New Orleans. Leider auch unser Haus. Zwar nur den Garten und Teile der Ställe, aber dennoch war ich froh an jenen Tagen in Texas gewesen zu sein. In New Orleans erreichte der Wasserstand 7,60. Dianes Haus hatte es voll erwischt damals, da sie genau am Ortsausgang wohnte, wo der Sturm als erstes eingetroffen war. Es gab 1836 Opfer und 108 Milliarden Dollar Schaden. Viele Menschen flüchteten nach Texas. Damon rief mich an als er von der Sturmwarnung hörte.

„Jo. Bitte geh nicht zurück nach New Orleans. Es ist nicht sicher. Ich komme so schnell ich kann."
„Was ist los, Damon?"
Ich hatte noch nichts von der Warnung gehört.
„Bleibt in San Antonio. Da seid ihr in Sicherheit. Da kommt etwas Gewaltiges auf die Südküste zu. Ich will nicht dass euch etwas passiert..."

Mein Mann war kaum zu bremsen. Ich verfolgte die Warnungen im TV. Es würde noch etwas dauern bis Damon heim käme. Und dann kam der Sturm tatsächlich. Ich dachte an unser Haus. Die Pferde, Diane, Matt und unsere Bodyguards, die ihre Häuser ja auch auf dem Grundstück hatten. Sams Haus wurde abgedeckt, Daryls Fenster zerbarsten. Unsere Ställe hatten größere Schäden davon getragen und die Bäume in unserem Garten waren alle umgeknickt worden. Das Gästehaus kam zum Glück davon.

Damon wollte so schnell es ginge nach Hause kommen, aber die Unwetterwarnungen ließen es nicht zu, dass sein Flug überhaupt starten durfte. Immerhin hatte er es bis New York geschafft. Dort saß er erst einmal fest. Wir telefonierten täglich. Matt und Diane hatten uns erzählt wie die Lage in New Orleans war. Natürlich musste Diane sich zunächst einmal um ihre Belangen kümmern. Deshalb kam sie einige Wochen nicht zu unserem Haus. Damon sorgte später dafür, dass die Familie in unserem Gästehaus wohnen konnte so lange es nötig war. Heute lebt Dianes Familie in einem anderen kleinen Haus in Kenner. Inzwischen sind sie und Matt längst Rentner, aber trotzdem sehen beide hin und wieder einmal nach dem rechten in unserem Anwesen.

Es dauerte etwa eine Woche bis Damon aus New York zurück kam. Zunächst hatte er sich die Schäden an unserem Haus in New Orleans angesehen. Sofort danach kam er zu uns nach Texas.

„Bin ich froh dass ihr beide hier wart. Ziemliches Chaos zu Hause."

Wir fielen uns in die Arme.
„Du hast es dir angesehen?"
„Ja. Es gibt viel zu tun für uns. Wir bauen es wieder auf. Den Tieren geht es gut. Mache dir keine Sorgen. Das Haus sieht übrigens hübsch aus."
„Ja. Ich habe eben Geschmack."
„Ich weiß", grinste er, obwohl es mit Sicherheit hier nichts zum Grinsen gab. Unser Haus musste teilweise neu aufgebaut werden. Trotzdem war ich froh, dass er endlich wieder bei mir war.
„Schön, dass es dir gefällt. Ich könnte mir vorstellen für immer hier zu bleiben. Danke, Damon."
Ich zeigte ihm alle Zimmer und er hatte keinerlei Einwände.
„Ich möchte dass es euch beiden gutgeht. Du kannst herkommen wann immer du magst. Es gehört Dir. Aber wir müssen zurück nach New Orleans. Es gibt viel zu tun für uns."

Er erzählte mir, was alles zuhause passiert war und in mir zog sich alles zusammen. Klar würde ich ihn begleiten. Immerhin handelte es sich hier um unser Traumhaus.

„Ja. Ich werde Alanah hier bei meinen Eltern lassen bis alles wieder in Ordnung ist."

Wir erreichten die Küche.

„Das wird wohl das Beste sein."

„Ja. Komm, ich habe dir Steak gemacht."

Ich nahm ihn an die Hand und führte ihn zum Esszimmer. Nach einer Ewigkeit bekam er mal wieder etwas Gescheites zwischen die Zähne. Er war dünn geworden und achtete kaum noch auf sich. So kam es mir jedenfalls vor. Das hier war nicht mehr der Mann, den ich über alles liebte. Er war am Ende, aber ein einziger Blick auf das, was ich verloren hatte, genügte, um mir ein kleines Lächeln ins Gesicht zu zaubern.

Wir blieben noch einige Tage im neuen Haus in Texas. Trotz allem was zuhause passiert war, fühlten wir uns hier wohl. Leider war mein Mann während der letzten Jahre nur selten hier. Meistens war, und ist er in New York, wenn er nicht gerade irgendwo auf der Welt über eine Bühne tobt.

Die Tage in Texas nutzten wir uns auszusprechen und unsere Ehe wieder in die richtige Richtung zu bringen. Was leider nicht allzu lange funktioniert hat. Dann mussten wir den Tatsachen ins Auge sehen und uns auf den Weg nach New Orleans machen.

Wir erreichten unser Anwesen. Der Garten sah echt übel aus. Wir mussten die Häuser der Leibwächter wieder aufbauen. Und die Ställe. Wir alle packten mit an so gut wir eben konnten. Sogar Brandon und sein Vater waren dabei. Mr. Cample reparierte unsere Zäune, Brandon das Stalldach. Es war ungewohnt ihn bei solch einer normalen Arbeit zu sehen. Aber dieser Kerl war einfach zu liebenswert. Die beiden wohnten knapp acht Wochen bei uns. Inzwischen war Alanahs 5. Geburtstag schon vorüber. Leider konnten wir diesen auch nicht gemeinsam feiern weil

unser Kind noch immer bei meinen Eltern war.
Langsam sah alles wieder aus wie vor dem Sturm. Damon
entschied erneut einige Wohltätigkeitsveranstaltungen zu
besuchen und auch selbst Konzerte zum guten Zweck abzuhalten.
Damals tat er es einigen Bands wie Linkin Park gleich, die
ebenfalls halfen Häuser wieder aufzubauen. Auf den
Veranstaltungen waren große Namen anwesend:
Green Day, U2 und Rise against. Es kam viel Geld zusammen
und den Menschen konnte geholfen werden. Als alles wieder
halbwegs in Ordnung war, zog mein Mann wieder los.
Inzwischen waren wieder einige neue Songs auf den Markt
gekommen und die Benefizkonzerte in unserem Land brachten
andere Länder ebenfalls dazu zu spenden.

Deshalb plante Damon eine neue Tour. Und diese war die Letzte
vor unserer endgültigen Trennung.

35

Damon

Jetzt:

Ich haue meine härtesten Songs zuerst raus. Ich muss mich abreagieren. Meine Stimme gehorcht mir heute viel besser als gestern und es läuft super. Für einen Moment vergesse ich meine Sorgen und die zwei Stunden vergehen schnell. Diesmal ist die Band zufrieden mit mir. Ich sehe es in ihren Gesichtern. Ich schaffe sogar noch zwei Zugaben. Ich bin verschwitzt, aber das ist mir egal. Alles ist mir egal. Als letzte Zugabe spiele ich unser Lied. So wie immer. *True Love*. Das Lied, das mein Leben veränderte und das Jo zu mir führte.

Noch während ich singe, sehe ich mein Leben an mir vorüber ziehen. Mein Leben mit Jo, das jetzt so anders ist als damals. Ich behalte meine Maske auf und gebe den coolen, unnahbaren Rockstar, den nichts erschüttern kann. Aber tief in mir drinnen weiß ich, dass ich so nicht mehr weitermachen kann. Die Zeit ist reif, dem Gerede Taten folgen zu lassen. Ich muss jetzt los. Egal was kommt. Ich verschwinde. Ein letztes Mal verbeuge ich mich vor meinem Publikum und haue danach sofort ab. Ich renne fast aus dem Gebäude, höre sie noch immer jubeln, nach uns rufen. Sie haben noch nicht genug. Der perfekte Rockstar wird gefeiert wie verrückt. Ich renne weiter. Mir egal was sie wollen. Sogar Johns Rufe ignoriere ich. Das mache ich eigentlich nie, aber ich kann nicht anders. Ich bin raus. Jedenfalls für die nächsten drei Wochen. Meine Jungs machen das schon. Immerhin war es ja Johns Idee.

Schon bald erreiche ich meine Garderobe, die sich in einem Nebengebäude des Stadions befindet. Wo ist mein Handy? Und wo zum Teufel habe ich meinen Laptop gelassen? Ich brauche einen Flug nach San Antonio. Das Bandflugzeug scheidet aus, weil meine Jungs es brauchen, um meinen Scheiß zu biegen. Ich haue mich an den PC und suche. Es dauert eine Weile bis ich fündig werde. In sechs Stunden geht ein Linienflug nach San Antonio. Den werde ich nehmen. Ich weiß, dass es gefährlich für mich wird, aber das ist mir egal. Ich werde mich verkleiden wie in alten Zeiten. Hat ja früher auch geklappt. Dann rufe ich mir ein Taxi und rase ins Hotel. Meine Tasche wartet auf mich. Schnell schmeiße ich alles hinein. Die Bühnenklamotten bringe ich in Johns Zimmer, wovon ich auch einen Schlüssel habe.   .
Meine Jungs werden ein paar Tage ohne mich schaffen. Ich schnappe mir mein Handy und meine Lederjacke. Es kann los gehen. Ich kann es kaum erwarten meine Frau endlich in den Armen zu halten. Und meine Tochter, die schon eine junge Frau geworden ist. Noch während ich zum Fahrstuhl rase, rufe ich John an, dass er meinen restlichen Kram aus meinem Zimmer holt und mich aus checken soll. Leider erreiche ich nur seine Mailbox. Egal. Er wird es verstehen. Unten tummeln sich die Taxen. Ich springe in eines hinein ohne zu überlegen. Der alte Herr am Steuer nimmt keinerlei Notiz von mir. Hätte ich jetzt eh keinen Bock drauf, Autogramme zu geben oder Smalltalk zu halten.
Schon bin ich am Flughafen. Die Schlange am Schalter ist lang und ich werde unruhig. Hoffentlich macht keiner irgendwelches Aufsehen wegen mir. Meine Kappe verdeckt mein Gesicht ein wenig. Bis jetzt scheint es gut zu funktionieren. Endlich stehe ich am Check in. Die Dame liest meinen Namen und schaut mich komisch an.

Das Leben ist manchmal echt kompliziert. Ich bin ein Mensch wie alle anderen auch, die in dieser Reihe stehen.

„Sie sind Damon Mandora? Ist ja ein Ding. Mein Gott. Sie sind es wirklich."

„Ja, aber ich bitte sie das nicht so laut zu sagen. Es ist mir echt wichtig, verstehen sie?"

„Natürlich. Kann ich trotzdem ein Autogramm haben?"

Fuck. Ich hasse diesen Mist. Ich schreibe ihr eine kleine Widmung auf ein Blatt Papier und bin dankbar, dass ich der Letzte in der Reihe bin und keiner was davon mitbekommen hat. Während ich an der Dame vorbei zum Eingang gehe spüre ich ihre Blicke in meinem Rücken. Gerade hasse ich meinen Job mal wieder.

Ich bekomme einen Platz ganz hinten in der Maschine und habe die ganze Sitzreihe für mich allein. Einige Stunden muss ich noch aushalten. Dann werde ich endlich meine Familie sehen. Gefühlte Wochen später berührt das Flugzeug endlich texanischen Boden. Nur noch ein paar Meilen.

Dann bin ich endlich bei ihr.

Damals:

Jo gefiel es ein Haus in der Nähe ihrer Eltern zu haben. Warum war mir das denn nicht schon früher eingefallen? Jetzt wo es schon fast zu spät war. Aber egal. Sie richtete sich ihr Häuschen ein und ich machte mich wieder auf den Weg zur zweiten Hälfte unserer Tour. Alles lief super. Zwischen Jo und mir hatte sich die Lage ein wenig entspannt. Alles okay. Dann kündigte sich Hurrikan Katrina an. Und ich war nicht bei meiner Familie. So, wie es eigentlich immer war, wenn etwas Außergewöhnliches passierte. Na ja, nicht nur dann. Ich glänzte immer häufiger mit meiner Abwesenheit. Selbst das Telefon ignorierte ich. Und nun das. Jo war in Texas in Sicherheit. Und sie musste unbedingt dort bleiben. Ich rief sie an und warnte sie. Meine Frau war erstaunt, weil ich sonst quasi nicht existent war.
Dann traf der Sturm den Süden und verwüstete vier Staaten. Unser Haus bekam auch einiges ab. Ich wollte zu ihr, aber zunächst hatte ich keine Chance in New Orleans landen zu können. Stattdessen hing ich in New York fest. Bei John zu Hause verfolgten wir die Berichte über den Sturm. Ich war nicht mehr ich selbst und sah all meinen Besitz dem Sturm zum Opfer fallen. Und was das Schlimmste war, mein Personal und die Tiere waren dort. Zum Glück ist ihnen allen nichts passiert. Nur Sachschaden. Sobald es mir möglich war besuchte ich meine Frau und mein Kind. Es ging ihnen gut. Meine Schwiegereltern kümmerten sich um sie. Nach einigen Tagen in San Antonio machten Jo und ich uns auf den Weg zu unserem Haus.

Es dauerte fast zwei Monate bis alles wieder halbwegs brauchbar aussah. Dennoch hatten wir Glück im Unglück gehabt. Die Küste war total verwüstet worden, jede Menge Gebäude, Wohnhäuser und auch Unternehmen wurden komplett zerstört. Jo begann zu weinen, als sie unsere kaputten Ställe und die verwüsteten Häuser unserer beiden Bodyguards sah. Klar, dass wir so schnell wie möglich neue Unterkünfte für meine Angestellten finden mussten. Es gelang uns relativ schnell, geeignete Firmen zu finden, die die Häuser wieder aufbauten. Zum Glück hatte ich all meinen Besitz gut versichert. Die Pferde blieben bei Matts Nachbarn, bis unsere Ställe wieder standen. Wie gesagt, es war nicht so übel wie anderswo und schon bald sah alles wieder aus wie vor dem Unwetter.

„Ich bringe dich zurück nach Texas, wenn du nicht hierbleiben willst. Ich würde es verstehen."

„Wirklich? Du bist nicht sauer wenn ich noch eine Weile im neuen Haus bleibe? Ich muss das Ganze erst verarbeiten. Du bist eh nicht hier und... du meldest dich nie bei uns."

„Es tut mir so leid. Alles. Wirklich. Wir finden eine Lösung."

Ich nahm meine Frau in den Arm, drückte sie an mich und versuchte mich damit anzufreunden, dass ich unserer Ehe wohl schon vor langer Zeit den Todesstoß versetzt hatte.

Nach einigen Tagen in New Orleans, brachte ich Jo zurück nach Texas. Alanah wartet schon sehnsüchtig auf ihre Mom. Diesmal musste auch ich sie sehen. So als wäre mir irgendwie schon klar gewesen, dass es das letzte Mal sein würde. Zumindest für sehr lange Zeit. Ich genoss schönen Momente mit meiner Tochter, die inzwischen schon 5 Jahre alt war. Keine Ahnung wo die Zeit geblieben war.

Dann versuchte ich mein Leben wieder in meine Bahnen zu bringen. Mit Wohltätigkeitskonzerten konnte ich meinen Status wieder etwas erhöhen. Und Geld kam auch genug in die Kasse, das den Obdachlosen helfen würde. Während dieser Zeit war ich allein unterwegs. Jo holte Alanah wieder zu uns. Und sie beide kamen für kurze Zeit nach New Orleans zurück, was mich sehr freute. Ich hoffte, dass alles irgendwie wieder gut werden würde.

Zwischen dem einen oder anderen Termin hetzte ich nach Hause um mein Kind zu sehen. Aber es war nie für lange. Ich wollte retten was vielleicht noch zu retten war. Dennoch lebte ich mein Leben, als wäre alles ganz einfach. War es aber nicht. Ich trank hin und wieder. Viel zu viel. Zum Glück hatte niemand etwas davon mitbekommen. Jo wollte mich nun gar nicht mehr begleiten. Ich akzeptierte das weil ich nicht wieder mit ihr streiten wollte. Und es schien zu funktionieren.
Zumindest eine Zeit lang.
Meine Band war wieder ziemlich oben und deshalb nutzten wir jede Gelegenheit, jeden Auftritt, den wir bekommen konnten. Wir alle hatten wieder Feuer gefangen, was mich natürlich freute. Die Fires würden unsterblich werden. Die Abstände zwischen den Terminen wurden wieder kürzer. Ich traf mich wieder öfter mit den Jungs in New York. Eigentlich alles wie immer. So wie früher. Ich hatte mein altes Leben zurück. Und es gefiel mir. Ich kam immer seltener nach Hause. Und immer seltener rief ich Jo an. Keine Ahnung warum das so war. Ich habe keine Erklärung dafür.

Und dann kam der Tag an dem meine Welt aus den Angeln gehoben wurde:
Ein Zettel lag auf dem Tisch. Jo war fort.

36

John

Jetzt:

„Wo ist Damon?", keift Andy
„Keinen Plan. Er ist wie der Teufel in seine Garderobe gerast. Ich
weiß nicht was mit dem Kerl los ist. Echt jetzt. Ich bin angepisst
wegen ihm."
„Ach, Nick hör auf. Wegen dir waren wir damals auch angepisst
und wir haben trotzdem zu dir gehalten. Sei nicht so hart mit
ihm."
„John, du hast gut Reden" kommt es von Jonathan.
Wir alle haben uns hinter der Bühne versammelt. Der Auftritt
war genial. Aber jetzt wissen wir gar nichts. Unser Sänger hat die
Biege gemacht. Er ist einfach abgehauen. Ich raufe mir die
Haare, denke an unsere Gespräche der letzten Tage. Es war ja
meine Idee. Und nun macht Damon ernst.
„Ja, ich weiß was er fühlt. Er hat einfach eine schlechte Zeit
gerade. Das wird schon wieder."
Ich versuche meinen eigenen Worten zu glauben, was mir
sichtlich schwer fällt, denn ich kenne meinen besten Freund gut
genug. Ich habe einen Verdacht, wo er stecken könnte, aber ich
schweige lieber.

„Wenn du das sagst. Ich hau mich jetzt aufs Ohr. Morgen sind
wir schon in Brisbane. Bin mal gespannt ob er das nochmal so
hinbekommt wie heute", meint Nick und geht.

„Mach das. Er schafft das schon."

Und schon zerstreuen wir uns und machen uns auf den Weg zum Hotel. Ich renne zu Damons Zimmer und stelle fest, dass niemand auf mein Klopfen und Rufen reagiert. Ich muss Nick anrufen. Ihm sagen, dass er wohl den Rest der Konzerte als Sänger fungieren muss. Das schafft er schon. Wäre ja nicht das erste Mal.

Oh, meine Mailbox.

Damon.

„*Ich hab es gemacht*", hat er mir auf das Band gesprochen, mehr nicht. Fuck. Meine Befürchtungen waren also berechtigt. Sein Schlüssel liegt sicher unter der Matte. Manchmal macht er so einen Scheiß. Ich hebe die Matte hoch, betrete Damons Zimmer. All seine privaten Sachen sind weg, die Bühnenklamotten teilweise noch hier. Er macht ernst. Darwin ist vorbei. Ich hätte nicht gedacht, dass er tatsächlich geht.

Also schnappe ich nach meinem Handy:

„Nick, er ist weg, einfach abgehauen. Wir hatten drüber gesprochen. Und es war ja auch irgendwie klar, aber trotzdem. Was machen wir jetzt? Schätze du bist jetzt unser Sänger."

„Super. Ganz toll. Oh Mann was für eine Scheiße. Es wird schon irgendwie gehen. Ich werde singen und Brandon übernimmt meinen Part. Andy beherrscht fast alle Texte und kann uns sicher auch helfen. Wir müssen versuchen, Damon irgendwie zu erreichen. Hoffentlich baut er keine Scheiße."

„Ja, du hast recht. Ich werde ihn anrufen. Notfalls machen wir es so wie du gesagt hast."

„Okay. Melde dich, wenn du etwas Neues für mich hast. Ich rede mit den anderen. Bis später."

„Ja, bis später."

Ich beende das Gespräch mit Nick. Nervös tigere ich in Damons Zimmer auf und ab, greife all seine Sachen und gehe zurück in mein eigenes Zimmer. Ich habe keine Ahnung was Damon vor hat. Nur noch ein Konzert und er haut einfach ab. Das war nicht der Deal. Ich weiß mir keinen Rat mehr, doch ändern kann ich eh nichts mehr. Wir müssen es allein zu Ende bringen. Nick hat recht. Damon steht schon wieder am Abgrund. Wir alle haben es zwar gesehen, aber nicht so ernst eingeschätzt. Immerhin sind die beiden ja nicht erst seit drei Tagen getrennt. Und es liegen zwei Jahre zurück, seit er bei Jo und Alanah gewesen ist. Nie hätte ich gedacht, dass es ihn einmal so aus der Spur hauen würde. Mein Freund war immer stark, so dachte ich. Wir alle haben nichts bemerkt.

Ich mache mich auf den Weg in die Bar des Hotels. Vielleicht ist er ja noch da. Ich weiß, dass es nicht so sein wird, aber wie heißt es so schön: Die Hoffnung stirbt zuletzt. Aber da habe ich Pech gehabt. An der Rezeption erfahre ich, dass Damon sofort nach dem Konzert abgereist ist. Die Dame erzählt mir er hat sich ein Taxi zum Flughafen genommen. Das kann ja nur bedeuten:

Er fliegt tatsächlich nach Texas. Fuck.

37

Damon

Jetzt:

Diese Taxifahrt dauert ewig. Die texanische Natur rast an mir vorbei. Alles ist groß und weitläufig hier. Ein schönes Fleckchen Erde. Kein Wunder dass meine Familie unbedingt hier leben will. New Orleans ist auch schön, aber es ist ganz anders dort. Die Welt rauscht an mir vorbei, während ich an die letzten zwei Jahre denke. Ich schreibe John noch schnell eine Nachricht, damit er weiß dass ich noch lebe und keinen Mist gebaut habe. Nie mehr. Die Band macht das schon. Wir funktionieren wie eine riesige Musikmaschine. Jeder beherrscht sein Fach blind. Alle sind textsicher und können für eine Weile ohne mich auskommen. Und das werden sie auch. Auf sie kann ich mich verlassen und ich weiß, dass ich hier gerade mehr gebraucht werde als auf irgendwelchen australischen Bühnen.

Ich erreiche Jos Haus. Endlich. Still sieht es hier aus. Und hübsch. Liebevoll. Ich kann mich kaum noch daran erinnern. Viel zu lange war ich nicht hier. Ich bin total daneben. Schon ewig unterwegs und voller Hoffnung, dass alles wieder gut wird. Diese blöde Zeitverschiebung macht mich fertig. Ich bin um 3 Uhr morgens weg und war über 18 Stunden unterwegs. Hier ist es 11 Uhr morgens. Und hier kann ich den gestrigen Tag noch einmal erleben, mit Jo. Und Alanah. In Sydney ist schon Samstag, hier noch Freitag. Ich bin so durcheinander. Alanah ist sicher in der Schule. Danger und Heaven stehen auf der Wiese. Im Nachhinein ist es okay, dass die Tiere hier bei ihr sind. Damals hatte sie sie einfach aus New Orleans abholen lassen. Ohne mich auch nur zu fragen. Ich war echt angepisst, als ich dann davon erfuhr. Doch so wie es jetzt ist, ist es gut. Die Tiere bedeuten Jo alles und ich habe weder Zeit dafür, noch Ahnung davon. Ich schaue mich um. Jo hat es echt schön hier. Aber wo ist sie? Ich laufe die Einfahrt entlang. Überall blühen bunte Blumen. Es ist noch immer herrlich warm, obwohl es schon bald Herbst ist. Hier in Texas ist es immer angenehm. Genau wie in New Orleans. New York hat echte Jahreszeiten und der Winter dort kann manchmal hart sein. Trotzdem kann nichts auf dieser Welt mich ganz aus New York fort holen.

Ich laufe weiter, meine Tasche in der Hand. Vorfreude auf eine wunderbare Zeit mit meiner Familie überkommt mich. Es war richtig zu verschwinden. Das hätte böse ausgehen können, denn ich kenne mich. Ich schaue durch ihr Fenster. Da ist sie. Sie ist in der Küche. Mit Buster. Mein Herz schlägt wie ein Dampfhammer und meine Müdigkeit, so wie der Jetlag, sind wie weggeblasen. Mein Herz schrumpft zusammen. Verdammt, zwei Jahre. Wie konnte das passieren? Ich muss sie in meinen Armen halten. Unbedingt. Die Sehnsucht nach ihr ist gerade noch größer geworden. Ich gehe zum Eingang. Die Haustür steht halb offen. Ich schleiche mich hinein. Leise wie ein Dieb und begebe mich zur Küche. Jo bemerkt mich nicht. Sie ist noch immer unglaublich anziehend. Nach all den Jahren ist sie noch immer schön. Ich schaue sie an und begehre sie nur noch mehr. Zwei Jahre habe ich sie nicht mehr gesehen. Die Zeit hat ihr nichts getan. Ich lehne im Türrahmen zur Küche und schaue sie nur an. Buster ist schon alt und so auf die Wurst fixiert, die Jo für ihn schneidet, dass er mich auch nicht bemerkt. Mein Herz donnert noch immer und ich glaube, dass Jo es hören müsste. Mein Gott sie hat mir so gefehlt.

Keine Ahnung wie lange ich hier schon stehe. Ganz ruhig. Still. Ich vergehe vor Sehnsucht nach ihr. Und endlich passiert es: Jo dreht sich um und sieht mir direkt in die Augen. Ich lächele sie an und sie lässt das Messer mit samt der Wurst zu Boden fallen.
„Damon. Was...? Mein Gott."
„Hey, Diamond."
Schon springt sie mir in die Arme. Buster springt an mir hoch und jault. Ein Wunder, dass er mich überhaupt noch erkennt. Nach einigen Minuten verschwindet er in den Garten. Jo umklammert meinen Nacken. Sie küsst mich überall. Sie wimmert leise. Mein Herz schmerzt nur noch mehr, als ich das höre. Ich bin bei ihr. Endlich. Jo weint jetzt. Und ich fange auch jeden Moment damit an. Sie findet ihre Stimme wieder und flüstert:
„Damon. Du hast dein Wort gehalten? Deine Tour. Ich meine Du... Ich... oh Mann. Ich..."
Ich verschließe ihren Mund erneut mit einem Kuss, hebe sie hoch und sie umschlingt mit ihren Beinen meine Hüften. Sie ist so schön. Noch immer. Ich schiebe sie bis an die Wand und küsse sie noch heftiger. Sie keucht, haucht meinen Namen, dass mir fast schwindelig wird.
„Damon..."
Atemlos lasse ich von ihr ab. Meine Stimme kratzt nach oben.
„Ich bin abgehauen. Wollte dich sehen", stammele ich atemlos. Noch immer umklammert sie mich. Noch immer rinnen heiße Tränen ihre rosigen Wangen hinab.
„Ich habe es nicht mehr ausgehalten. Morgen ist Alanahs Geburtstag. Den wollte ich nicht verpassen. Das habe ich schon oft genug. Die letzten Tage waren die Hölle für mich. Ich habe es nicht mehr ertragen. Und ich bleibe drei Wochen hier. Nur wenn du mich überhaupt hier haben willst."
Sie versucht ein Lächeln, das aber sofort kippt.

„Ich hoffe dass du nie mehr gehst", haucht sie.

Wir küssen uns wild wie frisch verliebte Teenager. Ich trage sie in ihr Zimmer. Mein Foto liegt noch immer auf dem Bett. Und die Gitarre steht auch noch immer an der Wand. Alles sieht noch genau so aus wie vor zwei Jahren.

Ich trete die Tür mit dem Fuß zu. Sanft setze ich Jo ab. Meine Frau. Der wunderbarste Mensch der Welt. Ich setze mich neben sie, greife nach ihren Händen und streichele sie zärtlich.

Wir sehen uns nur an und heulen schon wieder.

„Ich kann es nicht glauben, dass du das wirklich getan hast. Für mich? Du bist verrückt."

„Ja bin ich wohl, nach dir. Noch immer."

Ich rücke näher an sie heran und mein Verlangen ist grenzenlos. Jo klettert auf meinen Schoß. All die Zeit. Ich muss bescheuert gewesen sein. Ich hatte ganz vergessen wie es ist sie zu spüren. Ich drücke sie sanft in die Kissen. Jo hat noch immer Tränen in den Augen. Sie streichelt meine Wange. Ich küsse ihre Tränen fort.

„Weißt du wie sehr ich dich liebe? Wie sehr ich dich vermisst habe? Jeden verdammten Tag habe ich damit verbracht zu hoffen, dass du eines Tages durch diese Tür kommst. Und du bist da. Bitte geh nicht wieder weg. Damon, bleib bei mir. Ich kann das nicht mehr. Hör auf mit dem ganzen Scheiß. Bitte geh nicht wieder weg."

Ihre Stimme wird ganz dünn und mein Herz zerspringt in tausend kleine Splitter.

„Ich bin hier. Wir werden sehen. Lass uns nicht an morgen denken. Der Tag ist viel zu schade zum weinen. Für die nächsten drei Wochen gehöre ich nur dir. Versprochen. Ich liebe dich."

Sie schaut mich an. In ihren Augen lese ich Liebe, aber auch Kummer. Ich streichele ihren Hals, lege ihr Haar zur Seite. Sie hat noch immer schwarzes Haar mit kleinen silbernen Fäden dazwischen. Wir sind älter geworden, aber ich begehre sie noch immer. Jetzt gerade besonders. Ich bin so hart wie lange nicht mehr. Ich vergesse alles was derzeit von mir verlangt wird. Keine Tour, keine Band, keine Musik. Nur Jo und ich. Nach zwei Jahren kann ich sie fühlen, sie küssen, sie lieben. Jo legt ihre Hände um meinen Nacken und zieht mich zu sich. Mein Lippen suchen ihre. Wir waren so lange getrennt. Die Sehnsucht nach ihr zerreißt mich.

„Jo ich will dich spüren. Auf diesen Tag habe ich so lange gewartet. Bitte schick mich nicht weg."
„Was? Niemals. Ich will dich, Damon. Mach mit mir was du willst, nur geh nicht wieder fort."

Ich schiebe ihre Bluse hoch. Ihr Körper macht mich noch immer an. Meine Lippen erforschen jeden Zentimeter ihrer Haut. Meine Lippen gleiten an ihrem Körper hinauf und dann wieder hinunter. Ich habe keine Geduld zum Spielen. Jo auch nicht. Sie streift mir meine Lederjacke über die Schulter. Ihr Atem geht so schnell. Sie reißt mein Hemd kaputt. Ihre Nägel krallen sich in meine Schultern, kratzen gierig über meinen Rücken. Ich lass sie kurz los, um meine Jeans zu öffnen. Jo krabbelt hinter mich und streichelt mich. Ich weiß warum. Mein Tattoo macht sie noch immer an. Ich spüre ihre Finger jede einzelne Linie des Bildes nachziehen. Dann küsst sie mein Schulterblatt. Sie drückt sich an meinen Rücken, umschlingt meine Brust. Es ist zu spät. Ich kann nicht mehr warten.
„Jo..."
Scheiße bin ich scharf. Schnell drehe ich sie wieder um. Sie schaut mich an. Ich lege ihre kleinen Hände über ihren Kopf und halte sie dort fest. Meine Lippen suchen ihre. Sie ist bereit für mich. Sanft schiebe ich ihre Schenkel auseinander. Dann dringe ich in sie ein. Langsam, sinnlich, fast qualvoll. Ich will jede Sekunde genießen. Noch immer liegen ihre Hände oberhalb ihres Kopfes. Sie schließt ihre Augen und lässt mich tun was ich tun will. Ich werde sie in den Himmel bringen. Uns beide. Bald. Sie fühlt sich noch immer gut an. Rhythmisch gleite ich auf und ab.

Dann finden wir unseren Takt. Sie krallt sich in meinen Rücken als ich immer schneller werde. Ich hatte schon fast vergessen wie leidenschaftlich meine Frau ist. Wir lieben uns leidenschaftlich, dann heftig. Jos Schreie dringen durch das Haus. Diese Sehnsucht ist unglaublich. Ich gebe Laute von mir, die mir Angst machen. Aber wir hören nicht auf. Wir erreichen den Himmel. Ich bleibe in ihr so lange ich kann und rege mich nicht. Ich will diese Frau nie wieder loslassen. Lange genug waren wir getrennt. Ich überlege ob ich einfach hier bleibe. Aber das geht natürlich nicht. Jo umklammert mich noch immer. Eng zusammen gekuschelt bleiben wir liegen.

„Damon...“

„Alles ist gut. Ich bin hier", hauche ich nur und sehe sie an. Noch immer ist ihr Blick verklärt. Keine Ahnung wie lange wir hier schon liegen als wir Buster bellen hören.

„Damon, hey. Alanah kommt. Es ist schon Mittag.“

„Jo, nicht, bleib hier. Geh nicht", schmolle ich.

„Du möchtest doch dein Kind sehen, oder? Also raus aus dem Bett.“

Sie knufft mich liebevoll in die Hüfte. Mühsam pelle ich mich aus ihrem Bett und ziehe mir wenigstens meine Jeans über, bevor ich das Wohnzimmer betrete. Dann geht auch schon die Tür auf und ich sehe endlich mein Kind. Sie ist so groß geworden, so hübsch.

„Dad? Ist nicht wahr. Endlich.“

„Hey, Prinzessin.“

Alanah springt mir in die Arme. Und ich muss schon wieder heulen. Meine Tochter. Ich bin total überwältigt und klammere mich an mein Kind wie ein Ertrinkender an den Rettungsring. Ich weiß es war richtig hergekommen zu sein. Noch während ich meine Tochter fest an mich drücke klingelt mein Handy.

38

John

Ich denke, dass Damon nicht nach Brisbane kommen wird. Er ist zu Jo geflogen, kein Zweifel. Ich muss ihn erreichen. Ich wähle Damons Nummer. Es klingelt ewig.

„Damon? John hier."
„John, hey. Ich … Ich weiß was du mich gleich fragen wirst."
„Wo steckst du, Mann?"
„Ich habe es nicht mehr ausgehalten. Ich bin bei Jo und ich werde drei Wochen hier bleiben. Es war deine Idee, erinnerst du dich?"
„Klar, aber erst nachdem wir Darwin und Brisbane hinter uns haben."
„Du hast gesagt nur noch Darwin. An Brisbane habe ich gar nicht mehr gedacht." „Ich auch nicht. Aber egal. Es war richtig zu ihr zu fliegen. Wir schaffen das auch ohne dich. Nick wird deinen Part übernehmen und Brandon seinen. Wir schaffen das schon. Trotzdem kannst du dich nicht einfach so verpissen."
„Ich weiß. Es sind doch nur drei Wochen. Morgen wird mein Kind seinen 16.Geburtstag feiern. Und den will ich nicht verpassen. Das habe ich schon viel zu oft getan."
„Okay. Hauptsache ich weiß, dass es dir gut geht. Bis dann."
Ich bin beruhigt, dass ich weiß wo er ist. Es wird ihm guttun.

Jo

Jetzt:

Ich traue meinen Augen nicht als ich Damon im Türrahmen meiner Küche stehen sehe. Vor wenigen Tagen noch habe ich mir gewünscht dass mein Traum keiner war. Und jetzt ist er bei mir. Ich kann nicht glauben, dass er das wirklich getan hat. Er wird Alanahs Geburtstag mit uns feiern. Nur wir drei. Eine richtige Familie. Ohne viel Drumherum und ohne lästige Presse, Fans und auch ohne unsere Familien. Nur wir drei. Viel zu lange waren wir nur noch auf dem Papier verheiratet. Ich werde die Zeit genießen. Aber was ist wenn die drei Wochen vorbei sind? Ich will nicht darüber nachdenken. In der Band ist alles geregelt, hat John uns gerade mitgeteilt. Ich sehe ins Wohnzimmer und drücke mir die Tränen weg, wenn ich sehe wie Damon mit Alanah umgeht. Ich glaube, er weiß jetzt was ihm und uns fehlte. Wenn er wieder geht wird es so wie damals sein. Als ich nach dem Streit einfach abgehauen bin - mit Alanah. Ich habe Damon sehr wehgetan, damals. Ich war so gemein zu ihm und er zu mir. Wir haben lange darüber gesprochen. Uns tausend Mal entschuldigt. Aber ich konnte und wollte nichts mehr ändern. Ich versuchte so normal wie möglich mit Alanah zu leben. Ich versuchte ihr zu erklären warum ihr Daddy nicht bei uns war. Jede Nacht weinte sie und rief nach ihm. Es war schrecklich mein Kind so leiden zu sehen. Um so glücklicher bin ich jetzt wenn ich die beiden zusammen sehe. Ich kann noch immer nicht glauben, dass er wirklich da ist.

„Ich habe es doch gewusst. Du bist echt hier. Das wird der schönste Geburtstag meines Lebens. Jack kommt auch gleich. Du wirst ihn mögen. Er ist toll, Dad", lacht meine Tochter und ich muss schon wieder aufpassen nicht zu flennen.

„Wie ist er denn so?", will er wissen und schaut dabei mich an. Ich weiß dass er auf sein Kind aufpasst, auch wenn er Meilen weit weg ist.

„Er ist perfekt. Und er liebt mich.Wir sind schon fast ein Jahr zusammen", sagt sie und ich stelle fest, dass ich Damon das noch gar nicht erzählt habe. Ich sollte mich schämen. Nun ja unser Kontakt hielt sich ja auch in Grenzen. Damon schaut mich an, aber er grinst.

„Du bist schon so erwachsen", sagt er und drückt unser Kind fest an sich. Noch immer trägt er nur seine Jeans. Noch immer ist er für mich perfekt. Und noch immer bringt seine Stimme meine Gefühle zum Überlaufen. Ich sehe die beiden einfach nur dicht zusammen stehen und mein Magen knotet sich zusammen, wenn ich an das Danach denke. Alanah greift nach seiner Hand und zerrt ihn hinter sich her.

„Komm ich zeige dir mein neues Zimmer. Du warst schon so lange nicht mehr hier."

„Das stimmt. Es tut mir leid", sagt er als beide zur Treppe hinauf gehen. Ich gönne ihnen die Zeit, die sie brauchen um sich wieder zu finden und verschwinde in die Küche.

Damals:

Damals war es schwer. Damon rief anfangs noch täglich an, dann seltener. Je nach dem, wo er war, meldete er sich gar nicht mehr. Die Schäden, die der Hurrikan angerichtet hatte, waren schon fast wieder vergessen. Alles begann wieder normal zu laufen. Zunächst etwas langsamer. Ein oder zwei Auftritte, dann einige Konzerte in der Heimat, ohne Alanah und mich. Aber das war okay für Damon. Er hatte meinen Standpunkt akzeptiert. Dann kam es so wie es kommen musste. Er plante wieder zu touren. Ich sah ihn nur noch selten. Auch mit Telefonaten wurde er immer nachlässiger. Nur durch John erfuhr ich manchmal wo sie waren und was sie taten, nicht von Damon selbst, was mich traurig machte. So weit war es mit uns gekommen und dabei hatten wir uns geschworen, niemals so zu enden.

Irgendwann war die Tour zu Ende. Ich weiß nicht mehr wie lange es gedauert hatte. Alanah sprach kaum noch von ihrem Vater. Ich hatte sie in einer Kindergruppe untergebracht. Unser Kind blühte richtig auf uns ich wusste, dass ich die richtige Entscheidung getroffen hatte. Dann kam er heim. Und ich hatte wieder Hoffnung. Gemeinsam verbrachten wir wieder viel Zeit in New Orleans. Das neue Haus stand nun für eine Weile wieder leer, weil ich noch immer dachte, es würde sich jetzt etwas ändern, und er hätte verstanden was zählte. Dem war jedoch leider nicht so. Die Zeit mit ihm war zwar kurz, aber sehr schön. Wir lebten zusammen wie eine richtige Familie. Wir machten gemeinsam Frühstück und spielten mit Alanah. Damon verbrachte sehr viel Zeit mit ihr und es kam mir vor als wollte er alles nachholen. Er tobte mit ihr durch den Garten, brachte ihr sogar das Schwimmen in unserem Pool bei. Ich war erstaunt, als er Heaven aus der Box holte und sich sogar drauf setzte. Alanah vor sich sitzend drehte er eine Runde über die Wiese. Ich fand es schön endlich Ruhe zu haben und ein Leben zu führen wie ich es wollte. Wir stritten nicht mehr und Damon sah ein, dass ich nichts Schlechtes gewollt hatte. Manchmal besuchten uns die Jungs und wir saßen alle zusammen auf der Terrasse zum Grillen oder einfach nur so zum Quatschen.

Die Zeit verging schnell und Damon brach irgendwann wieder auf. Es gab Termine rund um den Erdball. Noch immer brannte das Feuer der Bühne in ihm und daran würde sich nie etwas ändern. Das hatte ich inzwischen kapiert. Ich wollte nicht mehr so weitermachen. Ich flog zu meinen Eltern und wollte vor seiner Abreise zurück sein. Vielleicht nutzte er diese Zeit, in der ich fort war, zum Nachdenken. Was er nicht tat. Irgendwie kam es mir vor, als habe Damon nur seine Band, und keine Familie, die ihn brauchte und vermisste. Ich würde allein in Texas in meinem neuen kleinen Haus ebenfalls genug Zeit haben, unsere Beziehung zu überdenken. Gab es überhaupt noch eine? Ich wusste nicht wo wir standen. In all den Jahren konnte ich meinen Mann nicht von den Bühnen dieser Welt fort bekommen. Und ich würde es auch gar nicht mehr versuchen wollen. Trotzdem liebten wir uns noch immer. Ich jedenfalls liebte ihn wie nichts auf dieser Welt. Ich hoffte, dass es ihm genau so ging und machte mich auf den Weg.

„Wenn du zurück kommst reden wir noch einmal darüber. Ich verstehe dich ja. Und ich möchte auch, dass du deine Eltern öfter sehen kannst."
„Ach, Damon. Zehn Häuser ersetzen dich nicht. Aber natürlich freue ich mich darüber. Es ist so viel einfacher für mich wenn ich meine Eltern in der Nähe habe, und meine Freunde. Dafür danke ich dir."
„Du weißt, dass ihr beide mir wichtig seid. Ich würde alles für euch tun. Ich sehe es ja ein. Die Kleine blüht jetzt richtig auf. Trotzdem wäre es mir lieber wenn ihr mit mir kommen würdet.

Kanada ist wunderschön."

„Ich weiß. Aber nein, es ist besser, wenn wir hier bleiben. Ich möchte Alanah nicht schon wieder aus ihrer gewohnten Umgebung reißen. Sie hat Freunde gefunden und es geht ihr gut. Wie lange wirst du fort sein?"

„Nur sechs Monate. Und dann bleibe ich erst einmal bei euch."

Obwohl mir klar war, dass dies nur leere Worte waren, sagte ich erst einmal lieber nichts dazu. Wir lebten uns irgendwie immer mehr auseinander.

Dann waren einige Pause zwischen den Konzerten und Damon kam dann zu uns zurück in unser Haus in Texas. Ich hatte mich inzwischen entschieden so lange in Texas zu bleiben bis er endgültig heimkommen würde. Und dann würde ich ihn fragen wie er sich unser weiteres Leben vorstellte. Ihm war das recht und wir ließen unser Haus in New Orleans zurück. Auch wenn die Zeit hier genau so gewesen war, wie ich mir immer erträumt hatte, würde sich alles wieder ändern, wenn er wieder fortging. Ich wollte einfach nicht allein dort sein, und so blieben wir in Texas.

Die Tour durch Kanada begann und dann und wann schaffte er es uns zu besuchen. Es war immer schön wenn er da war. Ganz normal. Niemand belästigte uns dort und meine Eltern waren froh, dass wir diese Lösung gefunden hatten. So hätten sie ein wenig Anteil an Alanahs Jugend und das war schön. Dann flog er zurück nach Quebec. Ich für kurze Zeit zurück nach New Orleans. Immerhin waren die Tiere, Matt, Diane und die Leibwächter noch dort. Ich musste einfach einmal nach dem Rechten sehen. Meiner Mutter gefiel das gar nicht. Sie kannte mich zu gut.

„Bist du sicher, dass du das willst, Kind?", fragte meine Mutter und hob Alanah auf ihre Arme.

„Na ja, immerhin ist dort jetzt mein Zuhause."

„Und wozu dann das neue Haus, wenn du doch nicht hier bleiben willst?"

„Mom, es ist nur ein Ferienhaus."

„Das sah aber in letzter Zeit ganz anders aus. Ich sehe doch, dass ihr beide euch hier wohl fühlt. Damon wird ewig unterwegs sein. Du kennst ihn lange genug, um zu wissen, dass er nicht so schnell heimkommen wird. Sicher hat er schon längst wieder neue Pläne. Bist du sicher, dass eure Ehe überhaupt noch eine ist?"

„Ich weiß es nicht, Mom. Aber eines weiß ich ganz genau, ich liebe ihn noch immer. Ich kann doch nichts dafür dass es so ist", schniefte ich und heulte mich an der Brust meiner Mutter aus wie ein kleines Mädchen.

„Wenn du heimkommen willst, unsere Tür ist immer offen für dich. Und für Alanah natürlich auch. Aber wir verstehen wenn du das alles nicht so einfach hinter dir lassen kannst", sagte mein Vater. Dann löste ich mich aus der Umarmung meiner Mutter und machte mich auf den Weg nach New Orleans.

Als ich dort ankam, kam mir alles so bekannt, und doch so fremd vor. Ich war schon lange nicht mehr dort gewesen, weil ich immer Angst vor dem Alleinsein hatte. Alles war so friedlich. Matt werkelte in unserem Garten herum, Diane im Haus. Die Pferde grasten auf unseren Wiesen und Alanah tobte mit Buster herum. Alles wäre perfekt gewesen wenn Damon...

Aber er war nicht dort. Diane meinte er flöge öfter nach New York zu seiner Band. Es ginge ihm nicht gut und er wollte nicht allein in New Orleans bleiben. Dauerhaft nach Texas wollte er auch nicht. Tief in ihm drinnen steckte noch immer der New Yorker. Ich verstand ihn ja, aber trotzdem war ich irgendwie sauer, dass er anscheinend auch ohne mich klarkam. Das klingt verrückt, aber so war es. Ich wollte, dass er zu mir kommt und mir sagte ich hätte recht und dass er jetzt mit der Band und allem drum herum, fertig wäre. Doch das passierte natürlich nicht. Wird es auch nicht. Ich weiß es einfach. Er war nicht hier und ich hörte so gut wie nichts mehr von ihm.

Unsere Telefonate wurden auch immer seltener. Ich weiß nicht warum, aber es passierte einfach. Wir begannen uns immer weiter voneinander zu entfernen, obwohl wir nicht mehr gestritten hatten, seit er mir das kleine Haus in Texas gekauft hatte.

Es vergingen Tage, Wochen. Inzwischen war ich schon fast wieder zwei Monate in New Orleans gewesen. Ich hatte keine Ahnung wo wir standen, wo mein Mann überhaupt war. Meistens musste Diane sich mein Gejammer anhören.

„Er wird seine Gründe haben, dass er sich nicht meldet", sagte sie und umarmte mich. Wir redeten fast jeden Tag über diese beschissene Situation, aber es änderte sich nichts. Manchmal kam mir sogar der Gedanke, er könnte eine andere Frau getroffen haben. Er würde ihr jetzt all das geben was mir gehörte. Ich steigerte mich in den Gedanken rein und irgendwann bastelte ich mir meine eigene Realität daraus. Er liebte mich nicht mehr. Ich war fest davon überzeugt. Erst recht als ich nach etwa drei Monaten überhaupt kein Lebenszeichen von ihm bekam. Unsere Beziehung war gescheitert. Das wurde mir immer klarer. Ich war so einsam und dann traf ich eine weitreichende Entscheidung. Ich würde diese Beziehung komplett beenden und ihn verlassen. Ich musste einen Schnitt machen und mein Leben allein in den Griff bekommen. Mit unserem Kind, aber ohne Damon. Ich sah ein, dass mein Traum von einem Leben mit ihm zerplatzt war. Nichts und niemand könnte jemals aus Damon einen braven Hausmann und Bilderbuchvater machen. Langsam verstand ich es wirklich, dass man einen Menschen einfach nicht ändern kann, solange dieser Mensch es nicht selber will. Ich glaubte ich hatte ihn mit meinem Gezeter vertrieben und hatte selbst Schuld daran wie es jetzt lief. Da wir eh nicht mehr miteinander telefonierten, war es wohl das Beste wenn ich ihm einfach einen Brief schreiben würde. Ich würde ihn einfach auf den Schreibtisch seines Büros

legen und Diane bitten ihn da liegenzulassen bis Damon heimkommen würde.

„Bist du sicher, dass du das tun willst? Ich meine, ihr habt ein
Kind?"

„Eben. Und ein Kind braucht BEIDE Eltern. Ich denke Alanah
kommt besser zurecht, wenn wir nicht hier sind wo sie alles an
ihren Vater erinnert. Eines Tages wird sie meine Entscheidung
verstehen. Ich muss das tun, Diane. Es hat nichts mit dir, Matt,
dem Haus oder was auch immer zu tun. Ich halte es einfach für
das Beste. Wir sehen uns wieder. Ich werde die Pferde holen,
sobald ich kann. Und Buster nehme ich auch mit. Damon wird es
sicher verstehen."

„Das ist eine Entscheidung, die euer beider Leben völlig
verändern wird. Es ist auch Damons Kind. Denk darüber nach",
versuchte Diane mich umzustimmen.

„Ich weiß. Aber wenn ihm irgendetwas an uns liegen würde,
dann würde er sich melden, wissen wollen wie es uns geht. Er
würde mir sagen, dass ich ihm noch immer etwas bedeute. Aber
das tut er nicht. Über drei Monate sind vergangen, ohne das ich
auch nur eine Silbe von ihm gehört habe. Er wird sich schon
längst in anderen Betten vergnügen. Unsere Ehe ist Geschichte.
Ich glaube nicht mehr daran, dass sie noch zu retten ist. Ich werde
gehen. Wetten, es fällt ihm nicht einmal auf?"

„Jo. Das glaube ich nicht. Niemals würde er dich betrügen. Ihr
beide seid ihm wichtig."

„Dann soll er es mir sagen", weinte ich.

„Jolene..."

„Nein. Ich habe meinen Entschluss gefasst. Ich schaffe das schon.
Ich versuchte an meine eigenen Worte zu glauben und verzog
mich in mein Atelier. Mit Tränen in den Augen und zitternden
Fingern, griff ich nach einem Blatt. Lange überlegte ich wie ich
es am besten zu Papier bringen könnte. Blatt um Blatt wanderte
in den Papierkorb, doch dann schrieb ich:

Damon

Es tut mir leid, dass es so kommen muss, aber ich sehe keine andere Möglichkeit mehr für uns. Es liegt nicht an unserer Liebe zueinander. Sie ist noch immer da und wird niemals verschwinden. Meinerseits jedenfalls nicht. Ich weiß wir haben es versucht, geredet, daran gearbeitet, unsere Ehe wieder in den Griff zu bekommen. Vielleicht habe ich alles zerstört,, indem ich versucht habe einen völlig anderen Menschen aus dir zu machen. Ich habe verstanden dass das nicht geht. Mein Traum von einem Leben mit dir hat sich nicht erfüllt. Jedenfalls nicht so wie ich es mir vorgestellt hatte als wir beide zusammen gekommen sind. Du musst wissen dass du die Liebe meines Lebens bist, und auch, immer bleiben wirst. Jeder Tag mit dir war schön, sogar die an denen wir gestritten haben. Das gehört dazu und so manche Versöhnung wird mir ewig in Erinnerung bleiben.....Diese Entscheidung fällt mir wahrlich nicht leicht und ich habe lange darüber nachgedacht, ob ich diesen Weg gehen soll oder nicht. Ich denke dabei hauptsächlich an unser Kind. Alanah und du seid die wichtigsten Menschen in meinem Leben. Bitte verstehe dass ich nur das Beste für unser Kind will. Es gab zu viele Situationen, die einfach nicht in das Leben eines kleinen Kindes passen. Ich möchte nicht, dass unserer Tochter etwas passiert. Das weißt du. Darüber haben wir oft genug gesprochen. Damon, glaube mir, dass ich dich noch immer liebe. Wann immer du magst kannst du

Alanah besuchen. Und mich, wenn du mir noch, in die Augen schauen kannst. Ich werde nach Texas zurück gehen. Ich weiß, dass du das Haus für andere Zwecke gekauft hast. Und mir ist auch klar, dass du es nicht getan hättest,, wenn du gewusst hättest was daraus wird. Bitte verzeih mir. Wenn du diesen Brief liest, bin ich fort. So ist es leichter für mich als wenn ich in deine wunderschönen Augen schaue um dir zu sagen, dass ich dich verlassen muss. Auch das tut mir leid. Vielleicht bin ich feige. Vielleicht habe ich aber auch nur Angst, es nicht zu schaffen, wenn du vor mir stehst.

In Liebe, Jo

Hunderte Male las ich den Brief durch. Noch immer heulte ich. Ich suchte einen schlichten, weißen Umschlag und legte den Brief auf Damons Schreibtisch. Und dann musste ich handeln. Ich wollte im neuen Haus sein, bevor er zurückkäme. Ich war feige und wollte meinem Mann nicht begegnen, aus Angst, ich würde kippen. Ich wies an, meine persönlichen Sachen nach Texas zu bringen. Diane und Matt fanden es noch immer nicht gut und versuchten mich zum Bleiben zu überreden. Ich hatte keine dazu. Und keine Hoffnung mehr, dass mein Mann sich doch noch ändern würde. Meine Entscheidung war gefallen. Ich wollte mit Alanah von vorne anfangen. Allein, ohne Damon, ohne Reichtum und ständige Präsenz in der Öffentlichkeit. Das war die schwerste Entscheidung, die ich je in meinem Leben treffen musste.

39

Damon

Damals:

Als Jo beschlossen hatte, mich nie wieder zu begleiten, war ich
am Boden zerstört. Ich würde die beiden ewig nicht sehen. Daran
konnte ich nichts mehr ändern. Ich wollte doch nur glücklich
sein, MIT meiner Familie. Und ich hatte alles falsch gemacht.
Irgendwie brachte ich immer alles hinter mich und konnte
zwischendurch zurück zu ihr. Wir sprachen noch einmal über
alles was passiert war und ich sah ein, dass es so besser war. Mal
verbrachten wir Zeit in Texas, dann wieder in New Orleans. Ich
flog auch wieder häufiger nach New York, um mich mit der Band
zu treffen. Diese Stadt wird immer meine Heimat bleiben. Nicht
New Orleans, nicht San Antonio und auch sonst kein Ort dieser
Welt, würde jemals meine Heimat sein. Ich fühlte mich wieder
wohl, ließ alte Zeiten wieder aufleben. Irgendwie hatten wir es
geschafft, uns damit zu arrangieren. Es war zwar keine
Bilderbuchehe, aber trotzdem funktionierte es. Dachte ich
zumindest. Ich denke, tief in mir drinnen wusste ich, dass das der
Anfang vom Ende war. Jedoch wollte ich mir dies nicht
eingestehen. Ich hatte meine Familie der Musik geopfert.

Nachdem wir Kanada hinter uns gebracht hatten, machte ich eine
kurze Pause. Ich überraschte Jo damit indem ich ihr sagte, dass
ich mit ihr für eine Weile in San Antonio bleiben wollte. Ich
redete mir ein, dass ich das auch wollte. Kann sein, dass ich in

jener Zeit mein schauspielerisches Talent überstrapaziert hatte. Jo schien mir zu glauben. Ich versuchte mir selbst zu glauben. Ich spürte sie hatte wieder Hoffnung, dass sich doch noch alles ändern würde, wenn wir drei Tag für Tag zusammen wären. Das kleine Haus war so schön geworden und ich spürte, dass es Jo gut tat, dort zu sein. Also blieb ich eine Weile da. Auch mir gefiel es gut dort und für kurze Zeit lebten wir wie eine ganz normale Familie. Ich bemühte mich wirklich, aber der Ruf der Bühne war laut. Ich trommelte meine Jungs zusammen. Irgendwann bin ich dann wieder los. Für längere Zeit. Die Fires hatten so viel erreicht und für mich war das noch immer nicht genug. Die Jungs hatten einiges komponiert. Meistens trafen sie sich in Andys Tonstudio. Es hatte sich einiges verändert. WIR hatten uns verändert. Trotzdem waren die Fires noch immer oben mit dabei. Beinahe schon Kult.

Jo ließ mich gehen. Ich wusste, sie war es einfach leid. Immer wieder derselbe Scheiß. Dann kam ich heim.
Und dann kam der Schock.
Ich fand diesen Brief auf meinem Schreibtisch. Jo war fort. Sie hatte mich verlassen, und unsere Tochter mitgenommen. Ich ließ mich auf meinen Schreibtischstuhl fallen. Immer wieder las ich ihre Zeilen und versuchte zu begreifen was dort geschrieben stand.

„Das kann sie doch nicht machen. Was ist hier los? Mit feuchten Augen las ich die Zeilen abermals. Tränen durchnässten das Papier.
„Scheiße, Verdammte. Warum nur?", schrie ich und fegte all meine Papiere vom Tisch. Ich trat gegen den Tisch und donnerte meinen Briefbeschwerer gegen die Wand. Dann folgten das volle Whiskyglas und die dazugehörige Kristallkaraffe. Ich schrie und tobte wie ein Irrer. Ich raste in den Fitnessraum. Ich musste jetzt auf etwas hauen, mich austoben. Sonst hätte ich wahrscheinlich wieder einmal das halbe Haus zertrümmert. Ich riss mir meine

Jacke vom Leib, mein Shirt donnerte ich in die Ecke des Trainingsraums. Dort lagen meine Boxhandschuhe und der gute alte Sandsack bekam was er verdiente. Ich schlug wie besessen auf das Ding ein. Unermüdlich und immer wieder. Meine Lunge drohte zu bersten, aber ich konnte einfach nicht aufhören auf den Sack zu prügeln. Irgendwann sackte ich einfach davor zusammen. Ich war so fertig wie noch nie. Und ich hatte solchen Durst. Und nicht auf Mineralwasser. Also rannte ich wieder nach oben zu meiner Bar, schnappte mir eine neue Flasche Bourbon und begab mich in Alanahs Zimmer. Alles war weg, der kleine Schrank leer. Sogar ihr Lieblingsteddy fehlte. Ich rutschte an der Wand entlang, die Flasche noch in der Hand. Sie war fort und hatte meine Tochter mitgenommen. Und all das war meine Schuld, weil ich mich nicht bei ihr gemeldet hatte. Ich weiß noch nicht einmal warum nicht. Es ist einfach so gekommen. Nur die Band und ich, so wie früher. Feiern, saufen, Partylaune. Ich fühlte mich wieder frei, jung, irgendwie. Ich habe meine Familie verdrängt und den typischen Rockstar abgegeben. Dafür gibt es keine Entschuldigung. Doch nun saß ich dort. Einsam, besoffen, verlassen. Ich stierte das Kinderbett an.

„Verdammte Scheiße", schrie ich und heulte wie ein Schlosshund. Hätte ich dieses blöde Haus doch nur nicht gekauft. Oder ich hätte einfach mit ihr dort bleiben sollen. Warum habe ich es nicht getan? Keine Ahnung wie lange ich im Kinderzimmer war, als ich plötzlich Dianes Stimme hörte:

„Mr. Mandora, Damon. Bist du hier? Damon?"

Ich hörte Schritte und ihre Stimme näher kommen. Inzwischen hatte ich die Flasche schon halb leer gesoffen. Mein Kopf dröhnte und meine Augen brannten. Tränen hatte ich schon lange keine mehr.Teilnahmslos hockte ich gegenüber von Alanahs Bett. Dann trat Diane vor mich:

„Mr. Mandora. Ich meine... Damon. Was soll das werden?"

Meine Haushälterin hockte sich vor mich hin, sah mir in die Augen. Ich konnte sie kaum erkennen, weil meine Augen schon ganz geschwollen vom Heulen waren.

„Sie ist weg. Sie hat mein Kind. Ich... Fuck."

Noch ehe ich erneut die Flasche ansetzen konnte, riss Diane sie mir aus der Hand:

„Das ist keine gute Idee", sagte sie und stellte die Flasche neben sich auf den Boden. Sie starrte mich an. Und ich sie.
„Du hast es gewusst oder?", flüsterte ich. Meine Stimme war kaum zu hören.
„Es tut mir leid. Du hast dich nie gemeldet. Jo hatte das Gefühl sie bedeute dir nichts mehr. Du hast nie angerufen. Du warst fast ein halbes Jahr weg. Ohne ein Lebenszeichen von dir. Jo dachte du hast dir eine neue Frau gesucht. Verdammt, Damon. Ich verstehe sie."
„Scheiße. Es gibt keine andere Frau. Wir waren viel unterwegs. Ich... keine Ahnung. Es ist ... Verdammt! Ich will meine Tochter sehen. Warum hat sie das getan?"
„Ruf sie an. Sag ihr was du fühlst."
Diane reichte mir ihre Hand und zog mich zu sich herüber. Ich war fix und fertig und sackte in ihren Armen zusammen. Die ganze Welt drehte sich. Ich bekam Kopfschmerzen. Ich lehnte mich an meine Haushälterin, als würde ich sterben, wenn ich von ihrer Seite weichen würde.
„Komm, steh auf. Ich mach uns einen Kaffee. Ich hör dir zu."
„Nein. Ich kann nicht", flüsterte ich und legte meinen Kopf in ihren Schoß wie ein kleiner Junge. Ich ließ meinen Tränen freien Lauf, während Diane meine wilde Mähne zurück strich. Es war grotesk. Der wilde Rockstar jammerte im Schoß seiner Haushälterin herum wie ein Kleinkind. Ich hatte alles verloren. Alles. Minuten vergingen, vielleicht auch Stunden. Ich drückte mich an Diane. Ich war ein Wrack. Zu nichts mehr zu gebrauchen. Meine Kraft war alle und meine Tränen sowieso.

Viele Jahre waren wir ein Paar. Und jetzt war alles aus. Meine große Liebe war weg. Und mit ihr mein Kind.

Irgendwann schaffte Diane es mich vom Boden hochzuziehen. „Besser?", fragte sie und stützte mich ab, als ich aus dem Zimmer wankte. Sie schob mich auf das Sofa, legte meine Beine hoch und packte mich in eine Decke. Ich zitterte am ganzen Körper, aber nicht vor Kälte, sondern vor Angst. Angst vor der Zukunft..., ohne meine Familie. Irgendwann war ich vor Erschöpfung eingeschlafen. Als ich aufwachte, saß Diane im Sessel mir gegenüber. Sie war die ganze Zeit da gewesen, hatte über mich gewacht. Noch immer fühlte ich mich mies.

„Ruf sie an", sagte Diane und reichte mir das Telefon.
„Glaubst du dass sie mit mir reden will?".
„Wenn du es nicht versuchst erfährst du es nie. Nun gib dir einen Ruck. Sag ihr dass du sie noch immer liebst. Na los. Ich lass dich solange allein. Wenn was ist, ich bin in der Küche, okay?"
„Okay", flüsterte ich und griff nach dem Telefon. Als Diane den Raum verlassen hatte sammelte ich allen Mut, den ich aufbringen konnte und wählte Jos Nummer. Es klingelte ewig bis ich endlich ihre Stimme hörte:

„Mandora Hallo... Hallo, wer ist dran?"
„Ich bin´s Damon", flüsterte ich und zitterte schon wieder.
„Damon..."
„Warum?, Jo. Sag mir warum."
„Es tut mir leid. Aber..."
Sie sprach nicht weiter, denn ihr Schluchzen drang unkontrolliert zu mir herüber.
„Komm nach Hause", sagte ich.
Pause.
„Jo, bist du noch dran?"
„Ja... ich. Es tut mir leid, aber es ist der einzig, richtige Weg. Ich komme nun einmal nicht gegen deine Liebe zur Musik an. So war es schon immer. Ich habe die Hoffnung aufgegeben, dass es sich

ändert und du bei uns bleibst. Alles geht den Bach herunter. Du rufst nicht an. Ich weiß nicht warum es so ist..."

„Du hast mich so kennengelernt. Was hat sich geändert?"

„Du musst Verantwortung für deine Tochter übernehmen. Sie braucht ihren Vater."

„Und weil sie mich braucht nimmst du sie mir weg? Wie soll ich das verstehen?"

„Du kannst sie sehen wann immer du willst, aber wir kommen nicht zurück. Verzeih mir."

Dann legte sie einfach auf.

Ich schleppte mich durch die folgenden Tage. Meine Gedanken kreisten nur um sie. Ich war am Arsch. Meine Welt war zerbrochen, mein Herz zertreten. Mein ganzes Leben würde sich ändern. Wir waren schon so lange zusammen und hatten vieles gemeinsam durchgestanden. Keine Ahnung wie es weitergehen sollte. Ich rief meinen besten Freund an.

John versuchte mich auf andere Gedanken zu bringen.

„Gib ihr Zeit. Denk an euer Kind. Sie wird es gut haben und du kannst sie doch besuchen. Tritt etwas kürzer."

„Ich weiß es nicht. Ohne die Bühne bin ich nichts. Ich weiß nicht ob ich dazu bereit bin mein Leben komplett aufzuräumen."

„Du musst etwas tun, wenn du eure Ehe noch retten willst. Vielleicht hast du Lust einige Tage herzukommen? Das wird dich von allem etwas ablenken. Wir lassen alte Zeiten auferstehen und vielleicht renkt es sich ja wieder ein. Zeit heilt alles. Also was denkst Du?"

„Klingt gut", sagte ich, legte auf und raste ins Schlafzimmer um meinen Kram zu packen. Diane ließ mich zufrieden. Es hätte eh keinen Zweck gehabt, zu versuchen mich aufzuhalten.

Ich würde ein paar Tage bei meinen Freunden sein.

In New York angekommen verbarrikadierte ich mich zunächst in meinem Penthouse. Ich richtete die Wohnung wieder so her, wie sie vor unserem Umzug ausgesehen hatte. Ein neuer, gläserner

Flügel zierte jetzt das verlassenen Esszimmer. Mein neuer Kummerflügel, an dem ich meinen Herzschmerz ausleben konnte, wenn ich gerade nichts hatte, worauf ich hätte los prügeln können. Ich traf mich mit den Jungs. Beinahe so wie zu Beginn unserer Karriere. Wir sinnierten über alte Zeiten und all das lenkte mich von meiner beschissenen Situation etwas ab. Wir unternahmen Ausflüge zum Hudson, wo Nicks Boot noch immer lag. Es zog mich in die alten Ecken und es wurde nicht besser, weil mich alles an Jo erinnerte als sie bei mir gewesen ist. Jene drei Monate waren perfekt. Alles andere war ein Leben für die Show, nicht für uns. Für eine Weile konnte ich meinem Scheiß entfliehen, wenn meine Band bei mir war. Ab und zu besuchte ich meine Eltern in New Jersey, die aber auch absolut auf Jo´s Seite waren. Denn auch für sie zählte nur Alanahs Wohlergehen. Shania fand es auch besser wenn ich es einfach akzeptieren würde. Sie meinte auch, dass ich selbst Schuld an meiner Situation hätte und sie mir auch nicht helfen könnte, wenn ich mir selbst im Weg stünde.

Ich kam zurück, nach einigen Wochen. Schon als ich unsere Einfahrt in New Orleans passierte, spürte ich diese Einsamkeit. Mein Haus war so leer. Alles hier erinnerte mich wieder an Jo und meine Tochter. Die Zeit in New York in meiner alten Wohnung und bei meinen Jungs hatte mir echt gutgetan. Doch jetzt war ich wieder hier. In all der Zeit hatte ich nicht mit Jo gesprochen. Kein Brief, kein Telefonat, nichts. Als hätte sie sich aus meinem Leben ausradiert. Ich betrat das Haus. Diane und Matt waren da und die Tiere. Nur Buster fehlte.

„Mr. Mandora, ich meine Damon, es tut mir so leid. Das mit deiner Frau. Wir haben alles versucht, aber wir glauben für deine Tochter ist es das Beste."
„Ja, vermutlich. Diane, bitte entschuldige mich. Ich brauch etwas Zeit zum Nachdenken."
„Na klar. Du schaffst das. Du bist stark, das weiß ich."

Diane verschwand in die Küche und ich verschanzte mich in meinem Keller. Überall standen meine Instrumente herum, aber ich hatte keine Lust zu spielen. Meine Nerven lagen blank und meine Gedanken waren nur bei Jo und Alanah. John und die anderen waren bei ihren Familien. Irgendwie schafften meine Freunde es, alles unter einen Hut zu bringen. Sie alle hatten ein schönes Leben außerhalb der Band. Ich nicht. Was sollte nun werden? Ich hatte einfach keinen Plan wie ich mein Leben ohne die beiden auf die Reihe bekommen sollte. Es war so lächerlich: Jetzt wo ich hier war, Zeit hatte und alles, saß ich nur herum. Allein. Ich begann hysterisch zu lachen und kippte mir sofort wieder eine Flasche Bourbon in den Hals. Ich konnte diesen Scheiß einfach nicht lassen. Ich soff und soff und soff. Die Band hatte jetzt Pause. Und zwar eine ziemlich lange. Zeit für ihre eigenen Sachen. Keine Ahnung was da so anstand, aber ich war mir sicher, dass all meine Freunde etwas taten, was nichts mit Musik oder den Fires zu tun hatte. Sie alle hatten ein Leben außerhalb der Bühne. Ich nicht. Nicht mehr. Mein Leben hatte seinen Sinn verloren. Ich dümpelte vor mich hin, ließ mich gehen.Ich achtete nicht mehr auf mich und soff. Jeder Tag war gleich. Ich war antriebslos und selbst Diane drang nicht mehr zu mir durch. Ich zappte mich durch die TV-Kanäle, schlich im Haus herum und hatte zu nichts Lust. Innerlich war ich schon tot. So fühlte es sich jedenfalls an.Von Jo hörte ich noch immer nichts. Ich wollte sie aber auch nicht anrufen, weil ich ihr die Zeit geben wollte die sie brauchte.

Inzwischen war sie schon eine ganze Weile weg.
Dann passierte etwas Neues in meinem langweilig gewordenen Leben: Ich bekam erneut ein Filmangebot. Keine Ahnung, warum sie sich ausgerechnet jetzt an den großen, sterbenden Damon Mandora erinnerten. Mir sollte es recht sein. So hatte ich wenigstens wieder eine Aufgabe. Ich war allein. Und ich hatte Zeit. Also nahm ich an. Die Dreharbeiten fanden in Kalifornien statt. Es war nicht das was ich wollte, aber es würde mich auf

andere Gedanken bringen. Ich dachte immer ich hätte alles was ich wollte, aber nein so war es nicht. Geld genug, Platz genug aber ich war allein. Lange saß ich einfach nur da und dachte nach, warum ich meine Familie meiner Musik geopfert hatte. Ich kam zu keiner Lösung, außer dass ich der größte Arsch im Universum sein musste, wenn ich so etwas einfach geschehen ließ. Dann musste ich unbedingt Jo anrufen. Ich hatte es jetzt lange genug vor mich hergeschoben. Ich sehnte mich nach ihrer Stimme, wollte wissen wie es meinem Kind geht. Ich sprang über meinen stolzen Schatten und wählte ihre Nummer:

„Jo? Wie geht es euch?"
„Damon? Mein Gott. Ich... Na ja, ich gewöhne mich daran. Ich besuche oft meine Eltern. Wie geht es dir? Was machst du so den ganzen Tag? Warum hast du dich nie gemeldet."
Sie klang irgendwie fröhlich. Anscheinend schien ihr unsere Trennung doch nicht mehr soviel auszumachen. Nie hätte ich gedacht, dass sie mich so schnell vergisst. Aber ich wollte mir nichts anmerken lassen.
„Ohne dich ist mein Leben nur die Hälfte wert. Du fehlst mir", sagte ich lahm, aber es war die Wahrheit.
„Du mir auch. Kannst du uns nicht mal besuchen? Nur ein paar Tage."
Oh. Mein Herz setzte einige Takte aus. Das wäre eine Chance wieder alles zu biegen. Nur diese Eine und deshalb sagte ich:
„Ja, wenn du magst, kann ich einige Tage bleiben. Danach habe ich einen Termin. Stell dir vor, ich drehe wieder einen Film."
„Oh."
Jo klang nicht besonders glücklich über diese Nachricht. Dennoch wünschte sie mir alles Gute dazu und sie hoffte, dass es sich danach ändern würde und ich mich dann öfter melden würde. Das passierte natürlich nicht.

Jetzt:

Ich habe mit John alles geklärt. Nick und Brandon werden für die nächsten fünf Konzerte den Gesang übernehmen. Ich bin hier bei Jo und alles ist gut. Ich fühle mich wohl und Alanah erzählt mir von Jack, während wir beide in ihrem Zimmer hocken.

„Er kommt später vorbei", grinst sie.

Sie ist wirklich eine junge hübsche Frau geworden. Und morgen schon 16. Mal sehen ob ihr mein Geschenk gefällt. Leider hatte ich keine Zeit mehr gehabt, sie nach ihren Wünschen zu fragen. Deshalb habe ich noch vom Flugzeug aus etwas in die Wege geleitet. Hoffentlich kenne ich mein Kind gut genug, dass ihr mein Geschenk gefallen wird. Und ich bin sehr auf Jack gespannt.

Ich gehe runter zu Jo. Alanah macht sich zurecht für ihren Freund. Junge wie die Zeit vergeht. Und ich habe nicht einmal gemerkt. Ich sitze mit nacktem Oberkörper in meinen Jeans im Wohnzimmer und denke nach. Ich glaube, dass ich alles richtig gemacht habe. Was in drei Wochen passiert weiß ich noch nicht. Wir müssen weiter nach Neuseeland. Dort werden wir auch einige Wochen sein. Es wird mir schwer fallen wieder fortzugehen.

„Hey, woran denkst du gerade?"

Jo kommt zu mir und setzt sich auf meinen Schoß.

„Ach nichts. War nur in Gedanken."

Ich kann ihr nicht sagen wie es weitergeht, weil ich es selbst nicht weiß. Jo nimmt meine Hand und ich könnte schon wieder. Sie nimmt mich mit in die Küche.

„Lass uns was kochen. Es wird dich auf andere Gedanken bringen. Betrachte es als wärst du im Urlaub. Lass die Band mal draußen. Denkst du du schaffst das solange du hier bist? Und außerdem muss ich noch einen Kuchen für Alanah backen. Nun komm schon."

„Ich und kochen. Oh Jo, das will doch keiner."

Ich lache sie an.

„Ach komm, wird sicher lustig."

Ich folge Jo in die Küche. Alte Erinnerungen von damals, als sie bei mir in New York war, kommen in mir hoch. Das alles ist schon ewig her. Sie stellt mir eine Schüssel mit Kartoffeln vor die Nase. Ich schaue ihr zu.

„Na los, schälen" sagt sie Augen zwinkernd. Ich kann nicht. Sie macht mich verrückt. Ich stelle mich hinter sie und lege ihr meine Arme um die Hüfte. Jo zuckt leicht zusammen. Dann drückt sie sich gegen mich. Ich rieche den Duft ihrer frisch gewaschenen Haare. Alanah ist losgezogen um Jack abzuholen. Sie möchte ihn mir unbedingt vorstellen. Und ich möchte ihn gerne kennenlernen. Schließlich will ich wissen wer auf sie aufpasst wenn ich wieder gehen muss. Ich küsse Jos Nacken. Sie fehlt mir, und ich ihr. Ich weiß es. Vielleicht hätte ich auch besser alles so gelassen wie es war. Dann wüsste ich nicht wie sie jetzt hier lebt. Ich hätte ihr nicht in ihre schönen Augen gesehen. Doch jetzt bin ich hier.

„Damon, was machst du?"

„Dir beim Kochen helfen", hauche ich.

Ich habe echten Nachholbedarf. Sie legt das Messer weg und dreht sich zu mir um. Ihre Lippen suchen meine und ich kann nicht warten. Ich hebe sie auf die Küchentheke und stelle mich zwischen ihre Beine. Jos Hände liegen um meinen Nacken. Ich denke wir sind wieder jung. Und ich genieße ihre Berührung. Draußen höre ich fröhliches Gelächter. Alanah kommt mit Jack zurück. Mist. Ich weiß wie das jetzt klingt. Aber ich möchte Jo in den Himmel bringen. Verdammt schlechtes Timing, Kinder.

„Hey Mom, Hey Dad, stören wir?"

Jo hopst schnell vom Tresen und wird leicht rot.

„Schon okay, Schatz", stammelt sie.

Hand in Hand kommen die Kinder näher und bleiben vor uns stehen. Das ist also der Typ, der meiner Kleinen den Kopf verdreht.

„Hallo, Mr. Mandora, schön Sie endlich einmal kennenzulernen. Ich bin Jack. Alanah hat mir schon viel von Ihnen erzählt."

„Hi, Jack. Ja, ich bin Damon Mandora, Lanas Vater. Freut mich. Ich habe auch schon viel von Dir gehört."

Ich richte meine Hose, gehe auf ihn zu und reiche ihm die Hand. Ich muss schon sagen, meine Tochter hat Geschmack. Der Junge hat Klasse. Er scheint nett zu sein. Ich habe einen Knoten in der Magengegend, wenn ich darüber nachdenke, dass Alanah vielleicht irgendwann mit ihm fortgehen könnte. Mein Mädchen. Fast eine erwachsene junge Frau. Die Zeit ist wie im Flug vergangen. Wenn ich an die Nacht ihrer Geburt denke...

Wir setzen uns an den Küchentisch und ich unterhalte mich mit Jack. Alanah hat echt Glück und ich merke, dass er sie liebt. Jack ist klug und steht mit beiden Beinen im Leben. Wäre Jo damals nicht gegangen, hätte Alanah ihn nie getroffen. Ich spüre immer mehr was es für mein Kind bedeutet hätte wenn sie mit uns gefahren wäre. Warum habe ich es nie gesehen?

40

Jo

Damals:

Ich packte meine paar Habseligkeiten zusammen und bereitete
mich auf mein neues Leben vor. Später würde ich Danger und
Heaven holen. Für sie hätte eh niemand Zeit gehabt. Doch das
hatte noch Zeit. Ich wollte unbedingt weg sein, bevor Damon
heim käme. Ich hätte es nicht ertragen, ihn noch einmal zu sehen.
So war es leichter für mich. Der Abschied von New Orleans war
mir schon schwer gefallen. Vor allem auch wegen des Personals,
das ja schon fast wie meine Familie gewesen war. Ich drückte
Matt und Diane an mich. Sie versuchten es noch immer, mich
zum Bleiben zu überreden. Aber ich blieb hart. Diese Ehe war
gescheitert. Mein Traum hatte mich belogen. Oder ich habe das
selbst erledigt. Mir hätte klar sein müssen, dass es nicht
funktionieren würde. Und wir hätten besser kein Kind
bekommen. Ich liebe mein Kind über alles und sie ist schon
immer das Wichtigste gewesen. Trotzdem wollte ich ihr nicht den
Vater nehmen. Aber ich habe es getan. Alanah war verwirrt. Aber
sie würde sich schon noch an unser neues Leben ohne Luxus und
Musikbusiness gewöhnen. Wir brachen auf in unser neues Leben.
Bald kamen wir in Texas an, wo meine Eltern schon auf uns
gewartet hatten. Sie halfen mir wo sie konnten auf eigenen
Beinen zu stehen. Obwohl ich über genügend Geld verfügte,
hatte ich Probleme es zu nehmen.

Denn nichts davon gehörte wirklich mir. Ohne meinen Mann wäre ich ein Nichts geblieben.

Es verging ein halbes Jahr bis er sich endlich bei mir gemeldet hatte. Von seinem Zusammenbruch erfuhr ich erst viel später von Diane hatte. Das hatte ich doch nie gewollt. Wir beide können ziemlich stur sein. Und diese Sturheit riss die Kluft zwischen uns noch weiter auseinander. Dann sagte er mir plötzlich, dass er eine Woche Zeit hätte, bevor er nach Kalifornien ging, um einen Film zu drehen. Ich freute mich auf das Treffen, aber ich hatte auch Angst davor. Und für Alanah wäre es auch nicht gut. Aber er war ihr Vater und ich wollte nicht, dass Alanah ihn ganz vergisst.

Schon einige Tage später kam Damon zu uns. Ich freute mich echt ihn zu sehen. Und mein Herz schlug mir bis zum Hals. Er hatte sich etwas verändert, trug sein Haar anders. Wieder etwas länger. Wild und verwegen, so wie ich ihn liebe.
„Damon. Schön dich zu sehen."
Er hauchte mir zarte Küsse, die meine Haut kaum berührten, auf die Wangen. Kühl. Unnahbar. Anders.
„Jo, es kommt mir wie eine Ewigkeit vor."
Minuten lang sahen wir uns an, unfähig den ersten Schritt zu tun. So als müssten wir uns neu kennenlernen. Damon kam dann doch als erstes auf mich zu und ich hatte das Gefühl er wäre nie weg gewesen. Zögerlich näherte er sich mir. Ich verzehrte mich nach ihm. Er sah mir in die Augen und ich konnte sehen wie sehr meine Entscheidung ihn belastete. Er erzählte mir was alles im letzten halben Jahr passiert war. Und das war nicht viel. Er war eine Weile in New York gewesen. Von seinem Ausraster, nachdem er meinen Brief gefunden hatte, sagte er nichts. Dass er wieder trank, verschwieg er mir natürlich auch. Dass ich all das von Diane erfahren hatte, verschwieg ich ihm. Und da wusste ich einfach, dass er wieder am Abgrund stand. Ich sagte ihm aber nicht was ich vermutete, denn ich wollte keinen Streit mit ihm. Klar versuchte er mich umzustimmen, aber ich wollte das alles

nicht mehr. Meine Tochter ging vor. Wir versuchten ganz normal miteinander umzugehen, aber uns war klar, dass es nichts ändern würde. Die Woche, die er bei mir war, kam mir so normal vor. Wir fanden wieder etwas zueinander und es zerriss mich als er seine Tasche wieder packte.

„Musst du wirklich gehen? Bitte, bleib doch noch."

„Nein, ich meine, Ja. Wir leben jetzt jeder unser eigenes Leben und ich habe einen Vertrag unterschrieben. Es hätte nicht so kommen müssen. Vergiss nie, dass du mich verlassen hast. Nicht ich dich. Es ändert aber nichts daran, dass ich dich immer lieben werde."

Dann schloss er die Tür hinter sich. Er hatte sich nicht einmal mehr umgedreht. Ich sah ihm nach bis das Taxi um die Ecke verschwand. Schon am nächsten Tag flog er nach Los Angeles. Der Dreh dauerte seine Zeit und ich hörte wieder nichts mehr von ihm. Nicht einmal einen Anruf, kein Brief, nichts. So als hätte diese eine Woche bei uns nie stattgefunden. Alanah begann wieder nach ihm zu fragen und verstand nicht warum ihr Daddy immer wieder fort ging. Sie versprach sogar immer brav zu sein, nur damit er zurück kommen sollte. Es brach mir das Herz.

Einige Monate später las ich in der Zeitung, dass der Film bald in die Kinos kam. Ein Liebesfilm. Na toll. Mir wurde schlecht bei dem Gedanken. Mein Mann sollte fremde Frauen küssen. Wenn auch nur für die Rolle. Damon hatte sich noch immer nicht bei mir gemeldet. Ich konnte ihn auch nicht erreichen. Ich machte mir Sorgen. Langsam wurde mir die Tragweite meiner Entscheidung klar. Ich wollte ihn nicht verlieren, aber so wie es aussah hatte ich das schon längst. Ich sah die Klatschblätter in den Läden liegen. Damon lächelte mir auf fast jeder Titelseite entgegen. Immer andere Frauen neben sich. Mein Herz brach, obwohl ich mir sicher war, dass da nichts lief. Er tauchte im TV auf, auch in Begleitung junger, hübscher Frauen. Alanah fragte mich oft wer sie waren wenn sie neben mir auf dem Sofa saß und ihren Dad im Fernsehen sah.

„Das sind Kollegen von Daddy."
Ich musste mich zusammenreißen, für mein Kind. Es war hart für mich. Ich wusste ja nicht wirklich um wen es sich bei den Frauen handelte. Glauben und mit Bestimmtheit wissen, ist längst nicht dasselbe. Schon einmal hatte ich mich von der Presse in die Irre führen lassen. Damals mit Lao. Ich probierte es zu akzeptieren. Schließlich konnte ich ja nicht von ihm verlangen für immer und ewig allein zu bleiben. Die Zeit verging rasend und bestand für mich nur aus Trauer, Wut und Hoffnung. Und Einsamkeit. Der Film schlug ein wie eine Bombe. Ich hatte keine Ahnung ob ich ihn je wieder sehen würde. Wir lebten jetzt jeder für sich allein.

Jetzt:

Heute ist Alanahs großer Tag. Ich wache auf und er liegt neben mir. Mein Mann. Er sieht immer so friedlich aus wenn er schläft. Ich drücke ihm noch einen Kuss auf die nackten Schulter und pelle mich aus dem Bett. Er seufzt zufrieden und kuschelt sich wieder ein. Ich sehe wie sehr die letzten Wochen ihn angestrengt haben. Immerhin ist er jetzt ein Mann im besten Alter. Und trotzdem ist er noch immer sehr attraktiv. Ich schlüpfe in meinen Morgenmantel und denke an gestern. Zweimal hat er mich geliebt. Und ich könnte schon wieder von vorn anfangen wenn ich ihn so da liegen sehe. Ich gehe in die Küche und versuche wenigstens heute den Kuchen für Alanah zu backen. Es ist schon fast elf als Damon oben ohne in seiner Lederhose in die Küche schleicht.
„Guten Morgen", grinst er und kommt auf mich zu.
„Hey, alles okay?"

„Es tut mir gut einmal auszuschlafen. Ich glaube ich werde doch langsam zu alt für so was."

Jetzt steht er hinter mir. Seine Hände umfassen mich von hinten, während er Küsse auf meine Schultern haucht. Er hat meinen Morgenmantel geöffnet und meine Schultern befreit.

„Damon, du lenkst mich ab", hauche ich atemlos.

„Zwei Jahre sind eine lange Zeit. Wir haben viel aufzuholen, findest du nicht?"

„Hey, ich muss noch Kuchen backen. Alanah wacht sicher gleich auf."

„Nur kurz...bitte, Jo."

Er setzt seinen Dackelblick auf und ich muss grinsen. Dieser Kerl schafft es noch immer mich aus dem Konzept zu bringen. Ich drehe mich zu ihm um. Er setzt mich auf die Arbeitsplatte und seine Lippen suchen meine. Gerade als sich seine Hand auf den Weg in meine Glückszone machen will, klingelt es an der Tür.

„Oh nein, wer stört diesmal?", knurrt Damon und lässt von mir ab. Ich gehe zur Tür und ein Typ mit einem riesigen Karton steht davor.

„Für Miss Alanah Mandora", sagt dieser und schiebt den Karton ins Haus. Damon kommt zu uns und strahlt.

„Das ist Alanahs Geschenk. Schön dass es noch rechtzeitig hier ist."

Mein Mann verschwindet grinsend im Bad und ich beginne damit den Kuchen zu backen.

„Hey, Mom. Wo ist Dad?", fragt Alanah und setzt sich auf einen der Barhocker am der Küchentheke.

„Im Bad. Guten Morgen, mein Schatz. Herzlichen Glückwunsch zum 16.Geburtstag..."

Ich ernte einen dicken Schmatzer meiner Tochter auf meiner Wange.

„Danke. Ich hab dich lieb, Mom."

Sie kuschelt sich an mich. Mein Kind ist glücklich. Wir reden eine Weile und der Kuchen ist fast fertig als Damon sich zu uns gesellt. Dann kommt auch Jack zum Vorschein, der heute bei uns übernachtet hat, weil er sich ewig mit Damon unterhalten hat und es zu spät für ihn geworden ist heimzufahren. Die beiden verstehen sich wie Brüder und Damon hat ihm sogar schon das DU angeboten. Es ist so schön sie alle hier zu haben. Später kommen noch meine Eltern dazu. Beim gemeinsamen Frühstück wird viel gelacht und Jack ist voll begeistert von Damons Lebensweise.

„Spielst du auch Gitarre?", fragt er Jack.

„Ich bin dabei es zu lernen. Alanah schwärmt ständig von den coolen Riffs, die ihr berühmter Vater bei seinen Konzerten zum Besten gibt. Deshalb..."

„Jack...", grinst Alanah ihren Freund an.

„Dann lass uns gemeinsam üben. Kommt doch einmal nach New York. Da bin ich jetzt wieder zu Hause. Ich hab eine Menge Gitarren dort und bald hätte ich sicher Zeit für euch..."

Ich höre nicht zu weil ich es nicht will. Er wird wieder gehen. Und dann? Schon seit einer Weile ist er wieder zurück in seiner Heimat. Das Haus in New Orleans steht leer. Er hat sein altes Leben zurück und ich glaube nicht, dass er es ausgerechnet wegen uns und dieser drei Wochen aufgeben wird. Ich schweige und versuche alles aus meinem Kopf zu schieben was passieren kann wenn er wieder fort ist. Es ist Nachmittag und ich decke den Tisch. Bald werden meine Eltern hier sein. Ich weiß nicht was sie ihn fragen oder was sie über Damon denken. Für sie sind wir schon geschieden, obwohl wir bisher nie mit diesem Gedanken gespielt haben.

„Hallo Mom, hey Dad", begrüße ich sie schwach, als sie endlich da sind. Damon bleibt im Türrahmen stehen, die Arme vor seiner Brust verschränkt. Zumindest ist diese Brust nun nicht mehr nackt.

„Unser Schwiegersohn lebt also noch", stichelt mein Vater, geht aber trotzdem auf Damon zu.

„Scott. Ich weiß ich habe Fehler gemacht. Aber heute ist nicht der Tag an dem wir darüber reden sollten. Unser Kind hat Geburtstag und das ist mir wichtig. Deshalb bin ich hier."
Meine Eltern sagen nichts mehr und setzen sich hin. Ich bin froh, dass unsere Sachen jetzt nicht mehr erwähnt werden. Das alles ist schon beschissen genug. Nach dem Essen gibt es Geschenke für Alanah. Von meinen Eltern und von mir 1500 Dollar für den Führerschein. Das Auto bekommt sie später von Damon, hat er gesagt. Dann steht er plötzlich vom Tisch auf und holt den Karton aus der Kammer.
„Das ist für dich. Ich hoffe es gefällt dir, denn du bist der einzige Mensch auf der ganzen Welt, der dieses Teil besitzt. Es gibt es nur einmal."
Alanah geht auf ihn zu.
„Was ist das, Dad?", will sie wissen und stürzt sich auf das Geschenk. Schnell kommt eine wunderschöne Gibson Gitarre ans Licht. Sie ist mit sehr aufwendigem Airbrush verziert und zeigt das Bandlogo der Fires und deren Unterschriften. Tatsächlich habe ich noch nie zuvor solch eine schöne Lackierung gesehen. Sie muss ein Vermögen gekostet haben.

„Und ich bin der einzige Mensch, der so eine hat? Dein Ernst?"
„Ich habe sie für dich bauen lassen. Sie ist etwas Besonderes, so wie du mein Schatz. Alles Gute zum Geburtstag. Ich habe dich sehr lieb, auch wenn ich nicht bei euch bin, denke ich jeden Tag an euch."
Ich bin zu Tränen gerührt als Damon sein Kind fest an sich drückt.
„Danke, Dad. Die ist wunderschön."

Die Feier läuft relativ ruhig ab. Meine Eltern verzichten wegen unserer Tochter darauf, Damon den Kopf zurechtzurücken. Niemand will Streit und den Geburtstag unseres Kindes versauen. Erst spät in der Nacht machen sie sich wieder auf den Weg. Die gemeinsame Zeit vergeht viel zu schnell.

Mein Mann ist jetzt schon zwei oder drei Tage bei uns. Meine Welt ist wieder in Ordnung. Obwohl ich weiß, dass es bald wieder vorbei sein wird, genieße ich die Zeit mit ihm. Es freut mich, dass er sich so gut mit Jack versteht. Alanah schläft heute wieder zu Hause und Jack bleibt auch noch einmal hier. Er mag Damon und die beiden unterhalten sich über Männersachen. Ich liebe diese Harmonie, die gerade hier Einzug gehalten hat. Wir machen Spiele zusammen und albern herum. Mein Mann hat noch immer die schrägsten Ideen und die Kinder sind begeistert. Für Jack ist er fast wie ein großer Bruder. Und Damon...wird niemals erwachsen. Auch nicht mit über 50.

In den Nächten liegen wir eng zusammen, haben wunderbaren Sex und ich möchte die Zeit anhalten. Die Tage vergehen schnell, zu schnell. John hat schon angerufen um daran zu erinnern wie das wahre Leben eines Rocksängers aussieht. In einer Woche sind sie schon irgendwo in Neuseeland. Ich will das nicht. Vielleicht hätte er gar nicht erst kommen sollen. Es würde mir leichter fallen, meine Träume zu vergessen als ihn gehen zu lassen.

Die Zeit ist gekommen und Damon verlässt uns wieder.

„Jo. Ich muss los. Es war schön euch nochmal zu sehen. Waren schöne drei Wochen. Komm her."

Er zieht mich zu sich und ich liege an seiner Brust. Meine Tränen durchweichen sein Shirt.

„Wann sehen wir uns wieder?"

„Ich weiß es nicht, Jo."

Er drückt mich noch fester an sich. Ich spüre seinen Herzschlag. Und ich weiß, dass er mit den Tränen kämpft. Ich halte ihn ganz fest. Und ich will ihn nicht loslassen. Wir gehören doch zusammen und wir lieben uns. Alanah kommt aus ihrem Zimmer. Jack hält sie im Arm. Ich sehe wie schlecht es meinem Kind geht. Für kurze Zeit waren wir eine Familie.

„Dad, bitte geh nicht mehr weg. Mom ist dann wieder so traurig und ich auch."

Alanah drückt ihre Tränen weg und Jack umarmt sie noch fester. Sogar Buster dreht seine Runden um Damons Beine.

„Hey, alter Junge, pass gut auf meine Mädels und Jack auf." Er tätschelt Busters Kopf. Dann lässt er mich widerwillig los. Das Taxi wartet schon und es wird jetzt echt Zeit. Der Flieger wartet nicht. Wir umarmen uns ein letztes Mal. Dann geht er weg, ohne sich noch einmal umzudrehen. Ich spüre, dass er den Tränen nahe ist. Er steigt in das Taxi und die letzten drei Wochen sind nur noch Erinnerung.

41

Damon

Jetzt:

Ich muss jetzt schnell weg von hier. Es tut so weh, sie alle zurückzulassen. Diese drei Wochen habe ich echt gebraucht. Ich bin jetzt ruhiger, weil ich weiß, dass es meiner Familie gut geht. Ich weiß, dass es keinen neuen Mann an Jo´s Seite gibt. Ich weiß, dass niemand sich an meine Stelle gesetzt hat, um MEINE Tochter zu erziehen. Mein Herz wird schwer. Trotzdem muss ich gehen. Ich habe Termine. Übermorgen sind wir in Auckland. Ich bin erstaunt wo man uns überall kennt und liebt. Ich sitze in einem Taxi und denke über die schöne Zeit mit Jo und Alanah nach. Sogar an unseren alten Hund muss ich denken. Ich sehe meine Tochter und Jack vor mir. Sie sind so ein schönes Paar. Mir treten die Tränen in die Augen. Ich habe keine Ahnung wie es weitergehen soll.
Mein Handy meldet sich. John.

„Hey, wo steckst du?"
„Bin auf dem Weg zum Flughafen. Ich werde da sein."
„Okay. Und wie geht es Jo?"
„Es war eine schöne Zeit. Es geht ihnen gut. Ich erzähl dir alles, wenn wir uns sehen."
„Klar. Bis dann."

Die ganzen drei Wochen habe ich nicht einen Gedanken an meine Band oder die Tour verschwendet. Und siehe da - es hat funktioniert. Es gibt auch ein Leben ohne Bühne. Ich will hier nicht weg. Aber ich freue mich auch irgendwie auf meine Freunde und die nächsten Konzerte. Und auf New York, wenn alles vorbei ist. Was dann ist, muss ich sehen. Ich weiß es einfach nicht.

Ich erreiche den Flughafen. Schon wieder mein Handy. Es ist Jo.
„Hey, alles okay?"
„Nein. Alanah hat sich auf ihr Zimmer verzogen. Es geht ihr
nicht gut. Sie weint die ganze Zeit. Jack ist bei ihr. Wo bist du?"
„Ich habe gerade mein Gepäck aufgegeben. Echt scheiße so ein
Linienflug."
„Ich weiß, wir sind wohl etwas verwöhnt, hm?"
„Nur unwesentlich. Du fehlst mir jetzt schon. Es tut mir leid
wegen Lana. Aber..."
„Ich weiß. Wann sehen wir uns wieder?"
„Ich weiß es nicht, Schatz. Muss nach Neuseeland. Danach weiß
ich gerade nicht wo wir sind. Oh – mein Aufruf - muss los. Ich
liebe dich."
„Ich dich auch. Bis irgendwann."
Ich höre noch Jo´s Schluchzen, bevor das Gespräch abbricht.
Mein Herz zerreißt gerade wieder.

Damals:

Als ich bei Jo ankam war alles so anders. Ich kam mir vor als
führe ich zu Freunden. Dabei war ich nur Gast in meinem
eigenen Haus. Es war ein merkwürdiges Gefühl. So hatte ich mir
das nicht vorgestellt als ich das Haus kaufte. Jo schien gut
zurechtzukommen, ohne mich. In den paar Tagen, die ich bei ihr
verbrachte, sprachen wir oft über alles was passiert war, was wir
gemeinsam bisher durchgemacht hatten. Wie alles anfing. Das
war schon ewig her. Unsere Liebe hat Bestand und sie ist echt.
Ich wollte nie eine andere Frau an meiner Seite. Und so ist es
immer noch. Ich genoss ein paar Tage in der Nähe meiner

Tochter. Sie war noch so klein damals. Aber ich spürte Veränderungen. Sie war viel fröhlicher und Jo erzählte mir, dass Alanah schon ein paar Freunde gefunden hatte. Das Kind war viel ausgeglichener. Als die Woche bei ihr vorbei war stürzte ich mich gleich wieder in die Arbeit. Zuerst der Film, dann diverse Preisverleihungen wegen des Films. Der Film war eine Liebesschnulze. Von Liebe und Krieg. Ich hatte anfangs Probleme bei den Liebesszenen. Ich sollte mit einer echten Legende drehen. Eine Diva ohne Gleichen. Sandra Cain. Eine sehr schöne Frau, die sich mich wohl als ihre Beute ausgesucht hatte. Nach den Drehtagen klebte sie an mir wie ein Magnet. Ich wollte nichts von ihr. Trotzdem überredete sie mich, mit ihr zu einer Verleihung zu gehen. Beste weibliche Hauptrolle. Und ich als beste männliche Hauptrolle. Na ja, war mal was anderes und es holte mich aus meinem Tief zurück. Natürlich wurden die Fotos von jenem Abend wieder völlig verkehrt dargestellt. Keine Ahnung. Jedenfalls sah es für die Welt da draußen aus, als hätte der Kopf der Fires mal wieder eine neue Flamme am Start. Die Wahrheit schien wieder einmal niemanden zu interessieren. So wie immer. Die Presse überschlug sich fast um Aufnahmen des vermeintlichen neuen Traumpaares zu ergattern. Ich hatte keine Ahnung wie ich da wieder herauskommen sollte. Nach langer Zeit dachte ich wieder an Jo. Die kurze Zeit, die ich bei ihr gewesen bin, lag schon wieder ewig zurück. Der Kontakt war wieder abgeschwächt worden, und dann völlig abgebrochen. Warum auch immer. Langsam musste ich einsehen, dass unsere Beziehung gescheitert war. Jo war und ist noch immer die einzige Frau, die ich mit allem was ich habe, geliebt habe - und auch noch tun werde bis ich sterbe. Jo war noch da. Schließlich waren wir ja noch verheiratet. Und so sollte es auch bleiben. Sie ist die Mutter meines Kindes, doch das schien Sandra nicht zu stören. Sie fand immer Wege sich mir zu nähern. Und die Reporter die besten Geschichten zu den Fotos. Ich sah uns auf Titelseiten der Magazine und dachte nur was Jo denken musste, wenn sie diese

Bilder sah. Ich hoffte nur, dass sie mir noch immer vertraute. Ich weiß nicht mehr wie lange das Theater mit Sandra dauerte. Ich versuchte das zu regeln und ihr zu erklären was ich fühlte – für Jo. Doch Sandra kannte nur ihr Ziel – mich an ihrer Seite. Sie setzte Gerüchte in die Welt, dass sie die neue Frau an meiner Seite wäre, und dass wir uns beim Dreh unsterblich ineinander verliebt hätten. Wir haben es damals geschafft, diese Falschmeldungen zu entlarven, und ich war mir sicher, dass es uns auch diesmal gelingen würde. Doch mit Sandra war nicht zu spaßen. Sie hetzte mir sämtliche Anwälte auf den Hals. Wir hätten Verträge gemacht. Ich hätte ihr Geld geboten für was auch immer. Jo rief mich irgendwann an. Ich weiß nicht mehr wann es war, aber sie klang so traurig und sie sagte mir, dass sie mit ihrer Entscheidung unsere Ehe zerstört hätte und dass sie mich verstehen würde, wenn ich nicht allein bleiben wollte. Sandra würde besser zu mir passen, als Jo selbst. Es zerriss mir das Herz zu hören was sie von mir dachte. Nie käme eine andere Frau an meine Seite. Und das ist auch bis heute so. Ich brauchte echt lange ihr Vertrauen zurückzugewinnen. Das Telefonat damals rüttelte mich wach und ich zog mich etwas aus der Öffentlichkeit zurück. Die Geschichte zog noch weitere dieser Art hinter sicher und Jo brach den Kontakt zu mir komplett ab. Ich auch. Stolz und Sturheit von uns beiden. Noch immer, schon wieder. Aus und vorbei. Sie glaubte mir kein Wort mehr und die Fotos, die Sandra und mich während des Drehs zeigten, waren zwar echt, hatten aber eine völlig andere Bedeutung. Doch für Jo waren sie Beweis genug, dass ich sie betrog. Es würde nur noch eine Formalität sein, bis wir auch offiziell geschiedene Leute sein würden. Zum Glück kam es nie dazu. Dennoch lagen fast vier, oder gar fünf Jahre dazwischen, bis wir uns wieder gegenübergestanden hatten. Unglaubliche fünf Jahre, ohne Telefonate, Besuche oder Briefe. Noch immer waren wir ein Ehepaar, allerdings nur noch auf dem Papier. In dieser Zeit war ich überall auf der Welt zu finden gewesen. So wie immer.

42

Jo

Damals:

Ich erfuhr von der Sache mit dieser Sandra. Ich hoffte, dass da
nie etwas war, sicher war ich mir nicht, aber ich hätte verstanden,
wenn es so gekommen wäre. In jeder Zeitung sah man sie an
seiner Seite. Und Damon sah echt verliebt aus. Es kam mir vor
wie eine Zeitschleife. Damals war es schon schlimm, aber jetzt
noch viel mehr. Weil er mein Ehemann war. Ich habe meine Ehe
geopfert. Dieser Gedanke beherrschte mich. Ich musste mit
Damon sprechen. Irgendwann rief ich ihn an und er erklärte mir
was wirklich war. Die Presse war noch noch nie auf unserer Seite
und er meinte, dass ich ich das im Laufe der Jahre hätte längst
verstehen müssen. Er liebte nur mich, aber ich glaubte ihm kein
Wort. Diese Bilder sahen so echt aus. Als er wieder einmal
unterwegs auf unbestimmte Zeit war, holte ich die Pferde ab.
Einfach so. Ohne ein Wort. Dann brach ich den Kontakt zu ihm
ab. Für mich war es der Schlussstrich unter mein Leben mit
Damon. Das Ende meines unerfüllten Traumes, den ich als
14jähriges Mädchen gehabt hatte. Ich weiß nicht wo er war, oder
was er tat. Er fragte nicht einmal was mit den Tieren war. Es
schien ihn nicht mehr zu interessieren. Er hatte sich verändert.
Von John erfuhr ich nur, dass Damon wieder zurück in New
York war. Er hatte mich, unser Haus unser altes Leben

anscheinend völlig gelöscht. Alanah sprach nur noch ab und zu von ihrem Vater. Unser Leben verlief in geordneten Bahnen. Ich weiß nicht mehr wie lange es gedauert hatte bis ich ihn dann wieder sah. Vielleicht vier oder fünf Jahre. Ich weiß es nicht mehr. Unser letztes Telefonat lag auch schon wieder Ewigkeiten zurück. Ich beschloss noch einmal zu ihm zu fliegen. Für einige Tage würde er in New Orleans sein, um zu überlegen, ob und wenn ja, für welchen Betrag er unser Haus verkaufen sollte. Das hatte ich von Diane erfahren, mit der ich noch immer regen Kontakt hielt, da sie so etwas wie meine zweite Mutter geworden war. Er wollte unser schönes Haus einfach verscherbeln. Ich konnte es nicht fassen, aber wozu sollte er es auch behalten, wenn er eh in New York war?

Alanah nahm ich nicht mit. Es hätte sie nur wieder durcheinander gebracht. Das wollte ich nicht. Ich buchte einen Flug nach New Orleans. Ich musste ihn sehen – unbedingt. Noch einmal mit ihm reden. Ein aller letztes Mal. Dann würde es keine Rettung mehr für uns geben. Der Traum war ausgeträumt.

Drei Tage später saß ich allein im Flugzeug. Alanah blieb bei meinen Eltern. Als ich unser Haus erreichte war niemand da. Ich hatte keine Ahnung wie Damons Terminplan aussah. Aber er würde sicher bald hier sein. Ich wollte ihn sehen. Er fehlte mir und ich wollte noch einmal mit ihm über die Sache mit Sandra Cain reden. Es tauchten noch immer Bilder von ihr und Damon auf. Nicht immer bezogen sie sich, meiner Meinung nach, auf den Film. Sie konnte alle Männer haben. Warum musste es Damon sein? Diese Geschichte saß irgendwie in den Köpfen der Menschen, und auch in meinem fest, obwohl sie schon so lange zurück lag. Die Presse wurde nicht müde, die Sache immer wieder auszugraben, wenn es nichts anderes zu berichten gab. Vielleicht... nein, das wollte ich nicht glauben. Sie und er? Andererseits, warum sollte Damon mir ewig hinterher weinen? Er war ein Mann in den besten Jahren und nur ich hatte ihn ja dazu getrieben, indem ich ihn verlassen hatte.

Unschlüssig stand ich vor dem Haus, das so lange mein Zuhause gewesen war. Vielleicht würde ich das Haus nun zum letzten Mal sehen, wenn er es wirklich verkaufen wollte. Das Tor war zu und vor dem Haus war niemand. Dann sah ich Matt im Garten.

„Hey Matt. Kann ich rein kommen?"

„Jolene. Das ist ja eine Überraschung. Moment ich mach auf. Damon ist nicht hier. Er kommt erst in ein paar Tagen her. Er ist jetzt dauerhaft in New York, in seiner Wohnung. Er hat alles mitgenommen. Es fehlen noch einige Papiere wegen des Hauses. Ich glaube, die wollte er noch holen. Die ganze Sache hat ihn ziemlich aufgeregt. Ich mache mir echt Sorgen um ihn. Er kommt nur noch selten her. Meistens ist er bei John. Er müsste aber bald hier sein. Schön, dass du da bist. Es ist so ruhig hier ohne dich und die Kleine. Wie geht es ihr überhaupt?"

Matt ließ mich ein und wir unterhielten uns lange. Damon war also für immer in New York. Seine Heimat, die er für mich aufgegeben hatte, nur damit ich ihn einfach sitzen lasse. Ich bekam Zweifel ob ich nicht doch hätte bleiben sollen. Wenn Alanah nicht da gewesen wäre, hätte ich ihn vermutlich auch nicht verlassen. Ich wollte warten bis er heimkam. Keine Ahnung wann das sein würde, aber das war mir egal. Ich rief meine Mutter an und sagte ihr, dass ich nicht genau sagen konnte wann ich zurück wäre. Ich wanderte durch unser Haus und in jeder Ecke erinnerte mich alles an Damon. Der Kamin, seine Bar. Ein Glas Bourbon stand noch auf dem Tisch. Diane hatte Urlaub solange Damon nicht da war. Und Matt brauchte sich nur um den Garten zu kümmern. Das Haus war so verlassen. So wie ich es auch war. Ich wollte, dass Damon da wäre. Ich kam in unser Schlafzimmer. Das Bild von unserer verrückten Hochzeit stand noch immer auf seinem Nachttisch. Seine paar Klamotten, die sich noch hier befanden, lagen wild im Zimmer. Mein Chaot. Ich war zwei oder drei Tage da, als er plötzlich in der Tür stand und mich in der Küche aufräumen sah.

„Jo. Was machst du hier?"

Er ließ seine Tasche fallen und kam auf mich zu. Er hatte sich verändert, war schmal und blass geworden. Dicke Ränder klebten unter seinen übernächtigten Augen. Er blieb vor mir stehen, sah mich an.

„Bitte sag, dass du zu mir zurück kommst."

„Nein, nicht für immer. Ich wollte mich nur verabschieden. Bald werden wir geschiedene Leute sein. Ich wollte dich noch einmal sehen. Meine Liebe des Lebens. Es tut mir leid, dass es so endet."

„Bitte, sag das nicht. Es muss nicht enden. Nicht so. Ich will nicht ohne dich sein. Ich bin jetzt hier. Nur ein paar Tage. Dann gehe ich für immer nach New York zurück. Die meiste Zeit bin ich eh da."

„Wirst du das Haus verkaufen?", wollte ich wissen. Ich sah ihn an, während in meinem Hals ein dicker Kloß anschwoll.

„Es kommt darauf an wie es mit uns beiden weitergeht. Immerhin leben wir schon einige Jahre nicht mehr zusammen. Was soll ich bitte allein in diesem Riesenhaus? Es steht die meiste Zeit leer und kostet mich Geld. Ich lebe wieder in New York. Also nenne mir einen Grund, warum ich an dem Haus festhalten sollte. Nächste Woche habe ich einen Termin mit der Bank. Sie werden den Wert des Hauses ermitteln. Und dann sehen wir weiter. Wie lange bleibst du? "

„Ich kann nicht lange bleiben. Alanah ist in Texas bei meinen Eltern."

„Was? Du hast sie nicht mitgebracht? Warum? Ich möchte mein Kind sehen. Du sagst mir jetzt echt, dass du ohne meine Tochter gekommen bist? Jo. Das kannst du doch nicht machen. Fünf Jahre sind nicht wenig, finde ich. Ich halte es hier nicht mehr aus. Deshalb bin ich zurück nach New York. Ich habe alles geregelt. Sobald die neuen Songs im Kasten sind, haue ich hier komplett ab. Ohne euch bleibe ich nicht hier."

„Du gehst auf Tour?"

„Nein, aber ich werde nicht hier sein. Diane und Matt werden sich um das Haus kümmern bis ich weiß was damit geschieht. Basta."

„Damon, nicht. Das Haus bedeutet uns doch alles."

„Und deshalb bist du einfach abgehauen. Du wolltest mich noch nicht einmal sehen. Als ich damals kam warst du schon fort. Dann holst du einfach die Pferde und verschwindest wieder ohne mir überhaupt davon zu erzählen. Die Tiere gehören auch mir. Schon vergessen? ICH habe sie damals vor dem Tod gerettet. ICH habe sie bezahlt. Auch wenn ich nicht reite oder sonst was. Sie waren auch mir wichtig. ICH habe sie gerettet. Ohne mich wären sie längst tot. Ich habe das für dich getan. Aber das ist nicht wichtig. Inzwischen sind fünf Jahre vergangen, in denen wir uns kaum bis gar nicht gesehen haben. Das Haus hat dich die ganze Zeit nicht interessiert, während es MEIN Geld verschlang." Damons Stimme erhob sich schon wieder. Aufgeregt lief er in der Küche umher.

„Ich weiß. Das war nicht fair. Es tut mir leid, aber ich wollte dir nicht begegnen, weil ich Angst hatte, wieder schwach zu werden."

„Das ist kein Argument. Wir hätten über alles reden können."

„Und warum haben wir es dann nicht getan? Ich meine, die letzten Jahre hast du dich ja auch nie gemeldet. Die Telefonate kann ich an einer Hand abzählen."

„Du hast dich doch auch nicht mehr bei mir gemeldet. Ich dachte du wolltest mich nicht mehr sehen. Warum Jo?"

„Wegen Alanah und … ach keine Ahnung. Sandra Cain..."

„Sandra Cain? Spinnst du? Wir haben einen Film zusammen gedreht, Herrgott nochmal. Da war nichts, ist nichts und es wird auch nie etwas sein zwischen uns. Auch wenn die liebe Presse ihre eigene Wahrheit dazu hat. Das solltest du doch in all den Jahren inzwischen verstanden haben. Vertraust du mir etwa nicht mehr? Habe ich dir jemals etwas in der Art angetan? Wir sind nur Freunde. Das ist alles."

„Freunde? Ich kann nicht verstehen, warum ihr beide nach all der

Zeit noch immer in den Zeitungen zusammen zu sehen seid."
„Mensch, Jo. Das weiß ich doch nicht. Ich lese schon lange keine
Klatschpresse mehr. Ich hasse sie, und das weißt du auch."
„Trotzdem. Es verletzt mich dich mit ihr zu sehen."
„Dann hättest du vielleicht hier bleiben sollen. Findest du nicht?"
Damon klang wütend. Und dabei wollte ich doch in Ruhe mit
ihm reden.
„Ich konnte es einfach nicht mehr. Denk an unsere Tochter. Es ist
gut so wie es ist."
„Es ist also okay, dass sie mich völlig vergisst?"
„Das ist deine Schuld, Damon. Du kannst sie sehen wann immer
du willst. Das war nie ein Thema für mich. DU lebst doch an uns
vorbei. Du interessierst dich doch gar nicht für uns."
„Das denkst du also über mich. Hervorragend. Und deshalb
kommst du ohne sie. Ich verstehe dich nicht. Du verlässt mich
und verlangst dass trotzdem alles so läuft wie du es dir vorstellst.
Ich bin nicht deine Marionette, Jo. Ich bin nicht dazu da, dein
wunderbares Leben zu finanzieren, während du mich komplett da
raus hältst. Ich werde das nicht mehr tolerieren. Die
Geldmaschine kommt ins Stottern. Das kann ich dir schon jetzt
versichern. Ich sorge für Alanah, auch für dich. Aber ich werde
nicht dein persönlicher Geldesel sein. Ich bin immer großzügig
gewesen. Aber merke dir: ich lass mich nicht länger verarschen!"
„Damon! Was redest du da? Ich dachte, wir könnten wie
zivilisierte Leute miteinander reden."
„Na dann los. Reden wir. Noch einmal frage ich dich. WARUM
HAST DU DAS GETAN? Antworte!"
Unruhig lief er auf und ab, raufte sich die Haare und ich fühlte
mich mies.Irgendwann ergriff ich das Wort wieder. Kleinlaut
sagte ich:
„Du weißt schon... Weil... ich dich liebe. Weil..."
„Du hast mich verlassen weil du mich liebst? Jo, wer soll das
bitte verstehen?"
„Weil ich den Mann, den ich liebe, bei mir haben will, weil ich es

satt habe, Presse, fremde Menschen und wer weiß was in meiner Nähe zu haben. Ich will *dich*. Nur dich. Und das wollte ich schon immer. Damon, verstehst du das nicht? Und dein Kind braucht seinen Vater. Sie hat nie etwas von dir. Du bist nie da. Mensch, sie weiß gar nicht mehr wie ihr Vater überhaupt aussieht. Und dann soll ich sie mitbringen? Sie noch mehr zerstören? Jahre sind vergangen, in denen wir nicht ein Lebenszeichen von dir erhalten haben. Und dann sehe ich dich an Sandra Cains Seite. Dein Kind hat es auch gesehen. Inzwischen kommt sie damit klar, ohne ihren Vater aufzuwachsen. Ich kann das nicht mehr. Wenn ich in Texas bin sieht sie dich nie. Auch nicht für ein paar Tage. Sie weiß nicht wann du kommst, auch nicht wann du wieder gehst. Und warum du uns ständig verlässt. Es fällt ihr so leichter. Sie hat Freunde. Sie hat ein Leben ohne Ruhm. Sie hat eine Kindheit, Damon."

Ich klang echt hysterisch. Ich hatte mich auf ihn gefreut und jetzt stritten wir schon wieder.

„Jo, ich komme damit nicht klar. Du hast mich verlassen weil du mich liebst? Diese Frauenlogik kann ich nicht begreifen."

Er schrie fast. So hatte ich mir das Wiedersehen mit ihm nicht vorgestellt.

„Damon, bitte.Versuch mich doch zu verstehen. Ist unsere Beziehung hier zu Ende?"

„Wenn du es so willst. Du hast dich doch schon entschieden. Und das schon vor sehr langer Zeit. Fünf Jahre Funkstille. Was willst du, Jo? Was soll ich denn da noch sagen? Willst du die Scheidung? Meine Kohle? Alanah für dich allein? Was zum Teufel bezweckst du damit, hier nach fünf Jahren aufzutauchen, ohne mein Kind und mir zu erklären, du hättest das aus Liebe getan? Ich bitte dich, Jo. Das kann doch nicht dein Ernst sein. Ich dachte es wäre für ewig. Ich dachte wir gehören zusammen. Verdammt."

Er klang so verzweifelt.

„Damon hör endlich auf. Es geht hier nicht um Liebe. Wann hast du genug?"

„Ich werde nicht aufhören.Warum? Wofür? Du bist weg, hast meine Tochter einfach aus meinem Leben gerissen. Ich habe nur noch Mandoras Hell Fire. Das war´s. Die Musik ist mein Leben. Und ich dachte, dass du ein Teil meines Lebens bist. Ich... ich... dachte..."

„Das dachte ich auch. Und deshalb bin ich hier. Weil ich dich liebe."

Meine Stimme war nur noch ein Flüstern. Damon kam wieder etwas näher an mich heran. Sein Atem war noch immer hektisch, sein Gesicht noch immer rot vor Wut. Er nahm meine Hände und drückte sie sanft. Dann sah er mich an. Ich konnte den Schmerz in seinen Augen sehen. Dieser wunderbare Mann war gebrochen. Und es war meine Schuld.

„Ich liebe dich. Damon, hörst du mich? ICH LIEBE DICH."

„Ja. Und darum gehst du nach Texas und ich zurück nach York. Es ist dann wohl vorbei."

Er ließ meine Hand los und verließ die Küche. Regungslos stand ich da. Keine Ahnung was ich tun sollte. Ich konnte ihn ja verstehen, aber verstand er mich auch? An diesem Tag sah ich ihn nicht mehr. Ich weiß nicht wie lange er sich in seinem Tonstudio verschanzt hatte. Aber ich hörte ihn singen. Kraftvoll, gefühlvoll, schmerzhaft. Seine Emotionen bekamen eine Melodie. Er entlockte seiner bösen Gitarre so melancholische Töne, dass es mir eiskalt den Rücken hinab lief. Es war so wunderschön seiner Stimme, die ich so liebte, zu lauschen. Ich stand oben an der Treppe und hörte nur zu. Die Texte bezogen sich auf unsere Liebe und ich wusste, was er mir sagen wollte. Ich schlich mich nach unten und konnte durch die Glastür sehen mit welcher Hingabe er sang. Und ich sah, dass Tränen an seiner Wange herab liefen. Ich fühlte mich so mies. So wie jetzt.

Lange stand ich vor der Tür und heulte. Das alles tat mir so leid. Ich wollte ihn nicht stören. Er sollte zu sich finden und das kann er nur in seiner Musik. Und in seinem Glauben. Schon immer war das so. Ich wollte doch nur ein paar Tage mit ihm verbringen. Falls das wirklich die Letzten sein sollten, wollte ich die Zeit an seiner Seite genießen, für immer in meinem Herzen halten. Ich würde Damon niemals vergessen. Niemals.

Irgendwann hörte ich keinen Gesang mehr. Statt dessen hörte ich ihn weinen. Ich sah durch die Scheibe und sah ihn auf dem Boden sitzen, die Hände vor dem Gesicht. Die Gitarre auf dem Boden und das Mikrofon daneben. Ich wollte ihm nie weh tun. Ich machte die Tür leise auf und setzte mich neben ihn. Ich legte meinen Arm um ihn und wartete bis er mich ansehen wollte.

„Damon. Es muss nicht vorbei sein."

„Doch, das ist es. Ich habe es kaputt gemacht. Es wird nicht mehr wie es war. Nimm mir meine Häuser, meine Autos, Geld, von mir aus auch die Fire. Nimm mir alles, aber nicht meine Musik."

„Ich werde nichts nehmen. Nur dir gehört mein Herz. Sieh mich an."

Ich hob sein Kinn, dass er mich ansehen musste.

„Wir können es schaffen, aber ich werde Alanah nicht dieses Leben leben lassen. Komm so oft du magst, bleibe am liebsten für immer. Aber beende es nicht. Ich werde dich immer lieben. Vergiss das nie."

Dann legte er seinen Kopf auf meinen Schoß und ließ seinen Gefühlen freien Lauf. Ich weiß nicht mehr wie lange wir auf dem Boden des Tonstudios gesessen haben. Wir sprachen kaum ein Wort. Es machte mich fertig zu sehen wie er litt. Doch die Würfel waren gefallen. Irgendwann löste er sich von mir und verschwand ohne ein Wort in sein Büro im Obergeschoss des Hauses. Ich blieb allein im Keller zurück. Tausend Gedanken rasten durch meinen Kopf. Die letzten Jahre lebten in mir noch einmal auf. Es konnte nicht vorbei sein. Nicht so. Nicht im Streit. Ich beschloss Damon in Ruhe zu lassen. Er würde schon kommen, wenn er dazu bereit war. Also verschwand ich in die Küche und anschließend in die Badewanne. Als ich so meinen Gedanken nach hing, hörte ich ein vertrautes Geräusch aus der Garage. Es war ein Motorengeräusch von einer seiner Harleys. Es war schon sehr spät und ich fragte mich was Damon um diese Uhrzeit mit seinem Motorrad vorhatte. Und ehe ich reagieren konnte, hörte ich ihn auch schon die Ausfahrt hinaus donnern. Eine seiner Methoden mit sich ins Reine zu kommen. So wie immer. Es hatte sich noch immer nichts geändert. Bei Damon gibt es noch immer die gleichen fünf Möglichkeiten einen klaren Kopf zu bekommen: Das Motorrad, sein Glaube, den Sandsack zu verprügeln, im schlimmsten Fall sich zu betrinken oder er verschwindet in sein Kaminzimmer und spielt am Flügel. Und das hatte er ewig nicht mehr getan. Doch jetzt war er mit dem Motorrad weg. Noch immer war er ein Hitzkopf. Ich hatte jedes mal Angst um ihn, obwohl er ein sehr guter Fahrer ist. Ich stieg aus der Wanne und begab mich auf die Terrasse. Ich wollte warten bis er kommt um dann noch einmal mit ihm zu reden. Aber er kam nicht.

43

Damon

Damals:

Ich war zurück. Die Tage bei Jo waren schnell vergangen. All der Kram mit dem Film hatte mich total aus der Bahn geworfen. Die Sache mit Sandra und überhaupt war ich nicht ich selbst. Ich hielt es nicht mehr aus.

Irgendwann rief mich Jo an und wollte wissen wo wir stehen. Ich hatte keine Ahnung. Ich wollte nur sie - noch immer. Aber es kam ganz anders und wir hatten ewig keinen Kontakt mehr. Das habe ich ja schon erzählt. Und jetzt saß ich allein in diesem großen Haus und hatte keine Ahnung was ich überhaupt wollte. Ich weiß nicht mehr wann ich auf die Idee kam, oder warum überhaupt. Ich rief James an, dass er mich nach New York bringen sollte. Was sollte ich in New Orleans ohne Jo? Ich überlegte das Haus zu verkaufen. Ich kam in New York an, blieb ein paar Tage und regelte meinen Umzug. Viel war ja nicht zu tun. Meine Wohnung hatte ich ja noch. Das heißt ich habe sie auch jetzt noch. Vielleicht sollte ich auch jetzt dahin verschwinden. Ich betrat meine Wohnung und dachte alles wäre jetzt gut. Aber so war es nicht. Ich wurde in jedem Raum an Jo erinnert. Ich dachte daran als sie damals bei mir war. Drei Monate - ein halbes Leben. Ein Witz war das.

Ich sah mein Bett und dachte an die heißen Nächte, die ich mit ihr dort verbracht habe. Und was soll ich sagen, ich hielt es nicht lange aus und flog nach etwa einer Woche zurück nach New Orleans. Mein Plan stand aber fest. Ich würde das Haus zum Verkauf anbieten und in New York leben bis es soweit sein würde. Und zwar allein. Ich wollte, dass Diane und Matt sich um alles kümmern. Meine Schwester könnte das Haus bis dahin noch nutzen, oder meine Eltern. Es war mir egal.

Ich kam in die Küche und traute meinen Augen nicht, als ich Jo sah. Sie war wirklich da und räumte meinen Saustall auf. Damals hatte ich Diane in Urlaub geschickt und ich habe nun mal das Talent alles im Chaos versinken zu lassen, wenn ich allein bin. Ich freute mich ehrlich sie zu sehen. Wir begrüßten uns eher zaghaft und ich hoffte, sie würde zu mir zurückkommen. Aber sie sagte mir genau das was ich nicht hören wollte. Wir stritten schon wieder furchtbar und ich knallte ihr an den Kopf, dass alles vorbei wäre. Natürlich habe ich es nie so gemeint. Ich war fertig und verzog mich in meinen Keller. Dort reagierte ich mich ab und brachte meine Gefühle in das Mikro. Auch die heran rollenden Tränen konnten mich nicht stoppen. Meine Gitarre litt fürchterlich, aber ich wollte mich wieder besser fühlen. Irgendwann konnte ich nicht mehr. Ich rutschte an der Wand herunter und blieb einfach teilnahmslos am Boden sitzen. Keine Ahnung wie lange ich da gesessen habe. Jo war auf einmal da und strich mir über die Schultern. Noch einmal versuchte sie mir ihren Standpunkt zu erklären, aber ich war am Ende. Bald würde sie gehen – endgültig. Dann würde ich in New York wieder ganz von vorne anfangen. Ich wollte die neuen Songs noch in meinem Studio aufnehmen und dann verschwinden. Alles hinter mir lassen, versuchen klar zu kommen. Ohne Jo und ohne mein Kind. Irgendwann an diesem Abend konnte ich nicht mehr in ihrer Nähe sein.

Ich floh regelrecht vor ihr. Ich wollte raus, einfach weg. Ich holte eines meiner Motorräder aus der Garage und fuhr. Laut, schnell und ohne Ziel. New Orleans ist nicht weit weg von unserem Haus. Ich wollte trotzdem nicht dort hin. Ich wollte allein sein. Nachdenken. Über mich, Jo, unser Kind und überhaupt. Mein Leben kotzte mich an. Ohne Jo war es nichts wert. Was würde mich in New York erwarten? Nichts wäre mehr wie es ein sollte. Ich raste durch die Nacht. Keine Ahnung wohin ich wollte. Irgendwann fand ich mich an der Küste wieder. Das Meer. Es beruhigte mich. Es lag so still und dunkel vor mir. Ich setzte mich in den Sand und überlegte was wäre wenn ich einfach den Wellen folgen würde. Das Meer würde mich fort tragen. Ich wäre frei. Frei von Sorgen. Und der Schmerz wäre weg. John und die anderen kämen auch ohne mich klar. Irgendwie hatte ich das Gefühl, die ganze Welt wäre gegen mich. Ich zog meine Schuhe aus und ging den Wellen entgegen. Es war kalt an den Füßen, aber ich ging tiefer hinein. Das Wasser trägt mich weg von hier, war mein Gedanke. Mein Leben zog an mir vorbei, als ich immer tiefer ins Wasser lief. Ich sah die Gesichter der Menschen, die ich liebte vor mir. Jo, Alanah, John, Nick, Andy, Brandon und Jonathan. Meine Eltern und meine Schwester.

„Hey. Mister. Was haben Sie vor?"
Die Stimme schrie vom Ufer aus zu mir herüber. Doch ich lief weiter. Als ich schon bis zu den Schultern im Wasser stand vernahm ich hinter mir ein klatschendes Geräusch. Die Person, die mich kurz zuvor schon angesprochen hatte, war wohl ebenfalls ins Wasser gesprungen.
„Hey. Nichts ist so schlimm dass Sie diesen Weg nehmen müssten. Kommen Sie da raus."
„Nein."
Ich spürte den Mann neben mir. Er fasste mich grob am Arm und zog mich mit sich. Er hatte unglaublich viel Kraft und ich fiel in mich zusammen als er mich ans Ufer brachte.

„Ich kenne Sie, Sir."
„Nein, bestimmt nicht."
„Doch, ich weiß nur nicht woher. Aber Sie kommen mir bekannt vor."
„Nein schon gut. Sie verwechseln mich. Ich … ich muss los."
Und dann rannte ich so schnell ich konnte, nass wie ich war zu meiner Maschine. Weg, bevor mir die nächste Schlagzeile Ärger einbrachte. Ich ließ den Mann einfach stehen. Ich konnte ihm nicht in die Augen sehen. Es war so peinlich. Ich stieg auf mein Motorrad und die Gedanken überschlugen sich. War ich eigentlich noch ganz bei Trost? Was war bloß in mich gefahren? Wieder sah ich Jos und Alanahs Gesicht vor mir. Ich brauchte sie und ich wollte so schnell wie möglich zurück in mein Haus. Ich weiß nicht mehr wie lange ich gefahren bin. Mir war furchtbar kalt und ich war klatschnass. Als ich am Haus ankam fand ich Jo in eine Wolldecke gehüllt in unserer Hollywoodschaukel schlafend vor. Sie muss ewig dort gesessen und auf mich gewartet haben. Erst da wurde mir bewusst was ich getan hatte, oder tun wollte. Mir trat das Wasser in die Augen. Ich verschwand schnell im Haus um mir trockene Sachen anzuziehen. Dann setzte ich mich neben sie auf den Boden und sah sie einfach nur an. Diese Liebe durfte nicht vergehen. Und ich entschied, ihr niemals zu sagen was eben passiert war. Und bis heute habe ich geschwiegen. Wenn sie es wüsste, würde es ihr das Herz brechen und sie gäbe wieder sich die Schuld daran. Das wollte ich nie. Also saß ich bei ihr. Die ganze Nacht, bis die Sonne ihren Dienst antrat.

Jetzt:

Ich lande in Auckland. Keine Ahnung wie lange ich unterwegs war. Ich habe nichts wahrgenommen. Der Flug verlief ruhig und ich hing meinen Gedanken nach. Noch immer denke ich an die schöne Zeit mit meiner Familie. Wäre ich nicht so ein egoistisches Arschloch, könnte ich das immer haben. Jeden verdammten Tag. Ich brauche den ganzen Showkram nicht mehr. Ich bin alt und sollte das endlich begreifen. Ich muss mit Jo sprechen.

44

Jo

Jetzt:

Ich höre das Telefon. Damon. Ob es ihm gutgeht?
„Jo? Bin gerade in Auckland gelandet. Alles okay bei Euch?"
„Wir versuchen unser Leben zu leben. Was soll ich sagen?
Alanah ist noch immer verstört. Aber mach dir keine Sorgen."
„Okay. Ich muss los. John holt mich ab. Ich melde mich. Ich
liebe dich. Gib Lana einen Kuss von mir."
„Ja, bis bald."
Ich bin froh, dass er gut angekommen ist und versuche irgendwie
durch den Tag zu kommen.

Damals:

Ich weiß nicht mehr wann Damon damals heim kam von seinem
Motorradtrip, und ich weiß auch nicht wo er war. Aber er saß
schlafend neben mir auf dem Boden der Terrasse, während ich
wohl in der Hollywoodschaukel übernachtet hatte. Ich trat auf ihn
zu und strich ihm zärtlich das Haar zur Seite.
„Hey. Warum bist du nicht im Bett? Wo warst du?"
„Jo"

Er sprang sofort vom Boden auf und drückte mich so fest an sich, dass ich schon fast keine Luft mehr bekam.

„Damon? Was ist los?"

„Ich liebe dich. Und das ist die Wahrheit.Verlass mich nicht."

Es war ein merkwürdiger Tag. Damon war immer bei mir. Wie ein Schatten. Bis heute weiß ich nicht warum. Dann beruhigte er sich etwas und wir hatten noch ein paar Tage. Es war der letzte Tag vor meiner Abreise, als es an der Tür klingelte und ein Mann mit einem Aktenkoffer davor stand.

„Guten Tag, Jerry Wheeland mein Name. Es geht um die Schätzung ihres Hauses. Ist Mr. Mandora zu sprechen?... "

Ich hörte nicht mehr zu, rief Damon und drückte meine Tränen weg. Er würde das Haus verkaufen. Unsere Burg, unsere Welt. Damon und der Mann verschwanden im Büro. Es dauerte ewig bis das Gespräch beendet war. Dann kamen beide heraus und Damon führte ihn durch unser Haus, dann durch den Garten, bis hin zu den Ställen und den Häusern, die unsere Bodyguards damals bewohnt hatten. Auch das Gästehaus wurde begutachtet. Mein Magen schmerzte und ich hoffte, Damon würde sich die Sache noch einmal überlegen.

Er brachte den Mann zur Tür.

„Wir hören voneinander", meinte Wheeland und verließ unser Grundstück.

„Du machst das wirklich, ja?", flüsterte ich.

„Habe ich denn eine Wahl?", sagte er und verschwand in seinem Fitnessraum, um sich dort auszutoben. Wie immer ließ ich ihn in Ruhe und ich begriff, dass das hier unser Ende sein würde.

Dann musste ich zurück nach New Orleans zu unserem Kind. Der Abschied fiel mir schwer. Ihm auch. Und ich hoffte, dass das was er vor diesem merkwürdigen Tag gesagt hatte, nicht sein Ernst war. Es konnte nicht vorbei sein. Es musste doch eine Lösung geben. Wir versprachen uns so oft es ging uns zu besuchen. Auch wenn er tatsächlich nach New York zurück kehren wollte, würde ich ihn besuchen. Wenn die Zeit reif wäre, würde ich auch Alanah mitnehmen.

Der Tag meiner Abreise war da.

„Also dann. Wir kriegen das hin. Überleg dir die Sache mit dem Hausverkauf bitte noch einmal. Es bedeutet uns doch so viel."

„Da gibt es nichts zu überlegen. Pass auf mein Kind auf."

Dann drehte er sich einfach um und ließ mich stehen.

Es verging wieder eine Zeit, in der ich nichts von ihm hörte. Ich fand mich langsam damit ab, dass mein Leben sich verändert hatte, dass Damon nur noch auf dem Papier mein Ehemann war und ich versuchte das Scheitern meines Traumes von einer glücklichen Familie zu akzeptieren. Wie es um unseren Besitz stand, wusste ich nicht. Bis ich irgendwann mit Diane telefonierte. Sie sagte mir, dass Mr. Wheeland ständig anrief und dass es schon einige Interessenten gäbe, Damon sich aber nicht äußern würde, was er wollte. Er schob alles vor sich her und war noch immer in New York. Inzwischen gab es ein neues Studioalbum, welches sich ziemlich weit oben in den Charts gefestigt hatte. Eine Tour dazu gab es nicht. Ich erfuhr dass John und Nicole sich ebenfalls getrennt hatten, weil John keine Kinder wollte. Auch das fand ich sehr schade, weil die beiden ein hübsches Paar gewesen waren. Einige Jahre waren sie schon zusammen gewesen, aber trotzdem sahen sie sich selten, da jeder seinem Beruf nachging und deswegen ständig unterwegs war. Alanah wuchs heran und ich konnte sehen, dass alles so war wie es sein sollte. Sie besuchte eine ganz normale Schule. Dort war sie nicht mehr als andere Schüler auch. Ich hatte die Lehrer und den Rektor darum gebeten, nicht zu erwähnen wer ihr Vater war. Ich meldete sie unter meinem Geburtsnamen dort an. Rogers. Und das funktionierte auch ganz gut. Ich versuchte unser Privatleben so gut es eben ging geheim zu halten. Ich wollte nicht, dass sie über uns herfielen. Und das taten sie nicht. Die Presse hing an Damon und daran was sie ihm andichten konnten. Hin und wieder las ich die eine oder andere Geschichte und sagte mir, dass ich nichts mehr darum geben sollte. Bald wären wir geschiedene Leute. Jeder von uns würde wieder frei sein. Damon schickte uns Pakete mit Geschenken für Alanah. Hin und wieder telefonierten wir, aber mehr war da nicht mehr. Aus und vorbei. Endgültig. Allerdings tat sich auch nicht hinsichtlich einer Scheidung. Ich begann mich mit meinem neuen Leben abzufinden, schließlich war es meine Entscheidung gewesen. Noch einmal zurück zum Haus wollte ich nicht mehr. Nicht nur New Orleans, sondern auch alle anderen Besitztümer, bedeuteten mir nichts mehr ohne meinen Mann. Irgendwann bekam unser Leben wieder eine gewisse Ordnung. Ich schloss neue Freundschaften und traf mich auch wieder mit meinen alten Freunden, allerdings nicht mit Männern, die zweifelhafte Absichten hätten haben können. Damon blieb verschollen. Ich wusste nie wo er war und manchmal versuchte ich mich einfach zu weigern darüber nachzudenken. Es ging einfach nicht. Jeder verdammte Tag, an dem ich nicht wusste, wo er war, mit wem usw., war eine Folter für mich. Vor Alanah blieb ich cool. Als sie 13 Jahre alt war sah ich Damon noch einmal. Seit unserer Trennung, oder besser gesagt, seit ich ausgezogen war, waren acht Jahre vergangen. In dieser Zeit habe ich Damon nur das eine mal gesehen als er sich in seinem Keller die Seele aus dem Leib gesungen hatte. Ansonsten tauchte er hier und dort im TV auf wenn MTV oder andere Musiksender ihn eingeladen hatten. Er hatte sich verändert. Er war wieder dünn geworden, blass. Sein Haar wieder kürzer. Und es wurde sogar ein wenig grau an den Schläfen. Die Band an sich hatte aber ihren Style behalten.

Irgendwann tauchte er einfach bei uns auf. Ohne Vorankündigung. Ich war damals in meinem Garten. Es war ein schöner Tag, als er plötzlich vor mir stand. Er war jetzt Ende 40 und der Zahn der Zeit zeigte Wirkung. Trotz des einen oder anderen Fältchens und dem jetzt noch grauer gewordenen Haar, war er noch immer ein sehr attraktiver Mann. Ich war so vertieft in mein Buch, dass ich ihn nicht bemerkte.

Und dann sah ich auf, weil ein Schatten die Sicht auf mein Buch versperrte.

„Damon. Was? Wie kommst du denn hier her? Ich dachte du bist wer weiß wo."

„Nein, ich wollte euch sehen."

„Nach all den Jahren."

„Ja. Nach all den Jahren", flüsterte er und blinzelte unter seinem verwirrten wilden Haar hervor. Ich sprang von meiner Liege auf, direkt in seine Arme, die er weit für mich öffnete. Nie hatte ich ihn vergessen können. Und wir waren noch immer ein Ehepaar, so seltsam das klingt. Es kam mir vor wie eine Ewigkeit, seit wir uns das letzte Mal gesehen hatten. Seit unserem seltsamen Abschied in New Orleans. Es war wirklich schon ewig her. Er fing mich auf, ließ seinen Rucksack auf die Einfahrt fallen. Ich sprang auf seine Hüfte, atmete seinen Duft ein.

„Was ist passiert, dass du einfach herkommst?, wollte ich wissen.

„Ich kann auch wieder verschwinden", knurrte er, ließ mich wieder runter und blitzte mich böse an.

„Nein, entschuldige. Ich bin froh, dass du hier bist. Wir..."

„Müssen reden. Ich weiß...", flüsterte er und ging auf das Haus zu. Dieser Mann war noch immer perfekt. Noch immer hatten seine Augen diese unglaubliche Farbe und noch immer machte mich seine Stimme an. Auch an seinem Kleidungsstil hatte er nichts geändert. Noch immer liebte er seine Fetzenjeans und seine Boots. Und noch immer drückte sich sein fester Bauch gegen sein Shirt, das unter seiner Lederjacke hervor blitzte.

„Wir haben uns schon ewig nicht mehr gesehen. Wie kommt es, dass du ausgerechnet jetzt hier auftauchst?", wollte ich wissen. Er starrte mich an, als verstünde er unsere Sprache nicht mehr.

„Wo ist Alanah?", wollte er nur wissen.

„Sie ist in der Schule. Wo sonst?

„Ich will meine Tochter sehen."

Ich griff nach seiner Hand und führte ihn in mein kleines Haus, das ja eigentlich auch ihm gehört. Er zog seine Lederjacke aus und setzte sich auf mein Sofa. Ich sah ihn an. Er sah blass aus und ich wusste, dass er wieder kurz vor dem Zusammenbruch stand. Und ich spürte, dass niemand da war, um ihn aufzufangen. Selbst John hatte ein eigenes Leben. Aber es hatte keinen Sinn ihn danach zu fragen. Dazu kannte ich ihn zu gut. Hätte ich ihm auch nur eine einzige Frage gestellt, die seinen Job betraf, so wäre er sicher wieder ausgerastet. Sein Job war unantastbar für ihn. Das hatte ich inzwischen kapiert. Ich war einfach froh ihn zu sehen. Er begleitete mich in die Küche und ich kochte uns einen guten Kaffee. Dann erzählte er mir was er in den letzten Jahren so getrieben hatte. Er war gerade wieder in den USA unterwegs und konnte uns deshalb kurz besuchen. Zuvor war er in Indien und davor in China gewesen. Mandoras Hell Fire spielten noch immer in der obersten Liga. Unermüdlich tourten sie um den Globus. Diese Tour dauerte schon fast zwei Jahre. In New York war er jetzt auch nur noch selten und in New Orleans gar nicht mehr. Dann erfuhr ich, dass er es nicht fertig gebracht hatte, das Haus tatsächlich zu verkaufen. Er meinte, vielleicht würde er dorthin zurückgehen, wenn er einmal alt ist. Er erzählte mir von den Geschichten, die über ihn in der Zeitung standen und auch die Wahrheit, die dort nicht zu lesen war. Ich hatte keine Ahnung was da vor sich ging und eigentlich wollte ich es auch gar nicht wissen. Wir näherten uns wieder etwas an und sprachen über alles was uns belastete. Es war schrecklich ihn so zu sehen. Aber ich hatte aufgegeben. Er würde ja doch nicht auf mich hören. Also genossen wir einfach die Zeit als Familie. Alanah näherte sich ihren Vater wieder und er nahm sich auch viel Zeit für sie.

Damon blieb nur drei Tage und flog dann weiter nach San Diego. Und ich war wieder allein.

Jetzt:

Ich denke an damals als er ging. Jetzt bin ich wieder allein und ich habe das Gefühl in der Zeit zurückzugehen.Wir haben gerade telefoniert. Er ist sicher in Auckland gelandet. Sein Leben ist wieder gerade und meines total durcheinander. Ich höre ein herzzerreißendes Jaulen. Es kommt aus Busters Korb.
„Hey, Kumpel. Was ist los mit dir?"
Ich kraule ihn an den Ohren, aber mit dem Hund stimmt etwas nicht. Seine Augen sind trüb und er jault noch immer. Ich rufe den Tierarzt an, der bald darauf auch schon bei uns eintrifft.
„Mrs. Mandora. Ich kann nichts mehr für ihn tun. Das Tier ist sehr alt und es hat Krebs im höchsten Stadium. Es tut mir leid. Aber es wäre besser wir setzen der Qual ein Ende."
„Was? Nein. Es muss doch eine Lösung geben. Ich habe ihn schon so lange. Was soll ich ohne meinen treuen Hund machen? Bitte helfen sie ihm."
Ich klinge hysterisch, aber im Inneren weiß ich was passieren wird. Buster schaut mich an und ich kann meine Tränen nicht aufhalten. Viele Jahre ist er an meiner Seite gewesen. Und ich sehe noch den Weihnachtsbaum, den kleinen Karton und Damon, als er ihn mir damals geschenkt hat. Es war so ein schönes Fest. Und jetzt würde mein Hund sterben. Das kann nicht sein. Er ist doch alles was mir geblieben ist, außer Alanah. Ich setze mich neben Buster auf den Boden und halte seinen Kopf. Ich werde ihn auf seinem letzten Weg begleiten. Der Arzt macht die alles entscheidende Spritze fertig und ich kann nicht mehr an mich halten. Verzweifelt klammere ich mich an Buster. Er darf nicht gehen. Warum verlassen mich alle, die ich liebe? Irgendwie kamen mir die letzten Tage komisch vor. Buster war so anders als sonst und ich bekomme das Gefühl, dass er auf Damon gewartet hat um sich zu verabschieden.

Es zerreißt mir das Herz wie der Hund mich gerade ansieht. Er hat sein Versprechen Damon gegenüber gehalten und auf uns aufgepasst. Dr. Kenzo setzt die Spritze an und bittet mich das Tier zu halten bis es einschläft. Buster seufzt noch kurz. Dann schließt er die Augen. Für immer.

Buster

45

Damon

Jetzt:

Ich hocke hier in meinem Zimmer und denke nach. Morgen stehe
ich schon wieder auf der Bühne. In Neuseeland. Was mache ich
hier eigentlich? Will ich das alles überhaupt noch? Und brauche
ich all diesen Mist? Das Geld? Sicher nicht. Ich brauche nur eins;
die Nähe und die Liebe meiner Familie. Die Zeit bei ihnen hat
mir meine Augen geöffnet wie mir scheint. Ich hole mir einen
Bourbon aus der Bar und zünde mir die 5.Zigarette an seit ich
hier bin. Und das ist gerade mal eine halbe Stunde. Wo will ich
hin? Was soll das alles?
Ich starre aus dem Fenster und versuche an nichts zu denken.

Damals:

Ich blieb noch einige Tage in New Orleans. Dann machte ich
ernst und ging zurück nach New York. Für immer. Doch Ruhe
fand ich hier nicht. Nirgendwo gab es einen Ort auf dieser Welt
wo ich sie fände. Es war mir egal. Ich wollte einfach neu
anfangen.Versuchen das Leben zu leben wie es vor Jo war. Doch
das war schwer. Sie hatte mein Leben lebenswert gemacht. Doch
das war jetzt vorbei. Ich hing ständig vor dem Fernseher herum
und begriff eigentlich gar nicht was ich sah. Dann erregte ein
Bericht über Calgary meine Aufmerksamkeit. Es ging um das
Land in der Nähe der berühmten Olympiastadt. Hohe Häuser, für
das Großstadtfeeling und wenige Meilen außerhalb das volle
Gegenteil. Diese wundervolle Landschaft, Natur, Einsamkeit und
Ruhe. Und diese brauchte ich. Ich wollte zu mir zurück finden.
Und ich beschloss einige Tage dorthin zu fliegen. Ich fand mich
etwas außerhalb der Stadt wieder. In einer ganz banalen
Holzhütte. Damals lag Schnee und ich genoss diese Stille. Aus
meiner Zeit während des Drogenentzugs konnte ich mich noch
gut an Kanada erinnern. Damals hatte ich kaum etwas für diese
wundervolle Landschaft übrig. Doch jetzt wollte ich so schnell
wie möglich dorthin. Weg von meinen Problemen. Weg von Jo,
von New York und auch von New Orleans. Ich fühlte mich leer,
einsam und unvollständig. Selbst meine Band rutschte in den
Hintergrund. Ich igelte mich in meiner Hütte ein. Bastelte an
noch mehr Songs herum und beschloss mir hier Eigentum zu
kaufen. Heute besitze ich dort eine wunderschöne Berghütte in
der Nähe des Austragungsortes der damaligen Olympischen
Spiele. Ich liebte die Berge und den Schnee und blieb einige
Wochen in Calgary. Hier konnte ich ich sein. Niemand kümmerte
sich um mich. Beinahe hatte ich so etwas wie Anonymität
erfahren, was mir gut gefiel. Meine Zeit verbrachte ich mit

Snowboarden oder wandern in den Wäldern um mich herum. Kein Telefon, keine Termine, nur ich und meine Gedanken. Die Zeit dort tat mir gut. Ich dachte viel nach. Dann war ich bereit nach New York zurückzukommen. John und die anderen kamen zu mir. Die Songs, die ich in Calgary zu Papier gebracht hatte, kamen gut an und wir produzierten unser nächstes Studioalbum. Es heißt *The Fires are back*. Es sind gute Stücke dabei und auch einige sehr gefühlvolle. Damals im Keller fühlte ich mich beschissen und meine Stimme klang so traurig. Auch dieses Material kam mit auf das Album. Die Songs waren traurig und spiegelten meine damaligen Gefühle wieder. Doch genau diese Melancholie machte die Lieder zu dem was sie heute sind – unvergesslich. Bei jedem Konzert verlangen die Menschen genau nach diesen Songs. Und jedes Mal wenn ich sie singe, sehe ich Jo vor mir. Ich denke an jenen Tag in meinem Keller, an den Anfang vom Ende.

Wir planten unsere nächsten Schritte und ich wurde wieder voll eingespannt. Keine Zeit mehr um Trübsal zu blasen. Ich will nicht sagen, dass ich meine Familie vergaß, aber ich dachte kaum noch darüber nach. Ich hatte damit so gut wie abgeschlossen. Alles verdrängt und totgeschwiegen. Trotzdem war ich nicht bereit eine endgültige, amtliche Trennung in Angriff zu nehmen. Eine Scheidung zog ich einfach nicht in Betracht. Ich besuchte meine Eltern und sprach auch mit Shania über meine Beziehung zu Jo. Meine Schwester war schon immer der Meinung, dass es mir irgendwann reichen würde. Dass ich bei Jo sein würde. Und langsam glaube ich, dass sie recht hatte. Meine Band war da und ich versuchte mir einzureden, dass es das war was ich wollte. Wir jetteten um den Globus und ich wollte ewig leben.

So ist es bis heute.

Jetzt:

Keine Ahnung wie spät es ist. Ich habe jegliches Zeitgefühl verloren. Die 2. Flasche Bourbon ist fast leer und meine zahlreichen Kippen übervölkern den Aschenbecher. Ich werde mal zu John rüber gehen. Besser gesagt, rüberschwanken, denn ich bin schon wieder blau. Ich brauche jemanden zum Reden. Ich stehe vor Johns Tür.
„John? Kann ich reinkommen?, lallte ich"
„Ist offen, bin unter der Dusche. Du klingst komisch, Damon."
„Ach was. Hast du was zum Saufen? Brauch was um klarzu kommen."
„Klar. Nimm dir was du brauchst. Bin sofort fertig."
Ich krame in Johns Sachen und fördere eine gute Flasche Wein zu Tage. Ich brauche das jetzt. John kommt aus dem Bad und schaut mich an als wäre ich nicht ganz dicht. Aber dicht bin ich. Zumindest nah dran. Alles dreht sich, aber ich entkorke den Wein trotzdem.
„Oh, Damon. Hätte ich gewusst was du schon alles intus hast hätte ich dir nicht gesagt, dass ich was da hab. Ich glaube du hast inzwischen ein echtes Problem. Irgendeine Ahnung wo das hinführen soll?"
„Nein. Aber ich denke ich sollte langsam wirklich damit aufhören. Schenk ein, Kumpel", brumme ich und greife nach einem Glas, welches auf Johns Tisch steht.
John schaut mich grimmig an.
„Womit aufhören? Mit dem Saufen? Ja, da gebe ich dir Recht. Du bewegst dich auf sehr dünnem Eis, mein Freund. Mach nicht alles kaputt. Dich, uns als Band, als Freunde, Jo und dein Kind. Mensch, Damon. Ich dachte, die Zeit bei deiner Familie hat dir gutgetan. Und ich dachte du wärst okay, wenn du zurück kommst. Aber nichts ist okay. Es ist ja schlimmer als vorher.

Stell jetzt diese verdammte Pulle weg. Fuck!", knurrt John und greift nach der Weinflasche. Ich versuche mir den Wein zurückzuholen, doch John ist schneller und klemmt sie zwischen seine Beine, wo ich mit Sicherheit nicht hinfassen werde. Meine Hand schnellt unkoordiniert zu ihm. Beinahe falle ich vom Sessel.

„Was ist in Texas passiert?", will John wissen.

„Ich habe erkannt wo ich hingehöre. Ich bin 51 und nicht mehr 21. Das ist mir jetzt klar geworden."

„Und dazu brauchst du Unmengen an Alkohol? Na ja, besser spät als nie. Dreißig Jahre sind eine lange Zeit. Schöne Scheiße. Dann lass es uns verdammt nochmal beenden. Wir machen im nächsten Jahr eine Abschlusstour und dann hören wir auf. Ganz einfach."

„Was? Nein. Ach, keine Ahnung."

„Was bitte sollen wir mit einem saufenden Sänger, der nicht mehr bei der Sache ist? Der sein Herz verloren hat. Dessen Herz nicht mehr der Musik gehört. Ein Typ, der sich selbst platt macht. Was soll das werden? Entweder du bekommst das in den Griff oder nicht. Ich jedenfalls habe keine Lust mehr auf deinen Scheiß. Unsere Hits sind unsterblich, wir aber nicht. Lass gut sein, Damon."

So hat John noch nie mit mir geredet. Aber er hat recht. Ich denke ernsthaft darüber nach mit den Touren aufzuhören. Es gibt über 25 Alben. Und es könnten ja auch 30 oder 50 werden. Aber dazu muss ich nicht in der Welt herum reisen. Ich kann ja auch nur noch Studioalben aufnehmen.

Ich habe Johns Wein fast allein geleert, nachdem ich die Flasche erfolgreich zurückerobert habe. Ich lasse die letzten Tropfen auf meine Zunge fallen und bekomme nicht mehr richtig mit als mein Handy klingelt. Als ich den Ton registriere ist es schon zu spät.

„Das war Jo", lalle ich. Kein Plan. Bin fertig. Mir ist schlecht und ich verpisse mich in Johns Bad. Ganz hinten in meinem kranken Kopf höre ich seine Stimme. Er telefoniert mit jemandem. Mein bester Freund ist gerade nicht besonders gut auf mich zu

sprechen. Ich bin wie weg und kotze mir die Seele aus dem Leib.
Dann bleibe ich einfach vor dem Klo liegen und hoffe, dass es
mir bald besser geht. Es hämmert an der Tür, meine Welt dreht
sich noch schneller.
„Damon? Mach auf. Was machst du da drin?"
Ich kann ihm nicht antworten. Mir steht es bis zum Hals.
„Mach auf, verdammter Idiot. Was soll der Scheiß? Jo hat
angerufen. Es ist was passiert bei euch. Jetzt mach schon auf
verdammt noch mal."
Ich höre ihn, aber ich kann nicht reagieren. Ich kotze weiter. Jetzt
knallt die Tür gegen die Wand weil John sie eingetreten hat. Ich
bin kaputt, am Arsch und total bescheuert.
„Hey. Hörst du mich?"
Er klatscht mir eine.
„Ja Mann.Warum schlägst du mich?"
Mein Schädel dröhnt. Immer wieder klatscht Johns Hand gegen
meine Wangen.
„Buster ist tot."
„Hä?"
„Oh Mann, bist du breit. So ein Scheiß. Jo musste ihn
einschläfern lassen weil er Krebs hatte. Kapierst du was ich dir
sage?"
„Buster? Nein das kann nicht sein. Ich sortiere die Worte in
meinem kranken Kopf und versuche hinter deren Bedeutung zu
kommen.
„Mensch jetzt hebe deinen Hintern aus meinem Bad und komm
zu dir. Du bist ja total besoffen, verdammte Scheiße."
„Nein, alles okay." Ich setze mich schwankend auf, wobei der
nächste Schwall meinen Magen verlässt.
„Okay. Aha."
Ich spüre noch wie John mich auf sein Bett zieht.
Es wird dunkel.

46

John

Jetzt:

Ich kann ihm nicht helfen. Damon ist am Arsch. Besoffen wie eine Kompanie und er hat nichts begriffen. Ich muss Nick anrufen und ihn bitten für die nächsten Konzerte den Gesang zu übernehmen. Brandon und er haben ihre Sache gut gemacht in den letzten Wochen. Und ich denke es ist das Beste wenn wir es erst einmal so lassen. Damon ist gerade gar nicht zu gebrauchen. Ratlos sitze ich hier und sehe ihn in seiner dunkelsten Stunde. Mein bester Freund macht sich mal wieder kaputt. Ich wusste immer, es ist keine gute Idee, sich mit einem Fan einzulassen, oder überhaupt eine Beziehung zu haben, wenn man eine Leben führt, wie wir es tun. Es musste ja schief gehen. Genau wie bei Jonathan. Ich bin froh, dass ich allein lebe. Es macht die Sache leichter.

„Nick? Hör zu. Damon ist hier aber vergiss ihn. Sag Brandon Bescheid. Ihr müsst noch einmal den Gesang übernehmen. Damon hat sich gerade wieder abgeschossen.“

„Super. Ich denke wir sollten uns nach einem neuen Sänger umschauen. Verdammter Idiot.“

„Wir reden später darüber. Ich sehe noch mal nach ihm.“

„Mach das und hau ihm eine rein von mir. Nicht zu fassen.“

Nick legt auf und ich weiß, die Band wird Damon nicht mehr lange seinen versoffenen Arsch retten.

Langsam wird mir bewusst:

Mandoras Hell Fire wird erlöschen

Unsere Band wird sterben

47

Damon

Jetzt:

Ich wache auf, habe Kopfweh und was mache ich überhaupt in Johns Bett? Was zum Teufel...? Bin ich total behämmert? Ich liege im Bett meines besten Freundes, aber sonst ist alles okay. Herrgott nochmal, mein Kopf dröhnt wie eine Waschmaschine. Was ist passiert? Was mache ich hier und wo ist John überhaupt? Ich rappele mich aus dem Bett und finde John auf dem Sofa. Keine Ahnung wie spät es ist. Ich weiß nichts mehr von gestern - oder war es vorgestern? Ich habe keine Erinnerung mehr daran. Blackout.

„John? Was ist hier los?"
„Oh. Bist du endlich wieder unter den Lebenden. Scheiß Gefühl so ein Brummschädel was?"
„Hä? Wie jetzt?"
„Ach vergiss es. Kannst du dich erinnern was ich dir gestern erzählt habe?"
„Gestern? Wieso gestern? Ich...."
„Also nein. Alles klar. Dann setz´ dich hin und hör mir zu. Euer Hund ist tot. Jo ist am Ende und hat versucht dich deshalb anzurufen. Du warst aber zu voll um an dein Handy zu gehen. Also hat sie mich angerufen und es mir erzählt.

Alles bei dir angekommen? Danke - dann mache ich uns jetzt einen Kaffee."

John fummelt an der kleinen Kaffeemaschine herum, die er immer überall mit hinschleppt und ich versuche zu verstehen was eigentlich los war. Buster? Tot? Wie geht das denn? Ich war noch vor ein paar Tagen da und er war okay, glaube ich.

„John? Was hat Jo sonst noch gesagt?"

„Sie konnte nicht sprechen, also kaum. Du solltest sie mal anrufen."

Er hält mir einen Kaffee hin.

„Danke. Ich meine für alles. Bist ein echter Freund."

„Schon gut. Wie geht es weiter? Was hast du vor? Wir sollten uns zusammensetzen. Nick ist ziemlich sauer. Er und Brandon baden gerade deinen Scheiß aus, weißt du?"

„Ja schon klar. Ich denke ich hör wirklich mit den Touren auf."

„Oh."

„Ich sollte langsam erwachsen werden. Denkst du nicht?"

„Okay, und was ist mit uns?"

„Ich dachte wir könnten sesshaft werden. Nur noch Studio, sonst nichts. Ich kann nicht komplett gar nichts tun. Die Idee mit der Abschiedstour nächstes Jahr. Hast du das ernst gemeint?"

„Oh, du weißt es noch. Keine Ahnung. Hab es nur so dahin gesagt."

John schaut mich an und ich weiß nicht wie ich seinen Blick deuten soll. 30 Jahre, eine halbe Ewigkeit. Diese Ruhe macht mich fertig. Dann erinnere ich mich wieder was da war. Buster. Wie Jo sich jetzt wohl fühlt? Es muss sie total runter ziehen. Dieser Hund war ihr ein und alles. Und ich bin ja nicht da - schon wieder. Ich glaube ich ziehe Probleme magisch an. Und dieses Mal werde ich mich dem Ganzen stellen. John sagte wir müssen reden. Ich werde die Band nicht ganz aufgeben. Nur meine Reiselust ein wenig dämpfen. Ich will für Jo da sein. Ich bekomme das hin. Damals habe ich nichts kapiert. Jetzt ist alles anders.

48

Jo

Jetzt:

Es ist vorbei. Buster hat es geschafft. Ich habe versucht Damon zu erreichen. Er hat schon wieder getrunken. John hat es mir erzählt. Mein Mann wird diesen Kampf niemals gewinnen. Er schafft es einfach nicht. Und ich bin daran schuld. Mein Herz ist so schwer. Noch immer liegt das tote Tier in seinem Korb. Ich kann ihn nicht hinaus bringen. Damon ist betrunken und ich sitze hier allein. Lana ist in der Schule. Wie soll ich ihr das erklären? Zuerst verlässt uns Damon erneut und jetzt ist Buster tot. Was soll ich denn noch alles ertragen? Hätte ich damals auf Ann gehört. Und auf meine Mutter. 30 Jahre kenne ich Damon und über 10 Jahre davon bin ich schon hier. Ich habe nie aufgehört ihn zu lieben, habe an das Gute geglaubt. Aber jetzt ist alles vorbei. Er ist weg. Er ist dabei sich zu zerstören. Und uns alle direkt mit. Buster hat mich auch verlassen. Nur Alanah ist noch da. In ein paar Jahren werde ich ganz allein sein.
Wenn Alanah ihr eigenes Leben lebt.

Ich schaue auf Buster und kann nicht mehr. Eine Heulattacke schüttelt mich. Wo ist Damon? Ich will, dass er hier ist. Das Gefühl alles verloren zu haben überrollt mich. So wie damals.

Damals:

Als Damon unterwegs war, versuchte ich mich immer wieder auf mein neues Leben einzustellen. Ich hatte alles was ich brauchte, na ja, fast. Aber daran konnte ich nichts mehr ändern. Alles war wie immer. Es war schwer, aber ich kam zurecht. Ann kam öfter vorbei und wir machten viel gemeinsam. Sie versuchte sogar mir andere Männer schmackhaft zu machen. Doch das war nie eine Option für mich.

„Du solltest dich neu orientieren. Er wird sich nicht ändern und zum braven Ehemann mutieren. Ihr hattet eine schöne Zeit und das kann dir keiner nehmen. Und du hast Alanah. Sie wird euch auf ewig verbinden."

„Nein. Ich will nur Damon. Eher sterbe ich als ihn aufzugeben."

„Ach Jolene. Was bringt dir das? Ihr seid schon seit Jahren getrennt. Ihm scheint all das hier ja nichts mehr zu bedeuten."

„Ich weiß es nicht. Ich weiß nur, dass ich ihn noch immer liebe."

Es war nicht einfach Ann zu überzeugen wie es in mir aussah. Nach all den Jahren schlug mein Herz noch immer nur für Damon. Anns Mann David ist ein guter Mann. Und sie hat Glück. Er ist Kinderarzt und sie hat ihn bei sich. Manchmal wünschte ich mir auch, dass Damon einen normalen Beruf hätte. Dann wäre er hier. Bei mir. Ich konnte mit Ann zwar reden, aber verstehen konnte sie mich nicht. Ich blieb allein mit meinen Problemen, und mit Alanah. Meinem Kind ging es gut und das entschädigte mich für alles was ich entbehrte. Ab und zu rief Damon mich noch einmal an. Von ihm hörte ich fast immer das Gleiche, nur aus anderen Orten. Hier und da gab es mal was Neues, aber ansonsten ging es nur um Verkaufszahlen usw. Ich bekam das Gefühl, dass er nur anrief um sein Gewissen zu beruhigen.

49

Damon

Jetzt:

Ich hocke noch immer bei John im Zimmer herum. Wir reden über unsere Zukunft. Was machen wir nach Mandoras Hell Fire? Ich meine, wenn es ganz aufhört? Ich will das nicht, aber es könnte ja sein, dass unsere Fans da nicht mitspielen. Ich kann mir zur Zeit noch nicht vorstellen, nie wieder eine Bühne zu betreten. Aber ich sollte mich mit dem Gedanken anfreunden.

„Wo sind wir morgen, John?"

„Noch immer hier. Wir haben noch gar nicht gespielt. Du bist eh raus für die nächsten Tage. Ich kann dich so nicht auf die Leute loslassen. Sieh dich doch an. Du bist am Ende."

„Es ist meine Band, John. WIR haben sie aufgebaut. Und DU schmeißt MICH raus?"

„Nein, ich möchte, dass du wieder zur Vernunft kommst."

„Du bist mein bester Freund, aber selbst du kannst das nicht mit mir machen. Ich dachte wir machen unser Ding zu Ende. Danach können wir reden."

Ich weiß ja was er will. Und ich weiß was ICH will. Ich spüre, dass wir zerbrechen. Die Band zerbricht an mir, an meinen Eskapaden und an meiner Liebe zu Jo. Aber ICH bestimme den Zeitpunkt. Und zwar dann wenn ich akzeptiert habe, dass es Zeit ist zu gehen. Ich will mich nicht mit John streiten. Das haben wir noch nie getan. Na ja, fast nie. Und so soll es auch bleiben. Ich weiß er meint es gut mit mir. Und ich werde leiser treten. Gegen meinen besten Freund habe ich eh keine Chance. Vielleicht hat er recht. Ich bin am Arsch. Keine Ahnung ob ich überhaupt noch in der Lage bin einen vernünftigen Job hinzubekommen. Ich weiß ja noch nicht einmal mehr wohin die Reise geht und wie lange sie noch dauert. Wir haben in den letzten zwei Jahren alle fünf Kontinente bereist. Und ich weiß, dass Australien der Letzte ist. Eigentlich könnten wir in ein paar Wochen zu Hause sein. Aber wo ist mein Zuhause? In New York? In New Orleans? Bei Jo? Oder in den vielen Hotels dieser Welt. Ich weiß es nicht. Andy hat seinen Hafen. Heather, noch immer. John hat sein Haus für sich – allein, weil er es so will. Brandon geht zurück nach Detroit wenn diese Tour vorbei ist, mit Sky. Die beiden haben sich gefunden und es gibt keinerlei Probleme bei ihnen. Und Jonathan kehrt zu Susan und Jakob zurück. Und zu seinem kleinen Enkel. Ja so ist es. Jonathan ist inzwischen Opa geworden. Nick ist noch rastloser als ich. Ich denke er wird sicher allein weitermachen. Und ich? Keine Ahnung. Es ist ein scheiß Gefühl zu wissen, dass man verschwindet. Dass ich weiß, die Welt dreht sich weiter, ob ich nun auf einer Bühne stehe oder nicht. Und ich reiße meine Band mit in den Abgrund. Das habe ich nie gewollt. Aber ich bilde mir ein, und ich weiß wie das klingt, dass die Band ohne mich nicht mehr Mandoras Hell Fire ist. Sie trägt meinen Namen, mein Herz und meine Songs, die jeder kennt. Ich glaube, dass ich unersetzlich bin, dass meine Stimme der Band ein Gesicht gegeben hat. Nick und Brandon machen ihre Sache gut, aber ich glaube, dass meine Stimme unser Markenzeichen ist. Ich will nicht, dass die Band zerbricht.

„Hier sind die Termine für die nächsten acht Wochen", reißt John mich aus meinen Gedanken.

„Was?"

Meine Gedanken sind ganz woanders.

Ich starre John an als wäre er ein Außerirdischer. Acht Wochen...

„Schaffst du das? Acht Wochen. Dann können wir zurück nach Hause. Sind etwa 16 Konzerte. Es liegt an dir."
John sieht mich fragend an.
„Ich werde das schaffen. Last mich nicht im Stich. Ihr seid meine Familie."
„Okay. Dann rede mit den Jungs. Mach dein Ding und dann hol dir deine Frau zurück. Ein neues Leben wartet auf dich. Es gibt tatsächlich ein Leben OHNE Bühne."

Damals:

Ich hatte wenig Zeit gehabt mit meiner Familie. Drei Tage war nichts. Und ich hatte auch nichts unternommen die Zeit zu verlängern. Warum kann ich jetzt echt nicht mehr sagen. Vielleicht war ich so abgestumpft. Oder einfach nur gedankenlos. Jedenfalls war es nicht fair einfach wieder kurz in Jos Leben aufzutauchen, sie zu lieben und dann wieder zu verschwinden. Und ich habe Alanah total enttäuscht. Immer dann wenn sie sich gerade wieder gefangen hatte, brachte ich mein Kind wieder durcheinander. Das war nie meine Absicht. Wie gesagt - manchmal handele ich erst und dann denke ich eventuell mal nach - also quasi nie. Und dieser Fehler, den ich ohne Zweifel habe, zog sich durch mein weiteres Leben. Ich machte mein Ding. Hockte in New York in meiner Bude rum oder war irgendwo in einem Hotel. Ich plante alles Mögliche, dachte über nichts mehr nach. Und ich entfernte mich immer weiter von meiner Familie. Auch meine Eltern oder Shania sah ich nur noch selten. Meine anderen Häuser waren nur noch Wert, der herum stand. Ich verspürte kein Bedürfnis dort hin zu gehen. Es war mir alles egal. Ich ließ die Umwelt draußen. Niemand kam an mich heran. Mein Leben lief automatisch. Dann und wann schickte ich Geschenke an Alanah. Mit Jo sprach ich am Telefon. Ein oder zweimal kam sie zu mir nach New York. In dieser Zeit kamen wir uns wieder etwas näher und ich konnte ihr endlich meine schwarzen Jungs aus meiner frühen Clubzeit vorstellen. Wir gingen zu Ethan in seine Kneipe und ich fühlte mich wohl. Diese Menschen sind einfach gestrickt und gnadenlos ehrlich. Ich mag meine Freunde aus der Bronx. Manchmal besuche ich sie wenn ich in New York bin. Jo kam super klar mit Ethan und Shane. Die beiden sind schon so alt aber sie haben Pfeffer im Blut. Jo blieb einige Tage bei mir in New York. Und ich spürte, dass es nicht das war, was sie wollte. Sie war nicht mehr so euphorisch wie am Anfang. Ich hatte zu viel kaputt gemacht. Sie brauchte mich nicht mehr. So kam es mir jedenfalls vor. Ich liebte sie noch immer, aber ich wollte ihr nicht das geben was sie von mir verlangte. Sie sagte mir, dass sie nicht mehr käme. Es täte ihr zu weh. Funkstille. Eiszeit.

Es war schon wieder eine Zeit vergangen als ich entschied meine Frauen einfach noch einmal zu besuchen. Ohne Hintergedanken. Einfach so. Das war vor zwei Jahren. Mein Haus in den kanadischen Bergen stand verlassen dort herum. Bald würde Schnee liegen. Ich beschloss die beiden einfach abzuholen und mit einem gemieteten Wohnmobil bis nach Kanada zu reisen. Ich weiß nicht was ich mir gedacht habe. Dass alles wieder zurück auf Anfang stehen würde? Nein, da hatte ich die Rechnung ohne Jo gemacht. Und das war unsere letzte Begegnung. Die vor zwei Jahren. Wir hatten eine schöne gemeinsame Zeit, aber unsere Ehe hatte diese Reise nicht gerettet. Und so lebten wir weiter, jeder für sich. Am Anfang hätte ich nie gedacht, dass es so käme. Aber meine Frau hat getan was sie konnte. Eigentlich kann ich nicht mehr viel erzählen. Wir lebten nebeneinander her. Jeder in seiner Welt. Bis vor ein paar Tagen, als ich das Foto in meiner Geldbörse fand war mir das nicht aufgefallen.

Jetzt:

Der Tag ist gekommen. Ich war die ganze Nacht bei John. Er hatte mich im Auge. Die Zukunft der Band hängt von mir ab. Wir haben die ganze Zeit geredet und ich muss eine Lösung finden. Das war mein Leben und ich möchte einen sauberen Abschluss. Es werden meine letzten acht Wochen auf den Bühnen dieser Welt sein. Ich möchte heute Abend singen. Ich möchte mein Publikum nicht enttäuschen. Das bin ich ihnen schuldig. Immerhin finanzieren sie mein wunderbares Leben.

Ich sitze in meiner Garderobe. Draußen ist es laut und ich versuche die Gedanken an mein neues Leben nach der Bühne zu verdrängen. Ich weiß es ist richtig. Ich will es so. Wenn ich zu Jo heimkehre wird es für immer sein. Und mein Kind braucht seinen Vater, auch wenn es bald sein eigenes Leben leben wird. Ich will nicht mehr auf ihre Nähe verzichten. Die letzten drei Wochen haben mich geprägt, mir gezeigt was ich alles verpasst habe. Und noch eines habe ich mir fest vorgenommen:

ICH WERDE UM SIE KÄMPFEN, VERDAMMT:
Das ist die Wahrheit.
und:

WIR HOLEN UNSERE HOCHZEIT IN TEXAS NACH,

wenn sie mich noch will.

Das Licht geht aus und es geht los. Unser Bühnenbild steht. Es ist genial. Ich werde es genießen. Es ist mein letzter Entwurf. Nie wieder werde ich so etwas entwerfen. Ist mir egal. Es reicht. Ich habe genug. Andy spielt die ersten Akkorde. Ich sehe die Menschen. Ich fühle mich wohl. Mein Leben ist schön und ich danke Gott, dass ich es so leben durfte. Die Leute verlangen ihre Songs. Wenn ich sie alle singen könnte, alle Lieder der Alben, die wir je gemacht haben, dann würde ich bis zum Morgen hier vor ihnen stehen. Oder länger. Alles läuft gut. John zeigt mir seinen aufrechten Daumen und ich weiß ich enttäusche meine Band nicht. Jetzt verlangen sie nach *True Love*.

Und dann ist es vorbei mit meiner Beherrschung. Ich halte mein Mikrofon so krampfhaft fest, dass meine Knöchel weiß hervor treten. Ich suche Jo im Publikum. Ich möchte das Lied nur für sie singen. Ich stelle fest, sie ist nicht da. Es ist nicht mehr dasselbe wie vor meinem Besuch bei ihr. Meine Liebe zu ihr ist wieder groß geworden. Ich spüre wie meine Stimme bricht. Nick weiß was er zu tun hat. Er singt die Passage zu Ende. Ich bin ihm so dankbar. Er rettet mir schon wieder den Arsch. So kann es nicht weitergehen. Dem Publikum fällt es zum Glück nicht auf.

Das Konzert ist vorbei. Auf eine Zugabe verzichte ich.

Ich flüchte vor meiner Verantwortung den Fans gegenüber. Direkt in meine Garderobe. Sofort rufe ich Jo an. Keine Ahnung wie viel Uhr es ist. Es ist mir egal.

„Jo."

„Damon, ich muss dir was sagen..."

„John hat mir alles erzählt. Es tut mir so leid."

„Ja, ich musste es tun. Jetzt habe ich niemanden mehr."

Jos Stimme knickt ein und meine Laune sinkt. Eigentlich sollte ich bei ihr sein und sie trösten. Wir reden eine Weile und ich weiß, dass ich keine acht Wochen mehr durchhalte.

50

Jo

Jetzt:

Ich habe mit Damon telefoniert. Er ist wieder nüchtern. Zum
Glück hat er sein Konzert halbwegs vernünftig hinbekommen.
Das hoffe ich jedenfalls. Er weiß jetzt wie das mit Buster war. Ich
glaube er kämpfte mit den Tränen als er mit mir sprach. Ich muss
den Hund jetzt wegbringen. Mein Vater wird mir helfen. Alanah
kommt bald zurück. Sie soll Buster in Erinnerung behalten wie er
war. Wir werden ihn in meinem Garten begraben. Gerne hätte ich
Damon an meiner Seite gehabt. Er hat mich zumindest angerufen.
Und ich habe gespürt, dass er wieder durchhängt. Ich werde
Buster begraben und dann einige Tage zu meinen Eltern gehen.
Ich brauche einen klaren Kopf.

Damon

Jetzt:

Ich breche auf zum Hotel. Es muss was passieren. Heute ist es
gut gelaufen. Nick hat meine Scheiße ausgebügelt. Ich erreiche
mein Zimmer und kippe mir ein Bier in den Hals. Ich bin allein
und niemand sagt etwas dazu. Ich hau mich jetzt hin. Der Tag
muss schnell vergehen und die nächsten Wochen auch. Witz. Das
bringe ich eh nicht mehr. Ich liege voll bekleidet auf meinem Bett
und starre die Decke an. Eine Antwort finde ich nicht. Die
Bourbonflasche lauert mich an. Ich bin versucht mich erneut
abzuschießen. Doch, wenn ich das tue verliere ich alles. Ich
weigere mich meiner Sucht nachzugeben.
Stattdessen dämmere ich vor Erschöpfung weg.
Ich sehe Jo. Ich komme zurück in unser Haus. Jo ist da. Sie
wäscht die Pferde. In ihren kurzen Shorts sieht sie echt heiß aus.
Ihr Top ist nass und ich kann ihren Busen sehen.
„Hey. Ich bin da."
„Hey. Hilfst du mir?"
„Klar, was bekomme ich dafür?"
„Mal sehen."
Sie zwinkert mir zu und ich denke mir eine Belohnung aus. Wir
machen die Schwämme nass und schrubben die Tiere. Heaven
bleibt geduldig stehen, während Danger mit den Hufen schlägt.
Er ist wie ich – ungeduldig. Ich muss mir etwas einfallen lassen.
Ich will hier fertig werden. Meine Belohnung abholen. Ich werfe
Jo mit dem nassen Schwamm ab. Ihr Lachen erfüllt die Luft.

„Hey was soll das? So bekommt man aber keine Belohnung."
Ich trete hinter sie und lege ihr meine Arme um die Hüften.
„Dich in meinen Armen zu haben ist schon eine Belohnung."
Ich schiebe ihr Haar zur Seite und küsse ihren Hals. Jo legt den
Schwamm weg und dreht sich zu mir um.
„So so. Denkst du das?"
„Ja, aber da geht doch noch mehr."
Ich nehme sie an die Hand und führe sie ins Stroh. Das frische
Stroh riecht so gut. Hier werde ich sie lieben. Ich schiebe sie auf
die gestapelten Strohballen. Lange musste ich auf einen solchen
Tag warten. Ich war lange weg. Und die Sehnsucht hat mich
gequält. Ich stelle mich vor sie und küsse sie überall. Das Stroh
pikst sie und sie kichert. Ich liebe ihr Lachen. Sie umkrallt
meinen Nacken, sagt mir wie sehr sie mich begehrt. Wir haben
uns vermisst und jetzt nehmen wir uns was wir wollen. Mir ist
klar, dass ich jetzt alles will. Ich schiebe meine Hand in ihre
Shorts. Sie ist bereit für mich. Ich schiebe ihr nasses Top hoch
und sehe ihre blanke Brust. Jo trägt heute keinen BH. Sie macht
mich wahnsinnig. Die Pferde wiehern draußen, aber es ist mir
egal. Jo schiebt meine Jacke über meine Schultern und ihre
Hände wandern in meine Gesäßtaschen der Jeans. Ich küsse
ihren nackten, nassen Busen. Sie riecht so gut. Jo öffnet meinen
Hosenknopf. Ich werde nervös. Sie haut mir schmutzige Worte
um die Ohren und ich bin so scharf wie lange nicht mehr. Sie
haucht meinen Namen. Ich drücke ihre Schenkel auseinander und
bringe sie mit meiner Zunge zum Schreien. Ihre Hände sind in
meinem Haar. Unser Feuer brennt noch.

Da poltert etwas gegen meine Tür. Langsam kehre ich zurück in
die Wirklichkeit. Ich muss mich sammeln. Ein Traum. Schon
wieder. So kann das nicht weitergehen. Es klopft noch immer.
„Damon. Verdammte Scheiße. Mach auf."
Nick? Was will er von mir? Ich lasse ihn rein und höre mir seine
Predigt an, was das vorhin war. Ich weiß es auch nicht.

„Wenn du es nicht mehr packst, dann gib auf. Es reicht. Die Band zerfällt. Wo soll das enden? Überleg dir was du tust."
Nick rauscht aus dem Zimmer und die Tür knallt hinter ihm zu.
Ich konnte nichts dazu sagen weil ich noch immer in meinem Traum gefangen bin. Ich MUSS die Sache beenden.
Ich verschwinde jetzt. Ich habe mich entschieden.

51

Jo

Damals:

Irgendwann kam er noch einmal zu uns. Es war an Weihnachten. Er stand auf einmal vor der Tür. Ein riesiges Wohnmobil parkte in meiner Einfahrt und ich sah, dass er eine Menge Gepäck dabei hatte.

„Damon. Was ist passiert? Was machst du hier?"
„Pack deine Tasche und die von Alanah. Wir verreisen."
„Was? Wie? Wohin? Und warum? Du meldest dich ewig nicht und jetzt willst du verreisen? Wo stehen wir, Damon? Warum sollten wir mit dir kommen?"
„Weil es Zeit ist, zu uns zurückzufinden. Wir werden einige Tage unterwegs sein. Mit dem Wohnmobil. Ohne Luxus, ohne Flugzeug und ohne Starprivilegien. Ich will euch mein Haus in Calgary zeigen. Nur wir drei. Also? Was ist? Bist du dabei? Ein Neuanfang als Familie."
Ich hatte keinen Schimmer was ich davon halten sollte. Dennoch nahm ich mir vor, Frieden mit ihm zu schließen. Vielleicht konnten wir ja einfach nur Freunde sein. Ich packte alles zusammen was Damon mir sagte, was wir brauchen würden. Wir holten Alanah aus der Schule ab. Es war ein weiter Weg. Für die fast 3000 km, bzw. knapp 1700 Meilen brauchten wir etwa 30 Stunden. Von Süd nach Nord, quer durch die USA. Eine normale Familie auf dem Weg in die Ferien. Genau an Heilig Abend

kamen wir in Calgary an. Die Fahrt war wunderschön. Wir genossen diese Freiheit. Die Nächte verbrachten wir ebenfalls im Wohnmobil. Es war zwar sehr unbequem und unheimlich anstrengend, weil wir sicher im Laufe der Jahre etwas Besseres gewohnt waren, aber es war einfach schön. Nur wir drei. Wir hielten irgendwo am Straßenrand und aßen. Alles war so friedlich. Und ich begann wieder Hoffnung zu schöpfen, dass..., nein, niemals würde das passieren. Ich sollte diesen Gedanken nicht zu Ende denken. Damon tobte mit Alanah herum und ich hoffte, dass es sie nicht wieder verstörte wenn er wieder fort war. Da war sie gerade 14 geworden. So alt, wie ich gewesen bin, als ich mich schon für Damon entschieden hatte. Dann sah ich zum ersten Mal das neue Haus. Er hatte mir bis dahin nie davon erzählt. Na ja, wir hatten auch so gut wie keinen Kontakt gehabt. Diese Hütte, ganz einsam, mitten in den Bergen. Verschneit und so romantisch. Ein Holzhaus mit einem riesigen Grundstück. Ungefähr ein Hektar Land gehören dazu. Ein Wald umsäumt das Grundstück. Das Haus liegt auf einem Hügel und man kann bis nach Edmonton sehen. Diese Berge sind so gewaltig. Warum hatte mir Damon davon nie etwas erzählt? Ich stand staunend vor dem Haus und war überwältigt.
„Mein Gott ist das wunderschön. Gehört es wirklich dir?"
„Es gehört UNS."
„Wann hast du es gekauft? Warst du schon öfter hier?"
„Nur ein paar Wochen zum Nachdenken und um Ruhe zu finden. Kam mir so in den Sinn als ich einen Bericht über diese Gegend im TV sah. Ich hoffe es gefällt euch. Wir werden hier wundervolle Feiertage verleben. Egal wie strapaziös die Anreise war. Ich wollte es so einfach wie möglich machen. Eine normale Familie in den Winterferien. Ganz ohne Luxus."
Ich sprang ihm in die Arme und freute mich auf das Fest. Wir packten unsere Koffer aus und ich konnte nicht sagen wie glücklich ich war. Als ich das Haus von innen sah, verschlug es mir die Sprache. Es ist nicht groß oder luxuriös. Nein. Gemütlich.

Mit einem Kamin und jeder Menge Feuerholz aufgestapelt daneben. Eine weiße Landhausküche und Holzfußboden. Gemütliche Sitzgruppen und ein Billardtisch standen herum. Die Schlafräume sind auch sehr klein, aber die Betten dafür riesig. Damon machte sofort das Feuer an und es gab ein gemütliches Knacken und Zischen im Kamin. Alanah rannte durch das Haus und suchte sich ihren Schlafplatz. Der Kühlschrank wurde befüllt mit den Dingen, die Damon gekauft hatte. Etwas chaotisch, weil die Sachen absolut nicht zusammen passten, aber das war mir egal. Ich hätte an Weihnachten Cornflakes oder einen Bagel gegessen, solange wir zusammen waren. Alles war perfekt für mich. Ich vergaß für eine Weile unsere Streitigkeiten der letzten Jahre und verdrängte, dass das hier eine Ausnahme war. Im Wald schlugen wir einen wunderschönen Weihnachtsbaum. Und Alanah bastelte Dinge, die wir daran hängen konnten. Im Kamin prasselte das Feuer den ganzen Tag und Damon wickelte uns drei in eine riesige Kuscheldecke auf der breiten Sitzgruppe. Alanah zwischen uns. Ein unbeschreibliches Gefühl. Eines der schönsten Weihnachtsfeste, die wir je zusammen erlebt hatten.
Das ist jetzt zwei Jahre her. In Calgary waren wir drei Wochen. Damon brachte Alanah das Snowboarden bei. Wir haben Schneeballschlachten gemacht. Damon brachte uns Ski laufen bei und die Wälder am Haus sind herrlich um Spaziergänge zu machen. Ich liebe es wenn die Sonne hinter den Bergen verschwindet. Dieses Bild ist unbeschreiblich. Ich war seit damals leider nie wieder in dem Haus. Nach unserem Urlaub war alles wieder wie vorher. Wenig Kontakt, kaum Telefonate. In keinem unserer Häuser bin ich je wieder gewesen. Ohne Damon werde ich sie auch nicht mehr betreten. Ich weiß nicht einmal, ob er sie alle überhaupt noch hat.
Bald ist schon wieder Weihnachten. Der Oktober ist fast halb vorbei. Was wird sein? Wird er da sein? Ich habe keine Ahnung und auch keine Hoffnung mehr.

Damons Berghütte in Calgary

Jetzt:

Und so ist es auch heute. Deshalb sitze ich hier und schaue alte Fotos an. Ich erzähle Ihnen von ihm. Er ist wunderbar. Die letzten Tage waren schön, bis auf den Tod von Buster. Ich hatte einen Traum. Den kennen Sie jetzt. Jetzt kennen Sie meine Geschichte. Und die von Damon. Wenn Sie bisher etwas anderes über ihn gehört haben, vergessen Sie es. Er ist anders. Er ist der, den ich ewig lieben werde. Er ist der, der mein Leben bereichert hat. Er hat mir Alanah geschenkt. Und ein doch sehr schönes Leben. Er kann ja nichts dafür, dass ich mich selbst belogen habe. Ich sitze hier bei meinen Eltern. Bin abgehauen. Alanah ist zu Jack gegangen. Sie wollte nicht bleiben ohne ihren Vater. Und der Tod von Buster hat ihr den Rest gegeben. Eines Tages werden wir wieder glücklich sein. Irgendwie möchte ich doch zurück in mein Haus. Ich sage meinem Vater, dass ich etwas Zeit brauche. Ich muss nachdenken. Zu mir finden. Und das kann ich am besten in meiner Bibliothek. Also mache ich mich wieder auf den Weg zurück nach Hause. Morgen werde ich aufbrechen. Alanah kommt sicher bald zurück.

52

Damon

Jetzt:

Ich scheiß auf alles. Ich hau jetzt ab. Später werde ich mit John
reden. Ich muss hier raus. Zu Jo. Ich habe es versucht. Aber es
geht nicht mehr. Das Gespräch mit John geht mir durch den
Kopf. Ob ich tatsächlich eine Abschiedstour mache, weiß ich
noch nicht. Jetzt werde ich erst einmal zu einem Züchter gehen
und einen neuen Hund für Jo besorgen. Sie braucht jemanden, der
auf sie aufpasst, der ehrlich zu ihr ist. Ich klappe mein Notebook
auf und stöbere. Mein Handy klingelt.
„Damon? Wo steckst du? Bei den Proben warst du nicht. Muss
ich mir Sorgen machen?"
„John. Hi. Nein, brauchst du nicht. Bin in meinem Zimmer.
Komm rüber. Lass uns reden."
„Bis gleich."

Im Internet finde ich einen Züchter. Es klopft. John ist schon da.
Ich werde diese Geschichte zu Ende bringen. Klartext reden.
Alles Weitere werden wir später klären. Er wird es verstehen.
Es klopft.
„Komm rein."
John sieht mich sauer an.
„Was zum Teufel hast du jetzt schon wieder vor?"

„Es ist vorbei, John. Ich werde abbrechen. Du hast recht. Ich muss was tun, ehe es zu spät ist. Ich habe schon viel zu lange gewartet und ich werde nun mal nicht jünger. Sieh dir das an. Ich suche nach einem Hund für Jo. Den werde ich ihr mitbringen und ihr sagen, dass es vorbei ist. Ich werde ihr sagen, dass ich nie mehr fort gehe. Ich werde eines meiner Versprechen einlösen. Und wenn ihr anderen es auch wollt, dann werde ich ihr sagen, dass wir nur noch im Studio arbeiten. Ganz ohne Musik kann ich nicht sein. Ich will es echt versuchen, John."

„Wow. Das... ich meine... Ist das dein Ernst? Ich..."

John sieht mich an und ich weiß nicht was ich davon halten soll. Hält er zu mir? Oder habe ich gerade meinen besten Freund verloren?

„Na ja, es ist nur... Ich versteh dich. Ach, scheiß drauf. Dreißig Jahre sind genug. Hör auf dein Herz. Den Rest überlass mir."

Er klopft mir auf die Schulter. Zum Glück ist er nicht mehr sauer. Ich stehe auf und drücke meinen Freund an mich. Mein ehrlichster Freund und jetzt vermutlich auch der Einzige.

„Wir kriegen das hin. Und grüße Jo von mir."

Mit einem sanften Druck auf meinen Rücken verabschiedet John sich von mir. Keine Ahnung wann ich ihn und die anderen wieder sehen werde. Es ist ein seltsames Gefühl. Aber da muss ich jetzt durch. Es wird eine Menge Papierkram geben, das Tier mitnehmen zu dürfen. Und die lange Reise wird den Hund anstrengen. Trotzdem rufe ich den Züchter in Darwin an. James bringt mich hin. Er stellt keine Fragen. Ich denke er weiß Bescheid was mit mir los ist.

„Mr.Mandora..."

„Damon... noch immer", grinse ich.

„Damon... Es geht mich nichts an. Das weiß ich. Aber du tust das Richtige. Glaube mir. Ich wünschte ich hätte eine Frau wie Jo."

„Danke James."

Gemeinsam brechen wir auf. Er hilft mir, mein Leben wieder in den Griff zu bekommen. Der Flug ist ruhig. Ich sehe meine nähere Zukunft vor mir. Es wird eine riesige Umstellung für mich sein, aber das ist es wert.

Wir erreichen Darwin. Zum Züchter ist es nicht mehr weit. Ich bin so aufgeregt wie lange nicht mehr. Und alles nur wegen eines kleinen Hundewelpen. Ich stehe vor dem Zwinger. Ein kleines süßes Fellknäuel blinzelt mich an. Und noch eins. Shit. Scheiß drauf. Alanah bekommt den anderen. Ich nehme beide Tiere mit, erledige die Formalitäten. James hat sich bereit erklärt, mich zu Jo zu bringen. Meine Crew ist einmalig und ich werde sie vermissen. Was aus uns wird, weiß ich noch nicht. Jetzt zählt nur Jo. Und Alanah. Dann fliegt James zurück zur Band. Sie werden es ohne mich zu Ende bringen. Wie schon so oft davor. Ich bin raus, hat John gesagt. Okay. Dann ist es jetzt ebenso. Davon wird die Welt nicht untergehen. Hoffe ich jedenfalls. Wie es weiter geht wird sich finden. Ich werde später mit ihnen und Jo darüber sprechen. Ich will nur noch meinen Kram einpacken, die Hunde in die Box bringen und dann nur noch weg von hier. Dem Ende der Welt Adieu sagen. Irgendwie geht jetzt alles von selbst. Ich habe einen Plan. Und ich habe ihn zum ersten Mal wirklich gut durchdacht.

Wir sind zurück in Auckland. Die Tiere sind bei mir. Ein Gefühl der Hoffnung macht sich in mir breit. Ich bin endlich aufgewacht. Es klopft an meiner Tür. Nick.

„Damon. Keine Ahnung was hier abgeht, aber ich wünsche dir, dass du das Richtige tust. Bitte gib uns nicht ganz auf. Wir sind Freunde. Wir bringen das zu Ende. Dann reden wir. Es sind nur acht Wochen. Brandon und ich schaffen das. Ich... ach scheiße Mann. Du fehlst mir. Ich...“

Nicks Augen werden glasig. Er nimmt mich in den Arm und auch mir fällt es schwer. All die Jahre standen wir nebeneinander auf den Bühnen dieser Welt. Ich weiß, dass es nicht das Ende der Band ist. Die Fires werden weiter leben. Irgendwie.

Nick ist gerade gegangen. Andy und die anderen habe ich nicht mehr gesehen. Wir werden uns bald wieder treffen. Ich muss jetzt los. Mein Taxi wartet schon. Die Hunde sind schon im Flugzeug. Mein Pilot hat schon alles organisiert. Nur noch ein paar Stunden trennen mich von meinem neuen Leben.

Jetzt betrete ich mein Flugzeug. Zum vermutlich letzten Mal. Oder zumindest für sehr lange Zeit. Es ist ein komisches Gefühl das zu wissen. Was wird damit? Ich weiß es nicht. Was wird aus James? Aus meinen Leuten, die uns seit Jahren schon begleiten? Sie haben Familien, für die sie sorgen müssen. Es ist schwer für mich, mich in diese Situation zu versetzen. Ich will das alles nicht. Aber es muss sein. Vielleicht können die Dark Punks ja da weitermachen, wo die Fires aufgehört haben. Wer weiß das schon. Das Leben geht seltsame Wege.

Anthony startet die Maschine. Das Flugzeug, samt Besatzung wäre bei Keith und seinen Jungs in guten Händen. Ich werde diesen Gedanken abspeichern. Jetzt geht es nur um mich und meine Familie. Ich bin aufgeregt wie ein kleines Kind. Was wird Jo sagen? Wird sie JA sagen, wenn ich sie frage, ob wir nun endlich unsere Hochzeit in Texas, mit all ihren und meinen Leuten, nachholen wollen? Oh Mann, ich liebe diese Frau. Sie MUSS einfach Ja sagen. Ich würde mein Leben für sie geben. Ich will nur noch diese eine Chance.

„Mr. Mandora?"

„Damon. Herrgott nochmal", grinse ich und James lächelt mich an. Dann geht er zum Cockpit, um als Anthonys Copilot meine letzte Reise mit dem Bandflugzeug zu absolvieren.

„Alles wird gut."

„Das hoffe ich."

Dann geht es endlich los. Mein neues Leben wartet auf mich.

„Wir beginnen jetzt mit dem Landeanflug. Gleich bist du angekommen. Ich wünsche euch dreien alles Gute," höre ich Anthony durch den Kabinenfunk sagen.

„Danke."

Ich sage es mehr zu mir selbst und lächele.

Die beiden Welpen haben den Flug gut überstanden und schauen mich an. Sie werden es gut bei uns haben. Ich sehe die Lichter des Flughafens von San Antonio. Mein Herz schlägt mir bis zum Hals. Als wir landen hetze ich sofort zum Taxistand. Manchmal hat es auch Vorteile berühmt zu sein. Ich komme mühelos überall durch und schon befinde ich mich auf dem Weg zu Jo´s Haus. Meine Piloten kehren sofort wieder um, um meine Band auf ihren vorerst letzten Wegen zu begleiten. Die letzten Livekonzerte ohne Damon Mandora.

Das Taxi hält an. Mein Herz stolpert in meiner Brust herum. Die beiden Hunde winseln aufgeregt und mein Herz rast noch schneller. Die letzten Schritte und ich bin bei ihr.

Ich kann Jo´s Haus schon sehen. Ich gehe darauf zu. Die Hunde stelle ich erst einmal hinter den Zaun. Die Tür ist zu. Oh nein. Jo ist nicht da. Das Haus gehört mir. Also habe ich auch einen Schlüssel. Ich werde hinein gehen und auf sie warten. Die Hunde nehme ich mit ins Haus. Es ist so still hier. Ich werde mich hier ins Wohnzimmer setzen und warten.

53

Jo

Jetzt:

Es wird Zeit zu gehen. Ich nehme meine Eltern noch einmal in den Arm und mache mich auf den Weg. Irgendwie werde ich es schon schaffen. Da ist mein Haus. Still steht es da. Jedes Leben darin ist erloschen als Damon uns vor ein paar Tagen erneut verließ. Und ohne Buster ist es nur noch schlimmer. Doch ich bin stark. Ich muss es einfach sein. Schon wegen Alanah. Das ist jetzt mein Leben/ unser Leben. Ich gehe zur Tür. Öffne sie und ...traue meinen Augen nicht.

„Damon. Was?....“

„Es ist vorbei. Ich komme zu dir zurück und gehe nie mehr weg“, sagt er als er auf mich zu kommt.

„Was? Wirklich? Du bleibst? Mein Gott ich kann es nicht glauben.“

Ich stürme auf ihn zu und springe ihm direkt in seine Arme.

„Warte. Ich hab da noch was für dich. Bleib hier stehen. Geh nicht weg. Schließ deine Augen. Nicht schummeln.“

„Okay. In Ordnung.“

„Augen auf.“

„Was? Oh mein Gott. Sind die süß. Du bist unglaublich. Das wusste ich schon immer.“

„Ich liebe dich, Jo.“

Dann kniet er sich vor mich hin und stellt mir eine Frage, auf die ich schon ewig warte und nicht dachte, dass er sie jemals stellen würde:
„Willst du mich noch einmal heiraten? Hier in Texas, mit allen Menschen, die du liebst?"
„Was soll ich sagen? JA, JA, JA, verdammt das will ich."
Damon ist da. Und er wird bleiben. Vielleicht hat mich mein Traum doch nicht belogen. Er brauchte nur etwas mehr Zeit um wahr zu werden.

ENDE

Danksagung

So ihr Lieben. Wir sind am Ende dieser zauberhaften Geschichte um Jolene und Damon. Ich hoffe, dass sie euch gefallen hat. Es fällt mir schwer, meine Jungs loszulassen. Fast zwei Jahre haben sie mich durch meinen Tag begleitet. Und nun wird es Zeit, eine neue Welt zu erschaffen. Ich bin schon fleißig dabei.

Hier möchte ich nur noch Danke sagen. Danke an alle, die an mich und meine Ideen geglaubt haben. An alle, die mir Mut gemacht haben, diese Geschichte zu veröffentlichen. Danke an meine Testleser und meine Familie, die sehr lange auf mich verzichten musste, weil ich diese Sache zu Ende bringen wollte. Ich hoffe, dass es ich lohnt und ihr meine Buchband so liebt wie ich. Auch ein fettes Dankeschön an Lea Böttcher von LaB Buchdesign, die mir diese beiden wunderschönen Cover gemacht hat. Ich hoffe auf weitere gute Zusammenarbeit mit ihr, bei meinen weiteren Werken, an denen ich derzeit fleißig arbeite. Für Neuigkeiten folgt mir gerne auf

Instagram: @elkewollinski_autorin und e_m_linsky_autorin

Wir lesen uns

Eure Elke

Bereits erschienen:

In Magical Worlds Series:
by Elke Wollinski:

Wish you were here

Son of Neptun

The Bloodking

The Reversal

Rock or Love Band 1 by E.M. Linsky

In Love Adventures Series:

Free 1 Die Welt gehört uns wenn wir zusammen sind

Free 2 Ohne dich hört die Welt auf sich zu drehen

Damn Love

Instagram: @elkewollinski_autorin u. @e_m_linsky_autorin

Klappentext

Wish you were here

Als die 17jährige Stella mit ihren Eltern von Washington D.C.nach Louisiana, an den Rand der Stadt Kenner zieht, bricht für sie eine Welt zusammen. Alles was sie liebt, bleibt in Washington zurück. Auch ihr über alles geliebter Freund Danny. Nur schwer findet sie sich in ihrer neuen Umgebung zurecht und kapselt sich von allem ab. Einzig ihr neuer Nachbar, Dylan Durban, der etwas älter als Stella ist, bringt ihr Herz manchmal ganz schön aus der Fassung. Da Stella aber nicht bereit ist, sich auf etwas Neues einzulassen, flüchtet sie sich in die Welt der Bücher. Eines Tages findet sie auf dem Dachboden ihres neuen Hauses in Kenner ein Buch. Die Geschichte in dem Buch fasziniert sie so sehr, dass sie fast jede freie Minute mit Lesen verbringt. Stella denkt sich in die Story rein und stellt bald fest, dass es darin Parallelen zu ihrem eigenen Leben gibt. Sie fühlt mit der Romanfigur Colin Tanner und wünscht sich, dass es ihn gibt, da er anscheinend das Gleiche durchmacht wie sie selbst. Als Colin eines Tages wirklich bei ihr auftaucht, und sie um Hilfe bittet, merkt Stella erst, welches mächtige Buch sie da gefunden hat und ihr Leben ist nicht mehr dasselbe....

Klappentext

Soulcatchers of Blackland

Becky will ihr Leben aus Verzweiflung beenden. Fest
entschlossen, ihren Plan umzusetzen, stellt sie sich auf eine
Flussbrücke, bereit zum tödlichen Sprung. In letzter Sekunde
taucht der geheimnisvolle Alex auf, der auch noch äußerst
attraktiv ist. Er verhindert das Schlimmste und überzeugt Becky
davon, ihm zu folgen. An einen Ort, der ihr Leben wieder
lebenswert macht. Becky ahnt nicht, dass Alex ein gefallener
Engel ist, der für den Höllenfürsten Mephisto Seelen sammelt,
und ihre ihm schon längst versprochen ist. Alex' Wesen fasziniert
Becky so sehr, dass sie mit ihm geht. Als sie tief unter der Erde
Blackland erreichen, merkt sie schnell, dass dort etwas Böses vor
sich geht. Sie stellt Alex zur Rede und erfährt, dass auch er,
genau wie seine drei Freunde, und viele andere auch, Sklaven der
Hölle sind. Sie alle sind Diener des dunklen Fürsten und werden
von ihm kontrolliert. Manchmal sogar auch gefoltert, wenn sie
ihm nicht gehorchen. Als Mephisto Alex betrügt, schwört dieser
Rache. Becky. Hilfe bekommt er ausgerechnet von Becky. Beide
kommen sich näher und Becky ist wild entschlossen, Alex zu
helfen. Ein epischer Kampf zwischen Himmel und Hölle beginnt.
Kann Becky Alex retten, oder bleibt auch sie eine ewige Sklavin
der Hölle?

Klapptext

Son of Neptun

Die Brüder Jacomos und Thoran und die letzten männlichen
Nachkommen des Meereskönigs Neptun. Während Thoran eines
Tages Neptuns Erbe antreten wird, möchte Jacomos lieber ein
Mensch sein. Immer öfter begibt er sich an den Strand, um den
Menschen nahe zu sein. Als Thoran allerdings in die Hände von
Tierfängern gerät, und in einem Forschungslabor landet, will
Jacomos ihn unbedingt finden. Dafür geht er einen Deal mit
Königin Kelife ein. Mit Hilfe eines Fluchs ist es ihm möglich für
zwölf Stunden am Tag als Mensch an Land nach Thoran zu
suchen. In den Nächten kehrt er ins Meer zurück. Tag für Tag
macht er sich als Mensch mit dem Namen Jace auf die Suche
nach seinem großen Bruder, der im Labor Höllenqualen erleiden
muss. Findet er ihn, und möchte er dann noch immer ein Mensch
sein, so soll ihm dieser Wunsch erfüllt werden. Eine Bedingung
gibt es allerdings: Verliebe dich nie in einen Menschen. Und
dann begegnet er Faye, die scheinbar etwas über Thorans
Verbleib weiß. Das Problem ist nur, dass Faye es ihm immer
schwerer macht die einzige Bedingung einzuhalten...

Klappentext

The Bloodking

Die Brüder Ray und River sind die letzten Überlebenden der
Familie Allister, die einst verflucht wurde und seit dem
gezwungen werden, sich von Menschenblut zu ernähren. Die
Sternzeichen der Menschen bestimmen die Kraft des Blutes. Am
stärksten gilt das Blut der im Zeichen des Löwen Geborenen.
Deshalb müssen die Brüder immer zum Vollmond hinaus um
sich starke Partner zu suchen, die mit ihnen die Gattung der
Bloodhunter wieder auferstehen lassen. Mensch um Mensch
verschwindet im schwarzen Schloss, welches Ray bewohnt.
Während Ray dem Fluch fast vollkommen ausgeliefert ist,
versucht River ihn zu brechen. Als Ray auf Hope trifft, glaubt er
mit ihr die richtige Partnerin gefunden zu haben, doch Hopes
Blut hat etwas ganz anderes mit ihm vor. Und was hat sein
Bruder River damit zu tun?

Klappentext

Damn Love

Sandy wird mehr oder weniger mit dem gut aussehenden Jason verkuppelt. Zunächst hält sie nicht viel von ihm, da er ihr sehr überheblich vorkommt. Gezwungenermaßen muss sie sich dennoch mit ihm abgeben und verliebt sich am Ende doch noch hoffnungslos in ihn. Als sie nach einem Jahr Fernbeziehung beschließt zu Jason zu ziehen, zeigt dieser sein wahres Gesicht. Jason ist herrisch, jähzornig, manchmal sogar gewaltbereit und übertrieben eifersüchtig. Er beginnt ihr das Leben schwer zu machen und immer wieder verletzen beide einander, obwohl sie sich ehrlich lieben. Weil Jason Sandy betrügt, bekommt die Beziehung den ersten Riss. Als Sandy ausgerechnet Trost bei Darren, Jasons älterem Bruder, sucht, eskaliert die Situation. Sandy beginnt zu begreifen, dass Jason nicht gut für sie ist. Dennoch ist ihre Liebe zu ihm scheinbar unzerstörbar. Oder kann der smarte Fotograf Nick sie zur Vernunft bringen?

Klappentext

Free 1
Die Welt gehört uns...

Lauren wächst wohlbehütet auf dem Land bei ihren Eltern auf. Sie hasst es, dass ihre Eltern ihr Leben scheinbar schon bis ins letzte Detail geplant haben und versucht sich zu widersetzen. Da trifft sie auf Randy, der aus dem System ausgestiegen ist und zu Fuß, nur mit Rucksack, Zelt und seinem Hund, die gesamten USA durchwandert. Randy verkörpert alles, wovon Lauren träumt. Er ist frei, so wie sie es sich auch wünscht. Aus Freundschaft wird Liebe und nach einer heißen Nacht mit Randy, brennt sie mit ihm durch und erlebt das Abenteuer ihres Lebens.

Randy hält nichts davon sich an Regeln zu halten. Es behagt ihm erst recht nicht jeden Tag einer geregelten Arbeit nachzugehen. Er steigt aus und wandert gen Süden. Als er auf Lauren trifft, ändert sich sein Leben schlagartig. Die beiden verlieben sich heftig ineinander und Lauren kommt mit ihm. Aus der anfangs harmlosen Reise, wird ein Kampf um Leben und Tod, als beide überfallen werden und Randys Gegenwehr fast tödlich für den Angreifer ausgeht. Es beginnt eine gnadenlose Jagd auf das Paar...

Klappentext

Free 2
Ohne dich...

Nachdem Randy und Lauren gewaltsam getrennt wurden, versucht Randy sich nach Mexiko zu retten. Dort findet er für kurze Zeit eine neue Heimat. Lauren wird von ihren Eltern zurück nach Hause gebracht. Da erfährt sie, dass sie ein Baby von Randy erwartet, wovon dieser natürlich nichts weiß. Die Suche nach dem Vater ihres Kindes bleibt erfolglos. Bald wird Randy für tot erklärt und Laurens Welt bricht vollends zusammen. Während Randy versucht irgendwie zurück nach Trenton zu kommen, bereitet Lauren sich auf die Geburt ihres Sohnes Rylan vor. Mit der Geburt des Kindes bekommt Laurens Leben wieder einen Sinn. Langsam findet sie ins Leben zurück. Da erreicht sie ein Brief. Von Randy...

Klappentext

Rock or Love Band 1

A dream is coming true

Jolene verliebt sich schon als Schülerin in den jungen Rocksänger Damon, der noch am Anfang einer glanzvollen Karriere steht. Nach fünf Jahren werden beide tatsächlich ein Paar und Jolenes Traum scheint sich zu erfüllen. Schon bald merkt sie, dass ein Leben an Damons Seite alles andere als einfach ist. Er lebt für seine Musik und geht dafür über Leichen. Als die Beziehung der beiden an die Öffentlichkeit dringt, wird alles noch viel schlimmer und Jolene versteht, was es heißt berühmt zu sein. Damon rutscht immer tiefer in Abgründe und bald bestimmt Streit das Leben des Paares. Die Beziehung droht zu zerbrechen. Doch dann geschieht etwas, das beider Leben für immer verändern könnte...

Leseprobe

Wis you were here

1

„Stella, beeil dich. Dad sitzt schon im Taxi. Wir haben eine lange Reise vor uns. Der Flieger wartet nicht."
„Ich komme, Mom."
„Ich weiß wie du dich fühlst. Aber das Leben geht weiter. Du wirst das neue Haus lieben."
„Sicher."
Meine Mutter drängt mich. Ich will hier nicht weg. Nicht schon wieder. Diese ewige Umzieherei nervt mich einfach. Was zum Teufel soll ich in Louisiana auf dem Land? Warum muss mein Vater auch jede Versetzung akzeptieren? Er ist Bauingenieur und jagt jedem Auftrag, der gutes Geld bringt, hinterher. Der Auftrag hier in Washington D.C. ist nach 5 Jahren beendet. Das Autobahnkreuz und das Shoppingcenter, welches darüber zu erreichen ist, sind fertig. Meine Mutter arbeitet bei der Zeitung und hat eine neue Stelle in Kenner. Außerhalb von dort, direkt am Fluss, befindet sich meine neue Heimat. In zwei Wochen fangen meine Eltern ihre neuen Jobs an. Daran ist nun nichts mehr zu ändern. Ich muss mit, ob ich nun will oder nicht. Mein Vater soll eine Brücke bauen, die über den Mississippi führen wird. Das ist scheiße. Ich will hier nicht weg. Die letzten Jahre waren wir hier in Washington D.C., davor in Seattle und davor...keine Ahnung. In wenigen Stunden beginnt schon wieder ein neues Leben für mich. Wie oft denn noch? Und dabei hatte

ich mich doch hier eingelebt. Ich bin gerade erst 17 geworden. Ich habe Freunde hier und lasse sie nun alle zurück. Meinen Freund Danny, meine beste Freundin Christine, genannt Chris, und Blake, der neben uns wohnt.

„Stella, nun komm doch endlich."

„Jaaa verdammt. Lass mich doch wenigstens einen Moment Abschied nehmen."

Ich stehe vor unserem Haus und sehe zu unserer Wohnung hinauf. Am Fenster der Nachbarwohnung sehe ich Blake. Er winkt mir zu und ich glaube, dass auch er Tränen in den Augen hat. Wir waren immer zusammen. Wie vier: Danny, Blake, Chris und ich. Blake und Chris scheinen sich gerade anzunähern. Das Ende der Geschichte werde ich wohl nicht mehr erfahren. Ich schicke ein Zeichen zu Blake, dass wir bald telefonieren und er nickt mir mit erhobenem Daumen zu. Er war immer für mich da, wenn es mir schlecht ging. Wie ein Bruder, denn Geschwister habe ich nicht. Ich bin allein. Mal wieder werde ich die Neue sein. Es ist erbärmlich. Ob ich meine Freunde jemals wieder sehen werde? Und Danny ist auch nicht da um mich zu verabschieden. Seine Eltern haben ihn mit nach Florida genommen. Sie machen dort Urlaub. Seit drei Tagen sind sie nun schon fort. Und das ist das Schlimmste überhaupt für mich. Wenn er in drei Wochen zurück kommt, bin ich schon am anderen Ende der Staaten. Mein Herz ist schwer, weil ich ihn liebe. Wir sind schon fast zwei Jahre zusammen. Ich dachte es würde für immer sein und nichts könnte uns trennen. Was wird nun aus uns werden? Keine Ahnung. Was ich fühle, scheint hier gerade keinen zu interessieren.

„Stella..."

Herrgott nochmal. Warum können die mich denn nicht einfach in Ruhe lassen? Ich sehe Danny vor mir. Wie er mich anlächelt, mich an sich drückt und wie er mich küsst. Vor drei Tagen. Es war der letzte Kuss für immer und ewig. Ich bin so wütend auf meine Eltern. Danny und ich hatten schon alles geplant. Wir wollten zusammen an die Uni. Vielleicht nach Boston oder Seattle. Ich weiß nicht wie es weitergehen soll ohne ihn. Ich fühle mich leer. Der Taxifahrer trommelt ungeduldig auf dem Lenkrad herum. Ich muss jetzt los. Washington mach´s gut. Ich komme wieder, wenn ich mein eigenes Leben leben kann. Also quetsche ich mich neben meine Mutter in das Taxi. All unsere Sachen sind weg. Mein Vater hat fast alles verkauft. Das neue Haus steht schon in vollem Glanz bereit. Es wurde total neu eingerichtet. Schon im Frühjahr hatten meine Eltern es renoviert und mir vom Leben auf dem Land vorgeschwärmt. Ich dachte, es sei eine Art Ferienhaus. Da hätte ich ja auch nichts dagegen gehabt. Und jetzt das. In ein paar Stunden werde ich dort sein. In dieser verfluchten Einöde am längsten Fluss Amerikas.

Ich starre aus dem Fenster und sehe mein altes Leben an mir vorbei ziehen. All das hier, sehe ich heute zum letzten Mal. Vorbei am Schulgebäude, an Dannys Haus. Meine Augen sammeln schon wieder Wasser.

„Ich weiß wie du dich fühlst. Das vergeht mit der Zeit", versucht es meine Mutter wieder.

„Ach ja?"

Einen Scheiß weiß sie. Sie muss sich ja nicht von Dad trennen. Ich sage jetzt lieber nichts mehr und starre aus dem Fenster. Wir erreichen den Flughafen. Keine Ahnung wie lange wir in der Luft sein werden. Ist mir auch egal. Das Taxi hält am Pan Am Abflugbereich an. Wir betreten das Gebäude und ich will nur noch weg. Ich denke an Danny und an meinen Freunde, während ich den Teddy fest umklammere, den er mir letztes Jahr auf dem Jahrmarkt geschossen hat. Um den Hals trage ich seine Kette mit dem halben Herzen, die andere Hälfte trägt er.

„Danny ist immer bei uns willkommen. Vielleicht gibt es ja eine Möglichkeit."

„Klar, Mom. Wir sehen uns sicher jeder Wochenende", knalle ich ihr böse an den Kopf. Dann vibriert mein Handy in meiner Gesäßtasche. Eine Nachricht von Danny:

Hallo mein Schatz

Ich bin immer bei dir und werde dich nie vergessen. Es tut mir leid, dass ich nicht bei dir bin, um Abschied zu nehmen. Ich werde dich besuchen und für immer lieben. Bitte gib uns nicht auf. Ich liebe dich

Danny

„Danke Dad", grummele ich und schiebe mich weiter in der Schlange voran.

„Ich wünsche ihnen einen guten Flug", höre ich die Dame am Schalter noch sagen. Wir suchen unseren Platz im Flieger und meine Laune sinkt weiter. Die Anschnallzeichen blinken auf und ich spüre die Vibration des startenden Fliegers. Jetzt gibt es kein Zurück mehr. Die Welt zieht an mir vorbei. Stunden später setzen wir in New Orleans auf.

„Unser neues Leben beginnt genau jetzt. Ist es nicht wunderbar?", schwärmt meine Mutter.

„Fantastisch", schnauze ich sie an. Warum sind alle so verdammt glücklich? Ich will dieses neue Leben nicht. Mein altes war völlig okay. Bis Kenner müssen wir noch eine Weile fahren. Mein Vater nimmt seinen neuen Firmenwagen entgegen und stopft unser Gepäck hinein. Wir verlassen das Flughafengelände und steuern auf den Highway Richtung Kenner. In der Ferne sehe ich Grün. Viel Grün sogar. Der Fluss schlängelt sich träge durch die Landschaft. Ich muss zugeben, dass es hier doch sehr hübsch ist. Trotzdem. Ich will nach Hause.

„Wir sind gleich da", verkündet meine Mutter. Ich will davon nichts hören oder sehen. Ich schließe meine Augen und drehe die Musik lauter. Abrupt bleibt der Wagen stehen. Ich öffne die

Augen und sehe ein großes weißes Haus. Vor der Terrasse sehe ich den Mississippi. Man hört die Natur, sonst nichts. Das kann ja heiter werden.

„Und ? Was sagst du? Gefällt es dir?", will meine Mutter wissen.

„Es ist hübsch."

Mehr fällt mir gerade nicht ein. Mein Vater steht schon an der Tür und schließt auf. Ich bleibe einfach hier stehen und versuche zu akzeptieren, dass mein altes Leben vorbei ist. In einigen Metern Entfernung sehe ich ein baugleiches Haus. Oh, wir haben wenigstens Nachbarn. Wie schön.

„Stella, komm doch bitte rein. Du musst dir das ansehen. Oben ist dein Zimmer. Das mit dem kleinen Turm. Wird dir gefallen."

„Klar", nuschele ich und folge meinen Eltern in das Haus. Ja, es ist schön, aber viel zu einsam und überhaupt...

Ich stiere die Treppe an und beschließe mir die Sache einmal genauer anzusehen. Eine Wahl habe ich doch eh nicht. Ich erreiche den oberen Flur. Meine Eltern poltern in der Küche herum und ich suche die Tür zu meinem neuen Reich. Die weiße Tür am Ende des Ganges wird es sein. Und schon stehe ich mitten in meinem neuen Zimmer. Meine Eltern haben sich echt Mühe gegeben. Ein großes Himmelbett steht mitten im Zimmer. Meine Kisten mit den Büchern stehen schon da. Kleine weiße Kommoden stehen an den Wänden und der Knaller ist, dass das Zimmer eher achteckig als quadratisch ist. Die Höhe der Decke sagt mir, dass ich tatsächlich in diesem Turm hause. Ich lasse mich auf das Bett fallen und starre die Decke an. Jetzt kann ich die Tränen nicht mehr aufhalten. Es klopft an meiner Tür. Meine Mutter steht davor und versucht mir mein neues Leben schmackhaft zu machen.

„Danny kann wann immer er will herkommen. Und all deine Freunde auch. Das Haus ist groß genug. Du wirst dich schon noch daran gewöhnen."

„Wenn du das sagst", schmolle ich.

„Ist es okay für dich, wenn ich mit deinem Vater kurz in die Stadt fahre? Wir haben nämlich nichts zu essen hier. Es dauert nicht lange."

„Nein, alles okay. Ich werde meine Sachen auspacken, und versuchen mich hier heimisch zu fühlen", ätze ich sie an.

Meine Mutter verlässt das Zimmer und ich schicke Chris ein Foto von diesem. Meine Eltern fahren vom Grundstück und ich bin allein.

2

Ich wandere durch das Haus und frage mich, was meine Eltern
mit solch einem Riesending wollen. Das Haus hat sechs oder acht
Zimmer, keine Ahnung. Ich drehe meine Runden und komme
schließlich wieder in meinen Zimmer an. Ich beginne damit,
meine Sachen in den Schrank zu räumen. Das Bild von Danny
stelle ich auf den Nachttisch. Er lächelt mir direkt in mein Herz
und ich fange schon wieder an zu flennen. Ich muss hier raus.
Weg von ihm. Ich spähe in den Flur hinaus und dann entdecke
ich etwas: Neben meinem Zimmer ist eine alte Holztür. Ich öffne
sie und sehe eine steile Treppe vor mir, die hinauf zum
Dachboden führt. Oben gibt es noch eine Tür, die ziemlich
abgeranzt aussieht. Sie hängt schief in den Angeln und knarrt
furchtbar als ich sie öffne. Es ist sehr staubig hier oben. Überall
stehen alte Möbel herum, mit weißen Tüchern abgedeckt. Lauter
altes Zeug. Vergilbte Tapeten, ein Schaukelstuhl aus Korb und
ein Spiegel mit goldenem verstaubten Rahmen. Ein dicker Riss
zieht sich quer über die glatte Fläche. Alles ist voller
Spinnweben. An den Wänden befinden sich Regale, vollgestopft
mit Büchern. Sie sind zwar total eingestaubt, aber es sind Bücher.
Viele. Irgendwie mag ich diesen Raum, auch wenn er zur Zeit
noch etwas gruselig aussieht. Das große Bücherregal zieht mich
magisch an. Die Bücher scheinen alle schon sehr alt zu sein.
Außer einem. Es steht mitten drin und schaut beinahe neu aus.
Vorsichtig ziehe ich das Exemplar heraus. Das Buchcover zeigt
ein junges Paar. Ein blonder Mann mit umwerfenden blauen
Augen umarmt eine hübsche dunkelhaarige Frau. Ich denke, es
handelt sich um eine Liebesgeschichte. Aber der Titel ist
irgendwie komisch

„The Story", steht darauf.

Ich beschließe das Buch mitzunehmen. Zurück in meinem Zimmer, lege ich mich auf mein Bett und beginne zu lesen:

Hi. ich bin Colin Tanner. Mein Leben ist scheiße. Ich bin neu hier und mein Leben ändert sich wieder.

Da haben wir ja was gemeinsam, denke ich und lese weiter:

Ich bin am Ende der Welt ohne Familie, Freunde. Allein. Ich musste weg. Weg von zuhause. Sie wollen mich fangen und einsperren. Mein Leben in Chicago ist Geschichte. Es gibt keinen Weg zurück für mich. Ich bin auf mich allein gestellt.
„Amber, wo bist du? Geht es dir gut? Ich wollte das nicht, aber niemand glaubt mir. Du auch nicht, oder?"
Ich bin verrückt. Ich rede mit mir selbst, weil ich niemanden mehr habe. Nur mich und meinen alten Vagabundenhund Hunter. Ich habe ihn unterwegs gefunden. Er ist mir gefolgt. Keine Ahnung warum, aber ich mag diesen schmuddeligen Mischmasch. Ich habe ihn Hunter getauft. Passt irgendwie. Das Tier ist mein einziger Freund. Treu und loyal. Und er glaubt mir. Ich habe es nicht getan. Ich habe niemanden umgebracht. Aber man glaubt mir nicht. Nicht einmal meine Freundin Amber. Ich liebe sie, aber ich kann nicht bei ihr bleiben. Die Beweise sprechen gegen mich. Ich bin abgehauen, und nun lebe ich auf der Straße. Kein Weg zurück. Mein Weg war weit und ich bin schon ziemlich lange unterwegs. Für den Moment fühle ich mich sicher, aber ich vermisse mein altes Leben. Ich hatte alles schon genau geplant. Mein Leben mit Amber. Ein schönes Leben auf der Sonnenseite. Und jetzt das. Verdammte Scheiße. Vor zwei Wochen bin ich in Florida angekommen. Bin in Fort Lauderdale untergetaucht. Weit weg von Chicago. Ich bin getrampt, vor meinem Leben davon gelaufen, und habe Amber zurück gelassen.

Ich kann dich verstehen Junge. Vielleicht handelt es sich hier auch um eine Art Tagebuch. Mal sehen.

Ich habe kein Geld und keine Zukunft. Jetzt ist alles aus. Nichts passt mehr. Sie denkt, ich hätte Jackson im Suff getötet. Dabei habe ich mich nur gewehrt. Jackson hat den ganzen Abend nur herum gestänkert. Er wollte mein Mädchen, und ich wollte sie nicht hergeben. Da habe ich ihn geschubst und er ist böse gestürzt.

„Nimm die Finger von ihr. Penner.“

„Reg dich ab, Looser. Sie steht auf mich, wie alle Mädels es tun“, hat er gesagt und mich dabei ausgelacht. Diese dämliche Drecksau. Da habe ich einfach Rot gesehen und schon ging alles ganz schnell. Jackson lag am Boden. Er regte sich nicht, hatte aber noch Puls und Herzschlag. Er war nicht tot. Das weiß ich genau. Ich habe den Notarzt gerufen. Da lebte Jackson noch. Er ist im Krankenhaus gestorben. Aber nicht an den Verletzungen, die ich ihm beigebracht habe. Zeugen haben gesehen, was ich getan habe. Trotzdem glaube ich, dass Jackson an etwas anderem gestorben ist. Keine Ahnung. Wäre ich nicht ausgeflippt... ach Mist. Nun sitze ich hier und mein Leben ist keines mehr. Wie komme ich jemals wieder heraus aus der Scheiße? Seit vier Wochen bin ich unterwegs. Zuerst bin ich durch die Stadt gerannt. Ohne Ziel, ohne Geld. Nur mit einem kleinen Rucksack habe ich mich nachts aus dem Haus geschlichen. Keiner weiß wo ich bin. Nur mein bester Freund. Vor irgendwo habe ich ihn angerufen und ihn gebeten, den Mund zu halten. Ich vertraue ihm. Wir kennen uns schon ewig. Seit dem Sandkasten sozusagen. Mein Freund wird mich nicht verraten. Irgendwann, wenn meine Weste wieder weiß ist, werde ich zurück kommen. Und dann werden wir saufen und feiern, bis wir nicht mehrt können. Alles wird gut. Es muss so sein. Ein Lächeln huscht über mein verdrecktes Gesicht. Jetzt bin ich hier. Ich habe mir ein Boot geklaut. Es schaukelte verlassen am Ufer herum. Niemand schien sich noch dafür zu interessieren. Da habe ich es mitgenommen und in den Keys ins Schilf geschoben. Eine Plane versteckt es vor der Welt da draußen. Hier lebe ich. Hier schlafe *ich jetzt. Ich bin tief gesunken, das weiß ich, aber es muss reichen. Besser als nichts. Und für Hunter habe ich auch noch Platz. Manchmal wärmt er mir meine Füße. Bis jetzt funktioniert es ganz gut.*

Heilige Scheiße, denke ich. Der Typ ist ja beschissen dran. Ich blättere um. Draußen ist es bereits dunkel. Meine Eltern müssten gleich zurück sein. Ich lege mich bequemer hin und ziehe mir die Decke bis ans Kinn. Dann lese ich weiter:

Die Menschen sollen mich nicht finden. Ich kämpfe ums nackte Überleben. Und ich will Gerechtigkeit. Meine Unschuld beweisen. Aber wie?

„Stella. Wir sind zurück. Essen ist gleich fertig"
Ich will nicht gestört werden, denn dieses Buch ist echt gut.
„Okay, Mom, komme gleich."
Widerwillig lege ich das Buch zur Seite. Meine eigenen Bücher muss ich noch auspacken. Ich habe viele Bücher, aber diese Autorin kenne ich nicht. Isabell Flame. Ob es eine wahre Geschichte ist? Gibt, oder gab es Colin wirklich? Keine Ahnung.
„Essen ist fertig"
„Jaaa", knurre ich. Kann man mich denn nicht einfach in Ruhe lassen? Ich stapfe die Treppen hinab und finde meine Eltern schon am Tisch sitzend.
„Was machst du denn da oben?"
„Ich packe aus und habe mich mal umgesehen. Dabei habe ich die Dachkammer entdeckt. Da sind unzählige Bücher. Ich werde sie lesen."
„Wenn du meinst, Kind", sagt mein Vater. Schweigend sitzen wir hier und hängen unseren Gedanken nach, als es plötzlich klingelt. Mein Vater steht auf und öffnet die Tür.

„Hallo. Sie sind neu hier eingezogen? Ich bin Ken. Ken Durban, und das ist meine Familie. Meine Frau Fran und meine Kinder Dylan und Darcy."

„Möchten sie nicht herein kommen?"
„Gerne..."
Auch das noch. Smalltalk mit den neuen Nachbarn. Und schon
steht mein Vater mit der ganzen Sippschaft in der Küche. Meine
Mutter steht auf, um den Leuten die Hand zu reichen.Verstohlen
schaue ich von meinem Teller auf und starre direkt Dylan an.
Wow. Er ist schon eine Sahneschnitte. Dylan hat kurzes, dunkles,
verstrubbeltes Haar, das ihm in die Augen fällt, welche
unglaublich schön sind. Er ist groß und gut gebaut. Scheint ein
sportlicher Typ zu sein. Seine Schwester sieht genau so aus.
Beide sind wirklich hübsch. Darcy scheint in meinem Alter zu
sein, während Dylan sicher schon über zwanzig ist. Ich reiße
mich von seinem schönen Gesicht los, um ebenfalls allen der
Reihe nach die Hand zu reichen. Dylan hält sie etwas länger fest
und lächelt mich an. Irgendwie ist mir total warm gerade. Meine
Eltern kommen mit den Nachbarn ins Gespräch, und ich kann
mich noch immer nicht von Dylan losreißen. Ich spüre mein
Handy in meiner Gesäßtasche. Ich muss jetzt hier weg. Danny
anrufen.
„Bitte entschuldigen Sie mich. Ich muss kurz telefonieren. Bin
gleich wieder da"
Und schon ergreife ich die Flucht. Dylan macht mich irgendwie
nervös. Ich renne fast in meine Zimmer, während ich auf die Uhr
starre. Als ich Dannys Nummer wähle, höre ich Dylans Stimme.
Sie ist dunkel und männlich. Wow. Danny und ich reden eine
Weile. Nach dem Gespräch bleibe ich einfach auf meinem Bett
liegen. Die Durbans sind noch immer da. Aber ich will jetzt nicht
reden. Dylan bringt mich irgendwie aus dem Konzept. Neben mir
liegt das Buch. Mit dem Cover nach oben, aufgeklappt, mit der
Schrift nach unten. Es zieht mich magisch an. Das Bild von Colin
und seiner vermeintlichen Freundin, ist wirklich schön. Und ich
will seine Geschichte kennen. Irgendwie kommt er mir wie ein
Leidensgenosse vor. Er ist einsam. So wie ich. Noch immer höre
ich Stimmen von unten. Meine Eltern rufen nach mir, aber ich

will nicht bei ihnen sein. Stattdessen nehme ich wieder das Buch in die Hand und verschwinde in Colins Leben.

Jackson hatte seinen Arm um sie gelegt. Und ich habe es gesehen. Am Tag, als ich von meiner Großmutter kam. Ich stand an der Ampel und sah Amber Arm in Arm mit ihm von meinem Auto aus. Da bin ich sauer geworden. Und am nächsten Tag habe ich Klartext gesprochen. Amber und ich gehören zusammen. Jackson ist ein arrogantes Arschloch gewesen. Teamchef der Footballmannschaft der Schule, Mitglied im Boxclub, steinreich. Ich bin der Sohn eines Bürokaufmanns und einer Anwältin. Nicht reich. Aber ich liebe dieses Mädchen. Ich wollte versuchen, ihr alles zu geben. Doch anscheinend war das nicht genug. Und jetzt sitze ich hier und versuche den nächsten Tag zu überleben. Ich bin auf der Flucht. Obwohl es gar keinen Grund dazu gibt. Ich habe niemanden getötet.

Irgendwie fühle ich mit ihm. Aber es ist ja nur eine Geschichte. Unten machen sich die Nachbarn auf den Heimweg. Ich lege das Buch weg und stelle mich ans Fenster. Heimlich erhasche ich noch einen Blick auf Dylan. Dieser Typ ist echt eine Sünde wert. Ich sehe wie er sich umdreht und direkt in mein Fenster starrt. Mein Herz schlägt schneller. Keine Ahnung warum. Mit klopfendem Herzen sehe ich Dylan hinterher, der gerade durch unser Gartentor geht. Sein Haus befindet sich zwanzig Meter entfernt von unserem. Und es sieht genau gleich aus. Die Familie ist schon drinnen, und Dylan schaut noch immer zu uns herüber. Ich höre meine Eltern über die Durbans reden und beschließe zurück ins Bett zu gehen. Dann übermannt mich der Schlaf. Ich träume...wache auf, weil der Traum von Colin? Handelte. Hm. Ich schrecke hoch. Diese Person ist eine fiktive Person. Also sollte ich mich beruhigen. Erneut schleiche ich zum Fenster. Im Nachbarhaus brennt noch Licht. Dann sehe ich einen nackten Oberkörper am Fenster entlang gehen. Dylan. Oh Mann. Dieser Körper bringt mich völlig durcheinander. Und diese schwarzen

Linien, die sich entlang seiner Brust ziehen, waren mir vorhin gar nicht aufgefallen. Klar, da hatte er ja auch ein Shirt darüber. Nervös kaue ich auf meiner Unterlippe herum. Ich bin todmüde, aber etwas hält mich vom Schlafen ab. Der Typ im Nachbarhaus und dieses verflixte Buch. Es ist schon zwei Uhr nachts. Ich wälze mich hin und her. Drüben brennt noch immer Licht. Was macht der denn da so spät noch? Ich versuche mich zu zwingen, nicht mehr hinüber zu starren. Lieber nehme ich das Buch noch einmal an mich.

Leseprobe

Soulcatchers of Blackland

1

Becky

Ich schaue in den Spiegel. Schon wieder. So wie jeden
verdammten Tag. Noch immer bin ich hässlich. Es hat sich nichts
geändert seit jenem Tag des Unfalls. Noch immer sind meine
Beine mit fetten Narben übersät. Ich werde für den Rest meines
Lebens jeden Tag an diesen Unfall erinnert werden. Draußen ist
es warm. Sommer. Und ich möchte so gerne wieder einen
Minirock tragen. So wie früher. Ich bin gerade erst siebzehn
geworden. Und mein Leben wäre vor zwei Jahren fast vorbei
gewesen. Der Tag, als ich mit meinen Freunden zum Schwimmen
fuhr. Terence saß am Steuer. Wir alle hielten ihn für vernünftig,
weil er der Älteste von uns allen war. Doch das war wohl ein
Irrtum. Wir wollten zum See. Die Stimmung war gut. Super. Es
sollte so ein schöner Tag werden. Unsere Clique war schon
immer gemeinsam unterwegs gewesen. Claire, Aline, Troy,
Terence und ich. Terence ist Troys Bruder. Das heißt, er war es,
denn keiner, außer mir, hat diesen Unfall überlebt. Terence hatte

sich zu einem Rennen verleiten lassen. Und hatte es verloren. Unser Wagen krachte gegen einen dicken Baum. Alle starben noch am Unfallort, außer mir. Aber meine Beine waren nur noch Matsch. Mühsam wurden sie wieder zusammen geflickt. Und jetzt sehe ich aus wie Frankenstein. Meine Beine sind zu hässlich, als dass ich sie jemandem zeigen würde. Die Narben sehen wie dicke Regenwürmer aus, die auf meinen Beinen entlang wuseln. Ich starre sie an. Tränen rinnen meine Wangen hinab. Eigentlich bin ich nicht so übel. Mein Haar ist blond, glatt und reicht mir bis zum Po. Dick bin ich auch nicht. Auch nicht dumm. Ich könnte nicht klagen, wenn meine Beine noch immer so hübsch wären, wie früher. Als Cheerleaderin habe ich schon längst das Handtuch geworfen. Ich wäre eine Witzfigur für die ganze Truppe. Jeder würde mich anstarren. So wie im Sportunterricht: „Sieh dir Frankensteins Braut an", ist noch das Freundlichste, das ich fast täglich hören muss. Meine Freunde sind keine mehr, seit ich so aussehe. Ich sollte froh sein, dass ich noch da bin. Bin ich aber nicht. Nichts ist mir geblieben. Außer meinen Eltern und dem Hund. Er mag mich noch immer. Ich bin ja auch noch immer derselbe Mensch. Nur in hässlich. Jeder Tag ist eine Qual für mich. Ich schäme mich jedes Mal, wenn ich meine Beine zeigen muss. Sogar beim Arzt. Aber das bin jetzt ich: Becky. Rebecka Turner aus Georgia.

„Becky, bist du fertig?", höre ich meine Mutter rufen. Sie reißt mich aus meinen Gedanken.

„Ich komme", brülle ich und wende mich vom Spiegel ab. Es ist Zeit, dem Übel wieder einmal ins Gesicht zu sehen. Die Schule wartet auf mich. Und mit ihr all meine Peiniger, die nur darauf warten, mich zu beleidigen. So als sei ich eine Aussätzige mit einer ansteckenden Krankheit. Draußen sind fast achtundzwanzig Grad und trotzdem zwänge ich meine Gruselbeine in eine Jeans. Die Uhr zeigt fast sieben und mir bleibt keine Zeit mehr zum Selbstmitleid. Es dauert ja nicht mehr lange. Dann ist alles vorbei. Noch vier Wochen. Ich reiße mich vom Spiegel los. Jetzt sehe ich halbwegs akzeptabel aus. Ich renne zur Treppe hinab und steige zu meiner Mutter ins Auto. Einen Führerschein habe ich nicht, weil ich seit dem Unfall zu viel Angst habe. Selbst fahren zu müssen, wenn ich es könnte, ist für mich noch undenkbar. Vielleicht kann ich diese Angst ja eines Tages besiegen.

„Alles klar, Schatz?", fragt meine Mutter und schaut mich an.

„Alles wie immer, Mom. Ich will da nicht hin. Ich hasse sie alle..."

„Ach, Becky. Freu dich, dass du noch da bist. Das Leben ist doch trotzdem schön."

„Jetzt nicht mehr", ätze ich sie an und glotze aus dem Fenster.

„Du schaffst das, Becky", sagt meine Mutter und drückt zärtlich meine Hand. Ich weiß, sie meint es nur gut. Aber trotzdem.

Wir erreichen die Schule und schon geht es los:

„Da ist ja Becky Frankenstein", höre ich Lisas Stimme. Sie führt die Cheerleader an. Lisa ist die Hübscheste der ganzen Schule. Früher gehörte ich dazu. Jetzt nicht mehr. Ich versuche stolz und gleichgültig auszusehen, als ich an ihnen vorbei laufe. Ich spüre ihre Blicke in meinem Rücken und es tut so weh. Optik ist hier alles was zählt. Das habe ich inzwischen begriffen. Ich erreiche die Tür zur Mensa. Auch hier entgehen mir die Blicke nicht. Ich höre sie tuscheln:

„Das ist doch die mit den hässlichen Beinen. Es war ein Unfall..."

Weit hinten in einer Ecke sitzt Philipp. Er starrt mich an. Philipp ist noch nicht so lange an unserer Schule. Er weiß nicht was mir passiert ist. Und ich möchte, dass das so bleibt. Er sitzt allein dort. Schätze, sie machen es ihm auch nicht leicht, dazu zu gehören. Noch immer schaut er in meine Richtung. Übel ist er zwar nicht, aber ich werde trotzdem nicht zu ihm gehen. Mein Weg führt mich weiter zur Auslage der Mensa. Ich hole mir einen Kaffee und steuere einen freien Tisch an. Niemand ist hier. Und darüber bin ich froh. Es läutet zur Stunde und ich raffe meine Sachen zusammen. Ich erreiche meinen Klassenraum. Bald darauf betritt auch die Lehrerin, Mrs. Swanson, den Raum. Neben mir sitzt keiner. Stört mich aber nicht. Hinter mir die restliche Höllenbrut. Und dann verlangt die Lehrerin einen Aufsatz über unser schlimmstes Erlebnis. Schon bin ich Thema der Stunde.

„Die Frankensteinbraut hat da sicher viel zu erzählen. Diese Geschichte reicht für uns alle", brüllt Maggie, und alle stimmen ihr zu. In meinem Hals bildet sich ein Kloß und ich kann es nicht mehr aufhalten. Ich fange an zu heulen. Nicht dass ich das will, aber ich komme nicht gegen den Hass an, der mir hier entgegen schlägt.

„Ruhe bitte", versucht Mrs. Swanson die Situation zu entschärfen. Aber für mich ist es vorbei. Ich kann und will das alles nicht mehr ertragen. Deshalb springe ich schwungvoll von meinem Stuhl auf und verlasse fluchtartig die Klasse. Genug ist genug. Ich renne aus dem Gebäude. Weg von hier. Keine Ahnung wohin. Ich laufe einfach. Heute habe ich das alles hier zum letzten Mal gesehen. Ich werde es beenden. Jetzt. Dieses Leben ist keines mehr. Niemand wird mich vermissen. Ich laufe Stadtauswärts zur Flussbrücke. Sie ist hoch und breit. Der Fluss schlängelt sich wild unter ihr hindurch. Sie ist hoch genug, um bei einem Sprung hinab garantiert nicht zu überleben. Das Wasser wird meine Erlösung sein. Ich klettere über die Brüstung und starre den Fluss an. Mein ganzer Körper zittert. Noch immer heule ich wie irre. Bald ist es vorbei. Ich denke an meine Eltern. Daran, wie sehr ich sie liebe. Sie sollen nicht um mich weinen. Sie werden wieder glücklich sein. Ich stelle meine Tasche ab und beuge meine Knie. Fertig zum Sprung. Da höre ich eine Stimme: „Hey, was hast du vor?"

Kurz verlässt mich mein gerade gefundener Mut und ich drehe mich zu der Stimme um. Sie gehört einem hübschen jungen Typen. Er ist groß, schlank, sein Haar schwarz, wild und schulterlang. Und seine Augen sind ganz dunkel. Fast auch schwarz, würde ich sagen. Er sieht aus als stamme er aus einer

Metallband der 80er. Solche Männer tauchen hier eigentlich nie auf. Er könnte echt einem Plattencover aus meines Vaters Sammlung entsprungen sein. Der Typ kommt näher. Er trägt einen schwarzen Ledermantel und eine enge Lederjeans. Seine Füße stecken in klobigen Boots. Der Mantel weht offen um ihn herum und ich sehe, dass er ein weißes Shirt trägt, welches seine Figur sehr vorteilhaft betont.

„Wer bist du?", will ich wissen und halte mich am Geländer fest.

„Ich bin Alex. Und du?"

„Becky"

Ich drehe mich wieder von ihm weg, als er noch näher kommt.

„Was soll das werden, Becky?"

„Das geht dich nichts an."

„Doch schon. Es ist meine Pflicht, Leben zu retten. Und du scheinst noch nicht sehr lange auf Erden zu wandeln."

„Du schon, oder was?"

„Kann man so sagen."

„Was willst du?", frage ich und starre wieder aufs Wasser.

„Nun, es ist ein schöner Tag und das Wasser ist kalt. Willst du diesen wundervollen Tag in eiskaltem Wasser verbringen und darin sterben?"   „Ja, verdammt. Hau ab."

Ich wundere mich über mich selbst, aber es ist jetzt eh egal. Ich hole tief Luft und beuge meine Knie erneut. Jetzt ist der Moment. Ich lasse das Geländer los. Doch Alex greift nach meinem Handgelenk und hält mich fest.

„Das mach lieber nicht. Was kann so schlimm sein, dass du diese Welt verlassen willst?"

Ich sehe ihn an. Dieser Typ ist echt eine Sünde wert, aber mein Entschluss steht fest. Ich sterbe jetzt, hier und heute. Und da kann dieser Typ auch nichts mehr daran ändern.

„Komm da runter, Becky. Bitte."

Seine Stimme ist dunkel, rau, männlich und etwas in ihr zwingt mich dazu, zurück zu ihm über das Geländer zu klettern. Sein

Blick schüchtert mich ein. Diese schwarzen Augen sind einfach einzigartig.

„Und was nun?"

„Es gibt für alles eine Lösung."

„Für mich nicht. Lass mich allein. Das hier geht nur mich etwas an. Mach´s gut, Alex. Lass mich los."

„Nein."

„Hä?"

Sein Griff wird fester und er sieht mich beinahe flehend an.

„Ich sage es noch einmal. Es gibt für alles eine Lösung. Ich kann dir helfen. Erzähle mir von dir."

„Du kennst mich doch gar nicht."

„Das können wir ja ändern", sagt er und zieht mich vom Geländer fort.

2

Zaine

„Steh´auf Mann. Looser", höre ich Bart sagen, als ich auf der
Wiese liege. Das Spiel ist noch nicht vorbei. Sie haben mich
überrannt. Football ist mein Leben, aber etwas in mir will nicht
weitermachen. Ich hechele ihn an. Meine Lunge ist so klein. Ich
bekomme kaum noch Luft. Keine Ahnung, was mit mir los ist.
Schon seit Wochen habe ich Probleme. Ich habe das Gefühl zu
ersticken. Einfach so kommt es über mich. So wie jetzt. Ich hatte
den Ball, und dann kippte ich einfach um. Die Mannschaft brüllte
mich an. Ich habe es nicht mehr geschafft, Bart anzuspielen. Jetzt
kniet er neben mir. Die Zuschauer johlen. Sie wollen, dass es
weitergeht. Ich kann nichts tun, ihm nicht antworten. Dazu fehlt
mir einfach die Luft.
„Zaine. Was ist los mit dir?"
Ich ringe nach Luft und bekomme Panik. Es fühlt sich an, als
wäre es jeden Moment vorbei mit mir. Alles schnürt sich zu.
„Was ist hier los?", brüllt Cormick, der unser Trainer ist. Das
Spiel wird unterbrochen. Alle stehen um mich herum.
„Wir brauchen einen Arzt. Ein verdammter Arzt muss her.
Schnell."
Ich liege noch immer auf der Wiese. Meine Kollegen befreien
mich von meiner Ausrüstung, die schwer auf meiner Brust liegt.
Meine Lunge pfeift wie bei einem achtzigjährigen
Marathonläufer. Ich schließe die Augen und versuche ruhiger zu
werden. Ich höre Fußgetrampel und eine Trage wird neben mir
abgelassen. Dann werde ich in den Rettungswagen geschoben
und lande in der Notaufnahme des Krankenhauses. Noch immer

hechele ich wie ein Sterbender in der Wüste. Der Arzt betritt das Zimmer und setzt sich auf einen Stuhl neben meinem Bett. Kurz darauf treffen meine Eltern ein.

„Zaine. Um Himmels Willen. Was ist denn passiert?", fragt meine Mutter und greift nach meiner Hand. Mein Vater baut sich auf der anderen Seite neben dem Bett auf. Beide sehen besorgt aus. Das kann ich an den tiefen Falten auf deren Gesichtern erkennen. Noch immer fühle ich mich schwach und kann nicht antworten. Deshalb tut es der Arzt für mich.

„Ist das schon öfter vorgekommen?", will er von meinen Eltern wissen.

„Nicht, dass ich wüsste. Was ist mit ihm", fragt mein Vater. Meine Mutter drückt meine Hand noch fester, und ich sehe, wie sie versucht nicht zu flennen. Klar kam es schon öfter vor, aber noch nie so schlimm wie heute. Ich habe niemandem davon erzählt. Auch meinen Eltern nicht. Jeder wird mal krank. Oder nicht?

„Ich schätze, Ihr Sohn leidet an einer sehr starken Form von Asthma."

Was? Nein. Da irrt sich der Typ. Er MUSS sich irren.

„Und was bedeutet das jetzt?", will meine Mutter wissen. Ihre Stimme beginnt zu zittern.

„Es bedeutet, dass er in Zukunft von solch halsbrecherischen Sportarten absieht und immer eine dieser Flaschen bei sich trägt." Der Arzt holt eine kleine silberne Flasche aus seiner Kitteltasche und gibt sie meinem Vater. Ich kann noch immer nicht reden, aber langsam kommt Leben in meinen Körper zurück.

„Er soll seinen Sport aufgeben, richtig?"

Diese Frage kommt von meinem Vater.

„Es wäre wohl das Beste. Ihr Sohn kann leben wie alle anderen auch. Aber solche Dinge strengen ihn zu sehr an. Asthma ist häufig verbreitet und man kann damit leben. Und diese Flasche hier, kann sein Leben retten."

Fantastisch. Ich bin ein Krüppel. Aus der Traum von der großen

Footballkarriere. Damit lässt der Arzt uns allein. Und dann diskutiere ich mit meinen Eltern. Ich meine, das kann doch alles nicht sein. Ich lasse mich zurück in mein Kissen fallen. Ein paar Tage muss ich noch hier bleiben. Meine Eltern gehen auch, und meine Laune ist auf dem Nullpunkt. Jetzt bin ich allein. Aber nur kurz. Dann kommen Bart und einige Jungs aus der Mannschaft rein.

„Du machst ja einen Scheiß, Mann", sagt Bart und haut mir auf die Schultern.

Ich kläre meine Freunde auf, was mit mir los ist.

„Ich kann meine Karriere an den Nagel hängen", seufze ich.

„Was? Bist du irre? Du bist unser bester Spieler, neben Clayton. Das kannst du nicht machen. Wo stehen wir ohne dich, Zaine?", brüllt Bart

„Was soll ich sagen? Mir passt das alles auch überhaupt nicht." Wir diskutieren ewig, aber Fakt ist: ich will noch nicht sterben. Und wenn das jetzt mein Leben ist, dann muss ich eben verdammt nochmal damit klarkommen.

„Du bist raus. Wir brauchen keinen Invaliden."

Noch ehe ich etwas sagen kann, rauscht Bart davon. Die anderen folgen ihm sofort. Alle, von denen ich angenommen hatten, sie wären meine Freunde. Die nächsten drei Tage verbringe ich noch hier. Niemand von ihnen kommt vorbei. Für sie bin ich wahrscheinlich schon tot. Am vierten Tag werde ich entlassen. Meine Eltern holen mich ab, und endlich bin ich wieder in meinem Zimmer. Überall liegen Footballsachen herum. Ich nehme meinen signierten Ball in die Hand. Ein spöttisches Lächeln huscht über mein Gesicht. Dann werde ich wütend und werfe den Ball durch das Fenster, direkt in Nachbars Garten. Sehnsüchtig wandert mein Blick Richtung Footballfeld, das nicht weit entfernt von unserem Haus liegt. Alle sind dort und bereiten sich auf das nächste wichtige Spiel vor. Ohne mich. Ich werde nicht mehr Teil dieser Mannschaft sein. Trotzdem beschließe ich hinzugehen. Ich werde mich an den Zaun stellen und ihnen zuschauen. Ich begebe mich dorthin, mein Spray in der Tasche. Als ich eine Weile hier stehe, kommt Steven auf mich zu. Er ist Trainer Cormicks Sohn und schon immer war er neidisch auf mich. Und jetzt ist seine Chance gekommen.

„Hey, Looser. Wir schaffen das auch ohne dich. Hast du schon einen Platz im Altenheim gefunden?"

„Arschloch."

Dieser Typ und sein dämliches Grinsen im Gesicht machen mich rasend.

„Was willst du überhaupt hier, Krüppel?", lacht Steven, und hüpft mit geballten Fäusten um mich herum.

„Dir deine dämliche Fresse polieren, Cormick Junior.

„Das lass mal lieber. Dazu fehlt dir nicht nur der Mumm, sondern auch die liebe Luft. Ich bin jetzt dran, Du bist raus, Penner."

Meine Faust schnellt vor, trifft ihn aber nicht. Statt dessen droht mir ein neuer Anfall. Meine Lunge droht zu bersten. Ich greife mir an den Hals, schnappe nach Luft. In meiner Jacke ist die Sprayflasche, doch die Jacke hängt über den Zaun und ist für mich unerreichbar. Ich röchele unverständliches Zeug, doch Steven geht einfach weiter. Ich falle auf die Knie und kann den Zaun erreichen, um daran zu rappeln. Vielleicht fällt die Jacke ja runter. Steven dreht sich zu mir um. Nicht dass er mir helfen würde. Oh nein, er lacht sich schlapp, als ich mir noch immer an den Hals greife. Meine Jacke purzelt auf den Boden. Ich robbe zu ihr rüber. Der Reißverschluss der Brusttasche klemmt, und ich rechne mir meine letzten Minuten aus, wenn ich mein Spray nicht rechtzeitig erreiche. In letzter Sekunde gelingt es mir. Das war knapp. Dieser Typ hätte mich echt hier verrecken lassen. Ich kann nicht glauben, dass ich diese Leute zu meinen Freunden gezählt habe. Betrübt, aber am Leben, verlasse ich das Gelände. Seit ich die Mannschaft verlassen habe, sind inzwischen sechs Wochen vergangen. Der Kontakt ist komplett abgebrochen. Noch immer versuche ich, mich mit meinem neuen Leben abzufinden. Aber es klappt nicht. Mein Leben ist im Arsch. So ist es einfach

keines mehr. Und deshalb werde ich dem ein Ende setzen. Es ist jetzt fast Abend. Auf dem Spielfeld ist jetzt keiner mehr. Ich werde hingehen und mich von meinem Traum verabschieden. Von allem hier. Ich werde einfach gehen. Mein Taschenmesser wird mir dabei helfen. Nur ein kleiner Schnitt an der richtigen Stelle. Den Rest erledigt meine Freundin Asthma. Ja, so werde ich es machen. Ich verlasse diese Welt als Krüppel mit aufgeschnittener Pulsader. Ich raffe mein Zeug zusammen und schleiche mich aus dem Haus. Ich verrate niemandem wo ich bin. Das erfahren sie noch früh genug. Dann erreiche ich das Stadion. Ruhig ist es hier. Niemand wird mich stören. Ich hocke mich auf einen Sitz der oberen Ränge. Meine Wasserflasche angesetzt genieße ich die letzten Sekunden meines beschissenen Lebens. Kühl rinnt das Wasser meine Kehle hinab. Ich sammele Mut und schiebe meine Jackenärmel hoch. Ich sehe meinen Puls pumpen. Bald braucht er sich nicht mehr wegen mir anzustrengen. Ein letztes Mal hole ich tief Luft. So gut es meine beschissene Krankheit eben zulässt. Dann setze ich das Messer an. Tränen rinnen meine Wangen hinab. Eigentlich hatte ich noch so viel vor. Die kalte Klinge an meinem Handgelenk. Bald ist es vorbei. Nur noch ein wenig Druck. Nun mach schon, schreie ich mich innerlich selbst an. Dann vernehme ich Schritte. Sie kommen näher. Jetzt sind sie ganz nah. Doch ich will die Augen nicht öffnen, will es einfach hinter mich bringen.
„Glaubst du das ist die Lösung?", fragt mich eine Stimme, die wohl zu den Schritten gehören müsste.
„Was?"
Ich reiße meine Augen auf und sehe eine wunderschöne schlanke Frau neben mir stehen. Sie ist verdammt hübsch. Ihre langen Beine stecken in einer kurzen Ledershorts. Sie trägt hochhackige Stiefel, die über ihre Knie reichen. Ihr Haar ist flammrot und wild gelockt. Es reicht ihr bis über die schmalen Hüften. Die Frau habe ich hier noch nie gesehen.
„Klapp das Messer ein", sagt sie jetzt und kommt noch näher.

„Wer bist du, und was willst du hier?", will ich wissen.

„Ich bin Lexa. Und du?"

„Zaine."

Sie hockt sich vor mir hin. Ihr Duft ist betörend Ihre Lippen so rot. Und ihre Augen sind... schwarz? Solche habe ich noch nie gesehen.

„Also Zaine. Was ist so schlimm, dass du mit einem Messer hier herum spielst?"

„Schätze das geht nur mich etwas an."

„Nicht wenn ich dabei zusehen soll."

„Wie meinst du das?"

„So wie ich es sage. Ich kann nicht gestatten, dass sich jemand vor meinen Augen umbringt. Es gibt für alles eine Lösung. Rede mit mir."

„Nein, eigentlich ist alles klar. Besser du gehst jetzt. Du musst hier nicht zusehen und dich deshalb schlecht fühlen."

„Nein."

„Was? Doch. Geh einfach."

„Ich sagte Nein. Du verstehst dieses Wort doch, oder?"

„Willst du mich verarschen? Ich kann mit meinem Scheiß Leben machen was ich will. Also geh bitte, Lexa."

Sie setzt sich neben mich und ehe ich etwas machen kann, reißt sie mir mein Messer weg.

„So nun reden wir. Ich mache dir ein Angebot."

3

Lynn

„Sieh dir diese Pickelfresse an. Wenn ich so aussehen würde, hätte ich sicher gute Chancen in der Geisterbahn mitzumachen. Das ist eklig."
Ich versuche immer cool zu bleiben, wenn ich einmal aus dem Haus gehe. Das ist selten der Fall. Meistens bleibe ich drinnen, weil Kommentare wie dieser eben an meiner Substanz kratzen. Ich bin Lynn. Lynn Takiri. Ich bin 17 Jahre alt und lebe seit einem knappen Jahr in Kalifornien. In Los Angeles um genau zu sein. Eigentlich komme ich aus Osaka. Aber meine Eltern wollten unbedingt in das Land der unbegrenzten Möglichkeiten. Beide arbeiten beim Film als Kostümdesigner und entwerfen Kostüme für Fantasyfilme oder auch aus sämtlichen Epochen der Geschichte. Beide sind sehr erfolgreich. Meinen Eltern geht es gut. Mir nicht. Denn eines habe ich gelernt: In L.A. bist du nichts, wenn du nicht dem Schönheitsideal entsprichst. Und das tue ich bei weitem nicht. Ich bin nicht besonders groß. Nur 1.65. Dick bin ich auch nicht. In der Schule komme ich gut mit. Meine Figur ist ganz okay. Busen habe ich auch. Mein Po passt noch in die Norm, aber meine Haut ist ein einziges Kraterfeld. Dicke Akne zieht sich über mein ganzes Gesicht. Sogar mein Rücken ist davon befallen. Es juckt furchtbar und manchmal lege ich mich in eine Wanne voller kaltem Wasser, nur damit es aufhört. Egal was ich versuche. Es geht nicht weg. Im Gegenteil. Ich glaube, es wird immer schlimmer. Selbst die hochgelobte Kosmetik des Filmteams, wo meine Eltern arbeiten, kann mir nicht helfen. Mindestens einmal pro Woche renne ich zum Arzt. So wie heute.

Geändert hat sich aber immer noch nichts. Schon seit ich zwölf war, fing der ganze Mist an. Man sagt, es wäre die Pubertät. Bullshit. Niemand in meiner Klasse muss sich mit so etwas herum schlagen. Nur ich. Sogar in der ganzen Schule nicht. Jeder meidet mich, obwohl ich alles versuche, was die Ärzte mir raten. Ich verdecke meinen Körper so gut ich kann. Aber mein Gesicht schaut nun mal heraus.

„Die hat doch die Beulenpest. Vielleicht sollte sie sich mal öfter waschen"

Die Kommentare werden immer fieser. All das macht mein Leben zur Hölle. Diese Menschen kennen mich nicht, aber Optik ist hier alles. Ich laufe geduckt durch die Stadt. Meistens ziehe ich Kleidung mit Kapuze an. So kann ich wenigstens meine befallene Stirn bedecken. Ich erreiche mein Haus. Heute bin ich allein hier, weil meine Eltern noch bei der Arbeit sind. In der Schule war ich heute nicht, wegen des Arztbesuches. Umso besser, denn jeder Tag dort ist die reine Folter. Alle haben Angst, sie könnten sich bei mir anstecken. Doch das ist völliger Quatsch. Aber was soll ich machen? Ich bin meistens allein dort unterwegs. Im Unterricht sitzt niemand neben mir, und zum Essen gehe ich immer als Letzte, damit ich meine Ruhe habe. Jetzt bin ich in meinem Zimmer. Hier bin ich gerne. Hier schaue ich fern. Ich liebe Serien, und ganz besonders die Diary Vampire. Die sind süß. Oh ja, da könnte ich schon schwach werden. Aber so ein Typ wie diese beiden, will nicht wissen, ob so etwas wie ich überhaupt eine Lebensberechtigung hat. Mein Bett ist meine Burg, und hier bin ich die Prinzessin. Schon wieder flimmert eine Folge über den Bildschirm. Dieser Damon... hmmm. Ich stopfe Chips und Schokolade in mich hinein, während ich die heißen Schauspieler betrachte. Plötzlich klingelt es an der Tür. Keine Ahnung wer das ist, aber diese Person will bestimmt nicht zu mir. Ich klettere aus dem Bett und stiere aus dem Fenster. Ich sehe einen Wagen dort stehen. Genau so einen hat Freya. Sie ist in meiner Klasse und sie ist diejenige, die alle anderen anstachelt, auf mich loszugehen. Meistens schaffe ich es aber, ihr aus dem Weg zu gehen. Nur letzte Woche nicht. Da habe ich aus Versehen ihren Rucksack umgerannt und all ihre Sachen lagen verstreut in der Klasse herum. Auch die Peinlichen, wie z. B. Kondome, OB´s und Binden. Sogar einen Slip hatte sie darin. Natürlich hatte die halbe Klasse sie ausgelacht und ich fand es cool, dass sie auch einmal einen abbekommen hatte. Sie schrie mich an, dass ich das ihr büßen würde. Bis dato ist nichts passiert. Vielleicht... Es klingelt schon wieder. Mein Herz rast wie verrückt. Wenn es Freya ist, werde ich ganz sicher nicht öffnen.

„Hey, Pickelfresse. Bist du da? Zeit etwas zu klären, findest du nicht?"

Scheiße. Ich drehe mich vom Fenster weg, doch sie haben mich schon gesehen.

„Sie ist oben", brüllt Tina, die Freyas beste Freundin ist. Noch ehe ich etwas machen kann, donnert schon ein Stein durch mein Fenster. Er landet genau im gerahmten Poster der Salvatorbrüder, welches über meinem Bett hängt. Und das macht mich traurig. Und sauer.

„Komm raus, Schlampe", brüllt Freya.

Einen Scheiß werde ich. Noch ein Stein landet in meinem Zimmer. Auf meinem Bett bleibt er liegen. Ich beginne zu zittern. Auf keinen Fall kann ich mehr in die Schule. Wenn ich jetzt etwas sage, wird es nur noch schlimmer.

„Ich erwische dich schon noch, feige Pickelsau. Lass uns abhauen. Schade um meine kostbare Zeit. Und außerdem habe ich keine Lust, mir hier die Beulenpest einzufangen. Diese Bude ist doch sicher total verseucht."

„Da hast du recht", pflichtet ihr Tina bei. Ich bleibe in geduckter Stellung unter meinem Fenster hocken. Dann höre ich die beiden wegfahren. Mein Herz donnert wie verrückt in meiner Brust herum. Keine Ahnung, was ich jetzt machen soll. Ich kann und will diese Scheiße hier nicht mehr ertragen. Wütend sammele ich die Scherben meines zerstörten Bildes auf. Die zerrissenen Gesichter meiner Helden starren mich an. Ach gäbe es diese beiden nur wirklich. Sie würden mir sicher helfen. Ach nein. Monster werden getötet. Auch in Mystik Falls. Da erst recht. Ich bin auch ein Monster. Jedenfalls sehe ich wie eins aus. Ich bin tot. Bald. Auf jeden Fall. Also warum warten? Am besten erledige ich das sofort. Warum warten, bis Freya mir mein Leben noch mehr kaputt macht? Und nicht nur Freya. Der Rest der Welt wäre ohne mich besser dran. Wer will schon ein Monster in seiner Klasse oder als Nachbar haben? Niemand. Es wird mir immer klarer, dass ich diese Welt verlassen muss. Wenn ich fort bin, ist es besser. Wegen mir haben meine Eltern jetzt ein Loch in der Scheibe. Wegen mir belaufen sich die Arztkosten auf Unsummen. Ich laufe ins Bad. Irgendwo dort müssen noch Schmerztabletten von meinem Vater sein, als er sich beim Sport die Rippen gebrochen hatte. Ich denke eine Hand voll davon sollte reichen, mich ins Jenseits zu befördern. Ich nehme sie mit in mein Zimmer. Aus der Bar hole ich noch eine Flasche Tequila. Diese Mischung sollte es nicht allzu lange dauern lassen, bis ich einschlafe. Alles lege ich auf mein Bett. Mein Poster lege ich neben mich. Leider komme ich nicht zurück, so wie die beiden es dauernd tun. Es ist mir auch gleich. Es macht keinen Unterschied, ob ich gehe oder bleibe. Ich kippe die Tabletten in meine Hand. 15 Stück. Die Tequilaflasche lauert mich an. Einmal in meinem Leben sollte ich mutig sein. Scheiß drauf. Jetzt oder nie. Gerade als ich die Flasche öffnen will, knallt draußen eine Autotür. Meine Eltern sind es nicht, denn die fahren immer sofort in die Garage. Meine Neugier treibt mich erneut zum Fenster. Da steht schon wieder ein Wagen vor dem Haus. Knallrot und sportlich. Ein Typ steht daneben und schaut zu mir hoch. Dieser Typ ist groß. Verdammt groß sogar. Er trägt schwarze Klamotten. Eine rockige Lederjacke. Dazu eine Armeehose. Sein Haar ist blond. Es ist oben länger als an den Seiten und hängt ihm sexy vor die Augen, die mir ziemlich dunkel erscheinen. Er hebt die Hand in meine Richtung und deutet mir herunter zu kommen. Soll ich das wirklich tun? Wie gesagt, ich bin neugierig und mache mich auf den Weg nach unten. Als ich unten ankomme und die Tür einen Spalt breit öffne, steht er schon davor.

„Hey, alles okay?", fragt er und lächelt.

„Wer bist du und was willst du hier?"

„Ich habe vorhin zufällig gesehen was hier los war, und da dachte ich, du könntest vielleicht Hilfe gebrauchen."

„Wer? Ich? Nein. Es geht mir gut."

„Und warum hast du eine Flasche Tequila in der Hand?"

Mist. Die habe ich ja ganz vergessen. Schnell verstecke ich sie hinter meinem Rücken.

„Alles okay. Danke Trotzdem."

Ich will die Tür schon schließen, da stellt der Typ seinen Fuß dazwischen. Jetzt kann ich ihn genauer betrachten. Meine Güte, ist der Kerl attraktiv. Er lächelt noch immer. Seine Zähne sind schön gerade und strahlend weiß. Seine Lippen sind voll, und das Kinn etwas kantig. Hinter seinem blonden Schopf kann ich jetzt auch seine Augen erkennen. Sie sind schwarz. Donnerwetter. Hat diese Welt schon jemals solche Augen gesehen? Ich halte den Atem an als er weiter spricht:

„Das sieht mir aber nicht so aus. Du zitterst ja am ganzen Leib.""Liegt wohl an dir. Wer bist du überhaupt?"

„Ich bin Ryder. Und du?"

„Lynn."

„Okay, Lynn. Wie kann ich dir helfen?"

„Gar nicht. Geh` einfach wieder."

„Nein."

„Was soll das heißen?"

„Nein heißt nein. Ganz einfach."

„Was willst du von mir, Ryder?"

„ Dein Leben in Ordnung bringen."

„Was? Warum?"

„Weil es mir scheint, als liefe es gerade nicht so gut bei dir.

Stimmt doch, oder?"

„Woher willst du das wissen?"

„Sagen wir mal, ich habe ein Gespür für so was."

„Du bist verrückt, oder?"

„Nein. Ich will dir nur helfen."

„Mir kann niemand helfen."

Ich reiße mir die Kapuze vom Kopf und gehe einen Schritt auf ihn zu.

„Hier. Reicht das? Das bin ich. Und ich werde jetzt gehen. Eigentlich wäre mich schon längst weg. Und dann kommst du. Was soll das?"

„Es ist meine Pflicht, Leben zu retten. Und sogar ein Besseres daraus zu machen."

„Das kann niemand."

„Doch. Ich schon. Komm mit, und ich mache dir einen Vorschlag."

4

Ian

„Wir können den Verband jetzt entfernen. Du wirst sehen, es ist wieder ein kleiner Fortschritt. Noch zwei, oder drei OP´s, dann siehst du wieder aus wie neu."
„Wenn sie das sagen. Ich glaube nicht mehr daran. Wie oft haben wir es schon versucht. Mein Gesicht wird für immer eine Fratze bleiben."
Resigniert schaue ich in den Spiegel als der Arzt den Verband von meiner zum 10. Mal operierten Wange nimmt. Noch immer sieht es aus wie zusammengeflickt. Klar, es ist schon besser als noch vor einem Jahr. Da geschah der Mist. Ich hatte mit Freunden gefeiert. Am Lagerfeuer. Es gab Alkohol und einige Tüten. Wie das so ist wenn man seinen Abschluss geschafft hat. Mein Studienplatz als Informatiker war mir schon sicher. Und dann haben wir Penner nicht aufgepasst. Wir haben herum gealbert. Das Feuer brannte. Wir hatten schon einiges intus. Hinzu kam, dass mein Freund Jack seinen 19, Geburtstag feiern wollte. Also wollten wir hinein feiern, so zu sagen. Aus Spaß haben wir uns hin und her geschubst. Die Stimmung war gut und ausgelassen. Es gab allen Grund, die Sau rauszulassen. Cliff hatte Bier dabei. Angie Feuerwerkskörper. Es sollte die Feier des Jahres werden. Wurde es ja auch. Nie werde ich diesen Tag vergessen. Jeden Tag werde ich daran erinnert. Daran, wie die Tüte mit den Feuerwerkskörpern irgendwie ins Feuer geriet. Weil wir uns gerauft haben. Zunächst hatten wir es nicht bemerkt in unseren vollen Köpfen. Doch dann begann es zu zischen. Angie schrie mich an, dass ich zur Seite springen soll. Doch meine

Reaktion war gleich Null. Die Tüte ging hoch und das Feuer breitete sich auf unserer Decke, und überall um uns herum, aus. Ich wollte fliehen, aber ich verhedderte mich in der brennenden Decke. So verbrannte fast die gesamte linke Hälfte meines Gesichts, die linke Schulter, der Oberarm und Teile meines Brustkorbes. All meine Freunde zogen sofort ihre Klamotten aus und warfen sie über mich. Aber das Feuer hatte mich schon zum Monster gemacht. Ich schrie vor Schmerz und dachte es wäre das Ende. Irgendwie hatte es jemand geschafft, einen Krankenwagen zu rufen. Ich war fast ein Jahr im Krankenhaus. Unzählige Operationen sollten aus mir wieder einen Menschen machen. Bis jetzt ist davon noch nicht so viel zu sehen. Meine Freunde waren anfangs für mich da. Später jedoch nicht mehr, da ich kaum an ihren Aktivitäten teilnahmen konnte. Mein ganzer Körper kam mir vor, als gehöre er jemand anderem. Immer mehr Leute ließen mich im Stich. Ab und zu hörte ich noch von Angie. Sie gibt sich an allem die Schuld. Doch das ist Blödsinn. Es war einfach ein Unfall. Und ich muss damit leben. Leider ist das nicht so einfach, wenn die Menschen um einen herum nur böse Worte für einen übrig haben. Kein Mädchen hatte sich seit dem je wieder mit mir getroffen. Höchstens mal am Telefon mit mir unterhalten. Und dabei war davor ein ziemlich beliebter Kerl. Langsam geht mir die Kraft aus. Mut und Hoffnung habe ich schon lange nicht mehr. Zwar habe ich inzwischen trotzdem mein Studium begonnen, aber auch die Uni ist ein ständiger Höllenritt für mich. Keiner traut sich an mich ran. Kein Wunder, so wie jetzt aussehe. Wie ein verdammter Flickenteppich. Meine Schulter sieht runzlig und uneben aus. Wie eine Kraterlandschaft eines fernen Planeten. Meine Brustwarze ist nur ein kleiner verkrümmter Punkt auf einem vernarbten hässlichen Körper. Das kann ich verstecken. Mein Gesicht jedoch nicht. Alle sagen, dass ich froh sein soll, dass ich noch lebe. Aber ich sehe das anders. Das ist kein Leben mehr. Das da in dem verfickten Spiegel bin nicht ich. Ich werde nie mehr ich sein. Was soll noch kommen? Eine perfekte

Familie? Eine wunderschöne Frau, die mich liebt und vielleicht zwei oder drei Kinder auf diese beschissene Welt bringt? Mit Sicherheit nicht. Meinen Job kann ich auch von daheim aus machen. Niemand muss sich täglich mit meiner hässlichen Fratze auseinandersetzen. Dafür werde ich sorgen. Ich starre auf den Fremden im Spiegel. Ein Indianer weint nicht. Gut dass ich keiner bin, denn ich kann meine Tränen nicht aufhalten.

„Ian. Du darfst nicht aufgeben. Noch immer bist du hübsch."

„Mom. Ich sehe aus als hätte ich im Backofen gepennt."

Meine Mutter stellt sich hinter mich.

„Ach, Ian. Gib dir Zeit."

Wie viel denn noch? Ein Jahr? Zwei? Fünf, oder Zehn?

„Mr. Sandfort. Sie müssen Geduld haben. Eines Tages..."

„Nein. Das wird nie passieren. Ich werde immer wie ein Mitglied eines Horrorfilms aussehen. Das können sie nicht wieder hinkriegen."

Ich habe zu tun, ihm diesen dummen Spiegel nicht einfach aus den Händen zu schlagen.

„Wir sehen uns in einem halben Jahr wieder. Bis dahin sieht die Welt schon wieder ganz anders aus."

Damit verlässt der Arzt das Zimmer. Ich bin noch eine Weile Gast hier. Das Zimmer ist okay. Weil alle hier ihr Paket zu tragen haben. Ich stelle fest, dass es Leute gibt, die noch viel schlimmer dran sind als ich. Manchmal macht es Mut, manchmal nicht.

„Okay, Ian. Ich muss auch los. Lass den Kopf nicht hängen. Du bist doch noch so jung."

„Eben. Umso länger muss ich diesen Anblick ertragen bis ich alt sein werde. Mom, ich will wieder ich sein."

„Ian."

Sie drückt mich an sich. So wie früher, als ich noch klein war. Ich könnte ihr die ganze Bluse voll rotzen. Es geht mir so mies.

„Bis morgen, mein Junge. Ich hab dich lieb. Vergiss das nicht."

„Ich dich auch, Mom."

Dann geht sie und ich bin allein. Den Spiegel habe ich in die

Schublade gelegt. Da kann er auch gerne bleiben. Ich kann meinen erbärmlichen Anblick nämlich nicht mehr ertragen. Eine Weile sitze ich hier, stiere in die Glotze. All diese Menschen dort kotzen mich an. Sie sind so verdammt perfekt. Dann klopft es plötzlich an der Tür. Noch ehe ich reagieren kann, fliegt sie auf. Ein kleiner Junge platzt in mein Zimmer. Er sieht mich und fängt augenblicklich an zu weinen.

„Dad. Da ist ein Monstermann im Zimmer. Will er mir wehtun?"

Der Vater des Jungen schaut hinein. Er starrt mich an. Ich spüre wie unangenehm ihm das alles ist. Sein geschockter Gesichtsausdruck sagt mir alles.

„Nein, Sam. Der Mann ist nur krank. Der ist sicher ganz lieb zu dir. Nun komm. Das ist sicher das falsche Zimmer."

Mit einem peinlichen Nicken in meine Richtung, stapfen die beiden davon. Da sieht man es doch: Kinder und Betrunkene sagen immer die Wahrheit. Ich bin tatsächlich ein Monstermann in den Augen eines unschuldigen Kindes.

Ich bin jetzt wieder zuhause. Etwa eine Woche schon. Meine Narben sind schon etwas verheilt. Trotzdem. Schönheit ist anders. Ich gehe wieder zur Uni. Viele Neuankömmlinge tummeln sich da rum. Ich war so lange nicht hier. Allein schleiche ich auf dem Grundstück herum. So wie immer seit dem Unglück. Meine Freunde sind alle woanders. Ich laufe und laufe, versuche an nichts zu denken. Kein Hier, kein Jetzt. Da vernehme ich eine Stimme:

„Hey du. Unter welchen Trecker bist du denn gekommen?", lacht diese Stimme höhnisch.

„Der, unter den ich dich schubse, wenn du nicht deine dämliche Fresse hältst."

„Uuuuuh. Quasimodo ist mutig. Alle Achtung. Komm her. Wir klären das. Hier. Sofort."

Der Typ tänzelt vor mir her. Sein Grinsen ist so boshaft. Doch ich will meine Ruhe, und gehe deshalb weiter. Der Typ gibt nicht auf. Er schubst mich zur Seite. Dann drängt er mich an die Wand.

„Lass mal sehen wie hübsch du bist. Hey Chris, sieh dir das an."
Er winkt einen andren Typen zu sich rüber.
„Walking Death hat neue Leute. Krass."
„Oh Mann. Wo hast du den denn aufgegabelt?"
Die beiden glotzen mich an. Böse. Hämisch. Sie verabscheuen
mich. So wie alle hier.
„Haut doch einfach ab, okay? Lasst mich doch einfach in Ruhe."
„Hey, ein Beißer, der sich in die Hose macht. Das ist ja mal was
ganz Neues. Ich mag ihn. Niedliches Kerlchen. Hab ihn hier noch
nie gesehen."
„Ich auch nicht. Hey, hast du Kohle?"
„Nein", bringe ich hervor und wünsche mir, die Erde würde sich
auftun und mich verschlucken. Soll mein Leben jetzt so sein?
Das mache ich nicht mit. Ich mache mir da nichts mehr vor. Es
wird immer Typen wie diese geben. Dazu fehlt mir einfach die
Kraft. Ich raffe meinen letzten Rest Stolz zusammen und drücke
die Kerle zur Seite. Sie sollen mich nicht brechen. Nicht heute.
Nicht hier. Nicht jetzt. Nie.
„Wo will er denn hin?"
„Zum Set", höre ich Chris sagen.
Dann brechen beide in Gelächter aus. Ich verschwinde um die
Ecke, so schnell ich kann. Hier ist niemand. Alles ist ruhig. Ich
muss eine Lösung finden. So kann es nicht weitergehen. So will
ich nicht leben. In meinem Rucksack ist noch ein Gürtel. Ihn
brauche ich nicht mehr, weil meine Hose auch jetzt so hält. Ich
habe schon fünf Kilo zugenommen. Was soll ich sagen? Ich gehe
nicht mehr zum Sport. Und auch sonst nirgends hin. Sofa, Bett,
Klo, Bad, Küche, Uni und wieder von vorne. Aus meinem einst
so festen Bauch ist eine kleine Rolle geworden. Aber der Gürtel
kann sich heute anders nützlich machen. Er wird mein Gewicht
tragen. Einen Baum werde ich schon finden. Der Campus ist voll
davon. Mit schnellen Schritten laufe ich über das Gelände. Die
Studenten haben sich auf ihre Zimmer verzogen. Oder sie sind
unterwegs. Saufen, Billard, was man halt so macht. Ich war schon

lange nicht mehr da draußen. Am Ende der Parkanlage steht eine alte Eiche. Die wird mich tragen. Ich werde niemandem etwas sagen. Die würden ja doch versuchen, mir die Sache auszureden. Wenn auch nur um ihr Gewissen zu beruhigen. Ich glaube nicht, dass hier jemand etwas auf mich gibt. Nicht mehr. Ist mir auch egal. Ich gebe auch nichts mehr auf sie. Ich stelle meine Tasche ab, krame besagten Gürtel heraus. Der Baum ist groß, die Äste stark. Es ist etwas mühsam hinauf zu kommen. Zunächst muss ich auf die Campusmauer klettern. Von dort kann ich mich zum Baum hinüber hangeln. So der Plan. Ich habe es geschafft und stehe nun auf der Mauer. Von hier aus kann ich einen großen Teil des Geländes sehen. Noch immer ist alles ruhig. Gut für mich. Keiner wird mich aufhalten. Ich teste die Stärke des Astes, der mir am nächsten ist. Er scheint stabil zu sein. Ich beginne zu zittern weil ich weiß, dass das hier endgültig ist. Ich atme tief ein. Noch ein letztes Mal die frische Luft des Parks in mich aufsaugen. Dann nehme ich den Gürtel. Langsam lege ich ihn um den Ast. Er hält. Ich weiß das, weil ich noch einmal kräftig daran ziehe. Dann lege ich die entstandene Schlinge um meinen Hals. Es kratzt an meinem Kehlkopf. Nur einen Schritt weiter und meine Erlösung wird kommen. Vorsichtig gehe ich zum Rand der Mauer. Ich bin bereit. Das weiße Licht wird mich ins Himmelreich führen. Ich schließe die Augen und bereite mich auf die Ewigkeit vor. Da höre ich eine Stimme:
„Hey. Was hast du vor?"
Erschrocken öffne ich die Augen wieder und trete einen Schritt zurück. Jetzt stehe ich wieder sicher auf dem Mauerrand. Ich schaue mich um und sehe eine junge Frau unten stehen. Sie schaut zu mir hoch. Ich habe sie hier noch nie gesehen. Solch eine Schönheit wäre mir sicher aufgefallen.
„Wer bist du denn?", frage ich.
„Xara. Und du?"
„Ian."
„Hallo, Ian. Was wird das?"

Die ganze Geschichte

Weitere Geschichten sind bereits in Arbeit